本书由苏州大学“中国语言文学”一级重点学科建设经费资助出版

中国文学史

黄　人◎著　杨旭辉◎点校

苏州大学出版社
Soochow University Press

图书在版编目(CIP)数据

中国文学史 / 黄人著;杨旭辉点校. —苏州: 苏州大学出版社,2015.4
ISBN 978-7-5672-1172-8

Ⅰ.①中… Ⅱ.①黄… ②杨… Ⅲ.①中国文学—文学史 Ⅳ.①I209

中国版本图书馆 CIP 数据核字(2014)第 307043 号

中国文学史
黄 人 著
杨旭辉 点校
责任编辑 史创新

苏州大学出版社出版发行
(地址:苏州市十梓街 1 号 邮编:215006)
苏州工业园区美柯乐制版印务有限责任公司印装
(地址:苏州工业园区娄葑镇东兴路 7-1 号 邮编:215021)

开本 787 mm×1 092 mm 1/16 印张 21.5 字数 484 千
2015 年 4 月第 1 版 2015 年 4 月第 1 次印刷
ISBN 978-7-5672-1172-8 定价:58.00 元

苏州大学版图书若有印装错误,本社负责调换
苏州大学出版社营销部 电话:0512—65225020
苏州大学出版社网址 http://www.sudapress.com

前 言

毫无疑问，中国文学史是现代大学中文系最主干的课程之一，因而各种冠名“中国文学史”的教材与专著，早已是汗牛充栋，不胜枚举。纵观我们今天的学术繁荣以及所取得的每一个进阶，无不是以前人的肩膀为依托的，此诚朱子所谓“旧学商量加邃密，新知培养转深沉”也。回溯百年教育史和学术史，清末东吴大学汉文教习黄人所著《中国文学史》实乃真正具文学史意义与规模的拓荒之作，筚路蓝缕之功，自不能湮灭。只缘坊肆未曾流行，见者甚少之故，几为世人所淡忘，经浦江清、钱仲联、陈玉堂、孙景尧、王永健、徐斯年、曹培根诸位先生的褒掖与绍介，渐为学界所关注，诚如台湾学者黄维梁所说，黄人及其《中国文学史》，“在百年孤寂之后，他所积累的名声，我们真要‘连本带利’、十倍百倍地奉献给他——他在地的后人，他在天的英灵！”①

黄人（1866—1913），原名黄振元，字慕庵，一作慕韩，中年以后改名黄人，字摩西，别署蛮、野蛮、野黄、梦闇、诗虎。江苏昭文（今常熟）浒浦问村人。三十岁时，应友人之约，寓居苏州，结交吴中名流吴梅、金松岑、吴湖帆、范烟桥等。光绪二十六年（1900），与庞树松、树柏兄弟在苏州组织“三千剑气文社”（1909年南社在苏州虎丘成立，黄人旋偕所有成员并入），以文会友，评说时事，并创办了苏州历史上最早的报纸《独立报》，后因“借明讽清，语多警辟”，“言词犯上”而于次年被苏州知府彦秀封禁。光绪二十七年（1901）农历二月，东吴大学正式成立开学，聘黄人任国学教习（教授），直至辞世。

黄摩西在东吴园中的十三年，对于东吴人文学术传统之建立，功莫大焉，尤其是他在晚清保守势力盛行的时世背景中，却多有开时代风气之先的学术活动，其创新精神直至今日依然是东吴后人不可多得的学术精神财富。国学大师钱仲联先生生前一直希望将黄人与章太炎、吴梅、唐文治并尊为“苏大四先生”，建纪念馆以缅怀先贤卓绝的贡献，在他年逾九十高龄之际还不无深情地说道：“苏大文学院今日之成就辉煌，生海先河，溯源自当上及东吴建校之初！”②对黄人的推崇更是溢于言表。光绪二十九年（1903）创刊的《雁来红》是东吴大学最早的年刊，黄人即为主编，不少优秀的文学作品也藉以流布，清代文人沈复的《浮生六记》就是首先刊布于此，遂广为传诵，直至今日依然是文坛的一段佳话。光

① 黄维梁《不能湮没的最早的中国文学史》，《羊城晚报》2004年11月2日。

② 钱仲联《东吴人文学术传统》，钱仲联、范伯群主编《中国雅俗文学》，江苏教育出版社1998年版。

绪三十二年(1906),由黄人主笔的《学桴》①创刊,黄人在《发刊词》中明确此刊以"表学堂之内容,与当代学界交换智识"为要务,《学桴》因此成为中国历史上最早的大学学报,以学术传播、学术交流为己任的大学学报传统也由此而奠定。宣统三年(1911),黄人完成《普通百科新大辞典》的主编工作,辞典共计收入66门现代新学科的12000余词条,出版之后,大受欢迎,三月之内连续再版三次,被学术界视为"中国现代第一部百科全书","其开创之功不可没"。② 当然,更值得称道的就是他的《中国文学史》,这是中国学术史上第一部真正具文学史意义与规模的巨著。全书洋洋洒洒三十册,凡一百七十余万言,"创论层出,冠绝时贤"③,"阐述中国文学的发展,不但多石破天惊的议论,发前人所未发,也多今人所未言,而且力倡文学自由之说"④。

关于黄人《中国文学史》的撰著经过,黄人的同乡,且与之比邻而居于卢师浜(今螺丝浜)的另一位东吴汉文教习徐允修在《东吴六志·志琐言》中有过一段较为详尽而细致的记载,弥足珍贵:"光绪三十年,西历1904年,孙校长以本校仪式上之布置,略有就绪,急应厘订各科学课本;而西学课本尽可择优取用,唯国学方面,既一向未有学校之设立,何来合适课本,不得不自谋编著。因商之黄摩西先生,请其担任编辑主任,别延嵇绍周、吴瞿庵两先生分任其事。一面将国学课择要编著,一面即用誊写版油印,随编随课,故编辑之外,又招写手四五人,逐日写印。如是者三年,约计所费已达银元五六千,所编《东亚文化史》、《中国文学史》、《中国哲学史》等五六种。孙校长以此事着手业经三年,理应该择要付印。因由黄先生将《文学史》整理一过。此书系其自己手笔,开头总论、分论、略论,洋洋数百万言,均系惬心之作;以下亦门分派别,结构严谨,惟发抄各家程式文时,致涉繁泛。书虽出版,不合校课之用。正欲修改重印,先生遽归道山,遂致延阁多年。今春,有王均卿先生(系先生之老友,在中华书局编辑者),愿负修改之责,完成合式之本,付诸铅印,不日即可出版矣。窃谓孙校长以一西国人,不急急于西学之课,而惟不吝巨资编著国学课本,欲保存国粹也,其心不显然可见乎?"⑤

这一段叙述,尤为值得注意的有以下几点:

(一)与林传甲"仿日本笹川种郎《中国文学史》之意,以成书"(林传甲在卷首的自叙)形成鲜明对比的是,黄人则完全是"自谋编著",故而其著"体大思精,议论宏通",中多"独创之见"。⑥

出于教学之需,缘未有现成的课本,东吴大学校方遂请黄人主其事,"自谋编著"《中国文学史》。在无所依傍的情况下,黄人精心结撰,机杼独出,故而书中时时闪现的精警独辟之见,无不凝聚了黄人的艰辛,即便有嵇绍周、吴梅、金叔远等助手的襄助,"随编随

① 后改名《东吴月报》、《东吴》、《新东吴》,创刊号原件藏苏州大学博物馆。
② 李迪、郭世荣《中国现代第一部百科全书》,《辞书研究》2002年第3期。
③ 钱仲联《南社吟坛点将录》,《苏州大学学报》1994年第1期。
④ 钱钟联《辛亥革命时期的进步文学家黄人》,《梦苕庵清代文学论集》,齐鲁书社1983年版。
⑤ 徐允修《东吴六志·志琐言》,1926年苏州利苏印书社印,苏州大学档案馆藏。
⑥ 陈旭轮《关于黄摩西》,《文史》1934年第1期。

课”，“逐日写印”，黄人的撰述进度也极为艰缓，前后历经三年，方撰写至中国文学的“第一暧昧期”（明代），尚未及总论中所谓的“第二暧昧期”（清代）；而林氏仅历半年而告竣。盖因成书之过于迅疾，林传甲本欲仿笹川氏之意，却又未真正尽得其精髓、真意，香港科技大学陈国球教授在《“国文讲义”与“文学史”之间——林传甲〈中国文学史〉考论》一文中有详细的考论，并在最后的结论中这样说道：“我们以为‘中国文学史’之题，只是摭拾的观念之一；林传甲的主要目标是编‘国文讲义’多于撰写‘中国文学史’。”①其实，早在1922年，郑振铎先生就对林著《中国文学史》有过更为激烈的批评，说其“名目虽是《中国文学史》，内容却不知道是什么东西！有人说，他都是钞《四库提要》上的话，其实，他是最奇怪——连文学史是什么体裁，他也不曾懂得呢！”②后来，郑振铎撰著的《插图本中国文学史》就力避林著的这一缺陷。任清华大学中国文学史课程教职的浦江清先生，在评说郑著时，追溯文学史撰述之渊源，就对黄人的《中国文学史》给予了高度的评价，评骘公允：“关于中国文学史之著作，数年来所出虽多，惬心满意之作实少。最早当推已故之黄慕西氏在东吴大学所编讲义，始具文学史之规模（按：着重号系笔者所加），以骈文出之，文词隽妙。然议论固有独见，考证非其所长。”③身处京师的浦江清教授，又专授中国文学史课程，林著不仅应见过，自应认真研读过；黄人《中国文学史》经东吴大学图书馆馆长陈旭轮之邮寄，浦先生方得通览④，而在比较之后，浦先生竟以为黄著“始具文学史之规模”，而与黄人同时着手的林著却并未得此定评。是则，林著虽“文学史”之名，而未有其实也，故未将其视为中国第一部文学史著作；从真正的文学史意义上来讲，黄人之著实堪称首部。

（二）黄人是《中国文学史》的实际主事者，尤其是关涉全书总体构架的总论、略论部分的理论阐述和全书的立目安排，皆系黄人的“自己手笔”和“惬心”之论，其间虽有嵇绍周、吴梅等人助其成，然亦当视为黄人之著作。

关于这一问题，有一事不得不细为辨证，钱仲联《梦苕庵诗话》曾有记载云：“金丈叔远鹤冲曩在东吴大学，与摩西为同事，且同乡，交尤契。丈告余：《中国文学史》一书，非摩西一人之作。属于古代者，出摩西手。汉以后则他人所续也。摩西性极懒，作字尤谲诡类虫书鸟篆，人不能识。《文学史》一书，当时逐日编纂，用为校中讲义，往往午后需用，而午前尚未编就，则口衔烟筒，起腹稿，口授金丈，代为笔录。录就后，略一过目，无误漏，则缮写员持去付印矣。”⑤金叔远氏，与摩西是同乡，又为东吴同事，所言《中国文学史》编撰细节，前后矛盾，其说自不可信。既是摩西腹稿后口授，金氏本人亦只不过代为笔录而已，岂可据以认定《中国文学史》一书非黄氏之著述？若照此而言，则当时校方所“招写手四五人”，亦当列名著者耶？徐允修《东吴六志》的记载是再明确不过的，襄助摩西，分任其事

---

① 朱栋霖、范培松主编《中国雅俗文学研究》第一辑，上海三联书店2007年版。

② 郑振铎《我的一个要求》，原文刊于《文学旬刊》1922年9月，后收于《郑振铎古典文学论文集》，上海古籍出版社1984年版，第36—37页。

③ 浦江清《郑振铎〈中国文学史〉》，文原载1932年8月1日《大公报·文学副刊》第二百三十九期，署名“君练”；又见于《浦江清文史杂文集》，清华大学出版社1996年版，第130页。

④ 事见陈旭轮《关于黄摩西》，《文史》1934年第1期。

⑤ 钱仲联《梦苕庵诗话》，齐鲁书社1986年版，第49页。

的仅两位：嵇绍周、吴梅，其中并没有金叔远，更遑论金氏说的“关目”。核之金氏自己所撰的《黄慕庵家传》，仅言他尝为摩西作笔录，在这一过程中，金氏叹绝的是黄人的惊人记忆，而这一“关目”，却只字未提，后竟有这般私下之议，且肆意诟病亡友，不知何故。依笔者之见，金氏恐难免有攀附之嫌。与金氏形成鲜明比照的是吴梅之谦谦大度。1905 年秋，因黄人之荐，吴梅入东吴任其助教，真正参与《中国文学史》的修纂，终其一生，却从未提及金氏这样之话头，对摩西先生更是崇敬之至，甚至在应聘北大，亦已卓然成为一代名家后，也常谓：“识南北文人无虑数千，名教授藉甚声高，其才皆非摩西匹也。”①吴梅很清楚，在协助摩西编订《中国文学史》的过程中，自己得益匪浅，他曾说自己在词曲方面的造诣先得于亡友潘养纯，“又得黄君摩西相指示，而所学益进。故余与词曲之道，虽不能至，而此中甘苦险夷，皆备尝之矣。养纯导于先，摩西成于后，是二人者，皆大有造于我者也”②。他又在为郑振铎《清人杂剧二集》作序时说：“往与亡友黄君摩西，泛论明清两朝文学，造诣各有浅深，皆有因而无创。摩西谓明人制艺、传奇，清之试帖诗，皆空前之作。余深韪其言。”③吴梅不仅“深韪”摩西之言，更在自己的许多著述中，援引、承继黄人《中国文学史》中的主要观点，如其《中国戏曲概论》及《读曲记》中对汤显祖“临川四梦”、吴炳“粲花五种”（尤其是《绿牡丹》一剧）的评骘，与黄人《文学史》中的相关论述完全一致；而吴梅后来在北大任教时所编的《中国文学史》④，对唐人传奇的论述也与黄人《中国文学史》所论如出一辙。这样大量地征引和称述，且不注明出处的做法，普遍存在于民国时期的学术著述中，足以表明著者对被称引前贤的尊重和认可，绝不可依今日之规则视为学术失范；相反，我们倒可以由此中之消息，充分感受到黄人对吴梅的影响，亦可体会到他对二十世纪戏曲研究的拓荒意义。

（三）东吴大学主事者的学术魄力与校园学术空气堪称“兼容并包”之典范，端赖于此，才造就了黄人《中国文学史》独具的“世界之观念，大同之思想”，因而被学者誉之为“我国首先介绍比较文学这一学科，并运用其观点方法研究中国文学史的先行者”。⑤

东吴大学是一所美国人创办的教会大学，首任校长孙乐文极为通达开明，校内的同事则“美国人与我国人晋接周旋，确无国际畛域”，而在学术上更是主张中学、西学的融通与对话，所谓“互相考证，免除中外隔膜”也。⑥ 一方面，孙乐文校长提倡“保存国粹教育”，东吴第三届毕业生杨惠庆在演讲时就说：“先生设学，首重国文。尝谓中国学生，当首取祖国固有之国粹，发挥之，光大之，不应当专习西文，置国本于不顾。”⑦同时，自学校“创办之

---

① 陈旭轮《关于黄摩西》，《文史》1934 年第 1 期。

② 吴梅《奢摩他室曲话自序》，《吴梅全集·理论卷》，河北教育出版社 2002 年版，第 1139—1140 页。

③ 《吴梅全集·理论卷》，河北教育出版社 2002 年版，第 1019 页。

④ 此稿藏于法兰西学院汉学研究所，其详情参见陈平原先生《不该被遗忘的“文学史”——关于法兰西学院汉学研究所藏吴梅〈中国文学史〉》，朱栋霖、范培松主编《中国雅俗文学研究》第一辑，上海三联书店 2007 年版，第 20—26 页。

⑤ 徐斯年《黄摩西的“中国文学史”》，《鲁迅研究月刊》2005 年第 12 期。

⑥ 徐允修《东吴六志·志师资》，1926 年由苏州利苏印书社印，苏州大学档案馆藏。

⑦ 徐允修《东吴六志·志师资》，1926 年由苏州利苏印书社印，苏州大学档案馆藏。

始，即提倡中西并重，俾毕业生吸收西方科学，熔冶于中国文字之中，不致偏重一方，造成外国化的中国人，'虽有学识，与国无补之弊'"。在这样"洵已不凡"的"高见宏旨"指引下，"东吴大学自创办以来，国文程度素冠东南诸教会学校，教员若黄摩西，若章炳麟，若嵇绍周，皆一时知名之士。即历年毕业生，若陆志韦、赵紫宸、薛毓津、姜尚瑜等，文章亦皆斐然可观"。① 在这样的学术氛围中，一百余年前的东吴大学出现黄人这样"号为百科全书"②的学者，也就是情理中之事了，而出现具有"世界之观念，大同之思想"的文学史著作，也就水到渠成了。

"世界之观念，大同之思想"，是黄人《中国文学史》最为显著的特点。在对传统文学研究的审视中，黄人发现其中的诸多弊端，因而对它的批判亦堪称激烈之至，其中有谓："所持者又甚狭，既失先河后海之旨，更多朝三暮四之弊……各守畛域而不能交通……而乃画地为牢，操戈入室，执近果而昧远因，拘一隅而失全局，皆因乎无正当之文学史以破其锢见也。盖我国国史，守四千年闭关锁港之见，每有己而无人；承廿四朝朝秦暮楚之风，多美此而剧彼，初无世界之观念，大同之思想。历史如是，而文学之性质亦禀之，无足怪也。"（见本书第 3 页）"盖他国之文学有限，而吾国之文学无限；他国之文学，此文学与彼文学有关系，而吾国之文学，分划疆畛，几若老死不相往来。一言蔽之，则此文学者，可谓不通之文学，业不适矣！"（见本书第 99 页）

正是有了这样的理性反思，黄人遂在文学史的研究中引入了西方的"文法"（Grammar）、"文典"的概念。所谓"文典"，黄人在其主编的《普通百科新大辞典》第 107 页中有过这样明确的解释："于同一系统二国以上文学性质，就其用法，参互比较而得其异同连合之故，谓之比较的文典。"而黄人对《马氏文通》（马建忠作）、《文字发凡》（龙志泽作，一曰《中学文法教科书》）、《汉文典》（商务印书局本）、《英文汉诂》（严复作）、《文学释例》（章绛作）等早期能"贯通中外，上下古今"的"文典"之著，给予了较高的评价，以为这些著作对于"已有学识者读之，诚足以破拘墟之见，得反隅之益"，但其弊在于，"若以供束发受书学子之用，终苦奥衍"。（见本书第 100 页）所以，黄人自己在编辑《中国文学史》教材时，就尽可能深入浅出地以"文典"研究的方法，"愿其于文字之性质，学生之感情，所以离合迎拒者，而一加意焉。更愿其于文学性质之成分，与学生感情之原素再加意焉"（见本书第 100 页）。他自觉地借鉴包括大田善男、达克士、苦因地仑、西在洛、巴尔克之、阿诺图、薄士纳、科因西哀、烹苦斯德等国外学者对于文学的理论思辨成果，成功地运用比较文学的研究方法与中国文学研究的传统学问嫁接，开创了有别于以文学家列传（如《文苑传》）、目录（如《艺文志》类）、选本、批评（如《文心雕龙》、《诗品》、诗话）为主要形态的传统文学研究的新路径。黄人在书中明确提出："要而言之，文学从两要素而成：一内容，一外形也。内容为思想，重在感情的；外形为文词，重在格律的，而格律仍须流动变化，与他种科学之文不同。外形不论，而就其实体（即内容）言之，其人之思想有三方面，即真、善、美是也。"（见本书第 61 页）

---

① 沈青来《改良东吴中文科刍议》，《东吴》杂志 1921 年第三卷第二期。

② 详见《二十五年来之东吴》一文，东吴大学二十五周年纪念特刊《回渊》。

一则强调“真、善、美”作为一个统一标准，视为文学的基本属性和评价标准，作为全书的总纲在起始处开宗明义，这与传统的偏执一端衡铨文学不同，标志着具有世界眼光的全新批评标准在中国文学研究中的确立。再则，黄人更强调“文学史”之谓，“盖精神上之文学史，而非形式上之文学史；实际上之文学史，而非理想上之文学史也”，故而“文学史研究自然尤不妨破成格而广取”（见本书第 144 页）。黄人的这部《中国文学史》，真正使中国的文学研究由经验式的品评转向辨别种类、源流、正变、沿革的历史研究，这正是黄人自己所言：“就既往之因，求其分合沿革之果。”（见本书第 3 页）所以，全书无论是选材、体例，还是叙述、评论，无不鲜明地体现出中西合璧的特色。以上所论，都是就黄人《中国文学史》之大要而言，至于书中随手胪举的中外文学比较之例，比比皆是，不再赘言。

随着“真、善、美”统一标准的确立，黄人对文学范围的界定也就诚如他自己所说的那样“破成格而广取”之，远远超越传统文学的藩篱，体现了博通的学术视野和通达的文学史识见。

首先，神话、小说、戏曲等一直以来被轻忽的文体，自然成为黄人在《中国文学史》中极力彰显的对象。他结合上古先民生活状态，解说上古神话的真实性，论及《炼石补天》时有云：“初民凡指手以上者皆为天（天、颠、顶一声，本一意），特未有屋宇，构巢不蔽雨，一遇雨，即哗怪谓天漏矣。娲氏发明石灰之法，用以涂饰，遂无沾濡之患，遂群神为补天。”（见本书第 102 页）遂由此推而广之，作结谓：“凡一切古时神奇之说，皆可以是推之，则不致迷信，而可借以壮我文学之藻采（《易》、《诗》及《楚辞》多奇语，即得此）。彼《庄》、《列》寓言，即由此变化而出，则并可增进高尚之思想，在能善自审择耳。”（见本书第 102—103 页）“古时神话，颇多不足训世，故孔子删之，而史起于以伦理治世之尧舜，然智识上固宜屏之，而美感上则足以助文学之兴味，且事非尽无根据，惟在半开化时代，虽常事亦必神奇其说，非是则不足起信也。”（见本书第 102 页）对于古代小说的评价，黄人在《中国文学史》中的论说虽不多，而与其《小说小话》相得益彰，也有明确的说明：“若夫社会风俗之变迁，人情之浇漓，舆论之向背，反多见于通俗小说。且言禁方严，独小说之寓言，十九手挥目送，而自由抒写。而内容宏富，动辄百万言，庄谐互行，细大不捐，非特可以刍荛补简册，又可为普通教育科本之资料。虽或托神怪，或堕猥亵，而以意逆志，可为人事之犀鉴。”（见本书第 321 页）尤其是他对以《金瓶梅》为代表的家庭小说，评价亦很高。一直以来，学术界都视王国维为中国戏曲研究的拓荒者，尤其是他完成于 1912 年的《宋元戏曲考》中提出的“一代之文学”的观念，广为后世称誉。殊不知，黄人《中国文学史》中评骘元杂剧、明清传奇时就早有“一代文学之代表”、“文界之异军苍头”这样的论说（见本书第 15 页），所以，王永健教授在其著作中将黄人之论与王国维之说相提并论，以为“真可谓前后辉映”，并不无感慨地说道：“长期以来，研治中国戏曲史者，只提王国维，而不提黄摩西；推崇《宋元戏曲考》，誉之为中学与西学结合的产物，科学的思维方式和研究方法的结晶，而不知《中国文学史》也是同样的精品。”①

① 王永健《“苏州奇人”——黄摩西评传》，苏州大学出版社 2000 年版，第 189 页。

其次，黄人以多学科视阈的融合渗透，来全方位地观照中国文学的发展，更进一步体现了其“破成格而广取”的原则。其中所涉及者，除物理学、声学、乐理学（书中更有用五线谱来图解声音之境域）等诸多西方科学之外，更如金叔远《黄慕庵家传》中所言，是“从语言、结绳、图书、音韵而有文学；从文字而有文学、金石学、韵学、小学、美术之类；从文字之肇始，以至于极盛时代入华离时代，无所不详”。这样的做法，诚有“过杂”、“庞杂”之弊，但这实在是黄人基于对中国传统文学特殊性的充分考虑。黄人由“他国输入之名学、国文、国语教本”中得到启发，发现传统文学研究“于文字之所以组织为文学，文学之所以解剖为文字之关系上，有何效力，更无论矣”，遂主张将语言、文字（包括文字、音韵），进而将书法、美术纳入到他广义的文学研究视阈之中。黄人认为：“以广义言之，亦未始不可统之于文学。即以文学狭义言，亦讨论文学者所不可不知也。”（见本书第 9 页）中国古典诗、词、曲不但讲究辞情，更讲究声情，所谓“声情并茂”、“声情摇曳”方可称美，因而讲述中国古典文学岂可略音韵、文字乎？黄人《中国文学史》中也曾对此有过明确而精妙的论说：“诵读者，文字之不能仅赖乎目谋，而必以口耳助之也。韵文如词、赋、诗歌之类，其立法之始，所谓韵者，未尝不系乎口耳”（见本书第 74 页）；“古有四声之用，而无四声之学，至梁沈约始著韵书，编分平、上、去、入之谱，内调节于宫商，外根源于梵学，遂为文学家律令之一部……四声一门，亦为吾国文学界上一种附属品”，故“当略著其例”（见本书第 80—81 页）。至于与金石、书法的关系，黄人在相关部分的论说也有涉及，如他将秦代的《岣嵝禹碑》等刻石，视为秦代文学的代表，并说：“三代以上无泐石之文，而秦始创之，从此吉金变为乐石。而南山之骨，日受槌凿；然钟鼎彝器，多垂训戒。及昭吉祥，其纪功德者仅居少数，而文词亦多简，不如勒石之可铺张扬厉也。故石刻为秦之特别文体，亦即秦之惟一文体，且其文尤为小篆之祖，可供六法家研究。”（见本书第 125 页）在详述王羲之《兰亭》法帖之后，黄人又从文学角度评之曰：“尝与同志宴集于会稽山阴之兰亭，羲之自为之序，以申其志。或以潘岳《金谷诗序》方其文，羲之比于石崇，闻而甚喜。”（见本书第 164 页）对金石、法帖中的文字做文学史程的审视，不唯在清末，就在今天亦堪称宏识。在大量的选文中，实亦颇能体现黄人“破成格而广取”的原则，在先秦诸子中就选到了兵家的《孙子》和古小说家的《山海经》、《穆天子传》；在文体上，选到了常被人们忽视的琴操、上梁文、语录等；更值得注意的是，《中国文学史》中设专节，选录辽、金、西夏，乃至高丽的汉文文学创作，为我们提供了汉民族文化与少数民族、周边国家文化之间交流、融合的一个文学范例。

再次，黄人以“天演论公例”考察中国文学史，紧密结合社会历史的演进，动态地阐释中国文学的发展。他反对一味地厚古薄今：“人心与世运进化同途，宁有社会之万事皆进，而文学独衰退者?”（见本书第 143 页）但他所持的“天演论公例”又绝不是机械、简单的进化论，他在《中国文学史 · 略论 · 文学华离期》中独具慧眼地说道：“文治之进化，非直线形，而为不规则之螺旋形。盖一线之进行，遇有阻力，或退而下移，或折而旁出，或仍循原轨。故历史之所演，有似前往者，有似后却者，又中止者，又循环者，及细审之，其范围必扩大一层，其为进化一也。以吾国文界言之，其理尤明确。”（见本书第 13—14 页）黄人认为,文学的发展与社会时运、政治的关系密切,所谓“夫世运无不变,则文学亦不能不随之而变”(见本书第101页)。这在黄人对词与戏曲、小说等新文学样式勃兴的论述中表现得淋漓尽致。

黄人在《中国文学史》中所谓“或求野求夷,吸收新质,要为文学生活上营养之资,而不能乱文学生殖上遗传之性”(见本书第3页),则完全可视为其文学研究之宣言。其中西合璧、古今兼蓄、雅俗并重、多学科融合的文学史研究方法,为现代中国文学研究在诸多领域导夫先路,使得中国文学的研究之路日趋宽广与厚实,这正是先驱者、拓荒者的贡献与历史地位不应淡忘,更不容抹杀之所在!

除了文学研究的贡献之外,黄人在《中国文学史》中所标举的革命思想及保存国粹,力倡文学自由、文学改革、白话文学的主张,在中国近现代学术思想史上,亦自有其重要的认识价值,诚如陈旭轮《关于黄摩西》中的一句“其提倡文学改革论、白话文学论,尚在胡氏之先”①,就足以让人引起足够的重视。

这样一部“体大思精,议论宏通”,“创论层出,冠绝时贤”的文学史巨著,长期以来一直因其流传不广,成为学界的憾事。早在1932年,时任东吴大学图书馆馆长的陈旭轮就“曾向东吴当局献议,将此书诗文词曲等作品除去,只抽印其绪论及各代通论,卷数即不至繁缛,拟付书局印行,以饷士林”②。可是,这一提议在当时并未得到呼应。在延搁了半个多世纪之后,虽有诸多学者的推介,黄人《中国文学史》已被越来越多的学术同仁所知晓,但是不能一睹全貌之憾叹在学界益愈强烈。

黄人《中国文学史》存世者,只有1911年前后国学扶轮社的铅印本,据笔者所知,除苏州大学图书馆之外,南京图书馆、复旦大学图书馆各有一部。而徐允修《东吴六志》中所谓1926年王文濡准备修订出版者终未见行世,不知何故,盖虽有其议而终未得实刊耶?此次整理、点校,以苏州大学图书馆所藏国学扶轮社铅印本为工作底本。与南京图书馆、复旦大学所藏二十九册相比,苏大所藏多抄配一册,其中有论述《晋至宋元文学之弊》、《两晋六朝·因于前代之文体》、《两晋六朝·特创及分裂之文体》等内容,此系据当时东吴大学油印讲义缮录者,而为铅印本所未刊者,弥足珍贵,故而一并阑入。黄人《中国文学史》中的作品选数量至巨,为了更集中地展现其宏识灼见,此次整理中,作品选原文一概从略,仅存其选目。黄人《中国文学史》在考证和部分论断上亦不无错误之处,在整理中,亦随文加按语略作说明,对一些明显的舛错或抄录错误也作了改正。

在资料搜集和整理点校的过程中,得到了苏州大学图书馆、苏州大学档案馆、苏州大学博物馆各位老师的大力支持。非常感谢文学院王永健教授,王老师在黄人研究上素有心得和创获,每当我遇到困难的时候,他都给予我很大的帮助,并把自己多年研究黄人的心得体会无私地传授给我。此外,还要感谢常熟理工学院的曹培根教授,他曾整理过《黄人集》,因而曹老师给我在文献上的指导也就更为具体细致,更经由曹老师的引荐,得以拜

① 陈旭轮《关于黄摩西》,《文史》1934年第1期。
② 陈旭轮《关于黄摩西》,《文史》1934年第1期。

访黄人的曾孙黄钧达先生。钧达先生慷慨无私地将珍藏多年的黄人印章、像片以及多种手稿见示,并提供复制。钧达先生的一番话尤令我感动,他说:“我主要的任务,首先是保存好先人的遗物和资料,其次是为专门从事研究的学者尽可能提供需要的资料。”凝视着先贤的手泽,不由得惶恐万分:后学的愚钝无知殆不会玷辱圣哲?盖不会令诸多曾给予我无私帮助且对我充满殷殷期盼者失望罢?果是如此,亦乞请方家不吝批评指正。

多年前,学界前辈就有整理出版黄人《中国文学史》的呼吁,然而因为种种原因,却始终未能整理付梓。七年前,我应某出版社之约,在王永健老师的鼓励下,斗胆整理了黄人《中国文学史》,前辈学者未遂的心愿似乎可以就此了结。但由于出版社的爽约,一直迟迟未能公之于众。在长达七年的波折中,黄钧达先生多次为促成《中国文学史》的出版积极奔走呼号。而今,黄人《中国文学史》的出版终于得到苏州大学文学院的资助,苏州大学出版社也愿襄其成,岂非美事哉!

杨旭辉

2014 年 9 月于苏州

目录

(辉按:黄人的《中国文学史》部分段落分章节,大部分又不分章节,且其中又有大量文学作品选穿插其中,原书的叙次比较繁杂,为便于读者翻阅,故依原书叙次编制本目录。)

第一编 总论

第一章 文学之目的

人生有三大目的：曰真，曰善，曰美。而所以达此目的者，学是也。真也者，求宇宙最大之公理，如科学、哲学等。善也者，谋人生最高之幸福，如教育学、政法学、伦理学、宗教学等。而文学则属于美之一部分。然三者皆互有关系，故求真之学，有叙述的，即有模范的，有实质的，亦有形式的。而慈善家、伦理家、政治家之手段方针，亦莫不推及自然，由现象而知原则，力求进步，薄补苴而重完全。至于文学，何独不然？语云："文质相宜。"又云："修辞立其诚。"则知远乎真者，其文学必颇。又云："文以载道。""立言必有关于风教。"则知反乎善者，其文学亦亵。且文学之范围力量，尤较大于他学。他学不能代表文学，而文学则可以代表一切学。纵尽时间，横尽空间，其藉以传万物之形象，作万事之记号，结万理之契约者，文学也。人类之所以超于一切下等动物者，言语为一大别；文明人之所以胜于野蛮半化者，文学为一大别。故从文学之狭义观之，不过与图画、雕刻、音乐等；自广义观之，则实为代表文明之要具，达审美之目的，而并以达求诚明善之目的者也。吾非谓重视文学，即可置一切学于不问也。文学之责任愈重，则所以达此文学之目的者，愈见其难。无三才万象为之资料，则虽穷高骛远，而无异贫儿之说金；无德慧术智为之结构，则虽盈篇累牍，而仍同鹦鹉之学语。是则不能求诚明善，而但以文学为文学者，亦终不能达其最大之目的也。

第二章 历史文学与文学史

以体制论，历史与文学，亦不能组织。然历史所注重者，在事实不在词藻，界限要自分明。惟史之成分，实多含文学性质，即如"六经"皆史也，而《书》为政府之文学，《诗》为社会之文学，《易》为宗教之文学，《礼》与《春秋》似乎纯为史裁，而附属之传记，仍表以文学。班、马以下，类别渐繁，登录文学亦綦详。盖一代政治之盛衰，人事之得失，有文学以为之证佐，则情实愈显，故曰文胜则史。虽然，有具体必有抽象，有通力必有专行。文学之演进，诚散见于历史中，而历史只能吸收之，而不能包括之，且就一方面观，历史又仅为文学之一部分。故史之分类，有自然的，有精神的，前者为种族、地理、物产等，政治、宗教、经济、教育诸史，则属于后者，文学史亦其一也。文学之分类，有模范的，有叙述的，前者为文谱、文论等，而文学史则属于叙述。盖非是，将终身由之而不知其道，更不免数典忘祖之诮矣。

我国旧学，唐宋以下，大率分为性理、考据、词章三派，而最录简册者，又分为经、史、子、集四部，独以词章与集部属诸文学，其余则闭门自贵，不屑就文学之范围。独班氏之书，则百家著述，概志以艺文，其见解固高于后世之入主出奴者。盖我国之学，多理论而少实验，故有所撰著，辄倾向于文学而不自知。文之优者，虽排斥其学，而心殊笃好；文之劣者，虽推崇其学，而隐生厌苦。即如庄、列、申、韩及西竺诸书，儒者久视为鸩毒。试取其书与霁雰之语录、饾饤之经解并陈之，而反叩其本心之憎爱，苟非逐臭之夫，食蓼之虫，断无不能辨别其妍媸者。否则非违心以欺人，即毫无知识者耳。即如二十四氏之史文，首推盲、腐，而一则讥其谬于是非，一则疑为泄其冤愤，所以见重于世者，特文学之空前绝后耳。《春秋》非圣人之书哉，何以有断烂朝报之诮也？然文学虽如是其重，而独无文学史。所以考文学之源流、种类、正变、沿革者，惟有文学家列传（如文苑传，而稍讲考据、性理者，尚入别传），及目录（如艺文志类）、选本（如以时、地、流派选合者）、批评（如《文心雕龙》、《诗品》、诗话之类）而已。而所持者又甚狭，既失先河后海之旨，更多朝三暮四之弊，故虽终身隶属于文学界者，亦各守畛域而不能交通。屈、宋之徒，罔识高、赤，韩、柳之裔，摈斥曹、刘，此尚因造诣之各异也。甚而一门之中，亦分水火，宗两汉则祧六朝，崇三唐则薄两宋，信古者则嗤近习为俳优，趋时者则讥陈编为刍狗。而不知奇偶华质，因于自然，本原未尝或异；甲乙丙丁，不过符号，界线终未分明。而乃画地为牢，操戈入室，执近果而昧远因，拘一隅而失全局，皆因乎无正当之文学史以破其锢见也。盖我国国史，守四千年闭关锁港之见，每有己而无人；承廿四朝朝秦暮楚之风，多美此而剧彼，初无世界之观念，大同之思想。历史如是，而文学之性质亦禀之，无足怪也。

第三章 文学史之效用

文学史者，不仅为文学家之参考而已也，凡欲谋世界文明之进步者，不数既往，不能知将来，不求远因，不能明近果。历史之应用，其目的不外乎此。故他国之文学史，亦不过就既往之因，求其分合沿革之果，俾国民有所称述，学者有所遵守。而我国文学史之效力，尚不止此，大要有数端如下：

（一）三皇之书，为文学权舆。时全世界方居草昧，同时文明程度可与抗颜行者，独有巴比伦与埃及耳；若印度、犹太，则子姓矣，希腊、罗马，直以云仍视之耳。而此诸国，当时之文学，虽极发达，要其继续，不过百年。果蠃螟蛉，他人入室，前仆后起，迭为兴替，其新者不过暴富之贫儿，其旧者已成化石之蜕骨。今之英、法、德、美，虽以文物睥睨全球，而在千百年前，方为森林中攫噬之图腾，乌有所谓文学者？故以文学之谱牒言，独我国可谓万世一系，瓜瓞相承，初未尝稍杂以非种，即间或求野求夷，吸收新质，要为文学生活上营养之资，而不能乱文学生殖上遗传之性。今虽过华屋而叹凌夷，窥明镜而羞老大，然一息犹存，当有待盖棺而论定。百足相辅，安见不一旅之中兴。正未容崛起之白板，顾影之乌衣，遽加轻蔑也。则有文学史，而厌家鸡爱野鹜之风，或少息乎？

（二）或谓进化之公理，不行于支那，故世界各国，皆后来居上，独我国则有今不如古之叹。似也，而实不然。夫苟在天演界中，安有能生存而不能进化者？换言之，则不进化又安能生存者？即有之，亦不过取幸于一时，而断难持续。故就我国现象之一二部观，非特不进化，且有退化者；统全局论之，则进化之机固未尝少息也。（详见《分论》中）然进化之道，虽曰优胜劣败，适者生存，而优劣之程度无算，竞争之方法亦无算，其机甚微；虽明智不能尽析，而惟以其适存为验，此固无待烦言也。而所不可不知者，较然之优劣，其竞争浅，而同在优级，必以竞争而后定其高下者，其竞争之机乃益剧烈。派的利亚之与人类，其优劣相去，何止千万。然人类初不注意，至近日知其为害之烈，始从事竞争。若人猿一族，非与人类血系最近，而优于一切动物者乎？何世界上寥寥不数见也？红、黑二种，更优于人猿矣，何亦如秋后之叶，日见其少也？非人类灭之，而谁灭之耶？尊优劣之程度，相去不远，则所以供给其生存者亦相等，此盈则彼绌，乙丰则甲啬，势不能两立，则其竞争亦不得不烈。植二木于方寸之地，则必一枯一荣，而交加之藤，翳生之苔，则无恙焉。前者程度相若，而后者则因其过劣而竞争反不剧也。今黄祸之说，溢于白民之口耳，何不曰赤祸黑祸也？则其所谓祸者，为其劣而祸欤？抑为其优而祸欤？固无待解决矣。夷人之国灭人之种者，必先夷灭其言语文字。夫国而有语言文字，此其国必不劣，而国亦有待之而立者，故夷灭之恐不及也。若犹是侏离格磔之俗，结绳投砾之治，亦无容多此一举矣。我国民之优点，其足以招入宫之嫉而必不能免当门之锄者，尚不止文学，而文学则势处于至危者也。所幸吾国之文学，精微浩瀚，外人骤难窥其底蕴，故不至如矿产、路权遽加剥夺。然乳臭之学子，甫能受课，见蟹形之文，则欢迎恐后，一授以祖国之字，辄攒肩掉首，如不欲闻。而号为老师宿儒者，犹复匿其珍错，执土饭尘羹，强使入咽。以此现象观之，则不待人之灭我而我行将自灭矣！示之以文学史，俾后生小子，知吾家故物不止青毡，庶不至有田舍翁之诮，而奋起其继述之志。且知其虽优而不可深恃，今日之鼎铛玉石，几世几年经营收藏，而逦迤弃掷，视之不甚爱惜者，一旦他人入室，付诸焚溺，欲觅一丝寸砾而不可复得，则守护不可不力。故保存文学，实无异保存一切国粹，而文学史之能动人爱国保种之感情，亦无异于国史焉！

（三）我国有最奇之两大现象，则外形常为统一，而内容则支离破碎也。如政体，虽数千年来常统于一君主、一法律之下，其实百里之内，即自为风气，尔疆彼界，阂于胡越；即一户一族一团体，而亦互分党派。伦理道德，亦常统于一先生之说，所谓天经地义无敢或逾者。而以实际言之，则巫蛊之毒，夷虏之陋，常盘踞其中，且各有所师尚。（其普通者如选日占验之类，特别者如礼斗禳星之类，至伦理上沈锢之点，若强兄弟同餐及妇女守节之类。）至于一切职业，莫不皆然，而文学为尤甚。盖统之者本无实力，受统者又非出于真意，不过悬一尊号，苟且相安，而其中不规则之动机，无时或息，遂有种种之结果，种种之方面，犹强投无数之液质于容积不大之一器中，听其各自结晶，则其外虽若一体，而其内质之混杂，几有不胜分析者。言文学者，无不推原于大道，根柢于“六经”。其实道非一端，扬、墨之是，有时贤于孔、孟之非，樵牧之俚，有时过于图书之秘。“六经”虽云载道之书，而考其实质，惟《诗》、《书》为正则之文学；且《国风》、《雅》、《颂》，旨趣各殊，典谟训诰，体裁迥异。苟细为分析，皆可自成一家，别为初祖。若五德之代兴，忠质一视所尚，若九土之分域，埴坟咸有所宜。而演进益深，则繁赜纷纭，已尽革其故，而别生新种。论报本追远之厚意，不妨谓同出于一原；识乘除消息之化机，则断难强驱于同轨。且奉一神者宗教之主体，而旧宗新派，已分裂于坛宇之间；明一尊者君主之大权，而九夷八蛮，尚羁縻于职方之外。文学为言语思想自由之代表，而刻木为主而听命之，画地为牢而谨守之，不亦慎乎！至若诗歌、小说，实文学之本色。故三代典籍，每多有韵之文，而《虞初》、《齐谐》，亦为最古之史乘。前者所以生音乐之精神，后者所以穷社会之状态。体制虽有变更，而目的未尝或异。馀若《客嘲》、《宾戏》，呈诡辩之才；《石鼎》、《锦图》，极文心之巧；典午清谈，为两宋南宗、北宗之滥觞；舒王经义，树有明甲科、乙科之正鹄。此皆文学之不循故辙而独辟一区者，虽无当于大道，要不失审美之旨。而述文学系统者，往往摈不与列。由前而言，则失之太广；由后而言，则又失之太狭。广则不能通者而强求其通，狭则本可通者而屏不使通，而其极均至于不通。虽曰政治、习俗实使之然，此言语思想之自由，政治、习俗固未尝明为制限，而亦不能为之制限也。示以文学史，庶知返乎？

（四）我国社会之弊，莫大于不诚。一切事物，往往表里绝殊，名实相反，而文学其尤甚者焉。夫文之为义，虽若与质对待，然固相辅而非相反者，乃至其流极，而所谓文者，几若诈伪曲饰之代名。推其原因，盖有二焉：一由于佞。下之事上，贱之事贵，以反逆为大恶，以媚兹为义务，歌功颂德，既便于口吻，掩过饰非，遂流于记载。壁、麟二经，为史家之职志，亦为文学之朝宗，而孔氏著尊亲之讳，孟氏有“书不尽信”之疑。于是后世之纪事、纪言者，益袭为揄扬，罔顾事实；虽直笔间存，而南史、董狐，固难胜十众咻。谥法具在，而文武圣神，岂尽出于公道？其始则对于君亲，或者出于劫制，其继则施诸侪辈，已若习为自然；其始但以奉人，犹不免阳谀而阴毁，其继则以之私己，并至久假而忘归。册府裔皇，满纸惟陈令德；简笺往复，临颖辄颂清芬，至于祝嘏谀墓，最泛滥而无纪。昔人所谓“华对之祝，箕畴之福，尽人皆有”，及“人虽极恶，必有一篇极好文字送归泉下”者，非刻论也。甚至篡杀大恶，而必饰以美词；兵刑凶事，而常文以吉语。愈郑重则愈失真，愈冠冕则愈无当，官样文章，真如葫芦依样焉。夫俳优之谐悦主家，止求饮食醉饱；尸祝之供媚神鬼，尚为邀福禳灾。文学为名山不朽之业，而顾与之若佩剑之左右乎？长此不变，则人事可以执符而验，但易其岁月，而文学亦可刊板而成，仅填以姓氏足矣。此不诚之自上而下者焉。一由于诞。铺张扬厉，神奇变化，固为文学家之能事，然必肆而能敛，奇不诡正，斯有所征信而垂后。我国民好大迷信之习，相沿不改，而其中于文学者尤深。文字则有雨粟、鬼哭之祥，图书则矜河马、洛龟之秘。初民智识未开，傅会诚无足怪。宣尼为群言之宗，立辞必衷真理，言不雅驯，不登记录，然微言传述，已病浮夸，教外别传，尚流谶纬。周、秦诸子，人抱哲理，文学亦际其最盛。然师法必托诸皇古之神明，援引必参以域外之灵怪。两京渊雅，选义陈词者，奉为圭臬，而以五行机祥为大道，以符命封禅为高文。至若鲁壁丝竹，汲冢光芒，凌虚传河上之书，持禁出枕中之记。舍苍生而问鬼神，伤哉王佐；托奇事而行讽

谏，谲矣岁星。仲舒大儒，而侈陈五龙之术；中垒硕学，而深信《万毕》之方。故秦坑之儒，即是方士；汉学之授，不出家人。延及标季，益多夸饰。兜率遮须，才子之死必生天；长庚奎宿，文人之生皆应运。甚至工部诗编，人夜发星月之光；庐陵阡表，落水有蛟龙之护。大抵谓古籍流传，必与清虚合德，而名流撰述，常有神物相随。若六丁下寻，九厄成例，则文学又几成为释提桓因之阿修罗、耶禾华之撒但矣！此则不诚之自下而上者也。盖佞者虽屈于威力，而阿谀以取容，其心实有所不甘，遂别出一术，以隐为抵抗，或挟最高之天权，或挟最尊之师权，或挟最信仰之鬼神权，上与君主分席。其始或出于不得已，虽明知其诡谲，而姑用以自振，日久成习，则渐多无病之呻吟，且以不经为矩矱；而君主之黠者，反利用之以为粉饰太平之具，以塞觊觎非分之萌。既佞既诞，愈诞愈佞，指鹿之术，日起于下，而养狙之方，益工于上。上与下互售其欺，而遂成为文学第二种性质。尚词藻者，固当矜雕镂而务神奇，而寻常清言，皆杂以迂怪；居殿阁者，诚当徇忌讳而申颂祷，而一切人事，亦出以丐词。夫文学既为载道垂训之具，而先导举国以不诚，安望国民之有进步乎！史者，人事之鉴也。美恶妍媸，直陈于前，无所遁形，而使人知所抉择。观于世界文学史，则文学之不诚，亦初级进化中不可逃之公理。创世之记，默示之录，《天方夜谭》，希腊神话，未尝非一丘之貉，不当独为我国诟病。惟彼之贤乎我者，华与实不相掩，真与赝不相杂，而除一上帝外，无赞美之文，除几种诗歌、小说外，无神怪之说。即间有之，而语有分寸，尚殊奴隶之卑污，事有依据，不等野蛮之迷信。故其国民，皆以诚为至善，以诳为极恶，外交内政，昭如划一，以固其国础，文学未始无功焉。而文学之能去不诚而立其诚者，则有所取鉴而能抉择也。天下事惟能知然后能行，有知而不行者矣，未有能不知而行者也。不知而行，谓之盲行，彼以欺售欺者，实以盲引盲耳。人情非好为佞也诞也，奴隶野蛮，固稍有识者所不乐居也，而卒不免于佞诞者，正苦其不自知也。惟其不自知，故以�婀洟涊为义所当然也，以穿凿附会为理所必有也。甚且以不佞行其佞，学胡语而骂人；以不诞行其诞，向痴人而说梦。苟鉴乎陈迹，知岛夷索虏之丑词，仅等市伧之相诟；吞卵履武之故事，实有中冓之难言。则反而自省，必有愀然不安而生其羞恶者。虽矫枉治标，或恐有损文学典重雄奇之本质。究之志趣高，则立言愈形遒上；理解富，则下笔益见权奇。今古中外，苟以文学名家者，未有不具不羁之气概，爱智之精神者。障翳抉则光明生，糟粕漉则精华出，夫何有因噎废食之疑乎？

结论

然则不统现象而研究，则实际不明；不就对象以权衡，则主观不立。采十五国之风，而后有兴、观、群、怨之资；修二百四十年之史，而后有进退黜陟之枋；搜集百二十国之宝书，而后“六艺”大明，百家退治，诚敻乎莫尚矣。若夫彦和《雕龙》，子玄抽象，皆足衍向、歆之家，为游、夏之功臣。变迁至今，可无后盾。则文学史者，又不仅为华士燃犀之照，且可为朴学当璧之征矣！故文学史之一多离合状态，与各科学略同，文学史之与兴衰治乱因缘，亦与各种历史略同，其特别之效用则如上。

第二编 略论

第一章 文学之起源

三古以上,政治权、宗教权、教育权,皆兼握于君主。一人为雄而众为雌,一人为智而众为愚,一人为君子而众为小人。蚩蚩者但谋耕牧畋渔之生活,衣租食税,服教畏神,固绝无著书立说之思想。故文学之事与文学之用,亦仅属于上。虽谟训之存,樵牧之询,间传为盛事,而雄文秘笈,著作者归美于一人,而其下不得预焉。书契之作,应属侯冈专家之业(仓颉,或谓伏羲之相,或谓黄帝之臣,或谓继伏羲而治世者,传疑不定。愚意古人特别著作,每以名其家世,和弓垂矢,即其例焉。则仓颉者,要即造字之一专家,而子孙世其业者,前后非一人也。即如老子之在商为守藏吏,在周为柱下史,亦以世业言。其后辗转附会,且有在三皇时为郁仪洪厓录图之说,甚者谓先天地而生、后天地而不死者矣,其实一世袭之史官耳!俗语不实,流为丹青,甚可笑也。),而羲黄享其成。龙马缙云之说,不足信也。三皇之书,《易》与《本草》,亦必有所师承,而一涉神秘,一近簿记。文学之体制不备,故渊源所自,无可稽详。传者但知其出于某时代,则著作之名,即以某时代君主当之而已。至黄帝,则文明已日渐进步,其平生功业,凌轹前古,创制显庸,不可殚述。文学之用,亦较宏富,而时代亦较近。当时所陈献而采录者,皆得附骥而传。若道术之广成天姥,若医术之岐伯容成,若兵家言之玄女风后等,莫不溯授受之统系,载主客之论辨。然艺文所志,不下数十家,多以黄帝为代表,则仍倾向于一人,而臣下之著述,几若皆为其著述。然则古者除杖铭、芝图、《旄尾》、《皇娥》、《击壤》等恍惚流传之歌谣外,可谓君主有文学,而臣庶不能有文学,朝廷有文学,而草野不应有文学。即后世之占有国家者,亦必并文学权而占之。虽起于椎埋,生于毡酪,身不知谱系,目不识书计,而挟考文之枋,总四部之全。立一说,不恭引纶言,则不能昭信;著一书,不上尘睿览,则不可风行。盖数千年以上所开之风气,至今未沫焉。

老氏曰:“道法天,天法自然。”自然者,即近日科学家之所谓末理本于原理,原理本于天则也。故自然为最大之原理,最初之法则。其定为科目而设置一切律令者,不过就自然原则组织解剖之耳。文学以文字为成分,则必谓有文字而后有文学矣。殊不知文学之名目,虽立于有文字之后,而文学之性质,早具于无文字之先。何则?文学之位置最高者,莫如哲言;文学之部分最广者,莫如诗歌。此二者,在未有书契以前,久已潜行社会。即文字界已经开辟,而刍荛所采,輶轩所陈,皆由不知文字之人而来,以文字表之,固谓之文学。然文字不过为其模型,安有模型为文学,而真象反非为文学者?故欲知文学之真际,当求之未有文字以前。且拘牵于文字,反易涣文学之真精神。试举其例,如子云拟《易》,务为奇奥,而识者讥为艰深文浅陋,不如巫诅、童谣之自在变化也。束皙补《诗》,非不清隽,而见者谓未脱晋人口吻,不如劳人思妇之真挚动人也。开创英雄,兴到击节,不避粗犷,一为史臣修饰,而豪气顿减。《旧唐书》中嘉言名论,记述一如其故,经宋氏窜易,遂意晦而神索矣!质言之,则文学为主,而文字为役;文学为形,而文字为影;文学为灵魂,而文字为躯壳。离绝文字，固不能见文学；瞻徇文字，亦不足为文学。今之文学，有著述等身，而如积壤蓄潴，令人唾弃者。而古人单词只句，阅世虽久，反弥可宝贵。非尽由爱古薄今之习也。正以一则终身受文学驱使，而为之胥靡，一则超文学之外而驱使之，如画师聚色成景，红女错丝成彩，泯然无有色丝之迹。知此，始可与论文学，始可与观文学史。

虽然，毋谓文字之足以累文学也。我国文字之制，精深博大，包举一切，非世界各古国之丁头箭尾、落叶龙艘，徒以代简单画图者可比。即如旁行诸体，以声音作符号，而不能望文生义，亦止可与数目同功，实非文字之本质。近日所以能通行于世界者，在用法之精巧，及国力之保持耳。我国文字则不然，一名可支配数十义，一字可引申数百言，巨细毕含，权衡并著，三才万象，咸备于"六书"中矣。然其始之所以开辟大地文明，而为之冠者以此；其继之壅遏而不进化者亦以此。虽曰盛极难乎为继，而亦绍述者不善用之耳。总其流失，大约有二：一在名之不正，一在声之不通。名不正，则主客混淆，而浸失其本旨。声不通，则子母颠倒，而尽变其正文。同一书而古文今文杂出，愈考订而愈讹；同一音而南音北音迥殊，旋调和而旋乱。歧之中又有歧，固非一朝一夕之故矣！今之号为能文者，多于雨后之鲫。试执其所著而字字叩其来历，则有瞠目结舌而不能置对者矣！小学与音韵学，虽近代日益发明，然一苦繁重，一病艰深，必专门积学，始肯从事。较诸下笔千言，成集盈尺者，其难十倍。故文学家初不知有小学、音韵学，而小学、音韵学家亦若与文学绝无关涉。甚至有专心考订，而尽弃少日之风云；爱玩词华，而窃笑他人之饾饤者。二者既若画疆而治，老死不相往来，而又安望其普通乎！且"六书"以许慎为朝宗，"四声"以沈约为初祖，"七音"以神珙为导师，味筌蹄之旨，有乔谷之疑，循形则乱于杜撰，审音则困于楚咻。要未能尽得仓沮创制之初心，又莫拾三代方名之遗教。其于文字之所以组织为文学，文学之所以解剖为文字之关系上，有何效力，更无论矣！今人见他国输入之名学、国文、国语教本，辄惊叹其法良意美，谓此固我前者所未有也。而不知数千年以上，彼犹草昧，我已开明，阅世阅人，仍绵延而未绝，特有之而不用，用之而不当，即得当而不能普及耳！戴震、段玉裁、王引之诸人，何遽不若域外名学家；大兴刘氏、李氏之书，又岂不足为小学教科善本哉！欲清文学之源，广文学之用，取诸宫中足矣，正不必乞诸其邻也。明数理者必起于单位，阐生理者必原于细胞。文字者，文学之单位细胞也。且历史之学，每推原于人种，人种之分，则大率以颜色之深浅，骨骼之巨细，脑部之大小为率。种虽万殊，而乘除比较，即可得其离合、正负之数，而皆定于一。所以历史学而寓有生理学、数理学焉。文学史亦率此公例，故有人种史，始有国民史，有文字史，始有文学史。文字之形体，为简单的图画，故沿用数千年，虽变至尽异，而其为美术之性质仍同。由漆书、金石、竹帛、简素，又旁出而为梨枣、麻沙、聚珍、摄影，各为一部区。由虫文、鸟、迒、籀、篆、隶、草以至正楷，而濡毫染翰者，遂成一种专家之学。以上几尽属于美术，其目的与文学渺不相入。然刊印之优劣，为考订文学者所不可少之资。目的虽在彼，而所以达此目的者，未尝不出乎此焉。然则文字之学，其正系为文学，而有历史学焉（考古家搜罗金石，为史学之一派别），有声韵学焉（韵学），有名学焉（小学）。文学之外，美术则占其大部分（研究"六法"以及精刊本者），以广义言之，亦未始不可统之于文学。即以文学狭义言，亦讨论文学者所不可不知也。爰表文学与种种学之生于文

字而互有关系,及文字所自生之系统,如下:

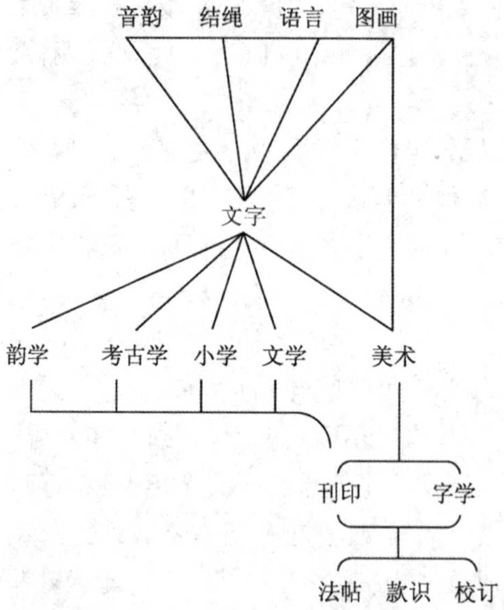

文字未发生以前之文学,止有文学之灵魂,而无文学之体质,仅凭口耳相传者,已不可得而详矣。所可知者,仍赖文字代表而成。虽代远年湮,真赝莫定,然终必有几分真者在,可断言也。存录一二,以昭文学之胚胎云。

第二章 文学之种类

文字为文学之起点,而上世之琐碎文学,不过具线面之形而已。至姬氏之朝,而后文学诸体成立。虽言必称先则古,而体制则皆由传述者删修编次而成。《周礼》六官所掌中,有无数典章,无数学术,即有无数文学。而文学种类之分,盖权舆于此矣。是则周公实肇文王之大业(孔子之所谓文王者,实系名而非著名。故周公、孔子皆可谓之文王。或又以得位者为文王,不得位者为素王,如孔子。其志则文王,其遇则素王耳。质言之,则能统一文学之权,而兼行政权者,文王也。仅有文学权,而不能假行政权以展布者,素王也。),其支配文学,直与分国辨土同功。兰台志艺文,百氏九流之书,谓出于某官某官者,其必有所征矣。孔子阳虽崇拜周公,其实尽老氏之道(老子世为史官,掌一切典籍,盖文王之留守留后焉。孔子入周,其志不尽在文学权,而因老子悉窥秘藏,后为时势所困,不能达其第一目的,乃以统一文学权为其第二目的。),而革周公文学权之命者也。故"六籍"、"六艺"之与"六官",多龃龉而不合,自为体别。而孔氏之所以著于老氏者,老氏有不龟手之药,不免为洴澼絖也。孔氏之所以雄于周公者,周公一手握行政权,一手握文学权,力以兼营而分。孔氏自周流不遇而后,注全力于文学权,当时坐致门徒三千、博徒三万之盛。后世常与行政权抗行,订经之效,等于移鼎,岂非文学界上之祖龙哉！祖龙帝权，再传而绝。两楹梦奠以后，文学权未绝，而曾、思、孟、荀，已分割而偏安。亦如东迁之周，虚拥尊号，其实力不逮一小诸侯。而儒之分为八者，其余殆如汉阳诸姬，尽受强邻之荐食，过眼为墟。而扬、墨、老、庄、韩、白、仪、秦、邹、淳诸家，则争雄迭长于坛坫之上，俨然文学界之五霸七雄也。而道、墨、名、法之名，从此大定，其事与称国纪元无异。至商、田等传经者，已不无栾、郤皂隶之嗟。屈、宋等崛起者，则颇有帝号自娱之概。文学之竞争，至此愈烈，文学之种类，亦至此愈繁。于是秦始以消极的手段统一之，汉武又以积极的手段统一之，而文学权从此又为行政权所兼并。是以当周公时，有专制文学之外形，而无专制文学之实际。当孔氏时，有专制文学之实际，而无专制文学之外形。周、秦之交，则文学得极大自由。至秦、汉二雄主出，而文学始全入于专制范围内，历劫而不能自拔。然于种类之发达，固无障碍，而种类之区别，亦不能齐一焉。区别文学种类者，或以时代，或以方域，或以地位，或以师门之授受，或以选家之去取。虽尊王法圣所定者，最为有力，然亦不能强人遵守，则以种类者为自然之作合，而无预于人事焉。且种类之名义，亦起于自然物，大旨不过为原有者及新有者两大别。而纯、杂、浑、划、繁、简之故，即可得而言。则述文学种类，即以研究自然物种类之法则施之。庶文学之生理形质上，较可征验，而欲施择种留良之术者，亦有所藉乎？

第三章 文学全盛期

专制之才莫大于周公，专制之法亦莫良于周公。以亲贤乐利定贵族、平民之界，而使之各尽其权务。盖专制政体中而含立宪主义（周公知专制之不可深恃，故立谥法以限制君权。而班爵之制，亦寓平等于不平等之中。且《民约论》为卢骚理想，独周时能实行。试观《左氏传》，子产拒韩宣子索郑商人玉环一事，可揣想当时君民皆预结契约。），不独政界然也。议礼制度考文之事，虽必禀于一尊，而博采广谘，能网罗天下之才而用之。以吐握为手段，以陶淑为方针，后世好儒右文之风，莫盛于此。虽萧墙多故，囊括未周（周虽号一统，然淮、徐、荆、舒等，实未臣服。），毕生牵制于战事（周公之用兵，如伐奄、灭五十国、膺戎狄、惩荆舒与平小腆等，必非一时之事。），不能尽遂其偃武修文之志。官礼虽订，尚非成书；学校虽兴，亦无实际（周史中以高才博学名者，未闻出于学校）。而终藉其天生才美，开尚文之风，播群哲之种（臧氏、文仲、武仲、柳下惠、孔子，出于一国，皆以圣称。）。文明之气，如日中天，其功亦伟矣！惟贵族制度，仍滋流弊，而亦影响于文学。春秋二百四十年间，其传诵于当时者，皆政府之典章，国际之词令，而私家著述无闻焉。其号为博雅能文者，必属名公巨卿，而编氓不与焉。政界上能矫其弊者惟秦（秦穆始霸，其所用蹇叔、百里奚、山余、公孙枝诸人，皆借才异地，无一右族。），故秦卒代周。文界上能矫其弊者惟楚，故南北学派分峙。而使春秋以上阀阅之文学，一变而为战国处士之文学，博物数典之自然文学，一变而为穷理尽性之爱智文学，樽俎坛坫折冲之文学，一变而为名山大川传人之文学。冲决周公、孔子以来种种专制之范围，人人有独立之资格，自由之精神，咸欲挟其语言思想扫除异己，而于文学上独辟一新世界，而志均力敌，遂亦成为连衡合纵之大战国。盖丁此天演旋涡之中，敌国外患日伺于旁，不得不淬励其脑机，积储其心力，以图生存也。惟崇拜古人之习，积重难返，更始易疑，有征始信。故欲以文学权凌政治权，必先以师权抗君权。近则托之三王、二帝，远则溯至无怀、葛天，而简策口舌之力，卒能使君相听其驱遣，时局为之转移。是则非战国之能造此文学，实文学之能造此战国也。然其中最有实力者，自在名、法、兵、计数家，故其效果为最大。且专重适时而深斥道古，嬴氏卒赖之以囊括宇内，成开辟以来未有之大业。而其余诸家之遗孽，昧于时势，尚持战国时称先则古之习，聒而不休，欲与一统君主作螳臂之抗。夫以祖龙之雄才大略，力能取儒辈所称述崇拜之帝王神圣，所实见诸建设遗传者，狝薙而廓清之。此琐琐之空言陈说，又奚恤者？故焚坑之祸，挟书偶语之禁，不过扫除一星之余烬耳！其事本极平常、极琐小，为统一行政上一种手段，犹之行师者断敌人之文报，司狱者禁罪人之交通，在秦不为过举，在诸家实由自取。而儒家称古最力，故受祸亦最深。其实秦所厌恶之，而焚坑厉禁者，大抵皆诸家涂塈附会、支离腐败之说，而非尽其最初之精粹。使不焚、不坑、不严禁，则积久真赝错乱，必至尽丧其实。祖龙此举，论其近因，固似与之反对；求其最后之果，则为诸家之功臣，其用情厚于汉武远矣！盖此则隐有陶汰之功，而彼则阳为爱护之，而阴实囚役之也。即就以吏为师与设博士弟子员二事之实际衡之，前者欲使人人通晓律令，入则闲身，出则明治，与其受古人之愚弄而自欺以欺人，毋宁禀当时之条教，而治于人且治人。盖一统专制之民，不患其不知有国、不知有学，而患其不知有法。法之形式即国也，法之精神即学也。且法为通今，学为通古，通今为有机之智，通古为无机之智。无机之智，与无智等。秦之智其民者，重今而舍古，而世乃谓之愚黔首，冤哉！而汉武则与此为反比例，其设学官，非不郑重也，而学者限于专治一家。儒以孔子为宗，非不正大也，而又仅限之以“六经”。“六经”之精神，非不包括一切也，而其所传习者，又仅在记诵条对；且使各守一先生之说，而不相通。间有逸出者，则谶纬、五行，又从而遮缚之。是不啻取多士天生自由之脑，分别置狱，更加以逻守，而终身不能脱出也。惟以成败论，秦再传而亡，汉于此方开拓万里，奄然中兴。故论者谓食报之善恶，由于儒术之废兴。殊不知秦之亡，实亡于二世之昏庸；而汉武之兴，实兴于文、景二代，一张一弛，宽严各当。而以继体之不才，委咎于开创者，先人之积累，归美于席成者，其因果殊未分明也。且嬴氏世以名、法为国粹，自附庸以至成天子之业。初未尝一用儒术，二世时上下相蒙，吏皆执法，正与商、韩之遗术相反。而汉之富强，基于吏治，仍以名、法为神髓，经术不过文饰之具耳。其所称良二千石者，经生有几人哉！李斯，儒家也，而因时知变，卒相祖龙成帝业。使斯不死，断无篝火之变，轵道之辱。（斯人格虽下劣，而有异才，与蒙恬实为秦之良将相，使夹辅扶苏，功业当不在周之齐、鲁二公下。赵高欲亡秦，故必先屏去之。）其赞成焚坑之举，非特有功于秦，亦可谓干标季儒家之蛊。而世以逢君背师大恶坐之，终古不获昭雪，反使叔孙通、公孙弘、张禹之徒，得志于时，亦事之最不平者也！然汉虽提倡儒术，而百家之说，仍流传于社会。去古未远，易于步武。而楚词一派，气当春夏，即世主崇儒，亦不过行政上不得已之手段，非真偏嗜。黄、老、申、韩，曾用于先世，后人亦不敢遽加菲薄。墨子一派，当时潜力最大，儒家、术数家、神仙家，皆有其混杂之质。（秦汉方士，皆出于墨，有葛洪《神仙传》可证。而秦儒居方士之一部分，汉儒侈陈五行，则多杂墨说，《方技传》中人物亦半通经术。）史迁特起，最录百家，能尽其渊源正变而为之支配，其事业足与尼山相媲。惟"六经"为具体的，《史记》为抽象的，方法虽不同，而所以达其统合文学之目的则一。天禄、兰台，虽称继志，而才识不逮也。其君欲揽窃文王之柄，而不免为好龙；其臣虽退处素臣之列，而不止于类骛。中国文学发达如是之早，而一瞬即堕落者，自以汉武为罪魁。而两汉文学，仍能继周、秦之盛轨，为国粹之重心者，则赖有史迁为功首也。故以汉代文学界上实权言之，当以史迁为中兴令主，而贾、董、马、郑、扬、刘、班、张之徒，或为其驱除者，或为其继述者，或为其奔走疏附者，遂成东西京四百年裔皇典丽之大观，而前型不至沦地，来轸得以循途。吾闻博物家之言曰："凡有鸩处必有犀，以阴解其毒。"孔子生于鲁，为周公之犀，而史迁则汉武之犀也。惟周公之毒较浅，孔子以极大药力调解之，故一呷之后，仍能强立。而汉武则剧烈之性，兼以魔醉，史迁虽竭力补救，而元气已衰退，而不可尽复其故。吾国文学之光明，此后遂如日之昃矣！

第四章 文学华离期

秦始坑儒，坑伪儒也。汉高骂儒，骂俗儒也。伪儒可杀，而真儒不可杀，不然抱器行者，宁有凿坏术？俗儒可辱，而通儒不敢辱，不然鲁生、商皓，宁不为华士、邓析？若夫孝武之重儒，则惟恐其不伪不俗，而特悬标以招揽之，且多方以制造之。阳为诸梁之好龙，阴师梁畚之养虎。因其则古称先之迷信，而钳以官师，戢其思王予圣之野心，而收为仆隶。其心术之工，手段之敏，岂焚书、溲冠者所能梦见？而文学界上专制之势力，遂能一劳永逸，与皇图共巩。盖文儒武侠，久为行政之仇，故揭橥周、孔之号，收拾余孽，以实行名、法家治标之激论。侠刚而难犯，则武健以除之；儒柔而易制，则阴道以饵之。子矛子盾，用术虽殊而实一。然南山落萁，西市席藁，文学之狱，已萌芽矣！且先民百氏之言，尚为令典所摈。则生其世者，又孰敢挟其语言思想之权，作螳斧抗者？自是私家著述，有因仍而无改革，明廷贡献，少吁咈而多赓扬。人文虽盛于当时，而黠者不免以俳优自全；气节虽隆于继世，而戆者无不以钩党贾祸。试观黄室移国，献颂者累万人，当涂受禅，劝进者皆硕彦。草玄之哲，而著美新，驯莬之孝，而坐党逆，亦可见百年来劫持于一王之制、一师之说，而不能自振也，有若固然矣！然而言语思想之自由，根于天赋；而演进之公理，又举世所同。虽有雷霆万钧之力，只能阻其前进，而不能禁其横溢。彼政界上立为大逆不轨之恶名，随以虀醢族诛之重典，而揭竿斩木之事，时兴于草野。况文界之散漫无纪，蠢动于无形者乎！野黄曰："文治之进化，非直线形，而为不规则之螺旋形。盖一线之进行，遇有阻力，或退而下移，或折而旁出，或仍循原轨。故历史之所演，有似前往者，有似后却者，又中止者，又循环者，及细审之，其范围必扩大一层，其为进化一也。”以吾国文界言之，其理尤明确。文学至秦、汉后，似有中道而画、一蹶不振之势。其实止者自止，行者自行，退者自退，进者自进。其止也，正其所以行也，其退也，正其所以进也。譬之率师攻取者，前遇坚险，不能直往，士气久顿，奋欲一试，或绕道出奇，或人自为战，其攻取之手段方式不同，而攻取之目的则一也。故统一之形虽如故，而实质已乘涨力而四出。如星气喷溢，远日系而自结团体；如民族流徙，弃国籍而别殖新基。其力为横决，而其象为华离。金刑火祸，忽茁旁枝；蒸菌乐虚，自成新种。黄屋左纛，窃帝号自娱；竹水牂柯，与汉家比大。在思古者诚不无荡析崩坏之嗟，而未始非文学舞台上第二级之演进也！其演进之象，大略如下：

（甲）经术、史裁、家人言及词、赋，盛于两京，后有作者，似莫能尚矣。当涂一门，异人所聚，登高而呼，别为风会。而记室多才，媲于郑命，宾从雅集，迈于梁园。故公私笺奏，游宴唱酬，历落或逊前修，而悱恻一如人意。晋人放任，节概荡然，文之衰苶，肖其趋向。然赌酒横琴，寄陆沉之涕；移床挥扇，洒伧俗之尘。风雨之鸣不已，岁寒之操犹存。虽土崩瓦解，如此江山，而闰气余分，非无豪杰。旧有之玄谈神话，渐相混合，又点窜焚夹，入室操戈，谲诞支离，别为一种。绿字赤文，赠万灵以人格；丹元黄泖，置重译于帝廷。直令《齐谐》逊怪，邹谈失奇，揆诸名理，殊诮还珠，而揽其词华，亦堪拔帜。

（乙）凌云、子虚，扬七泽之余波；建安、黄初，遵河梁之故辙。至南北交通，而剖觚为圆，循声协律，花照影而多双，禽临风而成异。炫服载途，改姬姜之蕉萃；新声倾座，迷牙旷之聪听。虽病纤孱，要为创设。

（丙）文学华离时期，以三唐为中点。文之有骈、散，诗之有古、近体，至此皆成定名。李白、张志和等小乐府，又为诗余之滥觞。而“燕许”、“四杰”之典丽，陆敬舆之雄奇，李樊南之清隽，皆为骈俪家不祧之祖。至若韩、柳、孙、李之视魏晋，已成废封建为郡县之势；李、杜、高、王之于骚、雅，亦有变椎轮为玉辂之观。即如奚囊幻想，锦瑟新声，游仙侧艳，列屈、宋之外臣；鬼笑灵谈，开稗官之生面。绳其体制，不免江河日下；而穷其意匠，足令桑海改观：皆前古所未有也！

（丁）两宋文学有三大特色：（一）语录：辞虽不文，而思想多倾于主观，有两京之古心而无其凿，得典午之玄理而去其诡。缁黄两家，亦可骖靳。（二）四六：骈俪之制，极于三唐。而宋人之丝纶竿牍，乃与古为新。从心合矩，玉合天衣，别呈智巧，腋裘侯鲭，不失精华。从此文、笔之界愈严，雅、俗之用不混，亦一奇也！（三）诗余：秦、张姚冶，固《国风》好色之遗；苏、辛豪放，有燕赵悲歌之气。风云儿女，并擅胜场，至玉田、白石，流水桃花，别有天地。清真则集大成者也。语录为积极之真的一方面，诗余为积极之美的一方面，而四六以美表真，成辞命之新种，皆创观也！

（戊）蒙兀起于沙碛，承宋室之衰，踵辽金而羼入禹域。旃裘乳湩，习于犷野。本无同化文明之程度，其所藉于文学者，不过为粉饰之具，非所注意。故一代文字，纤弱险怪，绝无可录。惟歌曲一道，根于天赋，不以文野而殊。而衰宋社会，竞倚新声，其窈眇风雅，亦非易及。惟苏、辛末流，叫嚣奔突，与吹箛鸣角之风气相近（《程史》中所载完颜亮诸词，似为北曲之滥觞），遂演为长声，著之功令，而风会所趋，竭文士乐工之精力，亦能别开生面，凌轹古今。气粗而健，词俚而俊，以雕饰词藻者当之，反觉斧凿痕多，苍莽气少。今览《元人百种曲》及《西厢》、《琵琶》诸院本（乐府虽并称金、元，然金曲已不传。惟《武林遗事》及《辍耕录》间留其目耳。），不可谓非文界之异军苍头也！院本专取前代稗乘中故实为题，排爨成篇，而科白未工。辗转沿袭，直如印板，与本事之精神曲折，不能熨贴，而章回小说一派出焉。小说为工细白描之院本，院本为设色押韵之小说。小说之能扫荡唐、宋历来之稗官家，犹院本之能扫荡汉、魏以下一切之乐府焉。数千年炎黄遗胄之神州赤县，而左衽垂鬘者入而为主。院本小说其代表乎！合院本、小说之长，当不令和美儿、索士比亚专美于前也！

（己）专制政体，至明已达极点，文界之受其影响尤烈。故三百年中从事铅椠者，嗫嚅嘤咛，生气索然。其演进于文界者，独有二事：无韵之文则八股是，有韵之文则传奇是。或曰：八股者，科第之筌蹄耳，久为方闻绩学之士所齿冷，宁得以文论？若据以为一代文学之代表，不亦亵渎我中国神圣之文学史乎？曰：子之薄八股者，非以其无用乎，夫我国之文学其有用者几何？一入华离期，虽所谓绍孔、孟之传，抱禹、稷之志者，其著述具在，谛审之，亦剪彩花、刻楮叶耳！何独于八股而苛绳之，抑薄其为制举文乎？则唐之诗赋，宋之制策，皆趋于一代之功令，当亦无文学之价值焉。且我国四部之所收藏，百家之所传习，无一适于科学、合乎论理者。独八股之窗课程墨，秩序井然，钩挽钓渡，界限严甚。试即取村先生与生徒讲授者观之，其条分缕析，一出于抽象，今之教科善本不能过也。而小题辞气之分际，不侵不畔，辨及秋毫，苟使亚里士多德、弥勒、约翰为之，恐亦摇首而谢不敏也。惟以般倕之巧，施之雪戏，为可惜耳！要亦文学家之通病，不能因而并没其所长也。明之八股，盛称王、唐、归、胡，然四家之作，拘文牵义，犹未脱腐败经义之气。至天、崇两朝，而八股境界，始见革新。前乎此者，束缚于经训，步趋于章注，目不敢旁瞬，足不敢他窥。至是，而胆始放，手始辣，脑机始灵动，遂尽去老师宿儒之一切严刑峻法，而能以史为八股，以诸子百家为八股，以释老为八股，以时事为八股，以痛哭流涕、嘻笑怒骂为八股。而八股乃划而不浑，繁而不简，杂而不纯，而八股乃演而愈进，而或执此以诋天、崇八股之衰退，真夏虫之见也！

明祖之以八股取士也，其立法之初意，岂不欲尽锢天下聪明奇杰者之脑机，俾呻吟反侧于墨阱纸棺之内，长此终古，不汝能行使其言语思想自由之权，其手段诚狡且酷矣！然而矿铁至顽也，而灌辟磋磨之綦勤，亦能列珍奇而生光怪；鲍鱼至秽也，而香花顶礼之既久，尚得通冥感而著威灵。八股虽凉法乎，而三百年来十八行省之儒冠儒服者，毕生精力集此一点，取精多而用物宏，自当化臭腐为神奇，于文学界上别树一帜；而聪明奇杰者，更乐得借他人之丧，以雪自己之涕。此则立法者所意料不及者也！

或曰甲申之变，八股实阶之厉，已为举世所公认。盖谓以八股之人才而谋人家国，其不偾事者几希。而子誉之若不容口，毋乃好人之所恶乎？曰：吾于文界上论八股，非于政界上论八股也。即以八股之与有明政界关系言之，亦不能尽为八股咎也。政界为主动的，文学为受动的，政界有变易文界之力，而文界无兴废政界之责也。虽文界不无间接影响于政界之事，然必政界之现势，有以启之，文界仍为助因，而非主因也。当明之季，寇讧于内，虏骄于外，阉寺蛊于中，坏大局者，非尽八股之人才也。且余值八股盛时，未尝不痛诋八股。今幸逢改革，出而视其文界饾饤腐败，有辞句而无意识，犹是八股也。即进而窥其政界，输入之文明，毫无效力，原有之国粹，渐次取消，犹是八股之人才也！乃恍然曰："昔人有言八股非能得人才，实人才之得八股。"可得而易之曰："八股未尝误人才，实人才之误八股耳！"天下事有当其存则可厌，当其去则又可思者。以今日之文界、政界言，似乎八股与八股之人才，虽无益而尚无大害也。盖棺论定，吾不禁于八股既废之后，而一为之讼直焉！

三百年来之言语思想，抑压于骄横政体之下，如水之在陂，火之在突，其乘隙而欲奔突以出者，非八股所能特限之，而亦非八股所能尽受之也。于是化合蒙兀之曲文、小说，而成一种特别之文辞，则传奇是也。元曲虽脱古今乐府之范围，独辟一径界，然亦为客观的而非主观的。其命题也，不过取晋、唐稗官野史之故事，离合装点。以合九宫十三调之节奏，以演狐、狚、末、保、参鹘之排场，千篇一律，无甚深意存焉！章回小说，亦多为历史的，而非社会的。而排奡变化，又不便于世俗之歌吟咏叹。至明人始淘汰虏族伧荒之气，而饰之以词藻；裁剪稗乘丛秽之观，而纳之以科白。凡朝政之得失，身世之悲愉，社会之浇醇衰盛，执简所不敢争，削青所不敢议，竿牍往复所不敢一齿及者，辄借儿女之私昵，仙释之诡诞，风云月露、关河戎马之起落万态，著为传奇，以抒写之。在文学界上，其俸格为最下，而其容积则最富（与历史等），律令亦最严（与八股等），应用于社会之力量则又最大。盖寻常文学，惟影响于文学界中。即通俗小说，亦必稍通文学者，始有影响。若夫传心情于弦管，穷态度于氍毹，使死的文学变为活的文学，无形的文学变为有形的文学，则传奇之特色焉！或谓元曲元气淋漓，尚含天籁，节短韵长，不烦敷佐。明之传奇，喜玩春华，杂陈宾白，不免多卖胭脂、横添枝叶之诮。崇此祧彼，得无失当乎？不知化质为文，由疏入密，惟其异之，是以胜之。不然，则研心传十六字，而"六经"再删。存《古诗十九章》，而三唐可斥。执此以议文学，则吾文学史所骈列者，皆狗尾蛇足矣！何独传奇哉？或又谓：实甫、则诚，已奏筚蓝之绩，传奇一体，明人实因而非创。然五典断自唐虞，秦纪别于嬴政，草创自与大成有间。况关、王旧本，已涂改于金采；而高氏生世，究未定为元明。又《伏虎绦》传奇，虽相传为元人作，亦无确据。而其所著之实质，仍为延长之杂剧，传奇体制，犹未完备焉。《西厢》、《琵琶》，既不能当先河之目，则云亭、稗畦，亦不能据积薪之势。故传奇一体，当与八股文并峙于有明一代之文学界，无可议者！

（附）

八股传奇而外，更有一事，虽于文学之真际，毫无价值，而体积之庞大，资料之丰富，有足为五千年文学历史上一大纪念者，则《永乐大典》是也。此书一出，而《册府元龟》、《太平御览》诸书，不啻长狄之见龙伯，大鹏之遇希有鸟矣！惟释藏、道藏，差可鼎足。然性质实不同，大典为类书，而"二藏"为丛书，体例虽较善，气魄则远逊之。伟矣哉！充百栋而汗万牛，非特为吾国谟觞、天禄之创观，即全世界藏书楼中，恐亦无足相俪者。就美术界论之，惟同时产出之十三级琉璃率堵波，庶几各发一种异彩于黄图赤县，悬日月而不刊，不令犹太革书、埃及金字，独享盛名；且使政治家、文学家、考古家、美术家，知专制君主魄力之闳肆，不可思议有如此者！然而洪、杨军起，金碧辉煌之报恩塔，已为长发贼作大爆竹施放,烟消灰灭,不留片瓦。仅于《鲁滨孙漂流记》中传为支那理想上之美术品而已。(案:《鲁滨孙漂流记》中,言鲁贸易至中国,见纯瓷所造高屋一所。)小说虽多寓言,当必有所依据。吾国虽富于瓷产,然未闻以瓷建室者,惟金陵报恩塔,则全以五色琉璃瓷凑合而成。(详见张岱《陶庵梦忆》。)鲁之所见,当即此塔,惟加以装点附会耳。(原译本,本不指定在中国何地,林译则谓属于北平。盖明代南北皆称京都,因此沿误焉。)而庚子之变,闻此书亦随赤刀、天球充敌国之战利品矣!

第五章 暧昧期

我国文学,有小劫一,次小劫三,大劫一,最大劫二。祖龙之焚坑,一小劫也。南北朝之分裂,五季之奴虏羼处,蒙古之陆沉全国,为三次小劫。汉武之罢斥百家,为一大劫。夫昔之异族,入主中国,每喜假右文之名,以饰其左衽之陋。即有凭吹求而逞淫刑,猜疑滋甚,学钩辀以同族,澳涊难言。然不过喜人怒兽之故态,朝秦暮楚之颓风,虽为文学之瑕玷,而无损文学之真价也。况或蹄迒之交,未遍全部;或蛙紫之乱,不出百年。所据之力不厚,则所受之损亦微。纵蓄异心,终服旧化,视挟书偶语之禁有间焉。崇孔尊经,其名虽美,其实以宣尼之徽帜,扬祖龙、李斯之死灰;以"六籍"之秕糠,代张汤、郅都之束湿。盖秦之坑儒坑其身,汉之坑儒坑其脑;秦之焚书,焚其现在之文字,汉之焚书,并焚其未来之思想。三千年来文学之不能进化,谁尸之咎乎?谓非书契以下第一浩劫哉!其父杀人报仇,其子为盗,变本加厉,势有必至汉武之挟孔子以号令天下也。尚有田单神师世充周公之意,至明祖则直为刍狗之陈、俳优之戏。故酷吏之传,成于西京,而苍鹰乳虎之威,未闻一逞于文学界上。即史迁蚕室,为千古文学之奇辱。然别有罪状,非由载笔也。且被祸而后,当其持椠杀青,于宫闱之猥媟、权贵之鄙恶,仍继其胸臆,绝无忌惮。使生洪武之朝,夷十族、磔百身,不足蔽罪也。长孺之戆直,长卿之讽刺,曼倩之诙谐,或抑其好大喜功之习,或逆其神仙声色之好。使生洪武之朝,言甫脱口,朝衣赴西市矣!犬马寇仇之法语,淫刑欲逞于瞽宗;燕泥庭草之忮心,当宣几奉为令典,可哀哉!尔时之文学界也,乍脱非族之腥膻,即罹独夫之毒螫,尚望有得见光明之一日乎?是以抒周、孔之情思,辨朱、陆之异同,坛坫尊严,门墙师济,几欲驾虎观而超鹿洞矣!然而其卫道也,则勇于贲育,而格其君也,则怯于处子。时丁标季,仅有念台、石斋诸公,挟尧、舜其君之资,而不免食髡钳其身之报,余可知矣!台谏之盛,无逾有明,汗青所录,牵连盈卷。朝上一封,夕关三木。金瓜铜杖,忍死须臾;黑索赭衣,投荒万里。甚至血肉糜于犴户,虫出谁收?妻孥没为鬼薪,覆巢无卵。视古之折槛席藁者,殆无以过之。然其所悻争者,不过夺情、议礼、建储诸端,而于国计之盛衰,反多漠置;其所指斥者,惟及左右趋承使令一辈,而于主德之隆替不敢质言。而又藉口风闻,多参庾语。纵览十七朝之实录,尝怪黄麻所下逮者,一何其俚(张献忠之诏旨,世俗传为笑柄，其实明代中旨，大率类此，献忠稿有所本也。)；而青蒲所伏上者，一何其文也！无惑乎其凿枘而不相入也！明之文士，颇知合群，置酒论文，旁及时政，驰书通币，遍于四方。咳唾所及，朝野震若风霆；车骑所临，妇孺仰为泰斗。甚至科第之甲乙，九列之陟降，推毂枚卜之大典，亦无不为清议所劫持。其势力之大，几与近世文明国之下议院相等。以视汉诸生之举幡集于阙下，宋太学之鸣鼓达于宫中，使天子动容、百僚屏息者，殆有过之无不及焉！然而客气太深，内容难问，碔玉相杂，苗莠不分。上者尚未能尽消门户之见，下者且不免藉张城社之威。而况回护党徒笃于公义，株伐异己急于国雠，以至生政府之猜嫌，招宵人之反噬。天罡地煞，发星辰易位之杀机；旧蝗新蝻，成禾黍故宫之预兆。人之云亡，谁阶之厉。即其所张皇补苴于文学界者，上之不过扬康斋、白沙之余波，袭北地、信阳之故步；下焉者，则以选征声色为经纶，以酒谱茶、经为考据，浮慕四君之豪侠，重演六代之烟花，求其有卢骚之《民约论》、华盛顿之《独立文》之价值者，无有焉！即求华美儿之神话、索斯比亚之诗篇，能刺激人心变易社会者，亦无有焉！故其所谓社作者，虽假标榜之魔力，照耀于一时，卒与腐败之时文、表判、策论，同为朝荣暮悴之木槿而已。撰著之勤，莫侈于明，梨枣效灵，兰菊竞秀，或发汲冢之遗，或诩嫏嬛之秘，州居部别，体段井然，直上旁行，眉目灿若。人负"六艺"之材，家传千秋之业，盖几于九流所不能网罗，七略且为之寒俭矣！然而，千裘并列，论值则不若一狐；五兵杂陈，杀人乃逊于寸铁。耽癖者故多造作言语之风，务得者更蹈细大不捐之弊。米元章之图画，半参赝本；孟东野之诗句，不过小鲜。师凿壁发冢之知，既心劳而日拙，炫镂金错采之观，又文在而质亡，虽多亦奚以为！然则三百年之造士，十七叶之右文，其所成就者惟此而已。焚灼所及，则珠玉等于甓甃；鞭策相随，则麟凤化为鸡犬。于是益信种恶因者之无善果焉！叙述文学历史至此，不禁气为之辐，血为之冷，而念此茫茫毒雾，横塞于文学之天地，使长夜不旦而七圣皆迷者，谁实为之？盖即汉族所就日瞻云，太祖高皇所留遗之大纪念也。吾不忍言，又不能不言，无已，为之下一语曰：暧昧时代。

第六章 第二暧昧期

老氏曰："不为天下先。"诚至言也。夫开物成务之功，岂不甚伟，而老氏愿悬为厉禁者，诚以创为非常之举。虽其难其慎，尚惧后世之仍其弊也。况出之以率意，杂之以私见，其祸尚可胜言哉！成汤之革命，仅驱故君于三嵕之国，牧野功成，则元首悬于大白矣。当涂受禅，山阳令终。典午以下，则必以尧、舜之血注劝进之杯，为虞夏新天子寿矣。刘渊、石勒、拓拔、宇文、阿保机、阿骨打、忽必烈辈，入据黄图，虽存盗贼憎主之心，尚有鸡犬升天之愧。且其时视神州为行馆，故对于文学，亦不过如行馆中供张之具，朝设夕撤，不甚留意。若夫奄有大物，亘数百年，雅习楚咻，已尽羿道，以匪种必锄之惯技，合之以齿马有诛之旧章。似引擎之添设，雷霆万钧之力必愈强；如酸液之互溶，金石消烁之性必愈烈。遂演成此第二期天愁地惨、泣鬼惊神之一重现象。捕亡之连坐，村落为墟；积逋之奏销，衣冠皆墨。谈者谓其酷狭惨烈，浮于广陵之同尽、戮城之再屠矣！而不知三朝文字之祸，更什佰倍屣于是焉！恭读《大义觉迷》之睿著，违例书目之纶音，及庄廷钺、戴名世、查嗣庭、吕留良、汪景祺、胡中藻、陆生楠诸人之爰书，而叹当时之文学界，盖与阿修罗场、奈落伽山无异焉！文学家之不解事者，既自扞文网，以膏兴朝之斧锧，其黠者遂相率蒙头改面，习为脂韦滑梯以避指目。于是有桐城之文派，有新城之诗派，有平胡、安溪之理学派，鼓吹休明，力求雅正，法圣尊王，一肃士气。内蓄杜矢伍鞭之志，而下笔则曰：天王圣明；躬蹈越货胠箧之行，而相勖则曰：成仁取义。并不恤取古人文学中单词只句，迹近忌讳者，涂改其词意，刊落其点画，以表其媚兹一人之忱悃。盖当其握笔展卷时，常若执法在前，匐匍对簿，又安得有凌古轹今之气概，笔歌墨舞之乐趣哉！士之富于脑力者，既蹩躠而靡骋。风云月露之华辞，虽足排遣情怀，而颇厌其浮薄；格致诚正之剿说，虽为世俗珍重，而又病其空疏。而况措词失检，则报韩蹈海之语，皆成罪言；负笈偶多，则吟风立雪之场，亦干禁罔。遂遁至三千年以上，搜鼠蠹之丛残，遵虫鸟之遗迹，揭千古治经之谬，开近世掘史之风。穷"六书"正变之源，能握三余秘钥，扫五行机祥之习，并为两汉功臣，盛矣哉！以今证古，无愧通经，果足用之称。自唐迄明，庶免读书不识字之诮。存录几溢于四库，明达辄聚于一门。我朝之考据与小学两科，诚炎刘以下所得未曾有也。玄冥秉令，而篱落有竞雪之芳；戈壁横天，而孤岛有长春之树。谓非第二暧昧期中之明星爇烛哉！所可惜者，汉家制度，难易华鬘缨络之风；禹碣文章，不适玉牒金泥之用；九畴破碎，明夷无下访之人；四目淋浪，长恩有永悲之鬼。风会所趋，流品日下，但蹈好龙之习，渐无折鹿之才。鸮虽食椹，未变笑火之音；鼠解搬姜，仅果饮河之腹。在下者既日堕卑庸，在上者亦浸生厌薄。征文考献，视为优孟之衣冠；西抹东涂，等于儿童之游戏。尚不如唐世明经，悬为科目，宋人字说，颁于学官。更不如三弦乐府、八比程文，贵以当王，视为捷径。鼠朴有千金之价，刍狗得一日之陈也。是知凌岁寒之劲节，终不能与春卉比荣；跃水底之蕤宾，要不免为筝琶掩响。所谓英雄之能造时世者，吾闻其语，未见其人也！

第七章　文学之反动力

虽然，时世者，相续而又相反者也，相反而又相因者也。月落参横，万象若暝而曙色动矣！流金铄石，空气欲炽而金商发矣！且也火山之体积不厚，则爆裂不烈；河堤之蔽障不峻，则冲溃不剧。无路易十四之骄横，则卢骚氏之高文，不当一钱之价值；无日耳第二之暴敛，则显理氏之演说，亦为无病之呻吟。当其威柄在握，有责难于君之一端，则杀之惟恐不及(如海瑞)；有反唇相稽之一语，则刑之惟恐遇轻(如姜采)。顾大韵何人哉，而敢议五伦也？然而未已也，曰《原君》，曰《原法》，废相雄略也（明祖遗训：请设宰相者罪磔。），而斥为乱源；右文盛事也，而引为亡兆，可谓无忌惮矣！而彼且自贵其书，以俟百世之圣人；世亦共服其说，以为九畴之流亚也！所争者不过纪元，而戮及枯骨（如方孝标）；所论者不过旧史，而罪至大辟（如陆生楠）。龚自珍何人哉，而妄言宾宾也？然而未已也，曰革命，曰光复，配天之圣祖，而詈为逆贼，当代之共主，而诋为小丑，几于丧心病狂矣！而邻国爱才，容为逋薮；文人好异，珍其唾余。夫向北涕唾者有神愆，而拘七豖于瓮中，不闻后祸；革囊流血者受冥殛，而落九鸟于彀下，反得盛名。岂霸王之积威，至此亦不能为鲁缟之穿；尊亲之种性，有时或未免为淮橘之化欤！构难于宗祖，而泄愤于子孙，今日誓日之因，即前日防川之果也。群蛙习坎，而忽厉修罗之牙；万骑衔枚，而徒发狮王之吼。使服从之文学变为自由之文学，一国之文学变为世界之文学者，谁之力欤？梵天压己，始成悉达平等之观；法王擅权，乃兴马丁改良之志。使用古制者，长袭元公吐握之风（周公之好士，即尚文滥觞）；法后王者，略参艺祖誓碑之意（此二端为从来专制手段之最巧者）。则孰肯酬德以怨、易颂为诅乎？然则，胡党、蓝党之籍外，无数头颅；逆臣、贰臣之传前，千家血肉。垂数百年尚有余痛者，正深恐其末造之文学界，无结构之资料，质讼之证据，而预为之积储以待也。罪之魁非即功之首哉。惟是民贵君贱之陈言，至异族为主而始悟；自由平等之新理，与他人入室者偕来。白日青天之招揭，而大厦已倾；风云沙线之分明，而全舟将覆。言语思想，虽超乎九天之上，而种族社会，旋陷乎九地之下。区区新文学界，必以国界为交易，乃仅得之，其代价不过昂乎？龚自珍云："其人多深沉侧悱，其文叫啸自恣芳逸以为宗，则陵迟之征已。夫庄周、屈平、宋玉之文别为初祖，而要其羡周任、史佚、尹吉甫之生，而愿游其世，居可知也！"我味其言，未尝不悁悁而悲也！

第三编　文学之种类

第一章 命、令、制、诏、敕、策、书谕、谕告、玺书等

《周礼》:太宰作大事,则戒于百官赞王命。(书之多士多方,所以诰多士庶邦,皆言王若曰:是也。)内史掌书王命,外史掌书外令。(项氏曰:王言惟作命,不言,臣下罔攸禀令,则上出之为命,故内史掌握之。下禀之为令,故外史掌握之。命即后世所谓制,令即后世所谓诏也。)《史记》:秦初并天下,丞相绾等议,以命为制,以令为诏。汉初定仪,则命有四品:一曰策,二曰制书,三曰诏书,四曰戒敕。策者,简也,以封王侯。制者,裁也,以行赦命。诏者,告也,以诰百官。敕者,正也,以戒州部。策有制策、诏策、亲策;敕有诏敕、玺敕、密敕;书有玺书、手书、权书、赫蹄书;诏有制诏、亲诏、密诏、特诏、优诏、中诏、清诏、手诏、笔诏、遗诏;令有下令、著令、挈令及令甲、令乙、令丙;谕有口谕、风谕、谯谕。蔡邕《独断》指诏有三品:其文曰告某官官如故事,是为诏书;群臣有所奏请尚书令奏之,下有制曰天子答之曰可,若下某官云云,亦曰诏书;群臣有所奏请无尚书令奏制之字,则答曰已奏,如书本官下所当至,亦曰诏。

诏策式

汉策用简,长二尺,短者半之,以篆书;罢免,用尺一木两行,以隶书;遗单于书牍,以尺一寸;选举召拜,亦书之尺一板。诏书有真草,制诏皆玺封,尚书重对;唯敕牍令司徒印露布;州郡诏记绿绨方底用御史中丞印;通官文书不著姓。诏书皂囊施检,报书绿囊;密诏或衣带间;丹书藏之石室;策书藏之金匮。此其制也。

隋写诏,用牍长一尺三寸,或二尺五寸,广一尺,或一尺三寸,皆以雌黄涂饰。陈先为白牒,录铨选人名,吏部尚书以下共署奏敕,若敕可,则付选更色,别量贵贱内外分之,随才补用,以黄纸录名入座通署,奏可即出付典名,而典以名帖鹤头,板整威仪,送往得官之家。其有特发诏授官者,即宣付诏诰局作诏草,奏闻敕可,黄纸写出,付外施行。唐始用黄麻纸写诏,凡制、敕等并用之。又:赐予、征召、宣索、处分曰诏,用白麻纸;慰抚军旅曰书,用黄麻纸;荐告词文,用青藤纸朱书。宰相及使相告,用色背绫金花纸;节度使用白背绫金花纸;命妇金花罗纸;吐蕃及赞普书别录用黄花五色绫纸,吐蕃宰相以下用五色麻纸,南诏及清平官书用黄麻纸。又,中书制诏有四:封拜册书用简,以竹为之。画旨而施行者曰发、曰勅,用黄麻纸;承旨而行者曰勅牒,用黄藤纸;赦书皆用绢黄纸,纸质以麻为上,藤次之,用此为重轻之辨。

册

古与策同。《周礼》:内史,凡命诸侯及孤卿大夫,则策命之。(王氏详说曰:"为诸侯及孤卿大夫出封者设尔,盖策、册,非常命命也。")以方出之,赏赐亦如之。(郑司农曰:"以方版书而出之。")

册式：古者简册不分，凡以竹简书文字者，概谓之册，又称为牒、为毕。作册者，象其编简之形也。与牍并用。牍，方版也，故方册并称。汉时册用木简，至唐始以金玉为之，自后历代沿革，无甚大异。其制有十一：一曰竹册，郊祀用之；二曰玉册，上尊号用之；三曰立册，立帝后太子用之；四曰封册，封诸王用之；五曰哀册，迁梓宫及太子诸王薨逝用之；六曰赠册，赠号、赠官用之；七曰谥册，上谥、赐谥用之；八曰赠谥册，赠官及赠谥用之；九曰祭册，赐大臣祭用之；十曰赐册，报赐臣下用之；十一曰免册，罢大臣用之。金玉银铜，各有等差，尚有间用竹、木、水晶者。

制诰（附：告身）

诰者，告也。告上曰告，发下曰诰。下告上如仲虺之诰；上告下如大诰、洛诰。秦废之而止称制诰。汉武帝始复作之，然亦不命官。唐人称制。至宋始以命官，而追赠大臣，贬谪有罪，赠封其祖父妻室，凡不宣于廷者用之，而仍混称为制，故王言有内制、外制之称。今制：命官不用制诰，三载考绩，则用诰以褒美五品以上官，而封赠其亲，及赐大臣勋阶、赠谥皆用之；六品以下，则曰敕命。《独断》："制书，帝者制度之名也，诏三公、赦令、赎令之属是。"唐之所谓制书者，中书省有二：曰制书，大赏罚、赦宥、虑囚、大除授特用之；曰慰劳制书，褒勉赞劳用之。宋中书省命令之礼有七：曰制书者，处分军国大事、颁赦宥德音，及告廷除授，则用之；曰诰命者，文武改迁职秩，及封叙赠典用之；一曰告身，大事奏禀得旨者为画黄，小事拟进得旨者为录黄。

制诰式：唐制书用白麻，清平官书用黄麻官诰，将相用销金笺、金凤纸，余皆鱼笺、花笺。宋文武官诰用绫纸，共分十二等。明依品级，用五色纻丝诰身、诰带，黄蜡花椒白面纸劄等项，由内府丝染局关之。诰敕织五色纻丝为文，曰奉天诰命；敕织纯白绫为文，曰奉天敕命。俱用升降龙文左右盘绕，后俱织某年月日造，带俱用五色。

告身即官诰，诰予出身者也。

敕令（附：御扎　内批）

唐中书省敕有四：一曰发敕，废置州县，增减官吏，发兵，除免官爵，授六品以上官，则用之；二曰敕旨，百官奏请施行，则用之；三曰论事敕书，戒约臣下，则用之；四曰敕牒，随事承制不易于旧，则用之。尚书省凡上之逮下，其制有六，二曰敕，天子用之。宋中书省敕有三：曰敕书，赐少卿监至防御使以下，则用之；曰敕榜，赐醻及戒励百官、晓谕军民，则用之；曰御扎，布告登封、郊祀、宗祀及大号令，则用之。

敕式：唐敕用黄藤纸，有所更改，则以纸贴之，谓之贴黄。宋敕俱草书，用小龙墨栏黄纸。

附：御扎。古无此体，至宋始有之，天子之扎也。其文词出词臣手，多用骈俪，盖敕之变体也。

附：御批。批答者，太子采臣下章疏之意而答之也，若汉人答报玺书是已。至唐始有批答之名，以为天子手批而答之也。其后学士入院，试制诏批答共三篇，遂无不假手于词臣矣。其从内出者曰内批。

附:诺及签押。事准行则曰诺,签押则为诺之符矣。

教

《潜确类书》:"上为下效曰教,领之使不犯曰令。"秦法:王侯称教。汉时大臣亦特用之。隋定诸王言曰令,公侯封郡县者曰教。唐制:皇太子用令,诸王、公主用教。

表章

《独断》:"群臣上书天子有四名:一曰章,二曰奏,三曰表,四曰议。"唐尚书、门下省下达上之制有六:一曰表,礼部郎中掌之。凡庆贺、谢赐、请听政之类,王大臣率百官上表,唐以下至今未改。

表体:古者献言于君,皆称上书,汉始定有表之名,然但用于陈请,至后其用浸广,于是有论谏、有请劝、有陈乞、有进献、有推荐、有庆贺、有慰安、有辞解、有谢、有讼理、有弹劾,所施既殊,故其词亦异。至论其体,则汉晋多散文,唐宋多四六,而唐宋之体又有不同。

表章式:凡章表皆启封,独言密事则以皂囊盛之,章式需头称稽首上书,谢恩、陈事、诣阙通者也。表式不需头,上言"臣某言",下言"臣某诚惶诚恐,稽首顿首,死罪死罪",左方下附曰"某官臣某甲上"。其后互有变更,而大义仍在。明洪武间,定表用黄纸笺,函以红纸,外用夹板夹护,点画俱依官韵。明又定表笺、表文前上面贴黄帖一方,如印大,帖下用印,黄帖书表文,黄帖下用印,印下写具"官臣某上进谨封",于"上进谨封"字上用印,副本用手本小字真书后年月日上用印,黄绫绫褙袱匣。本朝仍之。

附:引黄。唐制降敕有所更改,以纸贴之,谓之贴黄。盖敕式用黄纸,则贴者亦黄纸也。今奏状、劄子皆白纸,有意所未尽,揭其要处,以黄纸别书于后,乃谓之贴黄,盖失之矣。其表章,略举事目与日月、道里见于前及封皮者,又谓之引黄。

附:笏记。宋人又有笏记,书词于笏,以便宣奏,盖当时面表之词也。本朝改用朝珠,遂无笏记。

附:致辞。按:致辞者,表之余也。凡朝廷有大庆贺,臣下各撰表文,书之简牍以进,而明廷之宣扬宫壶之赞颂,又不可缺,故节略表语,而为辞令之祝,即其制也。

附:抬头。《魏晋仪注》:写表章列其行头者,谓之跳出。今则曰抬头。

笺启

《说文》:"笺表,识书也。启,传信也。"刘勰云:君臣同书,至东汉始用笺记。公府奏记,郡将奏笺,若班固之说广平,黄香之奏江夏。所称郡将奏笺者也,是时太子、诸王、大臣皆得称笺。后世专以上皇后、太子,于是天子称表,皇后、太子称笺,而其他不得用矣。其辞有散文,有俪语,分为古、俗二体而列之。今制:奏事太子、诸王称启,而庆贺则皇后、太子仍并称笺云。社会通行酬酢之文,亦称笺启。惟私书往还,为例所禁,故六朝人笺启后,往往用死罪字。

奏议

《独断》:"群臣上书天子有四:二曰奏,四曰驳议。"唐门下省下通上之制有六:一曰奏钞,以度支国用,授六品以下官,断流以下罪,及除免官用之。二曰奏弹,四曰议。徐师曾《文体明辨》:"奏御之文有八品:一曰奏,奏进也;二曰疏,疏补也;三曰对;四曰启,启开也;五曰状,状呈也;六曰劄子,劄刺也;七曰封事;八曰弹事。疏、对、启、状、劄,皆以奏事冠之,以别于臣下私相往来之辞,又论政事者曰题,陈私情者曰奏,故前者曰题本,后者曰奏本。"

奏议体式:汉制,奏者须头,朝臣曰"稽首顿首",非朝臣曰"稽首再拜"。其初承秦法,郡臣上书,皆言昧死言,其有疑事,公卿百官会议,若台阁有所正处而独就异意者曰驳议。驳议曰"某官某甲议以为如是",下言"臣愚戆议异",其非驳议不言议异,其合于上意者,文报曰"某官某甲议可"。

明奏本式:"某衙门某官臣姓某等谨奏,为某事备事由云云,今将原发事由照行事理,备细开上,谨具奏闻某事云云,缘由毕,前件事理,拟议依某律科断施行某事云云,伏候勅旨"。如有勾开职官或支拨钱粮之类,则依此式写"以上某字起至某字止,计字若干,纸几张"。"右谨奏闻",如一事奏请,则于此下写"伏候勅旨,谨奏",印年月日,"某衙门某官臣姓某某官臣姓某年月日",下止列见在某官臣姓签名,不得于背后书写。或有差故缺员者,不必列衔。启本同此式,但"奏"字写作"启"字。若有请,则"勅旨"字写作"令旨",余皆同。

题本式:"某衙门某官等官臣某等谨题,为某事备事由云云,谨题请旨"。如不用请旨,止用"谨具题知",余同。凡启、奏、题本事例,洪武十五年定。凡奏、启本内官员正面真谨佥名,当该吏典于纸背书名画字。如有事启官员,不许写列空衔,年月及正面上俱用印信,毋致使漏。又六部等衙门,凡差人有事公干所在府、州、县,止是具奏启本,付差去人回还复命,赴当该衙发落批解官物者,令承批人赍批径赴该部交纳,不许泛滥径中。本朝顺治二年定,凡内外官民题奏本章,不得过三百字,虽刑名钱谷等本,难拘字数,亦不许重复冗长,仍将本中大意,撮为贴黄,以便览阅,其贴黄不许过一百字。题本式,每幅六行,一行二十字,格内抬头二字,平行十八字,出格抬头加一字。头行衙门官员姓名疏密,各作一行写,不限字数,年月下同。若有连名挨次,俱照六行书写。奏本式,每幅六行,一行二十四字,格内抬头二字,平行写二十二字,出格抬头加一字。衙门官衔或生儒、吏典、军民、籍贯、姓名疏密,俱作一行书写,不限字。凡本面皆写一"题"字或"奏"字。议体有四:一谥议,二改议,三驳议,四答驳议。其法不得谥,而门生、故吏作议私谥者,则谓之私议,而草论、坐论欲有所献替者,亦为私议,其实论说耳。(详见"论说"条)

颂赞(附:雅　封禅文　评)

颂,容也。故颂、容字通用,为《诗》六义之一,所以形容功德之盛美也。其始为臣下揄扬君上之辞,后则滥及于平等者,甚而服御器用、饮食醉饱,亦莫不有颂矣。而颂体自以

《诗》为正格，后世则长短骈散，初无定律。

附：雅。雅，亦《诗》之一种，而大、小雅体制各殊。颂体颇盛行于后世，而雅则仅一二见，大抵用于祀神歌功，而模仿大雅者为多。

附：封禅文。李斯泰山刻石，实为此体之滥觞。（七十二家之说固不足信，即尧碑舜碣及岣嵝禹迹亦多附会。）大约古之登高刻石以颂功德者，当始于秦，至汉乃以方士曲说羼入祀典，始有此制。史迁所谓封禅者，固禋祀之殊礼。名号之秘祝，祀天之壮观，尚不足以尽之，其实巫谶与诅祝之变体耳。两汉以后，帝王亦明知其廓而无当，故无沿袭者矣。

赞

赞美、赞述之词。《文心》曰：昔虞舜重赞。及益赞于禹，伊陟赞于巫咸，并扬言以明事，嗟叹以助辞。故汉置鸿胪唱拜为赞，如相如之赞荆轲，班固之褒贬以赞，皆取益赞于禹之意。要之，自司马相如赞荆轲始，后人作此体者甚多。唐时至用以试士，其体有三：一曰杂赞，意专褒美，若诸集所赞人物、文章、书画诸赞是也；二曰哀赞，哀人之殁而述德以赞之者是也；三曰史赞，词兼褒贬，若《史记索隐》、《东汉》、《晋书》诸赞是也。

附：评。评，品论也。史家褒贬之辞，然随意命名，故《史记》所称太史公曰者，班书则谓之赞，范书则谓之论，其实皆评也。评之名，始见于《三国志》，后世作者渐多，不必尽属史家也。评亦有二体，史评之外，其一杂评也。

箴铭（附：规）

箴者，诲诫之辞，似医者之以针治病也（箴即针字）。此体最古者为夏商二箴，见于《尚书大传解》及《吕氏春秋》，而文不完全，故当以周辛甲命百官正王阙中虞箴为最古（见《左传》）。其品有二：一曰官箴，一曰私箴，多用韵语。

规者，为圆之器也，盖取防范之意。《书》虽有官师相规之文，然文体中有箴而无规。唐元结始作《五规》。大约箴者，箴上之阙，或用以自警；而规则对于平等而互相劝诫者也。

铭，名也，名于器物，或以志其人之功烈，或以自警也。前者与旌并用，后者与箴同德。铭之见于诸经者凡四：汤之盘铭、孔悝之鼎铭、嘉量之铭、林钟之铭是也。古者多施诸祭器，其后则尚刻石，而铭幽之文为最繁，挚虞言李尤为铭，自山河、都邑至于刀笔、算契无不有铭，而厥著亦滥矣。大约铭之为体，不出于二，一儆戒，二祝颂也。

檄移（附：露布　符）

檄者，以木简为书，长尺二，用以号召，有急则插鸡羽而遣之。初仅为军事之用，战国时张仪为檄告楚相，其名始此。扬雄所谓军旅之事，飞书驰檄用枚皋。汉有司马相如《谕蜀檄文》、隗嚣《檄亡新文》，而陈琳之檄最为世称。其后凡露版以宣众者，皆谓之檄。故报答豫告称檄，州郡征调属吏亦称檄，今宫府中文告虽不用檄之名，而誓师讨罪、征兵、谕下，其义尚存。

移，一曰公移，一曰行移，其名不一，而皆得以移括之。唐世凡下达上，其制有六：其二曰状，百官于其长亦为之；其五曰辞，庶人言为辞；其六曰牒，有品以上公文皆称牒。诸司自相质问，其义有三：一曰关，谓关通其事也；二曰刺，谓刺举之也；三曰移，谓移其事于他司也。宋则宰执带三省枢密院事出使者，移六部用劄，六部移宰执带三省枢密院事出使者，及从官任使副移，六部用申状，六部相移用公牒。明制：上逮下者，曰照会，曰劄付，曰案验，曰帖，曰故牒；下达上者，曰资呈，曰案呈，曰呈，曰牒呈，曰申；诸司相移者，曰咨，曰牒，曰关；上下通用者，曰揭帖。今仍沿之，而间有增损。

附：露布。露布之名，始于汉光武。《纪注》：汉制度曰：制诏三公皆玺封，尚书令印重封露布。《州郡祭祀志》注亦引《东观书》：有司奏孝顺，号露布，奏可。则凡不封缄而宣布欲四方速知者，皆谓之露布，不仅为捷书之别名也。贾鸿为马超作《伐曹操露布》，而斯体始著。其初但以文移之露版者当之，自元魏始书帛、建于漆竿上。唐以前露布之文皆不传，今则多用四六体。

附：符。古无此体，晋以后始有之，唐世凡上逮下，厥制有六：其六曰符。尚书下于州，州下于县，县下于乡，皆用之。今虽有官符之义，而名实已变。

策对

对策者，应诏而陈政也（谓皇帝临轩策问而条对之）。射策者，探事而献说也。策士之制，始于汉文帝、晁错，自是天子策士，有司亦以策举人，而士大夫私自议政而进上者亦谓之策。故策有三类：一曰制策，天子称制以问而对者；二曰试策，对有司之以策试士者；三曰进策，以私著上进者也。

问对

问对，一曰主客体，设为宾主以表其意者也，滥觞于《国策》与《楚词》，而名实各别。曰对，曰问，曰嘲，曰戏，曰答，曰对，曰应，曰喻，曰解，皆此类也。始于《左》、《国》、《楚词》。

批判

批，批答者，天子采臣下章疏之言而答之也。自后凡上官之于下吏，有司之于民，就所陈说而裁答者，亦概谓之批。

判，判断也。唐制选士，判居其一，约而言之，其用甚多。一曰科罪，二曰辨雪，三曰番异，四曰判罢，五曰判留，六曰驳正，七曰驳审，八曰末减，九曰案寝，十曰案候，十一曰褒嘉，今皆质称曰批词矣。

书札

古者臣僚敷奏、朋旧往复，总称书札。近世则以前者为表，后者曰书札，或概称为书记。书木者曰牍，书竹者曰简，后世用纸而简牍之名仍存。所谓札者，栉也，编之似栉齿相比也。书记之异名甚多,有书,有奏记,有笺,有启,有简,有状,有疏,有劄,而其简略者,或曰手简,或曰小简,或曰尺牍。状、疏今不甚通行,劄独盛行于宋元。其初骈散古俗,各有定体,今则无复拘矣。

序引

序,绪也,亦作叙言,善叙事理,次第有序,若丝之有绪。斯体始于《诗》之大序及《书》序、《左传》序,其体有二:一曰议论,一曰叙事,而叙事又有正变二体,近世多应用于赠送,及为公私著述之弁言,而施诸祝嘏者尤滥。

题跋(附:读　案)

题即榱题之题,书字于上,即谓之题,或易称为额、为颜。其后凡一切事物加墨其上者,概谓之题。今则不论位置先后,序、赞、跋、引,亦有混名为题词者,而题本之"题"则与"提"通。题体,诗文骈散无一定。

跋即取狼跋之意,凡文字之书后者,皆曰跋,故又称书后。徐师曾《文体明辨》云:简编之后语有四:一曰题,二曰跋,三曰书某,四曰读某。题者,缔也;跋者,本也;书者,书其语;读者,因于读也,明陈际泰有《五经读》。

公牍之成文曰案,而简编中所用考断语亦曰案,至宋人则儒释二家讲学语之编次者,谓之学案,亦曰公案。

注疏(附:训诂)

六经为文字之朝宗,故分析其文义者,即以治水之名名之,曰注疏。注之有未尽者,则疏以通之,固因流溯源之方也。历史百家,亦沿此例。

徒释文字、音义者,曰训诂。训,从川,有顺而导之之义;诂,古言也,十口相传曰诂。

传记

传者,传也。经之有传者,如《左》、《公》、《谷》三传,《尚书大传》、《韩诗外传》之类。汉司马迁作《史记》,创为列传,后世史家,卒莫能易。今其品有四:一曰史传,二曰家传,三曰托传,四曰假传。记者,纪事之文也。始于《书》之《禹贡》、《武成》、《金縢》、《顾命》,然古无专名,至《戴记》、《学记》始有此称,《文选》及《文心雕龙》犹不登其体,至唐而始盛,宋人以下多杂以议论,渐失叙事之体,其后则小说、乐剧亦皆有记之称矣。又:文中有所谓书事者,亦记之异名。或与纪混称,大约叙事之备纲领颠末,而重大繁复者为纪,其简单者为记,而书札、簿录、题识亦有谓之记者。

碑碣(附:墓志铭　幽宫契)

古者宫庙皆有牌,所以丽牲,然不名文字,世所传七十二君封禅及尧碑、舜碑之文,要皆好事者附会。至设于墟墓间,则亦穿绳于孔,以为下棺之用。且宫庙以石,窆以木,而

《檀弓》所谓宫室视丰碑者，亦以大木为之。至刻石纪功，则当以周宣立碣为始，而延陵十字为表墓之滥觞，然亦真赝莫考也。秦汉以降始为文章之名，自宫观陵墓以及山川边塞，侈陈功德，旁及神异，而碑制始盛。约有数种：一宫庙碑、二封禅碑、三墓碑、四城阙碑、五界碑、六去思碑、七戒碑、八党碑、九题名碑。而墓碑一体最滥，又殊其名曰神道碑，曰神道表，曰墓碣，曰墓表，曰窆石，曰幽室文。方石曰碑，圆石曰碣。

墓志铭。表于外者为碑碣，埋于圹者为志铭。汉杜子夏勒文埋墓侧，始有墓志一体。其初不过述死者世系、名字、爵里、生年及卒葬之月日与其子孙大略，为异日陵谷变迁，便于认识而已，至末流则铺张扬厉，文掩其实矣。其种类甚多：有志有铭者曰墓志铭，并有先以序者；有志而无铭者曰墓志；有铭而无志者曰墓铭；其未葬而权厝者曰权厝志；后葬而再志者曰续志，曰后志；殁于他所而归葬曰归祔志；葬于他所而后迁者曰迁祔志；刻于盖者曰盖石文；刻于砖者曰墓砖记，曰墓砖铭；书于木版者曰坟版文，曰墓版文；又有曰葬志，曰志文，曰坟记，曰圹志，曰圹铭，曰椁铭，曰埋铭。其在释氏，则有塔铭，曰塔记。

幽宫契。唐以前下葬者，必诡与鬼神论价购地，立为契约，刻石埋之土中，曰幽宫契。

祝祷（附：盟书　祝嘏文　祭文）

周礼：太祝掌六祝之辞，以事鬼神。其六辞，一曰祠，二曰祷，此即祝文之始。六祝者，曰顺祝，愿丰年也；曰年祝，求永贞也；曰告祝，祈福祥也；曰化祝，弭灾兵也；曰瑞祝，逆时雨、宁风旱也；曰策祝，远罪病也。即《文体明辨》所谓告修、祈报、辟谒者也。

盟书。周礼：大司徒掌盟载之法。郑康成曰："载者，盟辞也；盟者，书其辞于策，杀牲取血，加书于上而埋之，谓之载书。"又：祝之使沮败者谓之诅祝。或谓"大事用盟，小事用祖"，非也。盟辞亦称誓辞。

嘏辞。古者，嘏祝为尸致福于主人之辞也。今则为献寿辞之一种，但致吉辞者，为寿辞；而兼叙述平生者谓之寿序。

祭文。古者仅为祭告神明之用，其后则吊奠亲友亦用之，然亦只告飨而已。中世以还，则兼载其言行，与祝嘏辞之叙述者同一泛滥矣。

哀诔（附：哀辞　吊文　挽歌）

周礼：太祝六辞，其六曰诔。此体始见于柳下之妻诔其夫，及鲁哀公之诔孔子。盖古者卿大夫之丧必赐谥、读诔，其制皆出于上，其后则有私谥、私诔。汉诸侯王、三公之薨，有诔策，谓以策书诔其行也。

哀辞。亦诔之流，崔瑗、苏顺、马融等为之，用于童伤夭折不以寿终者。

吊文。吊生曰唁，吊死曰吊。或骄贵而殒身，或狷忿而乖道，或有志而无时，或美材而兼累，后人送而慰之，并名为吊。贾谊之吊汨罗，则吊之祖也。唐有吊战场、吊镈钟之作。按：吊之本义为持弓，盖死者未殓，恐为鸟兽损伤，持弓以待驱逐也，犹挽之本意为执绋，今皆用为哀唁之义矣。

挽歌。挽歌为丧家之乐，执绋者相和之歌也。亲友送殡，亦助舁棺，而制歌以慰劳而宣哀。挽之最古者有《薤露》、《蒿里》三章,相传出于田横门人,薤露言人如薤上露易晞灭也;蒿里,下殡处也。

述状(附:年谱　寿启　哀启)

凡文之表序、学术、感情及一切事物者,皆称为述。今以述事迹之一体为最繁,曰行述,又曰行实,曰行状,其文多出于门生故吏及亲旧之手,或牒考功太常使议谥,或牒史馆请编行录,或上作者乞墓铭、碑表之类,皆用之。始于汉丞相仓曹传胡干作《杨原伯行状》,其文已不传,唯萧氏《文选》载任彦升所作《竟陵王行状》。

年谱。作谱者,举一人生平事迹分年而详述其下,不仅用于死者,且有本人自编年谱,及代古人作年谱者,盖传记、行状之变体也。

寿启、哀启。乞人作祝嘏辞曰寿启,乞人作吊唁辞则有哀启。大抵出于亲者之手,古无此体,今颇盛行。

论说(附:辩　解　释　诠　告戒　问对　七　连珠)

论,伦也,为其有伦理也。论之体用,莫详于《文心雕龙》。其言曰:"昔仲尼微言,门人追记,故仰其经目,称为《论语》。"详观论体,条流多品,陈政则与议说合契,释经则与传注参体,辨史则与赞评齐行,铨文则与叙引共纪,故议者宜言,说者说语,传者转师,注者主解,赞者明意,评者平理,序者次事,引者引辞,八名区分,一揆宗论。论也者,弥纶群言而研精一理者也。徐师曾列为八品:一曰理论;二曰政论;三曰经论;四曰史论,有评议、赞述二体;五曰文论;六曰讽论;七曰寓论;八曰设论。其题或曰某论,或曰论某,则各随作者所命,无异义也。

辩。辩为论之一种,盖必有不得已之意,而本乎至当不易之理,以反覆曲折之辞明之。孟子自言好辩,则其七篇所陈说,当为辩祖。若公孙龙、惠施之诡辨,则无可训焉。

解、释、铨。说者,解释义理,而以己意述之也。曰解,曰释,曰铨,名异而实同。

告戒。即诰诫。其体甚古,本为上者警饬其下之辞,至后世而其体不一,大约告者告他人之辞(告山川鬼神者亦同)。而戒则有戒人及自戒二种。

问对。一曰主客体。盖载一时问答之辞,或设为主客以表其义者,此体滥觞于《书》,至周秦人文,其风亦盛。若《客嘲》、《宾戏》,则近乎游戏矣。其名不同,曰难,曰谕,曰答,曰应,亦有称解、称释者。

七。亦问对之一种,滥觞于《楚辞》之《七谏》,至枚乘撰《七发》,其体始定,其后有傅毅《七激》、张衡《七辩》、崔骃《七依》、崔瑗《七苏》、马融《七广》、曹植《七启》、王粲《七释》、张协《七命》、陆机《七征》、桓麟《七说》、左思《七讽》,相继而作。

连珠。连珠者,解物陈义,演旧文以广之。连,贯也,穿贯情理,如珠之在贯也。其体或四联或六解,皆骈俪而有韵,亦有不用韵者。近人侯官严氏,以名学三段论法当之。

经义(附:八股　经解)

说经之文,有专书而无专体,汉虽设博士,然其所称述多附属本经,不别自成篇。至宋神宗笃意经学，欲矫贡举之弊，遂用王安石之法，罢诗赋而以经义取士，然“六经”、《论》、《孟》，皆称经义。至明始分经义与“四书”义，定为程式，而著其名曰“八股文”。久之，渐事声调涂泽，一变其本，而经义、八股几截然为二物矣。本朝因之，垂六百年，相沿不改。康熙中曾一废之，旋即复用。至光绪辛丑岁，始决意废八股，而以经义策论取士，盖忘八股之即为经义矣，朝三暮四，朝四暮三，殊可嗤也。然至乙巳岁设学堂，罢科举而经义始消灭。顾近日又有存古学堂之设，经义其或者复活乎？

经解。岁科试有随意科曰经古。盖以词赋为古学，而经则亦以六经句命题而使条对之，于宋之经义、明八股中之经义外，又为一类，而各书院试士者亦袭之。

附：

青词。方士告天神所用，亦祝祷文之一种，其初以青绿书之，故亦称绿章，体多骈俪。明嘉靖中禳醮之风最盛，文学之臣多以青词致身宰辅，若夏言、严嵩、徐阶，其最著者也。

步虚词。相传曹植在鱼山闻梵呗，仿其声而作。今道家科仪中袭用之，方士每挟道之名而胠佛箧，此亦其滥觞也。

道情。即乐府中之《耍孩儿》，盖考槃之士，制此以自娱者也。

瑜珈文。召鬼用骈俪，而继以短曲，谓之叹孤魂。

偈语。五六七言，或用韵，或不用韵，即从译经中各体仿作。（道家之《悟真篇》等则又转辗剽窃者也。）

下火文。僧人火葬用之，亦用骈语。

教坊致语。亦用四六体，文士所作，意取吉祥，敷陈于倡乐之前。今演剧开幕初，必有副末登场道白数语，即其遗也。

上梁文。亦祝词之一种，全以四六吉语，而更就建筑之上下四隅，各为七言口号赞叹，仍结以骈词，祈将来幸福。

撒帐词。体与上梁文相似，结昏时用之。（近日祝词大行于各社会，不备列。）

谱录（附：版　档）

谱，普也。有普遍之意。又布也，布列其事也。其大者纪氏族世系，而下至禽兽、虫鱼、草木、游戏、征逐之事，莫不有谱。而皇族世系谱或谓之牒，与图表互相为用。

录，一作“箓”，上古箓文即符命，与图书同托为神授，故政典之总亦谓之箓。《书》所称“纳于大箓”是也。以后凡总录其事者，皆谓之箓。用于朝庙谓之册籍，行诸社会则称簿记，故其性质，有似志乘者，有似表谱者。

版。以记户口之数，而如河图、玉版等，则又近乎符谶。

档。为置典籍之具，凡政府藏庋谱牒、例案，有但称档子，或称档册、档案者。

谶纬

为古时秘密哲学之一种。纬书为经学外之别传，谶则与图箓、谣谚相杂。犹太之《默示录》，希腊之预言，大旨相同，亦半开化时代必有之一种学问也。

谣谚(附:格言)

谣谚所以表社会心理,与风诗略同,而谣又兼谶纬性质,故或以风诗为出于民俗,而谣则由神授(谓荧惑化小儿,预示吉凶而有童谣),殊不足究诘也。谣多为韵语,谚词则或有韵,或无韵。

格言。即取古谣谚或简籍中名人言可为劝惩者录之,以自考镜,盖又与箴铭同功矣。

骚赋

骚赋总名《楚词》。骚为《离骚》。离,别也;骚,愁也。倡于屈原,又《九歌》以下凡二十五篇,上变风雅,下开赋体。后世忧愤之士,辄喜为之,且多以"九"为义,如《九歌》、《九章》、《九辩》、《九怀》、《九叹》、《九愁》之类。依七为一体之例,则《楚词》亦可别称为"九"。

赋,赋体创于荀卿《成相篇》,托物致意,短章促节,近乎箴铭,实与楚赋不同。楚赋起于宋玉、景差、唐勒之徒,《离骚》之变相也。至汉而贾谊、相如、枚乘、扬雄、班固等,大昌其学,然未尽改古度,惟加以铺张耳。沿及六朝,则变而为俳。俳者,排偶也。至唐而又变为律,则尚音节矣。宋人苦其拘束,则又变而为文,盖不拘对偶音律,而但以散文押韵。故赋有四体:一为古赋,二为俳赋,三为律赋,四为文赋。而荀子《赋篇》,则为赋家、赋小品之祖云。

第二章 诗

诗之名初见于《书》,所谓"诗言志"是也。孔子删定《三百篇》,遂为诗家不祧之祖,然周礼太师教六诗:曰风,曰赋,曰比,曰兴,曰雅,曰颂。而春秋名卿赋诗,多见于《三百篇》中,则孔子之所谓删定者,亦不过因仍旧本,网罗散失,勒成一书。至于今所谓自卫返鲁,然后乐正者,自属于音律问题,无关辞句。今与《诗》所表里之《乐经》已失传,则《诗》也者,不过古之一种有韵文体,与《尚书》同属文学一门,正不必四始五际,高言玄妙,致落障翳也。且孔氏教人学《诗》之旨,亦不过"兴观群怨"、"事父事君"、"多识鸟兽草木之名",而孟、荀诸子引用《诗》语,亦望文生义,别无秘奥。以上自是《诗》之正义,后世说经者愈多,而经旨愈晦。《诗》本天籁,而说《诗》者各凭臆见为之拟题,为之强立佐证,而劳人思妇之讴吟,几与繇辞、符谶相似,则晦之尤晦者也。

国风采诸太史,雅、颂属于瞽宗,故诗之性质,在一方面为史的,在一方面为美术的。自𬨎轩不出,古乐既亡,其历史的则《春秋》续之,在美术一方面则变为《离骚》。至西汉而《离骚》一体,又诗赋分行。盖其初则异名而同物(古所谓"登高能赋"及"赋者,古诗之流",则赋即诗也。)，其继则各立门户，而自为一体矣。

[歌谣] 最古者即《三百篇》之滥觞，如《麓尾》、《皇娥》、《击壤》、《南风》、《卿云》之类，后世有不登乐府、不入撰述，而自然成章者，其类亦甚多。

[乐府] 详见下节。

[三四言诗]《三百篇》以四言为主，其三言者如《麟之趾》、《江有汜》之类，而汉乐府亦多三言，如"天马来"、"练时日"等。然《三百篇》中长短句皆有之，如"维以不永怀"、"谁谓雀无角"，则五言也；如"我姑酌彼金罍"、"政事一埤益我"，则六言也；如"送我乎淇之上矣"、"还予授子之粲矣"，则七言也；如"胡瞻尔庭有县貆矣"、"我不敢效我友自逸"，则八言也；如"四之日其蚤献羔祭韭"、"泂酌彼行潦挹彼注兹"，则九言也。然后世诗家以五七言为正格，其余则好事者偶一为之。

[五言诗] 五言原于《南风》，衍于《五子之歌》，至汉苏、李及《古诗十九首》，以逮魏晋六朝，而其体始盛。(《古诗十九首》相传枚乘作)

[五言律诗] 始于梁陈，至唐而有声律排偶，始益工整。

[五言绝句] 与七绝同，原于乐府，如《白头吟》、《出塞曲》、《桃叶歌》等，至唐人而始有绝句之名。绝，截也；谓即律诗而截之也，又谓音绝而神韵不绝也。

[七言诗] 七言诗始于甯戚叩角，而《大风》、《柏梁》，亦为一宗，汉魏乐府中亦多七言，至唐而始有专体，其实七言已滥觞于荀子。

[七言律] 初唐七言律尚少，至盛唐，作者始竞起。

[七言绝] 原于《挟瑟歌》、《乌栖曲》等，延及六代，间有述作，亦至唐而始盛。

[杂言古诗] 亦曰长短句，与乐府歌行相似，而其名不同。

[近体歌行] 歌行有声有词者，乐府所载诸歌是也；有词九声者，后人所作诸歌是也，其名多与乐府同。而曰歌，曰行，曰吟，曰辞，曰曲，曰篇，曰咏，曰谣，曰叹，曰哀，曰怨，曰别，则乐府所未有，盖即事命篇，既不沿袭古题，而声调亦复相远，故不入乐府。此二种皆乐府之变体，而又为填词之起源。

[排律] 原于颜、谢诸人，梁陈以还，俪句尤切，唐兴，始专此体，而有排律之名。

[诗之体制] 有拗体，盖律诗而不依律者也。有和韵，而和韵又分三种：一为依韵，同一韵而不依原韵者也；二为次韵，依原韵字之后先次序者也；三为用韵，虽有用原韵字，而不次后先者也。诗之赓和，起于唐虞，然惟和题而不和韵，至唐时白居易、元稹、陆龟蒙、皮日休之徒，始好为之，其体渐盛。又联句：联句起于柏梁，人各一句而成篇，其后则有人各二句或三句、四句者。此外尚有所谓蜂腰(项联不对，即以十字叙一事，而意与首句相贯，至颈联方对者)、断弦(语似断而意存)、隔句(起联与项联相对，绝句亦有之)、偷春(起联相对，而次联不对者，如梅花偷春色而先开也)、首尾吟(一句而首尾皆用之也)、盘中(作诗写之盘中，屈曲而成文也)、回文(始于曹植《枕铭》，至苻秦时窦滔妻苏氏而花样益多)、叠字(起于古诗之"青青河畔草"，以后有全用叠字成篇者)、全平全仄(始于皮、陆，然惟五言，其后则有至九言者矣)、独木桥体(只以一字押韵到底者)、双声叠韵(同母为双声，同韵为叠韵，此二体惟皮、陆有之)、吃舌(即双声叠韵之变格，用字多不便于吃舌者)、杂韵诗(先二后四者，曰葫芦韵；双出双入，每隔二句用韵者，曰辘轳韵；一进一退，

隔一句用韵者，曰进退韵；四句同用两字为韵，略如反覆诗者，曰颠倒韵；句中平仄字各协韵者，曰平仄两韵）、名数（数者，自一至十、百、千、万，各有用天地、人物、草木、鸟兽、卦兆、律吕等名者，皆嵌入句中）、离合（有四种：有一字偏旁为两句，而四句凑合为一字者；有离一字偏旁为两句，而六句凑合为一字者；有离一字偏旁于一句之首尾，而首尾相续为一字者；有不离偏旁，但以一物二字离于一句之首尾，而首尾相续为一物者。又有"藏头"、"歇后"等名）、风人（风人始于《诗》之"南箕北斗"，而"藁砧破镜"等语，又别为一种。以上二种其实皆隐语之别体，不足言诗）等体。此等或因破坏规律，特强立名目以文其失，其余则文人小慧近于俳优，非诗家正则，偶一为之，亦可因难见巧，若专意习此，则入魔障矣。

又有以时代分体者，如建安体（汉末年号，曹氏父子及邺中七子之诗）、黄初体（魏末年号，即建安）、正始体（魏年号，嵇康、阮籍诸人之诗）、太康体（晋年号，左思、潘岳、二张、二陆之诗）、元嘉体（宋年号，颜、鲍、谢诸人之诗）、永明体（齐年号，仕齐诗人之诗）、齐梁体（统两朝言之）、南北朝体（统魏周言之，与齐梁体同）、初唐体（又袭陈、隋）、盛唐体（景云以后及开元、天宝）、大历体（大历十才子之诗）、元和体（元白诸人之诗）、晚唐体（唐末诸人之诗）、元祐体（北宋苏、黄、陈诸人之诗）。

以人地分体者（有即以人名代地者，不细分），如柏梁体（汉武帝与群臣登柏梁台联句，七言每句用韵）、河梁体（即苏李体，李陵送别苏武于河梁所作，为五言之祖）、曹刘体（曹植、刘桢）、鲍谢体（鲍照、谢灵运）、徐庾体（徐陵、庾信）、沈宋体（沈佺期、宋之问）、陶韦体（陶渊明、韦应物）、拾遗体（陈子昂）、王杨卢骆体（王勃、杨炯、卢照邻、骆宾王）、曲江体（张九龄）、浣花体（杜甫）、青莲体（李白）、东川体（李颀）、高岑体（高适、岑参）、王孟体（王维、孟浩然）、韦柳体（韦应物、柳宗元）、昌黎体（韩愈）、张王体（张籍、王建）、温李体（温庭筠、李商隐）、长吉体（李贺）、玉川体（卢仝）、丁卯体（许浑）、元白体（元稹、白居易）、郊岛体（孟郊、贾岛）、皮陆体（皮日休、陆龟蒙）、欧梅体（欧阳修、梅尧臣）、半山体（王安石）、东坡体（苏轼）、山谷体（黄庭坚）、后山体（陈师道）、康节体（邵雍）、石湖体（范成大）、诚斋体（杨万里）、剑南体（陆游）、四灵体（徐照，字灵晖；徐玑，字灵渊；翁卷，字灵舒；赵师秀，字灵秀）、铁崖体（杨维桢，号铁崖）、青邱体（高启）、闽体（林鸿）、西涯体（李东阳）、前七子体（李梦阳、何景明等）、后七子体（王世贞、李于麟等）、公安体（袁宏道弟兄）、竟陵体（钟惺、谭元春等）、新城体（王士祯）、浙体（厉鹗、杭世骏）、毗陵体（黄景仁、孙星衍等）。又有所谓选体者（摹《昭明文选》所选五言者）、玉台体（摹徐陵《玉台集》者）、西昆体（即温李体，宋初杨亿等专仿其体）、宫体（始于梁简文帝）、香奁体（韩偓《香奁集》等），名不备载。

乐府

古之《咸池》、《云门》及瞽宗所奏，皆乐府也。汉武始立乐府之名，以李延年为协律都尉，命司马相如等数十人，造为歌诗，合律吕奏之。盖乐府者，掌乐之职，而非乐章之名。今谓之乐府，犹史官掌纪录，而即以所纪录为史也。东汉明帝，分乐为四篇：一曰《大予乐》，郊庙、上林用之；二曰雅胡乐，辟雍、享射用之；三曰《黄门鼓吹乐》，天子宴群臣用之；四曰《短箫铙歌乐》，军中用之。名虽具而其制亦不传。至乐府古题见于纪载者甚繁，后世文人争相摹拟，然徒袭词句，而于题之本旨及所以合于宫商者，多不理会，古乐府遂成为古诗长短句之一别派，而引商刻徵者，诗余、词余迭起而代之，故词、曲亦有乐府之称。今录乐府古题于下，以示规则，俾辞章家有所征考，至于乐律，则有工师在。

（一）［汉短箫铙歌二十二曲］　朱鹭（因有朱鹭之祥而作）　思悲翁（皆言战事）　艾如张（言设机攻取也）　上之回（汉通回中道，武帝所游幸而作）　拥离（古辞云："拥离趾中，可筑室；何用葺之？蕙用兰，拥离趾中。"其后多用以略地战胜）　战城南（言战死之事）　巫山高（思归之词，后多述阳台云雨之说）　上陵（因上陵而为之也）　将进酒（有功而作）　有所思（言承天命也）　芳树（意与上同）　上邪（言受统也）　君马黄（伤别也）　雉子班（求偶也）　圣人出　临高台　远如期　不留　务成　元云　黄爵行　钩竿篇

（二）［汉鞞舞歌五曲］　关中（一作"东"）　有贤女（章和二年中汉章帝所造）　乐久长　四方皇　殿前生桂树

（三）［拂舞歌五曲，魏武帝分《碣石》为四曲，共八曲］　白鸠篇（曰《白凫舞》，又作《白符》）　济济篇　独禄篇（一作"漉"，又作"鹿"）　碣石篇（一、《观沧海》，二、《冬十月》，三、《土不同》，四、《龟虽寿》）　淮南王篇

（四）［鼓角横吹十五曲］　黄鹄（一作"鹤"）吟　陇头吟（亦曰《陇头水》）　望行人　折杨柳　关山月　洛阳道　长安道　豪侠行（亦曰《豪客行》）　梅花落（即《胡笳曲》）　紫骝马　骢马　雨雪　刘生　古剑行　洛阳公子行

（五）［胡角十四］　黄鹄吟　陇角头吟　出关　入关　出塞　入塞　折杨柳　黄覃子　赤之杨　望行人

（六）［相和歌三十曲］　江南曲　度关山　长歌行　薤露歌（亦曰《天地丧》，即《挽歌》）　蒿里传（亦曰《泰山吟》，亦挽歌）　鸡鸣高树颠（一曰《鸡鸣》）　对酒行　乌生八九子　平陵东　陌上桑（一曰《艳歌罗敷行》，一曰《日出东南隅》，又称《采桑曲》，魏改为《望云曲》）　短歌行（一曰《鰕䱇》）　燕歌行　秋胡行（一曰《陌上桑》，亦称《采桑》）　苦寒行　董逃行　塘上辛苦行　善哉行　东门行　西门行　煌煌京洛行　艳歌何尝行（一曰《飞鹄》）　步出夏东门行（亦曰《陇西行》）　野田黄雀行　满歌行　櫂歌行　雁门太守行　白头吟　气出唱（亦曰《惟乾》）　精列　东光

（七）［相和歌吟叹四曲］　大雅吟　王昭君　楚妃叹　王子乔（古尚有《小雅吟》、《蜀琴头》、《楚王吟》、《东武吟》四曲，今阙）

（八）［相和歌四弦一曲］　蜀国四弦（古有《张女四弦》、《李延年四弦》、《严卯四弦》三曲，今阙）

（九）［相和歌十调七曲］　长歌行　短歌行（亦曰《鰕䱇》）　猛虎行　君子行　燕歌行　从军行　鞠歌行

（十）［相和歌清调六曲］　苦寒行　豫章行　董逃行　相逢狭路间行（亦曰《长安有狭斜行》，一曰《相逢行》）　三妇艳诗（亦曰《大妇织绮罗，中妇织流黄》）　塘上行　秋胡行

（十一）［相和歌瑟调三十八曲］　善哉行（亦曰《日苦短》）　步出夏门行（亦曰《陇西行》）　折杨柳　西门行　东门行　东西门行　却东西门行　顺东西门行　饮马长城窟行（亦曰《饮马行》）　上留田行　新城安乐宫行　妇病行　孤子生行（亦曰《孤儿行》，亦曰《放歌行》）大墙上蒿上行　野田黄雀行　钓竿行　临高台行　长安城西行　武舍之中行　雁门太守行　艳歌行尝行（亦曰《飞鹄行》）　艳歌福钟行　艳歌双鸿行　煌煌京洛行　帝王所

居行　门有车马客行　墙上难为趋行　日重光行　月重轮行　蜀道难　櫂歌行　有所思行　蒲坂行　采梨橘行　白杨行　何无人行　青龙行　公无渡河行（亦曰《箜篌行》）

（十二）［相和歌楚调十曲］　白头吟行　泰山吟行　梁甫吟行　东武吟（亦曰《东武琵琶吟行》）　怨诗行（亦曰《怨歌行》，亦曰《明月照高楼》）　长门怨（亦曰《阿娇怨》）　班婕妤（亦曰《婕妤怨》）　娥眉怨　玉阶怨　杂怨

（十三）［大曲十五曲］　东门（《东门行》）　西山（亦曰《折杨柳行》）　罗敷（亦曰《艳歌罗敷行》）　西门（《西门行》）　默默（亦曰《折杨柳行》）　园桃（亦曰《煌煌京洛行》）　白鹄（亦曰《艳歌何尝行》）　碣石（亦曰《步出夏门行》）　何尝（亦曰《艳歌何尝行》）　置酒（亦曰《野田黄爵行》）　为乐（亦曰《满歌行》）　夏门（《步出夏门行》）　王者布大化（亦曰《櫂歌行》）　洛阳令（亦曰《雁门太守行》）　白头吟

（十四）［白纻歌一曲］　白纻歌（本吴歌，梁武帝令沈约更制其辞，为《子夜四时歌》四曲）

（十五）［清商曲七曲（附五十曲）］　子夜（四首，晋有女子名子夜，作是歌。梁武帝又本《白纻》而改为《子夜四时歌》）　前溪（晋沈玩所作舞曲也）　乌夜啼（宋临川王义庆所作）　石城乐（宋臧质为景陵太守于城上见群少年歌咏之乐，因为此乐）　莫愁乐（石城有女子名莫愁，善歌谣）　襄阳乐（宋隋王诞始为襄阳郡，后为雍州，夜闻诸女歌谣，因为之辞焉）　王昭君（亦曰王嫱，又曰王明君）　白雪（楚曲也，或曰周曲）　公莫舞（亦曰《公莫曲》，后人取刘、项鸿门会，项伯以袖障高祖且语庄曰"公莫"之意，因为辞焉）　巴渝（汉高使乐人习阆中之舞，因阆有渝水，即以为名，本舞曲四篇）　明君　明之君（二首皆汉鞞舞曲，梁武改其曲辞以歌君德）　铎舞　白鸠　白纻　子夜　吴声四时歌　前溪　阿子歌（亦曰《欢闻歌》）　团扇郎（晋王珉婢谢芳姿作）　懊侬（绿珠作）　长史变（晋司徒左长史王廞临败所作）　丁督护（亦曰《丁都护》，又曰《督护歌》，宋武帝女夫徐逵之为鲁轨所杀，帝使督护丁旿收殡之，逵之妻呼旿，问殡送事，每问辄叹曰："丁督护！"声甚哀，人因其声而制曲也）　读曲（宋人为彭城王义康作）　乌夜啼　估客乐（齐武帝追忆为布衣时事而作是歌）　石城乐　莫愁　襄阳　乌夜飞（亦曰《栖乌夜飞》，宋沈攸之作）　杨叛儿（亦曰《西曲杨叛儿》，齐女巫子杨旻为太后所宠，童谣云："杨婆儿，共戏来。"语讹转"婆"为"叛"也）　雅歌（二首）　骁壶（《投壶乐》也）　常林欢（即《长林》）　三洲（商人之歌）　采桑度（与《罗敷秋胡行》所谓采桑者异，亦商人歌，《三洲》曲所出也）　玉树后庭花（与《堂堂》、《黄鹂留》、《金钗两臂垂》，凡四曲，皆陈后主作，而令太乐令何胥采其尤轻艳者，以为此曲）　堂堂　泛龙舟（隋炀帝幸江都宫所作，又令太乐令白明达造新声，创《万岁乐》、《藏钩乐》、《七夕相逢乐》、《舞席同心髻》、《玉女行觞》、《神仙留客》、《掷砖续命》、《斗鸡子》、《斗百草》、《还旧宫》、《长乐花》、《十二时》等曲）　春江花月夜（亦炀帝所作）　上林　凤雏　平折命啸　平调　清调　瑟调（三曲皆有声无辞）　出郭西门　陆地行车　侠钟　朱堂寝　奉法

（十六）［西凉五曲］　扬泽新声　神白马　永世乐　万世丰解　于阗佛舞

（十七）［龟兹二十曲］　万岁乐　藏钩乐　七夕相逢乐　玉女行觞　神仙留客　掷砖续命　投壶乐　舞席同心髻　泛龙舟　斗鸡子　斗百草　善善　还旧宫　长乐花　十二时曲　摩尼解　婆伽儿舞　小天舞　圣明乐　疏勒盐

（十八）［天竺二曲］　沙石疆歌　天曲乐舞

（十九）［康国四曲］　戢殿农和正歌　末奚波地舞曲　前拔地舞曲　惠地舞曲

（二十）［疏勒三曲］　亢利死逊歌　远服舞　盐曲解

（二十一）［安国三曲］　附萨单时歌　居和祇解　末奚舞

（二十二）［高丽二曲］　芝栖歌　芝栖舞

（二十三）［礼毕二曲］　单交路行　散花舞（按：礼毕者，九部乐终，则陈之九部为燕乐伎、清商伎、西凉伎、天竺伎、高丽伎、龟兹伎、安国伎、疏勒伎、康国伎，其实皆主于清商也）

琴操

吾国乐器，以琴为最古（神农作琴），而音节亦最高雅。写心表德，除与瑟相俪。每悠然独抚，不与他乐相杂。而琴操亦为古韵文中最高尚之作。先圣哲王，畴人硕德，多寄兴于此，所谓动天地、感神明者，虽不免附会，要之宣播性情，契会冥漠，无逾此者。今古乐沦亡，而琴调尤先失传。世俗琴谱，大都三琶七筝，而失其真际矣。幸古琴操尚有一二流传，有心人澄思浏览，或可得情志节奏于文字之外。即从文学一方面观，亦可与《三百篇》、《九歌》并峙，毋令希腊、意大利诗歌家、乐剧家傲人，而当侏儒、靺鞨之乐浸淫于学校，桑濮、巴下之音倾倒于社会时，又不可无此萧艾之孤芳。尘埃之清唳，一湔雪之，薰风一曲，自为千古操缦之鼻祖。而历姚、姒、子三朝，继声实鲜，即羑里一操亦不传，退之好事，未必尽得明夷之旨，故录琴操自周始。

（一）［九引］　思归引（亦曰《拘离操》，卫贤女思归而作也）　走马引（樗里牧恭作孝子，报仇杀人，吏捕之，乘天马而逃）　霹雳引（亦曰《吟白虎》，亦曰《舞玄鹤》。楚商梁出游九皋，遇风雷而作）　烈女引（亦曰《操楚樊姬作》）　伯妃引（鲁伯妃作）　琴引（秦时屠门高作）　楚引（亦曰《龙丘引》，楚龙丘子高作）　贞女引（鲁女所作）　箜篌引（亦曰《公无渡河》，亦曰《箜篌谣》，霍里子高妻邱丽玉所作）

（二）［十二操］　将归操（孔子之赵，闻杀窦鸣犊，贤者也，孔子知必不用己，将归而作）　倚兰操（亦曰《幽兰操》，世言孔子伤不逢时而作）　龟山操（孔子以季桓子受齐女乐，欲谏不得，退望龟山而作是曲）　越裳操（越裳国献白雉，周公作是歌）　拘乐操（文王拘于羑里而作）　岐山操（周公为太王作，或云为文王作）　履霜操（尹吉甫子伯奇无罪见逐，自伤而作）　雉朝飞操（牧犊子年七十，无妻，见雉双飞，有感而作）　别鹤操（商陵牧子以无子，将改娶，其妻闻而悲歌，牧子感之，为作此曲）　残形操（世言曾子梦一狸，不见其首，以为不祥，而作此曲）　水仙操（伯牙学琴于成连，三年未能专一，成连云："吾师子春在海中，能移人情。"乃与伯牙至海中，留伯牙于蓬莱山。成连刺船去，云"迎子春"。久不返，但闻天风海水声，伯牙叹曰："先生将移吾情！"乃援琴而歌，曲终，成连刺船而还。伯牙遂妙绝天下）　怀陵操（世言伯牙所作）

（三）［三十六杂曲］　双凤　离鸾　归风　送远　幽兰　白雪（太常丞吕才以唐高宗《雪诗》为《白雪歌》）　长清　短清　长侧　短侧　清调　大游　小游　明君　胡笳　白鱼叹　广陵散（嵇康所作）　楚妃叹　风入松　乌夜啼　楚明光　石上流泉　临汝侯子安之　流澌涸　双燕离　阳春弄　悦人弄　连珠弄　中挥清　畅志清　蟹行清　看客清　便僻清　婉转清　除佚

遗声

（一）[古调二十四曲]　大辞十九曲（无名氏）　拟行行重行行（陆机）　古意（李白）　淫思古意（颜峻）　古乐府（权德舆）

（二）[征戍十五曲]　戎行曲　远征人　南征曲　老将行　将军行　霍将军行　司马将军歌　长城　筑城　古筑城曲　塞上曲　塞下曲　古塞曲　边思　校猎曲

（三）[游侠二十一曲]　游侠篇　侠客行　博陵王宫侠曲　临江王节士歌　少年子　少年行　刺少年　邯郸少年行　长安少年行　羽林郎　轻薄篇　剑客　结客　结客少年场　沐浴子　结袜子　结援子　壮士吟　公子行　敦煌子　扶风豪士歌

（四）[行乐十八曲]　游子移　游子吟　嘉游（亦曰《喜春游》）　王孙游　枣下何纂纂　携手曲　乐未央　永明乐　今乐歌　吾生作宴游　今日乐相乐　苦乐相倚曲（唐元稹作，言人情不常，恩宠反复，专引班姬、飞燕事为言）　合欢诗（晋杨芳所作）　定情篇（汉繁钦所作，言妇人恒以玩好之物致情也）　还台乐　河曲游　行幸甘泉宫　宫中行乐

（五）[佳丽四十七曲]　美女篇（亦曰《齐瑟行》，亦曰《齐吟》）　美人　织女辞　锦石捣流黄　丹阳孟珠歌　钱塘苏小小歌　孙绰情人碧玉歌　中山王孺子妾歌（孺子者，幼小之称也）　吴王夫差女子玉歌　董娇娆　乌孙公主（汉武帝以江都王女细君为公主，嫁乌孙昆弥，公主悲怨而作）　情人桃叶歌（亦曰《千金意》，桃叶者，王献之妾名，缘于笃爱，所以作歌）　李夫人　楚妃吟　楚妃叹　楚明妃曲　杜秋娘（杜，金陵女，为李锜妾，锜叛灭，杜被籍入宫，有宠，后有罪放还）　女秋兰（《木兰辞》，即木兰所作，叙其代父从征十二年，而人不知其为女子）　昭君叹　刘勋妻　焦仲卿妻　杞梁妻歌（杞殖妻之妹朝日所作也。殖战死，妻殉焉，其妹悲之，为作是歌。梁乃殖字）　湘夫人（亦曰《湘君》，又曰《湘妃》）　未央才人（邯郸才人嫁为厮养卒妇）　爱妾换马　胡姬年十五　黄门倡　舞媚娘（"舞"亦作"武"，唐则天时常歌此曲）　五媚娘　妾薄命（亦曰《惟日月》）　妾安所居　皑如山上雪　燕美人　映水曲　蚕丝歌　贞女　孀妇吟　丽人行　上阳白发人（唐天宝后，杨妃专宠，六宫有美色者，辄置别所。上阳，其一也）　缭绫　时世妆　王家少妇　委旧命　秦女卷衣　静女辞

（六）[别离十九曲]　生别离　离歌　长别离　河梁别　春别曲　自君之出矣　送归曲　思归篇　送远曲　母别子　寄衣裳　迎客曲　送客曲　远别离　久别离　古离别　怨别　离别（一《别离怨》）　井底引银瓶

（七）[怨思二十五曲]　怨辞　伤歌行　青楼怨　春女怨　秋闺怨　闺怨　寒夜怨　征妇怨　彩书怨　凤楼怨　绿墀怨　四愁　七哀　长相思　忧且吟　独处愁　思公子　思君去时行　洛阳夫七思诗　湘妃怨　娼楼怨　西宫秋怨　西宫春怨　遗所思　独不见

（八）[歌舞二十一曲]　浩歌行　缓歌行　前缓声歌　会吟行　同声歌　劳歌　悲歌行　上声歌（因上声促柱得名）　大垂手（舞而垂手也）　小垂手　钧天曲　艳歌行　童谣　入朝曲　清歌发　独舞　调啸辞　正古乐　三台辞　齐讴行　吴趋曲

（九）[丝竹十一曲]　挟琴歌　相如琴　薄暮动弦歌　鼓瑟有所思　赵瑟　秦筝

龙笛曲　短箫　凤笙　华原磬(唐天宝中始废泗滨磬,用华原石代之)　五弦弹

(十)［觞酌七曲］　羽觞飞上苑　前有一樽酒　城南偶燕　当置酒　当垆　独酌谣　山人劝酒

(十一)［宫苑十九曲］　魏宫辞　玉华宫　长信宫　连昌宫　楚宫行　雍台　凌云台　新城长乐宫　登楼曲　青楼曲　建兴苑　芳林篇　上林　阊阖篇　驾言出北阙　坐玉堂　内殿赋新诗　西园游上才　春宫曲

(十二)［都邑三十四曲］　名都篇(亦曰《齐瑟行》)　京兆歌　左冯翊歌(京兆,京师也。冯翊在左扶风,在右谓之三辅)　扶风歌　荆州乐　敦煌乐(凉州地)　青阳乐(青州)　浔阳乐(江州)　寿阳乐　凉州乐(今之伊州、凉州、甘州、渭州,皆西地也)　邯郸歌　长平行(白起坑赵降兵处)　故绛行　西长安行　临碣石　白铜鞮陌(亦曰《襄阳踏铜鞮》)　南郡歌　荆州歌　陈歌　吴歌　邺都歌　蔡歌行　越城曲　越谣　孟门行　燕支行　汾阴行　新昌里　洛阳歌　大堤曲　出自蓟北门行　江南行　江南思　长干行

(十三)［道路六曲］　阴山道　大行路　行路难　变行路难　沙路曲　沙堤行

(十四)［时景二十五曲］　阳春歌　青阳歌　春日行　秋风辞　北风行　苦热行　秋歌　朝歌　晨风歌　朝来曲　夜夜曲　夜坐吟　遥夜吟　春旦有所思　元云　朝云　雷歌　惊雷歌　雪歌　胥台露　白日歌　明月篇　明月子　日出行　日与月

(十五)［人生四曲］　百年歌(陆机作,十年为一章,共十章)　人生　老年行　老诗

(十六)［人物九曲］　大禹　成连　湘东王　祖龙行　百里奚　项王(亦曰《盖世》)　楚王曲　安定侯曲　李延年歌

(十七)［神仙二十二曲］　步虚辞　神仙篇　外仙篇　升仙歌　升天歌　仙人篇　游仙篇　仙人览六著篇　海漫漫　桃源行　上云乐(亦曰《洛滨曲》)　武陵深行(一曰《武溪深行》)　招隐(本《楚辞》,又汉淮南王安所作)　反招隐(晋王康琚作)　四皓　萧史曲　方诸曲　王乔歌　元丹丘歌　紫溪翁歌(紫溪翁过角里先生,举酒相属辞而歌)　渔父　归去来引

(十八)［楚竺四曲］　舍利弗　法寿乐　阿那环　摩多楼子

(十九)［蕃胡四曲］　于阗采花　高句丽　纪辽东(隋炀帝为辽东之役而作)　出蕃曲

(二十)［山水二十四曲］　桐柏山(在唐州桐柏县淮水发源处)　华阴山　巴东三峡歌　淫豫歌(亦曰《滟滪歌》)　河中之水歌　曲池之水歌　东海　小临海歌　江上曲　江皋曲　方塘含白水歌　日暮望泾水　曲江登山曲　巫山　中流曲　济黄河　渡易水曲　桂楫泛河中　登名山行　昆明春水满(唐贞元中作)　半路溪　泛水曲　幽涧泉

(二十一)［草木二十一曲］　赤白桃李花(亦曰《桃李》,唐高祖时歌)　秋兰篇　芙蓉花　采莲曲　采菱曲　采菊　茱萸篇　蒲生歌　城上麻　夹树　夹树有绿竹　绿竹　树中草　冉冉生孤竹(取古诗第一句作题,何偃作)　杨花曲　桃花曲　隋堤柳　种葛　江篱生幽渚　浮萍篇　桑条(太史迦叶志忠上《桑条歌》十二篇,言韦后当受命)

(二十二)［二车马六曲］　车遥遥篇　高轩过　白马篇(亦曰《齐瑟行》)　驱车　天马歌　八骏图

(二十三)［鱼龙六曲］　尺蠖　应龙篇　飞龙篇　飞龙行　枯鱼　捕蝗

（二十四）［鸟兽二十一曲］　白虎行　乌栖曲　东飞伯劳　拟东飞伯劳　双燕　燕燕于飞　泽雉　沧海雀　空城雀　雀乳空井中　斗鸡　晨鸡　高树鸣　鸳鸯　鸣雁行　鸿雁生北塞行　黄鹂飞上苑　飞来双白鹤　双翼　只翼　凤凰曲　秦吉了

（二十五）［杂体六曲］　杂曲　五杂组曲　寓言　杂体　藁砧（亦曰《藁砧今何在》）　两头纤纤

祀飨正声（嬴氏惟采于国风，统一后，诗乐皆不传，即击缶之音亦无遗响，故以汉直接商周之颂）

［汉武郊祀之歌十九章］　练时日　帝临　青阳　朱明　西灏　元冥　惟泰元（匡衡奏罢，鸾辂龙鳞，更定此歌）　天地（匡衡奏罢，黻绣周张，更定此）　日出入　天马（元狩中，渥洼水生马作；又太初中，得大宛马作）　天门　景星（得鼎汾阴作）　齐房（芝生甘泉齐房作）　皇后　华煜煜　五神　朝陇首（获白麟作）　象载瑜（获赤雁作）　赤蛟

［班固东都五诗］　明堂　辟雍　灵台　宝鼎　白雉

［梁武帝雅歌十二曲］　后雅　皇雅　引雅　寅雅　介雅　需雅　雍雅　涤雅　牷雅　諴雅　献雅　禋雅

［唐雅乐十二和曲］　豫和　顺和　永和　肃和　雍和　寿和　太和　舒和　昭和　休和　正和　承和

祀飨别声（正声者，常祀飨之乐；别声者，非常祀飨之乐，出于一时之事，为可歌也）

［汉三侯之章］　大风歌（亦曰《风起之诗》）

［汉房中祠乐］　按：房中乐本周乐，秦改曰《寿人》，汉惠改曰《安世乐》

［隋房内曲二首］　天高　地厚

［梁武帝述佛法十曲］　善哉　大乐　大欢　天道　仙道　神王　龙王　灭过恶　除爱水　断苦转

［陈后主四曲］　黄鹂留　堂堂　金钗两臂垂　玉树后庭花

［北齐后主二曲］　无愁　伴侣

［唐七朝五十五曲］　倾杯曲（长孙无忌作）　乐社乐曲（魏徵作）　英雄乐曲（虞世南作）　黄骢叠曲（太宗乘马黄骢骠死，颇哀之，命制是曲）　景云河清歌（亦名《燕歌》，高宗即位，景云见河水清，张文收采古义为此歌）　庆善乐　破阵乐　承天乐　一戎大定乐　八纮同轨乐（以上五曲皆伐高丽时作）　夷美宾曲（辽东平李勣，作是曲以献）　安舞　太平乐　破阵乐　庆善乐　大定乐　上元乐　圣寿乐　光圣乐（以上八曲皆立部伎）　燕乐　长寿乐　天授乐（武后天授年作）　鸟歌万岁乐（武后时有鸟能人言，呼万岁）　龙池乐　小破阵乐（以上六曲皆坐部伎）　夜半乐　还京乐（明皇诛韦后后作《夜半》、《还京》二乐）　文成曲　霓裳羽衣曲　元道真曲（道士

司马承祯奉诏作）　大罗天曲（道士李会元作）　紫清上圣道曲（贺知章作）　景云　九真　紫极　小长寿　承天乐　顺天乐（以上六曲并于太清宫成时，太常卿韦绍作）　君臣遇乐曲（亦韦绍作）　荔枝香（明皇以贵妃生日，南方适进荔支，因奏新曲，即以名之）　梨园法曲　凉州　伊州　甘州（天宝乐曲，皆以边地名之）　千秋节（明皇生日）　宝应长宁乐（代宗由广平王复二京，梨园供奉刘日进作）　广平太一乐（亦代宗时作）　定难曲（马燧献）　中和乐（德宗生日自作）　继天诞圣乐（德宗生日，昭义节度王虔休所献）　孙武顺圣乐（山南节度于頔所献）　云韶法曲　霓裳羽衣舞曲（右二曲文宗诏太常卿冯定采开元雅乐作也，改法曲为仙韶曲）　万斯年曲（武宗朝李德裕作）　播皇猷曲（宣宗每宴群臣，备百戏，帝自制新曲，故有《播皇猷》之作）

文武舞

晋文舞曰正德舞，武舞曰大豫舞

宋文舞曰前舞，武舞曰后舞

梁文舞曰大壮舞，武舞曰大观舞

隋文舞、武舞

唐文舞曰治康舞，武舞曰凯安舞

唐三大舞：七德舞（本名《秦王破阵乐》，太宗为秦王时，破刘武周，军中相与作《破阵乐》。即位后诏虞世南、魏徵、李百药更制歌辞，名曰《七德舞》，后又改《神功破阵乐》）、九功舞（本名《功成庆善乐》）、上元舞（高宗所作）

新乐府

借时事自制新题，绝不模古，盖上世风之遗也。唐白居易以下，亦为专体矣。其支流，则为竹枝、咏史等题。

第三章　诗　余

诗有词至唐后始分，或以李白《菩萨蛮》、《忆秦娥》为词家之祖，其实不过杂言诗而已。况《小秦王》及《清平调》，今皆列于词类，若以合律言，则《三百篇》以下，孰非能被管弦者？若以造句长短为分别，则词体中同乎五七言者正多，亦不能强为去取也。大约文章变革，半由习惯，必欲一一溯其所自出，创者且不自知，而因者何论也？一言蔽之，则词之必出于诗，有断然者，则实谓之诗余可矣。唐时但有小令，五季始演中调，两宋此学大昌，又演为引、序、慢、近，而词体始大备，且引商刻羽，格律綦严，良工多能自著声调。元明中衰，作者虽日盛，而多袭其词句，随意为之，漫不知声律是何物，即有妄加订正，如杨慎、万树诸人，徒供掇拾，而于声音原理，羌无所得。盖与诸家之作古乐府者，就题填字,实如一丘之貉,而循声按谱之事,反在词余而不在诗余矣。前姑列其名目于后,以当饩庠。若夫硁硁于绳尺,剖析毫芒,穷极窈眇,此则在音乐史之范围,而非我文学史之事。

小令

竹枝(又名《巴渝辞》) 十六字令(又名《苍梧谣》) 闲中好 渔父 渔父引 纥那曲 罗唝曲 梧桐影 一片子 醉妆词 菩萨蛮 又一体(或名《碧窗梦》) 又一体(双调或名《望秦川》、《风蝶令》) 荷叶杯 塞孤(类列《塞孤》) 回波词 舞马词 三台(或名《翠华引》,《开元乐》,类列《伊州三台》) 一点春 甘露引 柘枝引 晴偏好 摘得新 花非花 春晓曲 渔歌子(或名《渔父》) 忆江南(或名《望江南》) 捣练子(类列《胡捣练》) 赤枣子 桂殿秋 解红 潇湘神(或名《潇湘曲》) 章台柳(附《杨柳枝》) 南缈子 乐游曲 小秦王(或名《阳关曲》) 采莲子 杨柳枝(或名《折杨柳》) 浪淘沙(类列《浪淘沙令》,类列《浪淘沙慢》) 八拍蛮 阿那曲(或名《鸡叫子》) 欸乃曲 清平调 甘州曲(类列《甘州子》,类列《甘州遍》,又《甘州令》,类列《入声甘州》) 字字双 同心院 十样花 九张机 醉吟商 法驾导引 抛球乐 江南春 踏歌辞 忆王孙(或名《忆君王》) 一叶落 蕃女怨 调笑令(或名《宫中调笑》、《转应曲》、《三台令》) 遐方怨 思帝缈 如梦令(或名《比梅忆仙姿》、《宴桃源》) 西溪子 诉衷情(或名《一丝风》,类列《诉衷情近》) 湘灵瑟 天仙子 风流子 归国谣 饮马歌 定西蕃 连理枝 又一体(双调,即《小桃红》,或名《红娘子》、《灼灼花》) 江城子(或名《水晶帘》、《犯调江城梅花引》,类列《江城子慢》) 望江怨 相见欢(或名《乌夜啼》、《上西楼》、《西楼子》、《月上瓜洲》、《秋夜月》、《忆真妃》) 长相思(或名《双红豆》、《山渐青》、《忆多娇》、《吴山青》) 风光好 望梅花 又一体(双调) 上行杯 醉太平(或名《醉思凡》) 感恩多 长命女(或名《薄命女》) 春光好(或名《愁倚栏令》) 昭君怨(或名《一痕沙》、《宴西园》) 怨回纥 酒泉子 又一体(或名《忆余杭》) 蝴蝶儿(类列《玉蝴蝶》) 太平时(或名《贺圣朝影》) 醉公子(或名《四换头》) 上林春(类列《上林春慢》) 生查子 纱窗恨 女冠子 中兴乐 又一体(或名《湿罗衣》) 醉花间 点绛唇(或名《南浦月》、《沙头雨》、《点樱桃》) 恋情深 赞浦子 浣溪沙(或作《浣纱溪》,或名《小庭花》、变调《摊破浣溪沙》,或名《山花子》,类列《浣溪沙慢》) 清商怨(或名《伤情怨》) 又一体(或名《关河令》) 雪花飞 醉垂鞭 沙塞子 春光好 伤春怨 霜天晓角(或名《月当窗》) 卜算子(或名《百尺楼》,类列《卜算子慢》) 伊川令 后庭花 巫山一段云 丑奴儿(或名《罗敷媚》、《罗敷艳歌》、《采桑子》、变调《摊破丑奴儿》,类列《捉拍丑奴儿》,或名《青杏儿》、《似娘儿》,类列《丑奴儿慢》,或名《愁春未醒》) 菩萨蛮(或名《子夜歌》、《重叠令》、《巫山一段云》) 一落索 华清引 散余霞 忆闷令 更漏子 好事近(或名《钓船雷》) 好时光 绣带儿(或名《好女儿》) 天门谣 柳含烟 一落索 又一体(或名《玉联环》、《洛阳春》、《上林春》) 杏园芳 彩鸾归令 谒金门(或名《花自落》、《垂杨碧》) 锦园春 睡花阴令 忆少年 占春芳 喜迁莺 荆门亭(或名《江亭怨》) 万里春 金蕉叶 朝天子 忆秦娥(或名《秦楼月》、《碧云深》、《双荷叶》、《玉交枝》) 琴调相思引 清平乐(或名《忆萝月》) 望仙门 西地锦 海棠春 落梅风 阳台怨 望仙楼 相思儿令 眉峰碧 画堂春 珠

帘卷 甘草子 阮郎归(或名《醉桃源》、《碧桃春》) 贺圣朝 喜长新 双鸂鶒 锦堂春(或名《乌夜啼》,类列《锦堂春慢》) 人月圆(或名《青衫湿》) 喜团圆 鬲溪梅令 朝中措 双头莲令(类列《双头莲》) 海棠春 庆春时 武陵春 洞天春 秋蕊香 桃源忆故人(或名《虞美人影》、《胡捣练》) 三字令 眼儿媚(或名《秋波媚》) 撼庭秋 沙塞子 朝中措 柳梢青 惜分飞 添字采桑子 谪仙怨 碧玉箫 庆金枝 镜中人 梅弄影 品字 阳台梦 极相思 月宫春 凤孤飞 柳梢青(或名《早春怨》) 太常引 归去来 河渎神 燕归梁 醉缈春 越江吟 庆天长 月宫春 少年游 双韵子 惜春郎 忆汉月(或名《望汉月》) 少年游(或名《小阑干》) 城头月 梁州令(类列《梁州令叠韵》) 西江月(或名《步虚词》《白苹香》,类列《西江月慢》、犯调《江月晃重山》) 四犯令(或名《四和香》) 满宫花 留春令 月中行 盐角儿 茶瓶儿 惜春令 惜分飞(类列《惜双双令》) 忆故人(变调《烛影摇红》) 滴滴金 桂华明 归田乐 怨三三 竹香子 孤馆深沉 捉拍采桑子 使牛子 珍珠令 双燕儿 醉高歌 清平调 花前饮 思越人 思远人 探春令(类列《探春》,类列《探芳新》) 秋夜雨 迎春乐 瑶池燕 河传(合调《怨王孙》、合调《月照梨花》) 凤来朝 雨中花 又一体(或名《明月棹孤舟》,类列《雨中花慢》) 伊州令 迎春乐 斗鸡回 谢新恩 庆佳节 望江东 醉花阴 入塞 青门引 锯解令 木兰花(类列《减字木兰花》,类列《偷声木兰花》,类列《木兰花慢》) 寻芳草(或名《王孙信》) 醉红妆 双雁儿 倾杯令(类列《倾杯乐》) 引驾行 捣练子 留春令 恨来迟 梦仙郎 菊花新 结带巾 八宝装 庆同天 天下乐 望远行 红窗睡 东坡引 青门怨 荔子丹 于中好 红罗袄 恋绣衾 临江仙 杏花天 玉阑干 摘红英(或名《撷芳词》、变调《钗头凤》,或名《玉珑璁》、《折红英》、变调《惜分钗》) 南歌子 南缈子 惜双双 金凤钩 金错刀 鬓边华 天香引 鹦鹉曲 睿新恩 鹧鸪天(或名《思佳客》、《于中好》、变调《瑞鹧鸪》,或名《舞春风》) 金凤钩 步蟾宫 芳草渡 徵招调中腔(类列《徵招》) 鼓笛令(类列《鼓笛慢》) 思归乐 浪淘沙 夜行船 亭前柳 玉楼春 金莲绕凤楼 忆人人 红窗怨 翻香令 市桥柳 凤衔杯 锦帐春 鹊桥仙 卓牌子 虞美人 楼上曲 厅前柳(合调《亭前柳》) 玉楼春 瑞鹧鸪 鹊桥仙 玉阑干 柳摇金 二色宫桃 清江曲 夜游宫 一斛珠 遍地花 梅花引 又一体(或名《贫也乐》) 又一体(或名《小梅花》) 阳台梦 芳草渡 荷叶铺水面 家山好 踏莎行(或名《柳长春》、变调转调《踏莎行》) 红窗回(或名《红窗影》) 小重山 惜琼花 花上月令 七娘子 系裙腰 摘红英 玉碾萼 恨春迟 宜男草 倚西楼

中调

朝玉带 一剪梅 冉冉云 接贤贤(变调《集贤宾》) 临江仙 锦帐春 散天花 少年心 后庭宴 拨棹子 蝶恋花(或名《一箩金》、《黄金缕》、《明月生南浦》、《凤栖梧》、《鹊踏枝》、《卷珠帘》、《鱼水同欢》) 唐多令(或名《南楼令》) 鞓江 感皇恩 荷华媚 定风波 秋蕊香引 寿山曲 寻梅 玉堂春 庆灵椿 破阵子(或名《十拍子》) 好女儿 赞成功 渔家傲 定风波 苏幕遮(或名《髻云鬟令》) 明月逐人来别怨 殢人娇 黄钟乐 滚绣球 侍香金童 握金钗 醉春风(或名《怨东风》) 行香子 献衷心 麦秀两歧 风中柳

钿带长　中腔　缑山月　香山会　喝火令　芭蕉雨　解佩令　淡黄柳　垂丝钓　锦缠道　玉梅令　谢池春(或名《卖花声》,类列《谢池春慢》)　声声令(类列《声声慢》)　酷相思　庆春泽　又一体(即《高阳台》)　青玉案　感皇恩　厌金杯　添字渔家傲　凤凰阁　梦行云　看花回　三蕞子　两同心　望梅花　拾翠羽　佳人醉　且坐令　月上海棠　惜黄花(类列《惜黄花慢》)　雨中花令　倚风娇近　千秋节(类列《千秋节引》)　西施　惜奴娇　归田乐　千秋岁　卓牌子近　三登乐　离亭燕　忆帝京　粉蝶儿(类列《粉蝶儿慢》)　于飞乐　撼庭竹　风入松　月上海棠　绕池游　荔枝香近　师师令　郭郎儿近拍　隔浦莲近拍　隔帘听　碧牡丹　传言玉女　百媚娘　剔银灯　枕屏儿　越溪香　长生乐　千年洞　蕊珠间　解蹀躞　瑞云浓　番枪子　下水船　扑蝴蝶　春草碧　婆罗门引(类列《婆罗门令》)　御街行　又一体(或名《孤雁儿》)　侧犯　四园竹　祝英台近(或名《月底修箫谱》)　凤楼春　快活年近拍　春声碎　相思会　应景乐　一丛花　阳关引(或名《古阳关》)　望远行　金人捧露盘(或名《上西平》)(《西平曲》)(《上南平》)　望云涯引　梦还京　山亭柳　镇西　小镇西犯　红林檎近　忆黄梅　过涧歇　安公子　早梅芳近　瑶阶草　斗百花(或名《夏州》)　有有令　皂罗特髻　彩凤飞　最高楼　倒垂杨　柳初新　新荷叶　梦玉人引　柳腰轻　爪茉莉　登天神　蓦山溪(或名《上阳台》)　拂霓裳　秋夜月　洞仙歌　八六子　南州春色　长寿乐　迷仙引　黄鹤引　满路花(合调《满园花》)(合调《一枝花》)　泛兰舟　踏歌　鹤冲天　踏春游　蕙兰芳引　清波引　千秋引　兀令　少年游慢　倾杯近　五福降中天　簇水　华胥引　受恩深　离别难　寰海清　法曲第二　醉思仙　八六子　惜红衣　劝金船　鸣梭　满江红(原名《上江红》)　石湖仙　鱼游春水　雪狮儿(或名《狮儿词》)　远朝归　探芳信　孤鸾　醉思仙　西窗烛　遥天奉翠华引　玉京秋　恋香衾　驻马听　采桑子慢

长调

法曲献仙音　采莲令　凄凉犯(或名《瑞鹤仙影》)　夏云峰　醉翁操　十二时慢　露华　宣清　塞翁吟　辘轳金井　东风齐着力　金盏倒垂莲　意离忘　汉宫春　扫花游　琼台　薄媚摘遍　满庭芳　又一体(或名《锁阳台》、《满庭霜》)　潇湘风雨　如鱼水　露华忆　梅子黄时雨　尾犯　又一体(或名《碧芙蓉》)　雪梅香　金浮图　一枝春　白雪　天香　玉漏迟　六么令(或名《乐世》)　四犯剪梅花　留客住　雪明鳷鹊夜　江南好　芙蓉月　古香慢　玉女迎春慢　扫花游(或名《扫地花》)　水调歌头　凤凰台上忆吹箫　双瑞莲　小圣乐　红袖扶　玉梅香慢　梦扬州　塞垣春　倦寻芳　双双燕　黄莺儿　步月　汉宫春(或名《庆千秋》)　阳台路　采明珠　剑气近　转调满庭芳　熙州慢　秋兰香　甘露滴乔松　庆清朝　绿盖舞　风轻　玉京谣　西子妆　被花恼　玉簟凉　月边娇　暗香(或名《红情》)　夜合花　醉蓬莱　燕春台　夏初临　瑶台第一层　长亭怨慢　黄鹂绕碧树　帝台春　迷神引　月下笛　孟家蝉　松梢月　珍珠帘　珍珠玉　扬州慢　月下笛　三部乐　云仙谣　芰荷香　孤鸾　昼夜乐　八节长歌　逍遥乐　并蒂芙蓉　绣停针　二郎神　万年欢　黄河清慢　忆东坡　舞杨花　碧牡丹慢　福寿千春　夏日宴黉堂　陌上

花　玲珑四犯　燕山亭　大有　凤池吟　紫玉箫　国香慢　垂杨　秋宵吟　迷神引　无闷　十月桃　新雁过　妆楼（即《瑶台聚八仙》、《八宝妆》）　锁腮寒　金菊对芙蓉　月华清　三妹媚　丁香结　玉胡蝶　长相思慢　桂枝香　采绿吟　聒龙谣　飞龙宴　无月不登楼　念奴娇（或名《百字令》、《百字谣》、《大江东去》、《酹江月》、《大江西上曲》、《壶中天》、《淮甸春》、《无俗念》、《湘月》）　换巢鸾凤　渡江云　琵琶仙　御带花　东风第一枝　春夏两相期　彩云归　万年欢　绛都春　绕佛阁　霓裳中序第一　解语花　瑞鹤仙　凤箫吟　满朝欢　玲珑四犯　金盏子　绣停针　惜寒梅　入音谱　蜡梅香　燕归慢　折桂令　长寿仙　桂枝香（或名《疏帘淡月》）　满朝欢　剪牡丹　水龙吟（或名《小楼连苑》、《庄椿岁》、《龙吟曲》、《海天阔处》）　玉烛新　月当听　瑞云浓浓　翠楼吟　凤箫吟（或名《凤楼吟》、《芳草》）　凤归云　小亭宴　曲江秋　寿楼春　喜朝天　雨霖铃　拜星月慢　马家春慢　梅香慢　映山红慢　宴瑶池　舜韶新　秋色横空　忆旧游　花犯　瑞鹤仙　曲游春　倒犯　斗百草　瑶草　齐天乐（或名《台城路》、《五福降中天》、《如此江山》）　庆春宫　湘春夜月　石州慢（或名《柳色黄》）　昼锦堂　氏州第一　南浦　宴清都（或名《四代好》）　西平乐　金盏子　龙山会　澡兰香　喜朝天　竹马儿　征部乐　湘江静　双声子　惜余欢　春云怨　还京乐　雨霖铃　眉妩（或名《百宜娇》）　情久长（或名《情长久》）　迎新春　合欢带　月中桂　阳春　绮罗香　霜花腴　西湖月　绮寮怨　送入我门来　忆瑶姬　永遇乐（或名《消息》）　拜星月慢　向湖边　潇湘逢故人慢　春从天上来　花心动　归朝欢（或名《菖蒲绿》）　西河（或名《西湖》）　百宜娇　赏南枝　望南云慢　玉连环　宴琼林　春归怨　梦横塘　尉迟杯　秋霁（即《春霁》）　曲玉管　花泼沁园春　望明河　早梅芳慢　西吴曲　真珠髻　暗香疏影　泛清波摘遍　角招　解连环（或名《杏梁燕》）（《玉连环》）（《四犯剪梅花》）　飞雪满群山　青门饮　落梅　楚宫春慢　内家娇　望海潮　望湘人　夜飞鹊　无愁可解　折红梅　倾杯乐　一萼红　薄幸　夺锦标　一寸金　系梧桐　大圣乐　惜黄花慢　泛清苕　杜韦娘　过秦楼（合调《惜余春慢》）（合调《苏武慢》）　罥马索　江南春慢　八宝妆　疏影（或名《绿意》）　八犯玉交枝　高山流水　慢卷袖　霜叶飞　五彩结同心　八归　透碧霄　沁园春　玉山枕　女冠子　期夜月　丹凤吟　轮台子　紫萸香慢　沁园春（或名《寿星长》，类列《花发沁园春》）　洞庭春色　宣清　瑶台月　摸鱼儿（或名《安庆摸》、《金缕衣》、《貂裘换酒》、《乳燕》、《飞凤敲竹》）　子夜歌　暮云碧　金明池　送征衣　笛家　白苎（或名《白苎歌》）　春雪间早梅　秋思耗（或名《画屏秋色》）　春风袅娜　翠羽吟　十二时　兰陵王　破阵乐　瑞龙吟　大酺　西平乐　歌头　多丽（或名《绿鸭头》）、玉女摇仙佩　六丑　玉抱肚　六州歌头　夜半乐　宝鼎现　个侬　解红慢　穆护砂　稍遍　戚氏　胜州令　莺啼序

以上仅据阳羡万氏《词律》及德清徐氏《词律》拾遗录入，然疏漏正多，纰缪亦不乏，且仅宋人集中诸调，尚未完备，然古今诗余名家集中，多者亦不过百余词，词之良劣，不在体制之多寡也。同此十百字之篇幅节奏，而下笔有仙凡之别，凡文学类然，填词尤易相形焉。又有谓唐五季无慢声者，然后唐庄宗已有歌头一百三十六字，特偶见耳。

诗余之有宫调者，见于北宋张先《子野词》、柳永《乐章集》及南宋姜尧章《白石词》，尚存遗意，而曾慥《乐府雅词》首卷所载，节奏离合，颇觉分明。有宋两代之乐章，

典型具在，自金元乐府行，而诗余遂与乐律相离，而纯为文学性质矣。兹略载于后，以俟考订。

《子野词》：（正宫）醉垂鞭；（中吕宫）南乡子、菩萨蛮、踏莎行、感皇恩、西江月、庆金枝、浣溪沙、相思儿令、师师令、山亭燕慢、谢池春慢、惜奴奴；（南吕宫）江南柳、八宝妆、一丛花令；（道调宫）西江月、感皇恩；（仙吕宫）燕春台慢、好事近；（大石调）清平乐、醉桃源、恨春迟；（双调）庆佳节、采桑子、御街行、玉连环、武陵春、定风波、百媚娘、梦仙乡、归朝欢、相思令（即《长相思》）、少年游、贺圣朝、生查子；（小石调）夜厌厌、迎春乐、凤栖梧；（歇指调）双燕儿、卜算子慢；（林钟商）更漏子、南歌子、蝶恋花、诉衷情、木兰花、减字木兰花、少年游、醉落魄、喜朝天、破阵乐、三字令；（中吕调）菊花新、虞美人、醉红妆、天仙子、菩萨蛮；（高平调）怨春风、于飞乐令、临江仙、江城子、转声虞美人（即《胡捣练》）、燕归梁、酒泉子、定西蕃；（仙吕调）何传、偷声木兰花、醉桃源、千秋岁、天仙子；（般涉调）渔家傲。

《乐章集》：（正宫）黄莺儿、斗百花、玉女摇仙佩、雪梅香、尾犯、甘草子；（中吕宫）送征衣、昼夜乐、柳腰轻、西江月、倾杯乐、笛家、鹤冲天；（大石调）迎新春、曲玉瑄、满朝欢、倾杯乐、梦还京、凤衔杯、鹤冲天、受恩深、看花回、柳除新、两同心、女冠子、玉楼春、金蕉叶；（小石调）秋蕊香引；（林钟宫）长相思、人尾犯、玉楼春；（双调）婆罗门引；（仙吕宫）新郎儿引、西施；（林钟商）雨淋铃、定风波、尉迟杯、慢卷袖、征乐、佳人醉、迷仙引、御街行、归朝欢、采莲令、秋夜月、巫山一段云；（散水调）倾杯乐；（歇指调）永遇乐；（中吕宫）戚氏、轮台子；（南吕宫）透碧霄、木兰花慢；（仙吕宫）如鱼水、玉胡蝶；（越调）清平乐；（仙吕）满江红、洞仙歌、引驾行、望远行、八声甘州、临江仙、竹马子、望海潮、小镇西、小镇西犯、迷神引、促拍满路花、六么令、剔银灯、红窗睡、凤归云、女冠子、玉山枕、减字木兰花、玉楼春、甘州令、西施、河转；（黄钟）倾杯乐；（大石调）倾杯乐；（般涉调）塞孤、瑞鹧鸪、洞仙歌、安公子；（中吕宫）燕归梁、夜半乐；（林钟商）玉楼春、白石歌曲；（仙吕调）鬲溪梅令、醉吟商小品；（商平调）玉梅令；（商调）霓裳中序第一；（黄钟宫）齐天乐；（黄钟商）（俗名大石）法曲献仙音、琵琶仙；（双调）玲珑四犯（别有《大石调》一曲）。

又白石自制曲：（中吕宫）扬州慢、长亭怨慢；（正平调近）淡黄柳；（越调）石湖仙；（仙吕宫）暗香、疏影；（无射宫）惜红衣；（黄钟角）角招；（黄钟徵）徵招；（越调）秋宵吟；（仙吕调犯商调）凄凉犯；（双调）翠楼吟、湘月。

《乐府雅词》：（转踏）调笑（首及收队用两绝句中《调笑》，或八、或十、或十二，皆以七言古诗引起）、九张机（九曲加首尾）、薄媚（排遍第八，排遍第九，第十攧，入破第一，第二虚催，第三衮遍，第四催拍，第五衮遍，第六歇指，第七煞衮，共十段）。

第四章　词　余

声韵之文，固以沉博绝丽为归，而无上上乘尤在乎真。盖声韵之事，出于天籁，全尚绨饰，反戾自然。卜商言诗，流连倩盼，自是探本之论。韵语来源最古，《釐尾》、《皇娥》，以闻乐府之先声，至《星云》、《纠缦》，已近媚兹，而辖轩采列，尚不失社会真际。尼山删定，以冠雅颂，殆亦为裔皇逊于纯朴也。春秋士夫宴会，辄以诗歌互答，虽风雅宜人，而时近廋隐。楚骚崛起，缠绵悱恻，出天入渊，几掩十五国风而上之，而宋、景、马、扬，演为赋体，渐以华赡，汩其真意。《古诗十九首》嗣出，深情雅度，直接风骚。汉魏以下，作者代起，虽尽坛坫之能事，而未合樵牧之天然。如《焦仲卿妻诗》及《木兰词》，信口成章，惬心餍理者，良不多见，惟《竹枝》、《子夜》，稍得遗意耳，韦、柳小令，实其苗裔；八叉天才，特辟异境，仪态万方，难可唐突；重光山河，毕于天水，倚声一事，乃足臣妾两宋；阳春浣花，俨然佐命；晏、欧、秦、贺，吹万不同，而同出天籁；张、柳新声，苏、黄别调，虽炫奇服，未去本色。南渡而下，体制日巧，藻饰日新，钩心斗角，穷极意匠，然而情为法揜，义受词驱，盖文胜而质渐漓矣。故金元乐府，阑入而改革之。盖言文学者，固尚雅而戒俗，爱古而薄今，而不知雅之本意为恒常，若以涂饰填砌为雅，则鄙陋实甚。且韵语起于风谣，风谣即俗之代名。古人之今，即今人之古，舍今俗而求古雅，所谓皮之不存，毛将焉傅？故征引典实，非古也；装点词句，非雅也。能善传现象，则形式不古而精神自古；能深合俗情，则面目不雅而气息自雅。知此始可以尚论我国千古之文学，而韵语尤其显著者也。然此事亦不尽关人力，其盛衰消长，亦与国家、社会之变迁相似。即以词余论，天意若闵文明禹甸，拘文牵义者之无所措其手足，欲别辟一文学新世界以处之，遂不惜破华虏之大防，输入吹笳、鸣角之风，以淘洗“滴粉搓酥”、“晓风残月”之末习。周尚文而《离骚》兴，宋右文而金元乐府入，皆文学天演界上至奇之局也。然风气海中，亦非豪杰之士，拔身其间，如以上所征引者，但个人之力，不能挽一世之狂澜，而必牵掣国家社会与之同化，此则令人不胜叹惜者。金元乐府以前，若龟兹、天竺、康国、疏勒等，侏僸、靺鞨之俗，久已潜入，但取其音节新奇，尚无文学上之真价值，即金元乐府初进，亦不过供俳优之玩弄，尚未能与《花间》、《草堂》抗行。迨全国左衽，遂视为国学之一种，与旧有词章并行，旋又悬以取士，而我国民亦复雅意揣摩，与制策程义等观，范以格律，润以词华，华夷合冶，别成一朝之体制，然南北异宜，终不能一例化合。南人之好事者，又推演两宋旧制以就其模范，而南曲兴焉。由是而有南北合套、南北合锦等名目，其实南北之面目可混，而精神则大别。北人虽广罗词藻，以示典雅，而反为太虚之滓；南人虽力摹伧荒口吻，以昭率真，而诘屈聱牙，适增笑柄。盖北曲自为胡声，而南曲则真为词余，亦如国民之种类，星体之距合，历久而仍有畛界，此亦文学成分上不能逃之公例也。

论文学者，皆谓言文一致之法，施于我国文学为最难，其实我国古时文字语言初不甚分，末世文胜，而言文乃格不相入。其初尚言文兼用，久之，语言尽化为文字。故所谓高文典册者，若以言语诠释之，每多词不达意。至韵骈二种，尤多丐贷，表诸口耳，几有一字不通者，即或承弊思救，而矫枉过正，易贬气格，此亦两难之势也。其全以言语组织成文者，仅有法律公牍与通俗小说二种。然公牍繁冗，而用字亦多假饰，小说则方言、俚语杂出，又太患不文。古乐府及古谣谚，诚能言文交错矣。而时代既殊，且多譬谕、寓寄之词，令人不能猝解。独曲之一体，其内容则括历史、小说、词章、音乐，而尽有之，庄谐互见，雅俚相成，又多长篇巨制，极变化曲折、隐现离合之妙，非似寻常诗歌，寥寥易尽。自院本盛行，科白一体，亦文质相宜，各擅胜场，足以补曲文之不逮。且我国无国语学科，言文之歧，亦正坐此，独院本流传，作者、歌者皆硁硁守其音读，一字不敢有所出入，无古今胡越之异，其势力可为闳矣。当世有心人，欲研究言文一致之方者，盍于此假涂乎！

北（六宫）（十一调） 仙吕 南吕 黄钟 仲吕 正宫 道宫 大石（一作“食”） 小石（一作“食”） 高平 歇指 般涉 商声 宫调 商调 角调 越调 双调

南（九宫）（十三调） 仙吕 中吕 南吕 黄钟 正宫 道宫 宫调 商调 羽调 大石 般涉 越调 双调

按：论曲止有五宫四调，合之为九宫，其实统高宫计之，亦但有七宫耳，元周齐（辉按：底本作“周齐”，应该为“周挺斋”）德清，于九宫调之外，又有小石、般涉、商角三调，则谓之十二调，元人南曲无商角，而有羽调，又加一仙吕入双调，合得十三，明人因称为“十三调”云。或于正宫外分出正宫调，仙吕、南吕、中吕外分出仙吕调、南吕调、中吕调，则凿矣。 按：宫、商、角、羽皆有七调，正宫、高宫、中吕宫、道调宫、南吕宫、仙吕宫、黄钟宫，为宫声七调；越调、大食调（一作“大石”）、高大食调、双调、小食调、歇指调、林钟商（即商调），为七商；越角、大石角、高大石角、双角、小石角（亦名止角）、歇指角、林钟角，为七角；中吕调、正平调、高平调、仙吕调、黄钟羽调、般涉调、高般涉调，为七羽。六宫者，正宫、中吕宫、道宫、南吕宫、仙吕宫、黄钟宫也；十一调者，大石调、双调、小石调、歇指调、商调、越调、般涉调、高平调、宫调、角调、商角调也。元人去宫调、角调、商角调，三调无曲，故元人不用六宫，金人院本则有之。元人又去小石、歇指、般涉、中吕、高平、仙吕、黄钟七调，金人则仅去歇指，为十一宫。故元人止有五宫四调，明人不明其指，遂合数之为九宫。沈括补以十二律配合古乐二十八调，除无徵音外，凡杀声（黄钟宫今为正宫，用“六”字，黄钟角今为林钟角，用“尺”字，黄钟羽今为中吕调，用“六”字，大吕宫今为高宫，用“四”字），余及太簇宫今不用（太簇商今为大石调，用“四”字，太簇角今为越角，用“工”字，太簇羽今为正平调，用“四”字，夹钟宫今为中吕宫，用“一”字，夹钟商今为大石调，用“一”字），余及姑洗商今不用（姑洗角今为大石角，用“凡”字；姑洗羽今为高平调，用“一”字；中吕宫今为道调宫，用“上”字；中吕商今为双调，用“上”字；中吕角今为高大石角，用“六”字；中吕羽今为仙吕调，用“上”字），蕤宾今皆不用。

林钟	宫		南吕宫		尺	
	商	今为	小石调	用	尺	字
	角		双 调		四	
	羽		大石调		尺	

夷则	宫		仙吕宫		工	
	商	今为	无	用	无	字
	角		无		无	
	羽		无		无	

南吕	宫		无		无	
	商	今为	歇指调	用	工	字
	角		小石调		一	
	羽		般涉调		上	

无射	宫		黄钟宫		凡	
	商	今为	林钟商	用	凡	字
	角		无		无	
	羽		般涉调		凡	

应钟	宫		无		无	
	商	今为	无	用	无	字
	角		歇指调		尺	
	羽		无		无	

《姜白石集》:曲言犯者,谓以宫犯商、商犯宫之类,如道宫以上字杀,双调亦以上字杀,即谓某调曲中犯某调,余准此。犯有正、旁、偏、侧,宫犯宫为正犯,商为旁犯,角为偏犯,羽为侧犯。或谓十二宫杀字各不容犯,惟宫可犯商、角、羽耳。

黄钟二十四章

醉花阴　喜迁莺　出队子　刮地风　四门子　水仙子　寒儿令　神伏儿　节节高　者刺古　彩楼春(即《抛球乐》)　侍香金童　降黄龙衮　双凤翘(即《女冠子》)　倾杯序　文如锦　九条龙　兴隆引　尾声

正宫二十五章

端正好　衮绣球(亦作《子母调》)　倘秀才(亦作《子母调》)　灵寿杖(即《呆骨朵》)　叨叨令　塞鸿秋　脱布衫　小梁州　醉太平　伴读书(即《村里秀才》)　笑和尚　白鹤子　双鸳鸯　货郎儿(入南吕转调)　蛮姑儿　穷河西　芙蓉花　菩萨蛮　黑漆奴(即《学士吟》、《鹦鹉曲》)　月照庭　六么遍(即《柳梢青》)　甘草子　三煞　啄木儿煞(亦入中吕)　煞尾

大石调二十一章

大国朝　归塞北(即《望江南》)　卜金钱(即《初开口》)　怨别离　雁过南楼　催花乐(即《擂鼓体》)　净瓶儿　念奴娇　喜秋风　好观音(亦作《煞》)　青杏子　蒙童儿(即《憨郭

郎》） 还京乐 荼蘼香 摧拍子 阳关三叠 蓦山溪 初生月儿 百字令 玉翼蝉煞 随煞

小石调五章

青杏儿（即《青杏子》，亦入大石调） 天上谣 恼煞人 伊州遍 尾声

仙吕四十二章

端正好（楔子中半用此） 赏花时 八声甘州 点绛唇 混江龙 油葫芦 天下乐 那吒令 鹊踏枝 寄生草 六么序 醉中天 金盏儿（即《醉金钱》） 醉扶归 忆王孙 一半儿 瑞鹤仙 忆帝京 村里迓古 元和令 上马娇 游四门 胜葫芦 后庭花 柳叶儿 青哥儿 翠裙腰 六么令 上京马 祆神急 大安乐 绿窗愁 穿窗月 四季花 雁儿落 玉花秋 三番玉楼人（亦入越调） 锦橙梅 双雁子 太常引 柳外楼 赚煞尾

中吕三十二章

粉蝶儿 叫声 醉春风 迎仙客 红绣鞋（即《朱履曲》） 普天乐 醉高歌 喜春来（即《阳春曲》） 石榴花 斗鹌鹑 上小楼 满庭芳 十二月 尧民歌 快活三 鲍老儿 古鲍老 红芍药 剔银灯 蔓菁菜 柳青娘 道和 朝天子（即《谒金门》） 四边静 齐天乐 红衫儿 苏武持节（即《山坡羊》） 卖花声（即《升平乐》，亦作《煞》） 四换头 摊破喜春来 乔捉蛇 煞尾

南吕二十一章

一枝花（即《占春魁》） 梁州第七 隔尾 牧羊关 菩萨梁州 玄鹤鸣（即《哭皇天》） 乌夜啼 骂玉郎 感皇恩 采茶歌（即《楚江秋》） 贺新郎 梧桐树 红芍药 四块玉 草池春（即《斗虾蟆》） 鹌鹑儿 阅金经（即《金字经》） 翠盘秋（亦入中吕，即《干荷叶》） 玉交枝 煞 黄钟尾

双调一百章

新水令 驻马听 乔牌儿 沉醉东风 步步娇（即《潘妃曲》） 夜行船 银汉浮槎（即《乔木查》） 庆宣和 五供养 月上海棠 庆东原 拨不断（即《续断弦》） 搅筝琶 落梅风（即寿阳曲） 风入松 万花方三台 雁儿落（即《平沙落雁》） 德胜令（即《阵阵赢凯歌曲》） 水仙子（即《凌波仙》、《湘妃怨》、《冯夷曲》） 大德歌 镇江回 殿前欢（即《小妇孙儿》、《凤将雏》） 滴滴金（即《甜水令》） 折桂令（既《秋风第一枝》、《天香引》、《蟾宫曲》、《步蟾宫》） 清江引 春闺怨 牡丹春 汉江秋（即《荆襄怨》） 小将军 庆丰年 太清歌 小阳关 捣练子（即《胡捣练》） 秋莲曲 挂玉钩序 荆山玉（即《侧砖儿》） 竹枝歌 沽美酒（即《琼林宴》） 太平令 快活年 乱柳叶 都叶黄 川拨棹 七弟兄 梅花酒 收江南 挂玉钩

（即《挂搭沽》）　早乡词　石竹子　山石榴　醉娘子（即《醉也摩挲》）　驸马还朝（即《相公爱》）　胡十八　一锭银　阿纳忽　小拜门（即《不拜门》）　慢金盏（即《金盏儿》）　大拜门　也不罗（即《野落索》）　小喜人心　风流儸　古都白　唐元夕　河西水仙子　华严赞　行香子　锦上花　碧玉箫　祆神急　骤雨打新荷　驻马听　金娥神曲　神曲缠　德胜乐　大德乐　楚天遥　天仙令　新时令　阿忽令　山丹花　十棒鼓　殿前喜　播海令　大喜人心　醉东风　问金四块玉　减字木兰花　高迁金盏儿　对玉环　青玉案　鱼游春水　秋江送　枳郎儿　河西六娘子　皂旗儿　本调煞　鸳鸯煞　离亭宴带歇指煞　收尾　离亭宴煞

越调三十五章

斗鹌鹑　紫苑儿　金蕉叶　小桃红　踏阵马　天净沙　调笑令（即《含笑花》）　秃厮儿（即《小沙门》）　圣药王　麻郎儿　东原乐　络丝娘　送远行　线答絮　拙鲁速　雪里梅　古竹马　郓州春　眉儿弯　酒旗儿　青山口　寨儿令（即《柳营曲》）　黄蔷薇　庆元贞　三台印（即《鬼之台》）　凭栏人　耍三台　梅花引　看花回　南乡子　唐多令　雪中梅　小络丝娘　煞　尾声

商调十六章

集贤宾　逍遥乐　上京马　梧叶儿（即《知秋令》）　今菊香　醋葫芦　望远行　凤鸾吟　玉胞肚（亦入双调）　秦楼月　桃花浪　高平煞　尾声

商角调六章

黄莺儿　踏莎行　盖天旗　垂丝钓　庆长天（辉按：底本阙一）

般涉调八章

哨遍　脸儿红（即《麻婆子》）　墙头花　瑶台月　急曲子（即《捉拍令》）　耍丝儿（即《魔合罗》）　煞　尾声（与中吕煞尾同）

名同音律不同者一十六章

（黄钟）水仙子　（双调）水仙子　（黄钟）寨儿令　（越调）寨儿令　（仙吕）端正好　（正宫）端正好　（仙吕）祆神急　（双调）祆神急　（仙吕）上京马　（商调）上京马　（中吕）斗鹌鹑　（越调）斗鹌鹑　（中吕）红芍药　（南吕）红芍药　（中吕）醉春风　（商调）醉春风

句字不拘可以增损者一十四章

（正宫）端正好　货郎儿　煞尾　（仙吕）混江龙　后庭花　青哥儿　（南吕）草池春　鹌鹑儿　黄钟尾　（中吕）道和　（双调）新水令　折桂令　梅花酒　尾声

南九宫十三调曲谱目录

[仙吕引子]卜算子　番卜算　剑气令　小蓬莱　探春令　醉落魄　天下乐　鹊桥仙　金鸡叫　春时春　紫苏丸　唐多令　梅子黄时雨(《黄梅雨》)　似娘儿　望远行　鹧鸪天

[仙吕过曲]光光乍　铁骑儿(即《檐前马》)　碧牡丹　大斋郎　胜葫芦(即《大河蟹》)　青歌儿　胡女怨　五方鬼　望梅花　上马踢　月儿高　二犯月儿高　月云高　月照山　月上五更　蛮江令　凉草虫　蜡梅花　感亭秋　望吾乡　喜还京　美中美(有换对)　油核桃　木丫牙　长拍　短拍　醉扶归　皂罗袍　皂罗袍黄莺　醉罗袍　醉罗歌　醉花云　醉归花月渡　罗袍歌　羽调排歌　三叠排歌　傍妆台(有换头)　二犯傍妆台　八声甘州(俱有换头)　甘州解醒　甘州歌(有换头)　十五郎　一盆花　桂枝香　二犯桂枝香　天香满罗袖　河传序(有换头)　拗芝麻　一封书　一封歌　一封罗　安乐神犯　香归罗袖　解三酲(俱有换头)　解酲带甘州　解酲歌　解袍歌　解酲望乡　掉角儿　序　掉角望乡　番鼓儿　惜黄花　西河柳　春从天上来　古皂罗袍　甘州入犯

[仙吕调慢词]河传　声声慢　八声甘州　杜韦娘　桂枝香

[仙吕调近词]赚　薄媚赚　天下乐　三嘱付　喜还京

[羽调近词]金凤钗　四时花　四季花　胜如花　庆时丰　马鞍儿　浪淘沙　归仙洞　尾声

[正宫引子]燕归梁　七娘子　梁州令　破阵子　齐天乐　破齐阵　瑞鹤仙　喜迁莺　缑山月(有换头)　新荷叶

[正宫过曲]玉芙蓉　刷子序(换头)　刷子带芙蓉　锦缠道　朱奴儿　朱奴插芙蓉　朱奴剔银灯　朱奴带锦缠　普天乐　普天带芙蓉　普天乐犯　锦芙蓉　芙蓉江　锦庭乐　锦庭芳　锦缠乐　雁过声(又有换头)　风淘沙　四边静　福马郎　小桃红　绿襕衫　三字令　一榩棹　三字令过十二桥　阳关三叠(疑即《雁过声》)　泣秦娥　倾杯序(有换头)　倾杯赏芙蓉　长生道引　彩旗儿(与双调不同)　满江红急(有换头)　白练序(有换头)　醉太平(有换头,又入南宫)　洞仙歌　雁渔锦　山渔灯　山渔灯犯　雁过沙　雁来红　沙过拣南枝　金殿喜重重(有换头)　花乐栏(有换头)　赚　怕春归　春归犯　蔷薇花　丑奴儿近(有换头)　黄钟赚

[正宫调慢词]安公子(有换头)　长生道引

[正宫调近词]划锹令　湘浦云

[大石调引子]东风第一枝　碧玉令　少年迟　念奴娇　烛影摇红

[大石调过曲]沙塞子(有换头)　本宫赚　沙塞子急(有余音)　念奴娇序(有换头)　催拍　赛观音　人月圆　长寿仙

[大石调慢曲]蓦山溪　乌夜啼　丑奴儿

[大石调近词]插花三台

[中吕引子]粉蝶儿　四园春　思园春　醉中归　满庭芳(有换头)　行香子　菊花新

青玉案　尾犯（有换头）　绕红楼　剔银灯引　金菊对芙蓉（有换头）

［中吕过曲］泣颜回　好事近　石榴花　榴花红　驻马听　马蹄花　驻马泣　番马舞秋风　驻马摘金桃　驻马飞　古轮香（有换头，有余文）　扑灯娥　念佛子（有换头）　大和佛（即《和佛儿》）　鹘打兔　大影戏　两休休　好孩儿　粉孩儿　红芍药　耍孩儿　会河阳　缕缕金　越恁好　渔家傲　剔银灯　摊破地锦花　麻婆子　尾犯序（换头）　尾犯芙蓉　丹凤吟　十破四　冰车歌　承团圆　耍鲍老　瓦盆儿　喜渔灯　渔家灯　石榴挂渔灯　雁过灯　荼蘼香　傍拍　舞霓裳　山花子（换头）　千秋岁　红绣鞋　添字红绣鞋　驮环着　合生　风蝉儿　倚马待风云

［中吕调慢词］醉春风（有换头）　贺圣朝　沁园春（有换头）　柳梢青（俱有换头）

［中吕调近词］迎仙客　杵歌　阿好闷　呼唤子　太平令　德胜序　宫娥泣（有换头）

［般涉调慢词］哨遍（有换头）

［南吕引子］大胜乐　金莲子　恋芳春　女冠子（与黄钟引子不同）　临江仙　女临江　一剪梅　临江梅　一枝花　折腰一枝花　薄媚　虞美人　意难忘　称人心　三登乐　转山子　薄幸　生查子　哭相思　于飞乐　步蟾宫　满江红　上林春　满园春　挂真儿

［南吕过曲］梁州序（有换头）　梁州新郎　贺新郎　贺新郎衮　缠枝花　节节高（即《生姜芽》）　大胜乐　奈子花　奈子落锁窗　奈子宜春　青衲袄　红衲袄　一江风　单调风云会　梅花塘　香柳娘　女冠子　孤雁飞（或作《孤飞雁》）　石竹花　解连环　风检才　呼唤子　大研鼓　引驾行　薄媚衮　竹马儿　番竹马　绣带儿（换头）　绣太平　绣带宜春　宜春乐　太师引　醉太师　太师垂绣带　琐窗寒　琐窗郎　阮郎归　绣衣郎　宜春令　三学士　学士解酲　刮鼓令　罗鼓令（犯仙吕）　痴冤家　金莲子　金莲带　东瓯香罗带　罢带　一犯香罗带　罗江怨（《罗带风》）　五样锦　三换头　香遍满　懒画眉　浣溪沙　秋夜月　东瓯令　刘泼帽　泼帽落东瓯　金钱花　五更转　五更转犯　二犯五更转　刘衮　红衫儿　本宫赚　梁州赚　红芍药　古针线箱　针线箱　满园春　八宝妆　九疑山　春琐窗　浣沙刘月莲　梁溪刘大香　绣带引　懒针线　醉宜春　琐窗绣　大节高　东瓯莲　浣溪乐　春太平

［南吕调慢词］贺新郎　木兰花　乌夜啼

［南吕调近词］赚　春色满皇州　捣白练　恨萧郎

［黄钟引子］绛都春　疏影　瑞云浓　女冠子（与南吕引子不同）　点绛唇　传言玉女　玉女步瑞云　玩仙灯　西地锦　玉漏迟

［黄钟过曲］绛都春序（换头）　出队子　闹樊楼　下小楼　耍鲍儿（当名《永团圆犯》）　画眉上海棠　画眉姐姐　滴滴金　滴溜子　出滴溜子　神仗儿　滴滴神仗　鲍老催　双声子　双声滴　啄木儿　啄木鹂　啄木叫画眉　三段子　三段催　归朝欢　水仙子　刮地风　春云怨　三春柳　降黄龙（换头）　黄龙醉太平　黄龙捧灯月　黄龙衮　狮子序（又入南吕）　太平歌（即《太平令》）　赏宫花　玉漏迟序　玉绛画眉序　恨萧郎（与十三调南吕不同）　灯月交辉　恨更长　侍香金童（亦在仙吕）　传言玉女　月里嫦娥　天仙子

［越调引子］浪淘沙　霜天晓角　金蕉叶　霜蕉叶　杏花天　祝英台近　桃柳争春

［越调过曲］小桃红　下山虎　山桃红　变牌令　山虎嵌蛮牌　二犯排歌　五般宜　本宫赚　闻蛤蟆　五韵美　罗帐里坐　江头送别　章台柳　醉娘子　雁过南楼　山麻秸(有换头)　花儿　铧锹儿　系人心　道和(即中吕之合生)　包子令梅花酒　亭前柳　亭前送别　一匹布　扑头钱　梨儿花　水底鱼儿　吒精令　引军旗　丞相贤　赵皮鞋　秃厮儿　乔八分　绣停针　祝英台(有换头)　望歌儿(有换头)　斗宝蟾　蛮牌嵌宝蟾　忆多娇　斗黑麻　忆花儿　忆莺儿　江神子　园林杵歌

［越调慢词］养花天

［越调近词］入赚　线搭絮　入破　出破

［商调引子］凤凰阁(亦在黄钟)　风马儿　高阳台(即《庆青春》)　忆秦娥　逍遥乐　绕池游　三台令　二郎神慢(有换头)　十二时

［商调过曲］字字锦　满园春(与南吕不同)　高阳台(有换头)　山坡羊(即《山坡里羊》)　山羊转五更　水红花　水红花犯　梧叶儿　梧蓼弄金风　梧蓼金罗(即《金井水红花》)　梧桐花　金梧桐　金梧系山羊　金络索　金瓯线解醒　梧桐树　梧桐树犯　梧桐半折芙蓉　喜梧桐　系梧桐　二郎神(换头)　二贤宾　二莺儿　二犯二郎神　集贤宾　集贤听画眉　集莺花　集贤听黄莺　莺啼序　莺啼春色中　黄莺儿　黄莺学画眉　四犯黄莺儿　莺花皂　黄莺穿皂罗　黄莺带一封　啭林莺　簇御林　摊破簇御林　簇袍莺　莺集御林春　莺莺儿　琥珀猫儿坠　猫儿出队　猫儿坠玉枝　猫儿坠桐花　五园花　吴小四　三台令

［商调慢词］集贤宾　永遇乐　熙州三台　解连环　秋夜雨

［商调近词］渔父第一

［小石调近词］骤雨打新荷

［双调引子］真珠帘　真珠马　花心动　谒金门(有换头)　惜奴娇　宝鼎现　金珑璁　捣练子　胡捣练　风入松慢　海棠春　夜行船　夜游湖　四国朝　玉井莲　新水令　五供养　贺圣朝　秋蕊香　船入荷花(有换头)　梅花引

［双调过曲］昼锦堂(有换头)　红林檎(止有换头)　锦堂月(换头)　醉公子　侥侥令(即《彩旗儿》)　醉侥侥　孝顺歌(换头)　锁南枝(换头)　二犯孝顺歌　孝南枝(即《孝南歌》)　孝顺儿

［仙吕入双调过曲］桂花遍南枝　柳摇金　柳摇金犯　四块金　淘金令　金风曲　五马江儿水　江头金桂　二犯江儿水　金犯令　月上海棠　海棠醉东风　姐姐插海棠　玉枝带六么　拨棹入江水　园林带侥侥　三月海棠　摊破金字令　夜雨打梧桐　金水令　朝天歌　娇莺儿　朝元歌(换头)　风云会　四朝元　柳梢青　古江儿水　锁金帐　锦法经　灞陵桥　叠字锦　山东刘衮　雌雄画眉　夜行船序(换头)　晓行序　黑蟆序　惜奴娇(换头)　锦衣香　浆水令　嘉庆子　尹令　品令　豆叶黄　川豆叶　六么令　六么梧叶　六么姐儿　二犯六么令　福青歌　窣地锦裆　哭岐婆　双劝酒　字字双　三棒鼓　破金歌　柳絮飞　普贤歌　雁儿舞　打球场　倒拖船　风入松　风送娇音　好姐姐　姐姐带侥侥　金城神曲(或无“曲”字)　桃红菊(即《莺踏花》)　一机锦　锦上花　步步娇

忒忒令　沉醉东风　沉醉海棠　园林好　园林沉醉　江儿水　江儿拨棹　五供养　五供养犯　五枝供　二犯五供养　玉交枝　玉抱肚　玉肚交　玉五供　玉雁子　川拨棹(换头)　絮婆婆　元卜算　十二娇　玉劄子　流拍　松下乐

[双调慢词]红林檎　泛兰舟

[双调近词]两胡蝶　赛红娘　武陵花

[附录引子]宴蟠桃　三叠引　甲马引　牧犊歌　帝台春　西河柳　接云鹤　颗颗珠

[附录过曲]烧衣香　犯胡兵　三仙桥　风帖儿　柳穿鱼　四换头　恁麻郎　货郎儿　十棒鼓　小引　望妆台　搅群羊　七贤过关　多娇面　二犯朝天子　水唐歌　川鲍老　清商七犯　鹤翀天　鹅鸭满渡船　赤马儿　拗芝麻　一秤金　撼动山　中都俏　骏甲马　满院榴花　红叶儿　小措大　桃花红　步金莲　疏影　六犯清音　七犯玲珑　薄媚曲破　三十腔　九回肠　巫山十二峰

名同而音律不同者复列于后(各调可通用者不再列)

仙吕引子天下乐(在九宫)　仙吕过曲天下乐(在十三调)　仙吕引子河传(在十三调)　仙吕过曲河传序(在九宫)　仙吕引子桂枝香(在十三调)　仙吕过曲桂枝香(在九宫)　仙吕引子八声甘州(在十三调)　仙吕过曲八声甘州(在九宫)　仙吕引子西河柳(在附录)　仙吕过曲西河柳(在九宫)　仙吕引子喜还京(在九宫)　仙吕过曲喜还京(在十三调)　仙吕引子皂罗袍(在九宫)　仙吕过曲古皂罗袍(在九宫)　正宫引子梁州令(在九宫)　正宫过曲梁州令(在十三调)　大石引子新荷叶(在十三调)　大石过曲新荷叶(在十三调)　正宫过曲小桃红(在九宫)　越调过曲小桃红(在九宫)　正宫过曲彩旗儿(在九宫)　双调过曲彩旗儿(在九宫)　仙吕引子黄梅雨(在九宫)　道宫过曲黄梅雨(在十三调)　南吕引子满江红(在九宫)　正宫过曲满江红(在九宫)　大石引子丑奴儿(在十三调)　正宫过曲丑奴儿近(在九宫)　大石引子念奴娇(在九宫)　大石过曲念奴娇序(在九宫)　大石过曲沙塞子(在九宫)　大石过曲沙塞子急(在九宫)　中吕引子尾犯(在九宫)　中吕过曲尾犯序(在九宫)　中吕引子剔银灯(在九宫)　中宫过曲剔银灯(在九宫)　中吕过曲扑灯蛾(在九宫)　双调过曲花犯扑灯蛾(在十三调)　中吕过曲红芍药(在九宫)　南吕过曲红芍药(在九宫)　南吕引子大胜乐(在九宫)　南吕过曲大胜乐(在九宫)　南吕引子金莲子(在九宫)　南吕过曲金莲子(在九宫)　南吕、黄钟引子女冠子(在九宫)　南吕过曲女冠子(在九宫)　南吕引子薄媚(在九宫)　南吕过曲薄媚(衮在九宫,赚在十三调)　南吕引子满园春(在九宫)　南吕、商调过曲满园春(在九宫)　南吕过曲贺新郎(在九宫)　南吕过曲贺新郎衮(在九宫)　南吕引子解连环(在九宫)　商调过曲解连环(在十三调)　南吕过曲呼唤子(在九宫)　中吕过曲呼唤子(在十三调)　南吕过曲针线箱(在九宫)　南吕过曲舌针线箱(在九宫)　南吕过曲刘衮(在九宫)　双调过曲山东刘衮(在九宫)　黄钟引子绛都春(在九宫)　黄钟过曲绛都春序(在九宫)　黄钟引子传言玉女(在九宫)　黄钟过曲传言玉女(在九宫)　黄钟引子西地锦(在九宫)　大石过曲西地锦(在九宫)　黄钟引子玉漏迟(在九宫)　黄钟过曲玉漏迟序(在九宫)　黄钟过曲太平令

(在九宫) 中吕过曲太平令(在十三调) 黄钟过曲水仙子(在九宫) 双调过曲水仙子(在九宫) 黄钟过曲恨萧郎(在九宫) 南吕过曲恨萧郎(在十三调) 仙吕过曲浪淘沙(在十三调) 越调引子浪淘沙(在九宫) 越调引子祝英台近(在九宫) 越调过曲祝英台(在九宫) 越调过曲五韵美(在九宫) 双调过曲五韵美(在九宫) 正宫过曲划锹儿(在十三调) 越调过曲铧锹儿(在九宫) 商调引子集贤宾(在九宫) 商调过曲集贤宾(在九宫) 商调引子高阳台(在九宫) 商调过曲高阳台(在九宫) 商调引子二郎神慢(在九宫) 商调过曲二郎神(在九宫) 商调引子三台令(在九宫) 商调过曲三台令(在九宫) 双调引子惜奴娇(在九宫) 双调过曲惜奴娇(在九宫) 双调引子风入松(在九宫) 双调过曲风入松(在九宫) 双调引子夜行船(在九宫) 双调过曲夜行船序(在九宫) 双调引子五供养(在九宫) 双调过曲五供养(在九宫) 双调引子红林檎(在十三调) 双调过曲红林檎(在九宫) 双调过曲江儿水(在九宫) 双调过曲五马江儿水、古江儿水(在九宫) 中吕引子柳梢青(在十三调) 双调过曲柳梢青(在九宫) 黄钟引子巫山十二峰(在十三调) 新词巫山十二峰(在附录) 黄钟过曲赏宫花(在十三调) 黄仲过曲赏宫花序(在十三调) 道宫引子四国朝(在十三调) 越调过曲四国朝(在十三调)

尾声格调

情未断煞(仙吕羽调同此尾) 三句儿煞(黄钟尾) 尚轻圆煞(正宫调、大石调同此格) 尚绕梁煞(商调尾) 尚如缕煞(般涉同) 喜无穷煞(中吕高一格尾) 尚按节拍煞(道宫尾)

第四编 分论

第一章 文学之起源

第一节 文学定义

文学之名,始于孔门设科。顾言卜仅以诗礼闻,别无撰述,似与后世之所谓文学家者不同,然鸟兽草木,实开百家词赋之先,制度威仪,亦为累代典章所昉。而盛衰兴亡之迹,首记风诗(子舆氏言《诗》亡,然后《春秋》作),《春秋》、《易象》之文,概名周礼(《左传》:韩宣子适鲁,见《易象》、《春秋》,曰周礼尽在鲁矣。)。故就形式言之,则有经史子集之区别;就作用言之,则为词章、考据之纷歧;而由流溯源,略名考实,则虽谓中国文学皆范围于孔门《诗》、《礼》之中而不过,无不可也。惟是天演公例,万事万物,必不能永守单纯,而不生变化。同一饮食男女之根性,而文野天渊;同一轻养淡炭之原行,而动植亿兆。况语言思想之发表者,虽一人之身,刹那之间,伴脑中细胞而更递起灭,无未来之可留,无现在之可见,因之,其结果亦千差万别,各各成统,各各立标。故欲定一文学之界说,则象纬无其纷繁,蛛网逊其纠杂。循今则盩古,竺旧则违时;用演绎法,则近武断,而疏漏必多;用归纳法,则涉更端,而结宿无所。是以稽其成迹,虽由一本而来,而测其前途,终无大同之望。无已,姑就历史之习惯,以定其称谓之异同,亦如国家徽帜之兴亡,吾人姓字之存灭,人云亦云,无所弃取厚薄于其间,庶几便覆按而息聚讼乎?

文与文学

文之一名词,其义纷繁。书契肇始,凡一名为一文。其后,则或对于质而言,天地万有一切表象,皆谓之文;或对于武而言,而又可分为属于德性及属于作用之二种。前者如文武、圣神、文思、文德之文,后者如文治、文明之文。又对于礼、对于行而言,如博文约礼之文(约礼之礼当训礼法),又四教中文行忠信之文。至孔门之所谓文学者,实以文与学对举,非如后世以文为一种特别之学。盖文则仅限于“诗”、“书”、六艺,而学则心传口授者,皆属之。惟对于德行、政事、言语,其义皆若骈枝,不易分析,故可合为一名词。至范晔始于《儒林》之外别传《文苑》,则以训诂、注疏为学,排比敷陈为文,而文学且为朝廷用人之一科目,浸假而文与词赋分,浸假而文与笔分,浸假而俗文与古文分,区划日严,容积日狭。而文学之名,遂为治六艺者所不屑比,而又不容审美识小者入其范围,尊之者则曰载道之器,薄之者则等诸博弈之用心,皆无当于文学之真际也。日本大田善男所著《文学概论》第三章第一节云:“文学者,英语谓之利特拉大(Literature),自拉丁语之(Litera)出,其义为文典,为文字,又为学问,次第随应用而变。支那之所谓文学者,其义颇泛,大约多自学问一方面解释,至近时亦用利特拉大之义。故欲知文学一语之定义何如,当先知其从来之定义之非一定。即如在罗马时代所谓达克士(Taeltus)者,文字之形也;所谓苦因地仑

(Qiutians)者,文法也;所谓西在洛(Cieere)者,学问也;而支那文学之无一定定义,与罗马时代同。”又附述各家文学之定义解释而为之批评曰:“巴尔克之说曰:‘文学者,记录聪明男女之思想感情,排列以娱读者者也,而散文则具文致与特质,且精细注意,使言必有物,不然则不得云文学。’由是观之,(一) 文学之本质为思想感情之记录,(二) 以娱读者为目的,(三) 散文文学必有限制。然此定义似未完全,何则仅曰思想,范围甚广,且不问其内容如何,而仅以取悦于人为事,果可得包举文学乎? 阿诺图之说曰:‘文学者,诸述作之总称也。为告特别之人而有所述作,非仅以事物、符号用为言语也。盖采有兴味之题目,用思想之搬运器,及表章之言语,以鸣其赅括之知识、普通之人情者也。’此定义较巴氏稍近正鹄,然所发现者尚多不完全。盖此二家对于文学之定义,所解者不过‘诗’而已。夫诗虽为文学,而文学非尽于诗,文学之范围,大于诗者多矣。狄比图松之《新编字汇》,则以为‘文学者,虽确为学术以外述作之总称,通常皆限于美文’。科因西哀所著《亚力山大扑浦论》中有曰:‘文学有二:一知之文学,一情之文学。前者以教人为事,后者以感人为事。知之文学为舵,情之文学则棹与帆也。’”案:狄氏之说,不免空廓,科氏虽分文学为两方面,而漫云知之文学、情之文学,究不能知其内容之何若,且所谓知者,果能包含于文学中否,亦不明瞭。

然则何谓真文学,就最新之解释,则烹苦斯德氏所著《英吉利文学史》,其解释文学最详,附见大略于下:

文学一语有二义:(一) 通义,而仅属于书籍一类,从拉丁语之 Litera 出,记录、叙述、写本、典籍等皆属之。就此以为解释,则不关其主题及价值之如何。苟为国民产出之书籍,皆可谓之国民文学。(二) 狭义,以文学为特别之著作,而必表示其特质,从此以为解释,则文学之作物,当可谓垂教云。即以醒其思想感情与想象,及娱其思想感情与想象为目的者也。文学者,因乎读文学者之阶级,无一定之标准,而表现之技巧,断不可少。盖文学为美术作品要素之一,与绘画、音乐、雕刻等,皆以描写感情为事,就此点言之,则文学者虽出于垂教,以智识为最要目的,而与平常之教科书不同,故文学之关系于科学、历史者诚不少,而当其用之,则必选其能动感情、能娱想象为要。然则文学者,扫除偏际之特殊知识,而喻以普通之兴味,以发挥永远不易之美之价值者也。如索斯比亚之史剧、楷雷之《法国革命史》、铿须及麦夸雷之论文,皆具备以上之条件者。

上之解释,详密不漏,凡诗歌、历史、小说、评论等,皆包括于文学中,颇觉正确妥当。盖不以体制定文学而以特质定文学者也。兹即取以为释文学之标准,更以其所谓文学之特质者,列举于后。

(一) 文学者虽亦因乎垂教而以娱人为目的。

(二) 文学者当使读者能解。

(三) 文学者当为表现之技巧。

(四) 文学者摹写感情。

(五) 文学者有关于历史、科学之事实。

(六) 文学以发挥不朽之美为职分。

此外虽有他之特质,亦不能出以上之范围,而此六种之意味,虽不无重复,要就各种之主脑而有差异,今即分释之。

第一,文学之目的,存于娱人之点者,虽言人人殊,而大致要无可疑,且更有主张文学为无教化与他之目的者,如图藤氏之说云。使事实得真确表示者,科学之目的也。通人感情而导以最高意识者,艺术之职分也,文学属于艺术者也。要而言之,文学之属于后者可勿论,而其目的大约可分二种:主"唯美派"说者,则谓一切艺术皆独立,无他之目的,而仅有自己之目的,其于他之一方面,则赋与娱乐而已;而主"教训派"者,则谓文学非仅娱人之具,不可不兼以教化人心为目的,图藤氏亦主张此派也。然以教训为文学目的,终觉勉强,盖文学概属于情的一方面,其于知识及意志不过取为资料,而非其本职。虽文学之影响,非无助成情育之力,然与一切科学等视,以教化为目的,则尽职分以外之职分矣。

按:此说盖谓文学之职分,以感动人情为主,属于情之范围者美也,故文学属于美学之范围,所谓赋与娱乐者,即超美之快感也。对于文学之快感,与对于绘画、雕刻之性质同。

第二,立读者之标准,当为一般的,而非特殊的。薄士纳所著《比较文学》有云:"文学者,与其呈特别之智识,毋宁呈普通的智识。"莫雷之说亦同。

按:所谓一般者,非平庸之意,而为普通之意。盖不用普通资料,则种种学语,非专门名家者不能辨,而文学晦塞,不能动人之感情,文学固以幽深玄妙为上,要当使人耐解,不当使人费解也。此论似与吾国文学性质不合。因我国文学,往往以索解人不得者为最有价值,然就正当言之,曰"文衷于理",又曰"文生情"。情也、理也,即一般的也,则与此说亦未尝不合焉。

第三,表显之技巧,为文学必不可缺之原素,如朋科斯德之《文学形体论》曰:"文学的作物,有表现之美与力、个性。"

按:所谓表现之美者,非特文学之内容宜美,即其外形亦不可不美也。所谓表现之力者,即扪之若有棱,听之若有声,惊心动魄,一字千金者也。所谓个性者,凡大文学皆有自己特别之体裁与风尚,所以表显作者特别之性质者也。

附:文体与人格

文体与作者之人格,有不可离之关系,虽富于模仿力之人,往往沿袭他人之体制,然体制虽模他人,而其文之内容,必现作者个人特有之影,而有诸内者形诸外,其表面亦露特色。世人之于文学,往往重视内容,而轻蔑外形,可谓但知二五而不知一十者矣。试取从来大文学家之著作观之,仅有表面同一模范,而字里行间各各现出其人之特性者,不足为表现技巧之明证哉!(详见文学与人格节)

第四,文学以描写感情为主。此指文学之精髓言。泛言之,可谓思想之处理云。纽门博士曰:"科学为事物之对手,文学为思想之对手。"人之心理上有知、情、意三方面,而发现于外部者,行为与言语也。广义之文学,由于言语,知、情、意皆可从此发现,而由上节观之,则文学可分二种类:(一)知的文学,(二)情的文学,而美之文学属于后者,以感情为最精之本质,其分别如下。

附：知的文与情的文之异

知的文为分析的，情的文为会意的。分析云者，虽细致曲折，必条分缕解，会意则寄神情于字句之外，而使人直觉者也。前者取教之态度，后者取感之态度；前者以理解为目的，后者以激动为目的。故分析的文学，言语必求其明澈，章节必求其简要，使人人能领会作者之意；会意文学则不然，语必出以蕴藉，体必出以奇特，令深者见深，浅者见浅，领会于文字之外。例如“某山当经纬若干度以下，高出海面若干尺，其体积为某形，闪石含某种矿质，有植物某科之草木，有动物某科之禽兽，居民为某族”，此知的文学也。若情的文学，则云：“其山高出云表，蔽亏日月，俯瞰沧溟，混沌一气，凌神皋，接帝座，从下界望之，若方丈、蓬莱，渺不可即。异卉佳木，珍禽宝兽，充牣其中。盖仙灵往来之窟宅，阴阳时会之奥府，居之者盖不复有人间世想矣。”然则知的文与情的文，其思想出于一原，而若此差异者，一则于真的一方面推阐，一则于美的一方面发挥者也。

第五，文学之资料，不能不取于历史、科学之事实。然思想感情为主，而事实为宾，其轻重缓急，必当审择。若为资料所累，其记事也，如断烂朝报，其体物也，如市侩簿记，而内无情致，外无藻彩者，不得谓之文学。

第六，文学须发挥不变不易之美，则价值贵而可历久常新。或趋一时之风气，或投流俗之嗜好，非不烂然可观，然朝荣暮落，有如蕣华。非特于文学史上无价值，且无生命，故所谓不朽之美者，必能通古今中外一致之感情，不随时序而变迁。趋时者非美，违时者亦非美，谐俗者非美，戾俗者亦非美，此中消息，固难为率尔操觚者言焉。

要而言之，文学从两要素而成：一内容，一外形也。内容为思想，重在感情的；外形为文词，重在格律的，而格律仍须流动变化，与他种科学之文不同。外形不论，而就其实体（即内容）言之，其人之思想有三方面，即真、善、美是也。美为构成文学的最要素，文学而不美，犹无灵魂之肉体。盖真为智所司，善为意所司，而美则属于感情，故文学之实体，可谓之感情云。

第二节 文字之起源

文字之名义

象形、指事、会意，三者为文，余则由其所孳字，故谓之字。而组织成理，则文为质，字为力，词句、篇什为体积，今概以文字为字，而目其体积为文，已非本义矣。然以形学家说推之，则虽极小质点，必有点、线、面可分，则一言以至十百千万言，皆谓之文，亦无不可。

六书大略

文字生于六书（象形、指事、会意、谐声、转注、假借），固为举世所共认。然细析之，象形为六书之总母,有一物即有一名,物与物交涉而有事,则又以一事为一名;物与物无意之交涉,则为指事;有意之交涉,则为会意,遂又以一意为一名:此三者为字之母,而非即字,故止可谓之名。应用不足,于是有谐声,有转注,有假借,此三者,本非名而用之为名,其实字也。字,孳也,盖为以上三者所孳生焉。孳生既众,止有新字而无新名,而旧名,亦半与新字糅杂变化而不可分别,我国文字之所以便于累代遗传者在是,所以不便于万国交通者亦在是。六书义例,解释者无虑数百家,兹略举于后,以备研究文学成分性质之用。

(一) 象形。文字胚胎于象形,世界各国皆同,今可考者,若巴比仑、若埃及,断碣残碑,搜集日众,然但有形式,而无意致,但可为历史家考订之资,而无当构造文学之价值,于以叹我国作者之圣而进化程度之早,为全球所不及焉。盖一名之中,而具备科学哲理,其孕六艺、九流之文明,召鬼哭雨粟之符瑞,岂无故哉?试举一二以供隅反。

象形之属于自然界者。如"日"(⊖、⊙、⊖),日中黑斑变化不定,即所谓三足乌是也。乌以形色并拟,为我国用形容词之特色,非真为有动物也。故日中之文可•可ㄟ可ㄟ,即使近日天文家表示日形,亦不能逾此。如"月"(D),月作半圆形,盖已知月之一面常不受日,而地上所见,亦止有半圆形,故曰月阙也。如"申"([illegible]、[illegible]),申即电字,初变为电,后加雨字,记号为今電字,而申、電古为一音(古真先同音),其字形之两端实肖阴阳两极,電可发舒万有,故演义为申,而電之作用最神,故又添示为神。又如"[illegible]",如"火",即坎、离二卦,化横为纵者,水由高就下,火由下炎上,其用在纵也,水之中心力至坚,故满,火中为炭素定质,故虚,而水之原点为"轻二氧",其长线一象氧,短线二象轻二,二用倍数者,取匀称耳,故亦有作"[illegible]"者。

象形之属于动植物者。如"来"([illegible]、[illegible]),即来麰之来,上出者穗,左右四叶,麦受四时全气,故出地者四节而四叶也。如"尗",即菽字,上为豆蔓,一为土,两点则菽实也。如"丯",即草芥之介,象细草散乱形,如"叒"、如"桑"([illegible]、[illegible]),按:若桑为一字,南北音异,其上三中,示裁翦桑条之所成。如"不"([illegible]),即跗萼之跗。如"甲"([illegible]),草木所生之孚甲也。如"朋"([illegible]),即"鹏"字、"凤"字,今动物图中之雾鸟,盖其遗种退化者也。"雾"为"凤"之转音。如"易"([illegible]),即蜥易,其形色随地而变,所谓在壁为守宫,在草为蜥易,此又与今日博物图之变形龙(石龙子)酷肖,深山涧水中及咸池中皆产此,世谓雨龙、盐龙者也。遇物善变,故大易取以为名。如"它"([illegible]),即"蛇"字,今假为"他"字,蛇、虵、他,古一音,上世多蛇患(可以印度、埃及、粤、闽证之),相见时,辄致慰问曰无他(与无恙同意),而此一名词,习久遂代表为一切以外之用。"[illegible]"亦象形,即病虫,古时大约以外病属蛇毒,内病则归诸恙,原人目力强,能谛及微物,不待器械也,犹"病"、"疒"二文之表里,皆归之火。

象形之属于制造物者。如"冃"([illegible]),即"冒"。帽,冒一切物也。如"冂"(冂),即"幂";如"求"([illegible]),即"裘"字;如"酉"([illegible]),象尊罍中置酒;如"且",即"俎"字;如"主"([illegible]),象灯炷之形,今"主人"之"主"应作"丶";如"勿"([illegible]),旗名,《周礼》"大夫士建旃"之"旃";如"卩"([illegible]),即"节"字;如"其"([illegible]),即"箕"字;如"互"([illegible]),收绳器也;如"臾"([illegible]),即荷蒉之"蒉";如"率"([illegible]),捕鸟网也,上下为竿柄;如"華"([illegible]),即今"畚"字。

象形之属于生理者。如"包"(◎),即今"胞"字,中为胎儿形,在胎内为"[illegible]"形,出胎为

"□"形，故"孕"字之文，即作"□"。今"包"字本作"□"，如"心"(□)，心下尖本稍偏，空白处象心房、心室，其行笔处，则心之静、动脉也。如"思"(□)，人之构思，血由心脉连入于脑，故上为"囟"形("囟"即"顋"字)，下为心形，而互相联络，此字虽向属指事，实象形也。如"亢"(□，俗之"吭"字)，如"茸"(□，俗之"嗌"字)；如"冉"(□)、如"而"(□，俗之"髯"字)及"耏"(口上之毛曰髯，颊上之毛曰耏)，如"自"(□，即"鼻"字，今人言我辄自指其鼻，而我国旧生理学，以鼻为一身之代表，故就空间言，由中点至上下四旁曰自，就时间言，其最初者，亦谓之自。皇从此，言元始之最大者，鼻祖亦同意)如"吕"(□，俗作"膂")，如"□"(□，即"乖"字，背吕也，事之不合谓之乖，犹反对者谓之背也)，如"止"(□，俗作"趾")；如"力"(□，象筋形，力出于筋也)，如"幺"(□，俗作"么"，胎中初成人形也；□、□、□，分象小儿进化之形，与《释典》所述胎儿各名及产科诸图相合，创造时当不止此三名，即此可见古人造字之精密，惟不尽习用耳)，如"了"(□、□)，如"厶"(□、□，上象男阴，下象女阴，最近生殖学家谓男女阴在初成形时本无所异，由外界化合作用及生长力强弱，而分凹凸，故女之阴挺即男之阴茎，女之子宫即男之肾囊，女之卵巢即男之睾丸，故"□"、"□"同形而相反，可见我国上古组织解剖学未尝不精也。上读如鸟，下读如私，今即引伸为"公私"之"私"。附："公"字，亦从"厶"，其上为八，八者，分别也。各定其私之界限，即为公，故"公""私"二字之文，可抵一篇《群己权界论》。)

象形之属于伦理者。如"女"(□)，象女子敛抑之形；如"母"(□)，象女子□(辉按："垂"字)乳形。赤子知识最先发达者为食，欲而发声机犹滞，所以表意者，仅有母之一音，所以示欲食，母妈奶乳一声之变，即一意所生，小儿之亲母者，亲食也。"母"字以垂乳为记，即此意。乳，南音为"奶"，即《左传》之"縠"也。如"儿"(□)，象囟门未合形；如"君"(□)，象垂裳而治；如"臣"(□)，象屈服之形；如"民"(□)，象归向其君形；如"弟"(□)，上象丱角，下象足从兄之状。以上略举义之最著及沿用失实者，余见小学专著，兹不备录，其各种变例，则分见以下五项中。

(二) 指事。如"尹"(□)，分君之一部；如"分"(□)，以刀分别各物也；如"画"(□)，四面为界线，由画野得义，故从田；如"合"(□)，即"合"字，三方为合；如"中"(□)，圆面垂一直线焉；如"𠂇"、如"又"(□、□)，即左右以手指示也；如"争"(□)，两手相竞一物也；如"引"(□)，引弓也；如"本"、如"末"、如"朱"(□、□、□)，本为木根，末为木杪，朱为木心也。如"东"、如"杲"、如"杳"(□、□、□)，日在木中，初出日也，日出木上则为杲，日在木下则为杳；如"西"(□)，即栖字，鸟在巢上形，日西则鸟归巢，故又为东西之西；如"巢"(□)，巛象鸟形，臼象巢形，而在木上；如"工"(□)，工所用之器也；如毋(□)，即贯字，□为宝货，一穿之也；如"串"(□)，两口为干肉，而以物串之；如"宁"(□)，为积伫之状；如"□"(□)，即保字，亦作襁褓之褓，由前则为抱子形，由后则褓形也；如"西"(□)，即餂字，舌出唇外也；如"马"(□)，即含字，如舌形，又为菡字，花蕊也；如"亦"(□)，即掖字，两臂夹物；如"□"，即攀援之攀；如"舁"(□)，两人共举一物也；如"廾"(□)，即供揖之揖；如"亘"(□)，二象两岸，中一舟，从此抵彼为亘也；如"不"(□)，如"至"(□)，皆藉鸟形以指事，"不"之"一"象天，谓鸟上翔不下也，"至"之"一"象地，谓鸟下至于地也；如"为"(□)、如"能"(□)，"为"象而母猴形，"能"象熊形，猴属与熊属，为动物中最有作为及最有能力者，近世达尔文进化论，谓人类从人猿类演进，今览"为"、"能"二字之形，当即人猿一种，可为达氏说之滥觞。

（三）会意。如“天”（天），从一大而又有垂象之形；如“元”（元）、如“无”（无），元为天德万善之长，即所谓天则也，无为天之本体，凡事物之一切作用皆在于无（见《老子》），故以天缺西北代表之，此二字皆为天之用辞。盖造字之初，有一体辞，有一用辞，或数用辞相为附属，说详后。如“古”（古）、如“信”（信）、如“㸒”（㸒），十口为古，十为数之终，从最初至今，口之相传者曰古，十举最延长之成数也，因此而有人言为信之信，㸒即谣字，歌之不用丝竹而出于肉者为谣。如“词”（词）、如“音”（音）、如“章”（章），词，言之各有所司者也；一言必有一音，故从言从一；乐竟为一章，十为数之竟，故从音从十。如“共”（共），四手相交也，取一同下手之意；如“戒”（戒），两手持戈为戒，戒严也；如“看”（看），凡视远者必以手加目；如“集”（集），群隹在木上为集，鸟之短尾者为隹；如“䀠”（䀠），即瞿然之瞿，受惊瞠目之意；如“暴”（暴），曝字是也，上为日出，下为两手廾米以曝之也；如“采”（采），即采字，以手爪收禾也；如“舀”（舀），从舀物之意；如“弔”（弔），古者葬具未备，陈尸于地，恐为禽兽伤残，唁丧者执弓以助孝子驱除为弔，故从人执弓，犹挽之为执绋也；如“匊”（匊），掬米之意；如“尉”（尉），即熨斗之熨，“𡰥”为夷字，平也，“㕛”、“火”为手执火，熨物使平也；如“灾”（灾），火起室中；如“吴”（吴），从夨口，夨即倾仄之仄，与“夭”、“夭”相对，夸言也，又大言也，故吴亦作“吳”；如“砅”（砅），即深则厉之厉，履石渡水之意；如“休”（休），此陷溺之溺之正字，从人在水中，溺则为弱水，而便溺之溺，应作“尿”；如“畜”（畜）、如“牵”（牵），“玄”，古“叀”，即繫字，繫田者为畜，繫牛者为牵，古者每以牛为畜之代表，故“牡”、“牝”、“特”等皆类是。如“料”（料），以斗量米；如“告”（告），即梏牛触人角，著横木所以告人也；如“启”（启），从户从口，门开也；如“咠”（咠），即辟咡之“咡”，耳语也。如“莫”（莫），即暮字，日坠草莽（茻）中也。如“昔”（昔），即腊字，日曝残肉也；如“班”（班），即班爵之班，王者以玉分封诸侯，班，分玉也，故从双玉从刀；如“后”（后），高拱于中者为后（按：后即後字，始于夏，继体者称后氏、后王，省称曰后，而后之偶曰妃，所谓后妃之德，即言王所偶也。旋移而为女君之专称矣），“司”（司），治事于外者为司，故二字相反对。如“舌”（舌），为口辩干涉者为舌，故从干从口；如“叶”（叶），众议协同为叶，故从是从口，与“古”同意，此衡说，彼纵说也。如“孚”（孚），即孵字，以爪覆其子也；如“正”（正），止此一道或一理者为正，而反正者为乏；如“丏”，即代数正负之负字意。如“臭”（臭），即嗅字，从鼻从犬，盖动物中嗅觉莫灵于犬也。如“益”（益），即溢字，水出皿上也；如“喿”（喿），即噪字，群鸟鸣于木上；如“旦”（旦），日出地平线上；如“秉”（秉）、如“兼”（兼），以手持禾为秉，并持二禾为兼；如“寒”（寒），从人在宀（屋宇形）下，以草上下荐覆之，而下有冰。如“穿”（穿），以牙啮成穴也；如“突”（突），犬自穴中骤出；如“竄”（竄），鼠匿入穴中；如“犮”（犮），即跋字，犬走而足被曳也；如“坐”（坐），从二人在土上，古席地而坐也；如“牢”（牢），从牛从冬，逢冬另则归牛马于牢；如“雚”（雚），隹上有毛角为角鸱；如“父”（父），以手举杖之形，故又为男子年长者通称；如“刍”（刍），既刈之草，包束之，草分为两而各包之，便于担荷也，“勹”，同“包”。如“㪿”（㪿），古折字，从斤从草，变草为𠬞，已见其为已断也；如“奓”（奓），即奢字，大且多也。

按：会意之诠释及类别甚繁，散见六书专书，不胜坐举，兹惟举习用与稍有兴味者，略载一二为例。

（四）转注。转注之说，人各不一，或以役它为谐声，役己为转注；或谓如水之由两器辗转相注，其实不出乎许君所谓建类一首同意相受者。质言之，即数字而一意也。故甲可以注乙、注丙，而乙、丙亦可以注甲。如"父"（父）之转注"尹"（尹），父为家长率教育者，而尹为民长，故皆从ヨ，谓执事也。如"可"（可）之转注"叵"（叵），叵，不可也，又见谐声，反可为叵。如"从"（从）之转注"比"（比），又转注"北"（北），"从"、"比"意同，"从"、"北"意反，南向为正，北与南相反，故有违背之意。如"身"之转注（身、㐆），即殷字，谓转身也，《诗》云："殷其靁"，殷，雷声之转也。如"见"之转注"艮"（见、艮），艮，目不见也，从目从人，人反身则无所见。如"仄"之转注"丸"（仄、丸），转仄为丸，因为圜转义，引之为弹丸、药丸之"丸"。如"四"之转注"六"（四、六），天数五，一、三、五、七、九，阳奇也，二、四、六、八、十，阴偶也，古人四作"四"，六继四，故加注于上以别之"六"；若五之于三、九之于七，则皆少变其形，以相识别也。如"子"之转"𠫓"（子、𠫓），𠫓即脱字，子顺生如脱也，象子下出，《说文》云："𠫓，不顺，忽去也，从倒子。"子正文为"𢀈"（𢀈），故倒"𢀈"为"𠫓"，周伯琦曰："子不顺生，有㐬之义也。"如"方"之转注为"曲"（匚、𠙹），方之籀匚，而曲之正文为𠙹，《说文》："𠙹，象器曲受物之形"，古文作"𠃊"、"𠙹"、"𠙹"，轨曲也，隶作"曲"。如"𢇍"之转注为"㡭"（㡭、㡭、𢇍），即绝字，断丝也，象丝而绝之；㡭，俗作"繼"，续斷也，反绝为繼也。如"门"之转注为"卯"，卯之转注为"丣"（门、丣、丣），卯，莫饱切，象门之两闢也，借为寅卯之卯；丣，与久切，从丣塞其通，阖之义也；日出乎卯，日落于丣，万物出乎卯入乎丣，故丣闢而丣阖也，丣别作"酉"。如"之"之转注为"帀"（㞢、帀），帀，即匝字，草根也，草未出地，根延蔓周帀，故以倒㞢为义，㞢者，草之生于地上也，故从屮一。

同一物也，而命之者不同，则字不同；同一事也，而称之者不同，则字不同；即如同一持字，分别如下（采用龙氏《发凡》）：悬持曰挈，胁持曰拑，阅持曰揲。又如：揃、搣、批、捽，皆捽也；姣、媛，皆美也；娱、媅，皆乐也。

按：转注有谓同于谐声（即形声）者，其实绝不相混；或又谓同声者为转注，异声者为谐声，义亦未安，彼持此论者，大抵多误会许君转注为"考"、"老"之意。岂知"考"、"老"仍以形意相转注，而声音不过偶合，不能即援以为例，而合转注、谐声为一也。兹别列谐声于后。

（五）谐声（一作形声）。汉许慎曰："形声者，以事为名，取譬相成，江、河是也。"唐贾公彦曰："谐声者，即形声一也，江、河之类是也，皆以水为形，以工、可为声。书有六体，形声实多，若江河之类是左形右声；鸠鸽之类，是右形左声；草藻之类，是上形下声；婆娑之类，是上声下形；圃国之类，是外形内声；闠阓衡衔之类，是外声内形，此形声之等有六也。"元杨桓曰："形声者何？形者，非专指象形而言也，盖总其象形、会意，以宾主言之也。"又曰："形声者，承转注不足而作也。声者，名也，谓万事万物之名也。物主乎形，事主乎意，盖有此形必有此声以为之名，别称呼，以明其形有异体而意有异用也。"明赵则古曰："六书之要在乎谐声。声原于虚妙，于物而无不谐故也，然其为字，则主母以定形，因母以主意，而附他字为子，以调合其声者也。"原夫造谐声之法，或取声以成字，或取音以成字。声者，平、上、去、入四声也；音者，宫、商、角、徵、羽、半徵、半羽七音也。有同声者，则取同声而谐，如"倥"、"铜"而谐"空"、"同"，声之类是也；然无同声者，则取转声而谐，如"倥"、"洞"而谐"空"、"同"声之类是也；无转声者，则取旁声而谐，如"叨"、"江"而谐"刀"、"工"声之类是也；无旁声者，则取正音而谐，如"箫"、"昵"而谐"肃"、"尼"音之类是也；无正音者，则取旁音而谐，如"知"、"威"而谐"矢"、"戌"音之类是也；有惟取同音而谢者，如"风开"而谐"凡开"之类是也：此其大略也。若其别则有声兼意，如"礼"、"贯"之类；三体四体，如"归"、"微"之类；又有左定意而右谐声者，"松"、"柏"之类是也；右定意而左谐声者，"鸡"、"都"之类是也；其或定意于上而谐声于下者，"莲"、"雪"之类是也；定意于下而谐声于上者，"群"、"常"之类是也；有形定于外而声谐于内者，"园"、"国"之类是也；意定于内而声谐于外者，"徽"、"与"之类是也；有从声之文散居而卒难认者，"倝"（音干，从旦从㫃，音偃）"黄"（从田从声芡，古文光字）之类是也。其言之于"语"、"论"，寸之于"寺"、"專"之类，则谓之因母以生意，其口之于"园"、"圃"，晶之于"曑"（星名，同参）、"晨"（星名，同辰之类），则谓之主母以定形。又有谓从声而省者，盖省文，有声关乎义者，有义关乎声者。如"甜"之从舌以为义，舌之所嗜者甘故也，谓恬之从舌则非矣，盖从"甜"省为声而关于义者也。如"营"之从"熒"，省声也，以"吕"为义而关于声故也；谓"劳"之从"熒"则非，盖从"营"省为义而关于声故也。谐声之道，既有无不谐之声，又有累加之妙，如"讀"字主"言"以为意，从"賣"声以为声，则"賣"字主"贝"以为意，从"商"以为声，又"商"字乃主"冏"以为意，从"六"以为声矣。"斆"字主"攴"以为意，从"学"以为声，则"学"字主"𦥑"以为意，从"𡥈"以为声，又"𡥈"字乃主"子"以为意，从"爻"以为声矣。此又累相加而不厌烦者，此谐声之道所以无穷也。

（六）假借。汉许慎曰："假借者，本无其字，依声托事，'令'、'长'是也。"南唐徐锴曰："假借第六，五者不足，则假借之，古人简易之意也，出令（去）所使令（平）于德，或长（上）于年，皆可为长，故因而假之。"若"依"在体为"衣"，"巾车"为"巾"之类也，此圣人制字之大伦。而中古之后，师有愚智，学有才拙，智者据义而借，"令"、"长"之类是也；浅者远而假之，若《山海经》以"俊"为"舜"，《列子》之以"进"为"尽"也；又有本文已没，假借独行，若"春秋莅盟"本宜作"竦"，今则为"莅"。"省"者，减"婿"之字，今之"婿"字世所不行。杨桓曰："假借者，承形声不足而作也，取彼之所有济我之所无之谓也。"六书之假借，犹五行之器用焉。其体一十有四，曰声义兼借，曰借声不借义，曰借义不借声，曰借谐声兼义，曰借谐声，曰借近声兼义，曰借近声，曰借谐近声兼义，曰借谐近声，曰因借而借，曰因省而借，曰借同形，曰借同体，曰借而复借。明赵则古曰："假借之所以别有五，而生有三，曰因义之借，曰无义之借，曰因借而借，曰同音并义不为假借，曰转注而假借，此五者假借之所以别也。"因义之借者，如："初"，本裁衣之始，而借为万物之始；"状"本犬出之形，而借为凡物之形是也。无义之借者，如："易"，本蜥易之"易"，而借为变易之"易"；"财"本财货之"财"，而借为财成之"财"是也。因借而借者，如"商"本商度之"商"，既借为宫商之"商"，又借为商贾之"商"（商贾之"商"本作"𧶠"，从贝，与宫商之"商"别）；"之"本"之"，《说文》"之"字，训出也（象草过草枝，茎益大），草之"之"既借为"之往"之"之"，又借为语词之

“之”是也，是谓托声。同音并义不为假借者，如：“台说”之“台”，同“怡”，即“台我”之“台”，皆得从口而为义，从目而为声；壬儋之“壬”（同“任”），既象治任之形、壬娠之“壬”（同“妊”），亦象怀壬之形是也，是谓反生。转注而假借者，如：“顷”本六（音侧）顷之“顷”，平声同“倾”，转为顷刻之“顷”（上声），因顷刻之声而借为顷亩之“顷”，“过”，本过踰之“过”（平声），转为既踰曰过之“过”（去声），因既踰曰过之声而借为过失之“过”是也，是谓兼生。假借之旨不明于世，以至书然燎之“然”更加火，州渚之“州”复加水，“果”字有草，“须”字有彡，如此之类，何可枚举？尚奚论丁宁之类不用口，车渠马甾之类不须石哉？朱谋玮曰：“假借因义理相通，而该括同异，甲乙子丑之类。”

书契之说

书为六书，契为符契也。书为通常之用，而特定之交涉则用契。或谓书用于人事，契用于神事，即后世所传之内文、秘字、符箓等是也。卦象则兼用于神人之间，故明程智谓符箓皆出于《连山易》中（智说无可据，大约因殷用《连山易》，而殷俗尚鬼，故附会之耳）。

案：半开化之国，皆崇信符咒，如印度之梵天秘字，犹太之所罗门壶，而我国则谓出自三皇、轩辕文命，尤为方士所传述。盖古者人智未启，见一切天然变化，辄疑有鬼神司之，莅民者遂利用之，以生其敬惮之心，其尚符咒之意，与图谶辉梦同。黄帝大革命，禹变官天下之局，皆创为非常，则所以牢笼其民之术，不可不周，故方士所依附者，未必皆无本也。黄帝一派，存于九巫，及医术之祝由、符水两科，禹之蒙子，则为墨翟，《墨子》内外篇，即发明禹说。（外篇即今所传之《墨子》，内篇则为《五行枕中记》，汉唐方术之士所奉为秘笈者也。《神仙传》之玉子，即墨子，墨子一称钜子，钜、玉、墨一音之移转也。墨之术传于刘安，安亦有内外派篇，《鸿烈》为外篇，而《鸿宝万毕》为内篇。再传为葛洪，葛洪受墨子之术于郑思远，故其著书亦仿《墨子》。）至汉晋间，梵教西来，而迂怪之士，遂杂取古九巫所遗及殊域所输入者杂用之，托言神授，而昧其所出，如张陵、寇谦之之徒是也。符箓之所以使人迷信者，则以役鬼疗疾，往往著效，而其所以效也，则有数因：（一）人之心力最大，不论诚妄，心力所至，可以超物质而感动一切。（二）创造者皆有极高之思想，极深之经验，而其经验、思想必有特征，反非今日文明时代之人所能梦见者（今蛮俗禁咒之术尚有神秘不可思议者）。（三）今日科学虽已发明，其脑中遗传迷信之性质，终不能尽去，且诚信与迷信之界限，实际上亦不能分析。信宗教者固为迷信，信科学、哲学者，亦未始非迷信也。盖现在之所谓迷信者，在过去时代固为诚信矣，则至未来时代，今岁为诚信者，安见不仍为迷信乎？（今物质科学已渐进为精神科学矣）故挟此术者，正利用此迷信之心力以见功也。（四）用之有效者，必已之迷信力与人之迷信力，皆积至极点。（如现行之催眠术，其要诀则在受术与施术者之信仰，而方士持术必净身心口，意反此则无效。）（五）施持符咒者，必摄东方祖气及先天罡气。人之生活力，本于太阳。东方，向日也；罡气则科学家所谓“依的尔”及“爱耨尔基”者也。（六）符之性质，在文字契约间；咒之性质，在言语音乐间。文字契约，仅可谓形下交涉之用，而形上之交涉，则以符箓补助之。善措词者，可激励他人之意志，善奏乐者，可感动一切人物之性情。言语有意可寻，而音乐则惟声浪之波动，而其激刺之力，反大于言语者，兽舞鱼听，固出附会，然今日声学发明，知一切有机、无机物，皆与声音有关会，如灯光可使明暗，空气可使通塞，皆信而可征者，而草动铁跃，不足侈矣。盖有意识之感动有限，而无意识之感动无限也。陀罗尼之译音不译意者，其亦深明其旨也夫。

文字之母

文字之出生，可分为两途：一出于自然者，即所谓仰观俯察，循兽蹄鸟迹之文是也，而若云书、鸟书、龟书、穗书等，殆不下数百种，其中不无佉梵体制参杂，叠经变迁不能识别矣。其出于人事者，大约又可分三类：(一) 结绳。结绳之用，大事作大结，小事作小结，毕一岁而省之，则其作结之方式必种种不同，古文会意、指事二类中，有作结形者，当即依结绳旧法。而作结之式，至今通行于社会者，尚有百余种，盖其来远矣！(二) 言语。言语本于声音，声音虽出于自然，而言语则有人之意识运用其中，故人类愈进化，言语愈复杂。虽然，名词之特别者，仍未离于自然也。今文字中最切近之称谓，如："父母"、"尔我"之类，几于四海相同，而特别名词中，若"牛马"、"鸡鸭"、"鸦雀"之类，皆就其鸣声而成音。又若用词中打消词及否定词之"无"、"蔑"、"莫"、"未"、"靡"、"罔"等，固为一音，而并无专字，其用意较此稍重者，则为"不"、"勿"、"弗"等，稍轻者则为"非"、"微"、"末"等，其实不过"无"字之一音一义而稍加分别耳。即如代名词中之"此、斯、是、之、诸"，亦同此例。盖此种皆在未有文字以前，言语中所习用者，非如一切名词有形可象，有事意可陈，故无专造之字，而文字中又不能不用，不得已随意取音声相近之字转辗借假。音声五方不同，故假借之字亦不同。(又：古人专名词中尚多有音而无意，如"披之"为"勃鞮"，"申包胥"为"棼冒苏"，"伏羲"之"伏"为"风"，庖、巴、华、胥之类。)欲求言文一致之方者，当于此注意焉。(三) 歌谣。歌谣为文学之初祖，为言语发达之一种，所以表绝对的感情者也。而文字中之有声音而无意义者，大半出于歌谣，通常如"兮"、"乎"、"耶"、"只"、"猗"之类，特别者如"妃"、"呼"、"豨"之类。

文字之三变

凡事皆由简而繁，由浑而划，独文字不尽然。当造字之始，有一体辞，必附属数用辞以为区别。指事、会意两门，大都为此而设。有相对之词，如"左右"、"攀拱"之类；有反对之词，如"司后"("后"与"後"通，后，王也，此语昉于夏时，禹始称王，其承统者谓后王，又曰后氏去王而单称"后"，犹君上臣下之单称"上下"，内子外子之单称"内外"也。后之配偶则曰后妃，渐且去妃而单以"后"为妃矣)、"正乏"之类；有类别者，如"牝牡"(牝牛为牝，牡牛为牡)、"雌雄"(雌鸡为雌，雄鸡为雄)、"初、首、基、胎"(初，裁衣之始；首，人生之始；基，建筑之始；胎，生殖之始)之类；有继续者，如"本、末、朱、东、杲、杳"之类；有象其动静者，如"不、至、行、步"(行，平行貌，两股两足皆动；步则接续而动也)、"辵"(丑略似人之乍行乍止也)、"辍"(车之乍行乍止也)之类。又因生女为姓(从父为氏，从母为姓)，故姚、姒、姬、姜皆从女；因生计在游牧，故以美、義、善、羡为品词；代价用"贝"，故赋、财、赁、贷、贾、賣皆从贝；以齿纪年，则曰龄；以禾纪年，则曰年。如是者不胜枚举，应用者苦其繁重，于是别设一普通简便之法，则即以一体词为一用词，或数用词而无需他词支配之(如:"解衣衣我"、"推食食我"、"春风风人"、"夏雨雨人"、"亲其亲"、"长其长"、"老吾老"、"幼吾幼"、"乐其乐"、"利其利"、"入其门,门无人焉"者之类)。于是词之有一体而必附一用者,为专门考订家研究之资,而社会所通行者,则惟就一词之清浊轻重以分体用,则由此可见古时文字,有专门、普通之二种。惟论文字者无专书,不能一一分析,此一变也。前者虽部位分明而苦其繁重,后者虽较为简易,而既病其含混,且印于人脑者,不无以水济水、琴瑟专一之惑,于是而有形声、有假借。形声仍出于前者,不过合数字体为一字体而已;假借出于后者,不过体变代音变而已,此一变也。以上皆一部分及应用之变化。自古文变而为大篆,大篆变为籀,籀变为小篆,小篆变为八分、隶、楷、章草,全部体制,皆渐次改移,而汉人作字,又偏于形式之观美,不顾本旨,于谐声、假借外,又多一种影射之字。许君著《说文解字》,虽愈力矫其弊,然以小篆为主,而间附古文,已非先河后海之意矣!然赖有此书,而六书源流始可寻溯,要不得不推为仓沮之功臣也。然而体制既殊,用例亦乱,前所谓普通、专门者,又混合不分,各从其习惯。汉晋以下,盛行楷书,楷书中又多变迁,而治文字者,文学之性质一变为美术的性质,其稍知考据者,又不审名与字之分别,虽多所发明,而千头万绪,令人眩惑,浸成今日无意识的文字现象,此一变也。

有新字而无新名

名为实体,故有一事物必有一名。事物日趋于烦复,则名亦必日有所增,此世界文字之通例也,独我国不然。通俗所用不过三千字,官府所用亦不过五千字,文人学士所用者亦不过万字,惟通俗及官府所用者间有一二新名,而文人学士无取焉。文人学士所用之万字中,助字去其三分之一,熟语去其三分之一,而余其所谓名者,或已无其事其物而用之如故焉,或本非其事其物而用之如故焉,而欲求一实当现在所用事物之名者,几无有焉。大抵文格愈高者,其名愈古,文格愈雅者,其名愈泛,故文学专家之文,离奇诘屈,索解人而不得者,非意之不可解,实名之不可解也。略举其例:如国家之名,封建时代所以定诸侯、大夫之权限者也,今则凡有土地人民者,概称为国家矣;自秦至今,以更帝制,而王家、王室、勤王、尊王仍袭用"王"之一名;中央行政处曰省,其在外而对于此者谓之行省,今第以行省为省,而内省之名则废之矣。唐分天下为十八道,今已改行省,而监司之掌兵权、盐榷者,仍称曰道,谏官之纠察地方官吏者,亦称曰道;明代已废置相,今之大学士实君主之记室耳,而仍有相国之称;三公、三孤皆为帝师,今则悬为名誉虚衔,俾老而伴食者窃此以自娱,且加及目不识丁之武夫矣;中书省,宣传中旨之处也,而今为职衔,且分为内阁中书及中书科中书,而以古之舍人当之矣。以自然物言,五金中铜、铁、铅、锡皆有专名,而独黄金则仅称为金;墨为黑土,煤为植物余烬,今乃以煤为墨,以墨为煤矣,煤与墨之互相易称,大约由于音声,如美洲之称墨洲是也。以生物界言之,竹之夭斜者为"笑",木之不直者为"枉",草之不治者为"無",而今则专用为喜悦之容、冤抑之事、荒秽之象,及有字之反对形容词矣。羽族之长尾者曰鸟,短尾者曰隹,今则羽族皆称鸟矣;生物之弋获者曰禽(与俘虏意同),今则专以飞禽为禽,而禽获之禽则增手旁而为擒矣。至于寻常日用一切事物,其无专名而勉强假借者尤多,如文字已用纸笔,而仍称为简编。席地之制已废,而宴坐仍称为筵席；即坐字之意，亦为二人坐在土上，今并不席地，而仍称曰坐，且独坐亦曰坐。又若规矩、纲纪、道术、范围等字用之甚繁，而皆非其专名也。夫一名而兼数职，则其本职必至抛荒，一字而经数变，则其原字必难辨别。乃名之不变者如此，而字之屡变者又如彼？尊古者既拘滞而不通，徇俗者又凌杂而无次，久而久之，此寥寥数名，持之以对待上下千年，纵横万里之无限事物，将成代数学上之符号，其于文学之应用，便乎？不便乎？固可不言而决矣！

第三节 音 韵

声音者，空气之波动也。然形质之作用最神者，惟声与光。世界开花数千年，而其学之发明者，仅千万分之一耳。声之现象，其在自然界者，大者为风霆之流行，微者为虚室之作响，以至折木陨星、秋虫春鸟，万籁迭起于前，彼著《齐物论》之哲学家，亦无从穷其种类得其归宿也。即以吾人一身中验之，默居一室，而呼吸之出纳，细包之变化，么虫血液之竞争，世真有得天耳通者，一一谛审，盖无一空间、无一时间之或闲也。物质虽极微，而必有运动变化之事，而必有生热发光之事，而必大气激动而成声音之事，特细微而复杂，不能察别。（声点之刺激耳膜，有一定之限，过与不及，皆不得成声。）古云："静者能闻蚁斗若昆阳、巨鹿之战。"非谰语也。然此别属专门问题，兹不具论。吾所欲言者，文学之与音韵有若何关系，而音韵之与人声又有若何关系，而人声与一切物及一切物之声又有若何关系。夫文学者，世界文明之一原素也；音韵者，文学之一原素也；人声者，为世界文明之一原素，而又为文学、音韵之一原素也。人声之所以成立，有数原因：

（一）感情

（二）思想

（三）发声机

（四）空气依的而

声之出于感情者，最为单纯，不独人类有之，即下等动物亦有之。（腔肠动物以下，其发声机甚不完全，故肉耳不能谛听，其实有饮食、牝牡、苦乐、爱憎之事者。无不有感情，即无不有声为代表。无论动物，虽植物亦有呼吸作用、遗传作用，则未必无感情，惟不及动物发达耳。惟无机物类，则全由内界变化、外界刺激而摩荡作声，若无感情之可言。人类感情虽最完全发达，然就全部观之则然，若就分析之一部察之，亦有无异于下等动物者，且亦有无异于植物、无机物者。精于生理者，自能明其故。）惟人类感情，较寻常动物为复杂，动物多感觉而少情操，人类则神经作用特敏，无一时无感觉，无一事无情操。故代表其感情者，亦千差万别，始与欢笑哭泣，继以唏嘘叱咤、沉吟咏叹，又进则抒为淋漓慷慨、缠绵悱恻之事，非特能以一己之情感他人之情，并能感无情者为有情。故声之发于感情者，在人声中最为简单，而在应用上最为有力，以其纯出以自然作用也。故妇竖之一歌一泣，其激动人心，恒有胜于讲师辩才之费洋洋千百万言而不得一当者矣！盖衡之以理者，须视受者之程度为迎拒，而情之所感者，则几范围血气之伦而不过。

所谓声音之道通于神明者，以情感之声音言也，《乐记》云："言之不足，故长言之，长言之不足，故嗟叹之，嗟叹之不足，故不知手之舞之，足之蹈之也。"摩写入微，不特深知乎人声为音乐之源，且知感情为人声之源者也。感情为自然的，而思想则为当然的也，感情倾向于客观的一方面，而思想则倾向于主观的一方面者也。感情之程度，其受感者，虽文野、智愚万有不齐，而其能感者则一，即其表现者亦有一定之程式，故人类与动物狎处浸久，能互辨其声音，即能互通其感情；思想则不然，下等动物之思想与高等动物之思想，野蛮人之思想与文明人之思想，如地球之与各星界，万不可通，即今人之思想，与古人之思想，自国人之思想与他国人之思想，亦如沧桑陵谷之变迁、重瀛广漠之隔阂，有无数空间、时间之阻力，非一旦夕、一跬步所能投合，何况一刹那间思想之起落万态者，少纵即逝，不可把持。故感情即无声音为之表显，而容色动止，亦可代传；而此顷刻有三世对面若万里，少纵即逝、不可把持之思想，除文字外，而欲有一物焉，为精神界之历史、之梯航、之仪器，则全赖乎口耳两机官耳。是以思想而无声音言语为之代表，即谓之无思想可也。内观独觉，自是神学家事，而非所语于一般之思想也。（孔子云："予欲无言"，老子云："名可名，非常名"，悉达氏之所谓"不可说、不可说"者，皆指绝对的原理不可思，故不可议也。）思想既种种不同，而其发为声音者亦自有别，大略分之如下：

（甲）仅对于一已而表其思想者：独语　歌唱（此二种多与感情混合）

（乙）对于他人而表其思想者：会话（有情话、理论、世故语等之异）　讲解　演说　申诉　辩讼　裁判　佐证　命令　传宣　恶口（如诅骂、谤毁、啁谑等）　口技

（丙）对于非人而表其思想者：昭告　宣誓　祈祷　加持

以上各种，其应用之去取多寡，一视其人格而分，即有深沉缄默之人，或所表者与思想矛盾，或有思想而不肯具表者，亦有全出于无意识举动者，要非人情之常，不足以破我声音代表思想之通例。盖对于甲而不然者，对于乙而未必不然也，对于乙与丙而不然者，对于甲而又未必不然也。深山潜修之士，厌于晋接，而独寐寤歌与鬼神相告语；即生而喑哑者，心有所思，虽发声机不全，而咿嚘吽呀，尚强聒而不休。世界之所以演进，人生之所营营扰扰而不止者，皆此种声音为之机括也。

以上之声音，皆本于心理者也，盖不出于感情，则与风条、水石、匏笙、土鼓之受动者无异，即不出于思想，亦猩猩、鹦鹉之伦耳。人声之所以高尚于一切物者，岂不在有意识哉？然人声之根源，虽出于心理的，而非生理的则不能发施，非物理的则不能流行，体用表里，实相须而相成者也。生理者何？发声机也是也。物理者何？空气依的而等是也。

人身之一切机官，皆繁复于动物，发声机亦其一大部分也，其发声之作用，就正当生理学言之，虽累纸不能尽，约略而言，则由呼出气（有时亦有由吸入气者）通过喉头之际，使紧张之真气带，秩然震动，而发一种调音者也。盖喉头之真声带，为弹力性之膜舌，此弹力性板紧张时，几全蔽喉间空处，而一运动则必留小隙，而从舌下之管所称风管者，向舌以吹空气，其空气之紧张过于舌之弹力紧张时，其舌忽离开，多量之空气急遁去，而减其紧张力，舌仍复原位，而后气续之，使舌再离，如此循环往复之作用，可就以下各事件知之。

（一）舌振动时，空气更番往还，必有厚薄，较专发调音于舌者略异。

（二）风管者，为向膜舌引导空气之管，其属于人类之发声机者，在喉头之下部，为气管及气管枝，其气鞴则为胸廓呼息之际，由筋而变小。

（三）舌上之气管名副管，其属于人类者，则在喉头之上部咽头、口腔及鼻腔。

声之高下则关于以下诸件：

（甲）因弹力板之长短。盖音之高低与弹力板之长短为反比例，板愈长声愈小，由振动多也；小儿声带短，而声音较成人为高。

（乙）其他音之高低，则与弹力板之弹力量为正比例。

（丙）膜舌吹气强时，不仅使音强（震动广也），且可使音高（振动增广而弹力膜之聚张亦增大）。

以外尚有兼关于物理学者如下：

（子）发音于喉头之际，空气亦大变其形，通过副管内，其固有音混于弹力舌之调音，而其某片音较强，是以各人固有之音，专关于副管之形状。（在舌筒者，加减其副管之长短，而变化音之高低在发声器者，不然。）

（丑）当舌发音之际，风管出最强之同响，因有浓稠之空气在其中也，以耳贴胸，可闻胸中之振动，即原因于此。同响发音，强者胸壁必皆振动，若为弱声与假声（假声犹曰管声，非从真声带出，仅为声带之游离缘与基底线振动所生之结节线，并响于风管中），则其振动甚微弱。

（寅）声门之广狭，虽无关于声音之高低，然声门广者，必通过多量空气，亦增胸廓之振动。

声音之境域

人声之境域在于胸声者，可由下图知之。图中数目字示该音一秒间振动之数，而自C′至f各声位，虽皆通有之，其音色自有差异。最低之音，一秒间有四十二回之振动，位置在F外声之最高者（如图中之甲），其位置在C‴，而一秒间有千七百八十回之振动。（附：声音境域图）

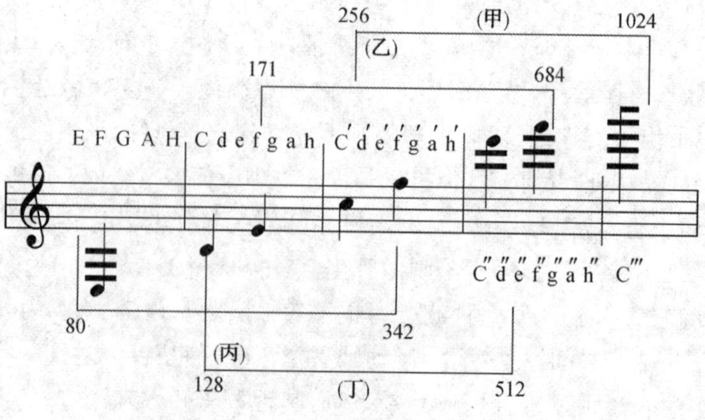

附：音色。人之音声，皆有固有之音色，属于发声器诸腔构造者也。有所谓口盖音者，从后咽头壁软口盖所生，其在于鼻音者，空气入鼻腔内挟之俱发。

人声虽出于发声机,然无受声机则不能辨别,无空气则亦不能传布。受声机者,听官是也。听官之构造,亦甚繁复,兹不具论。其所以能受声者,则声点之波动触于耳膜也。声之触于耳,何以有远近、高低、迟速之分,则声浪之疏密、大小及空气之动静、寒暑、燥湿为之也。声之为物,果如香气等别有本来之体质乎?抑仅为大气中之一种作用乎?此问题在今日尚难解决,以今日人类之知识,但能知其现象而不能知其实际也。故研究声音之学,列于物理门。第就物理学之知识推之,可矣。声何以成?成于空气之颤动也。然当其未成声时,空气即声,声即空气;成声以后,则空气自空气,而声自声,故此空气之声可留而以他空气传之,惟声仍不能离空气而独立(真空中不能传声),则谓空气即混合之声,声即有规则之空气,亦无不可也。空气何以能成声?又何以能传声?则依的儿为之也。依的儿何物?即列御寇所谓形形者、色色者、声声者是也。以现象言之,则空气之动静、寒暑、燥湿,声浪之疏密、大小,为受声者高低、远近、迟速之分。以实际言之,则世界虽极静,而无处无声,无时无声(所谓大真空者,亦留空气十万分之一,作正比例,则声亦当有此数)。如心脏之跳动、毛孔之呼吸,其显者察之而可知也,而其不可察者正多也。声虽极微,而业已成声,虽越千万里、垂千万年而不减也。惟声点过稀、过少,无一器可取验耳。然旷之与瞶,其受声同,而其所得千万不同,则高低、远近、迟速之分,又不尽空气与其声浪为之也。则在所受者之中,亦有利钝之别,故闻优施之曲,审音者能辨析毫芒而是非其音律,至懵懵者,仅知其声之悦耳,而未审其美恶之所在。无他,习乎此,则所受者无所窒碍,而其音固未尝有变,一通一塞,正是征其所习者何如,是声音之间又不仅有高低、远近、迟速之分而已。夫齿、喉、唇、舌,天下同似也,而异处每多逆耳,疾徐变化,异口亦同声也,而相知者,又若易明,则声音之与惯习,亦有所关者在焉。天下之耳虽同,而所以用其耳者,则又各异,此言无或爽也。

不特此也,声音者又随时代而变。故居今世而能读古音者盖鲜,此小学之所以可贵也。特治此者每多拘滞,执而不化,夫"之"、"支"同声,宜分唇舌,"宗"、"鬆"异轨,所重阴阳,执此相例,则此学之要,又不独考核古今之异同也。梁唐之间,华胡杂处,士夫征逐,好为胡声,古音之亡,当在此际。即有辨"许"、"徐"之指,究南北之源,而书帙既鲜,考核维艰,休文孱弱,亦足独步江东。唐时士习颇重声韵,而放纷罗络,已非正声。故时代之迁,声韵亦不无关系。昭代学者,厘正最多;亭林以来,斯途大启,乾嘉之间,以此学相切磋者指不胜偻。古代之音,粗有端倪。然所谓古音者,亦昭代之古音也。要之,时代既迁,声音亦渐趋于微异,其声音之属于语言者,既随风气之通塞,人事之繁简,而纷歧万态。而在文字上,则重形而不重声,徇目而不徇耳,不似他国文字之必始于调音合韵,而后能从事于文法也。故文字发达垂数千年,至梵典西来,始有音韵之学,其初则文字自文字,音韵自音韵,一若绝无关系者。而我国文字,遂成为一种特色。据其点画,则虽极山陬海澨,而通辨其音声,则虽一乡之中、一人之口,而绝无定准。彼斤斤于音读者,就一字而妄生分别,谓某字当读某音,某字不当读某音,试叩其所以然之故,及与文字有何关系之故,亦瞠目而不能答也,即强为之解,曰此古今南北之分耳。然古人所留文字,仅可接之以目,而不能接之以耳。彼讲求古音家,所谓文字源流正变者,既无以母摄子,似西文上溯希、罗古音之法,但执几卷死书为证，而欲以今人一时之目，代齐古人数千百年之口耳，抑亦傎矣！南北异音，固也。然必能通今日之方言，始能悉前人声音交通之故，若出门不千里，即不能与今人会话，而悍然欲为千百年上貌不相接之古人任舌人之职，亦多见其不知量也。且我国声音之应用于文字上者，仅有二事：（一）读诵（声音之应用于有形者）；（二）韵文（声音之应用于无形者）。

诵读者，文字之不能仅赖乎目谋，而必以口耳助之也。韵文如词、赋、诗歌之类，其立法之始，所谓韵者，未尝不系乎口耳。而今日习用之者，但就旧式模仿，而初不问其韵之何以为韵，而仅与目谋足矣，故曰无形也。即诵读之呫哔咿唔声满一室者，亦似鸡犬之鸣吠，其发动在有形无形之间。所操者固自然成音韵，而其目的不在音韵也。彼所谓韵学家、训诂家者，虽未尝不于音韵上妄加分别，而其所分别者，实与文字与音韵之关系上绝无价值也。故韵文虽无形，而与研究音韵之原则尚可相合；诵读虽用口耳，而与音韵之学固毫不相关也。

是以我国研究音韵学者，著书立说，虽不乏其人，而支离佶屈，往往格不相入，尚不如屠沽、盗贼、骄童、荡妇所操以通秘密者之适于用也。（我国下流社会，有所谓土翻者，其种类甚多，有暗翻、明翻、硬翻、软翻、长翻、短翻，“短至半音，长至十二音合之分”，然立法甚简捷，稍敏者数小时即能尽通，洞庭山中人尤精于此。故别有洞庭翻之名，洞庭山人行商半天下，持此以为交易秘语，故能专精。）其所以适于用者，约有数事：

（一）无一定之字母。字母当以元音为主，与仆音相合，而生一切音。元音者音大同，仆音则就时地而酌定，此世界上文明诸国字音学之公例也。独我国不然，其所设字母，初无一定，又不循子母相生之原理，但任意取其近音者强列为母，或多至数百十字，或仅有十余字，故一字之音，而其为翻切之音不同，且既列母音，而所谓上翻者，又非母音之字，此所以令人眩惑也。

（二）无特别之字母符号。他国之文字仅有五声，独我国之字则尚六法，用声者，则持此数声之符号，变化离合虽极数千万，而无铢累之差，盖与乐工之审律无异，但能辨宫、商、羽、徵之调合，则不论今乐、古乐、雅乐、俗乐，而无不可通。我国文字则不然，偏旁波磔为主，而音读为宾，其性质几与图画相等，画一形始命以一名，易地则更命以他名，形无定而名亦无定，形无尽而名亦无尽，故一字而数音，或数字而一音，欲辨识其字，则虽聋喑可以见功，而审正其音，则博闻绩学之士亦不免雌霓金根之误。譬之算学，他国则用几何、代数之法，可以执简而御繁，而我国则如野蛮人之计数，或累砾，或结绳，或屈指而擢发，而此数事又不尽为计数之用，其便与不便，固无待计较而知矣。

（三）传习之歧异。我国文字，苦于一切体词皆无定名。其名大半皆由假借而成（详见上节），然此弊各国皆有之，但能久假不归，则非其名者一经公认即视为定名可也。而所最不可通者，则好古家之考据，与村学究之教授，若深恐其名之有定，特以纷纭疑似之声音，淆乱学者之脑筋，而使之多一重困难也。略举其例：如敦敦（“玉敦之敦”）、免免（“免服之免”）、滑稽、嫪毐、枹罕、隆虑、曲逆、朱提、番禺之类，相沿成声，尚有本义者无能矣。而如休屠（屠音储）、月氏（音肉支）、身毒（音天竺）、龟兹（音丘慈）、冒顿（音墨突）、阏氏（音焉支）、日磾（音密低）等，本为译音，当时姑取音之相近者著之文字，以便记忆而已。然译事之难，在今日交通世界，以立为专门之学，而所译之音，犹十人而九殊，盖不求诸声音之原，而徒以死字代活音，毋惑乎其棘人唇吻也。惟翻译释典者，正文字之后，辄附加字母，以便紬绎，为译事之最善者。惟字母之音，仍以本国死字代之，其音仍多出入。夫绳尺本为量度之用，而所谓绳尺者先无定准，则其应用于量度者亦可知矣！且专名之字，其有音而无字者，不仅异域输入者有然，即原有名词中(地名、人名是)如是者亦不少。又如《尔雅》所载干支、古名，如困敦、二胖、玄默之类，好事者附会穿凿，强为解释，而不知实巴比仑之旧名词，而袭用于我国者。亦有音无义，而其音亦未必尽合者也。是则音之与字，本为偶合，而好古者张皇考订，分析其异同，其迷信之深，直与闻塔铃牛铎而占验吉凶者无殊。然此犹得托为尊古阙疑以自解也。其最不可通而为教育上一大阻碍者，则村先生授徒之字音是也。余吴人也，即以吴中村塾现象及身所亲历者言之。如语助之“之乎者也”，郡中则之读为“诸”，下邑则曰“支”；乎，郡音为“河”，下邑则为“乌”；者字，郡韵为“肘”，而下邑曰有读“氈”者，有读“嗻”者；也字，郡音为“野”，而下邑则有读“焉”者，有读“耶”者。此犹无甚大异也。最奇者，如吴人之“吴”，下邑有读“洪”音者，而十三覃中之字，常熟音皆与“真”、“蒸”相混(如：“覃”作“滕”，“南”作“能”，“蚕”作“层”，“参”作“村”，“岚”作“伦”)。土音尚略有分别，文言则全然相混，而西北乡读“酒”为“祖”，读“钟”为“宗”，东乡则读“枕”为“井”，读“安”为“海”，读“吾”为“或”，而东南乡之五瞿则“真”、“支”、“青”、“先”不分，犹是太古之音也。使东乡之师而诲西乡之子弟，则必以东乡之音读诲之，否则以夏楚相加，故学者于土音之外，必当通所谓文言者。虽通文言，出门不十里，其文言即不可通，若一人而四乡各从一师，则其文言必当有四种，而一逾其境，则不能通如故，其难几与今之通各国文字等，其应用则尚不如土音之便也。顾师之终日谆谆提命，弟子之毕生拳拳服膺者，惟此为重，而其中仍不免与土音及他处之音混合，而先后歧异，业已画地为牢，仍无确守之法律，可谓苛矣！一邑如是，一郡可知，一国尤可知。嘻，坏我青年国民最可宝之脑筋，而使之不能进化者，此亦其一大原因也。近日热心之士奔走呼号曰：教育宜改良，私塾教育尤宜改良，造简字，编课本，惨淡经营，力求完备，而未闻有提议及此，谋为矫正者，尤可怪也。

然则吾国所谓音韵之学者，以实际言之，惟乐师之工尺，与下流社会之土翻，最适于用，而不足为文学之助，以其与文字为混合，而非化合者也。以名式言之，专家之言几于充栋，而终不免以上之三弊，然改良纠正，别一问题。兹姑举其最著者，列之下方，以示为文学史上之一原素云。

梵音字母

迦、佉、伽、歹、结、茄、桀、聂、打、塔、大、纳、巴、爬、跁、麻、匝、擦、杂、挖、屑、萨、图、雅、髯、拉、协、沙、哈、遏(舍利三十字母)

迦、佉、杰、歹、打、塔、大、纳、宅、茶、蹉、拏、巴、爬、跁、麻、法、𫸩、代、韈、市、擦、杂、鞁、斜、遮、车、贳、奢、阇、壹、苛、耶、协、拉、髯(西域音三十六字母)

遏、阿、壹、医、嘔、污、哩、梨、鲁、卢、伊、爱、邬、奥、暗、恶、葛、渴、栲、竭、誐、椤、擦、惹、嗟、儿、晰、诧、疪、茶、拏、怛、挞、捺、达、那、钵、发、末、婆、摩、邪、啰、罗、缚、设、沙、萨、诃、

利(《金刚经》五十字母)

阿、逻、波、遮、那、罗、陀、婆、跎、沙、恕、多、计、吒、挲、摩、迦、瘅、阇、波、陀呵(二合)、奢、呿、又、尸瘅(二合)、诺怆惝、咤呵(二合)、披何(二合)、车、那、沙波(二合)、嗟、迦何(二合)、咤除(二合)、拏、颇、尸迦(二合)、磋、伊陀(二合)、侈、吒(《般若经》四十一字母)

阿、多、波、左、那、逻、拖、婆、茶、沙、副、缚、哆、也、瑟吒(二合)、迦、婆、么、伽、他、社、锁、柁、奢、佉、又、娑多(二合)、攘、曷罗(二合)、多娑(二合)、车、娑摩(二合)、订婆(二合)、缇、伽、吒、拏、娑颇(二合)、娑迦(二合)、也婆(二合)、室在(二合)、侘陀(二合)(《华严经》四十二字母)

以上字母,同出梵典,为吾国字母所昉,虽字数多寡不齐,而其音相同,惟从分合而见殊异耳。其所以必用合音者,因吾国原有字音不能代表也,而译者又限于其侨居之地方言,而可以代表之字,亦仅限于其习用者,故梵语、梵咒非经口授,第就文字求音,其音断不能准也。声音之学,印度发明最早,而视之亦綦重,故声明一门,为梵学五明门之一,与因明为表里(因明即希腊之名学)。梵语讲声明曰悉昙,不通悉昙,则一切经典皆无从入手。至禅学大昌,专恃因明为用,始恶悉昙为烦琐而吐弃之。其实避难趋易,与吾国者空谈心性而不通训诂者,其失正同。今欲知文学之源流,不能不推本于文字,音韵为文字之一要素,而悉昙则为吾国音韵学之所出,不可不略述其颠末,以明声音离合变化之故。

按:悉昙,倡于婆罗门波尔尼,托言受自梵天,一字之音有七例:一体、二业、三作(一为具)、四为、五因、六属、七所在,合之呼名,共为八例(此即西国文典各种用词所本)。其声有三性:一男声、二女声、三非男非女声(即西国文典男女性词之所本)。三性各有八例,共为二十四种声音,而此二十四种,又各分为三类:一声身、二声身、三多声身(此即文典中音合及各种名词所本)。故穷一字声音之变化,盖为七十二种云,此悉昙之大概也。欲深通其义,虽穷年累月,不能卒业。其应用之妙,胜于欧美各国文典,而研究之难亦倍之。执简御繁,则仍以唐时吐蕃阿努所译天竺五十字母,列之于后,以便学者之隅反。

母音十六字

阿:喉音;天竺字,阿为元音,诸字皆根于此,今文明各国字母首字,皆不离此声,惟稍有清浊耳。胎儿下地第一声,即此声也。厄鸦切。

阿阿:喉音;阿之长音也。

伊:喉音;乙依切。

伊伊:喉音;伊之长音也。

乌:喉音;屋巫切。

乌乌:喉音;乌之长音也。

唎:弹舌;哩伊切。

唎伊:弹舌。

利:半舌;力伊切。

利伊:半舌。

厄:喉;吾禾切,今用遏纥切。

厄厄:喉;厄之长音也。

鄂:喉;五格切,今用乌倭切。

鄂鄂:喉;鄂之长音也。

昂:喉;阿冈切。

阿斯:半喉半齿。

仆音三十四字

嘎:牙紧;古黠切,今用哥阿切。

喀:牙;苦格切,今用珂阿切。

噶:牙缓;歌阿切。

噶哈:半牙半喉;噶哈切。

迎阿:半鼻半喉;迎阿切。

匝:齿头紧;咨阿切。

擦:齿头;雌阿切。

杂:齿头缓;资阿切。

杂哈:半齿半喉;杂哈切。

尼鸦:舌头;尼鸦切。

查:正齿紧;支阿切。

叉:正齿;蚩阿切。

楂:正齿缓;之阿切。

楂哈:半齿半喉;楂哈切。

那:卷舌;呐阿切。

答:舌头紧;得阿切。

塔:舌头;忒阿切。

达:舌头缓;德阿切。

达哈:半舌半侯;达哈切。

纳:舌头;讷阿切。

巴:重唇紧;逋阿切。

葩:重唇;铺阿切。

拔:重唇缓;铺阿切。

拔哈:半唇半喉;拔哈切。

嘛:重唇;模阿切。

鸦:喉;衣阿切。

喇:弹舌;时阿切。

拉:半舌;勒阿切。

翰:轻唇;无阿切。

沙:正齿;师阿切。

卡:喉;嗑阿切。

萨:齿头;思阿切。

哈:喉;呵阿切。

嘎刹:正齿;螭阿切。

仆音三十四字,附合母音十六字,除配“阿”字仍得本音外,每字各成十五字,共成五百一十字;又仆音三十四字,除末一字不用外,余三十三字,各系以鸦、喇、拉、斡四字,合成一百三十二字;又仆音三十四字,除末九字不用外,余二十五字为五类,将每类末一字,加于前四字之上,叠书成二十字;又于仆音五类二十五字之上,各加拉、沙、卡、萨四字之上,叠书成一百字;又于仆音三十四字之上,各加喇字,叠书成三十四字。又举“锅”字为例,加一“3”(巴鲁达)记号,呼长三分者,则于字旁加一圈成一字,又加巴鲁答达“三”记号,呼长九分者,则于字旁加三圈成一字,又于“嘎”、“喀”二字上各加一“X”(札嘛鲁)记号,应带“阿”字发声者,则于该字上各加“阿”字,叠书成二字;又于“巴”、“葩”二字上,各加“M”(乌巴达嘛)记号(此记号有反正二写法,其用并同),应带“阿”字发声者,亦于字上加“阿”字,叠书成二字。又举数字叠书为例,成二十六字;又以字母内阿、伊、乌、厄、鄂五字,及仆音三十四字,并三十四字,配合伊、乌、厄、鄂四字所生之一百三十六字,共一百七十五字,每字配合,以“纳”字,以“哈兰答”记号联之,即成“焉因”字收声。又每字配合“迎阿”字,以“哈兰答”记号联之,即成“阳英”字收声,各成一百七十五字。以上共成一千二百一十二字,为十二谱(详见《皇朝通志》)。而亚洲中部、东北部之言语文字,即皆天竺以西,今日所号为文明各国者,稽其古今字谱,无不一一与此吻合。但以字母对译,皆可贯澈,而独吾国音韵之学,直接由梵音成立者,反对支离隔阂之病,则以死字表活音,不恃口授而恃目识,以致天然一定之字音,反为万有不齐之字体所累,而愈求合而愈离,愈求同而愈异也。兹举吾国历代音韵家所制之字母谱,并列于下。试一比较之,则胶唇棘吻之所由来,可瞭然矣。

元音(即用为音韵者):阿、伊、乌、厄、鄂。此五元音,东西字谱皆首列,而吾国字谱则皆略去。

梵字仆音三十四字(演为三十六字,诸家各有增损,今并列之):

嘎	四字牙音	见	见	见	见	见	见	——见
喀		溪	下	溪	溪	溪	溪	——溪
噶		群	为	芹	群			——琴
迎阿		疑	各	疑	疑	疑	疑	——昵、疑、娘
答	古舌音	端	家	圭	端	端	端	——端、妍(增)
塔		透	所	缺	透	透	透	——透、体
达		定	改	群	定			——定
纳		泥	创	危	泥	泥	泥	——伲、你

赍鸦佗	舌上音	知	者	端	知	知	
妻鸦佗		彻	可	透	彻		那(增)
赍鸦茶		澄	参	定	澄		
尼鸦		娘	观	泥			
巴	重唇音	帮	之	邦	邦	邦	邦——邦
葩		滂		滂	滂	滂	滂——滂、普
拔		並		並	並		——並
嘛		明		明	明	明	明——明、米、妈(增)
夫斡	轻唇音	非		敷	非	非	
孚斡		敷		奉	敷	夫	
符斡		奉		威	奉		
斡		微		微	微	微	微
匝	齿头音	精		精	精	精	精——精、知、照
擦		清		清	清	清	——清、彻、穿
杂		从		从	从		从——澄、床、邪
萨		心		心	心	心	心
萨	正齿音	邪		邪	邪		
查		照		照		照	
叉		穿		穿		穿	穿
楂		床		澄			
沙	浊	审		审	审	审	审
沙	正齿	禅		禅	禅		
哈	浊	晓		晓	晓	晓	晓
哈	喉音	匣		匣	匣		
阿	浊	影		影	影	影	
阿	喉音	喻		喻	喻		
拉	半舌	来		来	来	来	来
髯	半齿	日		日	日	日	日

附：诸家字母诗

东(舌音)风(重唇)破(重唇)早(齿音)梅(重唇)，向(喉舌)暖(舌音)一(喉音)枝(齿音)开(牙音)。冰(重唇)雪(齿音)无(轻唇)人(齿舌)见(牙音)，春(齿音)从(齿音)天(舌音)上(齿音)来(卷舌)。

水(齿音)鸟(舌音)报(重唇)潮(正齿)平(重唇)，秋(齿头)林(齿舌)数(齿音)点(齿舌)明(重唇)。鼋(牙音)鼍(舌音)窥(牙音)曲(牙音)岸(牙音)，鼓(牙音)角(牙音)混(牙音)寒(喉音)更(牙音)。

春(齿音)暖(舌音)莺(喉音)狂(牙音)花(喉音)团(舌音)蝶(舌音)，嚷(舌齿)云(喉音)岚(舌齿)，滋(齿音)味(轻唇)曾(齿音)尝(齿舌)。劝(牙音)君(牙音)频(重唇)举(牙音)觥(牙音)，软

(牙音)饱(重唇)醉(齿舌)乡(喉音)黑(喉音)甜(舌音)睡(舌音),方(轻唇)悬(牙音)琴(牙音)端(舌音)按(喉音)宫(喉音)商(牙音),宁(舌音)知(齿音)音(齿音)苦(牙音)忙(轻唇)。

以上略举其例,但检等韵,其余即可类推,故所列各诗词不注字母本音。

五更疏漏转,按辔道途间。客梦留残驿,事喧出晓关。

风寒飘碧树,日暖照青山。鸟去天明早,长空定不还。

《凤凰阁字母词》:喜窥巢新燕,低飞屋角呢喃。频对清问阁。争把柳绵桃蕊,常时舍却。盼将予,数来庭幕。

《锦缠道字母词》:对酒南楼,门掩春花天晓。林边千点苍山小。三桥腾跨波纹袅。明镜平铺,舟放人归早。

《行香子字母词》:柳媚花朝,日暖风调。大空晓碧鸟歌娇。山低黛色,草抱裙腰。酒旆微飘,卖饧路,早吹箫。

又:明媚春饶,送暖风飘。鸟音喧新黛柯条。村前低路,沽酒帘招。半醉黄娇,贪盼望,水边桥。

又:载酒危颠,酌向飞泉。碧芊排翠秀漫天。秾桃似锦,嫩柳如烟。到处频看,失归路,伴花眠。

《青玉案字母词》:垂杨低现红桥路,看碧鸟飞无数。残照平塘人过渡,清樽把酒。迷离秀树,南浦天街暮。

《谢池春字母词》:细雨才晴,便踏春泥沽酒。指人家、数条嫩柳。酩酊独醉,把汉书评剖。看闭门问奇来否。

《行香子字母词》:春满尧天,溪水清涟。嫩红飘粉蝶惊眠。松峦空翠,鸥鸟盘翾。对酒陶然,便博个,醉中仙。

《三犯剪梅花字母词》:莺花院,隔溪禽语。点透苔泥,零蕤剪取。细裁词者窗纱沉,树碧喷薄梦霏微。

以上各字母,但以意为之,取其便于诵习。其实仍不免囿于方音,而于先后字母之秩序,离合增损之体例,多不甚理会,故只能自制自用,而不可普及。虽有等韵为之支配,击鼓传声之法为之统合,然慧者仍藉强记之功,钝者不胜检查之苦。且以数核之,铢锱不爽,而以音考之,仍齐楚相咻,不足为公例也。近日有心人颇思改良,若沈氏之《盛世元音》,王氏、劳氏之造简字,其意非不欲矫以字代音之弊,然所立之字母及法则,不过从欧文、东文中豪夺巧偷,改头换面而为之,而于己国语言文字,古今、远近、迁流、变化之故,曾未一加研究,故其应用,不如直习东西文言者之明瞭便捷,且不如市井之土翻、教会中之罗马拼音纯熟而自然也。

双声叠韵

字音之同母者,谓之双声,同韵者谓之叠韵。吾国反切之学,即每切一字,上一字为双声,下一字为叠韵,化合而成一字之声。

四声五声

古有四声之用,而无四声之学,至梁沈约始著韵书,编分平、上、去、入之谱,内调节于宫商，外根源于梵学，遂为文学家律令之一部。盖古人有韵之文，其用韵之字，各随五方本音，四声互用，不能指定何者为平，何者为上、去、入也。自约为四声韵，以一时一地之声，黴黑天下后世之唇舌。而辞章之士，始苦其拘牵矣，然亦古今文学界由浑至划一之一征也。其后，隋陆法言撰《广韵》，潘徽撰《韵纂》，唐孙愐撰《唐韵》，而宋则有《礼部韵》，明则有《洪武正韵》，更颁为功令，使人遵守，然字数多寡不同，隶属亦异，而韵目又互有详略，可见非通法也。分平声为阴、阳，则称五声（阴阳如翁红、依夷、央扬、安韩、烟贤、拗豪、欧侯之类）。要之，四声一门，亦为吾国文学界上一种附属品，当略著其例，兹录王圻《续文献通考》三十六字母、《切韵》法于下：

《续文献通考》三十六字

见（经电）：经经坚见	溪（牵奚）：牵轻牵溪	群（衢云）：衢勤虔群	疑（鱼其）：鱼银言疑
端（多宫）：多丁颠端	透（他候）：他汀天透	定（徒经）：徒廷田定	泥（年题）：年宁年泥
知（珍离）：珍珍邅知	彻（敕列）：敕称辉彻	澄（持陵）：持陈廛澄	娘（女良）：女宁年娘
帮（博旁）：博宾边帮	滂（普郎）：普娉偏滂	並（部回）：部频蠙並	明（眉兵）：眉民绵明
非（匪微）：匪分蕃非	敷（芳无）：芳芬番敷	奉（父勇）：父坟烦奉	微（无非）：无文顽微
精（盈子）：子津煎精	清（七情）：七亲千清	从（墙容）：墙秦钱从	心（思寻）：思新仙心
邪（徐嗟）：徐饧涎邪	照（之笑）：之征氈照	穿（昌缘）：昌称辉穿	床（仕庄）：仕秦前床
审（式荏）：式身羶审	禅（时运）：时展然禅	影（于警）：于殷焉影	晓（馨鸟）：馨馨衿晓
匣（甲辖）：辖荆贤匣	喻（喻戍）：俞匀缘喻	来（郎才）：郎邻连来	日（入质）：入仁然日

《切韵六十字诀》

因烟	人然	新鲜	饧涎	迎妍	零连
清千	宾边	经坚	神禅	秦前	宁年
寅延	真氈	娉偏	亭田	澄缠	平便
檠虔	轻牵	称辉	丁颠	兴掀	汀天
精笺	民眠	声羶	刑贤	兄喧	营员

《中原音韵》

四声之学，至宋元时，诗韵之外，更编为词韵、曲韵，而以元人周德清所著《中原音韵》为最著。盖依时代而为之，填词制曲家皆奉为金科玉律者也。诗家虽有声律之名，而不甚拘守，除押韵立体外，其所谓竞病诸例、声调各谱者，不过耽僻者一种之迷信而已。自有《中原音韵》而五声之上、去、阴阳平，始犁然区别，而又以入声派入三声，使人知南北方音之分合，其体例实详密于诗韵，故应用亦较远久。今音韵之书，能亘数百年、历千余省而遵守一律者，独此书耳。（古书多北音，而今之通行官话，亦为北音，豫省居吾国本部之中，古今远近，视为枢纽，故效果如此。）其目如下，又详下曲韵：

阴平声	阳平声	上声	去声	入声	
东	同	董	洞	○	（东同）
江	阳	讲	绛	○	（江阳）
支	时	纸	是	瑟（作上声）	（支思）
机	徵	尾	未	实（作平声）	（齐徵）
		鼻（作平）		质（作上声）	
				觅（作去声）	
模	鱼	语	御	读（作平）	（鱼模）
				谷（作上）	
				鹿（作去）	
皆	来	蟹	解	白（作平）	（皆来）
				百（作上）	
				额（作去）	
真	邻	轸	震	○	（真文）
先	连	选	线	○	（先天）
山	寒	反	旱	○	（寒山）
官	鸾	馆	贯	○	（桓欢）
萧	豪	小	笑	蜀（作平）	（萧豪）
				角（作上）	
				岳（作去）	
歌	河	可	过	合（作平）	（歌戈）
				葛（作上）	
				末（作去）	
家	麻	马	骂	达（作平）	（家麻）
				察（作上）	
				蜡（作去）	
车	遮	野	夜	协（作平）	（车遮）
				屑（作上）	
				业（作去）	
庚	行	梗	敬	○	（庚青）
忧	尤	有	右	轴（作平）	（尤侯）
				宿（作上）	
				六（作去）	
侵	寻	寝	浸	○	（侵寻）
盐	咸	感	勘	○	（盐咸）
纤	廉	敛	殓	○	（廉纤）

节录《中原音韵》起例

声分平仄者，谓无入声，以入声派入平、上、去三声也。作平者，最为紧切，施之句中，不可不谨。派入三声者，广其韵耳。字别阴阳者，阴阳字平声有二，上、去俱无，上、去止各一声，平则阴阳二声，且有上平声，有下平声。上平声非指一东至二十八山而言，下平声非指一先至二十七咸而言。前辈为《广韵》，平声多分为上下卷，非分其音也。殊不知平声字字有上平、下平之二分，但有有音无字之别，非一东至山皆上平，一先至咸皆下平声也。

附：挹陶梦梨拜石悼烟室字母

母音（俗音用括弧）

一、翁红屋斛	二、盎平降恶（学）	三、央阳约药	四、衣夷一易
五、威为挖滑	六、迂鱼郁狱	七、乌乎屋斛	八、（挨鞋压辖）
九、哀孩鸭匣	十、恩痕尼盍	十一、音淫一易	十二、安寒曷活
十三、（殷闲鸭匣）	十四、烟贤一易	十五、凹豪恶（学）	十六、倭和厄盍
十七、鸦爷一易	十八、鹦行一易	十九、鸥侯厄盍	二十、忧尤郁狱
廿一、（庵含而盍）	廿二、（恧咸鸭吓）		

拗音

廿三、支诸则职

以上用字注音故不能不多加分析，若第以口授，则可并合如下：

翁红		衣夷		央阳约药	挨鞋	
乌平		音淫			哀孩	
盎降	屋斛	烟贤	一易	威为挖滑	恩痕	压辖
安寒		鸦爷			倭和	
凹豪		忧尤		迂鱼郁狱	鸥侯	
支诸则职						

此即梵文之阿、衣等母音，西文之五有音字，日文五十音之首五字。合之则仅有五声，衍之则为七音、为九音。即鼻舌齿腭、轻重疾徐之相关，而有异，其实除拗音外，均出于喉者也。与之相合者为父音，父音仅用入声，与母音调和，而生种种之音，其表如下：

屋	恶	（压）	一	厄	阿
谷	阁	（膈）	○	革	（夹）
哭	殼	（客）	○	克	掐
○	（搁）	○	○	鞥	轧
秃	托	○	铁	忒	塔
独	铎	○	笛	突	达

笃	厾	○	的	答	搭
六	落	○	立	勒	腊
木	莫	（麦）	密	墨	韈
足	作	（仄）	节	则	札
促	捉	酢	○	职	○
束	错	绰	七	测	插
族	（凿）	○	疾	杂	○
宿	索	（栅）	雪	失	杀
（喏）	昨	（石）	（拾）	十	闸
玉	○	虐	匿	○	（捻）
局	○	剧	极	○	○
曲	确	却	泣	○	○
逐	擢	着	○	直	○
蓄	○	谑	翕	○	○
郁	○	约	○	○	○
竹	卓	脚	急	○	甲
叔	○	○	蝎	○	○
辱	若	○	○	○	○
欲	学	○	○	○	狭
瀑	曝	（白）	别	白	拔
扑	○	（拍）	辟	魄	○
卜	○	（伯）	笔	不	○
伏	缚	○	○	○	伐
福	○	○	○	弗	法
沃	握	（画）	○	或	滑

以上用法，如父音之“谷”，与母音之“翁”，相合则为“公”，以“哭”字相合则为“空”，以“秃”字相合则为“通”，以“独”字相合则为“同”，以“笃”字相合则为“东”，以“木”字相合为“蒙”，以“足”字相合则为“宗”，以“促”字相合则为“葱”，以“族”字相合则为“戎”，以“宿”字相合则为“松”，以“喏”字相合则为“茸”，以“玉”字相合则为“浓”，以“局”字相合则为“躬”，以“曲”字相合则为“穹”，以“逐”字相合则为“重”，以“蓄”字相合则为“凶”，以“郁”字相合则为“容”，以“竹”字相合则为“中”，以“叔”字相合则为“舂”，以“辱”字相合则为“虫”，以“欲”字相合则为“熊”，以“瀑”字相合则为“○”，以“扑”字相合则为“○”，以“卜”字相合则为“○”，以“伏”字相合则为“风”，以“福”字相合则为“逢”，以“沃”字相合则为“○”，余可类推。但就母音顺读父音，合之即得。唯以字切音，方音必多不准。如苏州一郡，郡人中“乌乎”与“倭和”不分，而下县则且有“烟”与“腌”，“音”与“行”同音，“威”“为”与“欧”“侯”同声者，又多有音无字之字，故不经口授，声音断不能

合。若为便宜计，则必切定五声所出，别制字母，或仍用古之打马法而变通之。如翁为“一”，红为“0-”，乌为“-´”，挨为“四”，威为“西”，而父音之屋为“|”，斛为“|0”，谷为“‖”，哭为“Ⅲ”，秃为“δ”，独为“⊥”，笃为“≐”，大为“≜”。如记号作“⊢”，即翁字；作“⊩”，即公字；作“⊪”，即空字；作“⺦”，即共字；作“|=”，即盎字；作“‖=”，即刚字；作“‖≡”，即康字；作“Ⅲ-”，即央字；作“Ⅲ=”，即杭字；作“Ⅲ≡”，即阮字；作“⺦”，即挨字；作“⺦=”，即街字；作“⺦≡”，即楷字；作“δ-”，即恩字；作“δ=”，即根字；作“δ≡”，即铿字；作“ト”，即衣字；作“L五”，即梯字；作“L六”，为提字；作“⊩´”，为瓜字；作“⊪´”，为枯字；作“⊾´”，为间字；作“|0´”，为沮字；作“‖´”，为高字；作“Ⅲ´”，为敲字；作“Ⅲ´”，为加字；作“‖西”，为该字；作“Ⅲ西”，为开字；作“δ西”，为推字；作“西”，为颓字；作“|五”，为干字；作“‖五”，为刊字；作“|五”，为戈字；作“‖五”，为科字；作“δ六”，为听字；作“|六”，为廷字；作“|六”，为天字；作“|六”，为田字；作“‖六”，为鸠字；作“Ⅲ六”，为丘字；作“|六”，为钩字；作“Ⅲ六”，为枢字。而上、去、入则用俗例，以圈别之，而拗音则附于第五种之后，更加以“⊥”“⊤”记号，如“五”为而，“五”为痴，“五”为迟，“五”为除，余可类推。用者但记准母音，更熟读父音，一行能贯串，则其他可顺流而下，即再书父音一行于下：

屋谷哭〇秃独笃六木足促束族宿（喏）玉局曲逐蓄郁竹叔辱欲瀑扑卜伏福沃

七音

五声指韵，七音指音。以音之所自出，而区别为七也。吾国原有专名，曰：宫、商、角、徵、羽及半商、变徵，又简作五、六、工、尺、上、四、合，其实从喉、舌、齿、牙、唇所发之声而命之也。喉音为宫，齿音为商，牙音为角，舌音为徵，唇音为羽，半舌半齿音为变徵、变商，更分舌头、舌上，重唇、轻唇，斜齿、正齿，则成九音，歌曲家则加“伊”、“凡”两记号。而五音皆有正、变，则成十音，回环而归于原位，则为十二音（即配十二律）。此十二音者，非但为一国言语文字之用，凡空气中之足以成声者，皆得以此律之。前人作乐，亦由乎此。而人身之发声器最为完备，精口技者能得种种物音，擅耳通者能审种种物音，其神妙不可测如此。若欲以有限之字，限无限之声，特不免为鹦猩所笑矣。

古韵与今韵

音韵出于自然，本无区别。自有韵书定为四声，于是有平上去入、阴阳清浊之目，即有古今南北之殊。其实音由方域而异，而一方域中且互有参差。若古今之界，更无定点。世所谓古韵者，盖以韵书所列之韵相较，而强为区别耳。顾韵书之分类，亦人自为说，而无一定。故谈韵者愈多，而其道愈歧。古人之押韵无成格，用韵亦无一律，惟就喉吻之便以成声，自北魏李登始取其声之同者而分聚之，名曰《声类》。而至齐周颙又于声类中分为四等，谓之四声，而沈约因之，然未尝强人必押之也。唐以诗赋取士，欲困难之，遂以《切韵》一书为考试之律令，然应制外仍自由也。但自有韵书，便如法家定律，动以文法束人。韵语云今韵已拘牵，而并取古韵之自由者，亦强作解事，支分而缕析之，可谓多事矣！岂知凡属文字，每字皆有五声，随人随地而成声。今之所定为平上去入者，不过取习用少多之声而强定之名，已非其本原矣！真欲定其源流分合之旨，必先于天然所以成五音之故，如工师之于乐，一一审定，而寻其本。又当于地理、社会、种族、雅俗、清浊之互殊，而知其流别，而尤当胪举古今有韵之辞，一切比较以通其变，虽穷年累世不能尽也。今之分析古今者，未尝不知此意，然力有不逮，仍得其偏而不能揽其全，徒滋聚讼，而迄无一是。如国朝亭林顾氏、西河毛氏，其用力虽勤，而终不能尽餍人心，职此故也。然已有古韵今韵之名、之例，则文学历史上，亦当略存其说，以供学者之研究。大约今韵与古韵之分合，其例有三：一为通韵，如东冬、江阳、支微、鱼虞、佳灰、真文、寒删、萧豪、歌麻、庚青、覃咸等；二为转韵，如东冬之与江阳，庚青蒸支微之与鱼齐佳灰真文，之与元寒删先覃咸，之与侵盐等，又转而为支之与青，青之与先，虞之与豪，豪之与尤，真之与支、与先、与青，佳之与麻，元之与真文寒删先，则几乎无不可转矣！故又强分之为全通、半通，全转、半转，而上去入三声亦遵此（或以支微齐佳灰鱼虞萧肴豪歌麻尤为无入声者，盖第就今韵言之耳。）；三为叶韵，则凡字之同母者，无不可叶，而无四声之别。则用韵最古之法，而亦全球韵语之通例也。然通之与转、与叶，但就后世之韵书分部计较之，而天然之音，实无是区域焉。

最初韵本二百六部，至宋刘渊始并为一百七部，则今韵之分合异同，亦甚淆杂矣！兹录宋《礼部韵》之未并旧目于后。（辉按：原书援引韵目略）

词韵与诗韵之异同（据沈谦《词韵略》）

唐人之词，仍遵诗韵，至宋始渐滥，且惟平声独押，上去则通押，间有三声通押者。沈氏《韵略》，多搜词家为证，而未明所以异同之故，与万氏《词律》同一用意，盖但举成案而不下断语，谓之尊古则可，愈以探音韵之源，则未也。故后附毛氏《韵论》及戈氏《词林正韵·发凡》，俾互相发明。平声通用，诗家已然。（辉按：原书援引韵目略）

毛氏《声音韵统论》曰：夫人欲明韵理者，先须晓识声、音、韵三说。盖一字之成，必有首、有腹、有尾。声者，出声也，是字之音；《孟子》云："金声而玉振之"，声之为名，盖始事也。音者，度音也，是字之腹，字至成音，而其字始正矣。韵者，收韵也，是字之尾，故曰余韵。然三者之中，韵居其殿而最为要。凡字之有韵，如水之趋海，其势始定，如画之点睛，其神始完。故古来律学之士，于声与音固未尝置于弗讲，而惟审韵尤兢兢。所以沈约、孙愐而下，所著之书，即声音之理未尝弗贯，而耑以"韵"名书也。然韵理精微而法烦苛，又古今诗骚、词曲体制不同，因造损益相沿亦异，拟为指示，益增眩惑。今余姑以唐人诗韵为准，而约以六条，简之有以统韵之繁，精之有以悉韵之变，标位明白，庶便通晓。一曰穿鼻，二曰展辅，三曰敛唇，四曰抵腭，五曰直喉，六曰闭口。穿鼻者，口中得字之后，其音必更穿鼻而出作收韵也。"东"、"冬"、"江"、"阳"、"庚"、"青"、"蒸"七韵是也。展辅者，口之两旁角为辅，凡字出口之后，必展开两辅，如笑状作收韵也，"支"、"微"、"齐"、"佳"、"灰"五韵是也。敛唇者，口半启半闭，聚敛其唇作收韵也，"鱼"、"虞"、"萧"、"肴"、"豪"、"尤"六韵是也。抵腭者，其字将终时，以舌抵着上腭作收韵也，"真"、"文"、"元"、"寒"、"删"、"先"六韵是也。直喉者，收韵直如本音者也，"歌"、"麻"二韵是也。闭口者，却闭其口作收韵也,“侵”、“覃”、“盐”、“咸”四韵是也。凡三十平声,已尽于此。上、去即可缘是而推之。唯入声有异,余别著唐人四声表以钩稽之,斯理尽矣。凡是六条,其本条之内,往往可通出其外者,即不相借假,或有通者,必竟作别读,乃相通耳。古今韵学离合递变,原其大略,不外于斯,能缘是六条,极求精诣,一贯之悟,于是乎在。夫自有生人,即有此道。元音既散,舛伪实多,余故略繁举最,以相觉悟。金石或渤,斯谈不渝,谓予不信,请质诸神瞽云。

毛氏《七声略例》云:阴平、阳平、上声、阴去、阳去、阴入、阳入之七声,其音易晓而鲜成谱。周德清但分平声阴阳,范善臻《中州全韵》兼分去、入,而作者不甚承用,故鲜见之。予今略举其例,每部以四字为准,谐声寻理,连类可通。初涉之士,庶无迷谬。计凡七部,惟上声无阴阳云。叙次先阴而后阳,亦姑袭周氏之旧尔。

阴平声：种该笺腰　　　　阳平声：篷陪全潮

上声：无阴阳

阴去声：贡玠霰钓　　　　阳去声：凤卖电庙

阴入声：彀七妾鸭　　　　阳入声：熟亦爇镴

邹祇谟《词韵衷》云:阮亭尝与予论韵,谓周挺斋《中原音韵》为曲韵,则范善溱《中州全韵》当为词韵。至《洪武正韵》,斟酌诸书而成,其于诗韵有独用并为通用者(东冬、清青之属),有一韵拆为两韵者(虞模、麻遮之属),如冬、钟并入东韵,江并入阳韵,挑出元字等入先韵,翻字、残字等入删韵,俱与宋词暗合,填词者所当援据,义极简核。但愚按《中州》之比《中原》,止省阴阳之别,及所收字微宽耳,其减入声作三声及分车、遮等韵,则一本《中原》,尚与词韵有别。即阮亭旧作,如《南乡子》、《卜算子》、《念奴娇》、《贺新郎》诸阕,所用鱼模仄韵,有将入声转叶者,俱用“中州”韵故耳。揆诸宋人,韵脚所拘,借用一二,亦转本音,竟尔通叶,昔人少觏。至毛氏南曲韵十九则,乃全依《正韵》分部,而又云沈氏词均《中原音韵》,可以参用。大约词韵宽于诗韵,合诸书参伍以尽变,则瞭如指掌矣。

沈天羽云:曲韵近于词韵,而支纸置上下,分作支思、齐微两韵;麻马祃上下,分作家麻、车遮两韵,及减去入声,故曲韵不可为词韵。胡文焕《词韵》三声用曲韵,而入声用诗韵,居然大盲,将词韵不亡于无而亡于有,深可叹也!今有去矜《词韵考》,据该洽部分秩,如可为填词之指南,但内中如支纸、佳蟹二部,与周韵齐微、皆来近,元阮一部,与周韵寒山、桓欢、先天殊。周韵平上去声十九部,而沈韵平上去声止十四部,故通用处较宽。然四支竟全通十灰半,元寒、删先全通用,虽宋词苏、柳间然,毕竟稍滥,不如周韵之有别。且上去二声,宋词上如纸、尾、语、麌、荠,去如置、未、遇、御、霁,多有通用,近词亦然;而平韵如支、微、鱼、虞、齐,则断无合理,似又未能概以平贯去入。盖词韵本无萧画,作者遽难曹随,分合之间,辨极铢黍。苟能多引古籍,参以神明,源流自见。

戈氏《词林正韵·发凡》云:词韵与诗韵有别,然其源即由出于诗韵,乃以诗韵分合之耳。诗韵自南齐永明时,谢朓、王融、刘绘、范云之徒,盛为文章,始分平上去入为四声,汝南周子乃作《四声切韵》,梁沈约继之为《四声谱》,此四声之始,而其书已久失传。隋仁寿初,陆法言与刘臻、颜之推、魏渊等八人,论定南北古今,是非通塞,撰《切韵》五卷。唐仪凤时,郭知元等又附益之。天宝中,孙愐诸人复加增补,更名曰《唐韵》。宋祥符初,陈彭年、邱邕重修,易名曰《广韵》。景德四年,戚纶等承诏详定,考试声韵,别名曰《韵略》。景祐初,宋祁、郑戬建言,以《广韵》为繁略失当,乞别刊定,即命祁、戬与贾昌朝同修,而丁度、李淑典领之。宝元二年书成,诏名曰《集韵》。是自《切韵》始而《唐韵》,而《广韵》,而《韵略》,而《集韵》,名虽屡易,而其书之体例未易,总分为二百六部,独用、同用,所注了然,非特可用之于诗,即用之于词,亦无不可也。至江北平水刘渊师心变古,一切改并,省至一百七部,而元初黄公绍《古今韵会》因之,又有阴氏时中、时夫著《韵府群玉》,复并上声之拯部,存一百六部,字亦删剩八千八百余字,较《广韵》十之四,《集韵》仅十之二。此即通行韵本,考之于古,鲜有合焉者矣。即以词论,灰、咍本为二韵,灰可以入支微,咍可以入皆来;元、魂、痕本为三韵,元可以入寒删,魂、痕可以入真文;即佳、泰、卦三韵,于词有半通之例,其字皆以切音分类,各有经界,分合自明,乃妄为删并,纷纭淆乱,而填词者亦不知所宗矣。是书俱从旧目,以词盛于宋,用宋代之书。《广韵》、《集韵》稍有异同,而《集韵》纂辑较后,字最该广。近顾丈涧薠以曹通政寅所刊朱氏传抄本,渐已损泐,重为补完,得还旧观,更可据依,因以《集韵》为本,而字之次、字之音俱从焉。

词韵与曲韵亦不同,制曲用韵,可以平上去通叶,且无入声。如周德清《中原音韵》,列东钟江阳等十九部,入声则以之配隶三声,例曰:"广其押韵为作词而设。"以予推之,入为哑音,欲调曼声,必谐三声,故凡入声之正次清音转上声,正浊作平,次浊作去,随音转协,始有所归耳。高安虽未明言其理,而予测其大略如此。实则宋时已有《中州韵》之书,载《啸余谱》中,不著撰人姓氏,而凡例谓为宋太祖时所编,毛驰黄亦从其说,是高安已有所本。明范善溱又撰《中州全韵》。国初李书云有《音韵须知》,王鵕有《音韵辑要》,此又高安而广之者。至《词林韵释》与《中原音韵》亦同,而标目大异,如东钟则曰东红,鱼模则曰车夫,桓欢则曰鸾端之类,要其为十九部,以入声配三声,则一也。此皆曲韵也。盖《中原音韵》诸书,支思与齐微分二部,寒山、桓欢、先天分三部,家麻、车遮分二部,盐咸、廉纤分二部,于曲则然,于词则不然。况四声缺入声,而词则明明有必须用入之调,断不能缺,故曲韵不可为词韵也。惟入声作三声,词家亦多承用。如:晏几道《梁州令》:"莫唱阳关曲","曲"字作邱雨切,叶鱼虞韵。柳永《女冠子》:"楼台悄似玉","玉"字作于句切,又《黄莺儿》:"暖律潜催幽谷","谷"字作公五切,皆叶鱼虞韵。晁补之《黄莺儿》:"两两三三修竹","竹"字作张汝切,亦叶鱼虞韵。黄庭坚《鼓笛令》:"眼厮打过如拳踢","踢"字作他礼切,叶支微韵。辛弃疾《丑奴儿慢》:"过者一霎","霎"字作双鲊切,叶家麻韵。杜安世《惜春令》:"闷无绪玉箫抛掷","掷"字作征移切,叶支微韵。张炎《西子妆》:"漫遥岑寸碧","碧"字作邦彼切,亦叶支微韵。又《徵招换头》:"京洛染缁尘","洛"字须韵作郎到切,叶萧豪韵。此皆以入声作三声而押韵也。又有作三声而在句中者,如:欧阳修《摸鱼子》:"恨无人去寂寂,凤枕孤难宿","寂寂"叶精妻切。柳永《满江红》:"待到头终久问伊著","著"字叶池烧切;又《望远行》:"斗酒十千","十"字叶绳知切。苏轼《行香子》:"酒斟时须满十分",周邦彦《一寸金》:"便入鱼钩乐","十"字、"乐"字同。李景元《帝台春》:"忆得盈盈拾翠侣","拾"字亦同。周邦彦又有《瑞鹤仙》:"正值寒食","值"字叶征移切。秦观《望海潮》:“金谷俊游”,“谷”字叶公五切;又《金明池》:“才子倒,玉山休诉”,“玉”字叶语居切。吴文英《无闷》:“鸾驾弄玉”,“玉”字同。黄庭坚《品令》:“心下快活自省”,“活”字叶华戈切。辛弃疾《千年调》:“万斛泉”,“斛”字叶红姑切。吕渭老《薄幸》:“携手处,花明月满”,“月”字叶胡靴切。姜夔《暗香》:“旧时月色”,吴文英《江城梅花引》:“带着傍月自锄畦”,两“月”字同。万俟《雅言梅花引》:“家在日边”,“日”字叶人智切;又《三台》:“饧香更酒冷踏青路”,“踏”字叶当加切。方千里《瑞龙吟》:“暮山翠接”,“接”字叶兹野切;又《倒犯》:“楼阁参差帘栊悄”,“阁”字叶冈懊切。陈允平《应天长》:“曾惯识凄凉岑寂”,“识”字叶伤以切。周密《醉太平》:“眉锁额黄”,“额”字叶移介切。诸如此类,不可悉数。故用其以入作三声之例,而末仍列入声五部,则入声既不缺,而以入声作三声者,皆有切音,人亦知有限度,不能滥施以自便矣。

(辉按:下列曲韵,略)

第四节　书　体

造字始于仓颉,然仓之时代,记载不一,或以为仓帝史皇氏(见《路史》);又《河图》、《玉版》,有仓颉为帝,灵龟负书语索靖草书状,曰:仓颉既王,书契是为。皆以仓为上古帝王,似在五帝之前。而世多言仓颉为黄帝史官,与沮仲并称。然伏羲已造书契,而又有伏羲作龙书,神农作八纬书之说,则造字不始于仓颉矣。皇古荒邈,不可究诘,大约文字之体用,至仓颉而始备,故世皆祖之,犹西域字之祖驴唇仙人也。按:仓颉所制,乃古文虫篆,科斗书亦其一体,而伏羲所作,则始于一画,其制不同,或互行于世,而历代帝王,时有损益。今所传《仓颉篇》,当不尽为原本,但示宗仰而已。然自上古至周宣王,言文字者,莫不曰仓颉,至史籀始作大篆十五篇,号曰篆籀,与仓颉所作并称古文。至秦李斯作大篆,又删改古文为小篆,而小篆之用特广,则以结构较简,而又有许慎氏为之推波助澜也。且漆韦刀札,至是亦浸变为毫素。故先秦一代,实为吾国演进之最大阶级,即文字而可知也。同时程邈,增减大篆,去其繁复,为隶人佐书,名曰隶书,亦曰佐书。(按:今通行之隶书,其有飞笔者,出于汉隶;不飞者,即佐书,秦之权两所刻者是也。)汉萧何律,试学童以六体(六体者:古文字;奇字,即古文而异者;篆书,即小篆;缪篆,纠屈其文以摹印章;虫书,作虫鸟形以书幡信也),即拣取秦之八体(一曰大篆,二曰小篆,三曰刻符,四曰虫书,五曰摹印,六曰署书,七曰殳书,八曰隶书),以定律例,而新莽又使甄丰校定之。秦时,又有上谷王次仲者,始作楷书(即八分)。而草书一体,汉人皆习用之,惟不知创于何人,大约亦始于秦汉间,至章帝时乃以章草特传(崔瑗作《草书势》云:“惟作佐隶,旧字是删,草书之法,盖又简略”,可知两体当同时而作也)。而又有与草书、隶佐相出入者,则为稿书、行书。秦汉至今数千年,常用此数体,惟普通用者为行书、楷书,而隶、篆、草为特别之用,且亦不能尽与古合。凡事物必代趋于微异,无足怪者。而楷书之用,较行书更繁,粲然占美术界之一大部分,不但关于文学也,下当别论。兹以宋王愔《文字志》所载古书三十六种标目列后,亦可略见其沿革也。

古文	篆	大篆	象形篆	科斗篆
小篆	刻小篆	摹篆	隶篆	署书
书	缪篆	鸟书	尚方篆	凤篆
鱼书	龙书	麒麟书	龟书	蛇书
仙人书	云书	芝英书	金错书	十二时书
垂露篆	倒薤篆	偃波篆	蚊脚篆	草书
楷书	飞书	填书	稿书	行书

楷书之应用

各书之用,以楷书为最繁,而体制亦最杂。其由大小篆、隶、草出者,已不犁然区别,而世俗之破体别字,又孱入其中,故历代特制及输入之新字(若孙休、武曌所作之字及释道二藏中奇字),未必沿用,而声音点画、亥豕鲁鱼,则日有变化。至今则王次仲创作之初意,殆不可复识矣!而制限之者,仅有二道:(一)依许氏《说文解字》为本,而佐以训诂诸书。如今日小学家所研究者是也。(二)依功令颁定。如制诰、章奏及试牍所用者是也。然前者号为古雅,而仅以小篆律楷书,上绝仓籀,下摈斯邈,又不能尽考次仲原文,徒使见者睢盱,读者诘屈,存古诚有功,而通俗实多戾。后者但尚圆匀,绝无根据,以八体、六法绳之,终不免雅郑杂陈,山海颠倒,虽殿阁幕府,自相矜贵,而有模范而无精神,非特为崇古者所见轻,即寻常书家,亦屏不屑道,不过于院画、官韵,同为文学界上一种专制品而已。而刊印与书写,体格又渐分途。刊本以宋为最善,校对精良,其字体亦筋骨挺张,无软媚欹斜之病;其后迭为摹仿,至明遂成为一种纵粗横细之手民普通字体,今通俗谓之宋体,又曰洪武体者是也。嗜古雅者,则摄影追摹,或别延善书者抄录,以示精刻,多不屑屑于此。然普通典籍,大都为洪武体。而其体之优劣,亦相去绝远,优者即赝充古刊,不易辨也。至所谓六法家者,其趋尚不一。衡言之,徇时者则以姿媚为清贵,笃古者则以险怪为高雅,山林殿阁,固由于境地之殊,羊枣昌阳,亦视其性情所近。纵言之,则细腰曼缨,或出于媚兹一人之意,角巾蜡屐,或生于英雄崇拜之心,而气运所趋,其中亦或有五行机祥之所关系。百年以前,我国势当全盛,其以书名者,非率更、鲁公之方正严凝,即松雪、香光之雍容华贵;至近日弃盛唐之轨,而争步衰宋之后尘,蔑钟、王之法,而群宝六朝之残碣,号为开通之士,则遵人不列之蟹行,规伊、吕波之鲫迹,几欲尽祧斯邈,独奉日、欧,厌家鸡而爱野鹜,殆未有如是之甚者。呜呼!沉陆阽危,小朝气象,伊川野祭,杜宇南来,其现象殊可怪也。然以天演学言之,亦为演进之常,无庸置论。兹惟以古今书家姓氏,叙列于后,俾稽六法者,数典而无忘云尔。

[唐以前书家](录唐韦续《九品书》)

夏禹作象形篆以铭钟鼎　周史籀大篆　高祖神尧皇帝行隶　鲁司寇文宣王大篆　太宗文皇帝行草　大明孝皇帝八分　秦相李斯小篆　后汉崔瑗隶草等书　蔡邕隶篆八分　杜伯度章草,时称草圣　王绮正隶草　师宜官正隶(大字之祖)　仙人务光倒薤篆　汉张芝草　魏梁鹄八分　钟繇正书散隶　吴皇象八分　晋

王羲之正书行草飞白　唐张旭大小草正书(以上在上上品)

秦程邈正行　汉萧何署及草隶　后汉张昶八分及草　王次仲正隶及八分　魏韦诞正章草及署　晋索靖行书　卫瓘行草隶　李矩妻卫夫人正行　羊衡母蔡夫人正书　卫恒隶书草书　王献之行草飞白　齐王僧虔行草(以上上中品十二人)

汉武帝行草八分　张彭祖行草　魏钟会八分　晋庾亮妻荀夫人正行篆隶　庾翼行草　谢安行草　桓温行草　虞安吉正草大篆　庾亮行草　王洽八分隶及篆　宋羊欣草隶　梁武帝正行草篆　陈智永禅师正草(以上上下品十三人)

后汉张旭正草　晋王克行草　阮籍行草　嵇康草　刘伶行草　王旷行隶　王凝之行隶草　王徽之行及隶草　宋史稜行隶　齐萧思话行草　唐欧阳询正行　陆柬之行草　褚遂良正行隶草　虞世南正草(以上中上品十四人)

后汉罗晖行　皇甫规妻马夫人行隶　赵袭行隶　晋阮咸行草　王戎行草　郗超行草　宋王藻之行草　梁萧子云行隶　陈研院正行　周庾信行及草(以上中中品十人)

后汉崔实行隶　吴大帝孙权行草　晋桓元行隶　郗愔行隶　宋谢灵运行隶　齐周颙行草　陆彦远行草　梁陶隐居行草　陈蔡圣正行草　沈君理行隶　唐贺知章大行　仙人司马炼师正及大篆(以上中下品十二人)

魏钟毅行隶　晋陆机行草　王凝之妻谢道韫行草　郗愔妻傅夫人正篆　齐张融行草　梁简文帝行隶　邵陵王行草　陈张正见行草(以上下上品八人)

吴主孙皓行隶　晋王子敬行隶　山涛行隶　齐武帝行草　丘道护正草　梁庾肩吾隶行草　陆倕行草　隋贺混行草　唐房玄龄行草　薛稷行草(以上下中品十人)

蜀相许靖行草　晋虞绰行隶　康昕行草　齐王晏行草　兰静文行草　张士隐行草　北齐刘逖行草　魏夫人正行　周单于斯彦行草(以上下下品九人)

[唐书家]

自唐以下各书家按次登载姓名,至流传碑帖则另录于后:

唐太宗　玄宗　顺宗　汉王元昌　临川公主　虞世南　欧阳询(子通)　薛稷　褚遂良(以上为贞观四家)

钟绍京　萧诚　韦陟　李邕　蔡隐正　宋儋　徐浩　颜真卿　沈千运　关操　郑虔　李璆　吴郁　赖文雅　贺知章　何昌裔　张从甲　皇甫阅　柳公权　李德裕　陆希深　韩偓　罗隐　杨巨　释元悟　释湛然　释崇简　释怀仁　释智永　房璘妻高氏　吴采鸾　薛涛(以上真行书)

张旭　李白　孙虔礼　张怀瓘　张芬　张彪　邬彤　陆曾　史鳞　梁耿　房广　沈益　吴融　杜荀鹤　释怀素　释亚栖　吕岩(以上草书)

梁昇卿　卢藏用　张廷珪　韩择木　张彦远　史维则(以上八分)

李阳冰　唐元度　司马承祯(以上篆书)

[五季书家]

梁杨凝式　后唐卢汝弼　汉王仁裕　南唐玄宗　后主　韩熙载　徐铉　徐锴　释贯休　吴越钱武肃王钱俶　钱传瑛　钱弘仪　钱弘仰

[宋书家]

李建中　吴遵路　尹熙古　郑文宝　句中正　郭忠恕　钱惟治　钱惟演　钱易　钱昆　钱昱　李无惑　周起　周越　陈抟　陈尧佐　石延年　林□□　张维　杜衍　宋绶　韩琦　范仲淹　文彦博　苏舜钦　苏舜元　陆经　苏洵　章友直　蔡襄　蔡懋　岑宗旦　王安石　苏轼　苏迈　苏过　黄庭坚　黄大临　黄幼安　黄乘　黄知命　黄正叔　秦观　米芾　米友仁　米尹知　黄伯思　陈瓘　李时雍　李公麟　蔡京　蔡卞　蒲云　张九成(以上北宋)　岳飞　韩世忠　洪适　吴琚　舆似良　朱熹　陆游　娄机　薛师石　陈宓　魏了翁　真德秀　白玉蟾　张有　释梦英　释法晖(以上南宋)

[金书家]

党怀英　赵秉文　郝天祐

[元书家]

耶律楚材　刘秉忠　赵孟頫　巙巙　范梈　鲜于枢　袁桷　虞集　揭傒斯　黄溍　柳贯　杜本　余阙　钱良佑　缪贞　倪瓒　周伯琦　张雨　释至温　管道昇

[明书家]

宁献王权　刘基　宋濂　高启　杨基　徐贲　危素　宋璲　宋怿　赵㧑谦　方孝孺　姚广孝　解缙　胡广　沈度　沈粲　沈藻　沈潮　滕用亨　陈登　李时勉　汝讷　沐璘　李绍　姜立纲　马绍荣　陈献章　罗伦　庄昶　张弼　桑悦　李东阳　吴宽　李应祯　廖辅　乔宇　王守仁　祝允明　唐寅　文徵明　文彭　文嘉　王宠　陈淳　钱谷　王章　王逢元　徐霖　陈善夫　陆深　丰坊　徐兰　莫如忠　莫云卿　陈鎏　马一龙　朱曰藩　张桥　周天球　王稚登　张凤翼　张献翼　张燕翼　项元淇　项元汴　项德纯　俞允文　顾源　徐渭　张电　苏洲　顾从义　汤焕　王锡爵　王衡　王世贞　王世懋　邢侗　董其昌　董原正　黄辉　焦竑　朱之蕃　米万钟　王思任　范九明　李开芳　朱谋玮　詹景凤　王逢年　陈继儒　赵宧光　赵均　黄道周　文震孟　文震亨　文从简　文葆光　文宠光　文谦光　陈丹衷　林曰本　邵弥　景辉　吴应箕　周埏　顾杲　邝露　王琦　赵方曙　张瑞图　倪元璐　姚希孟　傅山　祝渊　沈遴　董说　王夫之　宋珏　八大山人

［国朝］（附包世臣《书品》，世臣崇拜北碑，其品评不无偏辟）

神品一人：邓石如隶及篆书

妙品上一人：邓石如分及真书

妙品下二人：刘墉小真书　姚鼐行草书

能品上七人：释邱山真及行书　宋珏分及榜书　傅山草书　姜宸英行书　邓石如草书　刘墉榜书　黄乙生行榜书　张琦真行及分书

能品下二十三人：王铎草书　周亮工草书　笪重光行书　吴大来草书

赵润草书　张照行书　刘绍庭草榜书　吴襄行书　翟赐履草书　王澍行书　周于礼行书　梁巘真及行书　翁方纲行书　于令淓行书　巴慰祖分书　顾光旭行书　张惠言篆书　王文治方寸真书　刘墉行书　汪庭桂分书　钱伯坰行及榜书　陈希祖行书　黄乙生小真行书　于书佃行书　段玉立小真及草书　吴德旋行书

逸品上十五人：顾炎武正书　萧云从行书　释雪浪行书　郑簠分及行书　高其佩行书　陈洪绶行书　程邃行书　纪映钟行书　金农分书　张鹏翀行书　袁枚行书　朱筠稿书　朱珪真书　邓石如行书　宋镕行书

逸品下十六人：王时敏行及分书　朱彝尊分及行书　程京萼行书　释道济行书　赵青藜真及行书　钱载行书　程瑶田小真书　巴慰祖行书　汪中行书　毕涵行书　陈淮行书　姚鼐小真书　程世淳行书　李天澂行书　伊秉绶行书　张桂岩行书

佳品上二十二人：沈荃真书　王鸿绪行书　先著行书　查士标行书

汪士鋐真书　何焯真书　陈奕禧行书　陈鹏年行书　徐良行书　蒋衡真书　于振行书　赵知希草书　孔继涑行书　嵇璜真书　钱沣行书　桂馥分书　翁方纲小真书　张燕昌小真书　康基田行书　钱坫篆书　谷际岐行书　洪梧小真书　方履錢分书　吴育篆及行书　梅植之行书　朱昂之行书　李兆洛行书　徐准宜真书

佳品下十人：郑来行书　林佔小真书　方观承行书　黄邦达行书　华嵒行书　秦大士行书　高方小真楷　金榜真书　吴俊行书　陈崇本小真书（九品共一百六，重叠见者六人，实百人）

此后最有名书家则何绍基、李文田、翁同龢为代表。

中国最古之字

伏羲八卦（八卦为古字母说见上）　黄帝三皇内文　五岳真形图（此神仙家所谓秘字者也，虽出于附会，必有所本）　尧碑（在余县石虹山，凡三十八字）　夏禹巫山峰顶古篆　治水碑（碑有二，一在岳麓书院，一在霞山）　夏琱戈文　商铜盘铭（得于比干墓，共十六字）　周穆王坛山刻石　宣王石鼓文（共十鼓，相传为周宣王猎碣，或疑为宇文周所作，然其文则史籀大篆也）　孔子比干墓字　延陵季子十字碑

中国最有价值之字

吾国书体，至汉晋而大备，而以书名家者，亦最盛于此时。群推为出类拔萃者则曰钟、王，犹儒家之孔、孟，政界之管、商，兵法家之孙、吴，历史家之班、马，词章家之屈宋、鲍谢、韩柳、李杜，翕然崇拜，无敢私议。然钟繇时代，稍前于王，其遗迹已不多见，千载临池之士所后先奔走而愿为舆台仆隶者，则王羲之之书也。虽一鳞半爪，举世奉为瓌宝，而更震而惊之为颔珠者，则在《禊帖》。后世起倔强而不肯就其范围者，仅有颜真卿而已。兹录唐褚遂良所编王之书目于后，而《禊帖》则另论之。

（辉按：后列正书都五卷，共四十帖；草书都五十八卷，略）

晋右军王羲之正书、行书目，贞观年河南公褚遂良中禁西堂临写之际便录出。唐初有史目，实此之标目，盖其类也。

羲之平生书法，尤以《禊帖》为最有价值，即世所称《兰亭》者是也。论其真迹，盖不止一字千金矣。而六朝以下，临摹翻刻者，多不胜举，即诸家考证之书，亦有千百万言。在博古美术界上，直可与罗马教皇所藏古本韦编相当，亦一奇也。兹略记其种类于下：原本茧纸《兰亭》。唐太宗遣萧翼以计赚寺僧得之，又命廷臣善书者临摹，后殉葬昭陵。定武本《兰亭》。墨迹以外，此为最贵。太宗诏欧阳询等拓本刻石禁中，后亦殉葬。然定武刻本，亦不一，真赝优劣，猝难辨别，考订源流，让诸专门。兹惟录陶宗仪《辍耕录》所载《兰亭集刻》于后，亦可以见其宏富珍贵之一斑矣。《辍耕录》：《兰亭》一百一十七刻，装褫作十册，乃宋理宗内府所藏，每版有内府图书钤缝，后归贾似道。至元又数易主，陶宗仪于钱唐谢氏见之，曾录其目如下：

［甲集十二刻］（州郡）

修城本　定武阔本（若合一契行阔）　定武肥　定武瘦　定武板刻　定武缸石　定武断石　定武古刻　两京断石　永兴　古懿郡斋　宣城

［乙集十三刻］

旧梅花　三衢板刻　安吉古苔真草　临川麻石　临贺　豫章（二）　静江府　复州　鼎州　古潭　新梅花　宣城南陵

［丙集一十刻］

苏州府治　福州府治　福州枣木　道州　金陵三米（米芾、米友仁、米尹知）　永嘉　古雪断石　隆州　郴州　兰亭重言

［丁集一十刻］

绍兴府治（三）　绍兴仓司　绍兴府学　绍兴古刻　余姚县治　曲水诗兰亭　曲水诗前　曲水诗后　婺州府治（褚遂良摹）

［戊集一十刻］（内府）

高宗临定武（米友仁跋）　唐贞观　大清开皇　秘首　内殿　内司（四）　京师玉堂

[己集九刻](杂集)

玉枕　花石　柳诚悬(大字)　唐人硬黄临　唐人双钩　晋唐刻　孙过庭草　京师鹅黄枣木　彭城小字

[庚集一十一刻](故家)

蔡君谟临　薛绍彭　秦少游小字　安定家藏　辛道宗　建康晁谦之　绍兴汤氏　南昌京氏　庐陵胡氏　蜀刘泾　唐摹刻

[辛集一十四刻]

吴说草书　吴璜　刘无言临　龙潭潘氏　方朔习写　周平所藏　临江张氏　天台丁氏　新安汪氏　江西故家　庐山甲秀堂　九江陶氏　循王家藏(米芾跋云:壬午闰六月九日,大江济川晋,齐艎对紫金、浮玉群山,迎快风消暑)　番阳洪氏

[壬集一十四刻]

金陵毕氏　庐山吴氏　绍兴曾氏　绍兴石氏(二)　毗陵尤遂初　李忠愍所刻　新唐李氏　江阴丘氏(二)　东阳郭氏　昌谷曹氏(三)

[癸集一十四刻]

赵虚斋　吕氏家藏　建邺朱氏　大梁曾朴　陆子与　韩松　陆载之　胡氏将　王林(二)　赵菊坡　不题名(二)　钱塘李和

此外有丛刻法帖,为历代御府所珍藏,流播世间,得者重千金璧,如下诸种:

淳化阁帖

宋太宗朝,搜访古人墨迹,令王著铨次,用枣木板摹刻十张于秘阁,故时有银锭纹,前有节行,日录者是也。用李廷珪墨拓打,手揩之,不污乎,惟亲王宰执使相拜除,乃赐一本,人间罕得。当时每本价已百贯文,至庆历间,禁中火灾,其板不存。今所见阁帖,多乏精神,焉有绛帖以阁本重摹,而秘门反不如绛帖精神乎? 即此可以观也。

绛帖

绛州法帖二十卷,乃潘舜臣用淳化阁帖重摹,而参入别帖。然比今所见阁帖,精神过之。舜臣事力单微,而自能镌石,虽井阑阶砌,皆遍刻无余,所以段数最多,或长尺余者。舜臣死,二子析而为二:长者负官钱,汲入十卷于绛州,绛守重摹下十卷足之;幼者复重摹上十卷,亦足成一部。于是绛州有公私二本。

潭帖

淳化阁帖既颁行潭州,即模刻二本,谓之潭帖。予尝见其初本,当与旧绛帖雁行。至庆历八年,石已残缺,永州僧希白重摹,东坡尝谓其有晋人风度。建炎中,虏骑至长沙,守城者以为炮石,无一存者。绍兴初,第三次重摹,失真远矣。

临江帖

刘次庄模阁帖于临江，用工颇精致，且石坚，至今不曾重模，独二卷略残缺，然拓本既多，颇失锋芒。今若得初本锋芒未失者，当在绛帖之次、新潭帖之上。然其释文，间有讹处。

蔡州帖

上蔡临模绛帖上十卷，虽比旧绛帖少下十卷，而迥出临江之上。予尝见于长少两府刘钗家。

武冈帖

武冈军重摹绛帖二十卷，殊失真，石且不坚，易失精神。后有武臣守郡，嫌其字不精采，令匠者旧画再刻，谓之洗碑，遂愈不可观，其释文尤舛谬。然武冈纸类北纸，今东南所见绛帖，多武冈初本耳。验其残缺处，自可见。

武陵帖

武陵帖亦二十卷，杂取诸帖重摹，而参以人间未见者，期间惟右军小字《黄庭》最妙，他帖无所用也。

彭州帖

彭州帖亦刻历代法帖十卷，不甚精采，纸色类北纸，人多以为北帖。

元祐秘阁续帖

元祐中奉旨以淳化阁帖之外，续所得真迹，刻续法帖。元本在禁中，后过太清楼，今会稽重摹本，无不减古绛帖也。又名太清帖，大观中奉旨刻石，又名大观帖。淳化秘阁帖，版虽禁中火灾不存，而真迹皆藏御府。至徽宗朝，奉旨以御府所藏真迹，重刊于太清楼，而参入他迹甚多，其中间有《兰亭》者是也，名悦太清楼帖。

淳熙秘阁续法帖

高宗圣学天成，奎文焕发，肆笔成书，垂法万世，寿皇重规叠矩，宸画尤妙，南朝访遗书，多得晋唐旧迹。至淳熙间，奉旨以御府珍储摹勒入石，名曰淳熙秘阁续帖。置秘书省，宝庆火灾，其石不存。

汝州帖

汝州帖，乃王寀辅道摘诸帖中字牵合为之。每卷后有汝州印，为黄伯思所掊击，不值一文。今会稽又以汝帖重开，谓之兰亭帖真，实侈靡耳。宋宣献公刻赐书堂帖于山阳金乡，首载古钟鼎器识文绝妙，但二王帖诠择未精，今若不存。胡龙学世将刻豫章法书种种精妙,今已重模,后有小字隶书"范忠宣公子弟戒"者,是初本。许提学开刻二王帖于临江,模勒极精,诚少诠择。庐江李氏刻甲秀堂帖,前有王颜书,多世所未见,但继以本朝名公书颇多,大抵今人书,自当作一等耳。曹尚书彦约刻星凤楼帖于南康军,虽以众刻重模,精善不苟,并无今人书。韩郡王侂胄刻群玉堂帖,所载前代遗迹,多有未见者,后亦多本朝人书,韩败后,入秘书省。

群玉堂帖

群玉堂帖十卷。宋平章韩侂胄自镌。其家藏墨迹阅古堂帖是也。首卷全刊南渡以后帝后御书,二卷则晋隋名贤帖,三则唐名贤帖,四则怀素《千文》,五、六暨九卷悉本朝名贤帖,七卷全刊山谷书,八卷全刊米元章书,末卷则蔡忠惠、石曼卿帖。开禧末,韩以罪籍,嘉定改元,被旨拟入秘省,乃改今名。

绍兴国子监本

绍兴中以御府所藏淳化旧帖,刻板置于国子监,其首尾与淳化阁本略无少异。当时御府拓者,多用匮纸,盖打金银箔者也。字画精神,极有可观,今都下亦时有有旧拓者。元板尚在,迩来碑工,往往作蝉翼本,且以厚纸覆板上,隐然为银锭闩痕以惑人。第损剥,非复旧拓本之遒劲矣。

淳熙修内司本

淳熙间,奉旨刻石禁中,卷帙规模悉同淳化阁本,而卷尾乃楷书。题云:"淳熙十二年乙巳岁二月十五日,修内司奉旨模勒上石。"

利州本

庆元中,四川总领权安节,以戏鱼帖(戏鱼即临江帖以刻于刘氏戏鱼堂也)并释文,重刻石于益昌官舍,石今已不存。权江州德安人,其家犹有当时墨本甚多,释文字画,较临江帖为稍大。

庆历长沙帖

丞相刘公沆帅潭日,以淳化官帖,命慧照大师希白模刻于石,置之郡斋,增入霜寒、十七日、王濛、颜真卿等诸帖,而字行颇高,与淳化阁本差不同,逐卷各有岁月。

刘丞相私第本

刘丞相既刻法帖于郡斋,复依仿前本,刻石十卷,以归私第。予顷在九江,见故家所藏一本,与长沙本绝相似而小异。其后有人跋云:"此先丞相私第本也。"疑是刘氏子弟所跋。后复见一本于姑苏,与九江所见本同,纸墨皆与南碑不类。而庆历题字,止三两卷有之,盖即刘氏本也。

长沙碑匠家本

旧传长沙官本，扃钥不可常得，碑匠之家别刻一本，以应求者。予顷收一本，与长沙古本首尾略无少异，而字体形模小有不同，疑其为碑匠家本。

长沙新刻本

旧刻毁于郁攸之变，中兴以后，复刻石，期间凡遇旧帖损缺处，并不复刻字，亦无卷尾岁月，刻手甚谬，殊不足观。

黔江帖

秦子明常以里中儿不能书为病，其将兵于长沙也，买石摹刻僧宝月古法帖，谋舟载入黔江，壁之黔江之绍圣院。刻石者，潭人汤正臣父子。详见山谷集中。予淳祐甲辰，过道二衢，见好事家适有此帖，其卷帙之多寡，次序之先后，字行之长短，悉同淳化阁帖，而纸墨仿佛似戏鱼堂中兴以前拓本。其所以异者，第一卷有淳化篆书三行，其次有楷书一行云："降授供备库副使充东南第八副将训练潭州驻扎秦世章家本"，其后又一行云："长沙汤正臣重模，男仙芝、灵芝镌"。第二卷至八卷，尾各题"长沙汤正臣重模勒"八字，却无淳化篆书及世章衔位。又第八卷取卿女婿帖内第二行，"休"字立人作两点。第二卷钟繇宣示帖内"再世荣名"作"荣石"，正与戏鱼帖同。第九卷尾题"长沙汤正臣模勒"七字。第十卷题"长沙人汤正臣重模，男仙芝"为一行，"灵芝镌"为一行，此下似有别字，偶裁损，不可考矣。

北方印成本

余顷岁道过临川，时李编修伯高宰是邑，出所藏法帖见示，乃板本印成者，是用北地厚皮纸印，每段自成一板，四围皆空白纸，不施筐缘装表而自然整齐成册，字画亦甚可爱。

乌镇本

旧传湖州乌镇张氏，以绛阁二帖锓木家塾，或遇良工模拓，亦有可观。后闻板归新市人家。每连纸一幅，可打一段。予在三山，见一本于周氏，后数卷板内，时有直裂纹。比到霅上，获一本于向氏叔坚之裔，偶缺两卷，且以元祐间所拓戏鱼帖足之。此刻字画差肥，而极有笔意，颇胜诸帖，惜其间错误数字，为可恨耳。赵宰叔愚云：丙戌岁在宗庠，有以法帖板质于斋舍族人者，偶不记为何人，疑是此板，亦未可知。

福清本

福州福清县民家，旧有板刻《绛阁》、《急就章》、《雁塔》、《题名》四帖，其刻稍精，卖碑家得之，往往驾名官帖以惑人。但彼中匠者不善用蜡，每每有砑光痕，可以证验。

澧阳帖

澧阳旧有法帖石本,其后散失,仅存者,右军数帖而已。

蜀本

予顷得一帖凡数卷于蜀中,次序先后高低,皆与长沙古帖同。初亦疑为黔江帖,今见秦氏真本,则显然二物矣。大率此帖,全用长沙古本摹刻,而字行亦间有增减处。既不知所出,未敢臆说,姑附见于此。

庐陵萧氏本

右法帖十卷,用十千为号,后有崇宁五年萧公纶记,其略云:"皇祐先伯父太傅作邑和州之含山,得墨帖于丞相兖国刘公,摹刊未毕,先君殿丞继之,始终六年,乃获成就,迄今五十余年,刓缺大半,今续完之,以藏于家。"盖用潭帖刻也,庆元间,已损失二十余段,共少三百四十余行。

第五节　文　典

文典一称文谱,或即谓之文法,所以示组织文字之规则者也。其用与论理学相表里,而尤为国语学之进阶。今日世界诸国,凡有文学者,莫不有文典,非特为文学之用也。一切形上形下之学,皆赖以传达。国家而无文典,则教育上之授受、政治上之教令,皆不能普及,故文典者,使国民得普及知识之要素也。吾国进化最早,书契之用,垂五千年,文学之盛,照耀全球,而独无所谓文典者,即间有之,而亦无完全的、统一的、一般的,此亦文化上之一大阻力也。盖吾国之教授文学,除应举文外(如唐之律赋、律诗者,宋之八面锋、八股家之时艺引阶,小题诗赋各正鹄之类),皆混合模仿,俾自然发达,而律令之可守,无阶级之可循。训诂之学,则但有点质,而不成体积;评选之学(如文章轨范之类),则仅具外形,而未析内容。由是而言文,雅俗古今之间,及索隐务广之趋向,皆若有高山大河为之限绝,而无交通之具。国内文学界如此,其于国际之文学可知矣!故胥吏之案牍,一字之出入轻重,而政法之良秕,人命之死生由之,可谓精严矣!而使之作一寻常通候之笺简,则有谨谢不敏者矣。词章、考据之家,上下千古,著书满家,为世传诵,而使之立一契约,定一章则,往往有握管踌躇而不能下笔者矣。盖他国之文学有限,而吾国之文学无限;他国之文学,此文学与彼文学有关系,而吾国之文学,分划疆畛,几若老死不相往来。一言蔽之,则此文学者,可谓不通之文学,业不适矣!而有心之士,尚妄觊以词曲、小说改良社会,而不知词曲、小说,其文学之程度亦有种种。文学如故,则不通亦如故也。凡此皆无文典之故,近日欧美文明,由渐输入,欲通中外者,亦计及于此,于是渐有所谓文典者,发见于吾国社会,而国文之教科本,亦争相编辑。其体例最明备者,如《马氏文通》(马建忠作)、《文字发凡》(龙志泽作,一曰《中学文法教科书》、《汉文典》(商务印书局本)、《英文汉诂》(严复作)、《文学释例》(章绛作),皆能贯通中外,上下古今,而仍不适于普及者,则以陈义太高,措词太雅。已有学识者读之,诚足以破拘墟之见,得反隅之益;若以供束发受书学子之用,终苦奥衍。盖其条目虽详明,而证佐仍深隐也。至于各种国文教科书,虽优劣不同,要其本心,亦非不欲由卑而至高,由迩至远,而取材遣意,所谓卑且迩者,皆以己为衡,而初未细考于蒙学小学生徒之程度果合乎否也。故今日学校林立,从事教育者,未尝不注意国文,而起观其受学者,于他种科学,辄有日新月异之效,独国文则不能有进步,而亦不肯有进步。其下笔间有可观者,必未入学堂以前,先有根底,或平日为应用上稍知自修者也。至讲堂所授之国文课,则若视为万不得已,勉强应酬,教者虽谆谆,学者终藐藐。且有平时国文已略有成就,一入学堂以后,而反为之减退者矣。此吾国学堂之通病也。于是抱保守国粹主义者往往相对太息,谓吾国青年学生,厌家鸡而爱野鹜之习,牢不可破。而未审此所谓家鸡者,其风味果足以供人餍饫否也?吾愿其于文字之性质,学生之感情,所以离合迎拒者,而一加意焉。更愿其于文学性质之成分,与学生感情之原素再加意焉。

第二章　上世文学史

第一节　文学之胚胎

伏羲氏之作书契也(详见《六书篇》),仰观俯察,有一物一形,即有一名,而为一文,故象形之文为文之原子;而最单纯者,至指事、会意,则已减晋于繁复矣,然犹文之分子也;迨加之以连缀,佐之以引申、假借,而文体始立。要之未有文字已前,即有言语,言语早合种种词类而成,不过假文字为符号以表出之,非有文字而后有体制也。故言语为无形之文字,文字为有象之言语,犹声之与响,形之与影,初非二物,其后文之孳乳日繁,变化日多,于是文与言之观念渐有异同。久之,则文自为文,言自为言,而文几离言独立而为一种之学,此文学之所由起也。其实文之真际仍不能与言相离,其所以歧异者,因未取文之性质,而一为分析之耳。盖文之淆杂,有种种原因,习焉不察,而文遂成一种美术,尽失代表思想言语之旨。此固世界文学之通病,而我国尤甚。则以他国之文有界,我国无界,他国之文用声,而我形声兼用也。略举如下:

(一)语助及代名本无文,而各就声而以文代之,如消极词之"无"、"不"、"非"、"未",代名词之"此"、"之"、"兹"、"是"等,而"焉"、"哉"、"矣"、"也"之属于语气者,尤为凌杂。作书之始,措词尚简,故连缀者亦不多,今所可考者,如"ㄋ"、如"ㄱ"、如"丂"、如"兮",此皆文中之记号,与文异用(西文仍分)而混而同之。又取声义略近之字而假用之,如"橆"(无),荒芜也,虽有如"无"之义;"未"(未),六月及午后,盛极而衰,故取象于木为已有而将无义;“不”(不),象鸟飞不下,与“至”(至)字对待,义为“不至”,“非”(非)与“不”义略同。“否”跗萼自无而有之义,今作“否”。以上皆有专义,而普通用之则似是而非,尤易炫惑。

(二) 有双象形字为便于单用与合用而设,今已紊失,如“甲”,单用为莩甲,而合用为十干之首;“乙”单用为抽丝,而合用为十干之项。

(三) 声变。或变同韵,或变同母,虽音韵古今不同,然尚易寻绎。

(四) 形变。金石文字,工人乐于简易,每多不完全之文,至汉佐隶行而不止省笔,且随意假它文相代,此文字淆乱之一大原因也。

(五) 假借之流弊。文词之假借,已不胜究诘矣,而词类有假借焉,句法有假借焉,体制有假借焉,且假借而更转辗相假借焉,于是而思想亦假借矣,事实亦假借矣。世所谓高文典册,沉博绝丽者,苟欲字字循名而责实,则几于呓语也。此文艺界之所以晦塞,惟一二艰苦卓绝之士,始能深造有得,而非特不能普及于社会,且为青年所厌苦也。

夫世运无不变,则文学亦不能不随之而变。不佞非欲率举世之学子,仍守沮苍之遗法而屏斥一切也。且所不满于假借者,正以其世变而思想事实仍不变也(详见《有新字无新名》节)。习绘者必辨明暗远近,肄乐者必详其宫商节奏,文学为人类文明之一大要素,而顾如童画之随手成形,牧笛之信口成腔,终身由之而不知其道,毋惑乎为伧父之不识一丁者所窃笑也。

古之文学,群奉六经为鼻祖,而尚有疑其真赝杂出者,则六经之以上、以外者更难据矣,此无虑之言也。夫事出于依托,亦必有所本,其所本不可见,则依托者亦足宝贵矣。史公谓多见古书,惟言不雅驯,然在今日则不雅驯者,又将为高古矣!石时代、铜时代之遗物,虽粗拙可笑,而可为历史之纪念,且后世之精巧者,未始不基础乎此。是又可验进化之阶级焉。猥曰:进化而亦前人所逸获,而后人穷智尽力所百不能至者,此中盖有造物自然之作用,而不能一概论也。征之文学,此例尤著,惟取材不能如后世之广,体裁不能如后世之完备,思致不能如后世之曲折,若其浑穆高澹之气,则虽高才硕学,不能仿佛。盖一代有一代之精神,形式可学,而精神不可学。犹儿时之天真,至成人以后,虽知识日广,工力日富,而昔之良知、良能,反恍忽若失,而不可追摹。此中消息甚微,非深造有得者,猝不能领会也。

古之文学,大约分为四类:一为诗歌(出于谣谚);一为神话(为历史所本);一为格言(箴铭所本);而研究自然之学,发达甚早,其撰述亦颇可观,且深含哲理(吾国自然学所以不进步者,以偏于哲理而缺乏科学性质)。夫观水必于海,登高必涉岱,六经尚矣;然海岱之外,屏三湘、七泽、九疑、峨眉为荒远僻陋而不足观,亦未可谓之善游者。则六经以上、以外之稍有文学价值,如上之四种,当亦研究文学之源流正变者所不能恝置也。

一、诗歌

葛天氏《麓尾之歌》为声乐之祖,共八曲:一为《载民》,二为《玄鸟》,三为《遂物》,四为《奋谷》,五为《敬天常》,六为《达帝功》,七为《依地德》,八为《临万物之极》,其音节虽不传，而后世歌颂功德者，要不出此。《皇娥白帝子和歌》，上世神话，皇娥者，帝挚之母，游于穷桑，遇太白之精降水际，并坐抚瑟而歌。皇娥歌曰："天清地旷浩茫茫，万象回薄化无方。涵空荡荡望沧沧，乘桴轻漾著日傍。当期何所止穷桑，心知和悦乐未央。"白帝子答之曰："四维八埏渺难极，驱光逐景穷水域。璇宫夜静当轩织，桐峰文梓千寻直，伐梓作器成琴瑟。清歌流畅乐靡竭，沧湄海浦来栖息。"此二事皆荒渺难稽，绝无历史上价值，且词亦浅俚，然准之世界文学之通例，则亦希腊神话、《天方夜谭》之一裔也。《虞廷赓歌》，舜歌："股肱喜哉，元首起哉，百工熙哉。"皋陶赓之曰："元首明哉，股肱良哉，庶事康哉。"又歌曰："元首丛脞哉，股肱惰哉，万事隳哉。"此诗歌之初见于历史者，盖先颂后箴，最为得体。尧时《康衢童谣》："立我蒸民，莫匪尔极，不识不知，顺帝之则。"已有专制气象。又康衢老人《击壤歌》："日出而作，日入而息，凿井而饮，耕田而食，帝力何有于我哉？"与上意似反对，其实相剂。盖童子以表未开化者，故必恃上之教养；若老成而能自立，则毋庸上之干涉也。语皆有至味，而政体之弛张繇之矣。《舜南风歌》："南风之薰兮，可以解吾民之愠兮；南风之时兮，可以阜吾民之财兮。"南风指政府之权也；和平始不迕民，适宜始不困民。《卿云歌》，舜将禅禹，百工和而歌之，表其服从之意也，曰："卿云烂兮，纠缦缦兮，日月光华，旦复旦兮。"八伯和之曰："明明上天，烂然星陈，日月光华，弘于一人。"前言月继日光，后言日月之光为一，颂扬正大。

二、神话

古时神话，颇多不足训世，故孔子删之，而史起于以伦理治世之尧舜，然智识上固宜屏之，而美感上则足以助文学之兴味，且事非尽无根据，惟在半开化时代，虽常事亦必神奇其说，非是则不足起信也。《龙马负图》：瓦特因水沸而悟汽机，富兰克林见纸鸢而通电学，使在原始民时代，则铲与纸鸢皆神矣！古时马种本有驳文（今尚未绝种），伏羲见之而得画卦之理，遂附会为天赐，信然，则就蹄迹制字，岂动物皆神乎？近人谓古有是图，沉于水中，伏氏得之，则又大谬乎进化之例矣！《炼石补天》：初民凡指手以上者皆为天（天、颠、顶一声，本一意），特未有屋宇，构巢不蔽雨，一遇雨，即哗怪谓天漏矣。娲氏发明石灰之法，用以涂饰，遂无沾濡之患，遂群神为补天。至所谓《康回触天》者，康本主水之官，激水为患，水自上而下，乃骇为天破。《断鳌柱地》，鳌有是名而无是物，其实即鳄也。鳄，北音读"鳌"。古水未平时多鳄，鳄足据沙最有力，时堤岸崩颓（地、低、坠，古亦一意），娲氏仿鳌足创制木椿，赖以巩固不陷，遂群神为柱地矣。《黄土抟人》：以神道治民者，前有女娲（故称神禖），后有文命（故称神禹），而女娲为定民合婚之祖（今苗民用匏笙结婚，即其遗俗，故女娲称笙娲或匏娲），设云幕供神（今青庐交拜之昉），使男女盟于神前而成夫妇曰女娲，表其德也。然以偶像为神，亦其发明。夫初未有偶像，而忽有一人创之，则彼蚩蚩者安得不惊其能以土造人乎？试以今稚儿尚有此观念（希腊亦有地为母石、为母骨成人之神话）。所谓智者以手抟，愚者以绳引，细工与粗工之分也。印度、希腊造象，凡善神必精致，恶神必粗劣，与此同一命意。以上略举数则，凡一切古时神奇之说，皆可以是推之，则不致迷信，而可借以壮我文学之藻采（《易》、《诗》及《楚辞》多奇语，即得此）。彼《庄》、《列》寓言，即由此变化而出，则并可增进高尚之思想，在能善自审择耳。

三、格言

古帝皇虽以先知先觉垂教一世，然有所取资，必重其人存其说，非仅予智自圣也。故上古多格言流传，且萌伦理道德，非如它国之进化初级，惟以巫术神话愚民也。

《广成论道》，此为道家之权舆，空同物色一事，当不尽出于附会，且黄老之合，即系此数语。而黄帝当功成后，煊烂返平淡，宜水乳，此超极思想也。广成曰："至道之精，窈窈冥冥，至道之极，昏昏默默，无视无听，抱神以静，形将自正，心静神清，必清必静，毋劳尔形，毋摇尔精，毋俾尔思虑营营，耳无所闻，心无所知，汝神将守，形乃可以长生。慎汝内，闭汝外，多知多败。至阴肃肃，至阳赫赫，赫赫发乎天，肃肃发乎地，我为汝遂于大明之上矣，至彼至阳之原也；我为汝入于窈冥之门矣，至彼至阴之原也……彼其物无穷，而人皆以为终；彼其物无测，而人皆以为极……今夫百昌皆生于土，而返于土，故予将去汝，入无穷之门，游无极之野，与日月齐光，与天地为常。"

《黄帝自诫》："日中必彗，操刀必割。"此二语似与清净相反，其实前为出世语，后为涉世语，且惟能至静，能操刀至动，道术杂阴符，清净成形名，则又同体而异用。

《十六字心传》："人心惟危，道心惟微，惟精惟一，允执厥中。"伦理思想至中天而完成，遂开儒术于千古，语亦精粹。

《唐虞授禅之命》："天之历数在尔躬，四海困穷，天禄永终。"此数语竟成治乱兴亡之左券，可尽折符命诸说。

自然学之文：古之大酋已重人类生命，故考察万物，以兴利除害为主，平时则注意民之生活，故神农氏之言，千岁下尚有传述者，惜其文不著耳。趋吉避凶之《易》象外，则有《本草》之医药，《内经》之阐生理病源，皆切于民生，而亦为文学之初祖。虽流行窎远，不无更窜，然亦如古物出土，即有残缺，终可宝贵焉。

《神农本草》：分上、中、下三种，药品而动、植、矿物质咸备，详其性味及治疗功用，列品至百，则考察庶物之功已造深邃，非复蛮族之迷信祈祷及以一二草木质通治百疾者可方。其叙述亦详明，为谱录文之准。录三则："术，味苦，温，主风寒湿痹，死肌痉疸，止汗除热，消食，作煎饵，久服，轻身延年，不饥。""石硫黄，味酸，温，主妇人阴蚀、疽痔、恶血，坚筋骨，除头秃，能化金银铜铁奇物。""水蛭，味咸，平，主逐恶血、淤血、月闭、破血、瘕积聚、无子，利水道。"

《黄帝内经》：夫四时阴阳者，万物之根本也，所以圣人春夏养阳，秋冬养阴，以从其跟故，与万物浮沉于生长之门……天有四时五行，以生长收藏，以生寒暑燥湿；风人有五藏，化五气，以生喜怒悲忧恐……脑、髓、骨、脉、胆、女子胞，此六者，地气之所生也，皆藏于阴而象地，故藏而不泻，名曰奇恒之府。胃、大肠、小肠、三焦、膀胱，此五者，天气所生也，其气象天，故写而不藏，此受五藏浊气，名曰传化之府……魄门亦为五藏，使水谷不得久藏……胃者，水谷之海，六府之大源也，五味入口，藏于胃，以养五藏气，是以五藏六府之气味皆出于胃，变现于气……古之治病，惟其移精变气，可祝由而已……古人居禽兽间，动作以避寒阴,居以避暑,内无眷慕之累,外无伸官之形,邪不能深入,故可移情祝由……当今之世不然,忧患缘其内,苦形伤其外,又失四时之从逆,寒暑之宜,贼风数至,虚邪朝夕,内至五藏骨髓,外伤孔窍肌肤,所以小病必甚,大病必死,祝由不能已也……凡刺之法,必候日月星辰、四时八正之气,气定乃刺之……是以天寒无刺,天温无疑,月生无写,月满无补,月郭空无治……络满经虚,灸阴刺阳;经满络虚,刺阴灸阳。(其《六元正纪篇》则以大气配六律为纲,又以干支六十与律气错综相配,则又杂医术于律历矣。古书最尚此,盖文字而间以普通符号,真义之晦反坐此。)

第二节 文学之全盛期

坟典、邱索,今已不能指为何书。《汉·艺文志》虽载有神农、黄帝之多种,然多出于假托,故当时亦不甚推重之。或谓三坟为三皇之书,五典为五帝之书,八索纪八方,九邱志九州者,要亦无据。古者典制皆掌于史,史与国为存亡,不仅为文学之汇也。然推论文学者,不可不朝宗于史。而周以文胜,其史职亦最著,史掌亦最富。而六经实为史之精华,故文学莫盛于六经,而诸子次之。盖有史佚、周公开其先,有柱下守其遗,而孔子集其成。百家腾跃,亦各树一帜,虽其著书立说,则古称先,皆欲以学术变易一世,而初非有文学之目。然数千年文学虽穷极变化,卒不能出其范围,且所谓坟典、邱索之余绪,当亦无不散见其中,此非文学界之斗极昆仑乎!

一、六经

六经皆史也,贮于周政府,则称《周礼》。孔子用之于教育,则为六艺。本无经之名,自孔子删订,遂为政治伦理教育上必由之常道,故尊之曰经,然孔子亦未尝自名为经也。经之名始见于《荀卿子》及《庄子》,则后人尊孔并尊其书,视之如五星二曜之昭著于天,故有经,又有纬。要之为伏羲以来累代之学术政治史,有周一代之大典,而又可为尼山手定之一种大文学也。故吾于文学史之首,冠以六经。而但就文学一方面论六经,若夫微言大义,则属于哲理政教之范围,即诠疏考订,亦别有专家之业,概不赘列,管窥蠡测,讥所不敢辞焉。

《周易》之文学

《易》之义在变动不居,故其文词亦大异于寻常,而出之以奇秘,盖不如是,则不足以尽万物之变化也。故有如谣谚者,有如图谶者,有如廋语者,有如箴铭者,作者任天而动,有不知其然而然者,非尽有心为诡谲,如后世耆隐僻之流,妖妄其字句,故《易》之文与风诗虽作用不同,而自然之思想与节奏,则略相似,而又为韵文之滥觞。可见文之用韵,出于天籁,故其体可为最古,后之硁硁于竞病,已不免削趾适履矣。如传记所载爻辞,不见于《周易》者,则或《连山》、《归藏》之遗,未敢知也。

易，古蜥蜴之象形，盖动物之最善变者。（日月为易，系别一文，而亦适用。）象，野豕，齿利善断。象，中国不恒见，多想象。其书之命名及提纲，即取奇物名之，先断而后分象之，盖用演绎法。《易》之元亨利负、吉凶悔吝等文，皆本书专名词，后始通用耳。大约文字初创，一种学及一种物类，皆另有专名，不止《易》也。

《易》语皆韵，其九六及吉凶等字，系附号，不与本文相贯。如《乾》词之"潜龙勿用"叶"见龙在田"、"利见大人"，古"真"、"先"通……（辉按：后举多例，略）

《易》奇语："长子率师，弟子舆尸"、"车脱輹，夫妻反目"……（辉按：后举多例，略）

《易》多取象于动物，不止豕、象也。如《乾》之龙，《坤》之牝马……（辉按：后举多例，略）

以上皆文中假借词之最古者，至今沿用不绝，盖即骈俪文词藻之滥觞。

附：易学系统

孔子授商瞿，由商瞿至田何，凡六传，田何又传丁宽，宽授田王孙，王孙授施讐、孟喜、梁邱贺，此为一系，皆《易》章句之学。焦延寿始以六十四卦为占验，而与三代卜筮略有同异，著《易林》十六卷，京房受其学，而其道大昌，此为一系，则术数之言。至费直始杂彖象文言于卦下，而东汉郑玄乃加以注释，多明互体；魏时王肃、王弼皆注《易》，而弼以老、庄清净解《易》，遂开晋人玄谈，为《易》之别派。唐李鼎祚则宗郑排王，而孔颖达则右王。至宋伊川程子著《易传》，朱子又著《本义》，多重义理，为举世所宗，历数百年，至国朝乾隆后，而汉《易》学又盛，然学校功令，则仍崇程、朱也。

附：拟《易》文学（辉按：原书列目、选文，今仅列其目，文选概略）

扬雄《太玄经》：《玄首》、《玄测》

焦赣《易林》：《乾之第一》

魏伯阳《参同契》上篇、中篇、下篇：此下为三者合《易》，与黄老金丹为类也，其宗旨复杂，故其词亦混爻词、诗歌、箴铭、《楚词》各体而镕于一冶。如"阴阳为度，魂魄所居，阳神日魂，阴神月魄，魂之与魄，互为其宅"，则似老；"法象莫大乎天地兮，玄沟数万里。河鼓临星纪兮，人民皆惊骇。晷影妄前却兮，九年被凶咎。皇上览视之兮，王者退自改。关揵有低昂兮，害气遂奔走。江淮之枯竭兮，水流注于海"，则又宋景之变体也。故理想之诡异，莫过于伯阳，然纵横无碍，自出创见，胜于葛洪之沿袭，淮南、陶弘景之剽掠释典者远甚；其文亦光怪陆离，不可方物，胜于《太玄》、《易林》、《元包》、《潜虚》之句摹字仿也。

卫元嵩《元包经传》：节《太阴第一》、节《太阳第二》、节《少阴第三》、节《少阳第四》、节《仲阴第五》、节《仲阳第六》、节《孟阴第七》、节《孟阳第八》　按：元包以坤先乾，自谓即《归藏》，盖《易》者变也。天主变，包者藏也。地主藏，而元即太元之元，太元以一元行地之四体（方州部家），而元包则以元藏四阴四阳。其好用奇字，亦仿子云，此与《太元》、《潜虚》，皆为《易》之枝指骈拇，姑征其为文词之一体而已。

司马光《潜虚》

附：纬

纬之一书，虽循经分部，而体制条理，猝不可分辨。上而历律、音乐、天文、舆地、阴阳、五行，下而鬼神、精怪、飞潜、动植、居处、衣食、医药、厌胜，无不胪列。古书之诡诞杂糅，盖未有过于此书者也。非特不可辅经，且与经正相反，则不必曰纬，直谓之不经可矣！然世界当文明初启，必有一种思想、一种文字，亦天演之公例也，邱索、坟典，既不获见其全，而尼山删经之遗，及史迁所谓言不雅驯者，当即在其中。欲觇上世国民风尚，及溯文学进化之阶级者，此书正不可少也。而论其性质成分，则举犹太《创世记》、《默示录》，希利尼之神话，阿剌伯之《夜谈》及埃及石刻、印度古籍，而兼收并蓄，且以开方士术数家之溪径，供晋唐小说家之畋猎，不可谓非奇书也。而其词藻之瑰丽，尤足壮文学之波澜，为文学之眉目，可与骚赋并驰。故就经训、历史一方面观，殊无甚价值，而就文学一方面言，则实为文学不可少之原素。彼轰雷名于欧美鄂谟、莎士比亚宏制，未足相傲也。

纬书已多遗佚，国朝乾隆中，在《永乐大典》内，得《易纬》六种，而明孙瑴曾编《古微书》，凡《书》十一种，《春秋》十六种，《易》八种，《礼》三种，《乐》三种，《诗》三种，《论语》四种，《孝经》九种，《河图》十种，《洛书》五种，尚粗存根概，今全书难觅，即就孙书采录一二，熊鱼异味，略晋一脔，以厌学者之口腹尔。

（辉按：下据孙书著录《七纬》目、《乾元序制记》，摘录《七纬余绪》，略）

按：马氏《玉函山房丛书》，所辑《七纬》较宏富，然本书义取为牲经点缀，留古文学一小部分，非务考博，故仅撷孙氏《古微》数条而止。若欲穷大搜奇，当胪列秘典古籍，耑意研究，方丈之盛设，未可取办于沽酒市脯也。

《尚书》之文学

《尚书》之学，有今文、古文两家。今文二十九篇，晁错从伏生口受；古文出于孔安国，鲁共王坏孔子宅，于壁中得古文《尚书》，所谓“壁经”也。安国得其书以上之，考之伏生所传，多十六篇，其后又有张霸之百两篇，梅赜之古文孔传，或谓其有所依据，或疑其全出赝造，其是非诚伪，已有宋朱子、元吴澄及国朝阎若璩之《疏证》、惠栋之《古文尚书考》、段玉裁之《撰异》等，各具左证，便于质对，亦无庸再滋聚讼。兹所论者，《尚书》之文学而已。《尚书》者，非特为四千年文学之山斗，而亦可为全世界历史之仪晷。《易》虽古于《书》，而于史则非实录而涉神秘，于文学亦为别裁而非正宗，其能括政治、教育、宗教、社会、伦理一切事实学术而镕于一冶，合华实、奇偶、散整、正变一切体制阶级而定为一统者，舍《尚书》而奚属？故以六经相较，而《书》尚为其职志，以《书》能兼群经，而群经不能兼《书》也。至就历史一方面观，则纪言纪事，为正史、外史、通史、别史种类，虽更仆而终不能轶其范围，何居乎有妄人之刘知几乃强作分别，创为六家之说，以《书》与《春秋》、《左》、《国》、马、班并立，而不知此五家者，皆为《书》之支系，惟时代修短、政体文质之不同，故其题材亦有详略华实之异，今比而同之，是降曜灵于八星之座，待昆仑以五岳之封矣！而尤妄谬者，则谓《尚书》但主号令，《二典》序人事，《禹贡》述地理，《洪范》言灾祥，《顾命》陈丧礼，其例不纯。夫史之例多出于《书》，而例有正变，有宾主，因乎自然，合乎实际，岂必如后世之拘于文法，迫于功令，预定模型，而以事实填塞补缀者，始为合例乎？且即以五家论，《左传》主纪事，而未尝不登词命典礼；《国语》主纪言，而亦兼述事实；至马、班二史，则纪、传、表、志，门分类别，益加繁赜；《春秋》虽直笔纪录，然非仅会盟聘问，而亦涉及改革变异。以云不纯，则几无一纯者，且例不问其纯与不纯，但当论其例所应有不应有。如刘氏言，则将尽删《禹贡》、《洪范》诸篇，且尽删五家之附属者，始餍其意，其于例则纯矣，然系后世之类书，而不可谓之史矣！刘氏于文史源流，颇有特见，而执标末词章分类之体例，上议先圣先王之矩矱，则一言以为不智，而近坎蛙篱鹦之见矣！且《书》之列载祀日月，即《春秋》之滥觞，而《二典》为本纪之先声，《禹贡》为《食货》、《舆地》之准则，上自礼乐兵刑，下至考工正俗，凡史之成分，固备于《书》，即六籍、六艺之大纲，亦无不备于《书》。放勋命官，则官礼之始；赓歌已成颂体；五子之歌，则国风、小雅之嚆矢；而依永和声，秩宗典礼，尤为礼乐之大源；皇极五行，则与羲经阴阳消息之理，互相发明；若夫衮钺之彰瘅，则代有实录，惟多行大义而少微言耳。且儒术源于尧舜，大者在伦常，精者在心法。尧以亲族为治基，舜以孝悌受历数，而内谨于危微，外文以礼乐，三古皆视其顺逆取舍为兴亡之券。《麟经》之作，四科之设，亦不过推阐整理之耳，此《尚书》之所以为尚，而非仅十口相传之谓也！至文学之发源，则群经皆特立一部，独《书》为统宗，虽著述多出政府，未能括后世文体之全，然秦汉以上，除《诗》、《骚》外，凡文学间接、直接，无不出于政府者，则以教育及文学权皆操之于上也。即至华离期前后，创于下者日多，细溯之，亦未始非间接而因于上也。略举其例如下：

［序录体］　昔在帝尧，聪明文思，光宅天下，将逊于位，让于虞舜，作尧典……（辉按：后举多例，略）

［纪传体］　曰若稽古，帝尧曰：放勋钦明，文思安安。允恭克让，光被四表。格于上下，克明俊德。以亲九族，九族既睦。平章百姓，昭明协和。万邦黎民，于变时雍……（辉按：后举多例，略）

［颂赞体］　益曰：都帝德广，运乃圣乃神，乃武乃文……（辉按：后举多例，略）

［册命体］　帝曰：格汝舜，询事考言，乃言，底可绩三载，汝陟帝位……（辉按：后举多例，略）

［诏敕体］　帝曰：俞咨汝禹，汝平水土，惟时懋哉……（辉按：后举多例，略）

［教令体］　乃命羲和，钦若昊天历象，日月星辰，敬授人时分……（辉按：后举多例，略）

［表奏体］　师锡帝曰：有鳏在下……（辉按：后举多例，略）

［制诰体］　《微子之命》、《康诰》……（辉按：后举多例，略）

［箴训体］　人心惟危，道心惟微，惟精惟一，允执厥中……（辉按：后举多例，略）

［谕示体］　《盘庚上》、《盘庚中》、《盘庚下》（前篇纯用压力，次惕以利害，而犹带强制，下篇乃动之以情，可见当时政府一张一弛手段，而其民气尚固，民权亦未尽放弃也。三篇意极浅率，而词气佶崛，非特商尚质也。盖宣告社会之文，与朝庙体制不同，语言胜于文字，始能家喻户晓，而凡文词之俚俗者，当时则尽人了解，阅久反奥衍于高尚之文。试观晋人清谈，及唐宋小说、语录，凡倾向于文言者，后世阅之每多费解语，于此可悟文字应用久暂之法）、《大诰》（文气与《盘庚》相似，可见不关文质，盖亦通俗体也）。

［檄书体］　《甘誓》、《胤征》、《汤誓》、《泰誓》、《牧誓》。

［禁告体］　《酒诰》。

［祝誓体］ 惟尔元孙某，遘厉虐疾；若尔三王，是有丕子之责于天，以旦代某之身……

［譬喻体］ 《说命》。

至若《舜典》之受终文祖，以至定历、祭祀、班瑞、巡守，则纪禅位大礼之文也。《禹贡》之地形、水道、土质、物产、租赋、朝贡，则纪平成统计之文也。《武成》之“一戎衣天下大定”以下，则纪革命后新政之文也。《顾命》“王崩”下，则纪大行典礼之文也。惟古之政府事简，故举其大者，所纪仅此，安得谓《尚书》惟属于纪言乎？至周而文胜，制度亦日繁，故纪事、纪言，各自成书，而汲冢《逸书》犹若是其纷纷也。

附：《尚书大传》

不佞录文学史，附《书传》、《春秋传》，而不登《诗传》者，盖《书》为政府之史，因乎事实典制，无传则不明不详，而《诗》为社会之史，因于风气之自然，一经附会，反损其真性情。观于春秋士大夫之赋《诗》及《孟》、《荀》之引《诗》，皆触类旁通，绝不稍泥章句，则诗道思过半矣！《大传》所载古制度，按以实际，有万不能行，且有极可笑者，其出附会可知，然就伏生所受，而周秦之交，儒生之思想程度高下，可以此推之。

（辉按：下选《尚书大传》多篇，仅存其目，文略）《尧典唐传》、《咎繇谟虞传》、《甘誓夏传》、《汤誓殷传》、《西伯戡耆殷传》、《鸿范》、《杍材周传》、《多士周传》。

附：《逸周书》

《逸周书》相传出于汲冢，然人多疑为赝，以其文理拙涩，且多脱讹，似有心作伪以欺人者，至今聚讼不定。鄙意周人尚文，其条教必多，此书中多布告群吏、军士、庶民、四裔之文，故亦文俗互用，而读之棘舌，如篇中每用丑字。揣其意，不尽为丑类丑劣意，疑即当时公牍上惯语。搜录一处，俟高明参之。《武称解》括韬钤之要，《允文》四言韵语，下多讹字，录其半。《官人解》为相人书之最精密者。《王会解》叙五方人物，虽荒诞而奇特，足为词章家资料。《职方解》足继《禹贡》，后故并录之。

（辉按：下选《逸周书》多篇，仅存其目，文略）《度训解》、《命训解》、《常训解》、《大匡解》、《文政解》、《武称解》、《允文解》、《官人解》、《王会解》、《职方解》。

附：《国语》

《国语》者，六籍之碎金，而百二十国宝书之禁脔，盲史之舍象也。然不佞则谓其不独可配《书》，而且可配《易》。盖《易》之吉凶悔吝，动于象，玄者也；而此书之存亡得失，则系于事，著者也。《易》为方药，而此为病案。其胜于西籍预言、默示之神怪者，不可以道里计也。而其词之渊雅，则又文学之良型焉。兹取谈言微中而可为龟鉴，及涉乎苍姬一朝典礼者，列下。（辉按：后有大量选文，略）

《诗》之文学

诗之名始见于《书》，曰：“诗言志。”而孔子之论诗，则曰：“诗三百，一言以蔽之，曰：思无邪。”又曰：“诗正而葩。”无邪之思，即志也。故其言葩，而其志正焉。志为思之的，其志如何，即其言如何。“兴”者，兴此志也；“赋”者，赋此志也；“比”者，比此志也。志于哀则言哀，志于乐则言乐，志于怨怒则言怨怒，绝无一毫矫柔欺饰于其间。所谓“无邪者”，非谓有贞而无淫，有美而无刺也，盖谓如注矢于其目的物者，必直达而无旁曲也。易言之，则皆真实无妄，不能已于志，而遂不能已于言。故蕴之则为志，达于言而播之则成“风”。又衡言之，则五方俗尚之不同，各有其刚柔舒惨之志，而别之为“风”。纵言之，则同“风”以后，其对于政府之盛衰消长，而爱憎好恶之志不同，或俯仰于今昔，或援引于天人，则为“雅”。当功德最盛，而民志翕然者，则为“颂”。“颂”之数最少。以成汤、文、武、周公之圣，而民志之满足者止此。可见，三代直道之存，而《诗》所以为《春秋》之先河也。亿万其民者，亿万其心。民心不可见也，有《诗》以表之，则一室而千里焉，十载而一日焉。故《诗》又可以达政，民之心既达，则无不达矣。凡作诗而不衷于志者，虽貌为齐庄中正，而言与志不相合，则思邪矣。说诗者，但附会其言，而不深绎其志，则对象之神情不属，但葩而非正矣。孔子“兴、观、群、怨”，孟子“不以文害辞，不以辞害意”，盖甚重乎其志也。故“言志”一语，不独《三百篇》，可持以衡千载之作诗者。

《诗》与群经，皆有同点，輶轩所陈，实为一种精神史（近日史家分史为天然、人为两种，前者为物质史，后者为精神史）。上辅壁经，下开麟典，而制治之典章仪节，要必参酌风俗习惯而成，则风雅者即经曲之原料也。而《诗》之与乐，尤如形影声响之附合，今《乐经》虽失传，而《雅》、《颂》之得所者自在，知音者犹可就燧觅火、凿石取泉也。其与羲爻，虽人神道别，显密趣殊，然吾观先哲之用《诗》，或代辞命，或抵规箴，或为玄鉴，亦仁者见之谓之仁，智者见之谓之智，与《易》仍无殊也。若文学正式言之，凡全球文明各国，无不以诗歌为弁冕，即吾国词章分体，文笔奇偶，各有渊源，惟《诗》与《书》实为正系，然浑浑灏灏噩噩者，多政府之典章，而少社会之撰著，则艺苑春华，当让葩经独秀矣。而后世文家之构局练意，征词选藻，为骚赋，为五七言，为杂言，为诗余、词余，穷极智巧，变化万态，而实核之，卒无有能轶其范围者。故《风》、《雅》之名，常为一切文艺之代表，而无疑贰者。

传《诗》有齐、韩、鲁及毛四家，咸自谓绍文学一科之真传，然四家各有异义，授受之交，宁无窜杂？况儒之全部至战国已裂而为八，则一经之传，历姬、嬴、刘三姓之易，岂易尽可据乎？与其间接而滋讼，彼亲炙、私淑诸哲，其扬风扢雅之绪余，昭在简编，取法有在，何必遗干掇枝、韫珍炫璞乎？爰采曾、思、孟三圣及《左史》、孙卿引诗之文，与结构资料，饷馈千载下文人学士者，略如下。（辉按：下大量胪列《大学》、《中庸》、《孟子》、《荀子》、《左传》诸书中引《诗》之文字，略）

［鸟兽草木之名］ 吾国博物之书，半多荒诞，绝无科学价值。《本草》、《尔雅》，虽稍征实，而一偏于方药，一病其冗杂，不合审美，独葩经三百，既备土宜，并详性用，而又景与情融，物为心表，后之湘芬楚艳、京练都研，凡沉博绝丽之文，皆由此胚胎。爰秉圣训，撷其单辞，盖将循质而明文，非欲玩华而舍实也。（辉按：下依风、雅、颂之序胪列《诗》中之动、植物，略）

［《诗》之修词法］ 虽全出于天然，而如风行水上、云在空中，瞬息万变，各呈奇巧，后世词章家呕心凋脑，自矜创获，终不能遁出其范围。是知琼琚玉佩之庄严，终逊秋波一转；

剪彩刻楮之工巧，何如春风一嘘？一切格律、神韵、性灵之硁硁聚讼，皆盲人争象耳。略标一二，以息众喙，虽风雅之道初不在是，而见浅识小，亦未始非文学家之金科玉律也。(辉按：下列一言、二言、三言、四言、五言、五言叠韵、六言、七言、八言、九言、十言、十六言、二十一言、复字(动物)、复字(植物)、复字(天地文)、复字(器物)、复字(动作)、复字(品性)、复词、三字相同、一三二字相同、二四二字相同、三字相同叠句、四字相同叠句、四字相同双叠句、四字韵句、二字四叠句、二字六叠句、二字八叠句、二字十叠句等诸多名目，并各举数例，略)

附：琴操

《三百篇》，除《颂》外，皆出天籁，如鸣条激水，吹万不同，后人好事，乃以乐律强合之耳。其为纯正之一种文学，而引商刻羽以成者，莫如琴操。琴者，古君子以禁逸志，表德音，如佩玉之不去身，故圣贤、帝王、忠孝、贞义之迹，多留于琴操。今所传三十八首，虽不能定其真赝，然流传久远，必有所本，而于古人心事，亦能曲达，不得谓非最古之文学、最高之乐曲也。且《乐经》失传，元音不作，筝琶竞响，绝调不止《广陵》，谨存录之，以与无邪之旨相参。(辉按：后详录三十八首琴操，文不录，仅存其目：《神人畅》、《南风歌》、《南风操》、《思亲操》、《襄陵操》、《箕子操》、《岐山操》、《拘幽操》、《文王操》、《克商操》、《越裳操》、《神凤操》、《履霜操》、《别鹤操》、《龟山操》、《息鄹操》、《将归操》、《槃操》、《猗兰操》、《归耕操》二首、《雉朝飞琴》、《水仙操》、《贞女引》、《思归引》、《霹雳引》、《献玉退怨歌》、《琴引》、《偕隐歌》、《穷劫之曲》、《鼓琴鼓》、《子桑琴歌》、《相和歌》、《琴女歌》、《琴歌》三首)

《礼》之文学

礼之本自何生，其生于饮食男女乎？而人与庶物之界，以此为一大准的。世界百事之演进，又以此为一大原因。夫反刍逐肉，求牡眷雌，以至朐腮之择泉壤，蛤蚧之殉伦匹，则飞潜蠕动，有饮食女男也。而未已也，输膏饮光剂，呼歙于敹炭，虫嫔风妁，助接构而以孳荄，以至么麽咸工自营，信蛮触之非谰语，孤胚独为生殖，直婴姹之有仙传，则倒生蒸成之伦，有饮食男女也。而又未已也，顽届得血肉之养，而体积增量，卯材藉风火之媒，而爪发构精，以至松肪蜃芥，翡翠餐金，若生有颛耆，霓互雄雌，电呈雔妃，殊肖乎有情，则无机体亦有饮食男女也。充类至尽，则仪曜之交食，安见必无口腹之求，牛女之相望，或者真有室家之好，饮食男女之名虽起于人，而饮食男女之事实，则自然界之现象，固无之乎不具焉。然无机之物但有成在力而乏生活力，进是则有生活力而乏感觉力，又进是则有感觉力而乏知识力、意志力。饮食男女之名止属于我人类者，因以上种种力皆完全，而于关系饮食男女之事者，皆能由简而繁，由疏而密，由浑而画，由自然以底当然也。于何表之，表之以礼，试庄言之。

人类生而不能无饮食男女之欲，欲匮则争，过则淫，绝之则顽冥，其与禽兽木石所异者几何？于是有圣者出。闵其茹毛饮血也，别百谷，具火食，而又定时以节之，授土以继之，恶其淫奔、野合也，定婚姻，别血系，而盟聘以重之，室家以奠之，故凡钻燧搆木，教稼明农，结草投枚，以及甑釜之用，莞蕈之安，秉之为教，施之为政，直接间接，无非为饮食男女而设。而一代之所设者，即可为一代之礼。故曰：礼者，理也，例也，又履也，利也。其初措置苟简，愚者或苦于昧，黠者或习于媮。于是兴教育以开其智识，长其道德，立宗教以记其报本之念、寅畏之心，别刑赏以示惩劝，置百执事以分理其事。故以礼之广义言之，教育也、宗教也、法律也、政治也，皆礼也，而皆间接直接为饮食男女而设者也。以狭义言，则其内容，为诚敬，为明达，其外形，为节文，为典则，故输忱曰合礼，守法曰秉礼，而克己即复礼，决疑亦为知礼。而礼之盛，至于经曲千百，精审之，则有饮食男女，而有祭报、献酬、揖让、振恤种种条目，有建筑、制造、陈设、佩服种种制度，有男女，而有伦常、风俗、纲纪、职守之现象，有吉、凶、军、宾、嘉之一切人事。故种类之文野视其礼，国家之治乱视其礼，以至个人人格之优劣亦视其礼，故三古之学术、法制，皆备于礼，而六籍皆可称礼，若世所传之《三礼》，则就狭义之礼，而为节文、典则之一部分耳。

［礼与文学］　礼合忠质文而成，而其表现则在文，然文胜亦有弊，故礼失有求于野者。孔子以博文约礼施教，则礼为法质，克己复礼，则礼为天理，而六艺之文礼又退为文之一部，其名实异同之分合，因乎时地，而无庸泥也。礼之精意，当详于政教专门，就文学上观，则为有周一代之制作，上追述于帝王，下支离于秦汉，揽其种别，审其纯驳真赝，望文思意，以供文学家之模范，而亦未始不可为言礼家之鼓吹也。

传礼者分为三家：一《仪礼》家(汉称《礼经》,《易礼记对》)，又曰《士礼》，以首列《士冠》、《士婚礼》也。传自高堂生，其后有萧奋、孟卿、后苍、大小戴(德、圣)等为一系，并立后仓及二戴博士。东汉又有古文《礼经》，出郑玄，以古文经校《小戴礼》，为郑氏学。一《周官》，或浑称《周礼》。河间献王求书，有李氏献之，仅五篇，无各官，取《考工记》补之。刘歆为国师，始立博士，马融作传，郑玄作注，此书与《仪礼》，皆称周公作，而或疑其伪，因制度于今、古文《尚书》及《孟子》不合，大约系周公未完全之著作(《冬官》或谓应缺，或谓遗佚，亦皆难臆断)。故法之拟更革者，并未施行，而与他纪载歧异耳。一《礼记》。据云孔子没后，七十子自徒，共集所闻记之，而指《中庸》系子思所记，《缁衣》是孔孙尼子所记，又以《月令》为吕不韦所修，《王制》系汉博士所搜辑。河间献王得所献一百三十篇，刘向校书，又得《明堂阴阳记》三十三篇、《孔子三朝记》七篇、《王氏史记》廿一篇、《乐记》二十三篇、共二百十四篇，《大戴》合为八十五篇，曰《大戴记》，小戴删为四十九篇，曰《小戴记》。自唐至今，仅存三十九篇。(辉按：下列《三礼》节文颇多，略)

《春秋》大旨

周室自东迁后，夷于小侯，无王权遂无史权，荆室崛起，奄然有代姬而兴之势，桓文迭出，修尊攘之业，周之实权虽去，而名分犹悬。齐、晋、楚三强，互相支拒，而成一二百四十年似乱似治、非王非霸之天下。鲁虽浸弱，而为姬宗表，又秉元公遗制，有文明称。是春秋历史之主动力，大半在晋楚，而齐鲁亦居一大部分，故曰其文则史，其事则齐桓、晋文。又曰：晋之《乘》、楚之《梼杌》、鲁之《春秋》，其义一也。

六经虽同为史，而《易》、《礼》、《诗》、《书》，属已定之典章制度，独《春秋》为近世记事史。虽各国皆有史职分载，而仅如簿记，无总揽断裁者，以此事亦如议礼制度考文，必以天子、圣人之德位始可行之，较国法为尤重。国法止限于一代，而史法则人类社会国家当永守之者也。故孔子删订他经，绝不作歉语，而于《春秋》，则曰："知我惟《春秋》，罪我惟《春秋》者。"盖就权力程度言，史法实大于国法。而三古以上，有完全国法，而未有完全史法，必待天纵生民未有之圣，始完全之，此孔子所自信，而亦天下后世有识之士所共信者，故曰"知我者其惟《春秋》"。而就地位言，此史法，无德无位、有位无德者固不敢议，即三古以上圣君辈出，尚未一创，孔子以侯国下大夫毅然担任，不亦僭乎？故曰"罪我者其惟《春秋》"。然正以其关系天下万世，而非仅一时一国之典章可比，苟不裁定，则天理之黜陟不著，人心之是非不章，而世运将日益退化。试观二百四十年中篡、弑、蒸、报，迭见于宫廷阀阅，后世虽治法逊古，而伦理大悖者反少，非《春秋》之功乎？故孔子万不肯避僭越之罪而韬其笔削也。故《春秋》，孔子之律令也，而即天之律令也，此二百四十年之事迹，则例案耳。律令但有纲领，不可以文学论。文学组织，固在诸家传记，然书法之精严，一字有邱山之重、毫发之细，即谓之无上上之文法，亦无不可。故上古行文，措词运意，润谍篇，亦云详矣。独立义则必以《春秋》为金科玉律，能执简驭繁，由微显著，举重若轻，寸铁摧百刃，一发系千钧，以释群经，以断万事，惟义所在，而无所不通。故孔曰："其事则桓文，其文则史，其义则某窃取之。"则孔子之作《春秋》，非作其文，而作其义也。不晓然乎，群经有纯驳，可以义订正之，五传(古本三传外有邹、夹二氏传)有疑信，可以义论定之。以科学作用言，《易》类数学，《春秋》类名学，然数学穷有象而不能穷无象，名学有是非而无善恶，则可见至圣之思想界，希腊诸哲家尚未曾涉足也。

孔门五尺，羞称桓文，何也？桓文有可王之势，而无王之志、王之才德，仅挟宗周之旧名号，乌合诸夏。齐失人即不能继霸，晋虽常执牛耳，而屡衄于楚，至引夷制夷(通吴)，而成战国之局，其苟且卑陋，宁为言必称尧舜者所屑齿？使楚秦而为懿亲，王久矣！楚虽未一海内，而倔强孤立，虽死不僵，仍似三户亡秦，进世家而本纪；秦则穆公变亲亲弊制，卒能用六国之才，成混一之功，二国皆有兴王之特质，惟德不竺，故祚不永耳，若曰非王。汉、唐、明诸君，亦未必高出庄、穆上，而史家必推为正统，或因夷狄斥之，则舜东夷文西夷，又何说焉？《春秋》之攘夷，固公羊家所为据，乱世之内夏外夷，而史文亦不能不然。蜀汉书寇，南朝称岛虏，又有甚也者焉。不能以此而疑《春秋》之例有出入也。

《左氏》之记述，《公》、《谷》之诠释，皆为文家海岱，取其勺波寸礫，反形弇陋。全书具在，仅供学者终身登涉，故本文不录，至经文则在义、在法，而不在文。以章句求之，何异管窥蠡测。秦后诸儒论经传者已详备，录大要，以供参考。

(辉按：原书不录《春秋》及三传原文，仅录秦汉以后诸儒论述《春秋》文字若干，援引文字略，存其书目如下：《诗纪历枢》、《史记·十二诸侯年表序》、董仲舒《贤良对策》、《庄子·齐物论》、《庄子·天下》、董仲舒《春秋繁露》之《竹林》《王道》《灭国上》《盟会要》《重政》《二端》《仁义法》等诸篇、郑樵《春秋传》之《褒贬》《三传各有得失》、宋《程子遗书》、张横渠《语录》、邵子《皇极经世书》、《胡宏文集》、元黄泽《春秋解》、程端学《春秋本义》、明赵汸《春秋师说》)

二、儒家

儒之名义

儒在官司为师儒，以五常四术为教育，故儒曰需，言教人之所必需也。在学术上，并称儒墨，或称儒侠。侠即墨之一种，侠捷而儒迂缓，故儒又为濡，所谓穷年莫究，累世莫殚者也。

儒之品类

通天地人，能合诚、正、修、齐、治、平而一贯者，曰君子儒；其空谈心性，株守一经，拘文牵义，穿凿附会，及挟所学以干禄者，曰小人儒。至孔子没后，在战国时，儒又分为八，有子思氏之儒、子张氏之儒、颜氏之儒、孟氏之儒、漆雕氏之儒、仲梁氏之儒、乐正氏之儒、公孙氏之儒。至秦后，则务疏注者为汉儒之学，崇高性理者为宋儒之学，而以词赋、经义列名学校者，皆通称为儒矣。

儒之源流

儒术创于尧舜，所为出于司徒之官者，仅就职守言耳。至周公而儒术一变，而孔子集其大成。然而周公、孔子虽并号儒宗，而儒仅为其行政设教上之一种，不足以尽周、孔也。孔子身后，虽有儒人之名，要皆不尽流传，其最有力量者为两大派，一孟子车氏，一孙卿氏，孟则尧舜之儒，孙则周公之儒也。（详见《孟荀下》）

尧舜儒、周公儒之异

尧以敦睦九族平章百姓，成时雍之化（百姓即有姓之贵族，与平民异，故下文又有黎民于变时雍，可见百姓与黎民之不同），而舜则以孝弟彰闻，而受大箓。故《孟子》谓“尧舜之道，孝弟而已”。若周公则骨肉之间，酿成不幸。管蔡之事，设以舜当之，当别有处置。公虽亲亲，亦为晚盖耳。公之儒术重礼乐。礼乐，所以淘淑人性情。夫性情有待于陶淑，则良知、良能之说绌矣。孔子能融合为一，而经传习，遂不得不分。至汉而又一变为训诂记诵、谶纬术数，则儒之真际尽失矣！

儒教所以无力之由

凡立宗教者，必牺牲人间之一切荣乐，并牺牲其性命，能受人不能受之苦，始可深感人心，而其教宗虽经万难，而必能达其目的，且生徒之殉教者愈多，则其教之基础愈固。瞿昙舍王位，历尽魔劫，其弟子杀身者亦不少；耶稣受磔刑，其门徒大半为教流血；而摩汉穆得则以流己血及流他人之血为天门管籥，及身亦不得其死。若孔子则危邦不居，乱邦不入，临河闻赵杀鸣犊等，即引去，且虽身未显达，而在本国及邻邦，皆受国老宾师之奉，曾、思、孟诸哲，所至之处，虽高而无位，而受世主之敬礼。子车氏之从者数十人，后车数百人，尚不以为泰也。陈蔡匡人之危，臧仓之沮，已呼天而发悲慨。故儒者虽有成仁取义之言，而一逢急难，则往往以斯文不可丧、明哲当保身之说以自解。有弟子亦只攀鳞附翼，有安乐而无患难。嬴秦混一，改革三皇五帝之前法，而为儒者尚欲街谈巷议，求世主之信用，卒成焚坑之祸，当时无一如他教信徒，能以一成一旅反抗者。叔孙通以佞媚迎合君主，为儒家大辱，贾、董真儒，皆不见信于上。至孝武以一先生之说，桎梏章逢，而且群颂为尊经重道，使挟书偶语之禁不开，则儒术早淘汰尽矣！故孔子徒享两楹特牲之虚奉，被服其教者，不过佔毕终身，帖括进身者。其教果盛乎？衰乎？尊乎？亵乎？即历代帝王行展学盛典，亦不过取全国所崇拜者，费一牛数豚，即可笼络天下喜议论能文章之徒，俾退无后，言而为粉饰太平之具耳，何裨益于孔教之真际万一哉？即敦孝弟，重气节，似乎昌明孔教，然绰楔不如科第之荣，奇行无分两庑之享，则仍行政之手段，而于儒无关也！

儒之文学

文学家以儒为职志，其实孔氏之门，有著述者，多不学专科，而所谓文学者，仍在六艺《诗》、《礼》，不闻有遗稿也。即孔子亦日言述而不作，删订六经外，惟《孝经》、《论》及《十翼》，而《十翼》已不传。至《七纬》、《闭房记》，大半附会，而记言行者有《孔子家语》，亦多琐诡。则欲征夫子之文章者，惟此三书而已。再传孟、荀，始有煌煌巨著。表文学价值，较之后世饾饤之笺疏、陈腐之语录、敲门砖之帖括，皆号为儒之文学者，直鼠璞与和璧耳。汉儒家尚有精粹，曾、思两书，虽为世所疑，要亦非全属赝本，而可参观授受之源流。

［《论语》］ 《论语》者，孔子应答弟子时人，及弟子间积平日所闻于师门之语也。但是弟子各有所记，夫子既卒，门人相与辑而论纂，故谓之《论语》。汉时传者三家：一《鲁论》，一《齐论》，一《古论》，今通行为《鲁论》，或言《鲁论》中亦杂有两家语。

［《论语》大旨］ 孔子第一目的，欲开万世未有之盛治，故祖述宪章，尚属巽言，而远过尧舜之说，已称道于及门，至栖皇不遇，硕辅殀亡。（颜子渊为孔子预机密、备腹心，《论语》所记，终日不违，及“克己复礼”、为邦之说，又“子在，回何敢死”，用行舍藏等微言；而颜子丧，夫子有“天丧予”之悲，此“丧予”之言，即与“天之未丧斯文”语针对。盖不独悲大道之不传，而痛大事之失助也。）（孔子政治手段，欲合中天、伦纪、元公制作为一，而更神奇变化之。）乃退而赞定六经，大兴教育以作师代作君，不能为文王而为素王。故《论语》所记，论学多于言治，其初欲陶铸尧舜者，退而并圣人之名亦不敢居，仅持“学不厌”、“诲不倦”二语以自表。故首章第一节，即诠“学不厌”；第二节，则学成施教；三节，即表“诲不倦”之指。（“人不知”者，作“知遇”解，殊谬。“不知”即“非朋”，所谓“中人以下不可语上”及“不以三隅反”者。）然政治、学术，其中仍有一贯之道在。次章所谓“孝弟为仁之本”，孝弟之仁与“诲不倦”之仁，实出一源。“仁”，二人也，凡己对于父子兄弟而行其爱心者为仁，即对于一切人而行其爱心者亦为仁。己一人，己之外皆为人，仁之所以为人，为二人也。故孝弟为仁，“诲不倦”亦为仁。仁术莫精于尧舜，而莫大于孔子。篇中又常以仁与礼相对。仁，尧舜之道，礼，周公之道，孔子合之不见痕迹，至孟、荀分之，而遂操同室之戈，儒术所以不振也。

［《论语》之文学］ 以文学论《论语》，真买椟之见，然《论语》之文法，除《老子》外，无其淡而旨、简而详者，虽寥寥短章，而散行文之规矩，绳墨皆备。可见圣言之大，无所不包，而非扬雄、王通及宋朱晦翁、葛藤之语录所可影响也。

［《孝经》］ 《孝经》者，孔子为曾子陈孝道也。夫孝，天之经，地之义，民之行也。举大者言，故曰《孝经》。汉时所传者，亦有今、古文两家。

［《孝经》大旨］ 孝为元善，故孔子曰：“我志在《春秋》，行在《孝经》。”盖《春秋》惩

恶,《孝经》养善,经中屡言古之明王以孝治天下,而能实行者独有尧舜,尧舜之治所以冠历史。曾子受其学,从《大学》推明齐家为治平之本;而子思之书,则亦历推帝王之孝。孟子乃言:"人人亲亲长长",而天下平广之,则为"老我老,以及人之老;幼我幼,以及人之幼",反之则为"杀人父者,人杀其父;杀人兄者,人杀其兄",益闿切矣。且直揭之曰:"人皆可以为尧舜……尧舜之道,孝弟而已矣!"此以孝治天下之大旨,而我中国伦理之所以高出全球各国万倍者,以此也。惜上失其道耳!

[《孝经》之文学] 《孝经》之文,浑金璞玉,而其用意在能推,由小推之大,由近推之远,由生推之死,盖孝道无所不通,其经文亦无所不包也。

[《大学》、《中庸》大旨] 孔子以仁学施教,而及门不尽能领会。故问仁者因材而施,或以仁为最易,或以仁为至难,非歧异也。盖一日行仁与终身行仁,其功本悬殊。仁犹植物种子中之仁,植物种子中莫不有仁,而欲其必发生、必条达,则培养之功,非一朝一夕事。孔门仁学,莫深于颜子,而不幸早世,天才如子贡,尚有性道不可闻之叹,则其难可知。仁之功不在敏悟,而贵笃实,故继颜子者,乃在一稚而鲁之曾参。则以诸门人皆视仁过高,求仁太远,而曾子独能知终始一贯之,即为仁也。盖仁根底于孝弟,而持续于忠恕,曾子于家庭孝行最笃,又亲授《孝经》,"老我老以及人之老,幼我幼以及人之幼",孝弟所推,即为忠恕,此一贯之功用也。故《大学》平天下在"老老而民兴孝,长长而民兴弟","所恶勿施于人",此絜矩之道,即孝弟忠信一贯之道也。而又谆谆于父子兄弟作法而后民法,孝以事君,弟以事长,则大人之学,其要点不过此数语。

子思受曾子之传而推广其旨,标《中庸》两义。庸行莫过于孝弟,中道不出乎忠恕。故《大孝》一章,特标古帝王皆以孝而致盛治,而《忠恕》违道不远,则以示尊闻。惟《中庸》一书,系汉儒辏合而成,故杂人周公儒学说(即荀子之学)。惟《中庸》极功为至诚,而诚之者人道,虽未明言,以道不远人证之,则人道有过于孝弟、忠恕者乎?

[《大学》、《中庸》之文学] 《大学》似策论体,先标"明德"、"亲民"、"至善"及"格致"、"诚正"、"修齐治平",又"致知在格物"(此语不用"先"字,明系"知"与"物"无时不有关系,而"诚正"、"修齐治平"皆可谓"知"之事,身以上皆可谓"物",故《格致》一章,补者诚多事矣。)、"修身为本"(身内心意,身外家国天下,且家国天下,积众身而成,而有身斯有心意,故天子与庶人一贯也。)数语为提纲,而以下条举其目,盖儒书文体最整齐者。《中庸》适与相反,朱子虽分为三十三章,然《天命》至《索隐》为一意,《费隐》至《行远》为一意,《鬼神》(《鬼神》章即以神格为下数章祭飨原理)至《达孝》为一意,《哀公问》至《自诚》为一意,《大哉》至《衣锦》为一意,此数章,章各有意,各不相照应。故《中庸》之文,非尽子思一人手成也。

[《孟子》大旨] 孔子言仁多独用,而孟子则仁义并称。盖贼仁者,利也。战国时立言者,皆谈论利害而无是非,故孟氏必仁义并称。仁者,人也;知仁,则爱人而不忍害人而利己。义者,我也;知义,则在尽己之本分而无求于外。然仁义之道,当世以为迂阔而不可行,故孟子特揭孝弟为根本,谓"人莫不有良知良能",即"莫不有四端",则孝弟之德,本与生俱来。人无不能孝弟,即无不能行仁义,一切礼乐、兵刑、制度、典章,皆后起者。但人人能保其良知良能,则人人孝弟。帝王以尧舜为极则,亦不过孝弟之道而已。人人孝弟,即

人人尧舜，孝弟一日不绝于世，即尧舜之治亦一日不绝于世。举孔子及曾、思所谓“修身”至“平天下”之道，推阐尽情，无一语含胡，无一义支离。如大禹治水，处处疏通如贲育之叱咤，千人辟易，故百家遇之，无不摧倒。而其最用力攻击者，则在扬、墨，盖战国诸家，都反乎仁义，独墨子“兼爱”，扬子“为我”。“兼爱”似仁，“为我”似义，反对者易明，而近似者难辨，故竭力攻之，视为洪水、禽兽、夷狄，正其“无父无君”之罪，与孔子诛闻人、恶乡原同义。要之，墨之侠亦仁之一种，扬之守亦义之一种，而孟子必痛斥之者，因其仁义不根于孝弟，必至于厚其所薄，薄其所厚，而乱天下，而丧人道也。然非挟至治之尧舜为标，则人不服，非举孔子以为准，则人不信，故言必称尧舜，而又言私淑诸人，此孟子之绝大作用也。

[《孟子》之文学]　战国诸家不以名家著，而深通名理者，独孟、荀与庄子。其时专门名家，亦有两派：一公孙龙、惠施等，则近诡辩；一商君、韩公子等，则重法义。庄为甲派，荀为乙派，而孟子兼之。其高出于两派者，立论要而不烦，曲而能达，无文致罗织，则以所挟之理长也。孟子每立论，必先有一前提（如：“亦有仁义而已，何必曰利？……贤者而后乐此，不贤者虽有此不乐也……不嗜杀人者，能一之，天下莫不与也……保民而王莫之能御也”等，余可类推。），先揭明宗旨，使人明畅，不得不入听，此非特建言之妙用，而亦行文之良法也。或讥《孟子》之文如制艺。夫制艺，惟其体之滥，若其文法固最缜密而合论理者，不得以此短七篇也。

[《荀子》大旨]　荀子儒术，纯与《孟子》相反，孟虽有群弟子及乐育英才，然据归求而有余师之言，则其教育郑重自得，而不加强迫。若《荀子》则曰：“木直中绳，輮以为轮，其曲中规，虽有槁暴，不复挺者，輮使之然也。故木受绳则直，金就砺则利，君子博学而日参省乎己，则知明而行无过矣……君子生非异也，善假于物也。”则谓无教之人，断无善者，故虽圣人亦为其非由天资，而曰：“尧禹者，非生而具者也，夫起于变故，成乎修，修之为待尽而后备者也。人之生固小人，无师无法则唯利之见耳。人之生固小人，又以遇乱世，得乱俗，是以小重小也，以乱得乱也。君子非得势以临之，则无由得开内焉。”盖谓人性皆恶也，虽圣人，其初亦皆小人也。故又曰：“人之性恶，其善者，伪也……故必将有师法之化，礼义之道……”又曰：“夫子之让乎父，弟之让乎兄，子之代乎父，弟之代乎兄，此二行者，皆反于性而悖于情也；然而孝子之道，礼义之文理也。故顺情性则不辞让矣，辞让则悖于情性矣。”此则与《孟子》所谓孩提之童无不知爱亲敬长者直水火之不相入也。又曰：“或问：‘人之性恶，则礼义恶生？’应之曰：‘凡礼义者，是生于圣人之伪，非故生于人之性也……’”则无老、庄仁义蘧庐及圣人为大盗积之意，无异矣！《孟》重民权，故有“得乎邱民为天子”及“民贵君轻”之言，而《荀子》则重君权，而必欲出于专制，其所以断断指人心为恶者，则以人类必有君师，以礼乐拘系之，故曰：“礼者，所以正身也；师者，所以正礼也……不是师法，而好自用，譬之是犹以盲辨色，以聋辨声也，舍乱妄无为也。故学也者，礼法也。夫师以身为正仪，而贵自安者也……人有三不祥，幼而不肯事长，贱而不肯事贵，不肖而不肯事贤，是人之三不祥也。”其论事君之道则曰：“事圣君者，有听从无谏争；事中君者，有谏争无谄谀；事暴君者，有补削无挢拂。”则又大反乎“一言丧邦”之意矣！盖《荀子》之儒，周公之儒，而受之于仲弓者也。周公以礼乐为治，而仲弓居敬，所谓出门如见大宾，使民如承大祭，皆重仪式。《荀子》受其学而变本加厉，遂灭天性而专任势利。《王霸

篇》:"国者,天下之制利用也;人主者,天下之利势也。"以致援儒入于名、法而不自知,故父报仇而子行劫,乃有李斯之高弟也(《荀子》所称后王为周公,而以仲弓与孔子并称圣人,可见其宗旨矣)。然其正名定分之学,固高出各家,而未可一切抹杀也。(辉按:下列《荀子》中有关"定分"、"正名"之粹言若干则,略)

[《孔子家语》] 魏王肃搜辑,虽多杂摭,而中颇多古训,足以资人服诵,而供文学家之肴馔者,略录于次。(辉按:下列《孔子家语》中《始诛》、《五仪》、《致思》、《三恕》、《观周》、《六本》、《子路初见》章中之文选,仅存其目,选文略)

三、道家

《老子》

[《老子》大旨] 道家,班固谓其出于史官,然仅老子之道,而非皇帝之道也。盖黄帝为吾国第一君主,创制显庸,奋文揆武,其功业学术,可兼百王,绚烂之极,归于平淡,故以杳冥净漠,为息肩养生之资。老氏则为吾国第一史官,虞夏三代,世职其业(世所称老子在夏、在商、在周为某官,指其家世,而非指其修龄也,详见分论),至老子而始集其大成,阅历之深,遂悟自然之道,而知惟无可主有,故著首章曰:"道可道,非常道;名可名,非常名。"道等数学,名等名学,所谓玄学也。中国古学术,惟《易》与《老》,皆邃于名数。常,即自然也;自然之道不能道,自然之名不能名。"无名天地之始,有名天地之母。"有为体,无为用,下文所谓"当其无有车之用"云云者是也。然无不能生有,有用而无体,故不能生有也。有即一,所谓"一生二,二生三,三生万物"也,故"为母常无",即自然之无,无,无界;故观其变化而曰"妙常有",即自然之有,有,有界,故观其徼,同出者,同出于常也。常无有、无分,强名为有无,则异。统义则名为玄,玄为有无之合,"玄之又玄",则仍常也,自然也,而亦为"众妙之门"。不言徼者,明本书之旨虽有无并举,而尚无也,此全书之纲领也。

[《老子》韵语] 古书韵文,惟《老》可与《易》配,《易》从象求理,《老》由理见象,皆奇文也。录如下:"故有无相生,难易相成,长短相形,高下相盈,音声相和,前后相随(叶)……圣人之治,虚其心,实其腹,弱其志,强其骨。常使民无知无欲……谷神不死,是谓玄牝。玄牝之门,是谓天地根。绵绵若存,用之不勤……金玉满堂,莫之能守;富贵而骄,自遗其咎。功遂身退,天之道也……载营魄抱一,能无离乎?专气致柔,能如婴儿乎?涤除玄鉴,能如疵乎?爱国治民,能无为乎?天门开阖,能为雌乎?明白四达,能无知乎?……致虚极,守静笃。万物并作,吾以观复。……知其雄,守其雌,为天下溪。为天下溪,常德不离,复归于婴儿。知其白,守其黑,为天下式。为天下式,常德不忒,复归于无极。知其白,守其辱,为天下谷。为天下谷,常德乃足,复归于朴……"(辉按:下举例甚多,略)

[余论] 后世方士,皆奉老子为鼻祖,唐且尊为玄元皇帝。其实房中、黄白、敕勒等术,所谓神仙家者,皆出于巫。古国皆以巫佐政治,黄帝有九巫,而以明鬼治病为主,故毉字亦从巫(用汤液始从酉)。若五行变化之术,则出于禹墨,而亦本之黄帝,故《艺文》所登方术书,大半附会黄帝,则方士宜祖黄而不应祖老(若张陵之符水治病及考劾鬼物,皆古之巫术)。

惟黄帝学术，兼道与神仙，而老子则信道不信神，故其言曰“有道之世，其鬼不灵”，今而奉为神仙之祖，恐非老子意也。庄子最崇拜老子，而记老子死，则老子之长生，不在形气也。

《庄子》

［《庄子》大旨］《庄子》，非纯道家也。盖以道为体名、为用者也。庄子于当代学术，无所不学，而学成则无所不弃，欲统合各家精微而自成一种无对待之学，其自序宗旨，略见于《天下篇》。《天下篇》曰：“古之所谓道术，乌乎在？……天下多得一察焉以自好。譬如耳目鼻口，皆有所明，不能相通。”(盖自任能相通)“天下之人，各为其所欲焉以自为方，必不合矣！……”而其下则历数诸家之得失，盖非研究深入者，不能操同室戈而得虎子也。故其言曰：

（一）“其在于《诗》、《书》、《礼》、《乐》者，邹鲁之儒、缙绅先生多能明之。(庄子或言受业朱张，或言子张，故首述儒术，意虽轻之，而无贬辞，盖儒之可轻者在干世，而理则纯正也。)……其数散于天下，而设于中国者，百家之学，时或称而道之。”

（二）“以绳墨自矫，而备世之急。古之道术有在于是者，墨翟、禽滑厘闻其风而说之……虽然，其生也勤，其道大觳。使人忧，使人悲，其行难为也……反天下之心，天下不堪。墨子虽独能任，奈天下何！……墨翟、禽滑厘之意则是，其行则非也……虽然，墨子真天下之好也。”

（三）“愿天下之安宁以活民命，人我之养，毕足而止，以此白心。古之道术有在于是者，宋钘、尹文闻其风而说之。(按：弭兵主意即出于《墨》，有墨子解宋围事可证。惟在庄子，则墨专于明鬼、尚俭，而钘文另为墨侠派。)……以聏合欢，以调海内……以此周行天下，上说下教。虽天下不取，强聒而不舍者也……虽然，其为人也太多，其自为也太少。”(《庄子》于当世干进之学，固不屑置喙，性好自由，为乐天派，故于刻苦之墨翟、宋钘不合，此两种学，当浅尝而止者。)

（四）“不顾于虑，不谋于知，于物无择，与之俱往。古之道术有在于是者，彭蒙、田骈、慎到闻其风而说之。(此派与佛经、外道之修无记空者同)……故曰：至于无之物而已，无用贤圣……豪杰相与笑之曰：‘慎到之道，非生人之行，而至死人之理。’”(庄虽解脱，而仍用智慧，非如彭田之块然矣。)

（五）“以本为精，以物为粗，以有积为不足，澹然独与神明居。古之道术有在于是者，关尹、老聃闻其风而说之……可谓至极，关尹、老聃乎，古之博大真人哉！”(庄阳尊道家而阴实欲超过之，性道不可攻，故有褒无贬。其于惠施，则阳讳之而实阴用其术。故此篇中，推惠于己上，而老居己下，其意可见。又惠子死，庄子悲无以为质，则又可见庄之著书，非用名家之术，不能有此汪洋浩瀚，而名家实其辟学室道户之篇钥也。)

（六）“自谓寂漠无形，变化无常……万物毕罗，莫足以归。右之道术有在于是者，庄周闻其风而说之……以天下为沈浊，不可与庄语。以卮言为曼衍，以重言为真，以寓言为广……彼其充实，不可以已。上与造物者游，而下与外死生、无终始者为友……”

（七）“惠施多方，其书五车，其道舛驳，其言也不中。历物之言曰：‘至大无外，谓之大一；至小无内，谓之小一……日方中方睨，物方生方死。大同而小异，此之谓小同异；万物毕同毕异,此之谓大同异。'……惠施以此大观于天下而晓辩者,天下之辩者相与乐之。卵有毛。鸡有三足……白狗黑。孤驹未尝有母。一尺之棰,日取其半,万世不竭。辩者以此与惠施相应,终身无穷。"(历数诸家,皆言古有其术,即庄亦不敢自谓创造。古不以时代论,凡口口相传者,皆谓之古,故古意亦通学,孔子好古,即好学也。而独于惠施,则言其多方,及大观于天下,天下辩者相与乐之,则惠施之术由特创,非授之于古,虽惜其以善辨为名,逐万物而不反,然其心未尝不推为最贤也。)

《庄子》内篇七,即按《天下篇》所叙道术七家,而引申之、辩驳之。则《庄》之文世皆目为汗漫无纪,其实极谨严,惟灭尽针线迹耳。略撮其大旨于后:

《逍遥游》:庄自喻也。七家中老最高尚,《列子》为老代表,斥《列子》犹有所待,即斥道家也。道如鹏,较之莺鸠、斥鷃,诚大矣,然未至绝对也,必如藐姑射神人始可谓大,始可谓逍遥,盖隐隐自居也。

《齐物论》:正惠施之学。所引"方死方生、方生方死……彼亦一是非,此亦一是非……以马喻马之非马,不如以非马喻马之非马。天地之一指万物一母",皆惠施之言也。但惠施诚辨矣,而未能离乎人籁、地籁,而不知天籁,故推其极,虽神禹不能,知黄帝亦听荧,而万不如天籁之吹万不同,能使其自已自取,所谓"分则一,不分辨则一不辨"也。吾梦为蝴蝶,不知为周也,觉则周也,"不知周之梦为蝴蝶与?蝴蝶之梦为周与?周与蝴蝶则必有分",然非操名数以是非一切物者,能分之也,则物于物、不物于不物之异也。

《养生主》:正老子之学。其首引为善无近名,为恶无近刑,缘督以为经,可以保身,可以全生,可以养亲,可以尽年,皆道家言也。故道家有全生以尽年,而无长生之说,且由引老聃死以证之,所谓适来时也。适,去顺也者,即全生尽年之道也。

《人间世》:正儒之学。当世之儒,皆好干时君,故假设颜回欲至卫一事,而述仲尼之言。古之至人先存诸己而后存诸人,所存于己者未定,何暇至于暴人之所行,且戒其好名求实,而进之以心斋,去名实而习于虚……又设叶公使齐一事,而励之以命义,归之以"乘物游心,托不得以养终"……若"言者,风波也;行者,实丧语也",不独为通词命者鉴,而一切社会交涉,皆可取则……又载楚狂接舆过孔门之歌,而曰:"方今之世,仅免刑焉……已乎,已乎!临人以德。殆乎,殆乎!画地而趋……山木自寇也,膏火自煎。"以上皆讥儒者急于用世,卒无用之者,犹冥进不已,故曰人皆知有用之用,而不知无用之用也。

《德充符》:正慎子之学。其术"推而后行,曳而后往……动静无过,未尝有罪……至于比于无知之物,盖有形而心不成者也,故举一兀者王骀,而以正之……审乎无假而不与物迁,命物之化而守其宗"……又云:"虽有人之形,无人之情,似乎亦近于无知者,然謷乎大哉!独成其天……物视其所一而不见其所丧,岂生人行死人理者可仿哉?"

《大宗师》:正墨子之学。墨以事天为教,然不知人之所为,则不能知天之所为。盖但知天之所以为天,而不知天之即人,人之即天,非真人之道也。真人者,以人助天,故不必弭兵,而亡国不失人心,利泽施乎万世,而不为"爱人"(非兼爱)。凄然似秋,暖然似春,喜怒通四时,亦不必习苦而非乐。而桑户之歌及孟、孙之善丧,化生死之见,又与薄葬之争形迹者大异。

《应帝王》:申《逍遥游》未尽之意。(宋钘之学,出于墨子,故内篇只论五家。)其德其真,而未始入于非人,盖至人、神人、圣人,皆人之真者。所谓顺于物自然无容私者,即可乘天地之正而驭六气之辨,故曰:"立乎不测而游乎无有",则游之逍遥,无过之者矣!

《外篇》阐发《逍遥游》之旨,《杂篇》阐发《齐物论》之旨。

[《庄子》之文学] 《庄子》之文,无可比例,即以《庄》之所谓"其翼若垂天之云,水击三千里,抟扶摇而上九万里者",拟之可乎!其为谬悠荒唐,绝无端崖,而实千丝入扣,万派朝宗。其法极密,一意化十百意,十百意仍可统以一意。笔笔变化,移步换形,非如他子书之甲乙不分篇,不相统属,或意义重叠,或先后矛盾。且一切简册,一篇之内,阅数行,即能知其全局。独庄之文,掩其上语,其下语每百思不到,非奇文哉?即就《逍遥游》论之,其似偶非偶之句最奇,如"其名为鲲,鲲之大,不知其几千里也",而其下则曰:"其名为鹏,鹏之背,不知其几千里也",一"背"字换去"大"字,则"鹏"与"鲲"之大小较然,其用笔之大,亦不知其几千里也。又如"南冥者,天池也;《齐谐》者,志怪者也(看如排句,其实上语不过南冥之注,下语为下截总括语,直包至九万里而南为)。又如"去以六月息者也(息即下文积风,诸家做休息解者,误),野马者,尘埃也,生物之以息相吹也(息,即六月息之息。尘埃、野马,至微;鹏,生物之至大者,而皆恃息。吹六月则厚矣)"。又如"风之积也不厚,则其负大翼也无力。故九万里则风斯在下矣,而后乃今培风(九万里上之风,犹待乎培);背负青天而莫之夭阏者,而后乃今将图南(至此始结上"南冥"语)"。又如"小知不及大知,小年不及大年(二语亦如平列,然上语结二虫又何知语,下语则亦统括一段至"不亦悲乎")"。而其篇中至精语如"此虽免乎行,犹有所待者也。若夫乘天地之正,而御六气之辩,以游无穷者,彼且恶乎待哉!……是其尘垢秕糠,将犹陶铸尧舜者也,孰肯以物为事!……夫子固拙于用大矣!……物无害者,无所可用"。

《列子》

[《列子》大旨] 《列》与《庄》貌同而实异。《庄》破对待,而《列》去界限,盖一纵一横也。故《庄》混道、名两家而一之,《列》则全铺张老氏之旨者也。

[《列子粹言》] (辉按:选文略,存其目如下:《天瑞》、《黄帝》、《周穆王》、《仲尼》、《汤问》、《力命》、《扬朱》)

四、墨家

《墨子》

[《墨子》大旨] 墨,大同之学也,实出于禹。《孟子》攻《墨》者,恐"兼爱"之说胜儒者之"仁",故不得已而攻之也。若孔子则必不攻《墨》。于何见之?于其赞叹禹之无间见之。不推重治水之功,而但曰:"菲饮食而致孝乎鬼神(即墨之"尚俭明鬼"),恶衣服而致美乎黻冕(黼冕,敬天之用),卑宫室而尽力乎沟洫(即墨之建筑学),且禹舍父仇弃家室,而手胼足胝,为天下振浲洞,公而忘私,即兼爱之旨也。"禹九年劳苦,为万民奔走,墨之急身锐难,突不暇黔,其自苦而为人亦同;禹垂《洪范》,昌明五行之学,而墨子亦有《五行枕中记》,为神仙家授受之秘笈,惟得位与不得位,境遇相异耳。故禹墨并称,亦如周孔、黄老,无可疑

者。墨之术多端，而其大要：一、“兼爱尚同”、“仁侠相杂”；二、“敬天明鬼”；三、“节俭”；四、通工艺学及各科学；五、创五行变化之术。其悲智兼具，权实并行，又似佛；敬天舍身，又如耶；其神通变化，又如梵；至于亲士修身、法仪、尚贤，遑遑求治，又如儒。其实《墨子》之真际，与近世俄国伟人托尔斯泰最相肖。托氏生平菲衣恶食，弃爵位而躬耕（禹躬耕，则墨派必重农本），闵天下以强权相并吞，苦口著书，以和平为人道第一义，当世尊之如天神，虽残暴政府，不敢损其毫发；不迷信宗教，亦不斥宗教，以仰承天心为主，其所著书（多小说，而文亦朴质，与墨子相似）出，一时为之纸贵，翻译者数十国文字。统观其历史，亦一墨也。惟战国时，人各自是，虽有最大公理，而不足以折异己之口，且丁道德之敝，故儒墨皆不竞。今世虽豪攫巧夺，以强权为公理，然治乱之利害日明，故仁暴之是非亦日明。且天演竞争，强弱智愚之优劣界，已将过渡而入与大德役小德、大贤役小贤之地位。故虽虎狼之俄王，而亦欲与弭兵会，西方之有远识者，亦颇服膺我国之旧伦理。他日儒、墨两家，必有为全球宗教、教育、政治之一日，惟须儒、墨合同而化耳（墨学可为儒、佛及儒、耶之中立性物）。

［《墨子》之秘密学］　禹以五行为治国、训民宝典，合天人而一贯。盖人之能与天通，五行为之通也。五行可通天人，即可通万物。墨之用五行术，握五行之枢机（似即近日所谓阿涅尔基及以脱），能变化一切，使火不焚而水不溺，生者可死而死者可生，瓦砾可成金，草木可化人马（皆见葛洪《神仙传》，凡受墨五行术者，皆有此神通）。墨之正传，第一期为汉淮南王刘安。淮南有内、外篇，名《鸿烈》，即今《淮南子》，内篇名《鸿宝》，又称《万毕术》，即刘更生得之，而欲造黄金者也。第二期为晋葛洪。洪之内外篇，今皆传于世，《抱朴子·遐览篇》自记从郑思远受《枕中五行记》，下又载道经之上者：《墨子》、《枕中五行记》五卷，而《神仙传》中，凡挟异术者，皆言习墨子五行术，故神秘术家，宜以黄帝为鼻祖，而禹墨为大宗。今黄帝与禹，尚有尊之者，独墨无闻焉，而反奉其末裔葛洪为天师，可为数典忘祖矣！

［《墨子》之文学］　《墨子》首七篇，即全书之叙言。《亲士篇》云：“入国而不存其士，则亡国矣；见贤而不急，则缓其君矣。”此即“尚贤”之发凡也。修身为尚同之本，所染为“尚贤”之正反二义，法仪表、兼爱之原理。《七患》为《鲁问篇》以下之诊案；而《公输篇》等其方药也，又为非攻之预备辞，过明、节用之由；《三辩》开非乐。《墨》之文盖言文相杂，故每篇多重句重意（与今普通欧文相似），其语助之参差颠倒者，言文不一也（言文互倒置实世界通例）。至于《经说》上下两篇，本欲以言文一致，诠释其学语，而时异世隔，反致佶曲聱牙，不能通澈，视谓坚白同异者尤非也。凡古之高等文，至今易解，而通俗者，反难明，就我国人习东文者可证。

《墨》之文艰涩者，不独《经说》也，其每篇皆有特别句法。如《亲士篇》：“越王句践遇吴王之丑，而尚摄中国之贤君，三子之能达名成功于天下也，皆于其国抑而大丑也……是以甘井近竭，招木近伐，灵龟近灼，神蛇近暴。”《修身篇》：“批扞之声，无出之口，杀伤人之孩，无存之心……故彼智无察在身，而情反其路者也。”《所染篇》：“五入必而已，则为五色矣。”《法仪篇》：“此以莫㧑羊豢犬猪洁，为酒醴粢，盛以敬事天。”《七患篇》：“今岁凶民饥，道饿重其子，此疚于队，其可无察邪？”《尚贤中》：“乃刑之于羽之郊，乃爇照无有及也，帝亦不爱……此言圣人之德章明，博大述古以修久也。”《尚贤下》：“则王公大人之亲其国家也，不若亲其危弓、罢马、衣裳、牛羊之财与！"《尚同上》："天下之百姓，皆水火毒药相亏害，至有余力不能以相劳，腐朽余财不以相分，隐匿良道不以相交……天下之百姓，皆上同于天一而不上同于天，则菑犹未去也。"《尚同下》："若见恶贼家不以告，亦犹恶贼家者也。"《兼爱中》："此期年朝有黧黑之危。"《兼爱下》："故兼者直愿之也。夫岂可爱之物哉？……即得此若我先从事乎爱刑人之亲，然后人报我爱利吾亲乎意；我先从事乎恶人之亲，然后人报我以爱利吾亲乎；即必吾先从事乎爱利人之亲，然后人报我以爱利吾亲也，然即之交孝子者，果不得已乎？毋先从事爱利人之亲者与？意以天下之孝子为遇而不足以为正乎？"……（辉按：后举例甚多，略）

五、法家

法，非但政刑也。一切事物，莫不有天然之法，天然之法，出于自然之理，而人为之法生也。惟人为之法，必不尽能合天然，而有畸轻畸重，故法久必敝。且虽有良法，立法易而守法甚难。古之帝王所以尚道德，言理言情，而不轻任法也。法之本原，囿人于善，而卒至以法为杀人之具，礼教之穷而法起焉。黄帝时，大则干戈，小则刀锯，久以兵刑为法；至尧廷，设理官而明刑，中仍寓弼教之意，故不曰法官而曰理官。然以庭坚之圣，而犹有不祀之嗟，则以执法者其失入终多于失出也。语曰：君子远庖厨，所以养其不忍人之心，且刑官与世将皆为道家所忌。又曰：矢人惟恐不伤人，性将随业而化也。盖法所以平情理，而法之所在，则有时情与理皆穷者。善用法者，莫如商君，法行而身殉之，且为世重诟。韩公子，法之大家也，其身虽不用，而其言则为三代下英君明主之师资，然讳其得力，没其功效，而尊孔周以饰之，且用其言而恶其人。法家真何苦哉？盖纯正法家，其立言行事，必不肯如它术之委曲求全，故利用于天下，而实府天下之怨。今世法家之言，且有以强权为之，至德慈善事业为大不幸者（慈善事业如赦罪、振济、矜废、疾恤鳏寡，欧美政治家斥为剥良种之权利以培养劣种，世多韪之）。然刑措之风，如河清难俟。芸芸万类，竞争日烈。立国于世界者，德礼不行，奈何并此区区之法而亦骩骳也。礼法有良劣，有法终胜于无法，而向为法治之国，则求新法不如整理旧法也。夷虏有法，盗贼有法，驵侩有法，卖淫纵博之肆有法，而独政府无法，此鄙人所以叙述法家之言而不禁三叹也。

《韩非子》

［《韩非子》大旨］　秦自商君以来，本为法治国。商君之术，与周公官礼、管子《形势》鼎立于五百年中，成王、成霸、成帝，三子者不同道，而易地皆然。《商君书》已不传（今本系赝本），人亡政废。当韩公子入秦时，秦亲贵用事，法久窳败，非之书，盖燃商君之死灰而增薪者也。其所陈之利害，洞见症结，非如仪、衍辈徒持眼前之得失而荧听于立谈也，用人行政、理财诸大端，皆为远大计。且不似商君之仅以重农抑商奖首功，为一时富强计也。其言曰：……（辉按：其后援引《韩非子》中文字数段，文略，存其目：《初见秦》、《主道》、《有度》、《二柄》、《八奸》、《十过》、《亡征》、《备内》、《南面》、《七术》、《六微》、《八经》、《五蠹》、《显学》）

［《韩非子》之文学］　《韩非》之文学，与诸家异，无支离蔓衍含糊之病，故法家之文传

之至今,仍为文中最条直而警切者。节录《孤愤》、《说难》两篇,为文家之助。(辉按:《孤愤》、《说难》略)

六、兵家

《阴符》、《韬钤》,书已不传,间有散见于他家者,亦支离晦涩。《司马法》是兵家科条,而非学术;《尉缭》、《吴起》,陈列简狭。兵家言传于世者,以《孙子》为职志矣,非特一切武术,无所不包,且通名、法、纵横各家。孙子以一蕞尔之吴灭强楚,试演于宫闱,能于仓卒间使倾城为干城,盖一大实行家,而非作纸上谈者可比。其文亦步伐整齐,阵垒精严。法家行文如行法,兵家亦行文如行师,可与韩公子之书,并为王霸之资、坛坫之保。

《孙子》文采粹

(辉按:下录《孙子》中《计篇》、《作战篇》、《谋攻篇》、《形篇》、《執篇》、《虚实篇》、《军争篇》、《九变篇》、《行军篇》、《地形篇》、《九地篇》、《火攻篇》、《用间篇》,仅存其目,文略)

(黄人原书有评《用间篇》之语,录如下:此兵谋中至精者,儒家讥《孙子》此篇为蛇足,谓王师正陈不用间,实管窥之见也。兵行诡道,《孙子》已明言之矣。用间者,兵谋之诡而尤诡者也,虽有士马之众,兵革之利,形势之险,能用间者胜,否则败。盖用间者,可不费一矢而灭人国、歼人军者。历史上明王、霸主,凡创业而成大功者,莫不用间。殷汤、周文使伊尹仕夏,散宜生之通贿,出囹圄而予节钺,则王者之仁义,亦必待间而成功也;秦虽恃首功,然其灭六国,多从散黄金数十万斤,购间谍而得之也;汉兴,良、平皆善用间隙而灭西楚;赤壁、淝水之大捷,以有黄盖、朱序为间也;国朝太祖辽阳及萨尔浒之战,皆有蒙古人为间。则王者之师,何尝不用间哉?今欧洲外交上,专用国际侦探,所费不资而不悋,故兵战、工战、商战外,其消息机关,实操于国际侦探之手,则孙子非千古奇人哉?《用间篇》非千古之奇文哉?)

七、古小说

《虞初》、《九百》,书已不传,《黄车》所录,《齐谐》所志,或散见于诸家,或补辑为伪书。其完全而不损驯雅者,惟《山海经》及《穆天子传》,亦古时瑰玮文学之一种,藉供俭腹者之资粮等,嗜马肝,毋讥貂尾。

《山海经》

禹作,或云伯益作,谓禹、益同作,或又谓《山海经》外尚有《岳渎经》,书中有长沙、灵陵等汉地名,或疑为后人赝作。抑知古时著书,体例未完,传述古书者,每多参入近名(如《神农本草》亦有汉地名,苟作伪,反检点不用矣),不能以之定真赝也。要之,其书终在秦汉上,不然,屈原《天问》中,何以多引用其典实?且与《穆天子传》,同多古文字?

[《山海经》奇语] (辉按:下录《山海经》之《南山经》、《西山经》、《北山经》、《中山经》、《海外南经》、《海外西经》、《海外北经》、《海内南经》、《海内西经》、《海内北经》、《大荒东经》、《大荒西经》、《大荒北经》中奇语多则,仅存其目,文略)

《穆天子传》

(辉按:《穆天子传》一书,黄人原书未作评骘,仅录文选“己未,天子大朝于黄之山……”一段,文略)

第三节　文学全盛中期

一、南方文学

《楚辞》

战国以前，风流博雅之彦，多产于北方，其号为能读典坟丘索者，仅有倚相耳。西方诸国，荆楚为雄长，自鬻熊立国，以至筚蓝开基，实未臣服于周。姬氏册府，虽列之五等，楚未尝受地（大约与《明史》所记封丰城秀吉为王相似），观诗传所记，惩荆舒尽诸姬，及首称王号，其雄略可见。盖轶出元公专制范围外而独立者，鬻子世传耄而为文王师，今览其遗书，首明道术，备三朝之顾问。渭水《阴符》，后生曲学，当不值长者之一噱（太公《阴符》亦出于道家），且不独为非熊三六之前修，又为游龙五千之祖（老子、老莱子皆楚人，并享修龄，盖鬻学之大宗也）。以彼雄才巨识，宁肯爱一子爵之麛縻？其投荒蛮域，正与赵佗南粤、虬髯扶余同一气概，故东迁以后，即俨然代周而王，虽不幸而扼于齐、晋，未能尽达目的，至战国则奄有吴、楚，北及齐、鲁，几占领中国本部之半，又不幸而忽亡于嬴氏。然三户讴思，江东一旅，卒踣秦鹿。其开国之规模宏远，立国之根基巩固。政界之元公，学界、文界之孔子，皆不得系属之。（《诗》无楚风，孔子及门楚人，仅有公孙龙及任不齐、秦商，且公孙龙为诡辩学家，似非儒者。又公孙龙或云卫人，或云赵人，秦商或云鲁人，则任亦未必即楚人。由是言之，则楚但有孔子之师，问礼事或云老子，或云老莱子，皆楚人也，而无孔子之弟子，大奇。）故国民之思想，亦高出于北方。若吴、若越，当其盛时，兵革之众，虽与楚势均力敌，而文学之坛坫，则无敢登者（虽有子游以文学名，然系北学派）。且北方学者，虽高如儒、墨，其立说必曲附先王，其陈义必隐于世主。南风独竞，前有老氏之学，上法自然，举尧、舜、三王之糠秕尘垢，簸扬一空；后则有屈、景之徒，寄神思于九天、九渊，吹嘘数百年，拘挛枯腐之心花意蕊，而活动其自由。故楚辞一体，在周、秦诸子中为创的，而非因的；为主观的，而非客观的。其与道家言，正如西方鄂谟名篇、犹太圣典，为宇宙中对峙之大文。而词章一门，由此始成阀阅。盖楚自倾覆禹宗，尽有神州之海线，深若绝壑，凡狉獉未辟者，亦悉入其版图。神奇瑰怪，接构于耳目者，皆北人所未知。又陶熔于累代遗传之高尚思想，天文、地理、人文互相郁积，旁薄数百年，乃发于灵均之一身。然使其得志于一时，则上之不过黼黻升平，踵吉甫、山甫之风流，增十五国之一；下之纳宾客，竞豪举，亦不过配四君而五之。即不然，闭门著书，亦《吕览》、《淮南》之流亚而已。天之欲成一大文豪也，重于明君贤相。君相虽劳苦困乏，而终能奋发。独文豪则必穷于终身，而后能成一代之才。故以灵均为开辟穷愁著作世界之元祖，而文人丁厄成定例。天非刻于文豪也，正见名山之业，非膏粱文绣之幸福为无足轻重也。是以不生灵均于问鼎封观之盛时，而使立于孱暗怀王之殿陛。内则有上官、子兰、郑袖之徒，迫至于憔悴忧伤之境；外则有奇鬼游魅种种灵怪，相逢于萧间寂寞之中。故能破天荒，而别成一家（《三百篇》系总集；韵语之有专集，自屈始），遂开禹甸词章之派。昔孔门诗教，述古而非创新；即春秋士大夫赋诗，亦多由记诵，间有憔悴行吟，如里巷歌谣，随意成章，未成专学。则吾国美术界，当首祀灵均，无可疑者。盖其文非特忠爱绸绵，且上穷造化之微，下探物理之奥，备诗之“六义”，配史之“三长”，而非玩华绣帨之伦所能窥其涯涘者也。宋、景尚未具体，扬、马不免效颦，下此更无论已。

《楚辞》撷萃（辉按：选文略，仅录原书之选目及评骘语）

《离骚》：“此自述也，即可作其小传读。其情如《关雎》，其气如《逍遥游》，名之曰经，多乎哉！此篇为老庄滥觞。”

《九歌》：“独醒独清，举世无可告语。不得已而商之鬼神，而鬼神仍无知也。至于呵壁问天，而天终古无言，则不能不赴汨罗矣！此篇太白所祖。”

《天问》：“此篇多阙简，而已至千数百言，古之韵文所未有也。长吉体出此。”

宋玉《招魂》：“招屈原也，其体即出于《天问》。”

宋玉《神女赋序》：“楚赋皆有序，以别于骚歌也，汉人摹仿者，尚有序。”

《风赋》：“按：上此亦是赋序，以下方为赋耳。”

景差《大招》：“《招魂》，招死魂；《大招》，招生魂也。此篇即《七发》之滥觞。”

二、秦之文学

秦在未统一前，其文学则有《秦誓》，诗有《秦风》，其余若名、法家言，纵横家言，属之者颇多。至始皇混一，实行非天子不考文之制，且焚坑继之，故当时文学，除诏令、上书外，仅有刻石。

秦之石刻

《岣嵝禹碑》，成于好事，岐阳猎碣，亦出传疑，故三代以上无泐石之文，而秦始创之，从此吉金变为乐石。而南山之骨，日受槌凿；然钟鼎彝器，多垂训戒。及昭吉祥，其纪功德者仅居少数，而文词亦多简，不如勒石之可铺张扬厉也。故石刻为秦之特别文体，亦即秦之惟一文体，且其文尤为小篆之祖，可供六法家研究。（辉按：下录秦刻石文，文略，仅存其目：李斯《峄山刻石》、《泰山刻石》、《琅琊台刻石》、《芝罘立石》、《东观刻石》、《碣石刻石》、《会稽刻石》）

三、两汉文学

汉初挟书偶语之禁未开，儒之热中者，已攀麟附凤，变其术以迎合溲冠嫚骂之君主。尚高者，则槁项不出。后旧禁虽开，而文好黄老，景尚刑名。至孝武始昌言尊孔，表章六经，罢斥百家。而词赋之士，亦盛于此时，藩邸承风，咸知搜辑遗经，罗致华士。世祖光复，益重儒术，征书日下，野无遗才，文学界其有中兴之象乎！尔时文学之最昌者，大约三家：一儒、一道、一《楚词》也。儒失而为五行、为谶纬，甚而《礼》则叔孙之朝仪，《乐》则延年之新声；道失而为神仙、为封禅、为多神教（阅《郊祀志》即知）；而词赋除贾生、相如外，又多枕体袭调，为无病之呻吟，其下者，则以贡谐媚取富贵。东、西京之文学，果兴乎哉？果兴乎哉？吾独谓其尚可作鲁叟、湘累之后盾者，则非茂陵右文之功，而龙门杀青之力也。

第四节　文学全盛末期

一、史学文学

《史记》

司马迁可继孔子。两楹一梦，万古长宵，风雨翰音，非无健者。皓首草玄，拟五十年之裂漆；聱牙法语，比七十子之行修。新朝之廷，有学孔子者也。重编六籍，别设四科，河汾一水，与洙泗争流；太平万言，将东周同梦。胡虏之朝有学孔子者也。五百年道统，远绍箕裘；一万两黄金，自开炉冶。有宋及明初，有学孔子者也。道在两眉，竞奇于麟绂；堂森万木，比隆于杏坛。国朝有学孔子者也。未知与燕哙汉哀之师尧舜，黄皇当途之法文周，其旨趣何若？要之，皆未得谓善学孔子者也。善学孔子者，峄山一老外，仅蚕室一累耳！

［《史记》大旨］《左》、《公》、《谷》三家，传《春秋》之事实、体例者也，而《孟子》则传《春秋》之义、之志者也。则普通国史所谓鲁之《春秋》也，与晋《乘》、楚《梼杌》无异。《春秋》则孔子之义、孔子之志，而为孔子之《春秋》也！故《春秋》不言述而言作。文可传，事实、体例可传，而志与义则不可传，其可传者，必有孔子之志与义者也。故《孟子》之《春秋》不衍派，而百年已后，有史迁者出，则传《春秋》之志与义而并传其体例者也。或谓孔子之学，大者在尽性明伦，《春秋》仅一经而已，史迁不传孔子之道学而传文学，恐未足为孔之继起也。抑知尽性明伦之学，可蹈虚，而征文考献之学，则必务实。且历史为世鉴、为心律，尽性明伦之学，亦包涵其中。且尚尽性明伦之学者，世不乏人，果尽合于孔子之道乎？孔子一生最自惬者为《春秋》之义。则能述其义而作者，孔子当亦承认其为孝子贤孙也。就时势，则史迁幸于孔子。孔子非史官，而迁则世其职；孔子时文献无征，远求夷野，而史迁则"承献书之后，有家学之遗，涉猎广博"（班固语）；孔子西未至秦，南未及吴，而史迁甫冠，即遍游名山大川；孔子虽圣，不过一国之下大夫，而史迁则一统天子之重臣（古太史令位在三公之上），史为专职世学。故孔子之《春秋》，其名仍沿鲁史，其事则限于二百四十年，已上者则属之于《诗》、《书》、《易》、《礼》之旧史，述而不作，惟其志、其义，则可上下古今纵横四宇，孔为其难，迁为其易。故迁之德，虽万不及孔子，而就历史界、文学界观，则迁直接孔子之正统，非特迁可自信，而亦天下后世所当公认者也。

班固不满于史迁，谓其是非谬于圣人，所谓谬者（大道先黄老，后六经），退处士，进游侠，述货殖，崇势利也。夫迁列孔子于世家，其弟子有列传，而《黄帝纪》则云其言不雅驯，老子则与韩非同传，果孰先孰后乎？（史迁自序中，似乎推重道家，然儒为著学，道为玄学，儒烦而道简，儒方而道圆，儒拘而道通，儒有碍而道无碍，儒有界而道无界，其作用本不同，非有所轻重也。）季世处士，其下者以功利动时主，博富贵。民生日蹙，即儒者亦晏受尊奉，日言利济，而不能施仁。独游侠牺牲一己，惩暴扶弱，铲除不平。处士、游侠其优劣果何如？若夫《货殖》一传，正与《平准书》针对，是时上掊克下逐末，上下互相为奸利，故曰“农不如工，工不如商，刺绣文不如倚市门”，何言之沉痛也！爰消息《禹贡》、《官礼》、《管子》之学术，加以危言耸论，以砭凉法薄俗，此而谓之崇势利，则孔之先富，孟之制产，皆势利之尤矣！盖迁直而固佞，迁奇而固庸，其人格固已不合。且迁之史才，为天下之史，为千古之史；而固则为一时一家作簿录者也，抢榆枋而止，安知有南溟哉？一龙一猪，诚定评也！且固之学出于刘向、扬雄。向、雄论迁之书曰：“善序事理，辨而不华，质而不俚，其文直，其事核，不虚不美，不隐恶，故谓之实录，此皆《春秋》之家法也。”则知迁者也，则能善读《史记》者也，且深于史学者也。以其隐隐许迁之书，可为《春秋》续也。

[《史记》之特色]　外人之诋吾国史者，辄曰：帝王之家谱耳，相斫书耳。此语独不可加《史记》。史迁虽分本纪、世家、外传三级，而列项王于本纪，列孔子于世家，而仲尼弟子有列传，孟、荀又有列传。贾、董列传则在开创勋臣传前，李将军传则在卫将军、骠骑传前。盖论实际，不论成败，就人格不就际遇也。史止有政府史，而无民族社会史。而史迁则诡而至于社主神君，纤而至于牛蹄童指，秘而至于冒顿嫚书、佞幸梦兆，琐而至于日者龟策，皆详言之。盖非是则失世运人事之真际，而文亦不足达其旨。史者，世运人事之鉴也，鉴无遗形，则史无遗事，惟史迁有之。它史于记事处，间有评论，必就事论事，所论即所记，未免骈枝。或记自记，论自论，不能互通。独史迁则记中有论（刻画人物言动，或就交涉，即显出其人物之良劣），论中有记（迁论赞多取其人琐事遗闻，或论其形貌，或以它人它事为衬托），所谓微而显，曲而达，是是非非，笔笔削削，亦善用《春秋》之家法也。

[《史记》之文学]　上古文学，以盲史、漆国、楚骚及《史记》为极作。然三家各树一帜，而不能相兼。兼之者，迁也。其所谓以记为论，以论为记法，左氏最善用之。（左于记善行下，每苦有不足词；记恶迹下，则又若有宽解词，故或讥其谬于是非。盖善恶已尽于记述中，则加论者必其未记述，而有可不足、有可宽解者也。且文意忌重，否则以水济水矣。左氏用笔矫变，故人不测。迁亦不肯袭左，而另用拾遗识小之一法。）庄子说理，一篇一理，或散于它篇，或参互变换而成一篇。史迁记事亦然。其传记中，或舍主人而述他人他事，或一传而合数传之事以成，或主人一见即逝，而忽见于他传中（合传中此例尤其多）。其书中则千头万绪，若棼不可理，而好整以暇，仍丝丝入扣。又事之烦重复杂者，他人必须另起锤击者，能双管齐下，枯菀各得隐赜。处他人所漫不经意者，则体会入微，推阐尽致。贯虱心而添颊毫，正《南华》所谓“书虽瑰玮，而连抃无伤辞；虽参差，而諔诡可观者也”。若夫忠爱之忱，悱恻馨逸之思，呼天顿足之悲愤，则屈、贾流亚也。即其制词亦臻奇绝。纵之则云雷，敛之则毛甲，有一二言为一句，有什百言为一句，亦有数行为一句者。又有不求诸文字外，而不能得其意者。独立一代，空前绝后。惟唐昌黎韩氏，则具体而微。其余一切所谓大文豪者，得其一鳞寸爪，便足飞扬跋扈于坛坫上矣。

（辉按：下节录司马迁《自序》，文略）

二、西汉司马迁以前文学家代表并文

贾谊　洛阳人也。年十八，以能诵诗书属文。河南守吴公闻其秀材，召置门下。公治平为天下第一，征为廷尉，乃言谊年少，颇通诸家之书，文帝召以为博士，是时谊年二十余，最为少。每诏令下，诸老先生未能言，谊尽为之对，文帝说之，超迁，岁中至太中大夫。谊以为汉兴二十余年，天下和洽，宜当改正朔，易服色、制度，定官名，兴礼乐。乃草草具其仪法，天子议以谊任公卿之位，绛、灌、东阳侯冯敬之属尽害之，乃毁谊。于是天子亦疏之，以谊为长沙王太傅。谊既以适去，意不自得，及度湘水，赋以吊屈原。几岁后，文帝思谊，征之至入见。上方受厘坐宣室，上因感鬼神事而问鬼神之本，谊具道所以然之故，乃拜谊为梁怀王太傅。王，上少子，爱而好书，故令谊傅之。后梁王胜坠马死，谊自伤为傅无状，常哭泣。后岁余，亦死，年三十三矣。凡所著述五十八篇。（辉按：后录贾谊《吊屈原赋》，评曰："借酒浇块垒，语语吊屈，却语语涉己。"）

司马相如　字长卿。卿，蜀郡成都人也。少时好读书，学击剑，名犬子。既学，慕蔺相如之为人，更名相如。以赀为郎，事孝景帝，为武骑常侍，非其好也。会景帝不好辞赋，是时梁孝王来朝，从游说之士，相如见而说之。因病免，客游梁，居数岁，乃著《子虚》之赋，会梁孝王卒。相如归，蜀人杨得意为狗监，侍上，上读《子虚赋》而善之曰："朕独不得与此人同时哉?"得意曰："臣邑人司马相如，自言为此赋。"上惊，乃召问相如，相如曰："有是，然此乃诸侯之事，未足观也。请为天子游猎赋。"赋成，奏之，上许令尚书给笔札，奏之天子，天子大说，以为郎。为郎数岁，会唐蒙使略通夜郎西棘中，发巴蜀吏卒千人，郡又多为发，转漕万余人，用法诛其渠帅。巴蜀民大惊，恐上闻之，乃使相如责唐蒙，因谕告巴蜀民以非上意。相如还报，乃拜相如为中郎将。建节往使，长卿便略定西夷，远报天子，天子大说。相如使时，蜀长老多言通西南夷，不为用，唯大臣亦以为然，相如欲谏，业已建之不敢，乃著书籍，以蜀父老为辞，而已诘难之，以风天子。其后人有上书言相如使时，受金失官。居岁余，复召为郎。相如口吃而善著书，常有消渴疾。与卓氏婚，饶于财，其进仕宦，未尝肯与公卿国家之事，称病闲居，不慕官爵。相如既病免，家居茂陵，以消渴疾卒。（犬子、狗监，史公谑而虐矣。）（辉按：后录司马相如《大人赋》，黄人评曰："出于《逍遥游》。"）

董仲舒　广川人也。少治《春秋》。孝景时为博士，下帏讲诵，三年不窥园。武帝即位，举贤良，以贤良对策焉，对既毕，天子以仲舒为江都相，事易王。易王，帝兄。帝骄好勇，仲舒以礼谊匡王，王敬重焉。仲舒治国以《春秋》灾异之变，推阴阳所以错行，废为中大夫。公孙弘治《春秋》，不如仲舒，仲舒以弘为从谀，弘嫉之。胶西王亦上兄也，尤纵恣，数害吏二千石，弘乃言于上曰："独董仲舒可使相胶西王。"胶西王闻仲舒大儒，善待之，仲舒恐久获辜，病免。仲舒所著凡二十三篇，而说《春秋》事复数十篇，十余万言。（辉按：后录董仲舒《士不遇赋》，仅存其目，文略）

淮南王刘安　安为人，好书鼓琴，不喜弋猎、狗马、驰骋，亦欲以行阴德，拊循百姓，流名誉。招致宾客方术之士数千人，作为《内书》二十一篇，《外书》甚众，又有《中篇》八卷，言神仙、黄白之术，亦二十余万言。以讦告谋畔诛死。（辉按：后录刘安《招隐士》一首并序，仅存其目，文略）

邹阳　齐人也。汉兴，诸侯王皆自治民，聘贤，吴王濞招致四方游士，阳与吴严忌、枚乘等俱仕吴，皆以文辩著名。久之，吴王以太子事怨望，称疾不朝，阴有邪谋。阳奏书，谏为其事，尚隐恶指斥言，故先引秦为谕，因道胡、越、齐、赵、淮南之难，然后乃致其意，吴王不内其言。是时，景帝少弟梁孝王贵盛，亦待士。于是，邹阳、枚乘、严忌知吴不可说，皆去之梁从孝王游。阳为人有知略，慷慨不苟合，介于羊胜、公孙诡之间。胜等疾阳，恶之孝王，孝王怒，下阳吏，将杀之。阳客游以谗见禽，恐死而负累，乃从狱中上书奏梁孝王，孝王立出之，卒为上客。（辉按：后录邹阳《狱中上梁孝王书》，仅存其目，文略）

枚乘　字叔，淮阴人也。为吴王濞郎中。吴王之初，怨望谋为逆也，乘奏谏，吴王不纳。乘等去而之梁，从孝王游。吴王遂与六国谋反，复说吴王，吴王不用乘策，卒见禽灭。汉既平七国，乘由是知名，景帝召拜乘为弘农都尉。以病去官，复游梁。梁客皆善属辞赋，乘尤高。孝王薨，乘归淮阴。武帝自为太子，闻乘名，及即位，乘年老，乃以安车蒲轮征，乘道死。诏问乘子，无能为文者，后乃得其孽子皋。（辉按：后录枚乘《复说吴王》、《七发》八首，仅存其目，文略）

三、西汉司马迁以后文学家代表并文

王褒　字子渊，蜀人也。宣帝时，修武帝故事，讲论六艺群书，博尽奇异之好，征能为《楚辞》。于是益州刺史王襄，欲宣风化于众庶，闻王褒有俊材，请与相见，使褒作《中和乐》，职布诗选，因奏褒有轶材，上乃征褒。既至，诏褒为《圣主得贤臣颂》，是时上颇好神仙，故褒对及之。顷之，擢褒为谏议大夫。其后太子体不安，苦忽忽善忘不乐，诏使褒等皆之太子宫，虞侍太子，朝夕诵读奇文及所自造作，疾平复乃归。太子喜褒所为《甘泉》及《洞箫赋》，令后宫贵人左右皆读之。后方士言，益州有金马、碧鸡之宝，可祭祀致也，宣帝使褒往祀焉。褒于道病死，上闵惜之。（辉按：后录王褒《僮约》，文略。黄人评曰："寓言贰臣也。"）

刘向　字子政，本名更生。年十二，以父德任为辇郎。既冠，以行修饬，擢为谏议大夫。是时先帝循武帝故事，招选名儒俊材置左右。更生以通达能属文辞，与王褒、张子侨等，并进对，献赋颂凡数十篇。上复兴神仙方术之事，而淮南有《枕中鸿宝苑》秘书，书言神仙、使鬼物、为金之术及邹衍重道延命方，世人莫见，而更生父德，武帝时治淮南狱，得其书。更生幼而读诵，以为奇，献之。言黄金可成，上令典尚方铸作，事费甚多，方不验，上乃下更生吏，吏劾更生铸伪黄金，系当死。更生兄阳城侯安民，上书入国户半，赎更生罪。上亦奇其材，得逾冬减死论，复拜为郎中、给事黄门，迁散骑谏大夫、给事中。元帝初即位，太傅萧望之、少傅周堪，荐更生宗室忠直，明经有行，擢为散骑宗正、给事中。中书宦官弘恭、石显弄权，更生免为庶人。成帝即位，显等伏辜，更生乃复进用，更名向。向以故九卿，召拜为中郎，使领护三辅都水。数奏封事，迁光禄大夫。是时帝元舅阳平侯王凤，专国权，兄弟七人，皆封为列侯。时数有大异，向以为外戚贵盛，凤兄弟用事之咎。虽不能尽用，然内嘉其言，向自见得信于上，故常显讼宗室，讥刺王氏，言及在位大臣，其言多痛切，发于至诚。上数欲用向为九卿，辄为王氏居位者及丞相、御史所持，故终不迁。居列大夫官前后三十余年，年七十二卒。少子歆，最知名。（辉按：后录刘向《请雨华山赋》、《上战国策叙》，仅存其目，文略）

扬雄　字子云，蜀郡成都人也。少而好学，不为章句训诂，通而已，博览无所不见。为人简易佚荡。口吃不能剧谈，默而好深湛之思。自有大度，非圣哲之书不好也，非其意，虽富贵不事也。顾尝好辞赋，乃作书，往往摭《离骚》文而反之，自岷山投诸江流以吊屈原，名曰《反离骚》。又旁《离骚》作重一篇，名曰《广骚》。又旁《惜诵》以下至《怀沙》一卷，名曰《畔牢愁》。孝成帝时，客有荐雄文似相如者，上方郊祠甘泉、泰畤、汾阴、后土，以求继嗣，召雄待诏承明之庭。正月从上甘泉还，奏《甘泉赋》以风，赋成，奏之，天子异焉。哀帝时，丁傅、董贤用事，诸附离之者，或起家至二千石，时雄方草《太玄》，有以自守，泊如也。或嘲雄以玄尚白，而雄解之，号曰《解嘲》；客有难《玄》太深，众人之不好也，雄解之，号曰《解难》。雄见诸子，各以其知舛驰，大氐诋訾圣人，及太史公记六国，历楚汉讫麟止，不与圣人同是非，颇谬于经，故人时有问雄者，当用法应之，撰以为三十卷，象《论语》，号曰《法言》。（辉按：后录扬雄《太玄赋》、《博士箴》、《酒箴》，仅存其目，文略）

四、东汉文学家代表并文

桓谭　字君山，沛国相人也。父为太乐令，因好音律，善鼓琴，博学多通，编习五经，皆训诂大义。能文章，尤好古学，数从刘歆、扬雄辩析疑异。性嗜倡乐，简易不修威仪，而喜非毁俗儒，由是多见排抵。哀、平间，不过郎傅。王莽居摄篡弑之际，天下之士，莫不竞褒称德美，谭独自守，默然无言。莽时，为掌乐大夫，更始立，召拜大中大夫。世祖即位，征待诏，上书言事，失旨不用。后大司空宋弘荐谭，拜议郎给事中。因上书陈时政所宜，书奏不省，是时帝方信谶，又酶赏少薄，天下不时安定。谭复上疏，帝省奏，愈不悦。其后有诏会议灵台所处，帝谓谭曰："吾欲谶决之何如？"谭默然良久，曰："臣不读谶。"帝问其故，谭复极言谶之非经，帝大怒曰："桓谭非圣无法，将下斩之！"谭叩头流血，良久乃得解。出为六安郡丞，意忽忽不乐，道病卒，时年七十余。初，谭著书言当世行事二十九篇，号曰《新论》，上书献之，世祖善焉。《琴道》一篇未成，肃宗使班固续成之。所著书《新论》外，有赋、诔、书、奏二十六篇。（辉按：后录桓谭《上世祖疏》，仅存其目，文略）

冯衍　字敬通，京兆杜陵人也。幼有奇才，年九岁，能诵诗，至二十而博习群书。王莽时，诸公多荐举之者，衍辞不肯仕。时天下兵起，莽遣更始将军廉丹，讨伐山东。丹辟衍为掾。丹与赤眉战死，衍乃亡命河东。光武帝时，以衍为曲阳令，诛斩剧贼郭胜等，降五千余人，论功当封，以谗毁故，赏不行。后卫尉阴兴、新阳侯阴就，以外戚贵显，深敬重衍，衍遂与之交结。帝惩西京外戚宾客，故皆以法绳之，衍由此得罪。建武末，上疏自陈书奏，犹以前过不用。衍不得志，退而作赋。显宗即位，又多短衍以文过其实，遂废于家。所著赋、诔、铭、说、问、交德诰、慎情书、记、说、自序、官录、说策五十篇。（辉按：后录冯衍《与妇弟任武达书》，仅存其目，文略）

班固　字孟坚。年九岁，能属文，诵诗赋。及长，遂博贯载籍，九流百家之言，无不穷究。永平初，东平王苍，以至戚为骠骑将军，辅政，开东阁延英雄。时固始弱冠，奏记说苍，苍纳之。父彪卒，归乡里，固以彪所续前史为说，乃潜精研思，欲就其业。既而有人上书显宗，告固私改作国史者。有诏下郡，收固系京兆狱，尽取其家书。先是扶风人苏朗，伪言图谶事下狱死，固弟超恐固为郡所核考，不能自明，乃驰诣阙上书，得召见，具言固所著述意，而郡亦上其书，显宗甚奇之，召诣校书部除兰台令史。《世祖本纪》成，迁为郎典校书，固又撰功臣平林新市公孙述事，作列传载记二十八篇，奏之帝，乃复使终成前所著书。固乃探撰前记，缀集所闻，以为《汉书》。起于高祖，终于孝平王莽之诛，十有二世，二百三十年。永元初，大将军窦宪出征匈奴，以固为中护军，与参议。及窦宪败，固先坐免官。固不教学诸子，诸子多不遵法度，吏人苦之。初，洛阳令种竞尝行，固奴干其车骑，吏推呼之，奴醉骂，竞大怒，畏宪不敢发，心衔之。及窦氏宾客皆逮考，竟因此捕系，固遂死狱中，时年六十一。固所著《典引》、《宾戏》、《应讥》、诗、赋、铭、诔、颂、书、文、记、论、议、六言，在者凡四十一篇。（辉按：后录班固《封燕然山铭》，仅存其目，文略）

崔骃　字亭伯，涿郡安平人也。年十三，能通《诗》、《易》、《春秋》，博学有伟才，尽通古今训诂百家之言，善属文。少游太学，与班固、傅毅齐名，常以典籍为业，未遑仕进。时人或讥其太玄静，将以后名失实。骃拟扬雄《解嘲》，作《达旨》以答焉。元和中，肃宗始修古礼，巡狩方岳，骃上《四巡颂》以称汉德，辞甚典美，帝嗟叹之，谓侍中窦宪曰："卿宁知崔骃乎？试请见之。"骃由此候宪，宪屣履迎门，揖入为上客。窦太后临朝，宪以重戚，出内诏命，骃献书戒之。及宪为车骑将军，辟骃为掾。宪擅权骄恣，骃数谏之。及出击匈奴，道路愈多不法，骃为主簿，前后奏记数十，指切长短，宪不能容，稍疏之。因察骃高第，出为长岑长，骃自以远去不得意，遂不之官而归。永元四年，卒于家。所著诗、赋、颂、铭、书、记、表、《七依》、《婚礼》、《结言》、《达旨》、《酒警》，合二十一篇。（辉按：后录崔骃《博徒论》、《酒箴》，仅存其目，文略）

张衡　字平子，南阳西鄂人也。少善属文，游于三辅，因入京师观太学，遂通五经，贯六艺。永元中，举孝廉。时天下承平日久，自王侯以下，莫不踰侈，衡乃拟班固《两都》作《二京赋》，因以讽谏，精思傅会，十年乃成。衡善机巧，尤致思于天文、阴阳、历筭，又好玄经。安帝雅闻衡善术学，公车特征拜郎中，再迁为太史令。遂乃研核阴阳，妙尽璇玑之正，作浑天仪，著《灵宪》、《算罔论》，言甚详明。顺帝初，再转复为太史令。阳嘉元年，复造候风地动仪，以精铜铸成，施关发机，外有八龙，首衔铜瓦，下有蟾蜍，张口承之。其牙机巧制，皆阴在尊中，覆盖周密无际。如有地动，尊则振龙发机吐丸，而蟾蜍衔之，振声激扬，伺者因此觉知。虽一龙发机而七首不动，寻其方面，乃知震之所在。永和初，出为河间相。时国王骄奢，不遵典宪，又多豪右，共为不轨。衡下车治威，严整法度，阴知奸党名姓，一时收禽，上下肃然，称为政理。视事三年，上书乞骸骨，征拜尚书。年六十二卒。所著诗、赋、铭、七言、《灵宪》、《应间》、《七辨》、《巡诰》、《悬图》，凡三十二篇。（辉按：后录张衡《周天大象赋》、《骷髅赋》，仅存其目，文略）

马融　字季长，扶风茂陵人也。为人美辞貌，有俊才。永初二年，大将军邓骘闻融名，召为舍人，非其好也，遂不应命。客于凉州武都汉阳界中，会羌虏飙起，边方扰乱，米谷踊贵，自关以西道殣相望。融既饥困，乃悔而叹息，故往应骘召。四年拜为校书郎中，诣东观典校秘书。是时邓太后临朝，骘兄弟辅政。元初二年，上《广成颂》以讽谏。《颂》奏，忤邓氏，滞于东观十年，不得调。有兄子丧，自劾归，太后闻之，怒，谓融羞薄，诏除，欲仕州郡，遂令禁锢之。桓帝时，为南郡太守。先是，融有事忤大将军梁冀旨，冀讽有司奏融在郡贪浊,免官髡徙南方。赦还后,复拜议郎,重在东观著述,以病去官。著《三传异同说》,注《孝经》、《论语》、《诗》、《易》、三《礼》、《尚书》、《列女传》、《老子》、《淮南子》、《离骚》,所著赋、颂、碑、诔、书、记、表、奏、七言、琴歌、对策、遗令,凡二十一篇。初,融惩于邓氏,不敢违忤势家,遂为梁冀草奏李固,又作《大将军西第颂》,以此颇为正直所羞。年八十八,延熹九年,卒于家。(辉按:后录马融《围棋赋》、《樗蒲赋》,仅存其目,文略)

蔡邕　字伯喈,陈留圉人也。性笃孝,母滞病三年,邕自非寒热节变,未尝解襟带,不寝寐者十旬。母卒,庐于冢侧,动静以礼。与叔父、从弟同居,三世不分财。乡党高其义。少博学,师事太傅胡广,好辞章、术数、天文,妙操音律。桓帝时,中常侍徐璜等擅恣,闻邕善琴,遂白天子,敕陈留太守督促发遣。邕不得已,行到偃师,称疾而归。建宁三年,辟司徒桥玄府。玄甚敬待之,出补河平长,召拜郎中,校书东观,迁议郎。邕以经籍去圣人久,文字多谬,熹平四年,与堂溪等奏求正定六经文字,灵帝许之。邕乃自书册于碑,使工镌刻,立于太学门外。光和元年七月,诏邕召诣金商门,引入崇德殿,使中常侍曹节、王甫就问灾异及消改变故,所宜施行,邕悉心以对。章奏,帝览而叹息,因起更衣,曹节于后窃视之,悉宣语左右,其为邕所裁黜者,咸侧目。初,邕与刘郃素不相平,叔父卫尉质又与杨球有隙。球,郎中常侍程璜女夫也。璜遂使人飞章言,邕、质数以私事请托于郃,郃不听,邕含隐切志欲相中。于是诏下尚书,召邕诘状。邕上书自陈,于是下邕、质于洛阳狱,劾以仇怨奉公,议害大臣,大不敬,弃市。事奏中常侍吕强,愍邕无罪,请之帝,亦更思其章,有诏减死一等,与家属髡钳徙朔方。杨球使客追路刺邕,客感其义,皆莫为用。球又赂其部主使加毒害,所赂者反以其情戒邕。中平六年,灵帝崩,董卓为司空,闻邕名高,辟之,称疾不就。卓大怒,詈曰:"我力能族人!"又切勅州郡举邕诣府,邕不得已到署,祭酒,甚见敬重,举高第补侍御史,又转侍书御史,迁尚书。三日之间,周历三台,迁巴郡太守,复留为侍中。初平元年,拜左中郎将,从献帝迁都长安,封高阳乡侯。及卓被诛,邕在司徒王允坐,殊不意言之而叹,有动于色。允勃然叱之曰:"董卓,国之大贼,君为王臣,所宜同忿!而怀其私遇以忘大节!今天诛有罪,而反相伤痛,岂不共为逆哉?"即收付廷尉治罪,邕陈辞谢,乞黥首刖足,继成汉史。士大夫多矜救之,不能得,遂死狱中。允悔,欲止而不及。时年六十一。所著诗赋、碑、诔、铭、赞、连珠、箴、吊、论议、《独断》、《劝学》、《释诲》、《叙乐》、《大训》、《篆势》、祀文、章表、书记,凡百四篇传于世。(辉按:后录蔡邕《青衣赋》、《短人赋》、《陈太丘碑》、《陈太丘庙碑》、《篆势》、《隶势》,仅存其目,文略)

孔融　字文举,鲁国人。孔子二十世孙也。幼有异才,年十岁,随父诣京师。时河南尹李膺,以简重自居,不妄接士宾客,敕外自非当世名人及与通家,皆不得白。融欲观其人,故造膺门,语门者曰:"我是李君通家子。"门者言膺,请融,问曰:"高明祖父,尝与仆有恩旧乎?"融曰:"然。先君孔子与君先人李老君,同德比义而相师友,则融与君累世通家。"众坐莫不叹息。年十三,丧父,哀悴过毁,扶而后起,州里归其孝。性好学,博涉多该览。山阳张俭为中常侍侯览所怨,览为刊章下州郡,以名捕俭。俭与融兄褒有旧,亡抵于褒,不遇,时融年十六,俭少之而不告。融见其窘色,谓曰:"兄虽在外,吾独不能为君主邪?"因留舍之,后事泄,国相以下,密就以捕,俭得脱走,遂并褒、融送狱。二人未知所坐,融曰:“保纳藏舍,融也,当坐之。”褒曰:“彼来求我,非弟之过,请甘其罪。”吏问其母,母曰:“家事任长,妾当其辜。”一门争死,郡县疑不能决,乃上谳之,诏书意坐褒焉。融由是显名。后辟司空掾,拜中侯。在职三日,迁虎贲中郎将。会董卓废立,以融常忤卓旨,转为议郎。时黄巾寇数州,而北海最为贼冲,卓乃讽三府同举融为北海相。融到郡,收合士民,起讲武,乃收散兵保朱虚县,得男女四万余人。更置城邑,立学校,表显儒术,荐举贤良郑玄、彭璆、邴原等。黄巾复侵暴,融乃出屯都昌,为贼管亥所围,融遣太史慈求救于平原相刘备。备惊曰:“孔北海乃复知天下有刘备邪!”即遣兵三千救之,贼乃散走。时袁、曹方盛,而融无所协附,左丞黄祖者,称有意谋,劝融有所结纳。融知绍、操终图汉室,不欲与同。时年饥兵兴,操表制酒禁,融频书争之,多侮慢之辞。既见操雄诈渐著,数不能堪,故发辞遍告,多致乖忤。又尝奏宜准古王畿之制,千里寰内不以封建诸侯。操疑其所论渐广,益惮之。山阳郗虑,承望风旨,以微法奏免融官,因显明仇怨。操故书激厉融,融答之。岁余,复拜太中大夫,海内英俊,皆信服之。曹操既积嫌忌,而郗虑复搆成其罪,遂令丞相军谋祭酒路粹枉状奏融大逆不道,宜极重诛。书奏下狱、弃市,时年五十六。魏文帝深好融文辞,叹曰:“扬、班俦也。”募天下有上融文章者,辄赏以金帛。所著诗、颂、碑、文、论议、六言、策文、表、檄、教、令、书、记,凡二十五篇。(辉按:后录孔融《荐祢衡表》、《肉刑议》,仅存其目,文略)

祢衡　字正平,平原般人也。有才辩,而气尚刚傲,好矫时慢物。兴平中,避难荆州。建安初,来游许下,始达颍川,乃阴怀一刺,既而无所之适,至于刺字漫灭。惟善鲁国孔融及弘农杨修,常称曰:“大儿孔文举,小儿杨德祖,余子碌碌,莫足数也。”融亦深爱其才,衡始弱冠,而融年四十,遂与为交友,上疏荐之。融既爱衡才,数称述于曹操。操欲召见之,而衡不肯往,数有恣言,操怀忿而以其才名,不欲杀之。闻衡善击鼓,乃召为鼓史。因大会宾客,阅试音节,诸史过者皆令脱其故衣,更著岑牟单绞之服。次至衡,衡方为渔阳参挝,蹀躞而前,容态有异,声节悲壮,听者莫不慷慨。衡进至操前而止。吏诃之曰:“鼓史何不改装而轻敢进乎?”衡曰:“诺。”于是先解衵衣,次释余服,裸身而立,徐取岑牟单绞而著之毕,复参挝而去,颜色不怍。融复见操,说衡狂疾,今求得自谢,操喜。敕门者有客通便,待之极晏,衡乃著布单衣疏巾,手持三尺棁杖,坐大营门,以杖捶地大骂。吏白外有狂生,坐于营门,言语悖逆,请收案罪。操怒,谓融曰:“祢衡竖子,孤杀之,犹雀鼠耳。顾此人素有虚名,远近将谓孤不能容之,今送与刘表,视当何如?”于是遣人送之刘表。及荆州,士大夫先服其才名,甚宾礼之,文章言议,非衡不定。后复慢侮于表,表耻不能容,以江夏太守黄祖性急,故送衡与之。祖亦善待焉。衡为作书记,轻重疏密,各得体宜。祖持其手曰:“处士此正得祖意,如祖腹中之所欲言也!”祖长子射,为竟陵太守,尤善于衡。时大会宾客,人有献鹦鹉者,射举卮于衡曰:“愿先生赋之,以娱嘉宾。”衡揽笔而作,文无加点,辞采甚丽。后黄祖在蒙冲船上大会宾客,而衡言不逊顺,祖惭,乃诃之,衡更熟视曰:“死公,云等道!”祖大怒,令五百将出,欲加箠,衡方大骂,祖恚,遂令杀之。祖主簿素疾衡,即时杀焉。射徒跣来救,不及,祖亦悔之,乃厚加棺敛。衡时年二十六。其文章多亡云。(辉按:后录祢衡《鹦鹉赋》,仅存其目,文略)

王充《无形篇》选录。(辉按:仅存其目,文略)

五、两汉诗(作品选读)(辉按:以下为两汉诗歌选,仅存作品之目,诗略)

安世《房中歌》录一章、《郊祀歌》录一章、高祖《大风歌》、《瓠子歌》、《古乐府》三首(《饮马长城窟行》、《伤歌行》、《长歌行》)、班婕妤《怨歌》一首("新裂齐纨素")、无名氏《为焦仲卿妻作》、《古诗十九首》、李陵《与苏武》三首、苏武《答李陵》四首、东方朔《戒子》、张衡《同声歌》、张衡《四愁诗》、孔融《杂诗》二首("岩岩钟山首"、"远送新行客")、孔融《临终诗》

第三章 中世文学史

第一节 文学华离期

一、晋至宋元文学之弊

自两晋以迄宋元,其文学升降之文乎?读春秋、战国、《洪范》之文,可以导源而濬流,读两晋、隋唐、宋元之文,乃得畴分而塍别。盖晋以前之文章,其流派未繁,其种类未别,春秋战国之际,率皆一干而众枝,文与学未尝分途,且其源皆不出乎六艺(见《文史通义·诗教篇上》)。故文字虽繁而无陆离奇异之观,即汉魏以来辞赋、论议之文盛行,而如贾谊、陆贾、刘安、伍被之徒,又各有著录,其文辞与理想又皆一干众枝,未当歧而为二。迨司马氏作,文与学有是分途,陆离光怪,不可方物焉。梁元帝《金楼子》云:"不使为诗如阎纂,善为章奏如伯松,若此之流,概谓之笔;吟咏风谣,流连哀思者,谓之文。"(《金楼子·立言篇》)而昌黎《答李生书》、庐陵修《五代史》,率皆竞竞于文字之间,所谓文学者,乃仅指文章而言。而其文章又有碑、铭、箴、颂、传、状、论、辨诸体,其繁赜广博,莫得究其所源,而文集之名以兴。虽韩、柳、曾、王,以文家自雄者,亦就于范型之内。故论文学之得失,自两晋以迄宋元,其诙都瑰异,累数万言而未有能极者也。然论其弊,则有不可胜言者矣!于是条辨其源,分晰其弊,顺次其时,类著于篇。

二、两晋六朝

晋承两汉经术之弊,日趋烦重,知其弊而力矫之,乃崇尚虚无,杂以老氏、庄周之旨,甚者求书不读,奢侈相高,下箸万钱,犹言不足,而争夸门第者,尤为下驷,愈不足论矣!即翘然独出,如张茂先之侈言博物,亦不过借一得以自文其空疏而已。其智能辨凫毛、龙肉,而不知察变松柏;仲洽善观气象,知凉州可以辟难,而流离京洛,竟同饿隶。予窃怪儒者有齐物之长,而无谋身之断,则所谓淹博贯通者,其所恃殆不足信矣!故有晋一代文学,其弊之最深者,以不读书为主。惟不读书,故学术空疏,而又脱略形迹,礼法荡然,于是奢侈之风起,加以门第王谢,子弟乌衣,任达放旷,蔑视一切。而稍有闻见者,即独出侪辈,此张茂先之所以博物也。故晋人文学,概无质实之论,盖偏于觉性者,其思想必涉高尚,其说理必蹈虚空,此亦心理学家之公例也。华而不实,其是之谓乎?今分列各家之作,而统论其因创、得失如下。先列表以明之。

晋至六朝文学之现象

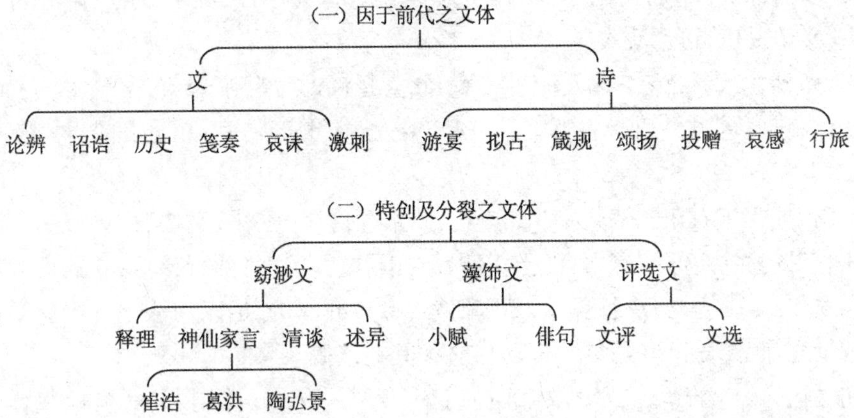

(一)因于前代之文体

甲、诏诰类

诏诰之作,昉于三代,延及汉魏,裔煌典丽;两晋六朝,下至宋元,虽文人辈出,名出其枝,以相矜尚,而取貌遗神,直木偶锦绣耳。盖诏诰者,以浑朴厚重、雍容华贵为长。而世运日迁,则文章亦下,千篇一律,具体而微,故第其优劣则可,而论其特创则无也。况典午以后,神器几堕,天水践祚,四六竞起,尤为卑,无高论矣!兹取其尤者则述之。

张茂先。张壮武,博物君子,晋室老臣,弥缝暗主虐后之间(时贾后专政,淫虐),足称补衮。故其文章,虽词赋诗文并称于世,而诏诰一体,多忠君爱国之言,坚冰履霜之戒。去汉不远,犹存西京之遗,惜遭时祸乱,竟以犹豫族诛,横尸前殿,哀哉!后人讥其暗昧寡断,容亦然乎!其鸿篇巨制,正不可没也。案:茂先学业优博,为晋代冠。武帝尝问汉宫室制度及建章千门万户,华应对如流,画地成图。及涉台司诸诰册文,多出其手。被害时,家无余财,惟有文史溢于机箧。尝徙居,载书三十乘。所著《博物》十篇,传之不朽。矧庙堂之文尤重典雅,沉博绝丽,兼擅其长,宜乎方驾汉魏,牢笼两晋,高文典册,靡得而加焉。晁氏书目云:《张司空集》,有诗一百二十首,哀词册二十一,赋三。明张溥《百三名家集》中所辑,数过之,文不及全,是则流传日久,散失愈名。今新存者十不及一,故诏诰等文集中寥寥。惟《永乐大典》及《册府元龟》中所载数篇,体裁高古,词义渊雅,汉魏典型于斯未坠,吉光片羽,间足珍也。至如羊叔子,虽历职二朝,久居枢要,而谏议皆焚其草,著作因之不传。杜元凯虽博学多文,尝注新定律令,而专精《左氏》,诏诰之文亦不经意。此外,王氏诸贤及孙子荆、挚仲治、荀成侯、山巨源辈，虽多作者，或文采弗如，或淹博少逊，即有可与伦比者，亦无有驾而上之也。惟陆士衡、潘安仁之作，虽气骨不如汉魏，而词藻则较茂先等为丰赡，亦足以雄杰一时。故西晋诏诰体制，虽因于前代，而正未可轻议也。（辉按：下录晋诏诰文选，文略，仅存其目及黄人的评骘之语）

《晋武帝受禅告天文》　黄人评曰："案：此为有晋第一篇文字。体裁严峻，叙述简朴而不失训诰之遗，较魏、蜀二主告天文，殆可颉颃。东晋刘越石《劝进文》，亦以此为本，故录其全文，以为标准。《刘司空集》宋时已无全本。晋元渡江，无心北伐，越石再三上表，辞虽劝进，义切复仇，可谓雄矣。"

《晋武帝即位改元诏》　黄人评曰："案：此为晋武即位后第一人，文至平淡，而西晋一代诏书之体，于此可见一斑。且晋禅让，实出夺攘，而御下临民，尤见此难，故措词亦婉约乃尔。"

《晋武帝戒二千石诏》　黄人评曰："案：此系摹仿《大戴礼》文法，措词极矫，于诏诰中别成一体。汉魏文中，亦间有之，惟不多觏，故亦录之。又案：两晋诏诰，壮武而外，作者尚多，士衡、安仁，才藻秀出，决汉界魏，斠张馈蔡，悉有可观，皆足以为法。惟当途受禅之际，数并世载笔之家，茂先巨擘伯夐乎远矣！略举其一以概诸家。"

六朝文运，日趋浮薄，庙堂之文，亦尚风华，诏诰一体，其体制、名式虽承魏晋旧风，而词旨则竞尚清华，一变前人烦灵之习。如梁简文帝《改元诏》云："帝王之功，圣人之余事；轩冕之华，倘来之一物。"《营庄陵诏》云："西京霸陵，因山为藏；东汉寿陵，流水而已。"梁元帝《次建业诏》云："宜从青盖之典，言归白水之乡。"陈后主《举贤诏》云："著《宾戏》以自怜，草《客嘲》以慰志。"《赦诏》云："具物匪亲，节序凝旧，缅思前诲，永慕昔度。"隋炀帝《亲征高丽诏》云："提封改渐，细柳盘桃之外；声教远暨，紫舌黄枝之域。"又云："顾盼则山岳倾颓，叱咤则风云腾郁。"此皆六朝帝王手制之诏，实为"初唐四杰"之滥觞。究其所原，可得而言焉。夫文章华质，固随世而自迁，世运推移，亦每况而愈下。西京作者，尊尚风格，而文字洗炼之风，尚未盛行，故渊懿朴茂，厚重缜密。晋人华丽，亦依之为步趋，虽逊于两京，犹高典午。齐梁以来，竞尚声律，管弦乐府，雄杰一时，以四声六律之规，为清庙、明堂之作，以俪跗骈头之体，易长短古质之风，组织日工，风格日堕。镂金错采，四围皆王母之锦屏；缀玉量珠，一片悉姮娥之宝树。而风会所趋，极学士文人之力，悉注于词华声律之间，薄秋实而崇春华，轻精神而尊形式，斯亦六代之浮夸，江左之风尚欤！今略举其尤者，论述于篇。（辉按：下录六朝诏诰文选，文略，仅存其目及黄人的评骘之语）

《齐武帝禁奢靡诏》

《北魏孝文帝举贤诏》　黄人评曰："案：魏帝能文，止有孝文尔。诏辞历落嵚寄，并无堆垛装点，视南五朝有文质之别。帝王之度，文人之笔，诚不可及也。"

《北齐文宣帝禁浮华诏》　黄人评曰："案：此诏洞澈末流恶习，较齐武一诏，大为痛快，大似箴铭、格言。谁谓六朝之际，尽靡靡之奏耶？是可起废疾，针膏肓矣！"

沈约《为武帝与谢朏敕》　黄人评曰："案：天监初，朏与何允、何点并征，不就，遁迹年余。一旦轻舟，自诣阙下，时即以为司徒尚书令。乃复不省职事，众颇失望。朏既守节不终，而拜受新命，复不称职，处士纯盗虚声，往往如此。北山致诮，犹其上焉者耳。”

邱迟《永嘉郡教》　黄人评曰：“案：希范当武帝时，出为永嘉太守，此作即数谕永嘉者也。词旨清华，不事丽采，钟嵘评其谙，点识谕媚，似落花依草。观此益信。又案：诏诰之体，代有异称，曰制、曰令、曰敕、曰教，名谓虽异，而实质相同。此作为谕令全郡之文，与人主动令，虽不相同，而要为谕下之作，故亦录之，以备一体云尔。”

论曰：《周官》：“御史掌赞书”，注云：若今尚书作诏文，秦改令为诏，汉时下书有四：三曰诏书（其文曰“告某官”），四曰诫敕（其文曰“诏敕某官”），此诏之始也。又《周官》大祝六辞，三曰诰，士师五诫，二曰诰，成王封康叔、唐叔，而有《康诰》、《唐诰》。汉元狩六年，立三子为王，初作诰，此诰之始也。至后世则有曰制，有曰勅，有曰令，有曰教，有曰策，要皆为诫谕臣下之辞，惟因革不同，斯体裁亦异。文人好异，往往为之分别部类，淆乱真谛，不可穷诘。今概以诏诰括之，则历世沿革之源及文质递迁之故，就近果以推远，因而异同得失，俾可穷究云。

乙、历史

古者无所谓历史，自典坟、邱索以至六经，皆史也。盖史也者，所以穷因竟果，传信于一时，垂教于千古，故经史合而不分。自班孟坚《汉书》成立，后世因之，而六家失其五（刘知几《史通》分是为六家，《尚书》、《国语》、《春秋》、《左传》、《史记》、《汉书》是也，今独以《汉书》为后人所遵守），于是经史相分，而四库之名乃定（四库之目，为唐弘文馆所定，甲乙丙丁，其界线终不能析）。是古异于今者，一也。兰台立稿，为司徒父子相传；太史陈书，亦家学源流所在。即如《魏略》、《阳秋》、《江表》、《吴录》，下迄佛助《魏书》之秽，灵运《晋书》之奇，要皆秉笔私家，阐明公论，都人争写，国门可悬。从未有罗名士于幕中，集大成于殿上，而成为官家著述者（自《汉书》以讫《隋书》，虽皆断代为体，而载笔之士，犹有持平之论。概为私家著述，未有设立史馆，而著述成于公家者也）。是今异于古者，二也。两晋六朝，史家派别，尚未分失，而执简载笔，犹有一家考录之遗，爰论列家数，仍子玄《史通》六家之旨，而总次其书于下。

《尚书》家　《尚书》家者，即记言家也。其先出于太古，孔安国以其上古之书，谓之《尚书》。盖《书》之所主，本于号令，所以宣王道之正义，发话言于臣下，故其所载，皆与汉训诰、誓命之文。（《尧》、《舜》二典，直序人事；《禹贡》一篇，唯言地理；《洪范》，总述灾祥；《顾命》都陈丧礼，兹皆为例不纯者也。）自宗周既殒，《书》体遂废，迄乎汉魏，无能继者；至晋时，广陵相鲁国孔衍以为国史所以表言行法式，至于人理常事，不足备列，乃删汉魏诸史，取其美词典言，足为龟鉴者，定以篇第，纂成一家。由是有《汉尚书》、《后汉尚书》、《魏尚书》，凡为二十六卷。（卷数与《唐书》不合。按《唐书·艺文志》：孔衍《汉尚书》十卷，《后汉尚书》六卷，《魏尚书》十四卷。）至隋秘书监太原王劭，又录开皇、仁寿时事，编而次之，以类相从，各为其目，勒成《隋书》八十卷。寻其义例，皆准《尚书》。（按《隋书》：王劭，字君懋，授著作郎，迁秘书少监，专典国史，撰《隋书》八十卷，多录口敕，及采迂怪委巷之言，以类相从，为其题目。）此外，则无所传遗。然则《尚书》一家，其取法者正少，岂不由于《书》体之无征乎？（按：朱子尝言：“古史之体可见者，《春秋》而已。”兹录以《尚书》家居首者，特以记言之体当之云尔。后人所取法者，止有孔衍、王劭。刘子元云:“君懋《隋书》,虽欲祖述商周,宪章虞夏,观其所述,乃似《孔子家语》、临川《世说》,可谓画虎不成反类犬也。”旨哉言乎!)

《春秋》家 《春秋》家者,记事家也。其先出于三代(《汲冢璅语》记太丁时事,目为《夏殷春秋》,记献公十七年事,目为《晋春秋》。《孟子》曰:“晋之《乘》、楚之《梼杌》、鲁之《春秋》,其实一也。”孔子修《春秋》,为不刊之言,著将来之法,遂为后世所祖。),自周至汉,取法者尚不少,如《晏子春秋》(《史记·管晏列传》:“吾读《晏子春秋》,欲观其行事,故次其传。”《孔丛子·执节篇》云:“《春秋》,经名;晏子书亦曰《春秋》,贵贱不嫌同名也。”)、《虞氏春秋》(《史记》:卿说赵孝成王,为赵上卿,卒去赵,不得意,乃著书八篇,曰《虞氏春秋》)、《吕氏春秋》(吕不韦著,见高诱《吕览序》)、《楚汉春秋》(《后汉·班彪传》:汉兴定天下,大中大夫陆贾,纪录时功作《楚汉春秋》九篇)是也。魏晋以后,学之者罕,而记事一体,无复所闻,故此家竟缺如焉。

《左传》家 《左传》家者,其先出于左丘明,为后世编年体之滥觞。孔子既著《春秋》,而丘明受经作《传》。盖传者,转也,转受经旨以授后人,而后之世列传、别传、外传之例,其即自此昉乎!天下之事,有其纵必有其横,故史家载笔,纪传之外,又有志、表,斯即寓横于纵之道也。编年一体,后人取法者正夥。而自两汉以迄曹魏,于时文籍,多效则太史公兰台令之书,左氏之法,犹未称盛,迨两晋六朝,而其风一变,其所著书,或谓春秋,或谓纪,或谓略,或谓典,或谓志,名虽各异,而皆以《春秋》为准焉,兹略举之。

《春秋后传》:晋著作郎乐资撰,其书始以周贞王,续左氏鲁哀公后,至王赧入秦,又以秦继周,终于二世之灭,合成三十卷。(见《隋·经籍志》)

《后汉纪》:晋张璠撰,都为三十卷。(见《隋·经籍志》)

《后汉纪》:晋袁宏撰,其自序云:“暇日掇会《汉纪》、司马彪书、华峤书、谢忱书、汉山阳公记、汉灵献起居注、汉名臣奏告及耆旧先贤传,凡数百卷,多不次叙,始见张璠所撰书,其言汉末之事差详,故复探而益之。”其大凡可概见矣。

《魏氏春秋》三十卷、《晋阳秋》三十卷:晋孙盛撰。盛,字安国。

《晋纪》:晋干宝撰。宝,字令升;祖统,吴奋武将军。宝以才器召为著作郎,领国史,著《晋纪》,自宣迄愍,凡二十卷。

《晋纪》:宋徐广撰。广,字野民,员外散骑,领著作,书凡四十五卷。

《宋略》:梁裴子野撰。子野,字几原。凡书二十卷,叙事评论,多合古法,较何承天《宋史》颇胜。

《齐春秋》:梁吴均撰。均,字叔庠。文体颇清拔,好事者或学之,谓吴均体。书凡三十卷。中称梁帝为齐明佐命,帝恶其实,诏燔之,然其私本竟行。

《梁典》:陈何之元撰。之元锐精著述,以为梁氏肇自武皇,终于敬帝,其兴亡盛衰之迹,足以垂鉴,戒定褒贬者。究七十五年行事,草创为三十卷,号曰《梁典》。

《国语》家 《国语》家者,其先亦出于左丘明,既而为《春秋内传》,又稽其逸文,纂为《别说》,分周、鲁、齐、晋、郑、楚、吴、越八国事。起自周穆王,终于鲁悼公,别为《春秋外传》、《国语》,合为二十一篇。贾逵、王肃、虞翻、韦曜之徒,并申以注释,治其章句,此亦六经之流,三传之亚也。惟是分国别土,为前代封建之规模,而执简陈书,乃后世史官之法则。秦立郡县，则分国别土之风不行。故当代史家，亦不得以宜于古者。而施诸昭代，虽孔衍有《春秋国语》(衍以《战国策》所书未尽善，乃成此书)，司马彪有《九州春秋》(州为一卷，合为九卷)，寻其本例，亦为《国语》之遗。而自晋宅江淮，四海幅裂，其君虽同王者，而地实诸侯所在，史官纪其国事，为纪传者，则规模班、马，创编年者，则拟议荀、袁，盖《史》、《汉》之体大行，而《国语》之风替矣！

《史记》家　《史记》家者，其先出于司马迁。自五经间行，百家竞列，事迹虽错舛，至迁乃鸠集国史，采访家人，上自黄帝，下讫汉武。(《史记》以黄帝首者，盖黄帝以前，荒远不可考，迁所谓书缺有间，文不雅驯也。小司马乃采辑旧文，补作《三皇纪》，可谓蛇足，不切事情矣。)纪传以统君臣，书表以谱事实。自是汉世史官，皆以《史记》为名，迄乎东京著书，犹称《汉记》。盖终于今上，为史家正则之规，而后世断代之风，不过为避嫌讳尊之便利而已。(《史记》以后，刘向父子及冯商、卫衡、扬雄、萧奋、刘恂等，相次撰续，迄于哀平间，犹名《史记》。至建武中，司徒掾班彪、其子班固，别撰《汉书》，而断代为体之法乃定。)两晋以来，其以谈、迁为法者，南朝则梁武帝，北朝则王晖，而唐时李延寿《南、北史》亦其类也。兹解释之。

《通史》：梁武帝撰。《梁书》：太清二年，《通史》成，躬制赞序。其书上至太初，下终于齐室，共六百二十卷。自秦以上，皆以《史记》为本，而别采他说，以广异闻。而汉已还，则全录当时纪传，而上下通达，臭味相依。又吴蜀二主，皆入世家，五胡及拓拔氏，列于夷狄传，其体如此。所与《史记》相异者，惟无表而已。又《梁书·吴均传》：均免职后，寻召撰《通史》，起三皇，迄齐代。均草本纪、世家毕，列传未就卒。则是又叔庠所定也。

《科录》：拓拔晖撰。《北史·魏宗室传》：常山王遵曾孙晖，雅好文学，招集儒士崔鸿等，撰录百家要事，以类相从，名为《科录》，凡二百七十卷。是书编次，多依仿《通史》，而取其行事凡相似者，共为一科，故以"科录"为号，即为后代《通考》、《通典》之滥觞焉。

《汉书》家　《汉书》家者，其先出于班固。司马迁撰《史记》，终于今上，至固乃自高祖，尽于哀、平，为十二纪、十志、八表、七十列传，而断代为体之法定。昔虞夏之典，商周之诰，孔氏所撰，皆谓之"书"，夫以"书"为名，亦稽古之伟称。寻其创造，皆准子长，但不为世家，改书为志而已。东汉以后，作者相仍，称谓虽有异同(如《东观汉记》、《三国志》之类)，而体制自无垂越。自兹厥后，史家载笔，一准前规，以逮前明，无有改易。昭代修史，亦踵斯途，究一朝之终始，穷前代之废兴，言不必讳，事不必隐，所由一代成书，万祺守法欤！

论曰：六家分派，肇自子玄，后代史官，皆不能越。而《尚书》、《国语》，既不合后代之宜，故载笔立言，乃别尊亲之讳，盖史也者，所以究人群之变迁，穷世运之消长，非仅为一家之私乘、一代之掌故而已也！立师兵为营卫，足征当日游牧之风，炼五色以补天，已免屋漏漂摇之证(女娲补天，当是补缀漏居，上古宫室未立，巢居穴处，风雨漂摇，女娲氏补缀之，故有补天之说)，非纪载之好奇，乃民族之进化也。自魏都许洛，晋宅江淮，学术虽歧，史法未坠。《春秋》一体，宗之者十家，《通史》一编，学之者二氏，谁谓齐梁以后皆靡靡之郑声？班、范而还，悉呫呫之小儒耶？解论流别，为述之如上。

丙、笺奏

唐虞之臣，敷奏以言；秦汉之辅，上书称奏。奏者，进也。言敷于下，情通于上也。奏之为笔，因以明允诚笃为本，辨析疏通为首，强志足以成务，博见足以成理，酌古御今，治繁总要，此其体也。若乃抗章举劾，所以明宪清国，是以立范运衡，宜明体要，必使理有典刑，辞有风轨，总法家之式，秉儒家之文，气流墨中，声动简外，乃称绝类之雄，名臣之举。汉魏之作，炳烺彪耀，称盛一时。自两晋以迄南北朝，著名之作，美不胜收。兹举其有关古今治体，民生休戚者，解示于下，足以究士气之升降，文运之盛替云尔。

《隋志·总集》载晋时奏议十一卷，今纵不得见。其略可得而言焉，夫拜飏殿陛，敷颂功德，同体对越，表里诗书，义必严以闳，气必厚以愉，然后纬以精微之思，奋以瑰烁之辞，故高而不枯，华而不缛，雄而不矜，逶迤而不靡。马、班以降，知者日希，迄于两晋，作者虽多，而能备斯众美者，盖寥寥焉。若夫一长可取，其进言之义，有关于社会风俗者，约而举之，可得而言矣！（辉按：下录笺奏，仅存其目及黄人的评骘语，文略）

陆机《与赵王伦荐戴渊笺》　黄人评曰："按：戴渊少时，游侠不治行检。陆士衡赴假还洛，辎重甚盛，渊使少年掠劫。渊在岸上指麾左右，皆得其宜。机于船尾上，遥语曰：'卿才如此，亦复作劫耶？'渊便涕泣，投剑归机。机弥重之，遂与定交，作笺荐之赵王伦，虽寥寥数语，而大旨已得，不似后人之铺张扬厉，誉过实者可比也。于此益见晋人之高焉。"

刘琨《与丞相笺》　黄人评曰："按：越石志切复仇，而困于转饷，相公督责之，故有此笺。其摹写饥况，使人哀叹，于此见越石之忠悃，非当时执政者所知也。"

《明谢安忠勋疏》　黄人评曰："按：子敬少时，尝与兄徽之、操之俱诣谢安。二兄多言俗事，献之寒温而已。既出，客问安王氏兄弟优劣。安曰：'小者佳，吉人之辞寡，以其言少，故知之。'及安薨，赠礼有同异之议，惟子敬与徐邈共明安之忠勋，孝武帝遂加安殊礼。此文即所上疏也。言得其平，不失其实，较之挚虞、茂先、卢谌讼越石，并晋室阳秋矣！"

论文于南北朝时，其有难言者乎？山河离析，大地中分，两江对垒，二姓并兴。为君主者，各私其臣民；为臣民者，亦各尊其君主。南人自南，不能入中原而奉章于北阙；北人自北，不能越天堑而奏事于南朝：此当时笺奏各树一帜也。盖北方学者，研究经术，宗法马、郑，注意在雄健厚重；南方学者，崇尚清谈，宗法老、庄，下笔在风流名隽。虽奏进之篇，形式初无二致，而宗旨不同，斯文辞亦异。有断然者，今略示各家之作于下。（辉按：下录南北朝笺奏文选，文略，仅存其目及黄人的评骘之语）

傅亮《为宋公呈洛阳谒五陵表》　黄人评曰："按：《晋书》：义熙十二年，洛阳平，命裕修五陵置守备，此表之所以作也。季友在六朝时，为章奏之专门，此文不甚斫削，而曲折有劲气，以深婉之思，状悲凉之态，哀感顽艳，伤心欲绝矣。"

沈炯《经通天台奏汉武帝表》　黄人评曰："按：荆州陷，炯为西魏所虏，以母老在东，恒思归国，当独行，经汉武帝通天台，为表奏之，陈思归之意，此文是也。夫汉武开疆辟宇，宏拓郡县，厥功甚伟，后世以神仙征伐之事，概没其功，得此可称汉武之知己，不独其文字之二也。"

北魏高允（克恭）《进〈天文要略〉表》　黄人评曰："按：北朝文字，较南朝为秀拔，此可见矣。伯恭与崔浩齐名，集中如《上书东宫谏起宫室》、《矫起顽俗》诸作，皆耿介有声，余亦整而不污。试列之北朝文苑，虽逊步崔公，而开疆邢、魏，固当日之先正也。"

附录：江总《特为陈六宫谢表》　黄人评曰："按：此作一意雕绘，香艳绝伦，与北朝文字，判若天渊。六朝人冥瞒于声色之中，观此可知矣！"

论曰：《汉书·胡广传》：文吏试笺奏，《汉杂事》曰：凡群臣之书，通于天子者四品，一曰章，二奏，三曰表，四曰驳议。蔡邕《独断》：汉制：公卿百官会议，若台阁有正处，而独执异意者，曰驳议。《文选注》：谢恩曰章，陈事曰表，劾验政事者曰奏。历代制度不同，名称因之各异，而要不外臣下进言君上之意。典午以下，南北风尚既殊，文字亦因之厚薄；体制虽同，气体有间矣。今自宋齐以迄北魏，其间取其最著者，略述如上，于此可知世变矣。

丁、论辨（补第一条）

刘彦和曰："原夫论之为体也，所以辨正然否，穷于有数，追于无形，迹圣坚求通，钩深取极；乃百虑之筌蹄，万事之权衡也。"然则论辨之由来久矣。至于《六韬》、《二论》，《论语》、《论衡》，其名虽似，其实则异。既如《齐物》、《过秦》，亦皆为全书之篇名，不足为文家之体制。故陈政则与议说合契，释经则与传注参体，辨史则与评赞齐行，铨文则与叙引共纪，非如后世之风尚焉。洎乎两晋六朝，崇尚老、庄，士夫清谈，惟玄是务，论辨之文，群示夸示，于是聃周当路，且与尼父争途，丝竹横陈，要与《钧天》竞奏。而滞有者，全系于形用；贵无者，专守于寂寥。虽有日新，而多抽前绪，则亦偏之为害也。今试就诸家之作，而详论如下。

两晋之世，朝野上下，崇尚虚无，高尚清净，步障解围之谈，挥麈风流之士，人材辈出，作者日多。然趋向不同，故文体亦异：或徒锐偏解，莫诣正理；或惟逞臆说，难期公是；或体近嘲戏，言不持正；或文类书抄，词非己出。凡此之流，均无足采，求其独步当时，流声后代，足为先正典型，后学标准者，为录述之如下。（辉按：下录两晋、南北朝论辨文选，文略，仅存其目及黄人的评骘之语）

张载《榷论》　黄人评曰："按：晋世之文，盛称张、陆，陆为平原，张为景阳也。《榷论》之作，世有盛名，盖翻论古哲，用以消极主义，为当时文士所未及也。其亦可谓创矣。"

梁元帝《郑众论》　黄人评曰："按：众，字仲师。永平初，北匈奴求和亲，显宗遣众持节使匈奴。众至北庭，欲令拜，众不为屈，单于大怒，围守闭之，不与水火，欲胁服众。众拔力自誓，单于恐而止。此作哀艳绝伦，而以赏功之薄为结，则节士为之短气矣。"

梁元帝《全德志论》　黄人评曰："按：萧梁文字，颇多高广之论。元帝深佩《道德经》，此文深尚其平生。不然，北兵压境，何复百官戎服听讲哉？此其所谓忘怀自逸耶！夫处九重之尊，而不以万几为念，虽欲不亡，其可得耶？"

高允《箸论》　黄人评曰："按：《箸论》之作，所以斥日者之妄。初，刘洁常谓私人曰：'若车驾不还，吾当立乐平王。'及洁诛，王以忧死，日者董道秀亦诛，允遂著《箸论》以警世俗之愚，故其言如此。"

《劳生论》　黄人评曰："按：武阳此作，盖归田后自写其志也。《庄子》曰：'大快劳我以生'，旨哉言乎！"

论曰：论辨之体，昉自诸子，盖一干众枝之体不行，斯篇首段落之风乃起。惟其原始，与令不同。今之文章，皆以雄辩骋辞为务，逞陆海潘江之大，呈谈天矩地之才，故议论风起，辞无或遁。试取古之作者，以衡量其优劣，则体裁反为大异。盖昔之论辨，以铺张扬厉为能，以华赡典丽为长，故《过秦》、《亡命》，皆铺陈其词，《周齐》、《辨亡》，亦备陈其概。以博雅之文，擅一代之长，是以义其圆通，词无枝叶与！今取两晋六代之作，而论其大凡如上。

戊、哀诔

刘彦和曰：赋宪之谥，短折曰哀。哀者，依也。大夫之才，临丧能诔。诔者，累也，累其德行，旌之不朽也。昔三良殉秦，《黄鸟》赋哀；子侯暴亡，汉武作诗也。此为哀辞之滥觞，诔文之权舆乎！及后汉汝阳王亡，崔瑗哀辞，始变前式。然怪而不辞，仙而不哀，又为后世哀文之通病。建安哀辞，惟伟长差善，潘岳继作，实踵其美。至于铭诔之文，始于哀公之诔尼父，暨乎汉世，扬雄之诔元后，文始烦秽。至于两晋，潘岳构意，专师孝山，巧于唐以，易入新丽，所由隔代相望，能征厥声者也。六朝承流而作，哀感顽艳，各极其致。要而论之，凡唁吊之辞，曰哀，曰册，曰哀词，曰碑录，曰传状，曰吊祭，或传体而颂，或荣始而哀终，晴极于暧乎若睹，词止于凄焉若伤。体有各殊，旨无或二焉。今论述之如下。

两晋之善言哀者，莫如潘黄门，观其《怀旧》、《寡妇》二赋，已足情往会悲，文来引泣。盖其虑善辞，情洞悲苦，叙事如传，结言如诗，促节缓言，鲜有缓句，故能义直而文婉，体旧而旨新，《金鹿》、《泽兰》，莫之或继也。此外，以情深文挚著者，颇不乏人，为录而论之。（辉按：下录两晋哀诔文选，文略，仅存其目及黄人的评骘之语）

陆机《愍怀太子诔》

陶潜《自祭文》　黄人评曰："按：古无自为祭文者，自彭泽为始。入宋以来，易名为潜，有所撰述，辄仅志甲子，示不忘晋故，惟求速死也。后之读者，往往叹其奇创，而不知有心人别有怀抱，正伤惋欲绝者矣。"

六朝之世，承平少而丧乱多，故士大夫之以文章名世者，每多伤感之词，则哀诔之文，宜其工也。著于前者，莫如傅、颜、鲍、谢；著于后者，莫如温、邢、徐、庾。其余王氏四家（俭、融、筠、褒）、刘氏四孝（标、绰、仪、威）、齐梁二江及卢、李之徒（思道、德林），非不文情兼美，号称作者，然未能逮也。为录述之如下。（辉按：下录南北朝哀诔文选，文略，仅存其目及黄人的评骘之语）

颜延之《陶征士诔》　黄人评曰："按：延之为始安郡时，道经浔阳，常饮渊明宅，自晨达昏。及潜卒，乃为作诔，此其是也。文亦骨劲色苍，不特为渊明写照，而其品概，亦因之弥远矣。"

谢庄《宋孝武宣贵妃诔》　黄人评曰："按：孝武殷淑仪薨，进为贵妃，谥曰宣。诏庄作诔，以其是也。此文由生而卒、而葬，叙次不紊，综核有法，而调气则于严峻中仍奋逸气，此其所以为不可及也。"

颜延之《祭屈原文》　黄人评曰："按：少帝即位，出延之为始平太守，道经汨罗潭，为湘州刺史张邵作此文。夫古来文士之厄，无不以三闾为最。此文辞简而意无不周，为抱才不遇者抒其冤抑可至矣！"

颜延之《祭弟文》

谢灵运《祭古冢文》 黄人评曰："按：祭吊之作，皆与亡者有旧，未有于不知谁何者而费辞也。灵运此作，实足破历来文家之范围，至其文字之工，犹其余耳。"

刘令娴《祭夫徐敬业文》 黄人评曰："按：敬业，名悱，海剡人，为晋安内史，卒丧还建业。刘为此文祭之，哀艳苦切，不堪卒读，深情逸韵，复以简澹出之，自是伟作。"

论曰：哀诔之文，形式虽非一端，实质则无二致。盖体例虽别，而情词之同归于哀，则一而已矣！如上所述，讵得为尽于此哉？追维当世，迥异承平，铜驼荆棘，戎马苍黄，重以南北纷争，丧亡相继，十室而九，生其间者，非悲则恨，哀伤之作，所谓穷而后工者，岂少也哉？推斯意也，鲍照之赋《芜城》，江淹之写《别》、《恨》，刘峻之作《自序》，沈炯之表《汉武》，均不离乎哀辞之旨也。是在学者之善择而已。

己、激刺

昔扬子幼《报孙会宗书》，以激刺而死非命；陈孔璋之《檄曹孟德文》，以激刺而愈显头风；嵇叔夜之《绝交》、钟士季之《檄蜀》，亦其流也。延及两晋，此体尤尚，伏文表之《与阮嗣宗书》，为江、鲍所祖，陆士龙之《嘲褚常侍文》，亦任、沈所宗，若此之流，未易悉数。更有寓意于优俳之作，以仓其诽讽之旨，文虽涉乎游戏，意终归于刺激。旁推之，即如扬子云之《解嘲》、崔亭伯之《达指》，亦此类也。今试举其尤者，而论述之如下。（辉按：下录两晋、南北朝激刺文选，文略，仅存其目及黄人的评骘之语）

陆云《嘲褚常侍文》 黄人评曰："按：士龙此作，意主于讽，情规于正，而文字亦简古淡远，深得古人之遗。"

孔稚珪《北山移文》 黄人评曰："按：钟山在江宁府，其先周彦伦隐此，后应诏为出海盐令，秩满入京，欲却过此山，孔乃假山灵意移之，使不得再至，此文是也。六朝中雕镂绘划之作，以此为最，其中炼格、炼词，语语精辟，其妙在虚字旋转之法。尝与徐孝穆《玉台新咏序》，并为唐人轨范。"

沈约《修竹弹甘蕉文》

（二）特创及分裂之文体（辉按：此一部分原书抄本部分残缺，暂付阙如）

第二节 魏晋文学

历周、秦、两汉，而文学之所谓真且善者，盖几乎造其极际而蔑以加矣。顾非真造极也，上制于统一之政，下笃于尊古之习，虽有进乎此之真之善，固不敢出示诸世。久之，且并其特别真善之思想，而亦渐至铲除。然人心与世运进化同途，宁有社会之万事皆进，而文学独衰退者？故真善之思想，虽困于外界种种阻力，而尚有美之一部分，可以从容展布于其间，而辟无数之新境界，此中亦有天然之力为之斡旋，即当局者亦不自觉也。论政谈道之文，备于三古，而屈、宋前喁，扬、马后吁，词赋之盛，几与六籍百家抗衡。魏晋六朝，清词丽句，俪藻骈跗，又使两京有污尊土铏之愧。推之三唐之杂体、散行诗文，两宋之理学、诗余，金元之小说、乐府，明之传奇、制艺，皆缒幽凿隐，为前人屐齿所未经。故就一方面言，则古浑厚而今浮薄，古雄健而今孱弱，古正大而今烦琐；而别就一方面观，则古拙而今巧，古朴而今华，古疏而今密。两两相衡，不必谓黼黻之华，必绌于卉服，琴瑟之制，尽乖于让音。药石膏粱，各适其用；桑麻桃李，共有其天。当合美，而不可偏置也。夫明道德，言政治，则诚不可雅、郑同律，泾、渭合流。若文学则大部偏于情感，固无庸挟性法以毛求。而文学史研究自然尤不妨破成格而广取。凡中世以下文学史之内容，皆本此宗旨。盖精神上之文学史，而非形式上之文学史；实际上之文学史，而非理想上之文学史也。

三国为文学界华实、工拙之过渡。汉末虽前遭党锢之凌夷，后历沧桑之更变，然性情以忧患而深，故虽寻常酬和、通问，皆有激昂慷慨之气，而寓以悱恻缠绵之意。且武乡纶巾，曹公横槊，已滥觞晋人俊迈之风，故西晋为魏之余波。其时视文学綦重，陈笺奏牍，声价与马鞘帷幄颉颃，故文学士易贾祸，又易得名，祸亦以名招也。至六朝，而文人学士知识日趋浮薄，当世虽词华相尚，而仅以俳优目之矣。然文学之轻重仍由文学家自为之，而非世有所爱憎取舍也。此中消息，即可就其文学验之。

一、三国文学代表

诸葛亮　字孔明，琅琊阳都人，蜀汉丞相，封武乡侯。有《诸葛丞相集》，谥忠武。微时好为《梁甫吟》，言教书多可观。

曹操　字孟德，沛国谯人，举孝廉，为郎。黄巾起，拜骑都尉，历官至丞相，由魏晋封王，谥曰武。自丕受汉禅，进尊为太祖武皇帝。有《魏武帝集》。御军三十年，手不释书，一时才艺无及者。

曹丕　字子桓，操之太子。仕汉为五官中郎将。操殁，嗣为丞相、魏王，延康元年受汉禅，改元黄初，在位七年，薨谥曰文。有《魏文帝集》。好文学，以著述为务，自著垂百首，又使诸儒撰集，以类相从，凡千余篇，曰《通览》。

曹植　字子建，丕弟，少即工文。黄初三年，进侯为鄄城王，徙封东阿，又封陈，谥曰思。有《陈思王集》。才大思丽，世称绣虎。晋谢灵运言天下才一石，陈王独得八斗。

王粲　字仲宣，山阳高平人。先随刘表，后事表子琮归朝。曹操拜为丞相掾，魏禅，拜侍中。有《王侍中集》。粲形短而才长，能强记、工算，属文举笔即成，无所改。

陈琳　字孔璋，广陵人。初为袁绍典室，袁氏败，归曹操。曾为绍作檄诋操，操爱其才，不罪也。操之书檄多出琳及阮瑀（瑀，字元瑜，陈留人）手。

丁仪、丁廙　仪，字正礼；廙，字敬礼。沛郡人。坐鄗曹植诛。

刘桢　字公干，东平人。（吴质，字季重，济阴人。）

应瑒、应璩　瑒，字德琏；璩，字休琏。

繁钦　字休伯，颍川人。

夏侯元　字太初，魏征西将军。

秦宓 字子敕，蜀太司农，绵竹人。

郤正 字令光，偃师人。

杨修 字德祖，太尉。彪子，为曹操主等，坐诽谤诛。

路粹 字文蔚，陈留人。与陈琳等共典记室，坐违禁诛。

虞翻 字仲翔，余姚人。不受曹操拜，仕吴，好直谏失，以罪徙交州。而讲学不倦，门徒常数百人。通《易》，注《老子》、《论语》、《国语》传世。

薛综 字敬文，竹邑人，仕吴。文成数万，号曰私载。

二、三国杂文(作品选读)(辉按:下三国文选,文略,仅存其目及黄人的评骘之语)

诸葛亮:《前出师表》(黄人评曰:“共用十三先帝,如雷霆奋击。”)、《临终遗表》

曹操:《述志令》、《求逸才令》、《祀桥太尉文》

曹丕:《与吴质书》、《又与吴质书》、《答繁钦书》、《典论自序》、《典论·论文》

曹植:《求通亲亲表》、《与吴质书》、《辩道论》、《荀悦三游论》、《申鉴大略》

王粲:《为刘荆州与袁谭书》、《为刘荆州与袁尚书书》

陈琳:《为袁绍檄豫州文》

应瑒:《报庞惠恭书》、《弈势》

应璩:《与刘靖笺》

刘桢:《谏平原侯植书》

黄初受禅，妄拟中天，然又共欢饰巢、许之容，盗跖矜首阳之节，上下相诡，抑何无耻！其表文等，尤涂旣浮靡，无异《嘲戏》，然自当途创为非常。历六朝五季，至天水陈驿，始了此局，上下千年，成此因果。即且甘带，黄雀伺蝉，尧幽舜野，沿为成例；勋华有知，当亦叹后贤之巧，是固历史上之一大变局，而亦不可谓非文学界上一奇构也。故录汉魏禅让文，以昭中世文学界特色之一部分。(辉按:后录表、奏等文多篇,存目如下:左中郎将李伏表魏王、侍中刘廙等表、太史函许芝表、魏王令、侍中辛毗等奏、督军司马懿等表、乙卯册诏魏王禅代天下、让禅表、壬戌册诏、丁卯再诏魏王、己巳魏王上书、相国歆太尉诩御史大夫郎及九卿奏、庚午册诏魏王)

曹丕:《出妇赋》、《弹棋赋》

曹植:《九愁赋》、《洛神赋》(黄人评曰:“记曰:植初求甄逸女不遂,后太祖回,与五官中郎将。植昼思夜想,废寝忘食。黄初中入朝,帝示植甄后玉镂金带枕,植见之,不觉泣下。时已为郭后谗死。帝仍以枕赉植。植还度轘辕,息洛水上,因思甄氏,忽若有见。遂述其事,作《感甄赋》,后明帝见之,改为《洛神赋》。按:植在黄初,猜嫌方剧,安敢于帝前思甄泣下?帝又何至以甄枕赐植?此国章家典所无也。若事因感甄而名托洛神,间有之耳。岂待明帝始改,皆傅会者之过矣!”)

王粲:《登楼赋》

三、魏诗歌

言诗于当途，莫不奉子建为职志，特以其逸也。然其流极，适启六朝轻佻途途之弊。

若老瞒之霸才豪气,除越石外,几无嗣音。而子桓之春雍大雅,且工为长言,曲折如志,醇而不肆,实开曲江、子昂、右丞、东川之先声。以一家论,父父子子,难兄难弟;以文界权位论,桓桓乎其武,郁郁乎其文,名实相称,足以被词坛之藻火而介弟锡圭,亦适如其分。若王、陈、应、刘之徒,不过攀鳞附翼,列于后先后疏附者耳。正统说起,退魏于闰位,或并其文学之价值而亦贬之,偏矣!且崇拜陈思者,谓其有管、蔡、司马孚之志,尤附会无理。文章为天下之公,君子不以言废人,况子桓之人格,正在晋武帝、宋太宗上。悠悠千载,仅有船山一知己,可慨焉!(辉按:下三国诗选,诗略,仅存其目)

诸葛亮:《梁甫吟》

曹操:《薤露》、《蒿里行》、《短歌行》、《苦寒行》、《碣石篇》("东临碣石"、"神龟虽寿")

曹丕:《短歌行》、《燕歌行》二首("秋风萧瑟天气凉"、"别日何易会日难")、《善哉行》二首("上山采薇"、"朝日乐相乐")、《大墙上蒿行》、《艳歌何尝行》、《杂诗》二首("漫漫秋夜长"、"西北有浮云")、《清河作》

曹植:《当来日大难》、《怨诗行》、《赠徐干》、《赠丁仪》、《赠王粲》、《又赠丁仪王粲》、《赠丁仪》、《赠白马王彪》

四、两晋文学代表

自古权奸之攘窃神器,未有如晋之侥幸者也。同槽三马,质皆驽下,尚无黄室之高名、郿坞之威望,懿以东宫狎客,窃居显要,无赫赫之功,即云帷幄献替。言多奇中,要亦佞史文饰,无可征实。惟以巾帼代干城,是其所长耳。即与曹爽竞权,亦出于洟涩卑污。使爽能略用囊智,则伪病将不起焉。师、昭二孽,皆盗贼之资,凭藉家门,无毫发善状,而炎之纵欲败度,亦与禅皓伯仲间耳。特以当途用人,弃德而取才,作法于凉,朝多鄙夫,故得利用以成功。然幸得必易失,故一瞬而变起萧墙,再传而虏于异族,因果分明,此中自有天道也!而社会风气,亦相习于放诞奢淫,徇利禄而罔恤廉耻,矜门第而不知国家,处伦常骨肉无殊动物,对夷虏盗贼甘心北面。吾国民自两汉以上淳朴果敢之气,尽澌灭于此时,而文学上光明俊伟之风,亦随以堕落。然宣尼采风,不遗郐下,史家记述,惩劝并陈,且霜雪载途,非无贞干,风雨如晦,不绝翰音,正未容一概而抹杀焉。而其梢有智识者,虽力不足砥狂澜,身不免蹈众醉,而亦不无萤光之自照,鸟死之哀鸣,其人虽不足录,其言未尝不可取也。故论列如下。

阮籍　字嗣宗,陈留尉氏人也。父瑀,魏丞相掾,知名于世。籍容貌瓌杰,志气宏放,傲然独得,任性不羁,而喜怒不形于色,或闭户视书,累月不出,或登临山水,经日忘归。博览群籍,尤好《庄》、《老》,嗜酒能啸,善弹琴,当其得意,忽忘形骸,时人谓之痴。属魏晋之际,天下多故,名士少有全者,籍由是不与世事,遂酣饮为常。文帝初欲为武帝求婚于籍,六十日不得言而止。钟会数以时事问之,欲因其可否而致之罪,皆以酣醉获免。尝登广武观楚汉战处,叹曰:"时无英雄,使竖子成名!"登武牢山望京邑而叹,于是赋《豪杰诗》。景元四年冬卒,时年五十四。

嵇康 字叔夜,谯国铚人也。其先姓奚,会稽上虞人,以避怨徙焉。铚有嵇山,家于其侧,因而命氏。兄喜有当世才,历太仆宗正。康早孤,有奇才,远迈不群。身长七尺八寸,美词气,有风仪,而土木形骸,不自藻饰,人以为龙章凤姿,天质自然,恬静寡欲,含垢匿瑕,宽简有大量。学不师受,博览无不该通,长好《老》、《庄》。与魏宗室婚,拜中散大夫。尝修养性服食之事,弹琴咏诗,自足于怀。以为神仙禀之自然,非积学所得,至于导养得理,则安期、彭祖之伦可及,乃著《养生论》。又以为君子无私,著《无私论》。盖其胸中所寄,以高契难期,每思郢质,所与神交者,惟陈留阮籍、河内山涛,预其流者,河内向秀、沛国刘伶、籍兄子咸、琅邪王融戎,遂为竹林之游,世所谓"竹林七贤"也。性绝巧而好锻,宅中有一柳树而甚茂,乃激水圜之,每夏月居其上以锻。东平吕安服康高致,每一相思,则千里命驾,康友而善之。后安为兄所枉诉,以事系狱,辞相证引,遂复收康。康性慎言行,一旦缧绁,乃作《幽愤诗》。初康居贫,尝与向秀共锻于大树之下以自赡给。颍川钟会,贵公子也,精练有才辨,故往造焉,康不为之礼而锻不辍。良久,会去,康谓曰:"何所闻而来?何所见而去?"会曰:"闻所闻而来,见所见而去。"会以此憾之,及是言于文帝曰:"嵇康卧龙也,不可起,公无忧天下,顾以康为虑耳。"因谮康欲助毌丘俭,赖山涛不听。昔齐戮华士,鲁诛少正卯,诚以害时乱教,故圣贤去之。康、安等言论放荡,非毁典谟,帝王所不宜容,宜因衅除之以淳风俗。帝既昵听信会言,遂并害之。康将刑东市,太学生三千人,请以为师,弗许。康顾见日影,索琴弹之曰:"昔袁孝尼尝从吾学《广陵散》,吾每固靳之,《广陵散》于今绝矣!"时年四十。

杜预 字元凯,京兆杜陵人也。祖畿,魏尚书仆射;父恕,幽州刺史。预博学多通,明于兴废之道。常言德不以企及,立功立言,可庶几也。预在内七年,损益万机,不可胜数,朝野称美,号曰杜武库,言其无所不有也。时帝密有灭吴之计,而朝议多违,唯预、羊祜、张华与帝意合。祜病,举预自代,遂指授群帅,径进秣陵,所过城邑,莫不束手。孙皓既平,振旅凯入,以功进爵当阳县侯。既立功之后,从容无事,乃耽思经籍,为《春秋左氏经传集解》,又参考众家谱第,谓之《释例》,又作《盟会图》、《春秋长历备》,成一家之学,比老乃成。又撰《女记赞》。当时论者,谓预文义质直,世人未之重,唯秘书监挚虞赏之曰:"左丘明本为《春秋》作传,而《左传》遂自孤行,《释例》本为《传》设,而所发明何但《左传》?故亦孤行。"

傅玄 字休奕,北地泥阳人也。祖燮,汉阳太守;父干,魏扶风太守。玄少孤贫,博学善属文,解钟律,性刚劲亮直,不能容人之短。郡上计吏,再举孝廉,太尉辟皆不就;州举秀才,除郎中,与东海缪施俱以时誉选入著作,撰集《魏书》。后参安东卫军军事,转温令,再迁弘农太守,领典农校尉,所居称职。数上书陈便宜,多所匡正。玄天性峻急,不能有所容,每有奏劾,或值日暮,捧白简,整簪带,竦踊不寐,坐而待旦,于是贵游慑伏,台阁生风。寻卒于家,时年六十二,谥曰刚。玄少时避难于河内,专心诵学,后虽显贵,而著述不废,撰论经国、九流及三史故事,评断得失,各为区别,名为《傅子》,为内、外、中篇,凡四部、六录,合百四十首、数十万言,并文集百余卷行于世。

张华 字茂先,范阳方城人也。父平,魏渔阳郡守。华少孤贫,自牧羊,同郡卢钦见而器之，乡人刘放亦奇其才，以女妻焉。华学业优博，辞藻温丽朗赡，多通图纬方伎之书，莫不详览。少自修谨，造次必以礼度，勇于赴义，笃于周急，器识弘旷，时人罕能测之。初未知名，著《鹪鹩赋》以自寄，陈留阮籍见之叹曰："王佐之才也！"由是声名始著。以灭吴定策功，进封广武县侯，为宰相后，为赵王伦所害，而族诛。华性好人物，诱进不倦，至于穷贱侯门之士，有一介之善者，便咨嗟称咏，为之延誉。雅爱书籍，身死之日，家无余财，惟有文史溢于机箧。尝徙居，载书三十乘。秘书监挚虞撰定官书，皆资华之本以取正焉。天下奇秘，世所希有者，悉在华所，繇是博物洽闻，世无与比。惠帝中人有得鸟毛三丈以示华，华见惨然曰："此谓海凫毛也，出则天下乱矣！"陆机尝饷华鲊，于时宾客满座，华发器便曰："此龙肉也。"众未之信，华曰："试以苦酒濯之，必有异。"既而五色光起。机还问鲊主，果云园中茅积下得一鱼，白质状殊常，以作鲊，过美，故以相献。武库封闭甚密，其中忽有雉雊，华曰："此必蛇化为雉也。"开视，雉侧果有蛇蜕焉。吴郡临平岸崩，出一石鼓，槌之无声。帝以问华，华曰："可取蜀中桐材，刻为鱼形，扣之则鸣矣。"于是如其言，果声闻数里。初，吴之未灭也，斗牛之间，常有紫气，道术者皆以吴方强盛，未可图也。惟华以为不然。及吴平之后，紫气愈明，华闻豫章雷焕妙达纬象，乃要焕宿。屏人曰："可共寻天文，知将来吉凶。"因登楼仰观，焕曰："仆察之久矣。惟斗牛之间，颇有异气。"华曰："是何祥也。"焕曰："宝剑之精，上彻于天耳。"华曰："君言得之。吾少时有相者言，吾出六十，位登三事，当得宝剑佩之。斯言岂效与？"因问曰："在何郡？"焕曰："在豫章丰城。"华曰："欲屈君为宰，密共寻之可也。"焕许之，华大喜，即补焕为丰城令。焕到县，掘狱屋基，入地四丈余，得一石函，光气非常，中有双剑，并刻题，一曰龙泉，一曰太阿。其夕牛斗间气不得见焉。焕以南昌西山北岩下土以拭剑，光芒艳发。大盆盛水，置剑其上，视之者精芒炫目。遣使送一剑并土与华，留一自佩。或谓焕曰："得两送一，张公岂可欺乎？"焕曰："本朝将乱，张公当受其祸，此剑当系徐君墓树耳。灵异之物，终当化去，不永为人服也。"华得剑，宝爱之，常置坐侧。华以南昌土不如华阴赤土，报焕书，因以华阴土一斤致焕，焕更以拭剑，倍益精明。华诛，失剑所在。焕卒，子爽为州从事，持剑行经延平津，剑忽于腰间跃出堕水，使人没水下取之不见剑，但见两龙各长数丈，蟠萦有文章。没者惧而反。须臾，光彩照人，波浪惊沸。于是失剑，爽叹曰："先君化去之言，张公终合之论，此其验乎！"华之《博物》多此类，不可详焉。

孙楚　字子荆，太原中都人也。祖资，魏骠骑将军；父宏，南阳太守。楚才藻卓绝，爽迈不群，多所陵傲，缺乡曲之誉，与同郡王济友善。济为本州大中正，访问铨邑人品状至楚，济曰："此人非卿所能目，吾自为之。"乃状楚曰："天才英博，亮拔不群。"楚少时欲隐居，谓济曰："当欲枕石漱流。"误云"漱石枕流"，济曰："流非可枕，石非可漱。"楚曰："所以枕流，欲洗其耳；所以漱石，欲砺其齿。"楚少所推服，惟雅敬济。初，楚除妇服，作诗以示济，济曰："未知文生于情，情生于文。览之，凄然增伉俪之重。"

挚虞　字仲洽，京兆长安人也。父模，魏太仆卿。虞少事皇甫谧，才学通博，著述不倦。郡檄主簿，虞尝以死生有命、富贵在天，故作《思游赋》。举贤良，与夏侯湛等十七人为上第，拜中郎。撰《文章志》四卷，注解《三辅决录》，又撰《古文章类聚区分》为三十卷，名曰《流别集》，各为之论，辞理惬当，为世所重。虞善观玄象，尝谓友人曰："今天下方乱，避难之国，其惟西凉土乎？"性爱士人，有表荐者，恒为其辞。东平太叔广枢机清辩，广谈，虞不能对，虞笔，广不能答，更相嗤笑，纷然于世云。

束晳　字广微，阳平元城人。汉太子太傅疏广后也。王莽末，广曾孙孟达避难，自东海徙居沙鹿山南，因去疏之足，遂改姓焉。祖混，陇西太守，父龛，冯翊太守，并有名誉。晳博学多闻，与兄璆俱知名。少游国学，或问博士曹志曰："当今好学者谁乎？"志曰："阳平束广微，好学不倦，人莫及也。"晳存著作，得观《竹书》，随疑分释，皆有义证。迁尚书郎。武帝尝问挚虞三日曲水之义，虞对曰："汉章帝时，平原徐肇以三月初生三女，至三日俱亡，村人以为怪。乃招携之水滨洗祓，遂因水以滥觞。其义起此。"帝曰："必如所谈，便非好事。"晳进曰："虞，小生，不足以知，臣请言之。昔周公城洛邑，因流水以泛酒，故逸诗云'羽觞随波'。又秦昭王以三日置酒河曲，见金人奉水心之剑，曰：令君制有西夏，乃霸诸侯。因此立为曲水。二汉相缘，皆为盛集。"帝大悦，赐晳金五十斤。时有人于嵩高山下得竹简一枚，上两行科斗书，传以相示，莫有知者。司空张华以问晳，晳曰："此汉明帝显节陵中策文也。"检验果然，时人伏其博识。

潘岳　字安仁，荥阳中牟人也。祖瑾，安平太守；父芘，琅琊内史。岳少以才颖见称，乡邑号为奇童，谓终、贾之俦也。早辟司空太尉府，举秀才。太始中，武帝躬耕籍田，岳作赋以美其事。岳才名冠世，为众所疾，遂栖迟十年，出为河阳令，负其才而郁郁不得志。时尚书仆射山涛领吏部，王济、裴楷等并为帝所亲遇，岳内非之，题阁道为谣。后转怀令。时以逆旅逐末废农，奸淫亡命，多所依凑，败乱法度，敕当除之，十里一官，擿使老少贫户守之，又差吏掌主依客舍收钱。岳上上议，朝廷从之。岳频宰二邑，勤于政绩，调补尚书度支部，迁廷尉平，以公事免。杨骏辅政，高选吏佐，引岳为太傅主簿，骏诛，除名。初，谯人公孙宏少孤贫，客于河阳，善鼓琴，颇属文。岳之为河阳令，爱其才艺，待之甚厚。至是宏为楚王玮长史，专杀生之政。时骏纲纪皆当从坐，同署主簿朱振已就戮，岳其夕取急在外，宏言之玮，谓之假吏，故得免。未几，选为长安令，作《西征赋》，述所经人物山水，文清旨诣，辞多不录。征补博士，未召，以母疾辄去，官免，寻为著作郎，转散骑侍郎，迁给事黄门侍郎。岳性轻躁，趋世利，与石崇等谄事贾谧，每候其出，与崇辄望尘而拜。搆《愍怀》之文，岳之辞也。谧二十四友，岳为其首。谧《晋书限断》，亦岳之词也。其母数诮之曰："尔当知足，而乾没不已乎？"而岳终不能改。既仕宦不达，乃作《闲居赋》。初，芘为琅琊内史，孙秀为小史给岳，而狡黠自喜。岳恶其为人，数挞辱之，秀常衔忿。及赵王伦辅政，秀为中书令，岳于省内谓秀曰："孙令犹忆畴昔周旋不？"答曰："中心藏之，何日忘之？"岳于是自知不免。俄而秀遂诬岳及石崇、欧阳建谋奉淮南王允、齐王冏为乱，诛之，夷三族。岳将诣市，与母别曰："负阿母。"初被收，俱不相知，石崇已送在市，岳后至，崇谓之曰："安仁，卿亦复尔邪？"岳曰："可谓白首同所归。"岳《金谷诗》云："投分寄石友，白首同所归"，乃成其谶。岳母及兄侍御史释、弟燕令豹、司徒掾据、据弟诜，兄弟之子，已出之女，无长幼，一时被害。唯释子伯武逃难得免。而豹女与其母相抱，号呼不可解，会诏原之。岳美姿仪，辞藻绝丽，尤善为哀诔之文。少时常挟弹出洛阳道，妇人遇之者，皆连手萦绕投之以果，遂满车而归。时张载甚丑,每行,小儿以瓦石掷之,委顿而反。

裴秀　字季彦,河东闻喜人也。祖茂,汉尚书令;父潜,魏尚书令。秀少好学,有风操,八岁能属文,叔父徽有盛名,宾客甚众。秀年十岁,有诣徽者,出则过秀。然秀母贱,嫡母宣氏不之礼,尝使进馔于客,见者皆为之起,秀母曰:“微贱如此,当应为小儿故也。”宣氏知之,后遂止。时人为之语曰:“后进领袖有裴秀。”渡辽将军毌丘俭,尝荐秀于大将军曹爽曰:“生而岐嶷,长蹈自然,玄静守真,性入道奥,博学强记,无文不该,孝友著于乡党,高声闻于远近,诚宜弼佐谟明,助和鼎味,毗替大府,光昭盛化,非徒子奇、甘罗之俦,兼包游、夏、颜、冉之美。”爽乃辟为掾,袭父爵清阳亭侯,迁黄门侍郎。爽诛,以故吏免。顷之,为廷尉正,历文帝安东及卫将军司马,军国之政,多见信纳。迁散骑常侍。帝之讨诸葛诞也,秀与尚书僕射陈泰、黄门侍郎钟会以行台从,豫参谋略。及诞平,转尚书,进封鲁阳乡侯,增邑千户。常道乡公立以豫议定策,进爵县侯,增邑七百户,迁尚书仆射。魏咸熙初,厘革宪司,时荀勖定礼议,贾充定法律,而秀改官制焉。秀议五等之爵,自骑督已上六百余人皆封。于是秀封济川侯,地方六十里,邑千四百户,以高苑县济川墟为侯国。初,文帝未定嗣,而属意舞阳侯攸,武帝惧不得立,问秀曰:“人有相否?”因以奇表示之,秀后言于文帝曰:“中抚军人望既茂,天表如此,固非人臣之相也。”由是世子乃定。武帝既即王位,拜尚书令、右光禄大夫,与御史大夫王沉、卫将军、贾充俱开府,加给事中。及帝受禅,加左光禄大夫,封巨鹿郡公,邑三千户。时安远护军郝诩与故人书云:“与尚书令裴秀相知,望其为益。”有司奏免秀官,诏曰:“不能使人之不加诸我,此古人所难,交关人事,诩之罪耳,岂尚书令能防乎?其勿有所问。”司隶校尉李熹复上言骑都尉刘尚为尚书令,裴秀占官稻田,求禁止秀,诏又以“秀干翼朝政,有勋绩于王室,不可以小疵掩大德”,使推正尚罪,而解秀禁止焉。久之,诏曰:“夫三司之任,以翼宣皇极,弼成王事者也,故经国论道,赖之明喆,苟非其人,官不虚备。尚书令、左光禄大夫裴秀雅量弘博,思心通远,先帝登庸,赞事前朝,朕受明命,光佐大业,勋德茂著,配踪元颙,宜正位居体,以康庶绩,其以秀为司空。秀儒学洽闻,且留心政事,当禅代之际,总纳言之要,其所裁当礼无违者。”又以职在地官,以《禹贡》山川地名,从来久远,多有变易,后世说者,或强牵引,渐以暗昧,于是甄挞旧文,疑者则阙,古有名而今无者,皆随事注列,作《禹贡地域图》十八篇奏之,藏之与秘府。其序曰:“图书之设,由来尚矣!自古立象垂制而赖其用,三代置其官,国史掌厥职,暨汉屠咸阳,丞相萧何尽收秦之图籍。今秘书既无,古之地图又无,萧何所得,惟有汉氏《舆地》及《括地》诸杂图,各不设分率,又不考正准望,亦不备载名山大川。虽有粗形,皆不精审,不可依据。或荒外迂诞之言,不合事实,与大义无取。大晋龙兴,混一六合,以清宇宙。始于庸蜀,深入其阻,文皇帝乃命有司撰访吴蜀地图。蜀土既定,六军所经,地域远近,山川险易,征途迂直,校验图记,罔或有差。今上考《禹贡》山海、川流、原隰、陂泽,古之九州及今之十六州郡国县邑疆界乡陬,及古国盟会旧名、水陆径路,为地图十八篇。制图之体有六焉:一曰分率,所以辨广轮之度也;二曰准望,所以正彼此之体也;三曰道里,所以定所由之数也;四曰高下,五曰方邪,六曰迂直,此三者各因地而制宜,所以校夷险之异也。有图象而无分率,则无以审远近之差;有分率而无准望,虽得之于一隅,必失之于他方;有准望而无道里,则施于山海绝隔之地，不能以相通；有道里而无高下、方邪、迂直之校，则径路之数，必与远近之实相违，失准望之正矣！故以此六者参而考之，然远近之实，定于分率，彼此之实，定于道里，度数之实，定于高下、方邪、迂直之算，故虽有峻山、巨海之隔，绝域殊方之回，登降诡曲之因，皆可得举而定者。准望之法既正，则曲直、远近，无所隐其形也。”秀创制朝仪，广陈刑政，朝廷多遵用之以为故事。在位四载，为当世名公。服寒食散，当饮热酒而饮寒酒，泰始七年薨，时年四十八。诏曰：“司空经德履哲，体蹈儒雅，佐命翼世，勋业弘茂。方将宣猷敷制，为世宗范，不幸薨殂，朕甚痛之。其赐秘器朝服一具、衣一袭、钱三十万、布百匹。谥曰元。”初，秀以尚书三十六曹统事，准例不明，宜使诸卿任职，未及奏而薨。其友人料其书记，得表草，言平吴之事，其词曰：“孙皓酷虐，不及圣明御世兼弱攻昧，使遗子孙，将遂不能臣。时有否泰，非万安之势也。臣昔虽已屡言，未有成旨，今既疾笃不起，谨重尸启，愿陛下时共施用。”乃封以上闻，诏报曰：“司空薨，痛悼不能去心，又得表草，虽在危困，不忘王室，尽忠忧国，省益伤切，辄当与诸贤共论也。”咸宁初，与石苞等并为王公，配享庙廷。有二子濬、頠。濬嗣位至散骑常侍，早卒。濬庶子憬不慧，别封高阳亭侯。以濬少弟頠嗣。頠，字逸民，弘雅有远识，博学稽古，自少知名。御史中丞周弼见而叹曰：“頠若武库，五兵纵横，一时之杰也！”贾充即頠从母夫也，表“秀有佐命之勋，不幸嫡长丧亡，遗孤稚弱，頠才德英茂，足以兴隆国家”，嗣诏頠袭爵，頠固让不许。太康二年，征为太子中庶子，迁散骑常侍。惠帝即位，转国子祭酒，兼右军将军。初，頠兄子憬为白衣，頠论述世勋，赐高阳亭侯。杨骏将诛也，骏党左军将军刘豫陈兵在门，遇頠，问太傅所在，頠绐之曰：“向于西掖门遇公乘素车从二人西出矣。”豫曰：“吾何之？”頠曰：“宜至廷尉。”豫从頠言，遂委而去。寻而诏頠代豫，领左军将军，屯万春门。及骏诛，以功当封武昌侯，頠请以封憬，帝竟封頠次子该，頠苦陈憬本承嫡，宜袭巨鹿。先帝恩旨，辞不获命，武昌之封，己之所蒙，特请以封憬。该时尚主，故帝不听。累迁侍中。时天下暂宁，頠奏修国学，刻石写经。皇太子既讲，释奠祀孔子，饮飨射侯，甚有仪序。又令荀藩终父勖之志，铸钟凿磬以备郊庙朝享礼乐。頠通博多闻，兼明医术。荀勖之修律度也，检得古尺，短世所用四分有余，頠上言宜改诸度量，“若未能悉革，可先改太医权衡，此若差违，遂失神农岐伯之正，药物轻重，分两乖互，所可伤夭，为害尤深。古寿考而今短折者，未必不由此也！”卒不能用。乐广尝与頠清言，欲以理服之，而頠辞论丰博，广笑而不言。时人谓頠为言谈之林薮。頠以贾后不悦太子抗表请增崇太子所生谢淑妃位号，仍启增置后卫率吏给三千兵，于是东宫宿卫万人。迁尚书侍中如故，加光禄大夫。每受一职，未尝不殷勤固让，表疏十余上，博引古今成败以为言，览之者莫不寒心。頠深虑贾后乱政，与司空张华、侍中贾模议废之而立谢淑妃，华、模皆曰：“帝自无废黜之意，若吾等专行之，上心不以为是，且诸王方刚，朋党异议，恐祸如发机，身死国危，无益社稷。”頠曰：“诚如公虑，但昏虐之人，无所忌惮，乱可立待，将如之何？”华曰：“卿二人犹且见信，然勤为左右陈祸福之戒，冀无大悖。幸天下尚安，庶可优游卒岁。”此谋遂寝。頠旦夕劝说从母广城君，令戒谕贾后亲侍太子而已。或说頠曰：“幸与中宫内外，可得尽言，言若不行，则辞病而退。若二者不立，虽有十表，难乎免矣！”頠慨然久之，而竟不能行，迁尚书左仆射侍中如故。頠虽后之亲属，然雅望素隆，四海不谓之以亲戚进也，惟恐其不居位。俄复使頠专任门下事，固让不听。頠上言：“贾模适亡，复以臣代，崇外戚之望也，彰偏私之举，后族何常有能自保？皆知重亲无脱者也。然汉二十四帝，惟孝文、光武、明帝不重外戚，皆保其宗，岂将独贤实以安理故也！昔穆叔不拜越礼之飨，臣亦不敢闻殊常之诏。”又表云：“咎繇谟虞，伊尹相商，吕望翊周，萧张佐汉，咸播功化，光格四极，暨于继体。咎单傅说祖己，樊仲亦隆中兴，或明扬侧陋，或起自庶族，岂非尚德之举以臻斯美哉？历观近世，不能慕远，溺于近情，多任后亲，以致不静。昔疏广戒太子以舅氏为官属，前世以为知礼，况朝廷何取于外戚，正复才均，尚当先其疏者，以明至公。汉世不用冯野王，即其事也。”表上皆优诏敦譬。时以陈准子匡、韩蔚子嵩，并侍东宫，頠谏曰：“东宫之建，以储皇极，其所与游接，必简英俊，宜用成德。匡、嵩幼弱，未识人理、立身之节，东宫实体夙成之表，而今有童子侍从之声，未是光阐遐风之弘理也。”愍怀太子之废也，頠与张华苦争不从，语在《华传》。頠深患时俗放荡，不尊儒术，何晏、阮籍素有高名于世，口谈浮虚，不遵礼法，尸禄耽宠，仕不事事，至王衍之徒，声誉太盛，位高势重，不以物务自婴，遂相仿效，风教陵迟，乃著《崇有》之论以释其蔽曰：“……”（辉按：下引《崇有论》一文，文略）王衍之徒，攻难交至，并莫能屈。又著《辩才》，谓古今精义皆辨释焉，未成而遇祸。初，赵王伦谄事贾后，頠甚恶之，伦数求官，頠与张华复固执不许，由是深为伦所怨。伦又潜怀篡逆，欲先除朝望，因废贾后之际，遂诛之，时年三十四。二子嵩、该，伦亦欲害之，梁王彤、东海王越，称頠父有勋王室，配食太庙，不宜灭其后嗣，故得不死，徙带方。惠帝反正，追复頠本官，改葬以卿礼，谥曰成，以嵩嗣爵，为中书黄门侍郎；该出后从伯玂为散骑常侍，并为乞活贼陈午所害（矫俗文误抄录传中）。

葛洪　字稚川，丹阳句容人也。祖系，吴大鸿胪；父悌，吴平后，入晋为邵陵太守。洪少好学，家贫，躬自伐薪以贸纸笔，夜辄写书读书。以儒学知名，性寡欲，无所爱酷，不知棋局几道、樗蒲齿名。为人木讷，不好荣利，闭门却扫，未尝交游。于余杭山见何幼道、郭文举，目击而已，各无所言。时或寻书问义，不远数千里，崎岖冒涉，期于必得，遂究览典籍。尤好神仙导养之法。从祖玄，吴时学道得仙，号曰葛仙公，以其炼丹秘术授弟子郑隐，洪就隐学，悉得其法焉。后师事南海太守上党鲍玄，玄亦内学，逆占将来，见洪深重之，以女妻洪。洪传玄业，兼综练医术，凡所著撰，皆精核是非，而才章富赡。太安中，石冰作乱，吴兴太守顾秘为义军都督，与周玘等起兵讨之，秘檄洪为将兵都尉，攻冰，别率破之，迁伏波将军。冰平，洪不论功赏，径至洛阳，欲搜求异书以广其学。洪见天下已乱，欲避地南土，乃参广州刺史嵇含军事，及含遇害，遂停南土多年。征镇檄命，一无所就，后还乡里，礼辟皆不赴。元帝为丞相，辟为掾，以平贼功，赐爵关内侯。咸和初，司徒导召补州主簿，转司徒掾，迁咨议参军。干宝深相亲友，荐洪才堪国史，迁为散骑常侍，领大著作。洪固辞不就，以年老，欲炼丹以祈遐寿。闻交趾出丹，求为句漏令，帝以洪资高不许，洪曰：“非欲为荣，以有丹耳。”帝从之，洪遂将子侄俱行。至广州，刺史邓岳留不听去，洪乃止罗浮山炼丹。岳表补东官太守，又辞不就，岳乃以洪兄子望为记室参军。在山积年，优游闲养，著述不辍。其自序云：“洪体乏进趣之才，偶好无为之业。假令奋翅则能陵厉玄霄，骋足则能追风蹑景。犹欲戢劲翮于鹪鹩之群，藏逸迹于跛驴之伍。岂况大块禀我以寻常之短羽，造化假我以至驽之蹇足。自卜者审，不能者止，又岂敢力苍蝇而慕冲天之举，策跛鳖而追飞兔之轨，饰嫫母之笃陋，求媒阳之美谈，推沙砾之贱质，索千金于和肆哉？夫僬侥之步而企及夸父之踪，近才所以踬碍也；要离之羸而强赴扛鼎之势，秦人所以断筋也。是以望绝于荣华之途，而志安乎穷圮之域。藜藿有八珍之甘，蓬荜有藻棁之乐也。故权贵之家，虽咫尺弗从也；知道之士，虽艰远必造也。考览奇书，既不少矣，率多隐语，难可卒解，自非至精不能究，自非笃勤不能悉见也。道士弘博洽闻者寡，而意断妄说者众。至于时有好事者，欲有所修为，仓卒不知所从，而意之所疑，又无足咨。今为此书，粗举长生之理，其至妙者，不得宣之于翰墨，盖粗言较略，以示一隅。冀悱愤之徒，省之可以思过半矣！岂谓暗塞必能穷微畅远乎！聊论其所先觉者耳。世儒徒知服膺周孔，莫信神仙之书，不但大而笑之，又将毁谤真正。故予所著子言黄白之事，名曰《内篇》，其余驳难通释，名曰《外篇》，大凡内外一百一十六篇。虽不足藏诸名山，且欲缄之金匮。以示识者，自号抱朴子，因以名书。”其余所著碑、诔、诗、赋百卷，移、檄、章、表三十卷，神、仙、良、隐逸、集异等传各十卷，又抄五经、《史》、《汉》、百家之言、方技、杂事三百一十卷，《金匮药方》一百卷，《肘后要急方》四卷。洪博闻深洽，江左绝伦，著述篇章，富与班、马，又精辩玄赜，析理入微。后忽与岳疏云：“当远行寻师，克期便发。”岳得疏，狼狈往别，而洪坐至日照，兀然若睡而卒。岳至，遂不及见，时年八十一。视其颜色如生，体亦柔软，举尸入棺，甚轻如空衣，世以为尸解得仙云。

陈寿　字承祚，巴西安汉人也。少好学，师事同郡谯周。仕蜀为观阁令史。宦人黄皓专弄威权，大臣皆曲意附之，寿独不为之屈，由是屡被谴黜。遭父丧，有疾，使婢丸药，客往见之，乡党以为贬议。及蜀平，坐是沉滞者累年。司空张华爱其才，以寿虽不远嫌，原情不至贬废，举为孝廉，除佐著作郎，出补阳平令。撰蜀相诸葛亮集，奏之。除著作郎，领本郡中正。撰魏、吴、蜀《三国志》凡六十五篇，时人称其善叙事，有良史之才。夏侯湛时著《魏书》，见寿所作，便坏己书而罢。张华深善之，谓曰：“当以《晋书》相付耳。”其为时所重如此。或云丁仪、丁廙有盛名于魏，寿谓其子曰：“可觅千斛米见与，当为尊公作佳传。”丁不与之，竟不为立传。寿父为马谡参军，谡为诸葛亮所诛，寿父亦坐被髡，诸葛瞻又轻寿。寿为亮立传，谓亮将略非长，无应敌之才，言瞻惟工书，名过其实。议者以此少之。张华将举寿为中书郎，荀勖忌华而疾寿，遂讽吏部迁寿为长广太守，辞母老不就。杜预将之镇，复荐之于帝，宜补黄散，由是授御史治书，以母忧去职。母遗言令葬洛阳，寿遵其志，又坐不以母归葬，竟被贬议。初，谯周尝谓寿曰：“卿必以才学成名，当被损折，亦非不幸也，宜深慎之。”寿至此再致废辱，皆如周言。后数岁，起为太子中庶子，未拜。元康七年，病卒，时年六十五。梁州大中正尚书郎范頵等，上表曰：“昔汉武帝诏曰：司马相如病甚，可遣悉取其书。使者得其遗书，言封禅事，天子异焉。臣等按故治书侍御史陈寿作《三国志》，辞多劝戒，明乎得失，有益风化，虽文艳不若相如，而质直过之，愿垂采录。”于是诏下河南尹、洛阳令就家写其书。寿又撰《古国志》三十篇、《益都耆旧传》十篇，余文章传于世。

孙盛　字安国，太原中都人。祖楚，冯翊太守；父恂，颍川太守。恂在郡遇贼被害，盛年十岁，避难渡江。及长，博学，善言名理。于时，殷浩擅名一时，与抗论者惟盛而已。盛尝诣浩谈论，对食，奋掷麈尾，毛悉落饭中，食冷而复暖者数四，至暮忘餐，理竟不定。盛又著医卜及《易象妙于见形论》，浩等竟无以难之，由是遂知名。起家佐著作郎。以家贫亲老求为小邑，出补浏阳令，太守陶侃请为参军，庾亮代侃，引为征西主簿，转参军。时丞相王导执政，亮以元舅居外南蛮校尉，陶称谗构期间，导、亮颇怀疑贰。盛密谏亮曰："王公神情朗达，常有世外之怀，岂肯为凡人事邪？此必佞邪之徒，欲间内外耳。"亮纳之，庾翼代亮，以盛为安西咨议参军，寻迁廷尉正。会桓温代翼，留盛为参军，与俱伐蜀。军次彭模，温自以轻兵入蜀，盛领羸老辎重在后。贼数千忽至，众皆遑遽，盛部分诸将，并力距之，应持败兵。蜀平，赐爵安怀县侯，累迁温从事中郎，从入关，平洛，以功进封吴昌县侯，出补长沙太守。以家贫颇营资货，部从事至郡察知之，服其高明而不劾之。盛与温笺，而辞旨放荡，称："州遣从事，观采风声，进无威凤来仪之美，退无鹰鹯搏击之用；徘徊湘川，将为怪鸟。"温得盛笺，复遣从事重按之，赃私狼藉，槛车收盛到州，舍而不罪，累迁秘书监，加给事中。年七十二卒。盛笃学不倦，自少至老，手不释卷，著《魏氏春秋》、《晋阳秋》，并造诗、赋、论、难、复数十篇。《晋阳秋》词直而理壮，咸称良史焉。既而桓温见之，怒谓盛子曰："枋头诚为失利，何至乃如尊君所说？若此史遂行，自是关君门户事。"其子遽拜谢，谓请删改之。时盛年老还家，性方严，有轨宪，虽子孙班日而庭训愈峻，至此诸子乃共号泣稽颡请为百口切计。盛大怒，诸子遂窃改之。盛写两定本，寄于慕容隽。太元中，孝武帝博求异闻，始于辽东得之，以相考校，多有不同，书遂两存。子潜、放。潜，字齐由，为豫章太守，殷仲堪之讨王国宝也，潜时在郡。仲堪逼以为咨议参军，固辞不就，以忧卒。放，字齐庄，幼称令慧，年七八岁，在荆州与父俱从庾亮猎，亮谓君曰："君亦来耶？"应声答曰："无小无大，从公于迈。"亮又问："欲齐何庄耶？"放曰："欲齐庄周。"亮曰："不慕仲尼耶？"答曰："仲尼生而知之，非希企所及。"亮大奇之，曰："王辅嗣弗过也！"庾翼子爰刻尝候盛，见放而问曰："安国所在？"放答曰："庾稚恭家。"爰客大笑曰："诸孙大盛，有儿如此也！"放又曰："未若诸庾翼翼。"既而语人曰："吾故得重呼奴父也。"终于长沙相。

干宝　字令升，新蔡人也。祖统，吴奋武将军、都亭侯；父莹，丹阳丞。宝少勤学，博览书记，以才器召为著作郎。平杜弢有功，赐爵关内侯。中兴草创，未置史官、中书监，王导上疏曰："夫帝王之迹，莫不有书著为令典，垂之无穷。宣皇帝廓定四海，武皇帝受禅于魏，至德大勋，等踪上圣，而纪传不存于王府，德音未被乎管弦。陛下圣明，当中兴之盛，宜建立国史，撰集帝纪，上敷祖宗之烈，下纪佐命之勋，务以实录为后代之准，厌率土之望，阅人神之心，斯诚雍熙之至美，王者之弘基也。宜备史官敕佐著作郎干宝等，渐就撰集。"元帝纳焉。宝于是始领国史。以家贫求补山阴令，迁始安太守，王导请为司徒右长史，迁散骑常侍。著《晋纪》，自宣帝迄于愍帝五十三年，凡二十卷。奏之，其书简略，直而能婉，咸称良史。性好阴阳术数，留思京房、夏侯胜等传。宝父先有所宠侍婢，母甚妒忌，及父亡，母乃生推婢于墓中。宝兄弟年小，不之审也。后十余年，母丧开墓，而婢伏棺如生载还，经日乃苏，言其父常取饮食与之，恩情如生在，家中吉凶辄语之，考校悉验，地中亦不觉为恶，既而嫁之生子。又宝兄尝病气绝，积日不冷，后遂寤，云见天地间鬼神事，如梦觉，不自知死。宝以此遂撰集古今神祇灵异人物变化，名为《搜神记》，凡二十卷。以示刘惔，惔曰："卿可谓鬼之董狐。”宝既博采异同，遂混虚实，因作序以自陈其志曰：“虽考先志于载籍，收遗逸于当时，盖非一耳一目之所亲闻也，亦安敢谓无失实者哉！卫朔失国，二传互其所闻；吕望事周，子长存其两说。若此比类，往往有焉。从此观之，闻见之难一，由来尚矣！夫书赴告之定辞，据国史之方策，犹尚若兹，况仰述千载之前，记殊俗之表，缀片言于残阙，访行事于故老，将使不二迹，言无异途，然后为信者，固亦前史之所病。然而国家不废注记之官，学士不绝诵览之业，岂不以其所失者小，所存者大乎？今之所集，设有承于前载者，则非余之罪也；若使采访近世之事，苟有虚错，愿与先贤前儒，分其讥谤。及其著述，亦足以明神道之不诬也。群言百家，不可胜览，耳目所受，不可胜载，今粗取足以演八略之旨，成其微说而已。幸将来好事之士，录其根体，有以游心寓目而无尤焉。”宝又为《春秋左氏义外传》，注《周易》、《周官》，凡数十篇，及杂文集皆行于世。

习凿齿　字彦威，襄阳人也。宗族富盛，世为乡豪。凿齿少有志气，博学洽闻，以文笔著称。荆州刺史桓温辟为从事。江夏相袁乔深器之，数称其才于温，转西曹主簿，亲遇隆密。时温有大志，追蜀人知天文者至，夜执手问国家祚运修短，答曰：“世祚方永。”温疑其难言，乃饰辞云：“如君言，岂独吾福，乃苍生之幸。然今日之语，自可令尽，必有小小厄运，亦宜说之。”星人曰：“太微、紫微、文昌三宫，气候如此，决无忧虞。至五十年外不论耳。”温不悦，乃止。异日，送绢一匹、钱五千文以与之，星人乃驰诣凿齿曰：“家在益州，被命远下。今受旨自裁，无由致其骸骨，缘君仁厚，乞为标碣棺木耳。”凿齿问其故，星人曰：“赐绢一匹，令仆自裁；惠钱五千，以买棺耳。”凿齿曰：“君几误死。君尝闻前知星宿有不覆之义乎？此以绢戏君，以钱供道中资。是听君去耳。”星人大喜，明便诣温别，温问去意，以凿齿言答，温答曰：“凿齿忧君误死，君定是误活。然徒三十年看儒书，不如一诣习主簿。”累迁别驾。温出征伐，凿齿或从或守，所在任职，每处机要。莅事有绩，善尺牍论议，温甚器遇之。时清谈文章之士，韩伯、伏滔等，并相友善。后使至京师，简文亦雅重焉。既还，温问相王何似，答曰：“生平所未见。”以此大忤温旨，左迁户曹参军。时有桑门释道安，俊辩有高才，自北至荆州，与凿齿初相见。道安曰：“弥天释道安。”凿齿曰：“四海习凿齿。”时人以为佳对。初，凿齿与其二舅罗崇、罗友俱为州从事，及迁别驾，以坐越舅右，屡经陈请。温后激怒既盛，乃超拔其二舅，相继为襄阳郡督，出凿齿为荥阳太守。温弟秘亦有才气，素与凿齿相亲，善凿齿。既罢郡归，与秘书曰：“吾以去五月三日来达襄阳，触目悲感，略无欢情痛恻之事，故非书言之所能具也。每定省家舅，从北门入。西望隆中，想卧龙之吟；东眺白沙，思凤雏之声；北临樊墟，存邓老之高；南眷城邑，怀羊公之风。纵目檀溪，念崔徐之友；肆睇鱼梁，追二德之远。未尝不徘徊移日，惆怅极多。抚乘踌躇，惟尔而泣曰：若乃魏武之所置酒，孙坚之所陨毙，裴杜之故居，繁王之旧宅，遗事犹存，星列满目。琐琐常流，碌碌凡士，焉足以感其方寸哉？夫芬芳起于椒兰，清响生于琳琅。命世而作佐者，必垂可大之余风；高尚而迈德者，必有明胜之遗事。若向八君子者，千载犹使义想其为人，况相去之不远乎？彼一时也，此一时也，焉知今日之才，不如畴辰，百年之后，吾与足下，不并为景升乎？”其风期俊迈如此。是时温觊觎非望，凿齿在郡著《汉晋春秋》，以裁正之，起汉光武，终于晋愍帝。于三国之时，蜀以宗室为正，魏武虽受汉禅晋，尚为篡逆。至文帝平蜀，乃为汉亡，而晋始兴焉。引世祖讳炎兴而为禅受，明天心不可以势力强也。凡五十四卷。后以脚疾，遂废于里巷。及襄阳陷于苻坚，坚素闻其名，与道安俱舆而致焉。既见与语，大悦之，赐遗甚厚，又以其蹇疾，与诸镇书："昔晋氏平吴，利在二陆，今破汉南获士，裁一人有半耳。"俄以疾归襄阳。寻而襄邓反正，朝廷欲征凿齿，使典国史，会卒，不果。临终上疏曰："……"（辉按：下引习凿齿《临终上疏》全文，文略）子辟疆，才学有父风，位至骠骑从事中郎。

左思　字太冲，齐国临淄人也。其先齐之公族，有左右公子，因为氏焉。家世儒学，父雍起小吏，以能擢授殿中侍御史。思少学钟、胡书及鼓琴，并不成。雍谓友人曰："思所晓解不及我少时。"思遂感激勤学，兼善阴阳之术。貌寝口讷，而辞藻壮丽，不好交游，惟以闲居为事。造《齐都赋》，一年乃成，复欲赋《三都》，会妹芬入宫，移家京师。乃诣著作郎张载，访岷邛之事，遂构思十年，门庭藩溷皆著纸笔，遇得一句，即便疏之。自以所见不博，求为秘书郎。及赋成，时人未之重。思自以其作不谢班、张，恐以人废言。安定皇甫谧有高誉，思造而示之，谧称善，为其赋序，张载为注《魏都》，刘逵注《吴》、《蜀》而序之曰："观中古已来，为赋者多矣：相如《子虚》，擅名于前；班固《两都》，理胜其辞；张衡《二京》，文过其意。至若此赋，拟议数家，傅辞会义，抑多精致，非夫研核者不能练其旨，非夫博物者不能统其异。世咸贵远而贱近，莫肯用心于明物，斯文吾有异焉。故聊以余思为其引诂，亦犹胡广之于官箴，蔡雍之于典引也。"陈留卫瓘又为思赋作《略解序》曰："余观《三都》之赋，言不苟华，必经典要，品物殊类，禀之图籍，辞义瓌玮，良可贵也。有晋征士故太子中庶子安定皇甫谧，西州之逸士，耽籍乐道，高尚其事，览斯文而慷慨为《三都》序。中书著作郎安平张载、中书郎济南刘逵，并以经学洽博，才章美茂，咸皆悦玩，为之训诂。其山川、土域、草木、鸟兽、奇怪、珍异，佥皆研精所由，纷散其义矣。余嘉其文，不能默已，聊藉二子之遗忘，又为之《略解》，只增烦重，览者阙焉。"自是之后，盛重于时。文多不载，司空张华见而叹曰："班、张之流也，使读之者尽而有余，久而更新。"于是，豪贵之家，竞相传写，洛阳为之纸贵。初，陆机入洛，欲为此赋，闻思作之，抚掌而笑，与弟陆云书曰："此间有伧父，欲作《三都赋》，须其成，当以覆酒瓮耳。"及思赋出，机绝叹伏，以为不能加也，遂辍笔焉。秘书监贾谧，请讲《汉书》。谧诛，退居宜春里，专意典籍。齐王冏命为记室督，辞疾不就。及张方纵暴都邑，举家适冀州。数岁，以疾终。

陆机　字士衡，吴郡人也。祖逊，吴丞相；父抗，吴大司马。机身长七尺，其声如雷，少有异才，文章冠世。伏膺儒术，非礼不动。抗卒，领父兵为牙门将。年二十而吴灭，退居旧里，闭门勤学，积有十年。以孙氏在吴，而祖父世为将相，有大勋于江表，深慨孙皓举而弃之，乃论权所以得，皓所以亡，又欲追述其祖父功业，遂作《辨亡论》二篇。至太康末，与弟云俱入洛，造太常张华。华重其名，如旧相识曰："伐吴之役，利获二俊。"又尝诣侍中王济，济指羊酪谓机曰："卿吴中何以敌此？"答云："千里莼羹，未下盐豉。"时人称其名对。张华荐之诸公。后太傅杨骏辟为祭酒。会骏诛，累迁太子洗马著作郎。范阳卢志于众中问机曰："陆逊、陆抗于君近远？"机曰："如君于卢毓、卢珽。"志默然。既起，云谓机曰："殊邦遐远，容不相悉，何至于此？"机曰："我父祖名播四海，宁不知邪？"议者以此定二陆之优劣。吴王晏出镇淮南，以机为郎中令，迁尚书中兵郎，转殿中郎。赵王伦辅政，引为相国参军，豫诛贾谧功，赐爵关中侯。伦将篡位，以为中书郎。伦之诛也，齐王冏以机在中书，九锡文及禅诏，疑机与焉，遂收机等九人付廷尉，赖成都王颖、吴王晏并救理之，得减死，徙边，遇赦而止。初，机有骏犬，名曰黄耳，甚爱之。既而羁寓京师，久无家问，笑语犬曰："我家绝无书信，汝能赍书取消息不？"犬摇尾作声。机乃为书以竹筒盛之，而系其颈，犬寻路南走，遂至其家，得报还洛，其后因以为常。时中国多难，顾荣、戴若思等咸劝机还吴，机负其才望，而志匡世难，故不从。冏既矜功自伐，受爵不让，机恶之，作《豪士赋》以刺焉。冏不之悟，而竟以败。机又以圣王经国，义在封建，因采其远旨，著《五等论》。时成都王颖推功不居，劳谦下士，机既感全济之恩，又见朝廷屡有变难，谓颖必能康隆晋室，遂委身焉。颖以机参大将军军事，表为平原内史。太安初，颖与河间王颙起兵讨长沙王乂，假机后将军河北大都督、北中郎将王粹、冠军牵秀等，诸军二十余万人。机以三世为将，道家所忌，又羁旅入宦，顿居群士之右，而王粹、牵秀等皆有怨心，固辞都督，颖不许。机乡人孙惠，亦劝机让都督于粹，机曰："将谓吾为鼠避贼，适所以速祸也。"遂行，颖谓机曰："若功成事定，当爵为郡公，公位以台司，将军勉之矣！"机曰："昔齐桓任夷吾以建九合之功，燕惠疑乐毅以失垂成之业。今日之事，在公不在机也。"颖左长史卢志心害机能，言于颖曰："陆机自比管、乐，拟君暗主，自古命将遣师，未有臣陵其君而可以济事者也。"颖默然。机始临戎，而牙旗折，意甚恶之。列军自朝歌至于河桥，鼓声闻数百里。汉魏以来出师之盛，未尝有也。长沙王乂奉天子与机战于鹿苑，机军大败，赴七里涧而死者如积焉，水为之不流。将军贾棱皆死之。初，宦人孟玖弟超，并为颖所嬖宠，超领万人为小都督，未战，纵兵大掠。机录其主者，超将铁骑数百人，直入机麾下夺之，故谓机曰："貉奴能作督不？"机司马孙拯劝机杀之，机不能用。超宣言于众曰："机将反。"又还书与玖言。机持两端，军不速决。及战，超不受机节度，轻兵独进而没，玖疑机杀之，遂谮机于颖，言其有异志。将军王阐、郝昌公、师藩等，皆玖所用，与牵秀等共证之。颖大怒，使秀密收机。其夕，机梦黑幰绕车，手决不开。天明而秀兵至，机释戎服，著白帢与秀相见，神色自若，谓秀曰："自吴朝倾覆，吾兄弟宗族蒙国重恩，入侍帷幄，出剖符竹。成都命以重任，辞不获已。今日受诛，岂非命也！"因与颖笺，词甚凄恻，既而叹曰："华亭鹤唳，岂可复闻乎？"遂遇害于军中，时年四十三。二子蔚、夏亦同被害。机既死，非其罪，士卒痛之，莫不流涕。是日，昏雾昼合，大风折木，平地尺雪，议者以为陆氏之冤。机天才秀逸，辞藻宏丽，张华尝谓之曰："人之为文常恨才少，而子更患其多。"弟云尝与书曰："君苗见兄文，辄欲烧其笔砚。"后葛洪著书，称机文"犹玄圃之积玉，无非夜光焉。五河之吐流，泉源如一也。其弘丽妍赡，英锐漂逸，亦一代之绝乎！"其为人所推服如此。然好……（辉按：原书此处前后文意不贯，前述陆机事未毕，而下即述卢思道之生平经历，盖刊行时有脱讹。照录原书，后应作卢思道之传读也。此处显为原稿掺入卢思道传也。）"……寺除大理，斯则重畜产而贱刑名，诚为未可。"又陈殿庭非杖罚之所，朝臣犯笞罪，请以赎论，上悉嘉悉之。是岁，卒于京师，时年五十二，上甚惜之，遣使吊祭焉。有集三十卷行时。

李德林　字公辅，博陵安平人。祖寿，湖州户曹从事；父敬族，历大学博士、镇远将军。魏少静帝时，命当世通人正定文籍，以为内校书，别在直阁省。德林幼聪敏，年数岁，诵左思《蜀都赋》十余日便度,高隆之见而嗟叹,遍告朝士云:“若假其年,必为天下伟器。”邺京人士,多就宅观之。月余,日中车马不绝。年十五,诵五经及今古文集,日数千言。俄而该博坟典,阴阳纬候,无不通涉。善属文,辞核而理畅。魏收尝对高隆之谓其父曰:“贤子文笔,终当继温子昇。”隆之大笑曰:“魏常侍殊已嫉贤,何不近比老彭,乃远求温子。”年十六,遭父艰,自驾灵舆,反葬故里。时正严冬,单衰跣足,州里人物,由是敬慕之。时遵彦铨衡深慎,选举秀才,擢第罕有甲科。德林射策五条,考皆为上,授殿中将军。既是西省散员,非其所好,又以天保季世,乃谢病还乡,阖门守道。乾明初,遵彦奏追德林入议曹。皇建初,下诏搜扬人物,复追赴晋阳,撰《思春赋》一篇,代称典丽。是时长广王作相,居守在邺,敕德林还京,与散骑常侍高元海等参掌机密。王引授丞相府行参军。未几而王即帝位,授奉朝请,寓直舍人省。河清中,授员外散骑侍郎,带斋帅,仍别直机密省。天统初,授给事中、直中书省、参掌诏诰等。寻迁中书舍人。武平初,加通直散骑侍郎,又敕与中书侍郎宋士素、副侍中赵彦深,别典机密。宣帝末,授御正下大夫。大象初,赐爵成安县男。宣帝大渐,属高祖初受顾命,邗国公杨惠谓德林曰:“朝廷赐令总文武事,经国任重,非群才辅佐,无以克成大业。今欲与公共事,必不得辞。”德林闻之,甚喜,乃答云:“德林虽庸懦,微诚亦有所在。若曲相提奖,必望以死奉公。”高祖大悦,即召与语。刘昉、郑译初矫诏召高祖受顾命辅少主,总知内外兵马事。诸卫既奉敕,并受高祖节度,郑译、刘昉议,欲授高祖冢宰,郑译自摄大司马,刘昉又求小冢宰。(辉按:原书此处前后文意不贯,前述李德林事未毕,而下即述陆云之生平经历,盖刊行时有脱讹。照原书录,后应作陆云之传读也。《南北朝文学部分》又有李德林传,此处当系原稿误植者也。)“……谓当,诚足以肃齐三军,威示远近,所谓一人受戮,天下知戒者也。且闻重教以机图为反逆,应加族诛,未知本末者,莫不疑惑。夫爵人于朝,与众共之;刑人于市,与众弃之,惟刑之恤之,古人所慎。今明公兴举义兵,以除国难,四海同心,云合响应,罪人之命,悬于漏刻,泰平之期,不旦则夕矣!机兄弟并蒙拔擢,俱受重任,不当背罔极之恩,而向垂亡之寇。去泰山之安,而赴累卵之危也。直以机计虑浅近,不能董摄群帅。致果杀敌,进退之间,事有疑似,故令圣鉴未察其实耳。刑诛事大,言机有反逆之征,宜令王粹、牵秀检校其事,领事验显然,暴之于万姓,然后加云等之诛,未足为晚。今此举措,实为太重。得则足令天下情服,失则必使四方心离,不可不令审谛,不可不令详慎。统等区区,非为陆云请一身之命,实虑此举有得失之机。敢竭愚戆以备诽谤。”颖不纳。统等重请,颖迟回者三日。卢志又曰:“昔赵王杀中护军赵浚,赦其子骧。骧诣明公而击赵,即前事也。”蔡克入至颖前,叩头流血,曰:“云为孟玖所怨,远近莫不闻,令果见杀,罪无彰验,将令群心疑惑。窃为明公惜之。”僚属随克入者数十人,流涕固请,颖则恻然有宥云色。孟玖扶颖入,催令杀云,时年四十二。有二女,无男。门生故吏,迎丧葬清河,修墓立碑,四时祠祭。所著文章三百四十九篇。又撰《新书》十篇,并行于世。初,云尝行逗宿故人家,夜暗迷路,莫知所从,忽望草中有火光,于是趣之,至一家,便寄宿。见一年少,美风姿,笑谈《老子》,辞致深远,向晓辞去,行十许里,至故人家云,此数十里中无人居,云意始悟。却寻昨宿处,乃王弼冢。云本无玄学,自此谈《老》殊进。云弟耽为平东祭酒,亦有清誉,与云同遇害。大将军参军孙惠与淮南内史朱诞书曰:“不意三陆相携暗朝,一旦湮灭，道业沦丧，痛酷之深，荼毒难言。国史俊望，悲岂一人？”其为州里所痛悼如此。后东海王越讨颖，移檄天下，亦以机、云兄弟枉害罪状颖云。

张协　字景阳，安平人也。少有俊才，与兄载齐名。辟公府掾，转秘书郎，补华阴令、征北大将军从事中郎，迁中书侍郎，转河间内史，在郡清简寡欲。于时天下已乱，所在寇盗，协遂弃绝人事，屏居草泽，守道不竞，以属咏自娱。拟诸文士作《七命》。永嘉初，复征为黄门侍郎，托疾不就，终于家。

成公绥　字子安，东郡白马人也。幼而聪敏，博涉经传，性寡欲，不营资产，家贫岁饥，常晏如也。少有俊才，词赋甚丽，闲默自守，不求闻达。时有孝乌，每集其庐舍，绥谓有反哺之德，以为祥禽，乃作赋美之；又以天地之盛，古未有赋，遂为《天地赋》。绥雅好音律，尝当暑承风而啸，泠然成曲，因为《啸赋》。张华雅重绥，每见其文，叹伏以为绝伦，荐之太常，征为博士，历秘书郎，转丞，迁中书郎。每与华受诏，并为诗赋。又与贾充等参定法律。泰始九年卒，年四十三。所著诗赋、杂笔十余卷行于世。

张载　字孟阳，安平人也。父收，蜀郡太守。载性闲雅，博学，有文章。太康初，至蜀省父，道经剑阁。载以蜀人恃险好乱，因著铭以作诫，益州刺史张敏见而奇之。乃表上其文，武帝遣使镌之于剑阁山焉。载又为《榷论》、《濛汜赋》，司隶校尉傅玄见而嗟叹，以车迎之，言谈尽日，为之延誉。遂知名，起家著作郎，转太子中舍人，迁安乐相、弘农太守。长沙王乂请为记室督，拜中书侍郎，复领著作。载见世方乱，无复进仕意，遂称疾笃，告归，卒于家。

刘琨　字越石，中山魏昌人。汉中山静王胜之后也。祖迈，有经国之才，为相国参军散骑常侍；父蕃，清高冲俭，位至光禄大夫。琨少得俊朗之目，与范阳祖纳俱以雄豪著名。年二十六，为司隶从事。时征虏将军石崇，河南金谷涧中有别庐，冠绝时辈，引致宾客，日以赋诗，琨预其间，文咏颇为当时所许。秘书监贾谧参管朝政，京师人士无不倾心，石崇、欧阳建、陆机、陆云之徒，并以文章降节事谧，琨兄弟亦在其间，号曰“二十四友”。太尉高密王泰辟为掾，频迁著作郎、太学博士、尚书郎。赵王伦指政，以琨为记室督，转从事中郎。伦子荂即琨姊婿也，故琨父子兄弟并为伦所委任。及篡，荂为皇太子，琨为荂詹事。三王之讨伦也，以琨为冠军假节，与孙秀子会率宿卫兵三万，距成都王颖，战于黄桥，琨大败而还，焚河桥以自固。及齐王冏辅政，以其父兄皆有当世之望，故特宥之，拜兄舆为中书郎，琨为尚书左丞，转司徒左长史。冏败，范阳王虓镇许昌，引为司马。及惠帝幸长安，东海王越，谋迎大驾，以琨父蕃为淮北护军豫州刺史。刘乔攻范阳王虓于许昌也，琨与汝南太守杜育等，率兵救之，未至而虓败，琨与虓俱奔河北，琨之父母遂为刘乔所执。琨乃说冀州刺史温羡，使护位于虓。及虓领冀州，遣琨诣幽州，乞师于王浚，得突骑八百人，与虓济河，共破东平王楙于廪丘。南走刘乔，始得其父母。又斩石超，降吕朗，因统诸军奉迎大驾于长安。以勋封广武侯，邑二千户。永嘉元年，为并州刺史，加振威将军，领匈奴中郎将。琨在路上表，朝廷许之。时东瀛公腾，自晋阳镇邺，并土饥荒，百姓随腾南下，余户不满二万，寇贼纵横，道路断塞。琨募得千余人，转斗至晋阳，府寺焚毁，僵尸蔽地，其有存者，饥羸无复人色，荆棘成林，豺狼满道。琨剪除荆棘，收葬枯骨，造府朝，建市狱。寇盗互来掩袭，恒以城门为战场，百姓负楯以耕，属鞬而耨，琨抚楯劳来，甚得物情。刘元海时在离石，相去三百许里，琨密遣离间其部，杂虏降者万余。元海甚惧，遂城蒲子而居之。在官未期，流人稍复，鸡犬之音复相接矣。琨父蕃自洛赴之，人士奔迸者多归于琨。琨善于怀抚，而短于控御，一日之中，虽归者数千，去者亦以相继。然素奢豪，嗜声色，虽暂自矫励，而辄复纵逸。河南徐润者，以音律自通，游于贵势，琨甚爱之，署为晋阳令。润恃宠骄恣，干预琨政。奋威护军令狐盛性亢直，数以此为谏，并谏琨除润，琨不纳。初，单于猗㐌以救东瀛公胜之功，琨表其弟猗卢为代郡公，与刘希合众于中山王浚，以琨侵己之地，数来击琨，琨不能抗，由是声实稍损。徐润又谮令狐盛于琨曰："盛将劝公称帝矣。"琨不之察，便杀之。琨母曰："汝不能弘经略，驾豪杰，专欲除胜己以自安，当何以得济？如是祸，必及我。"不从。盛子泥奔于刘聪，具言虚实，聪大喜，以泥为向导，属上党太守袭醇降于聪，雁门、乌丸复反。琨亲率精兵出御之。聪遣子粲及令狐泥乘虚袭晋阳，太原太守高乔以郡降聪，琨父母并遇害。琨引猗卢并力攻粲，大败之，死者十五六，琨乘胜追之，更不能克。猗卢因为聪未可灭，遗琨牛羊车马而去，留其将箕澹、段繁等戍晋阳。琨志在复仇，而屈于力弱，泣血尸立，抚慰伤痍。移居阳邑城，以招集亡散。愍帝即位，拜大将军都督、并州诸军事，加散骑常侍假节，琨上书谢。及麴允败刘曜、斩赵冉，琨又上表。三年，帝遣兼大鸿胪赵廉持节，拜琨为司空都尉，并、蓟、幽三州诸军事。琨上表让司空，受都督。克期与猗卢讨刘聪。寻猗卢父子相图，卢及兄子根皆病死，部落四散，琨子遵先质于卢，众皆附之。及是遵与箕澹等帅卢众三万人，马牛羊十万，悉来归琨，琨自是复振。率数百骑，自平城抚纳之，属石勒攻乐平，太守韩据请救于琨，而琨自以士众新合，欲因其锐以威勒，箕澹谏曰："此虽晋人，久在荒裔，未习恩信，难以法御。今内收鲜卑之余谷，外抄残胡之牛羊，且闭关守险，务农息士，既服化感义，然后用之，则功可立也。"琨不从，悉发其众，命澹领二万骑为前驱，琨自为后继，勒先据险要设伏以击澹，大败之，一军皆没，并土震骇。寻又炎旱，琨穷蹙，不能复守幽州。刺史鲜卑段匹磾，数遗信要琨，欲与同奖王室。琨繇是率众赴之，从飞狐入蓟。匹磾见之，甚相崇重，与琨结婚，约为兄弟。是时西都不守，元帝称制江左，琨乃令长史温峤劝进，于是河朔征镇夷夏一百八十人，连名上奏，语在《元纪》。令报曰："豺狼肆毒，荐覆社稷，亿兆颙颙，延首罔系。是以居于王位，以答天下，庶以克复圣主，扫荡雠耻，岂可猥当隆极，此孤之至诚著于遐迩者也。公受奕世之宠，极人臣之位，忠允义诚，精感天地，实赖远谋，共济艰难。南北迥貌，同契一致，万里之外，心存咫尺。公其抚宁华戎，致罚丑类，动静以闻。"建武元年，琨与匹磾期讨石勒，匹磾推琨为大都督，歃血载书，檄诸方守，俱集襄国，琨、匹磾进屯固安以俟众军。匹磾从弟末波纳勒厚贿，独不进，乃沮其计，琨、匹磾以势弱而退。是岁，元帝转琨为侍中太尉，余如故，并赠名刀。琨以笺答。匹磾奔其兄丧，琨遣世子群送之，而末波率众要击匹磾而败走之，群为末波所得。末波厚礼之，许以琨为幽州刺史，共结盟而袭匹磾。密遣使赍郡书请琨为内应，而为匹磾还骑所得。时琨别屯故征北府小城，不之知也。因来见匹磾，匹磾以郡书示琨曰："意亦不疑公，是以白公耳。"琨曰："与公同盟，志奖王室，仰凭威力，庶雪国家之耻。若儿书密达，亦终不以一子之故，负公忠义也！"匹磾雅重琨，初无害琨志，将转还屯，其中弟叔军好学者，有智谋，为匹磾所信，谓匹磾曰："吾胡夷耳，所以能服晋人者，畏吾众也。今我骨肉搆祸，是其良图之日，若有奉琨以起，吾族尽矣。"匹磾遂留琨。琨之庶长子遵惧诛，与琨左长史杨桥、并州治中如绥，闭门自守。匹磾谕之不得，因纵兵攻之，琨将龙季猛迫于乏食，遂斩桥、绥而降。初，琨之去晋阳也，虑及危亡，而大耻不雪，亦知夷狄难以义伏，冀输写至诚，侥幸万一。每见将佐，发言慷慨，悲其道穷，欲率部曲死于贼垒。斯谋未果，竟为匹磾所拘，自知必死，神色怡怡也，为五言诗赠其别驾卢谌。琨诗托意非常，摅畅幽愤，远想张陈，感鸿门、白登之事，用以激谌。谌素无奇略，以常词酬和，殊乖琨心。重以诗赠之，乃谓琨曰："前篇帝王大志，非人臣所言矣。"然琨忠于晋室，素有重望，被拘经月，远近愤叹。匹磾所署代郡太守辟闾嵩，与琨所署雁门太守王据、后将军韩据连谋，密作攻具，欲以袭匹磾。而韩据女为匹磾儿妾，闻其谋而告之匹磾。于是执王据、辟闾嵩及其徒党，悉诛之。会王敦密使匹磾杀琨，匹磾又惧众反己，遂称有诏收琨。初，琨闻敦使至，谓其子曰："处仲使来而不我告，是杀我也。死生有命，但恨仇不雪，无以下见二亲耳。"因嘘唏不能自胜。匹磾遂缢之，时年四十八，子侄四人俱被害。朝廷以匹磾尚强，当为国讨石勒，不举琨哀。三年，琨故从事中郎卢谌、崔悦等，上表理琨，太子中庶子温峤又上疏理之。帝乃下诏曰："故太尉广武侯刘琨，忠亮开济，乃诚王家，不幸遭难，志节不遂，朕甚悼之。适以戎事，未加吊祭，其下幽州使依旧吊祭，赠侍中太尉，谥曰愍。"琨少负志气，有纵横之才，善交胜己，而愿浮夸。与范阳祖逖为友，闻逖被用胜敌，与亲故书曰："吾枕戈待旦，志枭叛逆，常恐祖生先我着鞭。"在晋阳，尝为胡骑所围，琨乃乘月登楼清啸，中夜奏胡笳，贼皆流涕嘘唏，有怀土之思，并弃围去。子群嗣。

郭璞　字景纯，河东闻喜人也。父瑗，尚书省令史。时尚书杜预有所增损，瑗多驳正之，以公方著称，终于建平太守。璞好经术，博学有高才，而讷于言论，辞赋为中兴之冠，好古文奇字，妙于阴阳历算。有郭公者，客居河东，精于卜筮，璞从之受业，公以青囊中书九卷与之，繇是遂洞五行、天文、卜筮之术。攘灾转祸，通致无方，虽京房、管辂不能过也。璞门人赵载，尝窃青囊书，未及读而为火所焚。惠、怀之际，河东先扰，璞筮之，投策而叹曰："嗟乎！黔黎将湮于异类，桑梓其翦为龙荒乎！"于是潜结姻昵及交游数十家，欲避地东南，抵将军赵固。会固所乘良马死，固惜之，不接宾客。璞至门，吏不为通，璞曰："吾能活马。"吏惊，入白固，固趋出曰："君能活吾马乎？"璞曰："得健夫二三十人，皆持长竿，东行三十里，有丘林社庙者，便以竿打拍，当得一物，宜急持归，得此，马活矣。"固如其言，果得一物似猴，持归，此物见马死，便嘘吸其鼻，顷之，马起，奋疾嘶鸣，食如常。不复见向物，固奇之，厚加资给。行至庐江，太守胡孟康被丞相召为军咨祭酒。时江淮清晏，孟康安之，无心南渡，璞为占曰："败。"康不之信，璞将促装去之，爱主人婢，无由而得，乃取小豆三斗，绕主人宅散之。主人晨见赤衣人数千围其家，就视则灭，甚恶之，请璞为卦。璞曰："君家不宜畜此婢，可与东南二十里卖之，慎勿争价，则此妖可除也。"主人从之，璞阴令人贱买此婢，复为投符于井中，数千赤衣人，皆反缚一一自投于井。主人大悦，璞携婢去。后数旬而庐江陷，璞既过江，宣城太守殷祐引为参军。时有物大如水牛，灰色卑脚，脚类象，胸前、尾上皆白，大力而迟钝，来到城下，众咸异焉。祐使人伏而取之，令璞作卦，遇《遁》之蛊，其卦曰："艮体连乾，其物壮巨，山潜之畜，匪兕匪虎，身与鬼并，精见二午，法当为禽，两翼不许,遂被一创,还其本墅。”按卦名之,是为驴鼠,卜适了,伏者以戟刺之,深尺余,遂去不复见。郡纲纪上祠请杀之,巫云庙神不悦曰:“此是郏亭驴山君鼠,使诣荆山,暂来过我,不须触之。”其精妙如此。祐迁石头督护,璞复随之。时有鼯鼠出延陵,璞占之曰:“此郡东当有妖人欲称制者,寻亦自死矣。后当有妖树生,然若端而非端,辛螫之木也。倘有此者,东南数百里,必有作逆者,期明年矣。”无锡县欻有茱萸四株,交枝而生,若连理者,其年盗杀吴兴太守袁琇,或以问,璞曰:“卯爻发而沴金,此木不曲直而成灾也。”王导深重之,引参己军事。尝令作卦,璞言公有震厄,可命驾西出数十里,得一柏树,截断如身长,置常寝处,灾当可消矣。导从其言,数日,果震柏树粉碎。时元帝初镇建邺,导令璞筮之,遇咸之井,璞曰:“东北郡县有武名者,当出铎以著受命之符,西南郡县有阳名者,井当沸。”其后晋陵武进县人于田中得铜铎五枚,历阳县中井沸,经日乃止。及帝为晋王,又使璞筮,遇豫之《睽》,璞曰:“会稽当出钟以告成功。上言勒铭应在人家井泥中得之,繇辞所谓先王以作乐崇德殷荐之上帝者也。”及帝即位,太兴初,会稽剡县人果于井只得一钟,长七寸二分,口径四寸半,上有古文奇书十八字云:“会稽岳命”,余字时人莫识之。璞曰:“盖王者之作,必有灵符,塞天人之心,与神物合契,然后可以言受命矣。观五铎启号于晋陵,栈钟告成于会稽,瑞不失类,出皆以方,岂不伟哉!若夫铎发其响,钟征其象,器以数臻,事以实应,天人之际,不可不察。”帝甚器重之。璞著《江赋》,其辞甚伟,为世所称。后复作《南郊赋》,帝见而嘉之,以为著作佐郎。于时阴阳错谬,而刑狱繁兴,璞上疏,优诏报之。其后日有黑气,璞复上疏。顷之,迁尚书郎。数言便宜,多所匡益。明帝在东宫,与温峤、庾亮并有布衣之好,时或过度,著作郎干宝常诫之曰:“此非适性之道也。”璞曰:“吾所受有本限,用之恒恐不得尽,卿乃忧酒色之为患乎?”璞既好卜筮,缙绅多笑之,又自以才高位卑,乃著客傲。永昌九年,皇孙生,璞疏请崇恩布泽,疏奏纳焉,即大赦改年。时暨阳人任谷,因耕息于树下,忽有一人著羽衣就淫之,既而不知所在。谷遂有娠,积月将产,羽衣人复来,以刀穿其阴,下出一蛇子便去。谷遂成宦者,后诣阙上书云有道术。帝留谷宫中,璞复上疏请出之。其后元帝崩,谷因亡走,璞以母忧去职,卜葬地于暨阳。去水百步许,人以近水为言,璞曰:“当即为陆矣。”其后沙涨,去墓数十里皆为桑田。未期,王敦起璞为记室参军,是时颍川陈迹为大将军掾,有美名,为敦所重,未几而没,璞哭之哀甚,呼曰:“嗣祖嗣祖,焉知非福?”未几而敦作难。时明帝即位,逾年未改号,而荧惑守房。璞时休归,帝乃遣使赍手诏问璞。会暨阳县复上言曰:“赤乌见。”璞乃上疏请改年肆赦,文多不载。璞尝为人葬,帝微服往观之,因问主人何以葬龙角,此法当灭族。主人曰:“郭璞云此葬龙耳,不出三年,当致天子也。”帝曰:“出天子耶?”答曰:“能致天子问耳。”帝甚异之。璞素与桓彝友善,彝每造之,或值璞在妇间,便入,璞曰:“卿来他处,自可径前,但不可厕上相寻耳。必,客主有殃。”彝后因醉诣璞,正逢在厕,掩而观之,见璞裸身被发,啣刀设醊。璞见彝,抚心大惊曰:“吾每属卿勿来,反更如是,非但祸吾,卿亦不免矣!天实为之,将以谁咎?”璞终婴王敦之祸,彝亦死苏峻之难。王敦之谋逆也,温峤、庾亮使璞筮之,璞对不决,峤、亮复合占己之吉凶,璞曰:“大吉。”峤等退相谓曰:“璞对不了,是不敢有言,或天夺敦魄。今吾等与国家筹举大事,而璞云大吉,是可举事。”有姓崇者,构璞于敦,敦将举兵,又使璞筮,璞曰："无成。"敦固疑，璞之劝峤、亮，又闻卦凶，乃问璞曰："卿更筮吾寿几何？"答曰："思向卦明公起事，祸必不久，若住武昌，寿不可测。"敦大怒："卿寿几何？"曰："命尽今日日中！"敦怒收璞，诣南岗斩之。璞临出，谓行刑者欲何之，曰："南岗头。"璞曰："必在双柏树下。"既至果然。复云："此树应有大鹊巢。"众索之不得，璞更令寻觅，果于枝间得一大鹊巢，密叶蔽之。初，璞中兴，行经越城间，遇一人呼其姓名，因以袴褶遗之，其人辞不受，璞曰："但取，后当自知。"其人遂受而去，至是果此人行刑。时年四十九。及王敦平，追赠弘农太守。初，庾翼幼时，尝令璞筮公家及身，卦成，曰："建元之末，丘山倾，长顺之初，子凋零。"及康帝即位，将改元为建元，或谓庾冰曰："子忘郭生之言邪？丘山上名号不宜用。"冰抚心叹恨，及帝崩，何充改元为永和，庾翼叹曰："天道精微，乃当如是。长顺者，永和也。吾庸得免乎？"其年，翼卒。冰又令筮其后嗣，卦成曰："卿诸子并富贵盛，然有白龙者，凶征至矣。若墓碑生金，庾氏之大忌也。"后冰子蕴为广州刺史，妾房内忽有一新生白狗子，莫知所由来，其妾秘爱之，不令蕴知。狗转长大，蕴入见狗，眉眼分明，又身至长而弱，异于常狗。蕴甚怪之，将出共视。在众人前，忽失所在，蕴慨然曰："殆白龙乎？庾氏祸至矣！"又墓碑生金，俄而为桓温所灭，终如所言。璞之占验，皆此类也。璞撰前、后《筮验》六十余事，名为《洞林》。又抄京、费诸家要最，更撰《新林》十篇、《卜韵》一篇，注释《尔雅》，别为《音义图谱》，又注《三苍》、《方言》、《穆天子传》、《山海经》及《楚辞》、《子虚》、《上林赋》数十万言，皆传于世。所作诗、赋、诔、颂，亦数万言。子骜，官至临贺太首。

王羲之　字逸少，司徒导之从子也。祖正，尚书郎；父旷，淮南太守。元帝之过江也，旷创其议。羲之幼讷于言，人未之奇。年十三，尝谒周顗，顗察而异之。时重牛心炙，坐客未啖，顗先割啗羲之，于是始知名。及长，辩赡，以骨鲠称，尤善隶书，为古今之冠。论者称其笔势，以为飘若浮云，矫若惊龙，深为从伯敦、导所器重。时陈留阮裕有重名，为敦主簿，敦尝谓羲之曰："汝是吾家佳子弟，当不减阮主簿。"裕亦目羲之与王承、王悦为"王氏三少"。时太尉郄鉴，使门生求女婿于导，导令就东厢遍观子弟。门生归，谓鉴曰："王氏诸少并佳，然闻信至，咸自矜持，惟一人在东床坦腹食，独若不闻。"鉴曰："正此佳婿邪！"访之，乃羲之也。遂以女妻之。起家秘书郎、征西将军，庾亮请为参军，累迁长史。亮临薨上疏，称羲之清贵，有鉴裁，迁宁远将军、江州刺史。羲之既少有美誉，朝廷公卿皆爱其才器，频召为侍郎、吏部尚书，皆不就。复授护国将军，又推迁不拜。扬州刺史殷浩素雅重之，劝使应命，乃遗羲之书曰："悠悠者以足下出处，足观政之隆替。如吾等亦谓为然，至足下出处正与隆替对，岂可以一世存亡，必从足下从容之适。幸徐求众心，卿不时起，复可以求美政，不若豁然开怀，当知万物之情也。"羲之遂报书。羲之既拜护军，又苦求宣城郡不许，乃以为右军将军、会稽内史。时殷浩与桓温不协，羲之以国家之安在于内外和，因与殷浩书以诫之，浩不从。及浩将北伐，羲之以为必败，以书止之，言甚切至。浩遂行，果为姚襄所败。复图再举，又遗浩书，又与会稽王笺，陈浩不宜北伐，并论时事。时东土饥荒，羲之则开仓赈贷，然朝廷赋役繁重，吴会尤甚，羲之每上疏争之，事多见从。又遗尚书仆射谢安书。羲之雅好服食、养性，不好在京师。初渡浙江，便有终焉之志。会稽有佳山水，名士多居之。谢安未仕时亦居焉。孙绰、李充、许询、支遁等，皆以文义冠世，并筑室东土，与羲之同好。尝与同志宴集于会稽山阴之兰亭，羲之自为之序，以申其志。或以潘岳《金谷诗序》方其文，羲之比于石崇，闻而甚喜。性爱鹅，会稽有孤老姥养一鹅，善鸣，求市未得，遂携亲友命驾就观。姥闻羲之将至，烹以待之，羲之叹息弥日。又山阴有一道士，养好鹅，羲之往观焉，意甚悦，固求市之，道士云："为写《道德经》，当举群相赠耳。"羲之欣然写毕，笼鹅而归，甚以为乐。其任率如此。尝诣门生家，家棐几滑净，因书之，真草相半，后为其父误刮去之，门生惊懊者累日。又尝在蕺山，见一老姥持六角竹扇卖之，羲之书其扇，各为五字，姥初有愠色，因谓姥曰："但言是王右军书，以求百钱邪。"姥如其言，人竞买之。他日，姥又持扇来，羲之笑而不答。其书为世所重，皆此类也。每自称"我书比钟繇当抗行，比张芝草犹当雁行也"。曾与人书云："张芝临池学书，池水尽黑，使人耽之若是，未必后之也。"羲之书初不胜庾翼、郗愔，及其暮年方妙。尝以章草答庾亮，而翼深叹伏，因与羲之书云："忽见足下答家兄书，焕若神明，顿还旧观。"时骠骑将军王述少有名誉，与羲之齐名，而羲之甚轻之，由是情好不协。述先为会稽，以母丧居郡境，羲之代述止一吊，遂不重诣。述每闻角声，谓羲之当候已，辄洒扫而待之，如此者累年，而羲之竟不顾。述深以为恨。及述为扬州刺史，将就征，周行郡界，而不过羲之，临发一别而去。先是，羲之常谓宾友曰："怀祖正当作尚书耳，投老可得仆射，更求会稽，便自邈然。"及述蒙显授，羲之耻为之下，遣使诣朝廷，求分会稽为越州，行人失辞，大为时贤所笑。既而内怀愧叹，谓其诸子曰："吾不减怀祖而位遇悬邈，当由汝等不及坦之故邪？"述后检察会稽郡，辨其刑政，主者疲于简对，羲之深耻之，遂称病去郡，于父母墓前自誓。羲之既去官，与东土人士尽山水之游，弋钓为娱。又与道士许迈共修服食。采药石不远千里，遍游东中诸郡，穷诸名山，泛沧海，叹曰："我卒当以乐死。"谢安尝谓羲之曰："中年以来，伤于哀乐，与亲友别，辄作数日恶。"羲之曰："年在桑榆，自然至此，须正赖丝竹陶写，恒恐儿辈觉其乐欢之趣。"朝廷以其誓苦，亦不复征之。时刘惔为丹阳令，许询尝就惔宿，床帏新丽，饮食丰甘，询曰："若此保全，殊胜东山。"惔曰："卿若知吉凶由人，吾安得保此？"羲之在座曰："令巢、许遇稷、契，当无此言。"二人并有愧色。初，羲之既优游无事，与吏部郎谢万书，万后为豫州都督，又遗万书诫之，万不能用，果败。年五十九卒，赠金紫光禄大夫。诸子遵父先旨，固让不受。有七子，知名者五人。

孙绰　字兴公。博学，善属文。少与高阳许询有高尚之志，居于会稽。游放山水十有余年，乃作《遂初赋》以致其意。常鄙山涛，而谓人曰："山涛吾所不解，吏非吏，隐非隐，若以元礼门为龙津，则当点额暴鳞矣！"所居斋前种一株松，恒自守护，邻人谓之曰："树子非不楚楚可怜，但恐永无栋梁日耳。"绰答曰："枫、柳虽复合把，亦何所施邪？"绰与询一时名流，或爱询高迈则鄙于绰，或爱绰才藻而无取于询。沙门支遁试问："绰君何如许？"答曰："高情远致，弟子早已伏膺。然一咏一吟，许将背面矣。"绝重张衡、左思之赋，每云《三都》、《二京》，五经之鼓吹也。尝作《天台山赋》，辞致甚工，初成以示友人范荣期云："卿试掷地，当作金石声也。"荣期曰："恐此金石非中宫商。"然每至佳句，辄云："应是我辈语。"除著作佐郎，袭爵长乐侯。绰性通率，好讥调，尝与习凿齿共行。绰在前，顾谓习凿齿曰："沙之汰之，瓦石在后。"凿齿曰："簸之飏之，糠秕在前。"征西将军庾亮请为参军，补章安令,征拜太学博士,迁尚书郎。扬州刺史殷浩以为建威长史,会稽内史王羲之引为右军长史,转永嘉太守,迁散骑常侍,领著作郎。时大司马桓温欲经纬中国,以河南初平,将移都洛阳,朝廷畏,不敢为异,而北土萧条,人情疑惧,虽并知不可,莫敢先谏。绰乃上疏,桓温见绰表,不悦曰:“致意兴公,何不寻君《遂初赋》,而知人家国事邪?”寻转廷尉卿、领著作。绰少以文才垂称,于时文士,绰位其冠,温、王、郗、庾诸公之薨,必须绰为碑文,然后刊石焉。年五十八卒。

陶潜 字渊明,或名渊明,字元亮。寻阳柴桑人也。曾祖侃,晋大司马。潜少有高趣,尝著《五柳先生传》以自况,时人谓之实录。亲老家贫,起为州祭酒,不堪吏职,少日自解归。州召主簿,不就。躬耕自资,遂抱羸疾,复为镇军建威参军。谓亲朋曰:“聊欲弦歌,以为三径之资,可乎?”执事者闻之,以为彭泽令。公田悉令吏种秫稻,妻子固请种秔,乃使二顷五十亩种秫,五十亩种秔。郡遣督邮至县,吏白应束带见之,潜叹曰:“我不能为五斗米,折腰乡里小人。”即日解印绶去职,赋《归去来词》。义熙末,征著作佐郎,不就。江州刺史王弘欲识之,不能致也。潜尝往庐山,弘令潜故人庞通之赍酒具于半道栗里要之。潜有脚疾,使一门生二儿舁篮舆,既至,欣然便共饮酌。俄顷弘至,亦无忤也。先是颜延之为刘柳后军功曹,在寻阳与潜情款。后为始安郡,经过日日造潜,每往必酣饮至醉,临去留二万钱与潜,潜悉送酒家,稍就取酒尝。九月九日无酒,出宅边菊丛中坐久,值弘送酒至,即便就酌,醉而后归。潜不解音声,而畜素琴一张,无弦,每有酒适,辄抚弄以寄其意。贵贱造之者,有酒辄设,潜若先醉,便语:“容我醉欲眠,卿可去!”其真率如此。郡将候潜,值其酒熟,取头上葛巾漉酒,毕,还复著之。潜弱年薄官,不洁去就之迹。自以曾祖晋世宰辅,耻复屈身后代,自高祖王业渐隆,不复肯仕。所著文章皆题其年月,义熙以前,则书晋氏年号,自永初以来,唯云甲子而已。潜元嘉四年卒,时年六十三。

李密 字令伯,犍为武阳人也。一名虔。父早亡,母何氏改醮,密时年数岁,感恋弥至,烝烝之性,遂以成疾。祖母刘氏,躬自抚养,密奉事以孝谨闻。刘氏有疾,则涕泣侧息,未尝解衣,饮膳汤药必先尝后进。有暇则讲学忘疲,而师事谯周。周门人方之游、夏。少仕蜀为郎,数使吴,有才辩,吴人称之。蜀平,泰始初,诏征为太子洗马。密以祖母年高,无人奉养,遂不应命。乃上疏,帝览之曰:“士之有名不虚,然哉!”乃停召。后刘终服阕,复以洗马征至洛。司空张华问之曰:“安乐公何如?”密曰:“可次齐桓。”华问其故,对曰:“齐桓得管仲而霸,用竖刁而虫流。安乐公得诸葛亮而抗魏,任黄皓而丧国。是知成败一也。”次问孔明言教何碎,密曰:“昔舜禹、皋陶相与语,故得简雅;大诰与凡人言,宜碎。孔明与言者无己敌,言教是以碎耳。”华善之。出为温令,而憎疾从事,尝与人书曰:“庆父不死,鲁难未已。”从事白其书司隶,司隶以密在县清慎,弗之劾也。密有才能,常望内转,而朝廷无援,乃迁汉中太守,自以失分怀怨。及赐饯东堂,诏普令赋诗,末章曰:“人亦有言,有因有缘;官无中人,不如归田。明明在上,斯语岂然?”武帝忿之,于是都官从事奏免密官。后卒于家。二子赐、兴。赐,字宗石,能属文,尝为《玄鸟赋》,词甚美。州辟别驾。举秀才,未行而终。兴,字隽石,亦有文才。刺史罗尚辟别驾。尚为李雄所攻,使兴诣镇南将军刘弘求救,兴因愿留为弘参军而不还,尚白弘,即夺其手版而遣之。兴之在弘府,弘立诸葛孔明、羊叔子碣,使兴俱为之文,甚有辞理。

五、晋人矫俗文(作品选读)

自魏武以贪诈使人,而两汉名节荡焉无遗,司马氏实享其果,败检逾藩之习,与夷虏一气相感召,而成南北朝之局,然非无独醒之士,椎膺末运,虽力不能挽,而大声疾呼,留三古之直道于一线,亦巷伯之嗣音,《春秋》之微旨也。故录矫俗文于两晋南北朝群言之首,而不列于常格。清钟警睡,羯鼓解秽,又所以留文学之真价,而知有不与漓俗同变者,录如下。(辉按:下录晋人矫俗文,文略,仅存其目:江统《徙戎论》、刘实《崇让论》、王坦之《废庄论》、范宁《论王弼何晏》、王沉《释时论》、李充《学箴》、袁宏《三国名臣序赞》、戴逵《放达论》)

六、两晋杂文(作品选读)(辉按:下录晋人杂文,文略,仅存其目)

阮籍:《答伏义书》(附:《伏义来书》)、《大人先生传》
嵇康:《与山巨源绝交书》、《养生论》
刘伶:《酒德颂》
杜预:《遗令》
傅玄:《赠扶风马钧序》
挚虞:《贤良对策》
夏侯湛:《东方朔画像赞》
潘岳:《答挚虞新婚箴》、《哀永逝文》、《金鹿哀辞》
潘尼:《乘舆箴》
陆机:《辨亡论》、《演连珠》(节录十二首)
陆云:《与兄机书》(三通)、《登遐颂》
成公绥:《隶书体》
张载:《剑阁铭》
刘琨:《上愍帝请北伐表》、《劝进元帝表》(四通)、《与丞相笺》、《遗石勒书》(二通)
郭景纯:《山海经图赞》
王羲之:《遗殷浩书》、《报殷浩书》、《与会稽王笺》、《兰亭集序》、《兰亭集诗》二首、《祭墓文》
孙绰:《喻道论》
陶潜:《桃花源记》、《五柳先生传》、《自祭文》
左芬:《万年公主表》
葛洪:《勖学》、《讥惑》、《博喻》(同连珠,选录十五首)

七、两晋诗赋(作品选读)(辉按:下录晋人杂文,文略,仅存其目)

阮籍:《元父赋》、《咏怀》(选录九首)
嵇康:《幽愤诗》(选录二首)

傅玄:《豫章行苦相篇》、《秦女休行》、《车遥遥篇》、《杂诗》(选录一首)

张华:《独漉篇》

孙楚:《征西官属送陟阳侯作诗》

束皙:《近游赋》

潘岳:《闲居赋》、《悼亡诗三首》

傅咸:《污卮赋》

陆机:《文赋》、《君子行》、《吴趋行》、《燕歌行》、《猛虎行》、《为顾彦先赠妇》(选录一首)、《赴洛道中作》(选录一首)

陆云:《寒蝉赋》、《为顾彦先赠妇往返》(选录二首)

成公绥:《啸赋》

张载:《七哀诗二首》

张协:《杂诗》(选录三首)

刘琨:《答卢谌》(选录三首)、《重答卢谌》、《扶风歌》、《胡姬年十五》

郭璞:《江赋》、《蜜蜂赋》、《游仙诗》(选录四首)

孙绰:《天台赋》、《秋日》、《情人碧玉歌二首》

陶潜:《感士不遇赋》、《闲情赋》、《归去来辞》、《鸟四章》、《形影神三首》、《归园田居五首》、《移居二首》、《酬刘柴桑》、《饮酒》(选录四首)、《杂诗》(选录二首)、《咏贫士》(选录一首)、《读〈山海经〉》(选录一首)、《拟挽歌辞三首》。

附:晋窈渺文

炎汉之盛,文学之士,大都崇气节而谨礼法,其文亦浑厚端严,元气旁魄,为周秦后劲。而除阐道论治及鼓吹休明外,不率操铅椠,故典丽矞皇,迄今犹著声光。其弊也,士矜客气,植私党,好以小节雌黄人,跅弛之材,苦其烦苛,久欲排脱而去之,又丁割据,当世需才,贪诈并奋,洊至显要,其号为清流者,多婴当户之锄,余亦桥巷遐僻,名节自保。精粹既亡,符命五行方士迂怪之劣习,则流传未沐。西竺之教,适于此时输入,而小乘特盛,又混合其中。于是风尚变,而文学亦随之而变。其初屏绝繁文缛节,雅意乐世,私人笺牍之往复,游宴之欢噱,过于往昔。士大夫相对辄谈玄理,以麈尾代毚毫,互相标置。以世运言之,则如法兰西于大革命后,人持乐天哲学为宗旨。以文运言之,则粱肉餍饫,忽恭赤松之术;春夏绚烂,旋发金商之气;风云月露,实诡避浊世之危机;放任虚无,亦隐决经师之专制。论者或委咎于魏武之教,猱老庄之作俑,冤矣。久之,江左风流,渐长其浮华之习,大西末法,又劝其争竞之心。班、马、曹、刘之异制,则易貌为俳,神仙方伎之故家,更乞醴于佛,而词章日趋于纤秾,学说愈形其诡秘。故鲍、谢尚留建、黄之风骨,至齐、梁则几成花月之妖;乐、卫尚藉老、庄为指归,至陶、葛而渐如黎邱之幻。然化椎轮为玉辂,开四唐协律之风,变哲学为教宗,成三家鼎立之势,其演进之功,亦不可没也。而词藻之秾丽,思想之奇特,于文学上亦非全无价值,前者已经论次,更采掇所谓当时之托名道家言者于下,而先之以清言,以示实同名而异物,而并皆非其物云。

附:清谈

清谈之风,虽云起于丁邓,然汉季士夫,驰声誉,好标榜,每于立谈之顷,臧否人物,而俊及厨顾,滥分品类,酬酢往复,好用微词,则所谓人伦之表者,其即玄言之祖乎?惟炎刘重于月旦,典午托于风流,前者以人存言,后者以言取人,乃有间耳。然清言大旨,世多谓出于《老》、《庄》,其实无为齐物,哲理宏深,非粉面乌衣之徒所能附会。掇拾一二,以为藻饰,不足究诘也!要之,言之精者为文,而言文离合,初无一定,《左》、《国》之词命,策士之雄谈,以及惠施、公孙之诡辩,皆一代之言也,而即一代之文也。晋人致语,亦非专尚幽眇。有似金言者,有似专对者,亦有似纵横捭阖、坚白异同者,亦有似诗文中隽语者,要皆为新澹以洗伧荒,则亦不失为言之精者,列之文学,虽嫌琐碎,亦征特创。(辉按:下据《世说新语》等典籍选录晋人清谈文字若干,文略)

附:神仙家文

神仙家与道家本不相入,而神仙家每附会于道家者,则以古之帝王兼教育、宗教之权(道为哲学,神仙为宗教)。其授受之原,实出于一人,由合而分,仍由分而合也。古帝王之大威力者,莫如黄帝,其次则为神禹,内治哲学,外兴宗教,故治民则为元首,莅幽则为神巫,此亦全球古国文明初开之公例也。黄帝之大宗为老,禹之大宗为墨,而神仙家故多崇老而毁墨者,因屈于儒家之专制。墨为儒家所排斥,而老则有"问礼"一事为世称道焉。然老惟承受黄帝之哲学,而不涉宗教,墨之于禹则兼之,故汉之方士,自为一派,初不牵涉于老。其以老子为神仙之祖者,则六朝人为之也。六朝时内典输入日盛,纵横恣肆,震动一时。方士之黠者,遂窃其唾余,变旧时面目,隐与抵抗。其实,创造、劫运、七佛、六道等说,不过小乘权宗,杂以婆罗门旧文,非释氏真谛。所谓三洞、四府、十二类者,虽显与五明、六通争衢,而不自知其为买椟还珠也。盖老、庄之精微者,实能与释氏相出入。若神仙家言,则九巫旧术。平者固为西域六师所吐弃,上者亦不免为幻人所笑。乃崇其名,而弃其实,取吾之短,而抵人之长,如陶弘景之徒,可为作伪者心劳而日拙矣。其不犯此弊,而直接为神仙家之正统者,则惟葛洪。洪虽举黄老哲理,但溯渊源所由,并不涂饰附会,而惟自任上续墨之系统。其所著内外篇具在,可覆而按也。盖禹、墨之学,其持身尚节俭,便于山泽潜修。对待社会,则拯疾苦,释竞争,以积累阴德为事。而内则研究天人感应之故,五行变化之原,别成神秘之学。即不专守哲理之玄虚,亦不徒恃巫宗之迷信,其学说略具于内外篇(外篇即今所传《墨子》,内篇则为《五行枕中记》,惟方士私相秘授,世不多见)。传述其学者,于汉则惟淮南王刘安(淮南与著书,皆仿墨外篇,即《淮南子》;内篇则《鸿宝》、《万毕》等),再传则为葛洪。墨与安所著,神秘者皆不传,独洪书内外备存,而文义亦较显著。采录百一,以示吾国古学之一宗,且亦备六朝文体之一格云。(辉按:下录葛洪《抱朴子内篇自序》以及其中的《论仙》、《金丹》、《至理》、《塞难》、《释滞》等篇)

第三节　南北朝文学

一、南北朝文学家代表

【宋】

谢灵运　陈郡阳夏人也。祖玄，晋车骑将军；父瑍，生而不慧，为秘书郎，蚤亡。灵运幼便颖悟。玄甚异之，谓亲知曰："我乃生瑍，瑍那得生灵运？"灵运少好学，博览群书，文章之美，江左莫逮。从叔混特知爱之，袭封康乐公，食邑二千户，以国公例除员外散骑侍郎，不就。为琅琊王大司马行参军。性奢豪，车服鲜丽，衣裳器物多改旧制，世共宗之，咸称谢康乐也。高祖受命，降公爵为侯，食邑五百户，起为散骑常侍，转太子左卫率。灵运为性偏激，多愆礼度，朝廷唯以文义处之，不以应实相讯。自谓才能宜参权要。既不见知，常怀愤愤。灵运因父、祖之资，生业甚厚，奴童既众，以故门生数百，凿山浚湖，功役无已；寻山陟岭，必造幽峻，岩障千重，莫不备尽登蹑。常著木屐，上山则去前齿，下山去其后齿。尝自始宁南山伐木开径，直至临海，从者数百人。临海太守王琇惊骇，谓为山贼，徐知是灵运，乃安。又要琇更进，琇不肯，灵运赠琇诗曰："邦君难地险，旅客易山行。"在会稽亦多徒众，惊动县邑。太守孟顗事佛精恳，而为灵运所轻，尝谓顗曰："得道应须慧业文人，生天当在灵运前，成佛必在灵运后。"顗深恨此言。会稽东郭，有回踵湖，灵运求决以为田，太祖令州郡履行。此湖去郭近水，物所出，百姓惜之。顗坚执不与。灵运既不得回踵，又求始宁岯崲湖为田。顗又固执。灵运谓顗非存民利，正虑决湖多害生命，言论毁伤之，与顗遂构仇隙。因灵运横恣，百姓惊扰，乃表其异志，发兵自防，露板上言："灵运驰出京都，诣阙上表。"太祖知其见诬，不罪也。不欲使东归，以为临川内史，赐秩中二千石。在郡游放，不异永嘉，为有司所纠，司徒遣使随州从事郑望生收灵运，灵运执录望生。兴兵叛逸，遂有逆志。追讨禽之，送廷尉治罪，廷尉奏灵运率部众反叛，论正斩刑，上惜其才，欲免官而已。彭城王义康坚执，谓不宜恕，乃诏曰："灵运罪衅累仍，诚合尽法，但谢玄勋参微管，宜宥及后嗣，可降死一等。"徙付广州，其后秦郡府将宗齐受至涂口，行达桃墟村，见有七人下路乱语，疑非常人，还告郡县。遣兵随齐受掩讨，遂共格战，悉禽伏狱。其一人姓赵名钦山，阳县人，云同村薛道双先与谢康乐共事以去，九月初，道双因同村成国报钦云："先作临川郡犯事，徙送广州。谢给钱令买弓箭刀盾等物，使道双要合乡里健儿于三江口，篡取谢。若得者，如意之后，功劳是同。"遂合部党要谢不及。既还，饥馑，缘路为劫盗，有司又奏依法收治，太祖诏于广州行弃市，临死作诗。

颜延之　字延年，琅琊临沂人也。曾祖含，右光禄大夫；祖约，零陵太守；父显，护军司马。延之少年孤贫，居负郭室巷甚陋。好读书，无所不览，文章之美，冠绝当时。居身清约，不营财利，布衣蔬食，独酌郊野，当其为适，傍若无人。二十九年上表自陈，不许。明年致事。元凶弑立,以为光禄大夫。先是子竣为世祖南中郎咨议参军,及义师入讨,竣参定密谋,兼造书檄。劭召延之示以檄文,问曰:“此笔谁所造?”延之曰:“竣之笔也。”又问:“何以知之?”延之曰:“竣笔体臣不容不识。”劭又曰:“言辞何至乃尔?”延之曰:“竣尚不顾老父,何能为陛下?”劭意乃释,由是得免。世祖登祚,以为金紫光禄大夫,领湘东王师。子竣既贵重,权倾一朝,凡所资供,延之一无所受,器负不改,宅宇如旧,常乘羸牛笨车,逢竣卤簿,既屏往道侧。又好骑马遨游里巷,遇知旧辄据鞍索酒,得酒必颓然自得。常语竣曰:“平生不喜见要人,今不幸见汝。”竣起宅谓曰:“善为之,无令后人笑汝拙也。”表解师职,加给亲信三十人。孝建三年卒,追赠散骑常侍,特进金紫光禄大夫如故,谥曰宪。延之与陈郡谢灵运俱以词彩齐名,自潘岳、陆机之后,文士莫及也,江左称颜谢焉。

鲍照　字明远,东海人。文辞赡逸。尝为古乐府,文甚遒丽。文帝以为中书舍人,上好文章,自谓人莫能及,照悟其旨,为文章多鄙言累句,咸谓照才不尽,实不然也。临海王子顼为荆州,照为前军参军,掌书记之任。子顼败,乱兵所杀。

谢庄　字希逸,陈郡阳夏人。太常弘微子也。年七岁,能属文,通《论语》。官至散骑常侍、光禄大夫,加金章紫绶,领浔阳王师,顷之转中书令,常侍王师如故,寻加金紫光禄大夫,给亲信二十人,本官并如故。泰始二年卒,时年四十六,追赠右光禄大夫常侍如故,谥曰宪。所著文章四百余首行于世。

范晔　字蔚宗,顺阳人,袭武兴县侯。博学善为文,工隶书,晓音律。官右卫将军、太子詹事,坐谋逆诛。著《后汉书》。

周朗　字义利,汝南人。为建平王录事参军。丁母忧,有孝性,每哭必恸,而不依居丧常节,为有司所奏杀。

何承天　东海郯人,宋初官至御史中丞。著有《礼论》八百卷及《衡阳集》。

傅亮　字季友,北地云州人。官至左光禄府,封始兴公,以罪诛。

谢惠连　灵运族弟,相推服,早卒。

袁淑　字阳源,阳夏人。丹阳尹豹子。元凶劭之变,死难,谥忠显,赠侍中。

【齐】

谢朓　字玄晖,陈郡阳夏人。祖述,吴兴太守;父讳,散骑侍郎。朓少好学,有美名。文章清丽,善草隶,长五言诗。沈约常云:“二百年来无此诗也!”敬皇后迁祔山陵,朓撰哀策文,齐世莫有及者。东昏失德,江祏欲立江夏王宝玄,末更回惑,与弟祀密谓朓曰:“江夏年少轻脱,不堪负荷神器,不可复行废立。始安年长入纂,不乖物望,非以此要富贵,政是安国家耳。”遥光又遣亲人刘沨密致意于朓,欲以为肺腑。自以受恩高宗,非沨所言,不肯答。少日,遥光以朓兼知卫尉事,朓惧见引,即以祏等谋告左兴盛,兴盛不敢发言,祏闻以告遥光,遥光大怒,乃称敕召。朓仍回车付廷尉,与徐孝嗣、祏、暄等连名启诛朓,收朓下狱,死。

王僧虔　琅琊临沂人也。祖珣,晋司徒;伯父太保弘,宋元嘉世为宰辅;父昙首,右光禄大夫。昙首兄弟集会诸子孙,弘子僧达下地跳戏,僧虔年数岁,独正坐,采蜡烛珠为凤凰,弘曰:“此儿终当为长者。”僧虔弱冠,弘厚。善隶书,宋文帝见其书素扇,叹曰:“非惟迹逾子敬,方当器雅过之。”除秘书郎太子舍人。退默少交接,与袁淑、谢庄善,转义阳王文学、太子洗马,迁司徒。太祖善书,及即位,笃好不已,与僧虔赌书毕,谓僧虔曰:“谁为第一?”僧虔曰:“臣书第一,陛下书亦第一。”上笑曰:“卿可谓善自谋矣。”迁侍中左光禄大夫,开府仪同三司,改授侍中,特进左光禄大夫。

竟陵王萧子良　字云英,武帝次子,少聪慧,及长,礼才好士,撰录甚多。

王俭　字仲宝,琅琊人,僧绰子,袭豫章侯。好学不倦,撰《古今丧服集记》及《文集》。谥文宪。

王融　字元长,琅琊人,因谋立子良,下狱死。

张融　字思光,才而落拓,深通玄释,官至长史,自名其集为《玉海》。

孔稚圭　字德璋,山阴人,少涉学,有美誉,官至太子詹事,好文酒山水,不乐世事。

张绪　字思曼,吴人,少知名,与族弟融齐称,官至光禄。

【梁】

武帝　姓萧氏,讳衍。生知淳孝,年六岁,献皇太后崩,水浆不入口三日,哭泣哀苦,有过成人,内外亲党,咸加敬异。及丁文皇帝忧,时为齐随王谘议,随府在荆镇,仿佛奉闻,便投劾星驰,不复寝食,倍道就路,愤风惊浪,不暂停止。高祖形容本壮,及还至京都,销毁骨立,亲表士友,不复识焉。望宅奉讳,气绝久之,每哭辄呕血数升,服内不复尝米,惟资大麦,日止二溢,拜扫山陵,涕泪所洒,松草变色。及居帝位,即于钟山造大爱敬寺,青溪边造智度寺,又于台内立至敬等殿,又立七庙堂,月中再过设净馔,每至展拜,涕泗滂沱,哀动左右。加以文思钦明,能事毕究。少而笃学,洞达儒玄,虽万机多务,犹卷不辍手,燃烛侧光,常至戊夜。造《制旨孝经义》、《周易讲疏》及《六十四卦二系》、《文言序卦》等,《义乐社义》、《毛诗答问》、《春秋答问》、《尚书大义》、《中庸讲疏》、《孔子正言》、《老子讲疏》,凡二百余卷,并正先儒之述,开古圣之旨,王侯朝臣皆奉表质疑,高祖皆为解释。修饰国学,增广生员,立五馆,置五经博士。天监初,则何佟之、贺瑒、严植之、明山宾等,覆述制旨,并撰吉、凶、军、宾、嘉五礼,凡一千余卷。高祖称制断疑,于是穆穆恂恂,家知礼节。大同中,于台西立士林馆,领军朱异、太府卿贺琛、舍人孔子袪等,递相讲述,皇太子宣城王,亦于东宫宣猷堂及扬州廨开讲。于是四方郡国趋学向风,云集于京师矣。兼笃信正法,尤长释典,制《涅槃》、《大品》、《净名》、《三慧》诸经义记,复数百卷。听览余闲,即于重云殿及同泰寺讲说,名僧硕学四部听众,常万余人。又造《通史》,躬制赞、序,凡六百卷。天情睿敏,下笔成章,千赋百诗,直疏便就,皆文质彬彬,超迈今古。诏铭赞诔,箴颂笺奏,爰初在田,洎登宝历,凡诸文集又百二十卷。六艺备闲,棋登逸品,阴阳纬候、卜筮占决,并悉称善。又撰《金策》三十卷。草隶尺牍,骑射弓马,莫不奇效。勤于政务,孜孜无怠,每至冬月四更竟,即勅把烛看事,执笔触寒,手为皴裂,纠奸擿伏,洞尽物情,常哀矜涕泣,然后可奏。日止一食,膳无鲜腴,惟豆羹粝食而已。庶事繁拥,日傥移中,便漱口以过,身衣布衣,木棉皂帐,一冠三载,一被二年,常克俭于身,凡皆此类。五十外,便断房室,后宫职司贵妃以下,六宫袆褕三翟之外,皆衣不曳地,傍无锦绮。不饮酒,不听音声,非宗庙祭祀、大会飨宴及诸法事,未尝作乐。性方正,虽居小殿暗室,恒理衣冠,小坐押褄,盛夏暑月,未尝褰袒。不正容止,不与人相见,虽觌内竖小臣,亦如遇大宾也。历观古昔帝王人君,恭俭庄敬。艺能博学,罕或有焉,而成败在一身,才子皆不令终天道,似难问焉。

简文帝　讳纲。幼而敏睿,识悟过人。六岁便属文,高祖惊其早就,弗之信也。乃于御前面试,辞采甚美,高祖叹曰:"此子吾家之东阿。"既长,器宇宽弘,未尝见愠喜。方颊丰下,须鬓如画,眄睐则目光烛人。读书十行俱下,九流百氏,经目必记,篇章辞赋,操笔立成,博综儒书,善言玄理。自年十一,便能亲庶务,历试蕃政,所在有称。在穆贵嫔忧,哀毁骨立,昼夜号泣不绝声,所坐之席,沾湿尽烂。在襄阳拜表北伐,遣长史柳津、司马董当门,壮武将军杜怀宝、振远将军曹义宗等,众军进讨,克平南阳、新野等郡,魏南荆州刺史李志据安昌城降,拓地千余里。及居监抚,多所弘宥,文案簿领,纤毫不可欺,引纳文学之士,赏接无倦,恒讨论篇籍,继以文章。高祖所制《五经讲疏》,尝于玄圃奉述,听者倾朝野。雅好题诗,其序云:"余七岁有诗癖,长而不倦,然伤于轻艳,当时号曰宫体。"所著《昭明太子传》五卷、《诸王传》三十卷、《礼大义》二十卷、《老子义》二十卷、《庄子义》二十卷、《长春义记》一百卷、《法宝连璧》三百卷,并行于世焉。

昭明太子统　字德施,高祖长子,母曰丁贵嫔。初,高祖未有男,义师起。太子以齐中兴元年九月生于襄阳。高祖既受禅,有司奏立储副,高祖以天下始定,百度多阙,未之许也,群臣固请。天监元年十一月,立为皇太子。时太子年幼,依旧居于内,拜东宫官属文武,皆入直永福省。太子生而聪睿。三岁受《孝经》、《论语》,五岁遍读五经,能讽诵。五年五月庚戌,始出居东宫。太子性仁孝,自出宫,恒思恋不乐,高祖知之,每五日一朝,多便留永福省,或五日、三日乃还宫。八年九月,于寿安殿讲《孝经》,尽通大义,讲毕,亲临释奠于国学。十四年五月朔旦,高祖临轩,冠太子于太极旧殿,制太子著远游冠,金蝉翠緌缨,至是加金博山。太子美姿貌,善举止,读书数行并下,过目皆忆。每游宴祖道,赋诗至十数韵,或命作剧韵赋之,皆属思便成,无所点易。高祖大弘佛教,亲自讲说,太子亦崇信三宝,遍览众经,乃于宫内别立慧业殿,专为法集之所,招引名僧,谈论不绝。太子自立三谛法身义,并有新意。性宽和容众,喜愠不行于色,引纳才学之士,赏奖无倦。恒自讨论篇籍,或与学士商榷古今,闲则继以文章著述,率以为常。于时东宫有书几三万卷,名才并集,文学之盛,晋宋以来未之有也。性爱山水,于玄圃穿筑,更立亭馆,与朝士名素著者游其中。尝泛舟后池,番禺侯轨盛称此中宜奏女乐,太子不答,咏左思《招隐诗》曰:"何必丝与竹,山水有清音。"侯惭而止。出宫二十余年,不畜声乐。少时敕赐大乐女妓一部,略非所好。太子孝谨天生,每入朝未五鼓,便守城门开。东宫虽燕居内殿,一坐一起,恒向西南面台宿,被召当入,危坐达旦。三年三月,浸疾,恐贻高祖忧,敕参问,辄自力手书启,及稍笃,左右欲启闻,犹不许,曰:"何令至尊知我如此恶。"因便呜咽。四月乙巳薨,时年三十一。高祖幸东宫,临哭尽哀,诏敛以衮冕,谥曰昭明太子。仁德素著,朝野惋愕,京师男女奔走宫门,号泣满路,四方氓庶及疆徼之民,闻丧皆恸哭。所著文集二十卷,又撰《古今典诰文言为正序》十卷,五言诗之善者为《文章英华》二十卷,《文选》三十卷。

元帝　讳绎，字世诚，武帝第七子也。初，武帝梦眇目僧执香炉，称托生王宫，既而帝母在采女次侍，始褰户幔，有风回裾，武帝竟感，幸之，采女梦月堕怀中，遂孕生帝。十三年，封湘东王，历会稽太守、丹阳尹，出为使持节，都督荆、湘、郢、益、宁、南梁，及江、雍、司、郢、南、北秦诸州，荆、江二州刺史，进号镇西将军。太清元年三月，侯景陷建邺，镇西长史王冲等，拜笺请为太尉，都督中外诸军事，帝不许，曰："吾于天下不贱，宁俟都督之名，帝子之尊，何藉上台之位？"议者可斩，投笔流泪不从，又请为司空以主诸侯，亦弗听。九月，简文帝崩，王僧辩等奉表劝进，帝不许。时巨寇尚存，帝未欲即位，而四方表劝，前后相属，乃下令断表。承圣元年二月，王僧辩众军发自浔阳，帝驰檄四方，购获景，封万户开国公，绢布五万匹。三月，僧辩等平景，传首江陵，僧辩等复拜表上尊号，帝犹固让。乙酉，斩贼左仆射王伟于江陵市，四方征镇王公卿士复劝进，乃许之。即位于江陵。性爱书籍，既患目，多不自执卷，置读书左右，番次上直，昼夜为常，略无休已。虽睡倦犹不释，五人各伺一更，恒致达晓，常眠熟大鼾。左右睡读失次第，或偷卷度纸，帝必惊觉，更令追读，加以槚楚。虽戎略殷凑，机务繁多，军书、行檄、文章、诏诰，点毫便就，殆不游手。常曰："我韬于文士，愧于武夫。"论者以为得言。魏师至，凡二十八日，征兵四方未至，而城见克，在幽逼，求酒饮之，制诗四绝，梁王詧遣尚书傅准监行刑，帝谓之曰："卿幸为我宣行。"准捧诗，流泪不能禁，进土囊而殒之。所著有《孝德传》三十卷、《忠臣传》三十卷、《丹阳尹传》十卷、《汉书》一百一十五卷、《周易讲疏》十卷、《内典博要》一百卷、《连山》三十卷、《洞林》三卷、《王韬》十卷、《补阙事》十卷、《老子讲疏》十卷、《全德志》、《怀旧志》、《荆南志》、《江州记》、《贡职图》、《古今同姓录》一卷、《武替》三卷、《文集》五十卷、《筮经》十二卷。

江淹　字文通，济阳考城人。少孤贫好学，沉静少交游。起家南徐州从事，转奉朝请。宋建平王景素好士，淹随景素在南兖州。广陵令郭彦文得罪，辞连，系淹州狱，淹狱中上书，景素览书，即日出之。寻举南徐州秀才，对策上第，官至散骑常侍左卫将军，封沮县开国伯，食邑四百户。淹乃谓子弟曰："吾本素宦，不求富贵，今之忝窃，遂至于此，平生言止足之事，亦以备矣！人生行乐耳，须富贵何时？吾功名既立，正欲归身草莱耳。"其年以疾归，金紫光禄大夫改封醴陵侯。四年卒，时年六十二，高祖为素服举哀，赙钱三万，布五十匹，谥曰宪。少以文章显，晚节才思微退，时人皆谓之才尽。凡所著述三百余篇，自撰为前、后集，并《齐史十志》，并行于世。

沈约　字休文，吴兴武康人。祖林子，宋征虏将军；父璞，淮南太守。璞元嘉末被诛，约幼潜窜，会赦免，既而流寓孤贫。笃志好学，昼夜不倦，母恐其以劳生疾，常遣减油灭火，而昼之所读，夜辄诵之，遂博通群籍，能属文。仕齐至司徒左长史、征虏将军、南清河太守。高祖在西邸，与约游旧，建康城平，引为骠骑司马将军如故。时高祖勋业既就，天人允属，约尝扣其端，后以劝进定策功。高祖受禅后，封建昌侯，官至侍中少傅，谥隐，因上章事也。所著《晋书》百一十卷、《宋书》百卷、《齐纪》二十卷、《高祖纪》十四卷、《迩言》十卷，《谥例》十卷、《宋文章志》三十卷、《文集》一百卷，皆行于世。又谓撰《四声谱》，以为在昔词人累千载而不寤，而独得胸襟，穷其妙旨，自谓入神之作，高祖雅不好焉，帝问周舍曰："何谓四声？"舍曰："天子圣哲是也。"然帝竟不遵用。

任昉　字彦升，乐安昌博人。父遥，齐中散大夫，齐明帝深加器异，欲大相擢引，为爰憎所白，乃除太子步兵校尉，掌东宫书记。齐明帝废，郁林王始为侍中、中书监、骠骑大将军、开府仪同三司、扬州刺史、录尚书事，封宣城郡公。使昉具草，帝恶其辞，斥甚愠。昉亦由是终，建武中，位不过列校。昉尤长为笔，颇慕傅亮，才思无穷。当时王公表奏，无不请焉。昉起草即成，不加点窜。沈约，一代辞宗，深所推挹。寻转御史中丞秘书监。自齐永元以来，秘阁四部，篇卷纷杂，昉手自雠校，由是第目定焉。出为新安太守，在郡不事边幅，率然曳杖，徒行邑郭，人通辞讼者，就路决焉，为政清省，吏人便之。卒于官，唯有桃花米二十石，无以为敛。遗言不许以新安一物还都，杂木为棺，浣衣为敛，阖境痛惜，百姓共立祠堂于城南，岁时祀之。昉不事生产，至乃居无室宅，时或讥其多乞贷，亦随复散之亲故。与沈约齐名，同以文才见知，时人云"任笔沈诗"。昉闻甚以为病，晚节转好著诗，欲以倾沈，用事过多，辞不得流便，自尔都下士子慕之，转为穿凿，于是有才尽之谈矣。博学于书，无所不见，家虽贫，聚书至万余卷，率多异本。及卒后，武帝使学士贺纵共沈约，勘其书目，官无者就其家取之。所著文学数十万言，盛行于时。东海王僧孺尝论之，以为过于董生、扬子。昉撰《杂传》二百四十七卷、《地记》二百五十二卷、文章三十三卷。

刘勰　字彦和，东莞莒人。父尚，越骑校尉。勰早孤，笃志好学，家贫不婚娶，依沙门僧祐居，遂通经论，因区别部类，录而序之，定林寺经藏，勰所定也。梁天监中，兼东宫通事舍人，时七庙飨荐，已用蔬果，而二郊农社，犹有牺牲，勰乃表言二郊宜与七庙同改，诏付尚书议，依勰所陈。迁步兵校尉，兼舍人如故。深被昭明太子爱接。初，勰撰《文心雕龙》五十篇，论古今文体，其序略云："予齿在逾立，尝夜梦执丹漆之礼器，随仲尼而南行，寤而喜曰：'大哉圣人之难见也，乃小子之垂梦欤！自生灵以来，未有如夫子者也。敷赞圣旨，莫若注《经》，而马郑诸儒，弘之已精，就有深解，未足立家。唯文章之用，实经典枝条，五礼资之以成，六典因之致用。'于是搦笔和墨，乃始论文。"其为文用四十九篇而已，既成，未为时流所称。勰欲取定于沈约，无由自达，乃负书候约于车前，伏若货鬻者，约取读，大重之，谓深得文理，常陈诸凡案。勰为文，长于佛理，都下寺塔及名僧碑志，必请勰制文。敕与慧震沙门于定林寺撰经，证功毕，遂求出家，先燔须发自誓，敕许之，乃变服，改名慧地云。

刘峻　字孝标，平原人。父珽，宋始兴内史。峻生期月，母携还乡里。宋泰始初，青州陷魏，峻年八岁，为人所略，至中山。中山富人刘实愍峻，以束帛赎之，教以书学。魏人闻其江南有戚属，更徙之桑干。峻好学家贫，寄人庑下，自课读书，常燎麻炬，从夕达旦，时或昏睡，爇其发，既觉，复读，终夜不寐，其精力如此。齐永明中，从桑干得还，自谓所见不博，更求异书。闻京师有者，必往祈借。清河崔慰祖谓之"书淫"。时竟陵王子良博招学士，峻因人求为子良国职，吏部尚书徐孝嗣抑而不许，用为南海王侍郎，不就。至明帝时，萧遥欣为豫州，为府刑狱，礼遇甚厚。遥欣寻卒，久之不调。天监初，召入西省，与学士贺纵典校秘书。峻兄孝庆，时为青州刺史，峻请假省之，坐私载禁物，为有司所奏，免官。安成王秀好峻学，及迁荆州，引为户曹参军，给其书籍，便抄录事类，名曰《类苑》，未及成，复以疾去。因游东阳紫岩山，筑室居焉，为《山栖志》，其文甚美。高祖招文学之士，有高才多被引进，擢以不次。峻率性而动，不能随众浮沉，高祖颇嫌之，故不任用。峻乃著《辨命论》以寄怀，论成，中山刘沼致书以难之，凡再反，峻并为申析以答之。会沼卒，不见峻后报者，峻乃为书以序之，其论文多不载。峻又尝为《自序》，比冯敬通。居东阳，吴会人士多从其学。普通二年卒，时年六十，门人谥曰玄靖先生。

刘孝绰　字孝绰，彭城人。本名冉。祖勔，宋司空忠昭公；父绘，齐大司马霸府从事中郎。孝绰幼聪敏，七岁能属文。舅齐中书郎王融，深赏异之，常与同载适亲友，号曰神童。融每言曰："天下之文章，若无我，当归阿士。"阿士，孝绰小字也。官至密书监。大同五年卒，时年五十九。孝绰少有盛名，而仗气负才，多所陵忽，有不合意，极言诋訾。领军臧盾、太府卿沈僧杲等，并被时遇，孝绰尤轻之，每于朝集会同处、公卿间，无所与语，反呼驺卒访道闲事，由此多忤于物。孝绰辞藻，为后进所宗，世重其文，每作一篇，朝成暮遍，好事者咸讽诵传写，流闻绝域。文集数十万言，行于世。孝绰兄弟及群从诸子侄，当时有七十人能属文，近古未之有也。其三妹适琅琊王叔英、吴郡张嵊、东海徐悱，并有才学。悱妻文，尤清拔。弟孝仪、孝威，皆有才名，时称三笔六诗，三谓孝仪，六孝威也。

谢朏　字敬冲，阳夏人，庄之子。十岁能属文，官至都官中书令。

陶弘景　字通明，秣陵人。幼有异操，十岁读葛洪《神仙传》而慕养生，长读书百卷。工草隶。隐于句曲山，称华阳隐居。所著书多奇诡。年逾八十而有少容，世目为仙。太宗极敬异，世又称为"山中宰相"。

邱迟　字希范，乌程人。父灵鞠，亦有才名。迟八岁能文。官至从事中郎。

陆倕　字佐公，吴人。勤学善属文，官至大中正。有文集二十卷。

王僧孺　东海郯人。五岁能通《孝经》，为南康王咨议参军。其文眹丽，多使新事。著《谱集》数百卷，文三丨卷。

庾肩吾　字子慎，八岁能赋诗，官至度支尚书。

何逊　字仲言，东海郯人，承天曾孙，官至水部郎。

吴均　字叔庠，吴兴人。官至奉朝请，著《齐春秋》，注《后汉书》。

【陈】

徐陵　字孝穆，东海郯人。祖超之，齐郁林太守，梁员外散骑常侍；父摛，梁戎昭将军、太子左卫率赠侍中太子詹事，谥贞子。母臧氏，尝梦五色云化而为凤，集左肩上，已而诞陵焉。时宝志上人者，世称其有道。陵年数岁，家人携以候之，宝志手摩其顶曰："天上石麒麟也。"光宅惠云法师，每嗟陵早成就，谓之颜回。八岁能属文，十二通庄、老义。既长，博涉史籍，纵横有口辩。梁普通二年，晋安王为平西将军宁蛮校尉，父摛为王咨议，王又引陵参宁蛮府军事。大通二年，王立为皇太子，东宫置学士，陵充其选。官至左光禄大夫、太子少傅。谥章。自有陈创业，文檄军书及禅受诏策，皆陵所制，而九锡尤美，为一代文宗，亦不以此矜物，未尝诋诃作者。其于后进之徒，接引无倦。世祖、高宗之世，国家有大手笔，皆陵草之。其文颇变旧体，缉裁巧密，多有新意，每一文出手，好事者已传写成诵，遂被之华夷。家藏其本，后逢丧乱，多散失，存者三十卷。

沈炯　字初明，吴兴武康人。祖瑀，梁浔阳太守；父续，王府记室参军。炯少有隽才，为当时所重，释褐王国常侍，迁为尚书左民侍郎，出为吴令。侯景之难，吴郡太守袁君正入援京师，以炯监郡。京城陷，景将宋子仙据吴，遣使召炯，委以书记之任，炯固辞以疾，子仙怒，命斩之。炯解衣将就戮，碍于路间桑树，乃更牵往他所，或遽救之，仅而获免。子仙爱其才，终逼之令掌书记。及子仙为王僧辩所败，僧辩素闻其名，于军中购得之，酬所获者铁钱十万，自是羽檄军书皆出于炯。及简文遇害，四方岳牧皆上表于江陵劝进，僧辩令炯制表，其文甚工，当时莫有逮者。荆州陷，为西魏所虏，魏人甚礼之，授炯仪同三司。炯以母老在东，恒思归国，恐魏人爱其才而留之，恒闭门却扫，无所交游。时有文章，随即毁弃，不令流布。尝独行经汉武通天台，为表奏之，陈己思归之意。其夜炯梦见有宫禁之所，兵卫甚严，炯便以情事陈诉，闻有人言"甚不惜放卿还，几时可至？"少日，便与王克等并获东归。绍泰二年，至都，除司农卿，迁御史中丞。高祖受禅，加通直散骑常侍，中丞如故，以母老表请归养，诏不许。文帝嗣位，又表请归，优诏答之。初，高祖尝称炯宜居王佐，军国大政，多予谋谟。文帝又重其才用，欲宠贵之，会王琳入寇大雷，留异拥据东境，帝欲使炯因是立功，乃解中丞加明威将军，遣还乡里，收合徒众。以疾卒于吴中，时年五十九。文帝闻之，即日举哀，并遣吊祭，赠侍中，谥曰恭子。有集二十卷，行于世。

江总　字总持，济南考城人。幼慧，家有赐书千卷，昼夜勤读。十八释褐，官至尚书令，降隋为上开府。

张正见　字见赜，武城人。十三岁，献赋于简文帝。太清初得高第，仕至散骑侍郎。有集十四卷，五言最工。

蔡景历　字茂世，考城人。好学，善尺牍，工草隶，官至散骑常侍，谥敬。

傅绎　字宜事，灵州人。七岁诵诗赋十余万言，长好学工文。官至中书通事舍人，以谏后主下狱，赐死。

顾野王　字希冯，吴人。九岁能属文，长于学，无所不通。官至光禄卿。著《玉篇》三十卷、《舆地志》三十卷、《符瑞图》十卷、《顾氏谱传》十卷、《通史要略》一百卷、《国史》二百卷未就、文集三十卷及《集书》。

姚察　字伯蔡，吴兴人。十二能属文，官至散骑常侍、开国公。著作甚多。

【魏】

高允　字伯恭，渤海人。祖泰，在叔父湖传。父韬，少以英朗知名，同郡封懿雅相敬慕，为慕容垂太尉从事中郎。太祖平中山，以韬为丞相参军，早卒。允少孤，夙成有奇度，清河崔玄伯见而异之，叹曰："高子黄中内润，文明外照，必为一代伟器，但恐吾不见耳。"年十余，奉祖父丧还本郡，推财于二弟，而为沙门，名法净，未久而罢。性好文学，担笈负书，千里就业。博通经史、天文、术数，尤好《春秋公羊》。郡召功曹，凉州平，以参谋之勋，赐爵汶阳子，加建武将军。后诏允与司徒崔浩述成《国记》，以本官领著作郎。时浩集诸术士考校汉元以来日月薄蚀五星行度，并识前史之失，别为《魏历》，以示允，允曰："天文历数，不可空论，夫善言远者必先验于近。且汉元年冬十月，五星聚于东井，乃历术之浅，今讥汉史，而不觉此谬，恐后人讥今犹今之讥古。”浩曰：“所谬云何？”允曰：“案《星传》，金水二星常附日而行，冬十月，日在尾箕，昏没于申南，而东井方出于寅北，二星何因背日而行？是史官欲神其事，不复推之于理。”浩曰：“欲为变者，何所不可？君独不疑三星之聚，而怪二星之来？”允曰：“此不可以空言争，宜更审之。”时坐者咸怪，唯东宫少傅游雅曰：“高君长于历数，当不虚也。”后岁余，浩谓允曰：“先所论者，本不注心，及更考究，果如君语。以前三月聚于东井，非十月也。”又谓雅曰：“高允之术，阳元之射也。”众乃叹服。允虽明于历数，初不推步，有所论说。唯游雅数以灾异问允，允曰：“昔人有言，知之甚难，既知复恐漏泄，不如不知也。天下妙理至多，何遽问此？”雅乃止。寻以本官为秦王翰傅，后敕以经授恭宗，甚见礼待。又诏允与侍郎公孙质、李虚、胡方回共定律令。恭宗季年，颇亲近左右，营立田园以取其利，允谏，恭宗不纳。恭宗之崩也，允久不进见。后世祖召允升阶，嘘唏悲不能止，世祖流泪，命允使出，左右莫知其故，相谓曰：“高允无故悲泣，令至尊哀伤，何也？”世祖闻之，召而谓之曰：“汝不知高允悲乎？”左右曰：“臣等见允无言而泣，陛下为之悲伤，是以窃言耳。”世祖曰：“崔浩诛时，允亦应死，东宫苦谏，是以得免。今无东宫，允见朕，因悲耳。”允表进《天文志》，撮其事要，略其文辞，凡为八篇。世祖览而善之曰：“高允之明灾异，亦岂减崔浩乎？”及高宗即位，允颇有谋焉。司徒陆丽等皆受重赏，允既不蒙褒异，又终身不言。其忠而不伐，皆此类也。允拜中书令，著作如故，司徒陆丽曰：“高允虽蒙宠待，而家贫，布衣妻子不立。”高宗怒曰：“何不先言？今见朕用之，方言其贫。”是日幸允第，惟草屋数间，布被缊袍，厨中盐菜而已。高宗叹息曰：“古人之清贫，岂有此乎？”即赐帛五百匹，粟千斛。高宗重允，常不名之，恒呼为令公。令公之号，播于四远矣。魏初法严，朝士多见杖罚，允历事五帝，出入三省五十余年，初，无谴咎。初真君中，以狱讼留滞，始令中书以经义断诸疑事，允据律评刑三十余载，内外称平允，以狱者民之命也。常叹曰：“皋陶至德也，其后英蓼先亡；刘项之际，英布黥而王。经世虽久，犹有刑之余衅，况凡人能无咎乎？”其年四月，有事西郊，诏以御马车迎允就郊所，板殿观瞩，马忽惊奔，车覆，伤眉三处，高祖文明太后遣医药护治，存问相望，司驾将重处，允启陈无恙，乞免其罪。先是，命中黄门苏先寿扶侍允，会雪中遇犬惊倒，扶者大惧，允慰勉之，不令闻彻。兴寿称共允接事三年，未尝见其忿色，恂恂善诱，诲人不倦，昼夜手常执书，吟咏寻览，笃亲念故，虚己存纳，虽处贵重，志同贫素。性好音乐，每至伶人弦歌鼓舞，常击节称善。又雅信佛道，时设斋讲，好生恶杀。性又简至，不妄交游。显祖平青、齐，徙其族望于代，时诸士人流徙远至，率皆饥寒，徙人之中，多允姻媾，皆徒步造门，允散财竭产以相赡赈，慰问周至，无不感其仁厚。收其才能，表奏申用，时议者皆以新附致异，允谓取材任能，无宜抑屈。先是，允被召在方山作颂，志气犹不多损，谈说旧事，了无所遗。十一年正月卒，年九十八。

崔浩 字伯渊，清河人。白马公元伯之长子。少好文学，博览经史，元象阴阳，百家之言，无不关综，研精义理，时人莫及。弱冠为通直郎。天兴中，给事秘书，转著作郎。太祖以其工书，常置左右。太祖季年，威严颇峻，宫省左右多以微过得罪，莫不逃隐，避目下之变，浩独恭勤不怠，或终日不归，太祖知之，辄命赐以御粥。其砥直任时，不为穷通改节，皆类此也。太宗初，拜博士祭酒，赐爵武城子。常授太宗经书，每至郊祠，父子并乘轩轺，时人荣之。浩从太宗幸西河太原，登憩高陵之上，下临河流，傍览川域，慨然有感，遂与同僚论五等郡县之是非，考秦始皇、汉武帝之违失，好古识治，时伏其言。天师寇谦之每与浩言，闻其论古治乱之迹，常自夜达旦，竦意敛容，无有懈倦，既而叹美之曰："斯言也惠，皆可底行，亦当今之皋繇也。但世人贵远贱近，不能深察之耳。"因谓浩曰："吾行道隐居，不营世务，忽受神中之诀，当兼修儒教，辅助太平真君，继千载之绝域，而学不稽古，临事暗昧，卿为吾撰列王者治典，并论其大要。"浩乃著书二十余篇，上推太初，下尽秦汉变弊之迹，大旨先以复五等为本。世祖即位，左右忌浩正直，共排毁之。世祖虽知其能，不免群议，故出浩，以公归第，及有疑议，召而问焉。浩纤妍白皙，如美妇人，而性敏达，长于谋计，常自比张良，谓己稽古过之。既得归第，因欲修服食养性之术，而寇谦之有《神中录图新经》，浩因师之。始光中，进爵东郡公，拜太常卿。世祖每幸浩第，多问以异事，或仓卒不及束带，奉进蔬食，不暇精美，世祖为举匕箸，或立尝而旋，其见宠爱如此。于是引浩出入卧内，加侍中特进、抚军大将军、左光禄大夫，赏谋谟之功。世祖从容谓浩曰："卿才智渊博，事朕祖考，忠著三世，朕故延卿自近。其思尽规谏，匡予弼予，勿有隐怀。朕虽当时迁怒，若或不用，久久可不深思卿言也。"又召新降高车渠帅数百人，赐酒食于前。世祖指浩以示之曰："汝曹视此人尫纤弱懦，手不能弯弓持矛，其胸中所怀，乃逾于甲兵。朕始时虽有征讨之意，而虑不自决，前后克捷，皆此人导吾令至此也。"真君十一年六月，诛浩，清河崔氏无远近，范阳卢氏、太原郭氏、河东柳氏皆浩之姻亲，尽夷其族。初，郄标等立石铭刊《国记》，浩尽述国事，备而不典，而石铭显在衢路，往来行者，咸以为言，事遂闻。发有司按验浩，取秘书郎吏及长历生数百人意状，浩伏受赇，其秘书郎吏已下尽死。浩始弱冠，太原郭逸以女妻之，浩晚成，不曜华采，故时人未知。逸妻王氏，刘义隆镇北将军王仲德妹也，每奇浩才能，自以为得婿。俄而女亡，王深以伤恨，复以少女继婚。逸及亲属以为不可，王固执与之，逸不能违，遂重结好。浩非毁佛法，而妻郭氏敬好释典，时时读诵，浩怒取而焚之，捐灰于厕中。及浩幽执，置之槛内，送于城南，侍卫士数十人溲其上，呼声嗷嗷，闻于行路，自宰司之被戮辱，未有如浩者。

温子昇　字鹏举，自云太原人。晋大将军峤之后也。世居江左，祖恭之，刘义隆彭城王义康户曹，避难归国，家于济阴冤句，因为其郡县人焉。家世寒素。父晖，兖州左将军府长史，行济阴郡事。子昇初受学于崔灵恩、刘兰，精勤以夜继昼，昼夜不倦。长乃博览百家，文章清婉，为广阳王渊贱客，在马坊教诸女子书。作侯山祠堂碑文，常景见而善之，故诣渊谢之，景曰："顷见温生。"渊怪问之，景曰："温生是大才士。"渊由是稍知之。建义初，为南主客郎中，修起居注，曾一日不直，上党王天穆时录尚书事，将加捶挞，子昇遂逃遁，天穆甚怒，奏人代之。庄帝曰："当世才子，不过数人，岂容为此?"便相放黜，乃寝其奏。永熙中，为侍读兼舍人、镇南将军、金紫光禄大夫，迁散骑常侍中军大将军，后领本州大中正。萧衍使张皋写子昇文笔，传于江外，衍称之曰："曹植、陆机复生于此土，恨我辞人，数穷百六。"阳夏太守傅标，使吐谷浑，见其国主床头有书数卷，乃是子昇文也。济阴王晖业尝云："江左文人，宋有颜延之、谢灵运，梁有沈约、任昉，我子昇足以陵颜轹谢，含任吐沈。"杨遵彦作《文德论》，以为古今辞人皆负才遗行，浇薄险忌，唯邢子才、王元景、温子昇，彬彬有德素。及元仪、刘思逸、荀济等作乱，文襄疑子昇知其谋，方使之作献武王碑文，既成，乃饿诸晋阳狱，食敝襦而死，弃尸路隅，没其家口。太尉长史宋游道收葬之，又为集其《文笔》三十五卷。子昇外恬静，与物无竞，言有准的，不妄毁誉，而内深险，事故之际，好预其间，所以终致祸败。又撰《永安记》三卷。

邢邵　字子才，河间郑人。魏太常贞之后。父虬，魏光禄卿。邵小字吉，少时有避，遂不行名。年五岁，魏吏部郎清河崔亮见而奇之曰："此子后当大成，位望通显。"十岁便能属文，雅有才思，聪明强记，日诵万余言。族兄峦，有人伦鉴，谓子弟曰："宗室中有此儿，非常人也。"少在洛阳，会天下无事，与时名胜，专以山水游宴为娱，不暇勤业。尝因霖雨，乃读《汉书》五日，略能遍记之，后因饮谑倦，方广寻经史，五行俱下，一览便记，无所遗忘。文章典丽，既赡且速。年未二十，名动衣冠。尝与右北平阳固河东裴伯茂、从兄罘、河南陆道晖等，至北海王昕舍宿饮，相与赋诗，凡数十首，皆在主人奴处。旦日，奴行，求诗不得，邵皆为诵之，诸人有不认诗者，奴还得本，不误一字，诸人方之王粲。吏部尚书陇西李神俊，大相钦重，引为忘年之交。释巾为魏宣武挽郎，除朝奉请，迁著作佐郎，深为领军元乂所礼。乂新除，迁尚书令，神俊与陈郡袁翻在席，又令邵作谢表，须臾便成，以示诸宾。神俊曰："邢邵此表，足使袁公变色。"孝昌初，与黄门侍郎李琰之对典朝仪。自孝明之后，文雅大盛，邵雕虫之美，独步当时，每一文初出，京师为之纸贵，读诵俄遍远近。博览坟籍，无不通晓。晚年尤以《五经章句》为意，事关典故，邵援笔立成，证引该洽。帝命朝章，取定俄顷。词致宏远，独步当时。与济阴温子昇为文士之冠，世论谓温邢。巨鹿魏收，虽天才艳发，而年事在二人之后，故子昇死后，方称邢魏矣。

魏收　字伯起，小字佛助，巨鹿下曲阳人。曾祖缉；祖韶；父子建，字敬忠，赠仪同定州刺史。收年十五，颇已属文，及随父赴边，好习骑射，欲以武艺自达。荥阳郑伯调之曰："魏郎弄戟多少?"收惭，遂折节读书。夏月坐板床，随树阴诵读，积年，板床为之锐减，而精力不辍。以文华显。初除太学博士，及尔朱荣于河阴滥害朝士，收亦在围中，以日宴获免。吏部尚书李神俊重收才学，奏授司徒记室参军。永安三年，除北主客郎中。节闵帝立，妙简近侍，诏试收为封禅书，收下笔便就，不立稿草，文将千言，所改无几。时黄门郎贾思同侍立，深奇之，白帝曰："虽七步之才，无以过此。"迁散骑侍郎，寻敕典起居注，并修国史，兼中书侍郎，时年二十六。寻兼中书舍人，与济阴温子昇、河间邢子才齐誉，世号"三才"。侯景叛入梁，寇南境，文襄时在晋阳，令收为檄，五十余纸，不日而就。又檄梁朝令送侯景，初夜执笔，三更便成，文过七纸，文襄善之。魏帝曾季秋大射，普令赋诗。收诗末云："尺书征建邺，折简召长安。"文襄壮之，顾诸人曰："在朝今有魏收，便是国之光彩。雅俗文墨，通达纵横，我亦使子才、子昇时有所作，至于词气，并不及之。吾或意有所怀，忘而不语，或语而不尽，及收呈草，皆以周悉，此亦难有。"天保元年，除中书令，仍兼著作郎，封富平县子。二年，诏撰《魏史》。四年，除魏尹，故优以禄，力专在史阁，不治郡事。初，帝令群臣各言志，收曰："臣愿得直笔东观，早成《魏书》。"故帝使收专其任。又诏平原王高隆之总监之，署名而已。帝敕收曰："好直笔，我终不作魏太武诛史官。"始，魏初邓彦海撰《代记》十余卷，其后崔浩典史，游充、程骏、李彪、崔光、李琰之徒，世修其业。浩为编年体，彪始分作纪、表、志、传,书犹未出,宣武时命邢峦追撰《孝文起居注》,书至太和十四年,又命崔鸿、王遵业补续焉,下讫孝明,事甚委悉。济阴王晖业撰《辨宗室录》三十卷,收于是与通直常侍房延祐、司空司马辛、元植、国子博士刁柔、裴昂之、尚书郎高孝干,专总斟酌,以成《魏书》,辨定名称,随条甄举,又搜采亡遗,缀续后事,备一代史籍。表而上闻之,勒成一代大典,凡十二纪,九十二列传,合一百一十卷。五年三月,奏上之。大宁元年,加开府清河。二年,兼右仆射。时武成酣饮终日,朝事专委侍中高元海。元海凡庸,不堪大任,以收才名振俗。都官尚书毕义云,长于断割,乃虚心倚杖,收畏避不能匡救,为议者所讥。帝于华林别起玄洲苑,备山水台观之丽,诏于阁上画收,其见重如此。始,收比温子昇、邢邵,稍为后进。邵既被疏出,子昇以罪幽死,收遂大被任用,独步一时,讥论更相訾毁,各有朋党。收每议陋邢邵文,邵又云:"江南任昉文体本疏,魏收非直模拟,亦大偷窃。"收闻乃曰:"伊常于沈约集中作贼,何意道我偷任昉?"任、沈俱有重名,邢、魏各有所好。武平中,黄门郎颜之推,以二公意问仆射祖珽,珽答曰:"见邢、魏之臧否,即是任、沈之优劣。"收以温子昇全不作赋,邢虽有一两首,又非所长,常云:"会须作赋,始长大才。士唯以章、表、碑、志自许,此外更同儿戏。"自武定二年已后,国家大事诏命、军国文词,皆收所作。每有警急,受诏直成。或时中使催促,收笔下有同宿构,敏速之工,邢、温所不逮。掌诏诰,除尚书右仆射,总议监五礼事,位特进。收奏请赵彦深、和士开、徐之才共监,先以告士开,士开惊,辞以不学,收曰:"天下士皆由王,五礼非王不决。"士开谢而许之,多引文士令执笔。儒者马敬德、熊安生、权会实主之。武平三年薨,赠司空尚书左仆射,谥文贞。有集七十卷。

【周】

庾信　字子山,南阳新野人。祖易,齐征士;父肩吾,梁散骑常侍、中书令。信幼而俊迈,聪敏绝伦,博览群书,尤善《春秋左氏传》。身长八尺,腰带十围,容止颓然,有过人者。起家湘东国常侍,转安南府参军。时肩吾为梁太子中庶子,掌管记。东海徐摛为左卫率,摛子陵与信,并为抄撰学士,父子在东宫,出入禁闼,恩礼莫与比隆。既有盛才,文并绮艳,故世号为"徐庾体"焉。当时后进,竞相模范,每有一文,京师莫不传诵。累迁尚书度支郎中通直正员郎,出为郢州别驾,寻兼通直散骑常侍,聘于东魏,文章辞令盛为邺下所称,还为东宫学士,领建康令。侯景作乱,梁简文帝命信率宫中文武千余人,营于朱雀航,及景至,信以众先退。台城陷后,信奔于江陵。梁元帝承制,除御史中丞,及即位,转右卫将军,封武康县侯,加散骑常侍。聘于周,属周师南下,遂留长安。江陵平,拜使持节、抚军将军、右金紫光禄大夫、大都督,寻进车骑大将军仪同三司。孝闵帝践祚,封临清县子,邑五百户,除司水下大夫,出为弘农郡守,迁骠骑大将军开府仪同三司、司宪中大夫,进爵义城县侯。俄拜洛州刺史。信多识旧章,为政简静,吏民安之。时陈与周通好,南北流寓之士,各许还其旧国,陈乃请王褒及信等十数人。高祖唯放王克、殷不害等,信及褒并留而不遣。寻征为司宗中大夫。世宗、高祖,并雅好文学,信特蒙恩礼。至于赵、滕诸王,周旋款至,有若布衣之交。群公碑志,多相请托,唯王褒颇与信相埒,其余文人莫有逮者。信虽位望通显,常有乡关之思,乃作《哀江南赋》以致其意。大象初,以疾去职。卒,隋文帝深悼之,赠本官,加荆、淮二州刺史。

王褒 字子渊,琅琊临沂人。曾祖俭,齐侍中太尉、南昌文献公;祖骞,梁侍中、金紫光禄大夫、南昌安侯;父规,梁侍中、左民尚书、南昌侯。并有重名于江左。褒识量渊通,志怀沉静,美风仪,善谈笑,博览史传,尤工属文。梁国子祭酒萧子云,褒之姑夫也,特善草隶,褒少以姻戚去来其家,遂相模范,俄而名亚子云,并见重于世。梁武帝喜其才艺,遂以弟鄱阳王恢之女妻之。起家秘书郎,转太子舍人,袭爵南昌县侯,稍迁秘书丞。宣城王太器,简文帝之冢嫡,即褒之姑子也,于时盛选僚佐,乃以褒为文学。寻迁安成郡守。及侯景渡江,建业扰乱,褒辑宁所部,见称于时。梁元帝承制,转智武将军、南平内史;及嗣位于江陵,欲待褒以不次之位。褒时犹在郡,敕王僧辩以礼发遣,褒乃将西上。元帝与褒有旧,相得甚欢,拜侍中,累迁吏部尚书、左仆射。褒既世胄名家,文学优赡,当时相推挹,故旬月之间,位升端右,宠遇日隆,而褒愈自谦虚,不以位地矜人,时论称之。及周师征江陵,元帝授褒都督城西诸军事,褒本以文雅见知,一日委以总戎,深自勉励,尽忠勤之节。被围之后,上下猜惧,元帝唯于褒深相委信。朱买臣率众出宣阳之西门,与周师战,买臣大败,褒督进不能禁,乃贬为护军将军。周师攻其外,栅城陷。褒从元帝入子城,欲固守,俄而元帝出降,褒遂与众俱出,见柱国于谨。谨甚礼之。褒曾作《燕歌行》,妙尽关塞寒苦之状。元帝及诸文士并和之,而竞为凄切之辞,至北方验焉。褒与王克、刘瑴、宗懔、殷不害等数十人,俱至长安。太祖喜曰:"昔平吴之利,二陆而已。今定楚之功,群臣毕至,可谓过之矣!"又谓褒及王克曰:"吾即王氏甥也,卿等并吾之舅氏,当以亲戚为情,勿以去乡介意。"于是授褒及克、殷不害等车骑大将军仪同三司。常从容上席,资饩甚厚。褒等亦并荷恩眄,忘其羁旅焉。孝闵帝践祚,封石泉县子,邑三百户。世宗即位,笃好文学,时褒与庾信才名最高,特加亲待,帝每游宴,命褒等赋诗谈论,常在左右。寻加开府仪同三司。保定中,除内史中大夫。高祖作《象经》,令褒注之,引据该洽,甚见称赏。褒有器局,雅识治体,既累世在江东为宰辅,高祖亦以此重之。建德以后,颇参朝议,凡大诏册,皆令褒具草。东宫既建,授太子少保,迁小司空,仍掌纶诰。乘舆行幸,褒常侍从。初,褒与梁处士汝南周弘让相善,及弘让兄弘正自陈来聘,高祖许褒通亲知音问,褒赠弘让诗并致书。寻出为宜州刺史,卒于位。时年六十四。

【隋】

卢思道 字子行,范阳人。祖阳乌,魏秘书监;父道亮,隐居不仕。思道聪爽俊辩,通脱不羁。年十六,遇中山刘松,松为人作碑铭以示思道。思道读之,多所不解,于是感激闭户读书,师事河间邢子才。后思道复为文以示刘松,松又不能甚解。思道乃喟然叹曰:"学之有益,岂徒然哉?"因就魏收借异书,数年之间才学兼著,然不持操行,好轻侮人。齐天保中,《魏史》未出,思道先已诵之,由是大被笞辱。前后屡犯,因而不调。其后左仆射杨遵彦荐之于朝,解褐司空行参军长,兼员外散骑常侍,直中书省。文宣帝崩,当朝文士各作挽歌十首,择其善者而用之,魏收、阳休之、祖孝征等,不过得三首,唯思道独得八首,故时人称为"八米卢郎"。后漏泄省中语,出为丞相西阁祭酒,历太子舍人、司徒录事参军。每居官，多被谴辱。后以擅用库钱，免归于家。尝于蓟北，怅然感慨为五言诗，以见意，人以为工。数年复为京畿主簿，历主客郎给事、黄门侍郎，待诏文林馆。周武帝平齐，授仪同三司，追赴长安，与同辈阳休之等数人作《听蝉鸣篇》。思道所为，词意清切，为时人所重，新野庾信遍览诸同作者而深叹美之。未几，以母疾还乡，遇同郡祖英伯及从兄昌期宋护等，举兵作乱，思道预焉。周遣柱国宇文神举讨平之，罪当法，已在死中。神举素闻其名，引出之，令作露布，思道援笔立成，文无加点，神举嘉而宥之。后除掌教上士。高祖为丞相，迁武阳太守，非其好也，为《孤鸿赋》以寄其情。开皇初，以母老请解职，优诏许之。思道自恃才地，多所陵轹，由是官途沦滞。既而又著《劳生论》，指切当时。岁余被征，奉诏郊劳陈使。顷之，遭母忧。未几，起为散骑侍郎，奏内史侍郎事。于时议置六卿，将除大理，思道上奏曰："省有驾部，寺留大仆；省有刑部，寺除大理；斯则重畜产而贱刑名，诚为未可。"又陈殿庭非杖罚之所，朝臣犯笞罪，请以赎论。上悉嘉悉之。是岁，卒于京师，时年五十二。上甚惜之，遣使吊祭焉。有集三十卷行时。

李德林　字公辅，博陵安平人。祖寿，湖州户曹从事；父敬族，历大学博士、镇远将军。魏少静帝时，命当世通人正定文籍，以为内校书，别在直阁省。德林幼聪敏，年数岁，诵左思《蜀都赋》，十余日便度，高隆之见而嗟叹，遍告朝士云："若假其年，必为天下伟器。"邺京人士，多就宅观之。月余，日中车马不绝。年十五，诵五经及古今文集，日数千言。俄而该博坟典，阴阳纬候，无不通涉。善属文，辞核而理畅。魏收尝对高隆之谓其父曰："贤子文笔，终当继温子昇。"隆之大笑曰："魏常侍殊已嫉贤，何不近比老彭，乃远求温子？"年十六，遭父艰，自驾灵舆，反葬故里。时正严冬，单衰跣足，州里人物由是敬慕之。时遵彦铨衡，深慎选举，秀才擢第，罕有甲科。德林射策五条，考皆为上，授殿中将军。既是西省散员，非其所好，又以天保季世，乃谢病还乡，阖门守道。乾明初，遵彦奏追德林入议曹。皇建初，下诏搜扬人物，复追赴晋阳，撰《思春赋》一篇，代称典丽。是时长广王作相，居守在邺，敕德林还京，与散骑常侍高元海等，参掌机密。王引授丞相府行参军。未几而王即帝位，授奉朝请，寓直舍人省。河清中，授员外散骑常侍，带斋帅，仍别直机密省。天统初，授给事中直中书，参掌诏诰等，寻迁中书舍人。武平初，加通直散骑侍郎，又敕与中书侍郎宋士素、副侍中赵彦深，别典机密。宣帝末，授御正下大夫。大象初，赐爵成安县男。宣帝大渐，属高祖初受顾命，邗国公杨惠谓德林曰："朝廷赐令总文武事，经国任重，非群才辅佐，无以克成大业。今欲与公共事，必不得辞。"德林闻之，甚喜，乃答云："德林虽庸懦，微诚亦有所在。若曲相提奖，必望以死奉公。"高祖大悦，即诏与语。刘昉、郑译初矫诏召高祖受顾命辅少主，总知内外兵马事。诸卫既奉敕，并受高祖节度。郑译、刘昉议，欲授高祖冢宰，郑译自摄大司马，刘昉又求小冢宰。高祖私问德林曰："欲何以见处？"德林云："即宜作大丞相，假黄钺都督内外诸军事，不尔，无以压众心。"及发丧，便即依此，以译为相府长史，带内史上大夫，昉但为丞相府司马。译、昉由是不平。以德林为丞相府属，加仪同大将军。未几而三方构乱，指授兵略，皆与之参详，军书羽檄，一朝填委，一日之中，动逾百数，或机速竞发，口授数人，文意百端，不加治点。郧公韦孝宽为东道元帅，师次永桥，为沁水泛长，兵未得度。长史李询上密启云："大将梁士彦、宇文忻、崔弘度，并受尉迟迥饷金，军中惽惽，人情大异。”高祖得询启，深以为忧，与郑译议，欲代此三人。德林独进计云：“公与将并是国家贵臣，未相伏驭，今以挟令之威，使得之耳。安知后所遣者，能尽腹心，前所遣人，独致乖异？又取金之事，虚实难明，即令换易，彼将惧罪，恐其逃逸，便须禁锢，然则郧公以下必有惊疑之意。且临敌代将，自古所难，乐毅所以辞燕，赵括以之而败赵。如愚所见，但遣公一腹心，明于智略，为诸将旧来所信服者，速至军所，使观其情伪，纵有异志，必不敢动。”丞相大悟曰：“若公不发此言，几败大事。”即令高颎驰驿往军所，为诸将节度，竟成大功。凡厥谋谟，多此类也。进授丞相府从事内郎。禅代之际，其相国总百揆、九锡殊礼，诏策、笺表、玺书，皆德林之事也。五年，敕令选录作相时文翰，勒成五卷，谓之《霸朝杂集》。序其事。高祖省读讫，明旦谓德林曰：“自古帝王之兴，必有异人辅佐。我昨读《霸朝集》，方知感应之理。昨宵恨夜长，不能早见公面。必令公贵与国始终。”于是追赠其父恒州刺史。未几，上曰：“我本意欲深荣之。”复赠定州刺史、安平县公，谥曰孝，以德林袭焉。德林既少有才名，重以贵显，凡制文章，动行于世，或有不知者，谓为古人焉。初，德林称父为太尉咨议，以取赠官，李元操与陈茂等阴奏之曰：“德林之父终于校书，妄称咨议？”上甚衔之，至是复廷议忤意，因数之曰：“公为内史，典朕机密，比不可豫计议者，以公不弘耳，宁自知乎？朕方以孝治天下，恐斯道废阙，故立五教以弘之。公言孝由天性，何须立教，然则孔子不当说《孝经》也？又罔冒取店加父官。朕甚忿之，而未妄能发，今当以一州相遣耳。”因出为湖州刺史。德林拜谢曰：“臣不敢复望内史令，请预散参，待陛下登封告成，一观盛礼，然后收拙丘园，死且不恨。”上不许，转怀州刺史。在州逢亢旱，课民掘井溉田，空致劳扰，竟无补益，为考司所贬。岁余卒官，时年六十一，赠大将军、廉州刺史，谥曰文。所撰文集勒成八十卷，遭乱亡失，见五十卷行于世。

牛弘　字里仁，安定鹑觚人。本姓尞氏，祖炽，郡中正；父允，魏侍中、工部尚书、临泾公，赐姓为牛氏。弘初在襁褓，有相者见之，谓其父曰：“此儿当贵，善爱养之。”及长，须貌甚伟，性宽裕，好学博闻。在周，起家中外府记室、内史上士，俄转纳言上士，专掌文翰，甚有美称，加威烈将军、员外散骑侍郎，修起居注，其后袭封临泾公。宣政元年，转内史下大夫，进位使持节、大将军仪同三司。开皇初，迁授散骑常侍、秘书监。弘以典籍遗逸，上表请开献书之路，上纳之。于是下诏，献书一卷，赉缣一匹。一、二年间，篇籍稍备，进爵奇章郡公，邑千五百户。三年，拜礼部尚书，奉敕修撰五礼，勒成百卷，行于当世。寻授大将军，拜吏部尚书。时高祖又令弘与杨素、苏威、薛道衡、许善心、虞世基、崔子发等，并召诸儒论新礼，降杀轻重。弘所立议，众咸推服之。弘在吏部，其选举先德行而后文才，务在审慎，虽致停缓，所有进用，并多称职。吏部侍郎高孝基鉴赏机悟，清慎绝伦，然爽俊有余，迹似轻薄，时宰多以此疑之，惟弘深识其真，推心委任。隋之选举，于斯为最，时论弥服弘识度之远。炀帝之在东宫也，数有诗书遗弘，弘亦有答。及嗣位之后，尝赐弘诗曰：“晋家山吏部，魏世卢尚书。莫言先哲异，奇才并佐余。学行敦时俗，道素乃冲虚。纳言云阁上，礼仪皇运初。寻伦欣有叙，垂拱事端居。”其同被赐诗者，至于文词赞扬，无如弘美。大业二年，进位上大将军。三年，改为右光禄大夫。从拜恒岳，坛场、珪币、墠畤、牲牢，并弘所定。还下太行，炀帝尝引入内帐，对皇后赐以同席饮食，其礼遇亲重如此。弘谓其诸子曰：“吾受非常之遇，荷恩深重，汝等子孙宜以诚敬自立，以答恩遇之隆也。”六年，从幸江都。其年十一月卒于江都郡，时年六十六。帝伤惜之，赗赠甚厚，归葬安定，赠开府仪同三司、光禄大夫、文安侯，谥曰宪。有文集十三卷，行于世。

薛道衡　字玄卿，河东汾阴人。祖聪，魏济州刺史；父孝通，常山太守。道衡六岁而孤，专精好学。年十三，讲《左氏传》，见子产相郑之功，作《国侨赞》，颇有词致，见者奇之，其后才名益著。齐司州牧彭城王浟引为兵曹从事，尚书左仆射弘农杨遵彦一代伟人，见而嗟赏，授奉朝请。吏部尚书陇西辛术与语，叹曰："郑公业不亡矣！"河东裴谳目之曰："自鼎迁河朔，吾谓关西孔子，罕值其人，今复遇薛君矣！"武成作相，召为记室，及即位，累迁太尉府主簿。岁余兼散骑常侍，接对周、陈二使。武平初，诏与诸儒修定三礼，除尚书左外兵郎。陈使傅縡聘齐，以道衡兼主客郎，接对之，縡赠诗五十韵，道衡和之，南北称美。魏收曰："傅縡所谓以蚓投鱼耳。"待诏文林馆，与范阳卢思道、安平李德林，齐名友善。复以本官直中书省，寻拜中书侍郎，仍参太子侍读。后主之时，渐见亲用于时，颇有附会之讥。后有侍中斛律孝卿参预政事，道衡具陈备周之策，孝卿不能用。及齐亡，周武引为御史二命士。后归乡里，自州主簿入为司禄上士。高祖作相，从元帅梁睿击王谦，摄陵州刺史。大定中，授仪同，摄邛州刺史。高祖受禅，坐事除名。河间王弘北征突厥，召典军书，还除内史舍人，其年，兼散骑常侍，除吏部侍郎。后坐抽擢人物，有言其党苏威任人有意故者，除名，配防岭表。晋王广时在扬州，阴令人讽道衡从扬州路，将奏留之。道衡不乐王府，用汉王谅之计，遂出江陵道而去。寻有诏征还，直内史省。晋王由是衔之，然爱其才，犹颇见礼。后数岁，授内史侍郎，加上仪同三司。道衡每至构文，必隐坐空斋，蹋壁而卧，闻户外有人便怒，其沉思如此。高祖每曰："薛道衡作文书称我意。"然诫之以迂诞。后高祖善其称职，谓杨素、牛弘曰："道衡老矣！驱使勤劳，宜使其朱门陈戟。"于是进位上开府，赐物百段，道衡辞以无功，高祖曰："尔久劳阶陛，国家大事，皆尔宣行，岂非尔功也？"道衡久当枢要，才名益显。太子诸王争相与交，高颎、杨素雅相推重，声名籍甚，无竞一时。仁寿中，杨素专掌朝政，道衡既与素善，上不欲道衡久知机密，因出检校襄州总管。道衡久蒙驱策，一旦违离，不胜悲恋，言之哽咽。高祖怆然改容曰："尔光阴晚暮，侍奉诚劳，朕欲令尔将摄，兼抚萌俗。今尔之去朕，如断一臂。"于是赉物三百段，九环金带，并时物一袭，马十匹，慰勉遣之。在任清简，吏民怀其惠。炀帝嗣位，转播州刺史。岁余，上表求致仕，帝谓内史侍郎虞世基曰："道衡将至，当以秘书监待之。"道衡既至，上《高祖文皇帝颂》，帝览之不悦，顾谓苏威曰："道衡致美先朝，此《鱼藻》之义也。"于是拜司隶大夫，将置之罪。道衡不悟。司隶刺史房彦谦，素相善，知必及祸，劝之杜绝宾客，卑辞下气，而道衡不能用。会议新令，久不能决，道衡谓朝士曰："向使高颎不死，令决当久行。"有人奏之，帝怒曰："汝忆高颎邪？"敕执法者勘之，道衡自以非大过，促宪司早断。于奏日，冀帝赦之，敕家人具馔以备宾客来候者。及奏，帝令自尽。道衡殊不意，未能引决，宪司重奏，缢而杀之。妻子徙且末。时年七十，天下哀之。有集七十卷行于世。有子五人，收最知名。

二、南北朝杂文(作品选读)(辉按:仅存其目及黄人的评骘语,文略)

【宋】

何承天:《达性论》、《报应问》、《又答宗居士书》

谢灵运:《劝代河北表》、《诣阙上表》、《祭古冢文》、

傅亮:《演慎论》

颜延之:《庭诰文》、《宋文帝元后哀策文》

鲍照:《登大雷岸与妹书》

袁淑:《御虏议》

谢庄:《皇太子妃哀策文》

孝武帝:《殷宣妃哀词》

江敩:《辞婚表》

范晔:《狱中与诸甥侄书》、《和香方》(黄人评曰:"此序所言,悉以比类朝士。麝本多忌,比庾炳之;零藿虚燥,比何尚之;詹唐粘湿,比沈演之;枣膏昏钝,比羊玄保;甲煎浅俗,比徐湛之;甘松苏合,比慧琳道人;沉实易和,以自比也。")

顾愿:《定命论》

周朗:《报羊希书》、《上皇帝书》

【齐】

萧子良:《密启武帝》、《上谠言表》

王俭:《皇太子妃哀策文》、《议给虏书疏》

王融:《永明十一年策秀才文》五首

张融:《与从叔永书》、《与王僧虔书》、《问律自序》、《海赋序连赋》

苏侃:《塞客吟序》(附诗)

王僧虔:《戒子书》

孔稚圭:《止战表》

陆厥:《与沈约论四声》(附沈约《答书》)

刘祥:《连珠》十五首

王融:《求自试启》

卞彬:《蚤虱赋序》

顾欢:《夷夏论》(附袁粲《驳论》、顾欢《再驳》)

【梁】

武帝:《 放遣后宫诏》、《霸府禁奢令》、《移京邑檄》、《申饬选人表》

昭明:《与张赞论张缅书》、《十二月启》、《文选序》、《陶靖节集序》、《谢东宫赐裘启》、《谢东宫赐柿启》、《答安吉公主饷胡子一头启》

简文帝:《答湘东王和受试诗书》、《答新渝侯和诗书》、《与刘孝绰书》、《临安公主集序》、《劝医论》、《招真馆碑》、《华阳陶先生墓志铭》、《大同哀辞》

元帝:《谢东宫赍花钗启》、《为妾弘夜妹谢东宫赍合心花钗启》、《职贡图序》

江淹:《为萧太尉上便宜表》、《尚书符》、《与交友论隐书》、《自传序》

沈约:《修竹弹甘蕉文》、《难范缜〈神灭论〉》

陶弘景:《答朝士访仙佛两法体相书》、《答虞中书书》、《登真隐诀序》、《真灵位业图序》、《寻山志》

王僧孺:《与何炯书》

任昉:《为梁公请刊改律令表》、《奏弹刘整》、《为庾杲之与刘居士虬书》

王筠:《昭明太子哀策文》

刘孝绰:《昭明太子集序》

刘潜:《弹贾执傅湛文》

刘峻:《辨命论》、《广绝交论》

吴均:《与朱元思书》、《檄江神责周穆王璧文》、《食移》

庾肩吾:《书品序》

何逊:《为衡山侯与妇书》

范缜:《神灭论》(选录)

钟嵘:《诗品序》

刘勰:《文心雕龙序》

刘歊《革终论》

【陈】

后主:《与詹事江总书》、《护军孙铭》

徐陵:《劝进梁元帝表》、《为贞阳侯与太尉王僧辩书》、《在北齐与杨仆射书》、《在北齐与梁太尉王僧辩书》、《与李那书》、《玉台新咏序》、《后堂望美人山铭》

沈炯:《为陈太傅让表》、《经通天台奏汉武帝表》、《为陈霸先与王僧辩盟文》

江总:《为陈六宫谢章》、《自序》

蔡景历:《答高祖书》

傅縡:《明道论》

【北魏】

高允:《矫颓俗疏》

温子昇:《寒陵山寺碑》

江式:《上皇帝表》

【北齐】

邢邵:《百官贺平石头表》

魏收:《为侯景叛移梁朝文》

樊逊:《升中纪号对》、《求才审官对》、《释道两教对》、《刑罚宽猛对》、《祸福报应对》

【北周】

庾信:《贺平邺都表》、《谢赵王赉丝布启》、《谢赵王赉白罗袍袴启》、《谢滕王赉马启》、《为梁上黄侯世子与妇书》、《思旧铭》、《梁东宫行雨山铭》、《望美人山铭》(《艺文》作徐陵,今两存之)、《周太子太保步陆逞神道碑》、《周柱国大将军纥于弘神道碑》、《周谯国公夫人步陆孤氏墓志铭》

王褒:《漏刻铭》、《四渎祠碑铭》、《善行寺碑》、《温汤碑》、《致周弘让书》(附周弘让复书)

苏绰:《先治心》、《敦教化》、《尽地利》、《擢贤良》、《恤狱讼》、《均赋役》

【隋】

炀帝:《遗陈尚书江总檄》

卢思道:《劳生论》、《祭漅湖文》

李德林:《霸朝杂集序》

牛弘:《请开献书表》

薛道衡:《老氏碑》

李谔:《上高祖书》、《复上高祖书》

王劭:《请变火表》、《符命表》、《又上符命表》、《白石奏》、《上皇帝书》

杨玄感:《与樊子盖书》

三、南北朝诗赋(作品选读)(辉按:仅存其目及黄人的评骘语,诗赋原文略)

【宋】

何承天:《战城南篇》、《芳树篇》

傅亮:《感物赋》

谢灵运:《罗浮山赋》、《岭表赋》、《燕歌行》、《七里濑》、《游赤石进帆海》、《登江中孤屿》、《登永嘉绿嶂山诗》、《石室山诗》、《斋中读书》、《石壁精舍还湖中作》、《夜宿石门诗》、《临终诗》

颜延之:《始安郡还都与张湘舟登巴陵城楼作》、《五君咏五首》

鲍照:《芜城赋》、《代东门行》、《代放歌行》、《萧史曲》、《幽兰五首》、《白纻曲二首》、《拟行路难十八首》、《登庐山》

袁淑:《效古》、《种兰》

谢惠连:《雪赋》、《秋怀》

谢庄:《月赋》、《山夜忧》

【齐】

竟陵王:《九月侍宴》

王俭:《春诗二首》、《赠徐孝嗣》

王融:《临高台》、《奉和秋夜长》、《代五杂组》、《奉和纤纤》

谢朓:《七夕赋》、《蒲生行》、《铜爵台同谢咨议赋》、《王孙游》、《游山》、《游东田》、《答王世子》、《暂使下都夜发新林至京邑赠西府同僚》、《同羁夜集》、《新亭渚别范零陵云》、《始之宣城郡》、《宣城郡出新林浦向板桥》、《冬绪羁怀示萧咨议虞田曹刘江二侍御》、《和王著作融八公山》、《和伏武昌登孙权故城》、《和王主簿季哲怨情》、《临汉送别》、《答沈右率诸君饯别》、《夜听妓二首》、《咏蔷薇》、《咏兔丝》

张融:《别诗》

孔稚珪:《白马篇二首》、《旦发青林》

【梁】

武帝:《围棋赋》、《芳树》、《有所思》、《雍台》、《拟青青河畔草》、《拟明月照高楼》、《子夜四时歌》、《河中之水歌》、《东飞伯劳歌》、《江南弄》(选四曲)、《宴诗》、《天安寺疏圃堂》、《边戍》

昭明:《相逢狭路间》、《长相思》、《咏弹筝人》、《拟古》

简文帝:《舞赋》、《筝赋》、《对烛赋》、《梅花赋》、《采莲赋》、《采桑》、《艳歌篇》、《雁门太守行二首》、《美女篇》、《和湘东王横吹曲一首》、《明君词》、《采莲曲》、《有所思三首》、《乌栖曲四首》、《东飞伯劳歌二首》、《和湘东王名士悦倾城》、《戏赠丽人》、《秋闺夜思》、《咏内人昼眠》、《倡妇怨情十二韵》、《祠伍员庙》、《药名诗》、《卦名诗》、《雪里觅梅花》、《从顿还城南》、《蜂》、《夜望单飞雁》、《春情》

元帝:《秋兴赋》、《采莲赋》、《鸳鸯赋》、《荡妇秋思赋》、《陇头水》、《折杨柳》、《燕歌行》、《登颜故阁》、《代旧姬有怨》、《歌曲名诗》、《草名诗》、《早发龙巢》、《春日》、《咏云阳楼檐柳》、《咏梅》、《春别应令》(选三首)、《幽逼诗四首》

江淹:《别赋》、《恨赋》、《横吹赋》、《灯赋》、《遂古篇》、《闽中草木颂十五首》、《秋至怀归》、《无锡县历山集》、《卧疾怨别刘长史》、《班婕妤咏扇》、《潘黄门岳述哀》、《陶征君潜田居》、《临川灵运游山》、《鲍参军昭戎行》、《学魏文帝》、《效阮公诗》(选四首)、《无锡舅相送衔涕别》

沈约:《郊居赋》、《携手曲》、《夜夜曲二首》、《泛永康江》、《别范安成》、《初春》、《八咏诗》

陶弘景:《水仙赋》、《诏问山中何所有赋诗以答》、《题所居壁》

丘迟:《敬酬柳仆射征怨》

任昉:《出郡传舍哭范仆射三首》

王僧孺:《中川长望》、《忽不任愁聊示固远》、《春闺怨》

刘峻:《登郁洲山望海》、《自江州还入石头诗》、《始营山居》

王筠:《游望二首》、《闺情》

刘孝绰:《班婕妤怨》、《爱姬赠主人》、《夜不得眠》

刘潜:《陇头水》、《骢马驱》

庾肩吾:《乱后经夏禹庙》、《七夕》

何逊:《宿南洲浦》、《咏照镜》、《扬州法曹梅花盛开》、《为人妾怨》、《咏春风》

吴均:《吴城赋》、《城上乌》、《别鹤》、《渌水曲》、《行路难》(选三首)、《寿阳还与亲故别》、《春咏》

【陈】

后主:《三妇艳词十一首》、《采莲曲》、《自君之出矣六首》、《玉树后庭花》、《乌栖曲三首》、《东飞伯劳歌》、《长相思二首》、《独酌谣四首》、《同江仆射游摄山栖霞寺》、《戏赠沈后》、《小窗诗》、《寄碧玉诗》

徐陵:《中妇织流黄》、《出自蓟北门行》、《关山月二首》、《乌栖曲二首》、《杂曲》、《春情》

沈炯:《归魂赋》、《独酌谣》、《为我弹鸣琴》

江总:《长相思二首》、《姬人怨服散篇》、《春夜山庭》、《秋日新宠美人应令》、《新入姬人应令》、《内殿赋新诗》

张正见:《君马黄二首》、《公无渡河》、《煌煌京洛行》、《赋得佳期竟不归》、《赋新题得寒树晚蝉疏》、《赋得秋蝉咽柳应衡阳王教》。

【北魏】

高允:《王子乔》

温子昇:《捣衣》、《咏花蝶》

【北齐】

邢邵:《七夕》

【北周】

庾信:《三月三日华林园马射赋》、《哀江南赋》、《小园赋》、《春赋》、《荡子赋》、《镜赋》、《灯赋》、《对烛赋》、《枯树赋》、《鸳鸯赋》、《对酒歌》、《结客少年场行》、《燕歌行》、《杨柳歌》、《夜听捣衣》、《镜》、《梅花》

【隋】

炀帝《春江花月夜二首》、《江都宫乐歌》、《望江南》(八阕)

卢思道《孤鸿赋》、《后园宴》、《听鸣蝉篇》

薛道衡:《昔昔盐》、《豫章行》、《人日思归》、《夏晚》

李密:《从杨玄感叛事败变姓名为刘知远在淮阳聚徒授读不得志赋此》

四、魏晋南北朝小说(作品选读)

秦、汉方士余波,有种种异说散布于社会,好事者辄喜摭取而张之;又梵筴小乘,输入亦多陈神怪。方士自顾不及,则隐相剿袭,改头换面,别创一体。子桓昆季论说,已为滥觞。而茂先《博物》、干宝《搜神》为两大宗,雅川《西京》尚存史意。其为纯正小说,合以上诸家体制,而别运机杼者,则若如王子年《拾遗记》,稗官家之青萍结绿,而亦文学家之交梨火枣也。故多采录,以供造风绣虎者资料。余三家撷其腴,以示体制。若贞白之徒,授释入道,非牛非马,姑割弃。(辉按:下选录魏晋南北朝小说,存其目如下:《拾遗记》选录其中《原序》、《轩辕黄帝》、《少昊》、《夏禹》、《殷汤》、《周成王》、《周昭王》、《周穆王》、《周灵王》、《浮提之国》、《越谋灭吴》、《燕昭王》、《秦始皇》、《秦子婴》、《汉武帝》、《董偃》、《汉昭帝》、《汉灵帝》、《郭况》、《魏文帝》、《任成王》、《吴主赵夫人》、《孙和》、《蜀先主》、《縻竺》诸条目;《晋事》则选录其中《因墀国》、《频斯国》、《石季伦》诸条目;张华《博物志》则选录其中《地理略》、《五方人民》、《异人》、《异俗》、《异产》、《异兽》、《异虫》、《物理》、《药论》、《戏术》、《服食》、《异闻》、《杂说》诸条目;干宝《搜神记》则选录《崔文子》、《鞠道龙》、《天竺胡人》、《钟离意》、《蒋文子》、《京都妇女》、《干将莫邪》、《五气》、《山都》、《蜮》、《紫玉韩重》、《孔子厄陈》、《狄希》诸条目;陶潜《搜神后记》则选录《丁令威》、《蛮人有术》、《远诸侯放伯裘》诸条目,今仅存其目,原文皆从略)

第四节　唐代文学

一、唐初、盛文学家代表

魏徵　字玄成,魏州曲成人。少孤,落魄,有大志。初为太子洗马。太宗即位,拜谏议大夫秘书监,寻晋检校侍中,封郑国公,以疾辞职,拜特进,仍知门下省事。徵性谅直,知无不言。太宗或引至卧内,访天下事,尝以古名臣称之。校辑秘省群书,及撰齐、梁、陈、周、隋诸史,序论多出其手。卒,谥文贞,集二十卷。

褚亮　字希明,杭州钱塘人。博览,工属文。太宗为秦王时,以亮为王府文学,每从征伐,尝预秘谋。贞观中,累迁散骑常侍,封阳翟县侯。卒,谥康。

虞世南　字伯施,余姚人。沉静寡欲,精思读书,至累旬不盥栉。文章婉缛,见称于仆射徐陵,由是有名。在隋官秘书郎,十年不徙。入唐为秦府记室参军,迁太子中舍人。太宗践祚,历弘文馆学士秘书监。卒,谥文懿。太宗称其德行、忠直、博学、文词、书翰为五绝,手诏魏王泰曰:“世南当代名臣,人伦准的,今其云亡,石渠东观中无复人矣!”集三十卷。

张说　字道济,一字说之,洛阳人。武后策贤良方正,说所对第一,授左补阙,擢凤阁舍人。忤旨,配流钦州。中宗召还,累迁工部、兵部侍郎,修文馆学士。睿宗拜为中书侍郎、知政事。开元初,进中书令,封燕国公,寻出刺相州,左转岳州,召拜兵部尚书、知政事。敕令巡边,后为集贤院学士、尚书左丞相。卒谥文贞。说为人敦气义,重然诺,喜延纳后进，朝廷大述作多出其手，与苏颋号“燕许大手笔”。谪岳州后，诗益凄惋，谓得江山之助。集三十卷。

苏颋 字廷硕，瓌之子。幼敏悟，一览至千言，辄覆诵。擢进士第。调乌程尉，举贤良方正，历监察御史。神龙中，迁给事中、修文馆学士、中书舍人，明皇爱其文，由工部侍郎迁紫薇侍郎、知政事。与李乂对掌书命，帝曰：“前世李峤、苏味道，文擅当时，号苏李。今朕得颋及乂，何愧前人？”袭父封爵，号小许公。后罢为益州长史，复入知吏部选事。卒谥文宪。颋以文章显，与燕国公张说称望略等，世称“燕许”。集三十卷。

王勃 字子安，绛州龙门人。文中子通之孙。六岁善文辞，未冠应举及第，授朝散郎。数献颂阙下，沛王闻其名，召署府修撰。是时诸王斗鸡，勃戏为文《檄英王鸡》，高宗斥之。勃既废，客剑南。久之，补虢州参军，坐事复除名。勃父福畤坐勃故，左迁交趾令，勃往交趾省父，渡海溺水，悸而卒，年二十八。勃好读书，属文初不精思，先磨墨数升，引被覆面而卧，忽起奋书之，不易一字，时人谓之腹稿。与杨炯、卢照邻、骆宾王，皆一文章名天下，称“王杨卢骆”，号“四杰”。勃有集三十卷。

杨炯 华阴人。幼聪敏，博学善属文。年十一，举神童，授校书郎，为崇文馆学士，迁詹事司直。恃才简倨，人不容之。武后时，左转梓州司法参军，秩满迁婺州盈川令，卒于官。中宗即位，以旧僚赠著作郎。炯闻时人以“四杰”称，乃自言吾愧在卢前，耻居王后。张说曰：“杨盈川文思如悬河注水，酌之不竭，既优于卢，亦不减王也。”有《盈川集》三十卷。

卢照邻 字昇之，范阳人。十岁从曹宪、王义方授苍雅。调邓王府典签，王有书十二车，照邻总披览，略能记忆，王爱重，比之相如。调新都尉，染风疾去官。居太白山，以服饵为事。又客东龙门山，疾甚足挛，一手又废，乃去阳翟具茨山下，买园数十亩，疏颍水周舍，复预为墓，卧偃其中。后不堪其苦，与亲属诀，自投颍水死，年四十。尝著《五悲文》以自明。有集二十卷，又《幽忧子》三卷。

骆宾王 义乌人。七岁能属文，尤妙于五言诗，尝作《帝京篇》，当时以为绝唱。初为道王府属，历武功主簿，又调长安主簿。武后时，左迁临海丞，怏怏失志，弃官去。徐敬业举义，束为府属，为敬业草诏，斥武后罪状，后读之，瞿然叹曰：“宰相安得失此人？”敬业事败，宾王亡命，不知所终。中宗时，诏求其文，得数百篇，集成十卷。

沈佺期 字云卿，相州内黄人。善属文，尤长七言之作，擢进士第。长安中，累迁通事舍人，预修《三教珠英》，转考功郎、给事中。坐交张易之，流驩州，稍迁台州录事参军。神龙中召见，拜起居郎，修文馆直学士，历中书舍人、太子少詹事。开元初卒。建安后讫江左，诗律屡变，至沈约、庾信，以音韵相婉附，属对精密，及佺期与宋之问，尤加靡丽，回忌声病，约句准篇，如锦绣成文，学者宗之，号为沈宋，语曰：“苏李居前，沈宋比肩。”集十卷。

宋之问 一名少连，字延清，虢州弘农人。弱冠知名。初征，令与杨炯分直内教，俄授雒州参军，累转尚方监丞，预修《三教珠英》。后坐附张易之，左迁泷州参军。武三思用事，起为鸿胪丞。景龙中，再转考功员外郎。时中宗增置修文馆学士，之问与薛稷、杜审言首膺其选，转越州长史。睿宗即位，徙钦州，寻赐死。集十卷。

杜审言　字必简，襄阳人。善五言诗，工书翰。少与李峤、崔融、苏味道为“文章四友”。擢进士第，为隰城尉。性矜诞，尝语人曰：“吾文章合得屈、宋作衙官，吾之书迹合得王羲之北面。”累转洛阳丞。坐事贬吉州司户参军，寻免归。武后召见，令赋欢喜诗，甚见嘉赏，授著作佐郎，迁膳部员外郎。神龙中，坐张易之兄弟，流峰州，寻入为国子监主簿，修文馆学士。卒，有文集十卷。

崔融　字安成，齐州全节人。擢八科高第，补宫门丞，迁崇文馆学士。中宗为太子时，融为侍读，典东朝章疏。长安中，授著作佐郎，迁右史，进凤阁舍人。坐附张易之兄弟，贬袁州刺史，寻召拜国子司业。融为文，华婉典丽，朝廷诸大手笔，多手敕委之。卒，谥曰文。集六十卷。

王绩　字无功，绛州龙门人。文中子之弟。隋末，授秘书省正字，不乐在朝，求为六合丞。嗜酒，不任事，寻还乡里。唐高祖武德初，以前官待诏门下省。时太乐署史焦革家善酿，绩求为丞。革死，弃官归东皋，著书号东皋子，集五卷。

马周　字宾王，清河茌平人。孤贫好学，尤精《诗传》。初入关，舍中郎将常何家。贞观中，代为草疏。何，武人，上怪其能，对以“臣家客马周为之”。召见大悦，授监察御史。数言事，无不嘉纳，累迁中书令。太宗尝赐以飞白书，曰：“鸾凤凌云，必资羽翼；股肱之寄，诚在忠良。”集十卷。

欧阳询　字信本，潭州临湘人。博贯经史，工书。仕隋为太常博士。高祖微时，引为宾客，及即位，累迁给事中。武德七年，诏与裴矩、陈叔达撰《艺文类聚》一百卷。贞观初，官至太子率更令。

张九龄　字子寿，韶州曲江人。七岁知属文，擢进士，始调校书郎，以道侔伊吕科为左拾遗，进中书舍人，出为冀州刺史。以母不肯出乡里，表换洪州都督，徙桂州，兼岭南按察选补使。以张说荐，为集贤院学士。俄拜中书侍郎同平章事，迁中书令，为李林甫所忮，改尚书右丞相，罢政事，贬荆州长史。请归还展墓。卒谥文献。九龄风度蕴藉。在相位，有謇谔匪躬之诚，以直道黜，不戚戚婴望，惟文史自娱。尝识安禄山必反，请诛不许，后明皇在蜀，思其言，遣使致祭，恤其家。集二十卷。

李峤　字巨山，赵州赞皇人。儿时梦人遗双笔，由是有文辞。弱冠擢进士第，始调安定尉。举制策甲科。武后时，官凤阁舍人，每有大手笔，皆特命峤为之。累迁鸾台侍郎、知政事，封赵国公。景龙中，以特进守兵部尚书同中书门下三品。睿宗立，出刺怀州。明皇贬为滁州别驾，改庐州。峤富于才思，初与王、杨接踵，中与崔、苏齐名，晚诸人没，独为文章宿老，一时学者取法焉。集五十卷。

姚崇　初名元崇，又名元之，陕州人。贞观中应下笔成章举，授濮州司仓，五迁夏官郎中。时契丹扰河北，军机填委，元崇剖析若流，则天下奇之，超迁夏官侍郎，寻同凤阁鸾台平章事。中宗朝，出为刺史。睿宗立，拜兵部尚书同中书门下，进中书令，后复贬刺史。先天中，还为尚书、知政事，迁紫薇令。开元中，与卢怀慎、源乾曜同居宰执，崇独当重任，明于庶务，断割不滞，号称名相。寻荐璟，自以开府仪同三司罢政，仍五日一参，入阁供奉。集十卷。

宋璟　邢州南和人。登进士第，调上党尉，为监察御史，迁凤阁舍人。则天高其才。神龙初，拜黄门侍郎。睿宗朝，以吏部尚书同中书门下三品。开元初，进御史大夫，出为睦州刺史，徙广州都督，还拜尚书，兼侍中，封广平郡公。后以右丞相致仕。璟耿介有大节，立朝屡忤权嬖，被贬黜，不改其操。集十卷。

苏味道　赵州栾城人。与里人李峤俱以文翰显，时人谓之"苏李"。弱冠擢进士第，累转咸阳尉。裴行俭引管书记。延载中，历凤阁舍人、检校侍郎。证圣元年，出为集州刺史，俄召拜天官侍郎。圣历初，迁凤阁侍郎，同凤阁鸾台三品。前后居相位数载，多识内阁故事。神龙时，坐张易之党，贬眉州刺史，还为益州长史，卒。集十五卷。

陈子昂　字伯玉，梓州射洪人。少以富家子，尚气决，好弋博。后游乡校，感悔修饬。初，举进士入京，不为人知，有卖胡琴者价百万，子昂顾左右，辇千缗市之，众惊问，子昂曰："余善此。"曰："可得闻乎？"曰："明日可入宣阳里。"如期偕往，则酒肴毕具，奉琴语曰："蜀人陈子昂，有文百轴，不为人知，此贱工之伎，岂宜留心？"举而碎之，以其文百轴，遍赠会者。一日之内，名满都下，擢进士第。武后朝，为灵台正字，数上书言事，迁右拾遗。武攸宜北讨，为管记，军中文翰皆委之。子昂父为县令段简所辱，子昂闻之，遽还乡里，简乃因事收系狱中，忧愤而卒。唐兴，文章承徐、庾遗风，骈丽秾缛，子昂横刺颓波，始归雅正。李、杜以下，咸推宗之。集十卷。

王湾　洛阳人。登先天进士第。开元初为荥阳主簿。马怀素请校正群籍，召学涉之士，分部撰次，湾在选中，秘书罢撰。又与陆绍伯等，同校丽正院书。终洛阳尉。湾词翰早著，其"海日生残夜，江春入旧年"之句，当时称最，张说手题于政事堂，每示能文，令为楷式。

孙逖　河南人。开元中，三擅甲科，擢左拾遗，表举幕职，入为集贤院修撰，改考功员外郎，迁中书舍人，典诏诰判、刑部侍郎，终太子詹事。谥曰文。集二十卷。

卢象　字纬卿，汶水人。开元中，由前进士补秘书郎，转右卫仓曹掾。丞相张九龄深器之，擢左补阙、河南府司录、司勋员外郎。名盛气高，少所卑下，为飞语所中，左迁齐、邠、郑三郡司马，入为膳部员外郎。禄山之乱，象授伪署，贬永州司户，起为主客员外郎，道病卒。集二十卷。

卢鸿一　字浩然，范阳人。徙家洛阳，少有学业，颇善籀篆楷隶，隐于嵩山。开元中，以谏议大夫召，鸿一固辞，乃听还山。

郭震　字元振，魏州贵乡人。以字显。少有大志。十八举进士，为通泉尉。任侠使气，拨去小节，尝盗铸及掠卖部中口千余，以饷遗宾客，武后召欲诘。既与语，奇之，索所为文章，上《宝剑篇》，后览嘉叹，授右武卫铠曹参军，进奉宸监丞。久之，拜凉州都督。中宗神龙中，迁左骁卫将军、安西大都护。睿宗立，召为太仆卿。景云二年，进同中书门下三品。先天元年，为朔方军大总管。明年，以兵部尚书，复同中书门下三品，封代国公。明皇讲武骊山，以军容不整，流新州。开元元年，起为饶州司马，道病卒。集二十卷。

乔知之　同州冯翊人。与弟侃、备，并以文词知名，知之尤称俊才。则天时，累除右补阙，迁左司郎中，为武承嗣所害。

刘希夷　一名庭芝，汝州人。少有文华，落魄不拘常格，后为人所害。希夷善为从军、闺情诗，词旨悲苦，未为人重。后孙昱撰《正声集》，以希夷诗为集中之最，由是大为时所称赏。集十卷。

王维　字摩诘，河东人。工书画。与弟缙，俱有俊才。开元九年，进士擢第，调太乐丞，坐累为济州司仓参军，历右拾遗、监察御史、左补阙、库部郎中，拜吏部郎中。天宝末为给事中。安禄山陷两都，维为贼所得，服药佯喑，拘于菩提寺。禄山宴凝碧池，维潜赋诗悲悼，闻于行在。贼平，陷贼官三等定罪，特原之。责授太子中允，迁中庶子中书舍人，复拜给事中，转尚书右丞。维以诗名盛于开元天宝间，宁、薛诸王，驸马豪贵之门，无不拂席迎之。得宋之问辋川别墅，山水绝胜，与道友裴迪浮舟往来，弹琴赋诗，啸咏终日。笃于奉佛，晚年长斋禅诵。一日，忽索笔作书数纸，别弟缙及平生亲故，舍笔而卒。赠秘书监。宝应中，代宗问缙："朕常于诸王坐问维乐章，今存几何？"缙集诗六卷，文四卷，表上之，敕答云："卿伯氏位列先朝，名高希代，抗行周雅，长揖《楚辞》，诗家者流，时论归美，克成编录，叹息良深。"殷璠谓维诗"词秀调雅，意新理惬，在泉成珠，著壁成绘"，苏轼亦云："维诗中有画，画中有诗"也。

崔颢　汴州人。开元十一年，登进士第。有俊才，累官司勋员外郎。天宝十三年卒。

李颀　东川人。家于颍阳。擢开元十三年进士第，官新乡尉。集一卷。

储光羲　兖州人，登开元进士第，又诏中书试文章。历监察御史。禄山乱后，坐陷贼贬官。集七十卷。

王昌龄　字少伯，京兆人。登开元十五年进士第，补秘书郎。二十二年，中宏词科，调汜水尉，迁江宁丞。晚节不护细行，贬龙标尉，卒。昌龄诗绪密而思清，与高适、王之涣齐名，时谓王江宁。集六卷。

常建　开元中进士第，大历中为盱眙尉。诗似初发通庄，却寻野径，百里之外，方归大道，其旨远，其兴僻，佳句辄来，唯论意表，沦于一尉，士论悲之。

刘长卿　字文房，河间人。开元二十一年进士。至德中，为监察御史，以检校祠部员外郎，为转运使判官，知淮南鄂岳转运留后。鄂岳观察使吴仲儒诬奏，贬潘州南巴尉，会有为之辩者，除睦州司马，终随州刺史。以诗驰声上元、宝应间。权德舆常谓为"五言长城"，皇甫湜亦云："诗未有刘长卿一句，已呼宋玉为老兵"，其见重如此。集十卷。

颜真卿　字清臣，京兆长安人。博学工辞章，事亲孝。开元中，举进士，又擢制科，调醴泉尉，累迁殿中侍御史，忤宰相杨国忠，出为平原太守。安禄山反，河朔尽陷，独平原城守具备，使司兵参军李平驰奏，明皇大喜，即拜户部侍郎。肃宗即位灵武，真卿数遣使，以蜡丸裹书陈事，拜工部尚书，兼御史大夫，为河北招讨采访处置使。至德二年，朝于凤翔，授宪部尚书，迁御史大夫。军国之事，知无不言，为宰相所忌，出为冯翊太守，改蒲州刺史。御史唐旻诬劾，贬饶州刺史，旋拜浙西节度使，召入为刑部侍郎。李辅国衔之，贬蓬州长史。代宗立，起为户部侍郎，除荆南节度使，未行，改尚书右丞，寻除检校刑部尚书兼御史大夫，封鲁国公。与元载不合，贬陕州别驾，改吉州司马，迁抚、湖二州刺史。载诛，擢刑部尚书，进吏部。卢杞当国，益恶之，改太子太师。李希烈陷汝州，杞奏遣真卿往谕，拘胁累岁,不屈而死。赠司徒,谥文忠。真卿立朝正色,刚而有礼,非公言直道,不萌于心,天下不以姓名称,而独曰鲁公。善正草书,笔力遒婉,世宝传之。

李华　字遐叔,赞皇人。开元中第进士,擢宏辞科,累官监察御史、右补阙。以受安禄山伪署,贬杭州司户。上元中,召为左补阙,司封员外郎,华称疾不拜。李岘领选江南,表置幕府,擢检校吏部员外郎。苦风痹,去官,客隐山阳,勒子弟力农,安于穷槁。大历初卒。集三十卷。

萧颖士　字茂挺。开元中对策第一,补秘书正字,奉使括遗书赵、卫间,淹久不报,为有司劾免。留客濮阳教授,时号萧夫子。召为集贤校理,宰相李林甫怒其不下己,调广陵参军事。史官韦述,荐颖士自代,召诣史馆待制,林甫愈见疾,遂免官。寻调河南府参军事。山南节度使源洧辟掌书记,洧卒,崔圆署为扬州功曹参军,至官,信宿去。后客死汝南逆旅,门人私谥曰文元先生。颖士乐闻人善,以推引后进为己任,所奖目皆为名士。集十卷。

崔曙　宋州人。开元二十六年进士第,以试《明堂火珠诗》得名。

王翰　字子羽,晋阳人。登进士第,举直言极谏,调昌乐尉,复举超拔群类,召为秘书正字,擢通事舍人驾部员外,出涅汝州长史,改仙州别驾。日与才士豪侠饮乐游畋,坐贬道州司马,卒。集十卷。

孟云卿　河南人,一曰武昌人,第进士,为校书郎,与杜甫、元结友善。

张巡　蒲州河东人。开元末,举进士第三。以书判拔萃入等。天宝中,为真源令。禄山之乱,巡起兵讨贼,后至睢阳,与太守许远婴城固守经年,乏食,城陷,死之。巡博通群书,为文操纸笔立就。有谢金吾表云:“想峨眉之碧峰,豫游西蜀;追绿耳于悬圃,保寿南山。臣被围四十七日,凡一千八百余战。当臣效命之时,是贼灭亡之日!”文辞悲壮,读者哀之。

孟浩然　字浩然,襄阳人。少隐鹿门山。年四十,乃游京师,尝于太学赋诗,一坐皆伏,与张九龄、王维为忘形交。维私邀入内署,适明皇至,浩然匿床下,维以实对,帝喜曰:“朕闻其人而未见也。”诏浩然出诵所为诗,至“不才明主弃”,帝曰:“卿不求仕,朕未尝弃卿,奈何诬我?”因放还。采访使韩朝宗,约浩然偕至京师,欲荐诸朝。会与故人剧饮,欢甚不赴。朝宗怒辞行,浩然亦不悔也。张九龄镇荆州,署为从事。开元末,疽发背,卒。浩然为诗,伫兴而作,造意极苦,篇什既成,洗削凡近,超然独妙,虽气象清远,而采秀内映,藻思所不及。当明皇时,章句之风,大得建安,论者推李杜为尤,介其间能不愧者,浩然也。集三卷。

李白　字太白,陇西成纪人。凉武昭王暠九世孙,或曰山东人,或曰蜀人。白少有逸才,志气宏放,飘然有超世之心。初隐岷山,益州长史苏颋见而异之曰:“是子天才英特,可比相如。”天宝初,至长安,微见贺知章,知章见其文,叹曰:“子谪仙人也。”言于明皇,召见金銮殿,奏颂一篇,帝赐食,亲为调羹,有诏供奉翰林。白犹与酒徒饮于市,帝坐沉香亭子,意有所感,欲得白为乐章。召入,而白已醉,左右以水颒面,稍解,援笔成文,婉丽精切。帝爱其才,数宴见。白尝侍帝,醉,倩高力士脱靴。力士素贵,耻之,摘其诗以激杨贵妃,帝欲官白,妃辄沮止。白自知不为亲近所容,恳求还山。帝赐金放还,乃浪迹江湖,终日沉饮。永王璘都督江陵,辟为僚佐。璘谋乱兵败,白坐长流夜郎,会赦得还,族人李阳冰为当涂令,白往依之。代宗立,以左拾遗召,而白已卒。文宗时,诏以白歌诗、裴旻剑舞、张旭草书为"三绝"云。集三十卷。

杜甫　字子美,其先襄阳人,曾祖依艺为巩令,因居巩。甫天宝初,应进士不第,后献《三大礼赋》,明皇奇之,召试文章,授京兆府兵曹参军。安禄山陷京师,肃宗即位灵武,甫自贼中遁赴行在,拜左拾遗。以论救房琯,出为华州司功参军。关辅饥乱,寓居同州同谷县,身自负薪采梠,补糒不给。久之,召补京兆府功曹,道阻不赴。严武镇成都,奏为参谋检校工部员外郎,赐绯。武与甫世旧,待遇甚厚,乃于成都浣花里,种竹植树,枕江结庐,纵酒啸歌其中。武卒,甫无所依,乃之东蜀,就高适,既至而适卒。是岁,蜀帅相攻杀,蜀大扰,甫携家避乱荆楚,扁舟下峡,未维舟,而江陵亦乱,乃溯沿湘流,游衡山,寓居耒阳,卒,年五十九。元和中,归葬偃师首阳山,元稹志其墓。天宝间,甫与李白齐名,时称李杜。然元稹之言曰:"李白壮浪纵恣,摆去拘束,诚亦差肩子美矣!至若铺陈终始,排比声韵,大或千言,次犹数百,词气豪迈,而风调清深,属对律切,而脱弃凡近,则李尚不能历其藩翰,况堂奥乎?"白居易亦云:"杜诗贯穿古今,尽工尽善,殆过于李。"元白之论如此,盖其出处劳佚,喜乐悲愤,好贤恶恶,一见之于诗。而又以忠君忧国、伤时念乱为本旨,读其诗,可以知其世,故当时谓之"诗史"。旧集诗文共六十卷。

韦应物　京兆长安人。少以三卫郎事明皇,晚更折节读书。永泰中,授京兆功曹,迁洛阳丞。大历十四年,自鄠令制除栎阳令,以疾辞不就。建中三年,拜比部员外郎,出为滁州刺史。久之,调江州,追赴阙,改左司郎中,复出为苏州刺史。应物性高洁,所在焚香扫地而坐,唯顾况、刘长卿、丘丹、秦系、皎然之俦,得厕宾客,与之酬倡。其诗闲澹简远,人比之陶潜,称"陶韦"云。集十卷。

张谓　字正言,河南人。天宝二年登进士第。乾元中,为尚书郎。大历间,官至礼部侍郎,三典贡举。

岑参　南阳人,文本之后。少孤贫笃学。登天宝三年进士第,由率府参军,累官右补阙。论斥权佞,改起居郎,寻出为虢州长史。复入为太子中允。代宗总戎陕服,委以书奏之任。由库部郎出刺嘉州。杜鸿渐镇西川,表为从事,以职方郎兼侍御史,领幕职。使罢,流寓不还,遂终于蜀。参诗辞意清切,迥拔孤秀,多出佳境。每一篇出,人竞传写,比之吴均、何逊焉。集八卷。

高适　字达夫,渤海蓨人。举有道科,释褐封丘尉,不得志,去游河右,哥舒翰表为左骁卫兵曹,掌书记,进左拾遗,转监察御史。潼关失守,适奔赴行在,擢谏议大夫,节度淮南。李辅国谮之,左授太子少詹事,出为蜀、彭二州刺史,进成都尹、剑南西川节度使,召为刑部侍郎,转散骑常侍,封渤海县侯。永泰二年卒,赠礼部尚书,谥曰忠。适喜功名,尚节义,年过五十,始学为诗,以气质自高,每吟一篇,已为好事者传诵。开宝以来,诗人之达者,惟适而已。集二卷。

李嘉祐　字从一,赵州人。天宝七年擢第,授秘书正字。坐事谪鄱江令,调江阴,入为中台郎。正元中,出为台州刺史。大历中,复为袁州刺史,与严维、刘长卿、冷朝阳诸人友善。为诗丽婉,有齐梁风。集一卷。

贾至　字幼邻,洛阳人。父曾,开元初掌制诰。至擢明经第,为单父尉,拜起居舍人,知制诰。父子继美,帝常称之。肃宗擢为中书舍人。坐小法,贬岳州司马。宝应初,召复故官,除尚书左丞。大历初,封信都县伯,迁京兆尹、右散骑常侍。卒,谥文。集十卷。

郎士元　字君胄,中山人。天宝十五载擢进士第。宝应初,选畿县官,诏试中书,补渭南尉,历右拾遗,出为郢州刺史。与钱起齐名。自丞相以下,出使作牧,二君无诗祖饯,时论鄙之,故语曰:"前有沈宋,后有钱郎。"集二卷。

元结　字次山,河南人。少不羁,十七,乃折节向学,擢上第,复举制科。国子司业苏源明荐之,结上时议三篇,擢右金吾兵曹参军,摄监察御史,为山南西道节度参谋。以讨贼功,迁监察御史,未行。代宗立,授著作郎。久之,拜道州刺史,为民营舍田,免徭役,流亡归者万余。进容管经略使,罢,还京师。卒,年五十,赠礼部侍郎。集十卷。

张继　字懿孙,襄州人。登天宝进士第。大历末,检校祠部员外郎,分掌财赋于洪州。高仲武谓其累代词伯,秀发当时,诗体清迥,有道者风。

独孤及　字至之,洛阳人。天宝末,以道举高第,补华阴尉。代宗召为左拾遗,俄改太常博士,迁礼部员外郎,历濠、舒二州刺史,以治课加检校司封郎中,赐金紫,徙常州。卒,谥曰宪。集三十卷。

皇甫冉　字茂政,润州丹阳人。晋高士谧之后。十岁能属文,张九龄深器之。天宝十五载,举进士第一,授无锡尉,历左金吾兵曹。王缙为河南帅,表掌书记。大历初,累迁右补阙,奉使江表。卒于家。冉诗天机独得,远出情外。集三卷。

王之涣　并州人。兄之咸、之贲,皆有文名。天宝间,与王昌龄、崔国辅、郑昈联唱迭和,名动一时。

刘眘虚　江东人,天宝时官夏县令。

秦系　字公绪,会稽人。天宝末,避乱剡溪。北都留守薛谦训奏为右卫率府仓曹参军,不就。建中初,客泉州南安,有九日山,大松百余章,俗传东晋时所植。系结庐其上,穴岩为研,注《老子》,弥年不出。张建封闻系不可致请,就加校书郎。自号东海钓客,与刘长卿善,以诗相赠答。权德舆曰:"长卿自以为五言长城,系用偏师攻之。"虽老益壮,其后东渡秣陵,年八十八余,卒。南安人思之,号其山为高士峰。

任华　李杜同时人。初为桂州刺史参佐,尝与贾京尹、杜中丞、严大夫笺,多所致责。又与庾中丞书云:"华本野人,常思渔钓。寻当杖策,归乎旧山。非有机心,致斯扣击。"其亦狂狷之流欤!

严维　字正文,越州山阴人。至德二载进士,擢辞藻宏丽科,调诸暨尉,辟河南幕府,终秘书省校书郎。与刘长卿善。

顾况　字逋翁,海盐人。肃宗至德进士。长于歌诗,性好诙谐。尝为韩滉节度判官,与柳浑、李泌善。浑辅政,以校书征;泌为相,稍迁著作郎,悒悒不乐,求归。坐诗语调谑,贬饶州司户参军。后隐茅山,以寿终。集二十卷。

戎昱　荆南人，登进士第。卫伯玉镇荆南，辟为从事。建中中，为辰、虔二州刺史。集五卷。

戴叔伦　字幼公，润州金坛人。刘晏管盐铁，表主运湖南，嗣曹王皋领湖南、江西，表佐幕府。皋讨李希烈，留叔伦领府事，试守抚州刺史，俄即真，迁容管经略使。绥徕蛮落，威名流闻。德宗尝赋《中和节诗》，遣使者宠赐，世以为荣。集十卷。

李益　字君虞，姑臧人。大历四年，登进士第，授郑县尉。久不调，益不得意，北游河朔。幽州刘济辟为从事，尝与济诗，有怨望语。宪宗时，召为秘书少监、集贤殿学士。自负才地，多所凌忽，为众不容，谏官举其幽州诗句，降居散秩。俄复用为秘书监，迁太子宾客、集贤殿学士、判院事，转右散骑常侍。太和初，以礼部尚书致仕，卒。益长于歌诗，贞元末，与宗人李贺齐名，每作一篇，教坊乐人以赂求取，唱为供奉歌辞。其《征人歌》、《早行篇》，好事画为屏障。集一卷。

二、唐中、晚文学家代表

李端　字正己，赵郡人。大历五年进士，与卢纶、吉中孚、韩翃、钱起、司空曙、苗发、崔峒、耿沣、夏侯审唱和，号“大历十才子”。尝客驸马郭暧第，赋诗冠其坐客。初授校书郎，后移疾江南，官杭州司马，卒。集三卷。

卢纶　字允言，河中蒲人。大历初，数举进士不第，元载取其文以进，补阌乡尉，累迁监察御史，辄称疾去。坐与王缙善，久不调。建中初，为昭应令。浑瑊镇河中，辟元帅判官，累迁检校户部郎中。贞元中，舅韦渠牟表其才，驿召之，会卒。集十卷。

吉中孚　鄱阳人。始为进士，后官校书郎。登宏辞。兴元中，历翰林学士、户部侍郎。

翰翃　字君平，南阳人。登天宝十三载进士，淄青侯希逸、宣武李勉，相继辟幕府。建中初，以诗受知德宗，除驾部郎中，知制诰，擢中书舍人，卒。为诗兴致繁富，一篇一咏，朝野珍之。集五卷。

钱起　字仲文，吴兴人。天宝十载登进士第，官秘书省校书郎，终尚书考功郎中。诗格新奇，理致清赡。集十三卷。

司空曙　字文明(一作初)，广平人。登进士第，从韦皋于剑南。贞元中为水部郎中，终虞部郎中。诗格清华。集三卷。

苗发　宰相晋卿之子，终都官员外郎。

崔峒　博陵人。登进士第，为拾遗集贤学士，终於州刺史。

耿沣　字洪源，河东人。登宝应元年进士第。官右拾遗。工诗，诗不深琢削，而风格自胜。集三卷。

夏侯审　大历十才子之一，官侍御史。

陆贽　字敬舆，嘉兴人。登进士第，中博学宏词，调郑尉，罢归，复以书判拔萃，补河南尉。德宗立，由监察御史召为翰林学士。贞元八年，拜中书侍郎同平章事。裴延龄构之，贬忠州别驾。顺宗立，召还，诏未至，卒。赠兵部尚书，谥曰宣。集二十七卷。

王建　字仲初，颍川人。大历十年进士。初为渭南尉，历秘书丞、侍御史。太和中，出为陕州司马,从军塞上。后归咸阳,卜居原上。建工乐府,与张籍齐名。《宫词》百首,尤传诵人口。诗集十卷。

刘商　字子夏,彭城人。少好学工文,登大历进士第。官至检校礼部郎中,汴州观察判官。集十卷。

武元衡　字伯苍,河南缑氏人。建中四年,登进士第,累辟使府,至监察御史,后改华原县令。德宗知其才,召授比部员外郎,岁内三迁,至右司郎中,寻擢御史中丞。顺宗立,罢为右庶子。宪宗即位,复前官,进户部侍郎。元和二年,拜门下侍郎平章事,寻出为剑南节度使。八年,征还秉政,早朝为盗所害,赠司徒,谥忠愍。《临淮集》十卷。

李吉甫　字弘宪,以父栖筠荫,补仓曹参军,为太常博士。宪宗立,拜考功郎中、知制诰,入翰林为学士,转中书舍人。元和二年,同平章事,后为淮南节度。虽居外,每朝廷得失,辄以闻,帝尊任之,官而不名。卒,赠司空。吉甫该洽典故,详练故实,善任贤良,朝伦式序。集二十卷。

权德舆　字载之,天水略阳人。未冠,即以文章称,杜佑、裴胄交辟之。德宗闻其材,召为太常博士,改左补阙,兼制诰,进中书舍人,历礼部侍郎,三知贡举。宪宗元和初,历兵部、吏部侍郎,坐郎吏误用官阙,改太子宾客。俄复前官,迁太常卿,拜礼部尚书同平章事。会李吉甫再秉政,帝又自用李绛,议论持异,德舆从容,不敢有所轻,坐是罢。以检校吏部尚书留守东都,复拜太常寺卿,徙刑部尚书,出为山南西道节度使。二年,以病乞还,卒于道,年六十,赠左仆射,谥曰文。德舆积思经术,无不贯通。其文雅正赡缛,动止无外饰,而蕴藉风流,自然可慕,为贞元、元和间缙绅羽仪。文集五十卷。

羊士谔　泰山人。登贞员元年进士第,累至宣歙巡官。元和初,拜监察御史。坐诬李吉甫,出为资州刺史。

杨巨源　字景山,河中人。贞元五年,擢进士第,为张弘靖从事,由秘书郎擢太常博士、礼部员外郎,出为凤翔少尹,复召除国子司业。年七十,致仕归,时宰白以为河中少尹,食其禄终身。集五卷。

令狐楚　字殻士,宜州华原人。贞元七年及第,由太原掌书记至判官。德宗好文,每省太原奏,必能辨楚所为,数称之,召授右拾遗。宪宗时,累擢职方员外郎,知制诰。皇甫镈荐为翰林学士,进中书舍人,出为华州刺史。镈既相,复荐楚为中书侍郎同平章事。穆宗即位,进门下侍郎,寻出为宣歙观察使,贬衡州刺史,再徙太子宾客,分司东都。长庆二年,擢陕虢观察使。敬宗立,拜楚为河南尹,迁宣武节度使,入为户部尚书,俄拜东都留守,徙天平节度使,召为吏部尚书,检校尚书右仆射,进拜左仆射、彭阳郡公。开成元年,上疏辞位,拜山南西道节度使。卒,赠司空,谥曰文。集一百三十卷,歌诗一卷。

韩愈　字退之,南阳人。少孤,刻苦为学,尽通六经百家。贞元八年,擢进士第。才高又好直言,累被黜贬。初为监察御史,上疏极论时事,贬阳山令。元和中再为博士,改比部郎中、史馆修撰,转考功、知制诰,进中书舍人,又改庶子。裴度讨淮西,请为行军司马,以功迁刑部侍郎。谏迎佛骨,谪刺潮州,移袁州。穆宗即位,召拜国子祭酒、兵部侍郎。使王廷凑归,转吏部,为时宰所构,罢为兵部侍郎,寻复吏部。卒,赠礼部尚书,谥曰文。愈自比孟轲，辟佛老异端，笃旧恤孤，好诱进后学，以之成名者甚众。文自魏晋来，拘对偶，体日衰，至愈一返之古。而为诗豪放，不避粗险，格之变亦自愈始焉。集四十卷，内诗十卷，外集遗文十卷，内诗十八篇。

柳宗元　字子厚，河东人。登进士第，应举宏辞，授校书郎，调蓝田尉。贞元十九年，为监察御史。时王叔文、韦执谊用事，尤奇待宗元，擢尚书礼部员外郎。会叔文败，贬永州司马。宗元少精绝伦，为文章雄深雅健，踔厉风发，为当时流辈所推仰。既罹窜逐，涉履蛮瘴，居间益自刻苦，其堙厄感郁，一寓诸文，读者为之悲恻。元和十年，移柳州刺史。江岭间为进士者，走数千里，从宗元游，经指授者，为文辞皆有法，世号柳柳州。元和十四年卒，年四十七。集四十五卷。

李观　字元宾，赵州人。贞元八年进士，宏辞擢第，授太子校书郎。集三卷。

李翱　字习之。中贞元进士第，调校书郎。元和初，为国子博士、史馆修撰，迁考功员外郎，除胡、庐二州刺史，入为谏议大夫，知制诰，改中书舍人。会昌中，终山南东道节度使。

皇甫湜　字持正，新安人。元和中擢进士第，为陆浑尉，仕至工部郎中。裴度辟为判官。集三卷。

刘禹锡　字梦得，彭城人。贞元九年，擢进士第，登博学宏词科。从事淮南幕府，入为监察御史。王叔文用事，引入禁中，与之图议，言无不从。转屯田员外郎，判度支盐铁案。叔文败，坐贬连州刺史，在道贬朗州司马。落魄不自聊，吐词多讽托幽远。蛮俗好巫，尝依骚人之旨倚其声作《竹枝词》十余篇，武陵溪洞间悉歌之。居十年，召还，将置之郎署，以作《玄都观看花诗》，涉讥忿，执政不悦，复出刺播州。裴度以母老为言，改连州，徙夔、和二州。久之，征入为主客郎，中又以作《重游玄都观诗》，出分司东都。度仍荐为礼部郎中、集贤直学士。度罢，出刺苏州，徙汝、同二州，迁太子宾客分司。禹锡素善诗，晚节尤精。不幸坐废，偃蹇寡所合，乃以文章自适，与白居易酬复颇多。居易尝叙其诗曰："彭城刘梦得，诗豪者也！其锋森然，少敢当者。"又言其诗在处，应有神物护持。其名为流推重如此。会昌时，加检校礼部尚书。卒，年七十二，赠户部尚书。诗集十八卷。

张籍　字文昌，苏州吴人，或曰和州乌江人。贞元十五年，登进士第，授太常寺太祝，久之，迁秘书郎。韩愈荐为国子博士。历水部员外郎、主客郎中。当时有名士皆与游，而愈贤重之。籍为诗长于乐府，多警句。仕终国子司业。有诗集七卷。

皇甫松　湜之子，自称檀栾子。

樊宗师　字绍述，河中人。始为国子主簿。元和中擢军谋宏远科，授著作郎，历金部郎中，绵、绛二州刺史，进谏议大夫，未拜，卒。

贾岛　字阆(一作浪)仙，范阳人。初为浮屠，名无本。来东郡时，洛阳令禁僧，午后不得出，岛为诗自伤，韩愈怜之，因教其为文，遂去浮屠，举进士。诗思入僻，当其苦吟，虽逢公卿贵人，不之览也。累举不中第。文宗时，坐飞谤，贬长江主簿。会昌初，以普州司仓参军迁司户，未受命，卒。有《长江集》十卷，《小集》三卷。

孟郊　字东野，湖州武康人。少隐嵩山，性介，少谐合。韩愈一见，为忘形交。年五十，得进士第，调溧阳尉。县有投金濑、平陵城，林薄蒙翳，下有积水，郊间往来水旁，裴回赋诗，曹务多废。令白府以假尉代之，分其半奉。郑余庆为东都留守，署水陆转运判官。余庆镇兴元，奏为参谋，卒。张籍私谥曰贞曜先生。郊为诗有理致，最为愈所称，然思苦奇涩，李观亦论其诗曰“高处在古无上，平处下顾二谢”云。集十卷。

李贺　字长吉，系出郑王后。七岁能辞章。韩愈、皇甫湜始闻，未信，过其家，使贺赋诗，援笔辄就，自目曰《高轩过》，二人大惊，自是有名。贺每旦日出，骑弱马，从小奚奴背古锦囊，遇所得，书投囊中，及暮归，足成之，率为常。以父名晋肃，不肯举进士。诗尚奇诡，绝去畦径，当时无能效者。乐府数十篇，云韶诸工，皆合之弦管。仕为协律郎。卒，年二十七。诗四卷，外集一卷。

卢仝　范阳人。隐少室山，自号玉川子。征谏议不起。韩愈为河南令，爱其诗，厚礼之。后因宿王涯第，罹甘露之祸。

白居易　字乐天，下邽人。贞元中，擢进士第，补授校书郎。元和初，对策入等，调盩厔尉、集贤校理，寻召为翰林学士、左拾遗，拜赞善大夫。以言事贬江州司马，徙忠州刺史。穆宗初，征为主客郎中，知制诰，复乞外，历杭、苏二州刺史。文宗立，以秘书监召迁刑部侍郎。俄移病，除太子宾客，分司东都，拜河南尹。开成初，起为同州刺史，不拜，改太子少傅。会昌初，以刑部尚书致仕。卒，赠尚书右仆射，谥曰文。自号醉吟先生，亦称香山居士。与同年元稹酬咏，号“元白”；与刘禹锡酬咏，号“刘白”。《长庆集》诗二十卷，《后集》诗十七卷，《别集》、《补遗》二卷。

元稹　字微之，河南河内人。幼孤，母郑氏，贤而文，亲授《书传》。举明经，书判入等，补校书郎。元和初，应制策第一，除左拾遗，历监察御史。坐事贬江陵士曹参军，徙通州司马。自虢州长史，征为膳部员外郎，拜祠部郎中，知制诰。召入翰林，为中书舍人、承旨学士，进工部侍郎同平章事，未几罢相，出为同州刺史，改越州刺史，兼御史大夫、浙东观察使。太和初，入为尚书左丞、检校户部尚书，兼鄂州刺史、武昌军节度使。年五十三，卒，赠尚书右仆射。稹自少与白居易倡和，当时言诗者称“元白”，号为“元和体”。其集与居易同名《长庆》。

欧阳詹　字行周，晋江人。常衮荐之，始举进士。闽人擢第自詹始。官国子监四门助教。集一卷。

舒元舆　婺州东阳人。元和中，登进士第，调鄠尉。裴度表掌兴元书记，拜监察御史，再迁刑部员外郎，改著作郎，分司东都。李训与元舆善，训用事，再迁左司郎中。御史大夫李固言表知杂事，固言辅政，权知御史中丞，不三月，即真，兼刑部侍郎，专附郑注，月中以本官同中书门下平章事。甘露之变，为仇士良所害。

李德裕　字文饶，赵郡人。宰相吉甫子也。以荫补校书郎，拜监察御史。穆宗即位，擢翰林学士，再进中书舍人。未几，授御史中丞。牛僧孺、李宗闵进怨吉甫，出德裕为浙江观察使。太和三年，召拜兵部侍郎。宗闵秉政，复出为郑滑节度使，逾年徙剑南西川。以兵部尚书召，俄拜中书门下平章事，封赞皇县伯。宗闵罢，代为中书侍郎、集贤殿大学士，郑珪、李训怨之。召宗闵，拜德裕为兴元节度使。入见帝自陈，愿留阙下，复拜兵部尚书。

为王璠、李汉所谮，贬太子宾客，分司东都，再贬袁州刺史，未几，徙滁州。开成初，起为浙西观察使，迁淮南节度使。武宗立，召为门下侍郎同中书门下平章事，拜太尉，封卫国公。当国凡六年，威名独重于时。宣帝即位，罢为荆南节度使。白敏中、令狐绹使党人构之，贬崖州司户参军，卒。德裕少力学，善为文，虽在大位，手不去书。《会昌一品集》二十卷，《别集》十卷，《外集》四卷。

牟融　有赠欧阳詹、张籍、韩翃诸人诗，盖贞元、元和间人也。

刘言史　邯郸人。与李贺同时，歌诗美丽恢赡，自贺外世莫能比。亦与孟郊友善。初客镇冀，王武俊奏为枣强令，辞疾不受，人因称为刘枣强。后客汉南，李夷简署司空掾，寻卒。

张碧　字太碧，贞元时人。孟郊读其集诗云："天宝太白没，六义已消歇。先生今复生，斯文信难缺。下笔证兴亡，陈辞备风骨。高秋数奏碧，澄潭一轮月。"推之者至矣。

李涉　洛阳人。初与弟渤同隐庐山，后应陈许辟。宪宗时，为太子通事舍人，寻谪峡州司仓参军。太和中，为太学博士，复流康州。自号清溪子。集二卷。

柳公权　字诚悬，公绰之弟，精于书学。元和初，擢进士第。穆宗时，拜右拾遗、侍书学士，改弘文馆学士。文宗复召侍书，寻以谏议为学士，知制诰，转工部侍郎。咸通初，改太子少师。

李廓山　宰相程之子。登元和进士第。累官颍州刺史。大中中，终武宁节度使。

李绅　字公垂，润州无锡人。为人短小精悍，于诗最有名，时号"短李"。元和初，擢进士第，补国子助教，不乐辄去。李锜辟掌书记。锜抗命，不为草表，几见杀。穆宗召为右拾遗、翰林学士。与李德裕、元稹同时，号"三俊"。历中书舍人、御史中丞、户部侍郎。敬宗立，李逢吉构之，贬端州司马，徙江州长史，迁滁、寿二州刺史，以太子宾客分司东都。太和中，擢浙东观察使。开成初，迁河南尹、宣武节度使。武宗即位，召拜中书侍郎同平章事，进尚书右仆射，封赵郡公。居位四年，以检校右仆射平章事节度淮南。卒，赠太尉，谥文肃。

鲍溶　字德源。元和进士第。与韩愈、李正封、孟郊友善。集五卷。

殷尧藩　苏州嘉兴人。元和中，登进士第，辟李翱长沙幕府，加监察御史，又谪为永乐令。

施肩吾　字希圣，洪州人。元和年登第，隐洪州西山。为诗奇丽，有《西山集》十卷。

项斯　字子迁，江东人。会昌四年擢第，终丹徒尉。

张祜　字承吉，清河人。以《宫词》得名。长庆中，令狐楚表荐之，不报。辟诸侯府，多不合，自劾去。尝客淮南，爱丹阳曲阿地，筑室卜隐。集十卷。

雍陶　字国钧，成都人。太和间第进士。大中八年，自国子毛诗博士出刺简州。

杜牧　字牧之，京兆万年人。太和二年，擢进士第，复举贤良方正。沈传师表为江西团练府巡官。又为牛僧孺淮南节度府掌书记。擢监察御史，移疾分司东都。以弟顗病，弃官。复为宣州团练判官，拜殿中侍御史、内供奉，累迁左补阙、史官修撰，改膳部员外郎。历黄、池、睦三州刺史，入为司勋员外郎，常兼史职，改吏部，复乞为湖州刺史，逾年拜考功郎中，知制诰，迁中书舍人，卒。牧刚直有奇节，不为龊龊小谨，敢论列大事，指陈病利尤切。其诗情致豪迈，人号为小杜，以别甫云。

许浑 字用晦，丹阳人。故相圉师之后。太和六年，为当涂、太平二县令，以病免，起润州司马。大中三年，为监察御史，历虞部员外郎，睦、郢二州刺史。润洲有丁卯桥，浑别墅在焉，因以名其集，集二卷。

薛逢 字陶臣，蒲州河东人。会昌初，擢进士第，授为万年尉，直弘文馆，历侍御史、尚书郎，出为巴州刺史，复斥蓬州，寻以太常少卿召还，历给事中，迁秘书监，卒。集十卷。

赵嘏 字承祐，山阳人。会昌三年，登进士第。大中间，仕至渭南尉，卒。嘏为诗赡美，多兴味。杜牧尝爱其"长笛一声人倚楼"之句，吟叹不已，人因目为"赵倚楼"。有《渭南集》三卷。

姚合 陕州硖石人。宰相崇曾孙。登元和进士第，授武功主簿，调富平万年尉。宝历中，监察御史、户部员外郎，出为杭州刺史，后为给事中、陕虢观察使。开成末，终秘书监。与马戴、费冠卿、殷尧藩、张籍游，李频师之。合诗名重于时，人称姚武功云。

马戴 字虞臣。会昌四年进士第。宣宗大中初，太原李司空辟为掌书记，以正言被斥，为龙阳尉。懿宗咸通末，佐大同军幕，终太学博士。集一卷。

薛能 字大拙，汾州人。登会昌六年进士第。大中末，书判中选，补盩厔尉。李福镇滑，表署观察判官。历御史都官、刑部员外郎。福徙西蜀，奏以自副。咸通中，摄嘉州刺史，迁主客度支刑部郎中，权知京兆尹事，授工部尚书，节度徐州，徙忠武。广明元年，徐军戍溵水，经许，能以旧军馆之城中，军惧见袭，大将周岌乘众疑，逐能，自称留后，因屠其家。能僻于诗，日赋一章。有集十卷。

李群玉 字文山，沣州人。性旷逸，一赴举而止，吟咏自适。裴休观察湖南，延致之，及为相以诗论荐，授弘文馆校书郎，未几，乞假归，卒。集三卷，后集五卷。

李节 登大中进士第。尝为河东节度卢钧巡官。

李商隐 字义山，怀州河内人。令狐楚帅河阳，奇其文，使与诸子游。楚徙天平、宣武，皆表署巡官。开成二年，高锴知贡举，令狐绹雅善锴，奖誉甚力，故擢进士第，调弘农尉，以忤观察使罢去，寻复官。又试拔萃中选。王茂元镇河阳，爱其才，表掌书记，以女妻之，得侍御史。茂元死，来游京师，久不调，更依桂管观察使郑亚府为判官。亚谪循州，商隐从之，凡三年，乃归。茂元与亚，皆李德裕所善，绹以商隐为忘家恩，谢不通。京兆尹卢弘正表为府参军，典笺奏。绹当国，商隐归穷自解，绹憾不置。弘正镇徐州，表为掌书记。久之，还朝，复干绹，乃补太学博士。柳仲郢节度剑南东川，辟判官、检校工部员外郎。府罢，客荥阳，卒。商隐初为文，瑰迈奇古。及在令狐楚府，楚本工章奏，因授其学，商隐俪偶长短，而繁缛过之。时温庭筠、段成式，俱用是相夸，号"三十六体"。有《樊南甲集》二十卷，《乙集》二十卷。

温庭筠 本名岐，字飞卿，太原人。宰相彦博裔孙。少敏悟，才思艳丽，韵格清拔，工为词章小赋，与李商隐皆有名，称"温李"。然行无检幅，数举进士不第。思神速，每入试，押官韵作赋，凡八叉手而成，时号"温八叉"。徐商镇襄阳，署为巡官，不得志，去归江东。

后商知政事,颇右之,欲白用,会商罢相,杨收疾之,贬方城尉,再迁隋县尉,卒。集二十八卷。

段成式　字柯古,河南人。世客荆州,宰相文昌之子也,以荫为校书郎。研精苦学,秘阁书籍,披阅皆遍,历尚书郎、太常少卿,连典九江、缙云、庐陵三郡。坐累,退居襄阳。集七卷。

孙樵　字可之,关东人。大元中进士,官至职方郎中,有文二百余首。

刘蜕　与韩愈同时,文奇奥。

刘驾　字司南,江东人。登大中进士第,官国子博士。

刘沧　字蕴灵,鲁人。大中八年进士第,调华原尉,迁龙门令。

李频　字德新,睦州寿昌人。少秀悟,逮长庐西山,多所记览,其属辞于诗尤长。给事中姚合名为诗,士多归重,频走千里丐其品,合大加奖挹,以女妻之。大中八年,擢进士第,调秘书郎,为南陵主簿,判入等,再迁武功令,俄擢侍御史。守法不阿徇,累迁都官员外郎,表丐建州刺史,以礼法治下,建赖以安。卒官。父老为立庙梨山,岁祠之。有《建州刺史集》一卷,又号《梨岳集》。

李郢　字楚望,长安人。大中十年第进士,官终侍御史。

曹邺　字业(一作邺)之,桂州人。登大中进士第。由天平幕府迁太常博士,历祠部郎中、洋州刺史。

许棠　字文化,宣州泾县人。咸通十二年登进士第,授泾县尉,又尝为江宁丞。集一卷。

邵谒　韶州翁源县人。少为县吏,令怒逐去,遂截髻著县门,发愤读书,工古调,释褐赴官,不知所终。

皮日休　字袭美,一字逸少,襄阳人。性傲诞,隐居鹿门,自号间气布衣。咸通八年登进士第。崔璞守苏,辟军事判官。入朝,授太常博士。黄巢陷长安,伪署学士,使为谶文,疑其讥己,遂及祸。集二十八卷。

陆龟蒙　字鲁望,苏州人。元方七世孙,举进士不第。辟苏、湖二郡从事。退隐淞江甫里,多所论撰,自号天随子。以高士召,不赴。李蔚、卢携素重之,及当国,召拜拾遗,诏方下,卒。光化中,赠右补阙。集二十卷。

司空图　字表圣,河中虞乡人。咸通末,擢进士第。由宣歙幕,历礼部郎中。僖宗行在用为知制诰、中书舍人。归隐中条山王官谷。龙纪、乾宁间,征拜旧官。以户部、兵部侍郎召,皆不起。迁洛后,被诏入朝,以野耄丐归。朱全忠受禅,召为礼部尚书,不食而卒。图少有俊才,晚年避世栖遁,自号知非子、耐辱居士。有先世别墅、泉石林亭,颇惬幽趣,日与名僧高士吟咏其中。有《一鸣集》三十卷。

聂夷中　字坦之,河东人。咸通十二年登第,官华阴尉。

曹唐　字尧宾,桂州人。初为道士,后举进士不第。咸通中,累为使府从事。

李山甫　咸通中,累举不第,依魏博幕府为从事。尝逮事乐彦祯、罗弘信父子。文笔雄健,名著一方。

李咸用　与来鹏同时，工诗不第。尝应辟为推官。有《披沙集》六卷。

方干　字雄飞，新定人。徐凝一见器之，授以诗律。始举进士，谒钱塘太守姚合，合视其貌陋，甚卑之，坐定览卷，乃骇目变容，馆之数日，登山临水，无不与焉。咸通中，一举不得志，遂遁会稽，渔于鉴湖。太守王龟以其亢直，宜在谏署，欲荐之，不果。干自咸通得名，迄文德，江之南无有及者。殁后十余年，宰相张文蔚奏名儒不第者五人，请赐一官以慰其魂，干，其一也。后进私谥曰玄英先生。门人杨弇与释子居远，收得诗三百七十余篇，集十卷。

罗邺　余杭人。累举进士不第。光化中，以韦庄奏追赐进士及第，赠官补阙。

罗隐　字昭谏，余杭人。本名横，十上不中第，遂更名。从事湖南、淮、润，无所合，久之，归投钱镠，累官钱塘令、镇海军掌书记、节度判官、盐铁发运副使、著作佐郎，奏授司勋郎。朱全忠以谏议大夫召，不行。魏博罗绍威推为叔父，表荐给事中。年七十七，卒。隐少聪敏，既不得志，其诗以风刺为主，有歌诗集十四卷、《甲乙集》三卷、《外集》一卷。

罗虬　台州人。词藻富赡，与隐、邺齐名，世号“三罗”。累举不第，为鄜州从事。

唐彦谦　字茂业，并州人。咸通时举进士，十余年不第。乾符末携家避地汉南。中和中，王重荣镇河中，辟为从事。光启末，贬汉中掾曹。杨守亮镇兴元，署为判官，累官至副使，阆、壁、绛三州刺史。彦谦博学多艺，文词壮丽，至于书画音乐，无不出于流辈，号鹿门先生。集三卷。

郑谷　字守愚，袁州人。光启三年擢第。官右拾遗，历都官郎中。幼即能诗，名盛唐末。有《云台编》三卷、《宜阳集》三卷、《外集》三卷。

韩偓　字致光（一作尧），万年人。龙纪元年，擢进士第。佐河中幕府，召拜左拾遗，累迁谏议大夫，历翰林学士、中书舍人、兵部侍郎。以不附朱全忠贬濮州司马，再贬荣懿尉，徙邓州司马。天祐二年，复原官。偓不赴召，南依王审知而卒。《翰林集》一卷、《香奁集》三卷。

吴融　字子华，越州山阴人。龙纪初及进士第。韦昭度讨蜀，表掌书记，累迁侍御史。去官依荆南成汭。久之，召为左补阙，拜中书舍人。昭宗反正，造次草诏，无不称旨，进户部侍郎。凤翔劫迁，融不克从，去客阌乡。俄召还翰林，迁承旨，卒。有《唐英集》三卷。

杜荀鹤　字彦之，池州人。有诗名，自号九华山人。大顺二年，第一人擢第，复还旧山。宣州田頵遣至汴通好，朱全忠厚遇之，表授翰林学士、主客员外郎、知制诰。恃势侮易缙绅，众怒欲杀之，而未及。天祐初卒。自序其文为《唐风集》，十卷。

韦庄　字端己，杜陵人，见素之后。疏旷不拘小节。乾宁元年，第进士，授校书郎，转补阙。李询为两川宣谕和协使，辟为判官。以中原多故，潜欲依王建，建辟为掌书记，寻召为起居舍人，建表留之，后相建为平章事。集二十卷。

黄滔　字文江，莆田人。昭宗乾宁二年，擢进士第。光华中，除四门博士，寻迁监察御史里行，充威武将军节度推官。王审知据有全闽，而终其身为节将者，滔规正有力焉。集十五卷。

徐夤　字昭楚，莆田人。登乾宁进士第，授秘书省正字。依王审知，礼待简略，遂拂衣去，归隐延寿溪。著有《探龙》、《钓矶》二集。

崔道融　荆州人，以征辟为永嘉令。累官右补阙。避地入闽。有《申唐诗》三卷、《东浮集》九卷。

陈陶　字嵩伯，岭南（一云鄱阳，一云剑浦）人。大中时，游学长安。南唐昇元中隐洪州西山，后不知所终。即俗所称八仙中之篮采禾。

方外

寒山　寒山子，不知何许人。居天台唐兴县寒岩，时往还国清寺。以桦皮为冠，布裘敝履，或长廊唱咏，或村墅歌啸。人莫识之。闾丘胤宦丹丘，临行，遇丰干师，言从天台来，闾丘问彼地有何贤堪师。师曰："寒山文殊，拾得普贤，在国清寺库院厨中著火。"闾丘到官三日，亲往寺中，见二人，便礼拜，二人大笑曰："丰干饶舌，阿弥不识我何为。"即走出寺，归寒岩。寒山子入穴而去，其穴自合。尝于竹木石壁书诗，并村墅屋壁所写文句三百余首。

无可　范阳人，姓贾氏，岛从弟。居天仙寺，诗名亦与岛齐。集一卷。

皎然　名昼，姓谢氏，长城人。灵运十世孙也。居杼山，文章俊丽。颜真卿、韦应物并重之，与之酬倡。贞元中，敕写其文集，入于秘阁。

吴筠　字贞节，华州华阴人。少通经，善属文。举进士不第，去入嵩山为道士，明皇闻其名，遣使征至，待诏翰林。天宝中，坚求还山，寻入会稽，隐中剡。大历中年卒，弟子私谥为宗玄先生。集一卷。

吕岩　字洞宾，一名岩客，礼部侍郎渭之孙，河中府永乐（一名蒲坂）县人。咸通中，举进士不第，游长安酒肆，遇钟离权，得道，不知所终。

三、唐骈文（作品选读）（辉按：仅存其目及黄人的评骘语，文略）

玄宗：《后土神祠碑铭》、《西岳太华山碑铭》

狄仁杰：《谏造大像疏》

姚元崇：《答张九龄书》、《冰壶诫》

张九龄：《后汉徐征君碣》、《上姚令公书》、《集贤殿书院奉敕送学士张说上赐宴序》

陈子昂：《唐故中岳体玄先生潘尊师碑颂》、《谏灵驾入京书》、《别中岳二三真人序》

张说：《开元正历握乾符颂》、《大唐封禅颂》、《唐和丽妃神道碑铭》、《玄宗御书故中书令梁国公姚文贞公神道碑铭》、《唐丞相逍遥公韦公墓志铭》、《东山记》

苏颋：《大唐封东岳朝觐颂》、《双白鹰赞》

王勃：《上吏部裴侍郎启》、《山亭兴序》、《秋日饯别序》、《益州夫子庙碑》

杨炯：《浑天赋》、《王勃集序》、《唐右将军魏哲神道碑》、《左武卫将军成安子崔献行状》

卢照邻：《南阳公集序》、《五悲文》

骆宾王：《对策文三道》、《上瑕邱韦明府启》、《代李敬业讨武氏檄》、《兵部奏姚州破

逆贼诺没弄杨虔柳露布》、《扬州看竞渡序》

陆贽:《奉天改元大赦制》、《平朱泚后车驾还京大赦制》、《贞元改元大赦制》、《重原宥淮西将士诏》、《奉天遣使宣慰诸道诏》、《收复京师遣使宣慰将吏百姓诏》、《论两河及淮西利害状》、《论裴延龄奸蠹书》一首

李商隐:《代仆射濮阳公遗表》、《奠相国令狐公文》、《祭小侄女寄寄文》、《为李贻孙上李相公德裕启》、《太尉卫公〈会昌一品集〉序》、《太仓箴》

萧颖士:《送刘太真诗序》

李邕:《兖州曲阜县宣圣庙碑铭》

四、唐散文(作品选读)(辉按:仅存其目及黄人的评骘语,文略)

陈子昂:《谏用刑书》

李华:《言毉》

王绩:《醉乡记》

独孤及:《虎丘山夜宴序》、《送李白之曹南序》

元结:《恶圆》、《恶曲》

权德舆:《两汉辨亡论》、《答独孤秀才书》

李观:《项籍碑铭》

李德裕:《王言论》

韩愈:《答崔立之书》、《答李翱书》、《与冯宿论文书》、《送李愿归盘谷序》、《〈顺宗实录〉纪张万福、陆贽阳城》、《祭河南张员外文》、《祭柳子厚文》、《祭十二郎文》、《平淮西碑》、《南海神庙碑》、《柳子厚墓志铭》、《南阳樊绍述墓志铭》

柳宗元:《捕蛇者说》、《宋清传》、《梓人传》、《童区寄传》、《与友人论文书》、《永州新堂记》、《永州万石亭记》

李翱:《复性书》、《杂说》、《高愍女碑》

孙樵:《与高锡望书》、《书褒城驿壁》、《龙多山录》、《序西南夷》、《潼关甲铭》

刘蜕:《投知己书》、《较农》、《疏亡》、《山书录四篇》、《梓州兜率寺文冢铭》

皇甫湜:《孟子荀子言性论》

刘禹锡:《天论》

杜牧:《论相》、《守论》、《战论》、《罪言》、《燕将录》

刘蕡:《应贤良方正能直言极谏科策》

罗隐:《英雄之言》、《辨害》、《说石烈士》

陆龟蒙:《江湖散人传》

司空图:《与李生论诗书》

五、唐诗(作品选读)(辉按:仅存其目及黄人的评骘语,诗略)

太宗:《帝京篇十首》(选五)、《守岁》

明皇:《初入秦川路逢寒食》、《千秋节赐群臣镜》、《幸蜀西至剑门》、《送胡真师还西山》

文宗:《宫中题》

宣宗:《瀑布联句》

王珪:《咏汉高祖》

魏徵:《述怀》(一作《出关》)

褚亮:《晚别乐记室彦》

虞世南:《结客少年场行》、《蝉》

王绩:《古意》(录二首)、《石竹咏》

卢照邻:《失群雁》、《长安古意》、《池荷曲》

张九龄:《九月九日登龙山》、《登郡城南楼》、《郡舍有园畦杂树聊以永日》、《始兴南山下有林泉尝卜居焉荆州卧病有怀此地》、《咏史》、《杂诗五首》、《感遇十二首》、《彭蠡湖上》、《入庐山仰望瀑布水》、《夏日奉使南海在道中作》、《折杨柳》、《酬王六寒朝见诏》、《自豫章南还江上作》、《望月怀远》、《秋怀》、《别乡人南还》、《同綦毋学士月夜闻雁》、《答太常靳博士见赠一绝》、《赋得自君之出矣》

杨炯:《从军行》

宋之问:《芳树》(一作沈佺期诗)、《送赵六贞固》、《洞庭湖》、《长安路》(一作沈佺期诗)、《至端州驿见杜五审言沈三佺期阎五朝隐王二无竞题壁慨然成咏》、《明河篇》、《江亭晚望》、《送杜审言》、《途中寒食题黄梅临江驿寄崔融》、《题大庾岭北驿》、《度大庾岭》、《三阳官侍宴应制得幽字》、《入泷州江》、《登粤王台》、《渡汉江》、《新年作》

王勃:《采莲曲》、《麻平晚行》、《杜少府之任蜀州》(一作川)、《铜雀妓二首》、《山扉夜坐》、《登城春望》、《普安建阴题壁》、《蜀中九日》

李峤:《鹧鸪》(一作韦应物诗)、《汾阴行》、《送崔主簿赴沧州》、《饯骆四二首》、《云》、《楼》、《剑》、《梅》

杜审言:《赋得妾薄命》、《和晋陵陆丞早春游望》、《秋夜宴临津郑明府》、《登襄阳城》、《代张侍御伤美人》、《夏日过郑七山斋》、《渡湘江》

姚崇:《夜渡江》

宋璟:《蒲津迎驾》

苏味道:《正月十五夜》

郭震:《古剑篇》、《塞上》

崔融:《关山月》、《西征军行遇风》、《吴中好风景》

苏颋《和杜主簿春日有所思》、《春晚送暇丘田少府还任因寄洛中镜上人》、《兴庆池侍宴应制》

骆宾王:《帝京篇》、《代女道士王灵妃赠道士李荣》、《在狱咏蝉》、《丹阳刺史挽词》(录一)、《夕次蒲类津》、《在军登城楼》

刘希夷:《公子行》、《代悲白头吟》、《览镜》

陈子昂:《感遇诗》(录十八首)、《鸳鸯篇》、《与东方左史虬〈修竹篇〉(并书)》、《酬晖上

人秋夜山亭有赠》

张说:《闻雨》、《夜坐》、《冬日见牧牛人担青草归》、《杂诗》(录二首)、《岭南送使》、《和朱使欣》(录一首)、《南中送北二首》、《岳州别梁六入朝》、《正朝摘梅》、《蜀道后期》、《广州江中作》、《江中遇黄领子刘隆》

李乂:《次苏州》

沈佺期:《古镜》、《古歌》、《铜雀台》(一作宋之问)、《巫山高》、《夜宿七盘岭》、《古意呈补阙乔知之》(一作《古意》,又作《独不见》)、《入鬼门关》、《邙山》

贺知章:《咏柳》、《回乡偶书二首》

王湾:《次北固山下》、《观搊筝》(一作祖咏诗)

张旭:《桃花溪》

孙逖:《山行遇雨》

卢象:《峡中作》、《永城使风》、《叹白发》

卢鸿:《倒景台》、《枕烟庭》

王维:《早春行》、《赠裴十迪》、《奉寄韦太守陟》、《送别》、《齐州送祖三》、《送綦毋潜落第还乡》、《华岳》、《青溪》、《渡河到清河作》、《苦热》、《夷门歌》、《陇头吟》、《老将行》、《燕支行》、《桃花源行》、《洛阳女儿行》、《寒食城东即事》、《从岐王过杨氏别业应教》、《辋川闲居赠裴秀才迪》、《冬晚对雪忆胡居士家》、《酬比部杨员外过蓝田别业不见留之作》、《酬张少府》、《送丘为落第归江东》、《送刘司直赴安西》、《送平澹然判官》、《送梓州李使君》、《送杨长史赴果州》、《过香积寺》、《山居秋暝》、《终南别业》、《归嵩山作》、《终南山》、《观猎》、《汉江临泛》、《秋夜独坐》、《早秋山中作》、《息夫人》、《班婕妤》(录一首)、《辋川集》录《孟城坳》《竹里馆》二首、《送别》、《临高台送黎拾遗》、《少年行》(录一)、《寄河上段十六》、《菩提寺禁裴迪来相看说逆贼等凝碧池上作音乐供奉人等举声便一时泪下私成口号诵示裴迪》

崔颢:《赠轻军》、《入老耶溪》、《孟门行》、《江畔老人愁》、《川上女》、《代闺人答轻薄少年》、《长门怨》、《王家少妇》、《赠梁州张都督》、《赠卢八象》、《题潼关楼》、《题沈隐侯八咏楼》、《发锦沙村》、《行经华阴》、《长干曲》(录二首)

祖咏:《赠苗发员外》(一作李端诗)、《中峰居喜见苗发》(一作李端诗)、《江南旅情》、《泊扬子津》、《望蓟门》

李颀:《渔父歌》、《临别送张諲入蜀》、《留别王卢二拾遗》、《晚归东园》、《古从军行》、《缓歌行》、《琴歌》、《别梁锽》、《双笋歌送李白兼呈刘四》、《少室雪晴送王宁》、《古意》、《杂兴》、《送刘昱》、《送魏万之京》、《送刘主簿归金坛》

綦毋潜:《春泛若耶溪》

储光羲:《野田黄雀行》、《樵父词》、《渔父词》、《牧童词》、《采莲词》、《采菱词》、《射雉词》、《猛虎词》、《钓鱼湾》、《泛茅山东溪》、《过新丰道中》、《杂诗》(录一首)、《田家杂兴》(录五首)、《狱中贻姚张薛李郑柳诸公》、《蔷薇》、《泊江潭贻马校书》、《咏山泉》、《洛中送人还江东》、《江南曲》(录一首)

王昌龄:《过华阴》、《箜篌引》、《从军行七首》、《出塞二首》、《采莲曲》、《长信秋词》(录三首)、《春宫曲》、《西宫春怨》、《西宫秋怨》、《青楼曲》(录一首)、《闺怨》、《寄穆侍御出幽州》、《李四仓曹宅夜饮》、《送窦七》、《旅望》

常建:《宿王昌龄隐居》、《西山》、《古意》、《题破山寺后禅院》、《泊舟盱眙》、《落第长安》、《塞下曲四首》

刘长卿:《逢雪宿芙蓉山》、《春草宫怀古》、《瓜洲道中送李端公南渡后归扬州道中寄》、《送方外上人》、《送灵澈上人》、《碧涧别墅喜皇甫冉侍御相访》、《送少微上人游天台》、《新年作》、《酬皇甫侍御见寄时前相国姑臧公初临郡》、《月下呈章秀才》、《赴新安别梁侍御》、《酬张夏别后道中见寄》、《送李员外使还苏州兼呈前袁州李使君赋得长字袁州即员外之从兄》、《送张司直赴岭南谒张尚书》、《送李侍御贬郴州》、《代边将有怀》、《送李中丞至襄州》、《穆陵关北逢人归渔阳》、《酬郭夏人日长沙感怀见赠》、《赴巴南书情寄故人》、《余干旅舍》、《恩敕重推使牒追赴苏州次前溪馆作》、《秋杪江亭有作》、《却赴南邑留别苏台知己》、《送侯侍御赴黔中充判官》、《秋日登吴公台上寺远眺寺即陈将吴明彻战场》、《送营田判官郑侍御赴上都》、《清明后登城眺望》、《陪王明府泛舟》、《晚次苦竹馆却忆干越旧游》、《廨中见桃花南枝已开北枝未发因寄杜副端》、《移使鄂州次岘阳馆怀旧居》、《送王员外归朝》、《洞庭驿逢郴州使还寄李汤司马》、《过桃花夫人庙》、《夏中崔中丞宅见海红摇落一花独开》、《梁侍御巡永州》、《海盐官舍早春》、《南湖送徐二十七西上》、《曲阿对月别岑况徐说》、《松江独宿》、《喜李翰自越至》、《长门怨》、《过横山顾山人草堂》、《送薛承矩秩满北游》、《饯别王十一南游》、《送崔处士先适越》、《送青苗郑判官归江西》、《湘中纪行》(录四首)、《寄李侍御》、《龙门八咏》(录二)、《平蕃曲》(录一首)、《自鄱阳还道中寄褚征君》、《石梁湖有寄》、《送沈少府之任淮南》、《严子濑东送马处直归苏》、《初至洞庭怀灞陵别业》、《负谪后登干越亭作》、《登扬州栖灵寺塔》、《初贬南巴至鄱阳题李嘉祐江亭》、《奉使新安自桐庐县经严陵钓台宿七里滩下寄使院诸公》、《寻张逸人山居》、《送陆沣还吴中》(一作李嘉祐诗)、《苕溪酬梁耿别后见寄》、《七里滩重送》、《重送裴郎中贬吉州》、《会赦后酬主簿所问》、《赠崔九载华》、《送刘萱之道州谒崔大夫》、《过郑山人所居》、《奉使鄂渚至乌江道中作》、《送李判官之润州行营》、《将赴南巴至余干别李十二》、《使还七里濑上逢薛承规赴江西贬官》、《使回赴苏州道中作》、《送卢侍御赴河北》、《戏题赠二小男》、《送耿拾遗归上都》、《和樊使君登润州城楼》、《见故人李均所借古镜恨其未获归府斯人已亡怆然有作》、《献淮宁军节度使李相公》、《送李录事兄归襄邓》、《长沙过贾谊宅》、《登余干古县城》、《上巳日越中与鲍侍郎泛舟耶溪》、《使次安陆寄友人》、《自夏口至鹦鹉洲夕望岳阳寄源中丞》、《送侯中丞流康州》、《避地江东留别淮南使院诸公》、《罪所上御史惟则》、《赋得》(一作皇甫冉诗,诗题作《春思》)、《上阳宫望幸》、《江楼送太康郭主簿赴岭南》、《时平后送范伦妇安州》、《小鸟篇上裴尹》、《新安送陆沣归江阴》、《赠湘南渔父》、《明月湾寻贺九不遇》、《入桂渚次砂牛石穴》、《戏赠干越尼子歌》、《游四窗》

颜真卿:《赠裴将军》、《咏陶渊明》

李华:《杂诗》(录二首)、《春行寄兴》

萧颖士:《过河滨和文学张志尹》、《送张翚下第归江东》

崔曙:《送薛据之宋州》、《奉试明堂火珠》、《九日登望仙台呈刘明府容》

王翰:《子夜春歌》、《凉州词》(录一首)

孟云卿:《古挽歌》

张巡:《闻笛》

孟浩然:《秋登兰山寄张五》、《夏日南亭怀辛大》、《秋宵月下有怀》、《夜归鹿门山歌》、《望洞庭湖赠张丞相》、《宿桐庐江寄广陵旧游》、《早寒江上有怀》、《洛中送奚三还扬州》、《与诸子登岘山》、《晚泊浔阳望庐山》、《过故人庄》、《岁暮归南山》、《岁除夜有怀》、《陪张丞相登荆城楼因寄蓟州张使君及浪泊戍主刘家》、《送朱大入秦》、《宿建德江》、《送杜十四之江南》

李白:《古风》(录十七首)、《远别离》、《蜀道难》、《乌夜啼》、《乌栖曲》、《战城南》、《天马歌》、《行路难》(录一首)、《长相思》、《箜篌谣》、《上云乐》、《胡无人》、《北风行》、《关山月》、《登高丘而望远》、《杨叛儿》、《鞠歌行》、《白头吟》、《采莲曲》、《长干行》(录一首)、《塞下曲》(录二)、《玉阶怨》、《宫中行乐词》(录二首)、《树中草》、《春思》、《长歌行》、《长相思》、《扶风豪士歌》、《鸣皋歌送岑征君》、《白云歌送刘十六归山》、《上皇西巡南京歌》、《峨眉山月歌》、《古意》、《赠裴十四》、《赠溧阳宋少府陟》、《经乱离后天恩流夜郎忆旧游书怀赠江夏韦太守良宰》、《流夜郎半道承恩放还兼欣克复之美书怀示息秀才》、《经乱后将避地剡中留赠崔宣城》、《庐山谣寄卢侍御虚舟》、《黄鹤楼送孟浩然之广陵》、《渡荆门送别》、《南阳送客》、《送友人》、《送别》、《送麴十少府》、《江夏送张丞》、《山中问答》、《游泰山》(录二首)、《陪侍郎叔游洞庭醉后》(录一首)、《陪族叔刑部侍郎晔及中书贾舍人至游洞庭》(录二首)、《与夏十二登岳阳楼》、《秋登宣城谢朓北楼》、《望天门山》、《过崔八丈水亭》、《客中行》、《太原早秋》、《早发白帝城》、《秋下荆门》、《越中览古》、《经下邳圯桥怀张子房》、《独坐敬亭山》、《访戴天山道士不遇》、《听蜀僧濬弹琴》、《初出金门寻王侍御不遇咏壁上鹦鹉》、《劳劳亭》、《军行》、《长门怨》(录一首)、《陌上赠美人》、《怨情》、《题舒州司空山瀑布》

韦应物:《拟古诗》(录三首)、《淮上喜会梁川故人》、《同德寺雨后寄元侍御李博士》、《寺居独夜寄崔主簿》、《寄李儋元锡》、《奉送从兄宰晋陵》、《秋夜二首》、《听莺曲》、《和晋陵陆丞早春游望》(一作杜审言诗)

张谓:《送裴侍御归上都》、《春园家宴》、《题长安壁主人》

岑参:《初过陇山途中呈宇文判官》、《入剑门作寄杜杨二郎中时二公并为杜元帅判官》、《与高适薛据登慈恩寺浮图》、《峨眉东脚临江听猿怀二室旧庐》、《行军诗》(录一首)、《白雪歌送武判官归京》、《热海行送崔侍御还京》、《轮台歌奉送封大夫出师西征》、《天山雪歌送萧治归京》、《火山云歌送别》、《走马川行奉送出师西征》、《送李副使赴碛西官军》、《喜韩樽相过》、《卫节度赤骠马歌》、《田使君美人舞如莲花北鋋歌》、《韦员外家花树歌》、《西亭子送李司马》、《渔父》、《寄左省杜拾遗》、《寄宇文判官》、《碛西头送李判官入京》、《西亭送蒋侍御还京》、《祁四再赴江南别诗》、《虢州送天平何丞入京市马》、《首秋轮台》、《北庭作》、《轮台即事》、《奉和中书舍人贾至早朝大明宫》、《献封大夫破播仙凯歌》(录二首)、《虢州后亭送李判官使赴晋绛》、《逢入京使》、《过碛》、《碛中作》、《赴北庭度陇思家》

包佶:《岭下卧疾寄刘长卿员外》、《再过金陵》

李嘉祐:《伤吴中》、《杂兴》、《送裴五归京口》、《留别毗陵诸公》、《晚发江宁道中呈严维》、《自常州还江阴途中作》、《九日》、《送朱中舍游江东》、《自苏台至望亭驿人家尽空春物增思怅然有作因寄从弟纾》、《早秋京口旅泊章侍御寄书相问因以赠之时七夕》、《暮春宜阳郡斋愁坐忽枉刘七侍御新诗因以酬答》、《送从弟永任饶州录事参军》、《夜宴南陵留别》

高适:《哭单父梁九少府》、《古大梁行》、《邯郸少年行》、《燕歌行》、《人日寄杜二拾遗》、《别韦参军》、《送李侍御赴安西》、《同群公登濮阳圣佛寺阁》、《送李少府贬峡中王少府贬长沙》、《送柴司户充刘卿判官之岭外》、《咏史》、《九曲词》(录一)、《营州歌》、《别董大》(录一)、《送李少府时在客舍作》

杜甫:《赠李白》(黄人评骘曰:"子昂、太白皆复古,独老杜纯是开辟手段。大禹随刊,元公制作,独有千古,且措词愈新而气愈古,用事愈俗而神愈雅,故学者有阶天之叹。")、《游龙门奉先寺》、《望岳》、《贫交行》、《兵车行》、《高都护骢马行》、《醉时歌》、《同诸公登慈恩寺塔》、《送孔巢父谢病归游江东兼呈李白》、《丽人行》、《自京赴奉先县咏怀五百字》、《奉先刘少府新画山水障歌》、《三川观涨水二十韵》、《悲陈陶》、《哀江头》、《哀王孙》、《苏端薛复筵简薛华醉歌》、《送从弟亚赴安西判官》、《北征》、《得舍弟消息》、《羌村》、《洗兵马》、《新安吏》、《潼关吏》、《石壕吏》、《新婚别》、《垂老别》、《无家别》、《佳人》、《前出塞》(录二首)、《后出塞》(录二首)、《别赞上人》、《万丈潭》、《两当县吴十侍御江上宅》、《积草岭》、《凤凰台》、《乾元中寓居同谷县作歌七首》、《发同谷县》、《水会渡》、《剑门》、《喜雨》、《观打鱼歌》、《又观打鱼歌》、《短歌行赠王郎司直》、《将适吴楚留别章使君留后兼幕府诸公得柳字》、《寄韩谏议》、《忆昔二首》、《冬狩行》、《草堂》、《古柏行》、《写怀二首》、《登兖州城楼》、《春望》、《行次昭陵》、《晚行口号》、《重经昭陵》、《曲江二首》、《春宿左省》、《送翰林张司马南海勒碑》、《得弟消息二首》、《忆弟二首》、《秦州杂诗》(录三首)、《月夜忆舍弟》、《东楼》、《寓目》、《初月》、《归燕》、《送远》、《天末怀李白》、《病马》、《观安西兵过赴关中待命二首》、《送人从军》、《恨别》、《可惜》、《后游》、《送韩十四江东觐省》、《陪李七司马皂江上观造竹桥即日成往来之人免于寒水聊题短作简李公二首》、《少年行》、《江畔独步寻花绝句》(录一首)、《戏为六绝句》、《望野》、《客夜》、《客亭》、《有感》(录三首)、《将赴荆南寄别李剑州》、《别房太尉墓》、《登楼》、《旅夜书怀》、《阁夜》、《滟滪》、《白帝》、《秋兴八首》、《咏怀古迹五首》、《诸将五首》、《中夜》、《江汉》、《夜》、《返照》、《小至》、《孤雁》、《登岳阳楼》

贾至:《送陆协律赴端州》、《送王员外赴长沙》、《送夏侯参军赴广州》、《早朝大明宫呈两省僚友》、《送李侍郎赴常州》、《巴陵夜别王八员外》

钱起:《早下江宁》、《送征雁》、《谷口书斋寄杨补阙》、《送杨皞擢第游江南》、《送孙十尉温县》、《赠阙下裴舍人》、《江行无题》(录六首)、《和张仆射塞下曲》、《逢侠者》、《暮春归

故山草堂》、《归雁》

元结:《春陵行》、《退贼示官吏》、《喻旧部曲》、《喻常吾直》、《石鱼湖上醉歌》

张继:《感怀》、《枫桥夜泊》、《金谷园》、《邮亭》

韩翃:《寄武陵李少府》、《赠张建》、《送张儋水路归北海》、《送高员外赴淄青使幕》、《题僧房》、《题荐福寺衡岳炼师房》、《送故人赴江陵寻庾牧》、《送襄垣王君归南阳别墅》、《送王诞渤海使赴李太守行营》、《送王少府归杭州》、《同题仙游观》、《送刘评事赴广州使幕》、《送高别驾归汴州》、《送王光辅归青州兼寄储侍郎》、《送齐明府赴东阳》、《汉宫曲二首》、《寒食》、《宿石邑山中》、《江南曲》、《送客贬五溪》

独孤及:《客舍月下对酒醉后寄毕四耀》、《杂诗》、《雨后公超谷北原眺望寄高拾遗》、《江上代书寄裴使君》、《和大夫秋夜书情即事》、《同皇甫冉侍御斋中春望见示之作》、《将还越留别豫章诸公》

郎士元:《长安逢故人》、《送张南史》、《送郴县裴明府之任兼充宣慰》

皇甫冉:《送朱逸人》、《山馆》、《婕妤春怨》、《送康判官往新安赋得江西路西南永》、《春思》、《逢庄纳因赠》、《送普门上人》

刘方平:《京兆眉》、《春雪》、《夜月》、《春怨》、《代春怨》

王之涣:《登鹳雀楼》、《送别》、《凉州词》(录一首)、《宴词》

薛据:《早发上东门》

苏源明:《闺情》

刘眘虚:《阙题》

任华:《怀素上人草书歌》

魏万:《金陵酬李翰林谪仙子》

严维:《酬刘员外见寄》、《同韩员外宿云门寺》、《送李人入金华》、《送李端》、《丹阳送韦参军》

顾况:《伤子》、《长安道》、《龙宫操》、《送别日晚歌》、《行路难三首》、《悲歌》、《露青竹杖》、《瑶草春》、《范山人画山水歌》、《梁司马画马歌》、《宜城放琴客歌》、《李湖州孺人弹筝歌》、《险竿歌》、《剡纸歌》、《洛阳早春》、《送友失意南归》、《南归》、《湖南客中春望》、《寄淮上柳十三》、《代佳人赠别》《赠远》

耿湋:《华州客舍奉和崔端公春城晓望》、《过三郊驿却寄杨评事时此子郭令公欲有表荐》、《邠州留别》、《晚登虔州即事寄李侍御》、《路旁老人》、《拜新月》

戎昱:《苦哉行五首》、《塞下曲》、《长安秋夕》、《罗江客舍》、《闻笛》、《移家别湖上亭》、《咏史》、《谪官辰州冬至日怀》、《入剑门》、《早春雪中》、《湖南春日二首》、《旅次寄湖南张郎中》

窦叔向:《夏夜宿表兄话旧》

窦巩:《早春送宇文十归吴》、《南游感兴》

戴叔伦:《女耕田行》、《早春曲》、《白苎词》、《江上别张欢》、《春江独钓》、《卧病》、《江上别刘驾》、《过申州》、《灞岸别友》、《寄司空曙》、《寄孟郊》、《宫词》、《暮春感怀》、

《遣兴》、《画蝉》、《昭君祠》、《春怨》、《旅次寄湖南张郎中》、《题友人山居》、《别郑谷》、《题稚川山水》

卢纶:《腊日观咸宁王部曲娑勒擒豹歌》、《和张仆射塞下曲》(录四首)、《至德中途中书事却寄李倜》、《春词》、《送韦判官得雨中山》

李益:《登长城》、《登夏州城观送行人赋得六州胡儿歌》、《古别离》、《喜见外弟又言别》、《献刘济》、《同崔邠登鹳雀楼》、《江南词》、《水宿闻雁》、《从军北征》、《听晓角》、《夜上受降城闻笛》、《长干行》

李端:《留别柳中庸》、《东门送客》、《江上逢司空曙》、《送袁稠游江南》、《宿洞庭》、《宿淮浦忆司空文明》、《哭苗垂》、《芜城》、《闺情》、《长门怨》

杨凝:《柳絮》

杨凌:《送客往睦州》

司空曙:《贼平后送人北归》、《云阳馆与韩绅宿别》、《南原望汉宫》、《金陵怀古》、《病中嫁女妓》、《江村即事》、《送郑明府贬岭南》、《酬李端校书见赠》、《题江陵临沙驿楼》、《喜外弟卢纶见宿》、《题鲜于秋林园》、《寒塘》

崔峒:《江上书怀》、《喜逢妻弟郑损因送入京》、《赠窦十九》

苗发:《送司空曙至苏州》

吉中孚:《送归中丞使新罗册立吊祭》

夏侯审:《咏被中绣鞵》

王建:《邯郸主人》、《寒食行》、《陇头水》、《北邙行》、《老妇叹镜》、《望夫石》、《别鹤曲》、《短歌行》、《簇蚕辞》、《当窗织》、《行见月》、《寄远曲》、《独漉歌》、《镜听词》、《羽林行》、《斜路行》、《塞上逢故人》、《南中》、《淮南使回留别窦侍御》、《汴路即事》、《送流人》、《闲居即事》、《送魏州李相公》、《赠索暹将军》、《李处士故居》、《故行宫》、《长门》、《十五夜望月寄杜郎中》、《宫词》(录十五首)

刘商:《秋夜听严绅巴童唱竹枝歌》、《春日卧病》、《滑州送人先归》

张志和:《上巳日忆江南禊事》

于鹄:《江南曲》、《古挽歌》(录一首)、《襄阳寒食》

武元衡:《送崔判官使太原》、《春兴》、《题嘉陵驿》、《陌上暮春》

权德舆:《浩歌》、《酬赵尚书城南看花日晚先归见寄》、《岭上逢久别者又别》、《晚渡扬子江却寄江南亲故》、《江城夜泊寄所思》、《题柳郎中茅山故居》、《玉台体》(录四首)、《自桐庐如兰溪有寄》

羊士谔:《乱后曲江》

杨巨源:《折杨柳》

令狐楚:《思君恩》、《少年行》(录一首)

裴度:《凉风亭睡觉》

韩愈:《南山诗》、《荐士》、《驽骥》、《山石》、《雉带箭》、《东方半明》、《八月十五夜赠张功曹》、《谒衡岳庙遂宿岳寺题门楼》、《洞庭湖阻风赠张十一署》、《赠崔立之评事》、《陆浑山火和皇甫湜用其韵》、《和虞部卢四汀酬翰林钱七徽赤藤杖歌》、《石鼓歌》、《双鸟诗》、《听颖师弹琴》、《答孟郊》、《华山女》、《宿曾江口示侄孙湘二首》、《晚春》、《落花》、《枯树》、《晚次宣溪辱韶州张端公使君惠书叙别酬以绝句》(录一首)、《酒中留上襄阳李相公》、《同水部张员外籍曲江春游寄白二十二舍人》

王涯:《秋夜曲》、《宫词》(录三首)

陈羽:《送友人及第归江东》、《小江驿送陆侍御归湖上山》

柳宗元:《初秋夜坐赠吴武陵》、《古东门行》、《寄韦珩》、《与浩初上人同看山寄京华亲故》、《诏追赴都二月至灞上》、《登柳州城楼寄漳汀封连四州》、《柳州峒氓》、《别舍弟宗一》、《南涧中题》、《与崔策登西山》、《江雪》、《早梅》、《渔翁》

刘禹锡:《华山歌》、《客有为余话登天坛遇雨之状因以赋之》、《冬夜宴河中李相公中堂命筝歌送酒》、《月夜忆乐天兼寄微之》、《九华山歌》、《泰娘歌》、《伤秦姝行》、《平蔡州三首》、《八月十五日夜桃源玩月》、《清湘词》、《蜀先主庙》、《观八阵图》、《送李尚书镇滑州》、《洛中送杨处厚入关便游蜀》、《奉送李户部侍郎自河南尹再除本官归阙》、《荆门道怀古》、《早春对雪奉寄澧州元郎中》、《松滋渡望峡中》、《秋日题窦员外崇德里新居》、《始闻秋风》、《赴苏州酬别乐天》、《酬乐天见寄》、《乐天见示伤微之敦诗晦叔三君子皆有深分因成是诗以寄》、《郡内书情献裴郎中留守》、《和仆射牛相公春日闲坐见怀》、《怀妓》、《自江陵沿流道中》、《历阳书事七十韵》、《竹枝词二首》、《踏歌词》(录一首)、《杨柳枝词》(录三首)、《听旧宫中乐人穆氏唱歌》、《石头城》、《乌衣巷》、《与歌者何戡》、《和乐天春词》、《吟乐天自问怆然有作》、《和令狐相公别牡丹》、《杨柳枝》、《楼上》

皇甫湜:《出世篇》

樊宗师:《蜀绵州越王楼诗》

吕温:《望思台作》、《题阳人城》、《晋王龙降墓》、《刘郎浦口号》

孟郊:《烈女操》、《灞上轻薄行》、《送远吟》、《古薄命妾》、《游子吟》、《怨诗》、《杀气不在边》、《覆巢行》、《古别离》、《古怨行》、《衰松》、《寓言》、《长安早春》、《感兴》、《感怀》、《乱离》、《君子勿郁郁士有毁谤者作诗以赠之》、《病客吟》、《感怀》、《寒地百姓吟》、《病起言怀》、《秋夕贫居述怀》、《再下第》、《下第东归留别长安知己》、《失意归吴因寄东台刘后侍御》、《长安旅情》、《秋怀》(录二首)、《游终南山》、《洛桥晚望》、《赠别崔纯亮》、《赠郑夫子鲂》、《汴州离乱后忆韩愈李翱》、《送别崔寅亮下第》、《感别送从叔校书简再登科东归》、《送李翱习之》、《送丹霞子阮芳颜上人归山》、《蚊》、《烛蛾》、《悼幼子》、《吊卢殷》(录一首)

张籍:《寄远曲》、《行路难》、《野老歌》、《送远曲》、《求仙行》、《古钗叹》、《各东西》、《节妇吟寄东平李司空师道》、《宴客词》、《永嘉行》、《伤歌行》、《吴宫怨》、《北邙行》、《关山月》、《送远曲》、《白头吟》、《贾客乐》、《羁旅行》、《妾薄命》、《远别离》、《江南行》、《短歌行》、《楚妃怨》、《成都曲》、《忆远曲》、《惜花》、《惜花》、《蓟北旅思》、《江陵孝女》、《山中古祠》、《送南迁客》、《蓟北春怀》、《夜到渔家》、《岭表逢故人》、《咏怀》、《没蕃故人》、《冬夕》、《送蜀客》、《送元结》、《哭孟寂》、《感春》、《秋思》、《忆远》

卢仝:《月蚀诗》、《送邵兵曹归江南》、《赠徐希仁石砚别》、《有所思》、《楼上女儿曲》、《秋梦行》

李贺:《李凭箜篌引》、《残丝曲》、《还自会稽歌》、《竹》、《咏怀》、《春坊正字剑字歌》、《雁门太守行》、《梦天》、《天上谣》、《浩歌》、《秋来》、《秦王饮酒》、《南园》(录四首)、《金铜仙人辞汉歌》、《马诗》(录三首)、《罗浮山父与葛篇》、《宫娃歌》、《致酒行》、《公莫舞歌》、《昌谷北园新笋》(录一首)、《感讽》(录二首)、《开愁歌》、《杨生青花紫石砚歌》、《苦昼短》、《上云乐》、《摩多楼子》、《梁台古愁》、《高轩过》、《神弦曲》、《将进酒》、《美人梳头歌》、《龙夜吟》

元稹:《竞渡》、《虫豸诗七篇》、《鹿角镇》、《酬刘猛见送》、《酬乐天赴江州路上见寄三首》、《夜闲》、《遣悲怀三首》、《哭子》(录三首)、《晚春》、《闻乐天授江州司马》、《送卢戡》、《赠乐天》、《重赠乐天》、《以州宅夸于乐天》、《重夸州宅旦暮景色兼酬前篇末句》、《上天》、《冬白纻和刘猛》、《将进酒》、《采珠行》、《董逃行》、《忆远曲》、《侠客行》、《君莫非和李余》、《田野狐兔行》、《当来日大难行》、《人道短》、《出门行和李余》、《估客乐》、《连昌宫词》、《上阳白发人》、《胡旋女》、《缚戎人》、《三泉驿》、《何满子歌》、《古决绝词》(录一首)、《春别》、《刘阮妻二首》、《春晓》、《离思五首》、《襄阳为卢窦纪事》(录三首)、《酬白乐天杏花园》

白居易:《寄唐生》、《伤唐衢二首》、《秦中吟》(录《贫家女》、《重赋》、《伤宅》、《买花》四首)、《七德舞》、《法曲》、《海漫漫》、《上阳白发人》、《新丰折臂翁》、《捕蝗》、《道州民》、《驯犀》、《蛮子朝》、《缚戎人》、《骊宫高》、《百炼镜》、《青石》、《西凉伎》、《涧底松》、《牡丹芳》、《杜陵叟》、《缭绫》、《卖炭翁》、《时世妆》、《李夫人》、《陵园妾》、《盐商妇》、《井底引银瓶》、《官牛》、《紫毫笔》、《隋堤柳》、《草茫茫》、《古冢狐》、《黑龙潭》、《天可度》、《鵶九剑》、《采诗官》、《感时》、《夏日》、《初出留别》、《江上送客》、《送张山人归嵩阳》、《长恨歌》、《潜别离》、《琵琶引》、《自江陵至徐州路上寄家兄》、《下邽庄南桃花》、《赋得古原草送别》、《宿桐庐馆同崔存度醉后作》、《同李十一醉元九》、《重寄》、《晚春登大云寺南楼赠常禅师》、《北楼送客归上都》、《醉中对红叶》、《风雨晚》、《长洲苑》、《忆江柳》、《伤春词》、《后宫词》、《寄题忠州小楼桃花》、《闺妇》、《杭州春望》、《江楼夕望招客》、《悲歌》、《河阴夜泊忆微之》、《病中多雨逢寒食》、《三月二十八日赠周判官》、《杏园花下赠刘郎中》、《恨词》、《送敏中归豳宁幕》、《宴散》、《乌夜啼》、《杨柳枝词》(录四首)、《感兴二首》、《禽虫十二章》、《灵岩寺》、《白云泉》、《赠卢绩》

牟融:《客中作二首》、《送范启东还京》、《送徐浩》

刘言史:《乐府杂辞》(录一首)、《山寺看樱桃花题僧壁》

张碧:《幽思》、《秋日登岳阳楼晴望》、《鸿沟》

徐凝:《忆扬州》

李德裕:《题奇石》、《题剑门》、《到恶溪夜泊芦岛》、《登崖州城作》

李涉:《与弟渤新罗剑歌》、《重登滕王阁》、《竹里》

陆畅:《闻早蝉》、《送李山人归上》

李绅:《过荆门》、《涉沅潇》、《滁阳春日怀果园闲宴》、《宿扬州》、《皋桥》、《却入泗口》、《古风》(一作《悯农》)二首

鲍溶:《壮士行》、《旧镜》、《读史》、《汉宫词》(录一首)、《送薛补阙入朝》

殷尧藩:《九日》、《金陵怀古》、《寄太仆田卿》(录一首)

施肩吾:《夜宴曲》、《古别离二首》、《壮士行》、《吾代征妇怨》、《杂古词》(录一首)、《望夫词》、《吾山中玩白鹿》、《寄四明山子》

姚合:《送顾非熊下第归越》、《送杜立归蜀》

许浑:《示弟》、《游维山新寺宿石屏村谢叟家》、《寄题南山王隐居》、《送南陵李少府》、《别韦处士》、《洛中秋日》、《潼关兰若》、《与侯春时同年南池夜话》、《江上燕别》(一作赵嘏诗,题作《汾上宴别》)、《金陵怀古》、《京口闲居寄京洛友人》、《南海府罢南康阻浅行侣稍稍登陆而遇主人燕饯至频暮宿东溪》、《颍州从事西湖亭燕饯》、《卧病》、《谢亭送客》、《客有卜居不遂薄游汧陇因题》、《学仙》(录一首)、《紫藤》

李商隐:《锦瑟》、《崔处士》、《霜月》、《蝉》、《乐游原》、《咸阳》、《送崔珏往西川》、《赠柳》、《韩碑》、《碧瓦》、《韩翃舍人即事》、《杨本胜说于长安见小男阿衮》、《西溪》、《隋宫》、《筹笔驿》、《无题》(录一首,"昨夜星辰昨夜风")、《无题四首》、《无题》(录一首,"八岁偷照镜")、《落花》、《柳》、《无题》、《碧城三首》、《七夕》、《马嵬二首》、《离亭赋得折杨柳二首》、《独居有怀》、《春雨》、《安定城楼》、《有感》、《常娥》、《无题二首》、《无愁果有愁曲》、《房中曲》、《贾生》、《射鱼曲》、《戏赠张书记》、《燕台四首》、《偶成转韵七十二句赠四同舍》

刘得仁:《上张水部》、《上巳日》

薛逢:《追昔行》、《酬牛秀才登楼见示》、《席上酬东川严中丞叙旧见赠》

赵嘏:《无锡县醉后吟》、《长安晚秋》、《长安月夜与友人话故山》、《寒塘》

项斯:《送欧阳衮归闽中》、《荆州夜与友亲相遇》、《途中逢友人》

马戴:《将别寄友人》、《灞上秋居》

薛能:《麟中寓居寄蒲中友人》

李群玉:《感春》、《广江驿饯筵留别》、《中秋广江驿示韦益》

贾岛:《古意》、《剑客》、《哭孟郊》、《登江亭晚望》、《送耿处士》、《题李凝幽居》、《送李戎扶侍往寿安》、《暮过山村》、《上谷旅夜》、《三月晦日赠刘评事》、《春行》、《题兴化园亭》

温庭筠:《鸡鸣埭曲》、《织锦词》、《夜宴谣》、《郭处士击瓯歌》、《遐水谣》、《晓仙谣》、《张静婉采莲歌》、《塞寒行》、《湖阴词》、《达摩支曲》、《湘东宴曲》、《东郊行》、《花月夜词》、《懊恼曲》、《侠客行》、《过陈琳墓》、《西江上送渔父》、《经李征君故居》(一作王建诗)、《赠少年》、《夏中病痁作》、《蔡中郎坟》、《瑶瑟怨》、《送人东游》、《杨柳》(录一首,"苏小门前柳万条")

段成式:《哭李群玉》、《折杨柳》(录一首)

刘驾:《早行》、《醒后》、《秋夕》

刘沧:《长洲怀古》、《汶阳客舍》

李频:《春日思归》、《陕下怀归》、《渡汉江》

崔珏:《哭李商隐》、《和友人鸳鸯之什》(录一首)

高骈:《南征叙怀》、《风筝》、《闻河中王铎加都统》

于濆:《古征战》、《对花》

李昌符:《夜泊渭津》

许棠:《客行》、《洞庭湖》

皮日休:《太湖诗》(录二首)、《初入太湖》、《入林屋洞》、《关夜醒酒》

陆龟蒙:《杂讽》(录四首)、《美人》、《婕妤怨》、《和袭美春夕酒醒》

司空图:《僧舍贻友》、《秋思》、《杂言》、《寓居有感三首》、《河湟有感》

周繇:《公子行》

张乔:《送友人进士许棠》、《题河中鹳雀楼》

曹唐:《仙子洞中有怀刘阮》、《王远宴麻姑蔡经宅》、《小游仙诗》(录六首)、《又游仙诗一绝》

李山甫:《兵后寻边》(录一首)

李咸用:《富贵曲》、《送从兄坤载》

胡曾:《姑苏台》

方干:《采莲》、《客行》、《旅次洋州寓居郝氏林亭》、《叙钱塘异胜》

罗邺:《牡丹》、《春晚渡河有怀》、《春江恨别》

罗隐:《曲江春感》、《牡丹花》、《黄河》、《始皇陵》、《所思》、《炀帝陵》、《柳》、《秦纪》、《中元甲子以辛丑驾幸蜀》(录一首)

秦韬玉:《贫女》

唐彦谦:《梅亭》、《咏马二首》

周朴:《次梧州却寄永州使君》、《董岭水》

郑谷:《夕阳》、《莲叶》、《鹧鸪》

崔涂:《秋夜与上人别》、《春夕》、《声》

韩偓:《宫柳》、《寄湖南从事》、《醉著》、《避地》、《春尽》、《避地寒食》、《重游曲江》、《三月》、《大酺乐》、《闻雨》、《懒起》、《寒食夜》、《哭花》、《宫词》、《新上头》、《效崔国辅体四首》、《寒食日重游李氏园亭有怀》、《复偶见》(录一首)、《五更》、《寄恨》、《日高》

吴融:《红白牡丹》、《莺》、《华清宫二首》、《出潼关》、《彭门用兵后经汴路三首》、《旅中送迁客》、《个人三十韵》、《即席十韵》、《潮》、《王母庙》、《松江晓泊》、《上阳宫辞》、《送于员外归隐蓝田》、《首阳山》、《太湖石歌》、《隋堤》

王贞白:《长门怨》(录一首)、《题严陵钓台》、《晓泊汉阳渡》、《庾楼晓望》、《折杨柳》(录一首,"枝枝交影锁长门",一作段成式诗)

徐夤:《退居》

曹松:《已亥岁二首》、《吊建州李员外》

裴说:《游洞庭湖》、《棋》、《对雪》、《冬日后作》

李洞:《山居喜友人见访》、《绣岭宫词》

唐求:《客行》、《山东兰若遇静公夜归》

无名氏:《春二首》、《夏》、《秋》、《冬》、《鸡头》、《红蔷薇》、《斑竹簟》、《听琴》、《石榴》、《秦家行》、《小苏家》、《伤哉行》、《赠偃师主人》、《长门》、《绝句》、《杂诗》(录九首)

以下闺秀

武后宫人:《离别难》

开元宫人:《袍中诗》

七岁女子:《送兄》

王韫秀:《同夫游秦》、《喻夫阻客》

张夫人:《柳絮》

陈玉兰:《寄夫》

张立本女:《诗》("危冠广袖楚宫妆")

崔莺莺:《告绝诗》

姚月华:《楚妃怨》

葛鸦儿:《暗别离》

关盼盼:《燕子楼三首》(录一首)

刘采春:《啰唝曲六首》

武昌妓:《续韦蟾句》

徐月英:《送人》

薛涛:《酬人雨后玩竹》、《鸳鸯草》、《牡丹》、《酬杜舍人》

鱼玄机:《赋得江边柳》、《赠邻女》、《卖残牡丹》、《暮春有感寄友人》、《冬夜寄温飞卿》、《题隐雾亭》、《寄子女》

李冶:《送韩揆之江西》、《感兴》、《八至》、《送阎二十六赴剡县》

以下释道

寒山:《诗》(录七首)

景云:《画松》

灵一:《酬皇甫冉西陵见寄》、《宿静林寺》、《留别忠州故人》

灵澈:《东林寺酬韦丹刺史》

清江:《早发陕州途中赠严秘书》、《赠淮西贾兵马使》

无可:《秋日寄厉玄先辈》

皎然:《和裴少府怀京兄弟》、《秋日毗陵南寺送潘述之扬州》、《送皇甫侍御曾还丹阳别业》、《戛铜椀为龙吟歌》、《兵后西日溪行》

子兰:《登楼》、《长安早秋》、《鹦鹉》

吴筠:《游仙》(录二首)、《步虚词》(录一首)、《舟中夜行》

杜光庭:《富贵曲》、《伤时》(一作郑游诗)、《招友人游春》(一作郑游诗)

吕岩:《七言》(录二首,"九天云净鹤飞轻","随缘信业任浮沉")、《绝句》(录二首,"天下都游半日功","粗眉卓竖语如雷")、《题全州通土蒋晖壁》

六、唐新文体

试律(辉按:下录唐代试律,其中包括试律赋和试律诗,文不录,仅存其目如下)

李程《日五色赋》、裴度《铸剑戟为农器赋》、韩愈《明水赋》、浩卢舟《盆池赋》、贾餗《庄周梦为胡蝶赋》、宋言《渔父辞剑赋》、王棨《缀珠为烛赋》、康僚《汉武帝重见李夫人赋》、黄滔《明皇回驾经马嵬赋》、黄滔《送君南浦赋》、柴宿《初日照华清宫》、张正元《冬日可爱》、李华《海上生明月》、叶季良《月照冰池》、李商隐《月照冰池》、张乔《月中桂》、吕温《白云起封中》、李正辞《白云起封中》、王维《清如玉壶冰》、罗让《闰月定四时》、孟简《惜分阴》、白居易《窗中列远岫》、许彬《莱城晴日望三山》、段成式《莱城晴日望三山》、李沛《海水不扬波》、童翰卿《昆明池石织女》、李商隐《桃李无言》、杜荀鹤《得沟新柳》、韩愈《早春雪中闻莺》、黄滔《秋夕闻新雁》、韩愈《精卫衔石填海》、元稹《河鲤登龙门》、陆贽《晓过南宫闻太常奏清乐》、钱起《湘灵鼓瑟》、薛能《天际识归舟》、张聿《剑化为龙》、李益《古镜》、崔曙《明堂火珠》、白行简《李都尉重阳日得苏属国书》、卢肇《臣心如水》、刘得仁《月极千里》

诗余(辉按:下录唐代诗余,词作不录,仅存其目如下)

昭宗:《巫山一段云》("蝶舞梨园雪")、《菩萨蛮》("登楼遥望秦宫殿")

李白:《菩萨蛮》("平林漠漠烟如织")、《忆秦娥》("箫声咽")、《清平乐令》("禁闱秋夜")、《桂殿秋》("仙女下")

张志和:《渔歌子》("西塞山前白鹭飞")

韦应物:《调笑》("河汉河汉")

戴叔伦:《转应词》("边草边草")

王建:《调笑》二首("团扇团扇"、"蝴蝶蝴蝶")

韩翃:《章台柳》("章台柳")

白居易:《花非花》("花非花")、《忆江南》(三首)、《长相思》("深画眉")

刘禹锡:《春去也》("春去也")、《潇湘神》("斑竹枝")

温庭筠:《菩萨蛮》七首("小山重叠金明灭"、"水精帘里颇黎枕"、"玉楼明月长相忆"、"牡丹花谢莺声歇"、"满宫明月梨花白"、"宝函钿雀金鸂鶒"、"竹风轻动庭除冷")、《更漏子》三首("柳丝长"、"星斗稀"、"玉炉香")、《归国遥》二首("香玉翠凤"、"双脸小凤")、《酒泉子》("楚女不归")、《南歌子》五首("手里金鹦鹉"、"似带如丝柳"、"倭堕低梳髻"、"转盼如波眼"、"懒拂鸳鸯枕")、《河渎神》二首("河上望丛祠"、"孤庙对寒潮")、《女冠子》("含娇含笑")、《玉蝴蝶》("秋风凄切伤离")、《清平乐》("洛阳愁绝")、《遐方怨》("凭绣槛")、《诉衷情》("莺语花舞")、《思帝乡》("花花满枝红似霞")、《梦江南》("梳洗罢")、《河传》二首("江畔"、"湖上")、《蕃女怨》二首("万枝香雪开已遍"、"碛南沙上莺雁起")、《荷叶杯》二首("镜水"、"楚女")

皇甫松:《天仙子》二首("晴野鹭鸶飞一只"、"踯躅花开红照水")、《摘得新》("酌一卮")、《梦江南》二首("兰烬落"、"楼上寝")

郑符:《闲中好》("闲中好")

段成式:《闲中好》("闲中好")

司空图:《酒泉子》("买得杏花")

韩偓:《生查子》("侍女动妆奁")

张曙:《浣溪沙》("枕障薰炉隔绣帷")

吕岩:《梧桐影》("落日斜")

小说

唐人小说,多成于下第之士,及失职侘傺者。以仙侠、神怪、闺襜、姚冶寄其无聊不平之感。盖属写情派,而非如前世小说之仅事叙述,故小说界至唐而广。惟作者多无根据,仍胚胎于诗赋。词藻虽动人,而失之绮靡繁冗,而其旨趣尤多轻薄逸荡。《会真记》、《周秦行记》等,颠倒乌鹭,已大伤忠厚,尚可云出于报复。若李群玉之蔑及英皇,真丧心病狂矣。故唐人小说可资惩劝及备惩考者甚少,惟取其华赡为词章家金粉云尔。略分三类,各采一脔(奇侠、神怪、艳情)。(辉按:下录唐代传奇代表作四部:张说《虬髯客传》、李朝威《柳毅传》、郑还古《杜子春传》、段成式《聂隐娘》,文不录,仅存其目)

第五节　五代文学

唐之标末,外凌于强藩,内制于凶竖。黄巢以一下第举子,攘臂一呼,遂至瓦解土崩而不可收拾。盖天下人心之无唐也,非一朝一夕矣。唐之亡也,略如姬周。蜀之娄幸,犹东迁及河阳之狩,而李、郭等则桓文也;至昭宗犹战国时之赧王耳。且东周之亡也,人无惜之者,不如楚有三户之感也。沙陀虽袭其国号,人心亦不视之为进退。且其时之士大夫,除致尧、表圣、昭谏数子,有凌寒之节,昭独清之守,其余皆蒙头盖面,丧心灭义,望若鸾皇,而行不狗彘。对于椎埋、屠贩、厮养、夷虏,皆事之以尊亲,奉之以神圣,而甘为其奴隶犬马。当时所称元臣硕辅及通才博学者,此皆其选也。社会之人格如是,则文学之价值亦可知。且其遗耇则留于先朝,新隽都入于天水。朝盗暮虏之间,能培出人才哉?故文止取二对,诗则采其未盭骚雅略具性情者。存诗即以存人,不别推代表也。

诗余至此始离诗而自立一体,作者较他种诗章为盛,因之存录稍多,且以续温、韦、欧、晏先后之血统云尔。

一、五代文(作品选读)(辉按:下录五代文,文不录,仅存其目如下)

(唐)郭崇韬《苦热对》、(晋)张荐明《闻鼓对》

二、五代诗

【梁】

翁承赞　字文尧,闽人。乾宁二年登进士第,又擢宏词科,任京兆府参军。天祐元年,以右拾遗受诏,册王审知为王。梁开平四年,复为闽王册礼副使,寻擢谏议大夫、福建盐铁副使,就加左散骑常侍、御史大夫,留相闽,卒。所著有《昼锦集》、《宏词前后集》。(辉按:选其诗《晨兴》)

杜荀鹤　字彦之,池州人。有诗名,自号九华山人。大顺二年,第一人擢第,复还旧山。宣州田頵遣至汴通好,朱全忠厚遇之,表授翰林学士、主客员外郎、知制诰。自序其文为《唐风集》,十卷。(辉按:选其诗《江上送韦彖先辈》、《秋宿临江驿》、《感寓》)

李山甫　咸通中,累举不第。梁初,依魏博罗宏信及其自绍威幕府,为从事。尝逮事乐彦祯。文笔雄健,著有诗集。(辉按:选其诗《南山》)

聂夷中　字坦之,河东人。咸通十三年,登进士第,官华阴尉。梁初卒。(辉按:选其诗《田家》)

王周　梁贞明间人,登进士第,曾官巴蜀。(辉按:选其诗《泊姑熟口》)

路德延　寇氏人,光华初擢第,授拾遗。梁太祖时,河中节度使朱友谦辟掌书记。(辉按:选其诗《小儿诗》)

秦韬玉　字仲明,京兆人。中和二年,得准敕及第,以工部侍郎为田令孜神策判官。所著有《投知小录》。(辉按:选其诗《贫女》)

刘元英　初名操,燕地广陵人。以明经擢第,仕燕主刘守光为相。后得道,号海蟾子。(辉按:选其诗《题潭州寿宁观》)

【唐】

冯道　字可道,瀛州景城人。初事刘守光为参军,事败去,宦者张承业为巡官,荐之晋王为掌书记。唐庄宗即位,拜户部侍郎。明宗朝,同中书门下平章事。历事晋、汉、周。卒,年七十三。自号长乐老,谥文懿,追封瀛王。诗集十卷。(辉按:选其诗《天道》)

于邺　武陵人。唐末进士。唐明宗时,官工部郎中。(辉按:选其诗《岁暮还家》)

唐彦谦　字茂业,晋阳人。累官刺史。有《鹿门集》。(辉按:选其诗《夏日访友》、《梅亭》、《闻应德茂先离棠溪》、《叙别》、《新丰》、《金陵九日》)

【晋】

和凝　字成绩,郓州须昌人。举进士,初仕后唐。天成中,历翰林学士,知贡举。晋天福五年,拜中书侍郎同门下平章事。入汉,拜太子太傅,封鲁国公。有《红叶稿》。(辉按:选其诗《宫词》五首、《富贵曲》、《咏西施》)

【汉】

王仁裕　字德辇,天水人。初为秦州判官,入蜀为中书舍人、翰林学士。历唐、晋至汉,为户部尚书、太子太保。致仕,卒。所作有《西江集》。平生作诗累万,称“诗窖子”。(辉按:选其诗《上梓潼王》、《荆南席上咏胡琴妓》、《过平戎谷吊胡翙》)

钟离权 咸阳人。自言生于汉,遇江南许坚授仙诀,又遇华阳真人、上仙王元甫,传道,入崆峒山,自号云房先生。(辉按:选其诗《草书诗》)

【周】

孟贯 字一之,建安人,仕周,官至大夫。(辉按:选其诗《赠栖隐洞谭先生》)

李昉 字明远,深州饶阳人。汉乾祐中举进士。周显德中仕至翰林学士。入宋,拜中书侍郎平章事。卒,谥文正,有集。(辉按:选其诗《禁林春直》、《咏牡丹》、《梦归故园》、《江楼望乡寄内》、《中春登楼》、《登郡楼书怀》)

胡宿 周末人。(辉按:选其诗《淮南王》、《早夏》)

【十国】

后主杨溥 杨行密第四子,僭位十六年。(辉按:选其诗《渡江》)

后主李煜 字重光,元宗璟子。在位十五年。归宋,封违命侯。开宝中,封陇西公。卒,赠吴王。尝著《杂说》百篇。(辉按:选其诗《病中感怀》、《挽辞》、《梅花》、《过白卫岭和韩昭仪》)

太后徐氏 骠骑大将军畊之女。建即位,册为淑妃。衍立,尊为顺圣太后。(辉按:选其诗《题金华宫》)

太妃徐氏 顺圣太后之妹,建册为贵妃,生后主衍,及衍即位,尊为翊圣太妃。(辉按:选其诗《题彭州阳平池》、《题天回驿》)

花蕊夫人 徐氏(一作费氏),青城人。幼能文,尤长于《宫词》。得幸蜀主孟昶,赐号花蕊夫人。入宋,备后宫。(辉按:选其诗《宫词》十四首、《奉诏作》)

孙鲂 字伯鱼,南昌人。从郑谷为诗,颇似郑谷。事吴为宗正郎,与沈彬、李建勋友。集三卷。(辉按:选其诗《题金山寺》)

高越 字仲远,幽州人。仕吴,授秘书郎,终勤武殿学士、户部侍郎。(辉按:选其诗《咏鹰》)

沈彬 字子文,高安人。唐末应进士不第,浪迹江湖。尝与僧中斋己为诗友。事吴为秘书郎,以吏部郎中致仕。年八十余,李璟以旧恩召见,赐粟帛、官其子。(辉按:选其诗《忆仙谣》、《吊边人》)

李中 字有中,陇西人。仕南唐为淦阳宰。著有《碧云集》。(辉按:选其诗《寒江暮泊寄左偃》、《书王秀才壁》、《江上晚泊寄溢城知友》、《海上从事秋日书怀》、《怀旧夜吟寄赵杞》、《途中柳》、《采莲女》)

张泌 字子澄,常州人。仕南唐为考功员外郎,累官至内史舍人。归宋,官虞部郎中,卒。(辉按:选其诗《春晚谣》、《春江南》、《春日旅泊桂州》、《长安道中蚤行》)

郑文宝 字仲贤,宁华人。彦华之子。仕南唐校书郎,历官宋兵部员外郎。著有《南唐近事》、《江表志》、《谈苑》。(辉按:选其诗《送曹纬韩刘鼎二秀才》、《阙题》、《送人南归》、《喜故

人至》)

韩熙载　字叔言,北海人。后唐同光中登进士第。李昪建国,用为秘书郎。璟嗣位,拜虞部员外郎、史馆修撰、知制诰。后主时,终中书侍郎。卒,谥文靖。(辉按:选其诗《感怀》、《奉使中原署壁》)

冯延巳　一名延嗣,字正中,广陵人。李璟为元帅时,辟为掌书记。璟立,拜翰林学士,进中书侍郎同平章事。有《阳春集》。(辉按:选其诗《舞春风曲》)

李建勋　字致尧,陇西人。少好学,能属文,尤工诗。南唐主昪镇金陵,用为副使,预禅代之策,拜中书侍郎同平章事。昪元五年,放还私第。嗣主璟召拜司空,寻以司徒致仕,赐号钟山公。集二十卷。(辉按:选其诗《惜花》、《春日金谷园》)

徐铉　字鼎臣,广陵人。十岁能属文,与韩熙载齐名,江南谓之“韩徐”。起家吴校书郎,后事李昪父子,试知制诰,贬泰州司户掾,俄迁祠部郎中,复知制诰,召为太子右谕德,迁中书舍人。后主时,除礼部侍郎,通署中书省事,历尚书右丞、兵部侍郎、翰林学士、御史大夫、吏部尚书。归宋为直学士院给事中、散骑侍郎。淳化初,坐累,黜静难军司马。卒。有《骑省集》三十卷。(辉按:选其诗《题伏龟山北隅》、《送王四十五归东都》、《和方泰州见寄》、《柳枝词》四首)

徐锴　字楚金,铉之弟。与铉齐名,时号“二徐”。起家秘书郎,齐王景达奏授记室,未几,贬乌江尉。岁余召还,授右拾遗、集贤殿直学士。论冯鲁,以秘书郎分司东都。后召为虞部员外郎。后主立,迁屯田郎、知制诰、集贤殿学士,改官名,拜右内史舍人,赐金紫,宿直光政殿,兼兵吏部选事。开宝七年七月卒,年五十五,赠礼部侍郎,谥曰文。著《说文解字系传》四十卷、《说文通释》四十卷、《方舆记》一百三十卷,又《古今国典》、《赋苑》、《岁时广记》及他文章凡若干卷。(辉按:选其诗《太傅相公以东观庭梅西垣旧植昔陪盛赏今独家兄唱和之余俾令攀和辄依本韵伏愧斐然》)

钟蒨　字德材,豫章人。起家藩府从事。与二徐等游,累登台郎,迁集贤殿学士。保大九年,为东都少尹。交泰时,齐王景达都督抚州,朝廷慎选僚佐,除观察判官、检校屯田郎中。后主时,官勤政殿学士。宋师入金陵,蒨朝服坐于家,兵及门,举族灭之。(辉按:选其诗《到新鸿别诸同志》、《秋晚夜望》)

陈陶　字嵩伯,岭南人。大中时游学长安。南唐昪元中,隐洪州西山,后不知所终。有集十卷。(辉按:选其诗《怀仙吟二首》、《宿岛径夷山谷》、《和西江李助副使早登开元寺》、《旅次铜山途中先寄温州韩使君》、《将进酒》、《鸡鸣曲》、《小笛弄》、《谪仙词》、《钱塘对酒曲》、《赠别离》、《南海石门戍怀古》、《续古》四首、《陇西行》二首、《竹》四首)

江为　宋州人。避乱家建阳。游庐山,师陈为。诗有集。(辉按:选其诗《江行》、《登润州城》)

卢延让　字子善,范阳人。唐光化九年进士第。朗陵雷满辟从事,满败,归王建,授水部员外郎,累迁给事中,终刑部侍郎,卒。(辉按:选其诗《冬除夜书情》)

牛峤　字松卿,陇西人。乾符五年,进士,官尚书郎。王建僭位,为给事中。有集三十三卷。(辉按:选其诗《杨柳枝》二首)

张蠙　字象文,清河人。登乾宁二年进士第。为校书郎、栎阳尉、犀浦令。王建开国,

拜膳部员外郎,终金堂令。(辉按:选其诗《登单于台》、《夏日题老将林亭》)

唐求 王建时人。(辉按:选其诗《晓发》、《客行》)

贯休 字德隐,俗姓姜氏,兰溪人。七岁出家。天复中入益州,王建礼遇之,署号禅月大师,或呼为得得来和尚。终于蜀,年八十一。初有《西岳集》,吴融为序,后弟子昙域更名《宝月集》。(辉按:选其诗《万里曲》、《古离别》、《塞下曲》、《行路难》二首、《古意》二首、《谢卢少卿惠千文》、《江边祠》、《春山行》、《春过鄱阳湖》、《古塞下曲》、《古塞上曲》、《归故林别知己》、《闻王慥常侍卒》、《晚望》、《献钱尚父》、《陈情献蜀皇帝》、《东阳罹乱后怀王慥使君》、《月夕》、《晚望》)

韦庄 字端己,杜陵人。见素之后。乾宁元年,第进士,授校书郎,转补阙。与李洵为两川宣谕和协使。庄以中原多故,潜欲依蜀,前主建辟为掌书记,寻擢起居舍人,累官至门下侍郎、吏部尚书同平章事。卒,谥文靖。著有《浣花集》、《又花集》。(辉按:选其诗《闺月》、《信州西三十里山名仙人城下有月岩山其状秀拔中有山门如满月之状余因行役过其下聊赋是诗》、《赠峨嵋山弹琴李处士》、《章台夜思》、《早发》、《和人岁宴旅舍见寄》、《赠薛秀才》、《岁除对王秀才作》、《咸阳怀古》、《酬吴秀才霅川相送》、《和同年韦学士华下途中见寄》、《灞陵道中作》、《辛丑年》、《忆昔》、《夜景》、《对梨花赠皇甫秀才》、《袁州作》、《湘中作》、《清河县楼作》、《北原闲眺》、《赠戍兵》、《上元县》、《过扬州》、《绥州作》、《汧阳间》、《即事》、《送日本国僧敬龙归》、《古离别》、《寓言》、《台城》、《东阳酒家赠别》、《衢州江上别李秀才》、《春阳》、《钟陵夜阑作》、《江上别李秀才》)

欧阳炯 益州华阳人。少事王衍,为中书舍人。孟蜀广政中,拜翰林学士,历门下侍郎平章事。后从昶归宋。(辉按:选其诗《题景焕画应天寺壁天王歌》)

韦縠 仕知祥父子,累迁监察御史,升尚书。(辉按:选其诗《伤哉行》、《秦家行》、《红蔷薇》、《斑竹簟》、《琵琶行》、《杂诗二首》、《杂诗》三首)

三、五代诗余(作品选读)(辉按:下录五代词,作品不录,仅存其目如下)

后唐庄宗:《一叶落》(“一叶落”)、《忆仙姿》(“曾宴桃源深洞”)

蜀主王衍:《醉妆词》(“者边走”)

蜀主孟昶:《玉楼春·夜起避暑摩诃池上作》(“冰肌玉骨清无汗”)

南唐李璟:《山花子》二首(“菡萏香销翠叶残”、“手卷真珠上玉钩”)

后主李煜:《相见欢》二首(“林花谢了春红”、“无言独上西楼”)、《清平乐》(“别来春半”)、《浪淘沙》二首(“帘外雨潺潺”、“往事只堪哀”)、《玉楼春》(“晚妆初了明肌雪”)、《子夜》二首(“花明月暗笼轻雾”、“人生愁恨何能免”)、《虞美人》二首(“风回小院庭芜绿”、“春花秋月何时了”)、《临江仙》(“樱桃落尽春归去”)

和凝:《春光好》(“蘋叶软”)、《采桑子》(“蝤蛴领上诃梨子”)、《河满子》(“写得鱼笺无限”)、《渔父》(“白芷汀寒立鹭鸶”)

韦庄:《菩萨蛮》四首(“红楼别夜堪惆怅”、“人人尽说江南好”、“如今却忆江南乐”、“洛阳城里春光好”)、《归国遥》(“金翡翠”)、《应天长》二首(“绿槐阴里黄鹂语”、“别来半岁音书绝”)、《荷叶杯》二首(“绝代佳人难得”、“记得那年花下”)、《清平乐》二首(“野花芳草”、“莺啼残月”)、《河传》三首(“何处”、“春晚”、“锦浦”)、《诉衷情》二首(“烛烬香销帘半卷”、“碧沼红芳烟雨净”)、《上行杯》(“芳草灞陵春岸”)、《女冠子》(“四月十七”)、《更漏子》(“钟鼓寒”)

薛昭蕴:《浣溪沙》("粉上衣稀有泪痕")、《相见欢》("罗襦绣袂香红")、《女冠子》("求仙去也")、《谒金门》("春满院")

牛峤:《女冠子》("锦江烟水")、《感恩多》("两条红粉泪")、《望江怨》("东风急")、《菩萨蛮》二首("舞裙香暖金泥凤"、"绿云鬓上飞金雀")、《西溪子》("捍拨双盘金凤")、《江城子》("䴔䴖飞起郡城东")

毛文锡:《虞美人》二首("鸳鸯对浴银塘暖"、"宝檀金镂鸳鸯枕")、《更漏子》("春夜阑")、《纱窗恨》二首("新春燕子还来至"、"双双蝶翅涂铅粉")、《醉花间》二首("休相问"、"深相忆")、《巫山一段云》("雨霁巫山上")

牛希济:《生查子》二首("春山烟欲收"、"新月曲如眉")

欧阳炯:《三字令》("春欲尽")、《南乡子》六首("嫩草如烟"、"画舸停桡"、"岸远沙平"、"洞口谁家"、"路入南中"、"袖敛鲛绡")、《贺圣朝》("忆昔花间初识面")、《江城子》("晚日金陵岸草平")、《凤楼春》("凤髻绿")、《清平乐》("春来街砌")

顾敻:《河传》二首("燕飏晴景"、"棹举舟去")、《醉公子》二首("漠漠秋云澹"、"岸柳垂金线")、《玉楼春》("月照玉楼春漏促")、《诉衷情》二首("香灭帘垂春漏永"、"永夜抛人何处去")、《临江仙》("碧染长空池似镜")、《杨柳枝》("秋夜香闺思寂寥")

鹿虔扆:《临江仙》("金锁重门荒苑静")

阎选:《浣溪沙》("寂寞流苏冷绣茵")、《河传》("秋雨秋雨")

魏承班:《玉楼春》("寂寂画堂梁上燕")、《生查子》("烟雨晚晴天")

尹鹗:《临江仙》("深秋寒夜银河静")、《菩萨蛮》("陇云暗合秋天白")

毛熙震:《临江仙》("幽闺欲曙闻莺啭")、《清平乐》("春光欲暮")、《南歌子》("远山愁黛碧")、《后庭花》("越罗小袖新香蒨")、《河满子》("寂寞芳菲暗度")

李珣:《巫山一段云》("古庙依青嶂")、《南乡子》十首("烟漠漠"、"兰棹举"、"归路近"、"乘彩舫"、"倾绿蚁"、"渔市散"、"相见处"、"携笼去"、"登画舸"、"双髻堕")、《菩萨蛮》二首("回塘风起波纹细"、"隔帘微雨双飞燕")、《西溪子》("金缕翠钿浮动")、《河传》("去去")

孙光宪:《河渎神》二首("汾水碧依依"、"江上草芊芊")、《后庭花》("石城依旧空江国")、《清平乐》("愁肠欲断")、《女冠子》("淡花瘦玉")、《风流子》二首("楼倚长堤欲暮"、"金络玉衔嘶马")、《思帝乡》("如何遣情情更多")、《上行杯》("离棹逡巡欲动")、《浣溪沙》("蓼岸风多橘柚多")、《谒金门》("留不得")、《思越人》二首("古台平"、"渚莲枯")

张泌:《酒泉子》("紫陌青门")、《南歌子》("柳色遮楼暗")、《江城子》("碧栏杆外小中庭"、"浣花溪上见卿卿")、《浣溪沙》("钿毂香车过柳堤")

冯延巳:《罗敷艳歌》二首("马嘶人语春风岸"、"小堂深静无人到")、《清平乐》二首("雨晴烟晚"、"春愁南陌")、《芳草渡》("梧桐落")、《归国谣》("江水碧")、《蝶恋花》四首("六曲阑干偎碧树"、"谁道闲情抛弃久"、"几日行云何处去"、"庭院深深深几许")(辉按:《蝶恋花》第四首"庭院深深深几许"当为欧阳修所作,黄人误作冯延巳之作)、《喜迁莺》("宿莺啼")、《虞美人》("玉钩鸾柱调鹦鹉")、《抛球乐》二首("梅落新春入后庭"、"霜积秋山万树红")、《三台令》二首("春色春色"、"南浦南浦")、《浣溪沙》("马上凝情忆旧游")、《应长天》("一钩初月临妆镜")

成幼文:《谒金门》(“风乍起”)(辉按:黄人将之归于成幼文名下,其所据见词后的按语:“陈质斋云:世言‘风乍起’为冯延巳作,或云成幼文也。今《阳春集》无有,当是幼文作。”此实是冯延巳所作。)

耿玉真女郎:《菩萨蛮》(“玉京人去秋萧索”)

第六节　两宋文学

一、绪论

开创之初,西昆诸君,仍袭衰唐秾藻,犹四杰之不脱梁陈烟月,承平粉饰,习为奢丽,如出一辙。惟太祖右文,过于前古,故再传而后,文艺特盛。庐陵起衰,西江式靡,且世之号为文章大家者,八与其六,而生于并时,非如唐之诗振于开宝,文变于元和,中有分间也。推而上之,则讲学之彦,遍于两庑,上夺东西京之席;倚声之风,暨乎有井,而掩古乐府之长。惟有所偏事,其尚武精神不免消耗于说性言情之下,臧谷之亡羊一也。太宗、真宗,耆学于青宫,亦首开风气。故天水之君,皆擅才艺,要亦为一代特色。南渡下,伯纪达政,足配谟诰,晦庵载道,上继孟、荀,此两大文豪,不止冠小朝廷,直前无古人,后无来者矣!诚斋、剑南,足妃苏、黄。谓临安不及东都者,譸言也。迨至白雁北来,庚申运尽,而风雨翰音,引亢益厉,文山人格,炳若日星,其著述亦足副之;而西台遗响,山川为之助哀;智井青编,水火不能毁蚀;至于月泉、夕社,皆乾坤正气所寄,非寻常亡国之音。盖沉陆猾夏之愤,迥殊于楚弓楚得,故崖山与煤山劫后,世界腥膻,文界特馨逸,非汉唐之际能及也。

二、北宋文学家代表

王曾　字孝先,益都人。咸平中,乡试、廷对皆第一。真宗朝,迁灵观使,辞不受。帝曰:“大臣宜傅会国事,何遽自异?”曾顿首曰:“君从谏谓明,臣尽忠谓义。陛下不知臣驽钝,使臣待罪宰府,惟知义而已,不知异也。”上意不悦,竟罢之。王旦在告,闻之曰:“王君介然,他日德望勋业甚大,顾予不得见尔。”帝崩,太后临朝,丁谓与内侍雷允恭专政,人莫敢抗,独曾正色立朝,时倚为重。布衣时,以《梅诗》谒吕文穆云:“雪中未问调羹事,先向百花头上开。”吕云:“此生已安排作状元、宰相矣!”累官右仆射平章、集贤殿大学士,封沂国公。卒,谥文正。

王禹偁　字元之,巨野人。九岁能文,文甚敏赡,太宗朝举进士,为右拾遗。遇事敢言,以直躬行道为己任。尝献《端拱箴》及《御戎十箧》。文章独步当时。累迁翰林学士。著有文集五十余卷。

杨亿　字大年,浦城人。祖文逸,南唐玉山令。亿生数岁不能言,一日家人抱之登楼,触其首,即吟曰:“危楼高百尺,手可摘星辰。不敢高声语,恐惊天上人。”七岁善属文。从祖徽之常与语,叹曰:“兴吾门者在汝矣!”雍熙初,亿年十一,试神童科,太宗召见,试一赋二诗,顷刻而成,送中书再试,执政令赋《喜朝金阙诗》,下笔立就,有“愿秉贞忠节,终身立圣朝”之句。除正字,后赐进士。两为翰林学士。亿性耿介,尚名节,文格雄健,学者宗之。

每作文，以小纸细书，挥毫如飞，文不加点，顷刻数千言。尤喜诱诲后进，因以成名者甚众。帝尝欲立刘德妃为皇后，命亿草制，使丁谓谕旨，亿难之，因请别代，谓曰："勉为此，不忧不富贵。"亿曰："如此富贵，非所愿也！"竟不草，乃命他学士代焉。卒，谥文。著有文集一百九十四卷。

宋庠　字公序，雍丘人。初名郊，仁宗命改今名。少时与弟祁逢一异僧，曰："小宋当魁天下，大宋亦不失前名。"后十年，大宋又遇之途，僧曰："公已活数万命乎，当为大魁！"庠自计云："此堂蚁穴，为大水所侵，编竹为桥以渡之，必此也。"比唱名，小宋第一，章献太后谓弟不可先兄，命大宋为第一，小宋第二，并入翰林。后封郑国公。卒，赠太尉，谥元献。著有《校定国语补音通谱》、《丛志》诸书。

宋祁　字子京。父玘，为应山令，梦人遗《文选》一部，而生公，故小字选郎。历官太常博士，诏定新乐，权度支判官。上言三冗三费，进翰林学士、礼部侍郎，上《御融七论》。累迁龙图阁学士，知郑州。与欧阳修同修《唐书》，迁左丞，进工部尚书、学士承旨。卒，谥景文。

钱惟演　字师圣，俶季子。幼有俊才，赋《远山诗》云："高为天一柱，远作海三峰。"俶深器之。与杨亿、刘筠齐名。家聚书，侔于秘府。咸平中，除知制诰、翰林学士，寻知枢密院。卒，谥文僖。

欧阳修　字永叔。四岁而父卒，母郑氏守节教育之。家贫，以荻画地学书。举进士甲科。仁宗时为谏官，论事切直。韩琦、范仲淹相继罢去，修上疏极谏，出知滁州，还为翰林学士，拜参知政事。尽心匡辅，与韩琦策立英宗。修以风节自持。既连被污，时年六十，即乞谢事。及徙青州，上疏请止散青苗钱，王安石恶之。修求归益切，冯京请留之，安石曰："修附丽韩琦，以琦为社稷臣，如此人在一郡则坏一郡，在朝廷则坏朝廷，留之安用？"乃以太子少师致仕。熙宁中求修所撰《五代史》，而修卒矣。修天资刚劲，见义勇为。平生与人尽言无隐，奖引后进，如恐不及，赏识之下，率为闻人。及在政府，士大夫有所干请，辄面谕可否，虽台谏论事，亦必以是非诘之，怨谤益众。自五代以来，文体卑微，修游随州，得唐韩愈遗稿，读而心慕之，苦心探赜，至忘寝食，遂以文章名冠天下，学者翕然师之。终老颍之西湖，自号六一居士。卒，赠兖国公，谥文忠。修多所著述，在滁号醉翁，作《醉翁亭记》，谓集古一千卷、藏书一万卷、琴一张、棋一局、酒一壶、鹤一只也。

王安石　字介甫，临川人。父益，历官州县有声。安石有异质。及长，博览强记，善辨不屈，所为文，渊源出于典诰。擢进士上第。神宗朝拜相，封荆国公。卒，谥曰文。尝变新法，有青苗、保马、保甲、新经、字义、水利、雇役等名色。号半山。所著有《周礼三经》、文集，行于世。

王安国　字平甫，安石弟。自幼为文惊人。数举进士茂才。任西京国子教授，秩满至京师。因召对不悦于帝，止授崇文殿校书。屡以新法之弊，力谏安石。时吕惠卿谄事安石，行新法，安国深恶之，尝吹笛于内，安石谕之曰："请学士放郑声。"安国即应声曰："幸相公远佞人。"故惠卿闻而衔之，乃因郑侠狱陷之，放归田里。岁余，复大理寺寺丞。卒。有文集行于世。

张方平　字安道,宋城人。少颖悟绝伦,书过眼不再读。举进士为著作郎,上《平戎十策》,议论确当,宰相吕夷简见之,谓枢密宋绶曰:“大科得人矣!”累官参知政事、南京留守、知陈州,以太子少师致仕。卒,谥文定。初守蜀时,得苏洵与其子轼、辙,深器异之,尝荐轼为谏官。晚受知神宗,王安石方用事,嶷然不少屈,以是望高一时。少家贫,无书,借人三史,旬日还之,曰:“已知其详矣!”平生属文,未尝起草。宋绶、蔡齐以为天下奇才,共荐之,上以其文章典雅,有三代风。仁宗、英宗、神宗三朝,始终一节,时论重之。

曾巩　字子固,人称南丰先生。性嗜书,家藏至二万余卷,手自雠对,白首不倦。著有《元丰类稿》五十卷,又集古今篆刻为《金石录》五百卷,又著有《两汉议论》。其文章与欧阳修齐名。元丰五年,与李清臣、王存等修史,上手诏中书曰:“五朝史事,宜付曾巩。”遂为史馆修撰。史成,上赐龙衣金带,擢试中书舍人。巩尝白事都堂,时章子厚为门下侍郎,谓之曰:“向见舍人《贺明堂礼成表》,天下奇作。”子固一时无辞让,但问曰:“比班固典引何如?”

曾肇　字子开。自幼力学,为文温润有法。治平间举进士。历事三朝,更十一州,所至有声。入为中书舍人,迁为翰林学士。与兄布同时举翰苑,人以为荣。杨龟山称其立朝端严,有大臣体。卒,谥文昭。与巩同著《两汉议论》。

王珪　字禹玉,万州人。弱岁即奇警,日诵数千言。庆历中,及第试学士院。其文典丽,有西汉风。朝廷大典策,多出其手。治平四年,召至蕊珠殿,兼端明学士,赐盘龙金盆,监维扬郡,陈升之为慕官,王安石为卫尉丞。时韩琦出守是邦,初夏圃内芍药盛开,有金腰带四朵,公召四人同赏,各簪一朵,后相继为相,果花瑞也。累官尚书左仆射,兼门下侍郎,封岐国公。卒,赠太师,谥文恭。著有《华阳集》百卷。

杜衍　字世昌,山阴人。厉操笃学,擢进士甲科。历州县皆有政绩。庆历中为相,与韩琦、富弼、范仲淹等,同革时弊,以修纲纪,而衍尤抑绝侥幸,凡内降恩泽者,一切不与,每积十数,必面约之。仁宗尝谓欧阳修曰:“朕居禁中,有求恩泽者,每以衍不可告之而止者,多于所封还也。”由是侥幸寝不悦,为相百日而罢,后以太子少师致仕,封祁国公。卒,谥正献,时号清白宰相。

吕公著　字晦叔,夷简子。幼嗜学,至忘寝食。夷简器之曰:“他日必为公辅。”寓居洛阳,举进士第,累官侍史中丞。元祐初,拜尚书右仆射,兼中书侍郎,与司马光同心辅政,历事四朝。夷简善任智,公著则持正,贤于父远矣。公简重清俭,出于天性。夏月不用扇,寡嗜欲,薄滋味,声色华耀,视之漠如也。御书墓碑曰“纯诚厚德之碑”,封申国公,谥正献。

司马光　字君实,号涑水先生,陕州夏县人。池次子。宝元初进士,累官端明殿学士。卒,赠温国公,谥文正。有文集八十卷,他著述二十种,五百余卷。

范仲淹　字希文,吴县人。三岁而孤,随母改适长山朱氏,冒姓朱。大中祥符中举进士,改本姓。累官枢密副使,进参知政事。谥文正,封楚国公。

晏殊　字同叔,临川人。七岁善属文。真宗召见,与进士并试,援笔立成,赐同进士出身,为馆职。仁宗时为相,善知人,范仲淹、孔道辅、欧阳修皆出其门,富弼、杨察皆其婿。

卒,谥曰献。有文集四十卷,又有《类要二府集》、《临川集》。

郑獬　字毅夫,安陆人。俊迈不群,初举国子监第五人,谢启曰:“李广才气,自谓无双;杜牧文章,止得第五。”皇祐五年,上御崇政殿,试《圜丘象天地赋》,进士第一。初,通判陈州,入直集贤院。英宗即位,獬言陛下初临御,愿申奏中外,许令尽言,有可采录,召与之对,必能有益治道。神宗朝为翰林学士。

张耒　字文潜,淮阴人。十二岁能文,弱冠第进士,有雄文,尤长骚赋。诲人作文,以理为主。官起居舍人。坐党籍。家贫,郡守欲为置产,坚谢之。雅与苏轼兄弟善。著有《两汉决疑》八十卷行世。

陈师道　字无己,彭城人。少刻苦问学,高介有节。诸经皆有训传,于《诗》、《礼》尤邃。苦吟,每枕上觅句,或累日不起。其为文师曾巩,为诗宗黄庭坚,平淡雅奥,自成一家。家酷贫,傅尧俞尝怀金赠之,见其词色,不敢出。元祐中,苏轼辈荐其文行,除本州教授,累迁秘书省正字。从徽宗郊,时天寒,赵挺之与一裘,无己嫌其贪污,却之而冻死。

陈与义　字去非,洛阳人。天资卓伟。政和间上舍甲科,累官太学博士。徽宗见所赋《墨梅诗》,有见晚之叹。绍兴中拜翰林学士,迁参知政事。其出处气节、文章翰墨,卓然可称。著有《简斋集》行世。

陈康伯　字长卿,弋阳人。以直节忤秦桧,家居十余年。桧死,拜尚书右仆射。性静明敏悟,不妄发。尝谓“大臣当尽公,若伩阿植党,鄙夫所为”。每劝高宗早为兵备,因奏曰:“金狄败盟,天人共愤,今日之事,有进无退。圣意坚决,将士之勇自倍。”帝尝谓辅臣曰:“康伯有器量,其从容不迫,可比晋谢安。”卒,封信国公。

陈瓘　字莹中,沙县人。登进士,徽宗朝为右正言,以论蔡京、蔡卞连谪通台、楚州。瓘平生论京、卞,皆批摘其处心,发露其情匿,故为京所忌恨,而得祸最酷。尝论曾布专权,贬居合浦,杜门谢客,摘子史中有关系者,即录粘于壁,久之合为一卷,名曰《壁记》。卒于楚州,追赠谏议大夫,谥忠肃,自号了翁。著有《两汉议论》八十卷、《尊尧集》十二卷。

潘阆　字逍遥,江都人。尝居洛阳卖药,暇日,负囊骑驴,看山行吟,意有所适,终日弗返。好事者因绘图以观焉。孙仅、魏野皆诗赠之。至道初,有言其能诗者,因召见崇政殿,赐进士及第,授四门国子博士。后坐卢多逊党,变姓名,缁服,入中条山。尝题诗钟楼,句奇崛,僧疑而迹之,逸去。朝廷捕之方急,阆度不免,出首,谪信州,移太平,结庐郡治西南,濒溪居焉,吟咏不辍。诗苦淡清劲,刘攽谓其不减刘长卿。后不知所终。

潘大临　字邠老,黄冈人。与弟大观,皆有诗名。与苏轼、黄庭坚、张耒游,山谷尝称曰“天下奇才”。谢无逸尝问有新诗否,曰:“秋来景物,件件是佳句。”

石延年　字曼卿,永城人。节气自豪,不务世事,为文遒劲,而诗尤工。中岁隐于酒,其“乐意相关禽对语,生香不断树交花”,为当世所叹赏。徂徕作《三豪诗》,谓:“欧公豪于文,曼卿豪于诗,杜默豪于歌也。”官太子中允。尝进备策,不报。已而西方用兵,帝思其言,欲召见,则已死矣!相传死为仙,主芙蓉城。

石介　字守道,兖州人,号徂徕先生。少时与胡安定、孙明复,同读泰山,攻苦食淡。庆历中,擢太子中允,时富、韩、范同时执政,欧公、徐靖等并为谏官,介遂作《庆历圣德诗》。著有《唐书纠谬》。

柳开　字仲途，河中人。少有器识，作文法韩愈。尝遇书生接语，以贫不能葬父，将谒友求资。开问费几何，曰："得钱二十万可矣。"开即罄其橐，得白金数两，万钱赠之。

韩维　字持国。多深思，以父辅政，不试进士。宰相荐其好古嗜学。神宗时，累官龙图阁直学士，知开封府。上言诸县团结保甲，民惊扰。安石恶之，出知襄州，寻召为学士承天。不久，维上言，极言青苗及开边之害，致召天变，帝感悟，即命维草诏。诏出，人情大悦，是日雨。元祐初，赴阙哀临，太后劳问，维对："陛下宜以利民为本，忧民为心。"言极痛切，太后深然之，拜门下侍郎。未几，忌者谗之，出知汝州，后坐党籍，纳官而归，卒于家。

鲜于侁　字子骏，阆中人。方新法行，诸路骚动，侁奉使九载，独公心处之。尝判利州转运使，李瑜欲定四十万，侁曰："利州民贫地瘠，半此可矣！"遂各为奏，帝是侁议，谕曾布颁以为式，因点瑜而擢侁。侁既为副使，部民不请青苗钱，王安石遣使诘之，侁曰："青苗之法，愿取则与，民自不愿，岂能强之哉?"苏轼称其上不害法，中不废亲，下不伤民，以为"三难"。司马当国，除京东转运，曰："子骏福星也。"

王岩叟　哲宗初，为侍御史，累数十疏，论蔡确罪状，帝嘉其直，迁右丞。未几，擢枢密院。岩叟居职五年，正谏无隐，及拜枢密，屡进《两说论》，两宫皆深然之。

刘安世　字器之，大名府元城人。航子。登进士第不就选，从司马光学，问尽心行己之要，光教之以诚，且令自不妄语。始调洛州法司，历台谏。论事刚直，知无不言，言无不尽。其面折廷谏，观者皆汗缩竦听，目之曰"殿上虎"。哲宗末坐元祐党，安置英、梅等州。徽宗即位，移内郡。安世仪状魁硕，音吐如钟，忠孝正直，居家未尝有惰情。尝曰："吾欲为元祐全人，见司马公于地下也。"年七十八卒，谥忠定，号元城先生。

刘挚　字莘老，东光人。儿时，父居正课以书，朝夕不少间，或谓："居正一子，独不加恤耶?"居正曰："正以一子，不可纵也。"拜御史归，语家人曰："趣装，毋为久安计。"章数十上，朝贵侧目。神宗问："卿从学王安石耶？安极称卿器识。"对曰："臣北人，少孤独学，不识安石也。"累迁尚书仆射，谥忠肃。

文同　字与可，梓潼人。以文学名世，操行高洁，善诗文篆隶，行草飞白，又善画竹。苏轼辈咸重之。举进士，稍迁太常博士、集贤校理，历知陵、洋、湖州。著有《丹渊集》四十卷。

杜默　字师雄。豪于歌，石曼卿豪于诗，欧阳永叔豪于文。默上永叔诗云："一片灵台挂月明，万丈辞焰飞长虹。乞取一杓凤池水，活取久旱蟠泥龙。"

唐庚　字子西，丹稜人。善属文，举进士，累官承彦郎，卒。为文精密，学者称之。有文集三十卷。

苏舜钦　字子美。少有大志，好为古文。弱冠极言时政，范仲淹荐其才，召试为集贤校理。后寓吴中。诗歌豪放，与梅圣俞齐名，世称"苏梅"。徙居苏州，买水石作沧浪亭，号沧浪翁。尤善草书。或传苏舜钦仙去，崔存曾遇于王屋山下。

梅尧臣　字圣俞，询从子。工诗。欧阳修以为诗友。初，荫为河南主簿，历镇安判官。仁宗诏试，赐进士出身，为国子监直讲，迁都官员外郎，卒。注《孙子》、唐《戴记》及《宛陵集》四十卷。

张咏　字复之，濮人。官枢密直学，知陈州。与寇准最善，每面折准过，虽责不改。登太平八年第，尝曰：“五榜得人最多。谨重雅望无如李公沆，深沉有德无如王公旦，面折廷争无如寇公准，当方面之任，咏不敢辞。”咏自奉养寡薄俭陋，虽寒士不若，退关静室，焚香危坐。聚万卷，往往诵读校正，并无声色之好。画一像，自作赞云：“乖则遗俗，崖不利物，乖崖之名，聊以表德。”因号乖崖。公及卒，遗表上言：“不当造宫观竭天下之财，伤万民之命，此皆贼臣丁谓诳惑陛下，乞斩谓头置国门以谢天下，然后斩咏头置丁氏之门以谢谓。”帝叹其忠，谥忠定。

苏洵　字允明。年二十七，始发愤为学。嘉祐间与二子轼、辙至京师，欧阳修得洵所著《权书》、《衡论》二十篇，上之，除校书郎，名动京师。苏氏文章，遂擅天下。一时学者，以其父子俱知名，号为老苏。著有《老泉集》。

苏轼　字子瞻，号东坡居士。举制科，累官翰林学士、兵部尚书，谥文忠。轼弱冠博通经史，为文浑涵光芒，雄视百世，器识宏伟，议论卓荦，挺挺大节，诸贤无出其右。著有《唐书辩疑》及文集三十卷行世。

苏辙　字子由，号颍滨，又号栾城。为人沉静简洁，为文汪洋澹泊，而有秀杰之气，与兄轼同登进士，又同举制科，累官翰林学士、门下侍郎，谥文定。元丰初，谪监筠州酒税，假部刺史府以居，即堂之东为轩，种杉二本、竹百个，为宴休之所，自号东轩长老，作《东轩记》。著有《古史》五十余卷。

黄庭坚　字鲁直，号山谷。治平丙午赴乡试，庐陵李询试先生诗，至“渭水空藏月，傅岩深锁烟”，击节叹曰：“此人不惟文理冠场，异日当以诗雄四海。”遂膺首荐。后举进士，教授北京国子监。苏轼见其诗文，叹其独立万物之表，荐之云：“瑰奇之文，绝妙当世，孝友之行，追配古人。”迁著作佐郎。《神宗实录》成，擢起居舍人。绍圣初，知鄂州，为章惇、蔡京等所恶，谪授涪州别驾、黔州安置，移戎州，寻坐谪宜州。江西诗派祖庭坚，世以其诗配苏轼，称“苏黄”云。其行书尤工。山谷尝云：“士大夫三日不读书，则理义不交于胸中，对镜觉面目可憎，向人则语言无味。”

秦观　字少游，号太虚。工词赋。元祐初，东坡以贤良方正荐于朝，除太学博士。山谷诗云：“少游五十策，其言明且清。”以初应制科进策五十篇也。坡荐之安石，安石曰：“君奇秦君，口之而不置，我得其文，手之而不释。尝鼎脔，旨可知矣！”官至国子编修。有《淮海闲居集》。

蔡襄　字君谟。天圣中，累官知谏院，正色谠言。精于吏事，下不能欺，所至有声。文章精粹，小楷、草书为当时第一。官至端明殿学士。卒，谥忠惠。

米芾　字元章，吴人，号海岳外史。为文奇险，特妙于翰墨，篆隶真行草，无所不工。画山水人物，自名一家。精于鉴裁，遇古器物书画，极力求取。由浛光尉累官礼部员外郎，知淮阳军。蓄石甚富，人玩终日不出。尝谒蔡攸于舟中，攸出王右军帖略示之，元章惊叹，求以他书相易，攸有难色，元章曰：“若不见从，某即投此江死矣！”因大呼，据船舷欲堕，遂与之。

崔鸥　阳翟人。举进士，历官殿中侍御史，徙右正言，累章极论章惇、蔡京罪恶，时议归重。有古学，为文至多，尤长于诗，清峭雄深。后致仕，治园数亩，号婆娑园。尝游黄蘖山中，得幽兰、芳菊、石菖蒲、金星草，号为四妙士。著有《婆娑集》，诗文及遗文三十卷行世。

刘敞　字原父。学问渊博，为文尤敏赡。治平中在西掖，一日进封皇子公主等九人，立马却坐，一挥九制，文词典雅。累官集贤学士。所著有《公是集》，并《两汉刊讹》。欧阳修世负重望，人莫敢抗者，独以博学推敞兄弟，尝携《五代史》就订，敞间以谑语酬之，修颇不乐。后复忤韩琦。敞将死，嘱子弟无遽出其集，百年后当有知者。私谥曰公是先生。

刘攽　字贡父。博极群书，与兄偕登进士。熙宁初，同知太常礼院。初，与王介甫其相符，安石执政，屹不肯附。后出知曹州，政尚宽平。召为国史编修，与司马光同修《资治通鉴》，官至中书舍人。有《公非集》行于世。

晁说之　字以道，文元公元孙。少日激昂，刻意经术。慕司马文正，自号景迂。登进士，年未三十。苏子瞻以文章典丽，可备著述科，又荐公于朝，以为自得之学，不践陈迹。元符中，以党籍放斥，不许入国门，后终于徽猷阁待制。公博极群书，通六经，尤精于《易传》，著有《客语》等书，行于世。

晁咏之　少有异材，东坡为扬州时，咏之兄补之为倅，以咏之诗献东坡，坡曰："有才如此，独不令一识面乎？"后谒坡，挽而上之，谓坐客曰："此奇士也！"后举宏词第一。元符末，以党籍废斥。公天才英特，为文章立成，明润密致。官终左大中大夫。

晁补之　字无咎，宗悫曾孙。才气飘逸，嗜学不倦。十五以词赋谒苏轼，轼叹赏久之，曰："可以阁笔矣！"举进士，以礼部郎中知泗州。慕陶元亮，葺归来园，自号归来子，忘情仕进。在扬州时，与苏东坡唱和，东坡尝称其为"风流别驾"。著有《鸡肋集》百卷行于世。

附：北宋诗派之分

［西昆体］

杨大年、钱文僖、晏元献、刘子仪为诗皆宗义山，号西昆体，后世效之。《冷斋夜话》称："诗到义山，为文章一厄。以其用事僻涩，时称西昆体。然荆公晚年亦或喜之。"宋时人议论不同如此。善乎元遗山《论诗》句云："诗家总爱西昆好，独恨无人作郑笺。"又云："古雅难将子美亲，精纯全失义山真。"盖义山诗之佳者，直接杜陵之脉，此可谓知者道。集中不无利钝互陈之处，读者须分别观之耳。

附：《西昆酬唱集自序》（辉按：原文略）

北宋西昆体代表人名

杨亿：字大年，官左司谏知制诰。

钱惟演：字文僖，官太仆少卿直秘阁。

晏元献

刘筠：字子仪，官至大理评事秘阁校理。

李宗谔：官翰林学士。

陈越:官著作佐郎直史馆。

李维:官户部员外郎直集贤院。

刘骘:官工部员外郎直集贤院。

丁谓:官枢密直学士。

刁衎:官驾部员外郎直秘阁。

任随:官太常丞直集贤院。

张咏:官枢密直学士。

钱惟济:官恩州刺史。

[江西诗派]

江西诗派多尚清劲,与西昆正相反。以黄山谷为鼻祖。兹录江西诗社宗派图录于后。

《江西诗社宗派图录》:吕居仁作《江西诗社宗派图》,自黄山谷而下,列陈后山等凡二十五人(陈师道、潘大临、谢逸、洪朋、洪刍、饶节、祖可、徐俯、林敏修、洪炎、汪革、李錞、韩驹、李彭、晁冲之、江端本、杨符、谢薖、夏倪、林敏功、潘大观、王直方、善权、高荷、吕本中)此浚仪王伯厚《小学绀珠》定本也。胡氏《苕溪渔隐》与《山堂肆考》有何颉而无高荷,且列洪朋于徐俯之后。《豫章志》有高荷、何颙,而无何颉,吕本中不复在二十五人之中,恐传抄有误,今并记之。

北宋江西诗派代表人名

陈师道:详见上北宋文学代表。

潘大临:同上。

潘大观:字仲达,大临弟,词翰名亚其兄。

谢逸、谢薖:逸,字无逸,临川人。布衣而名重缙绅,与书无所不读,于文无所不能。有韵之言,尤超轶绝尘。秉性峻洁。居仁云:"谢康乐诗规模宏大,为一世冠;元晖诗清新独出,又自有过人者;无逸似康乐,幼槃似元晖。畛足追配古人。"山谷读其《与老仲元诗》,大惊曰:"使在馆阁,晁、张流也。恨未识之耳!"从弟薖,字幼槃,室贫,嗜古乐,志不仕,自号竹友,以诗文媲美其兄,时称"二谢"。

洪朋、洪刍、洪炎:朋,字龟父,豫章人。山谷之甥也。举郡试第一。家世业儒,至龟父而声闻益著。山谷极赞其诗句甚壮,不负相期之意。又云:"龟父笔力可抗鼎,不无文字垂世。力学有暇,更精读千卷书,乃可毕兹能事。《写韵亭诗》,泓峥萧瑟,不可言喻。"居仁谓:"作诗至此,几乎倾倒无余。"自存诗仅百篇,山谷叹其句句可传。次刍,字驹父,第进士,才华笔力,尤为超迈。山谷往往阅其诗而叹曰:"不意江南泽中产此千里驹也!"次炎,字玉父,元祐末登第。官至著作秘书少监。重听,尝对上曰:"世人皆聋于心,臣独聋于耳,心则了了,唯上所使。"后因事免,复起少监。有诗:"再入兰台逢旧史,重游东观阅新书。家徒四壁今无屋,谁为君王赋《子虚》?"周少微辑杜陵逸诗二十八首,其一系玉父石刻,得之江中。相其风致,不让伯仲氏也。

饶节:字德操,临川人。诗句萧散。苦学副其才情,绝非常纬可到。尤善铭赞古文辞,尝作《佛米赞》,许彦周最服之,谓:"武将念佛,以米记数得三升也。将军念佛,难于遣辞,观德操所作，离柳子厚曲折不过是矣！"

祖可、善权：祖可，字正平，丹阳人。苏伯固坚之子，养直庠之兄也。住庐山，与善权同学。诗骨气高迈，为徐师川所推。罗源陈善曰："予与僧惠空论今之诗，汝病可瘦，而权嫌太清。空云：'往在豫章，与李商老论诗及此，商老云可诗句句是庐山景物，意亦以太清为病。'余谓清非诗之病也。"可诗有"乱山争夕阳"之句，善权叹其精绝。与养直唱和《真隐诗》，如"漱壑夜泉响，扫窗春雾空"等咏，往往得意外警句。其刻苦洵有过人者。善权诗："渚宫禅伯唐齐已，淮甸诗豪宋惠崇"，其自负可知矣。大抵二师之于韦苏州，非关学也，吴虎臣云："正平工诗，至长短句甚佳，世仅称其诗耳。"有《东溪集》。

徐俯：字师川，分宁人。山谷之甥也。由通直郎历右谏议大夫。绍兴初，赐进士出身。英才苕发，负磊落不群之气，每事不肯居人下。著有《东湖集》。长子璧，字待价。豪迈能文词，拟上书万言，欲投匦极言时政，无所讳避。师川见其豪，大惊，夺而焚之。惜乎早世，使其长年，焉知非干蛊才耶？

林敏功：字子仁，蕲春人。年十六，预乡荐，下第归，叹曰："轩冕富贵，非吾愿也！"杜门不出者三十年。弟敏修，字子来，俱以诗赋相高。元符末，蔡元度荐之，累征不起。政和中，赐号高隐处士。子仁《寄均父诗》："饶三落拓我迂疏"，饶三指德操也，子仁殆借以自况焉耳。山谷寄立之云："林处士诗甚佳，《碧落碑》无赝本也。"二林诗文凡千余篇，号《松坡集》。

汪革：字信民，临川人。试礼部第一，分教长沙。于文无不精，曾代荥阳公作《张子厚哀词》，脍炙一时。为诗尤警拔绝伦。谢无逸号溪堂居士，寄诗赠之，有"溪堂春水想扶疏"之咏。德操见而叹曰："公诗日进而道日远矣！"吕舍人始谓其用功在此而不在彼也。信民和吕公《欲晴诗》、《春日绝句》等篇，敲字戛句，匠心独妙，尝谓："人能咬得菜根断，则百事可做。"有《清溪类稿》、《论语直解》并《诗话》一卷。

韩驹：字子苍，蜀之淯井监人。父为峡州夷陵令，与内侍贾祥为莫逆交。政和中，裕陵问祥迁谪时，有何能材。祥即出子苍诗文以进，首篇有《太乙真人》之句，上览奇之，即批出赐进士第，除秘书省正字。不数年遂掌外制，撰《祀明堂圜坛方泽乐曲》。早岁以诗擅天下，苏黄门一见，比之储光羲。王平甫称为官样文章。坡公题其诗卷云："唐朝文士例能诗，李杜高深到者稀。我读君诗笑无语，恍然再见储光羲。"二苏所见，何其不谋而合也。子苍每诗成，辄反覆涂乙，又历疏语所从来，至既以予人，久或累月，远或千里，复追更定，无毫发恨乃止。

李彭：字商老，南康军建昌人。尚书公择之族侄也。家贫绩学，枕籍经史诗文，能兼诸家之长，尤究心释典。灌园修水之上，乐志自放，而笔墨一出，人争传宝，以相矜夸。居仁言："商老诗文，富赡宏博，非后生容易可到。"洪觉范至石门，杲禅出商老诗偈巨轴，读之茫然，谓："此道人盖滑稽翰墨者也！"陈了翁问范师："江西之诗，谁为最？"师答曰："驹父戏效孟浩然作语，如王谢家子弟，风神步趋，不能优劣。商老和之，如刘安见上帝，大言不逊，豪气未除。独师川有句在暮山烟雨西洲落照之外，未暇写也。"师之品评如是，真可称佛门诗史矣！

晁冲之:字叔用,一字用道,巨野人。授承务郎。以诗擅名。吕居仁曰:"众人方学山谷,叔用独专学老杜,其昆仲之所讲究者素矣。"与居仁唱酬最剧,曾戏语居仁:"我诗非不如子,我作得子诗,只是子差熟耳。"居仁戏答云:"即熟便是精妙处。"叔用大笑以为然。喜作长短句,如《临江仙》、《上林春慢》等阕,发音吐响,出人意表。有《具茨集》。

夏倪:字均父,蕲州人。自府曹左官祁阳监酒。文词富赡,侪辈罕及。赴江守日,张彦实有赠行诗:"未觉朝廷疏汲黯,极知州郡要文翁。"均父朝夕讽诵之。其服官之勤可知也。诗又一集,吕紫薇为之序,论学诗当识"活法",极其明快,可补入诗话。

王直方:字立之,南州人。舍人元才棫之子也。补承奉郎。力学汲古,家藏图史书画甚富。山谷极爱其文,尝谓立之如瑀枝瑶树,常欲在人目前。

高荷:字子勉,荆南人。元祐太学生,官兰州通判。学杜子美,作五言颇得句法。山谷自戎州归,荷以五十韵见公,有"蜀天何处尽,巴月几回弯"之句,公爱而和之,并跋其后曰:"子勉作诗,以老杜为标准,用一事如军中之令,置一字如关门之键,而充之以博学,行之以温恭,盖天下士也。"自号还还先生,其诗亦不传。

李錞:字希声,□□人。(鹗按:李希声官至秘书丞。)(辉按:此即据清人厉鹗《宋诗纪事》所补录者)

江端本:字之子,临川人。宣和二年,通判温州。(厉鹗言,江端本,字子我,陈留人。邻几之孙。靖康中以荐为承务郎,赐进士出身,诸王官教授。上书辨宣仁诬谤,遭黜南渡,寓家桐庐之鸬鹚原。后为太常少卿。有《七里先生自然庵集》。)(鲍廷博言:刘后村《江西诗派小序》:端本,字子之,子我则端友字也。厉盖误笺。又案:端友本不入社,而厉氏《宋诗纪事》于江西派中列端友,而转遗端本,则又误矣。)

杨符:字□□,□□人。详俟补入。(案:杨符,字信祖,未详爵里,有诗集一卷,有"吏道官官恶,田家事事贤"之句。)

吕本中:字居仁,寿春人。迁寓洛阳,复徙婺州。申公之孙,舜徒少监之子,成公之祖也。宣和中为枢密院编修。绍兴初,特赐进士,累官侍讲。中书省号紫薇省,故称紫薇舍人。家学渊源,有中原文献之目。性清约,唯以著述为己任。生平因诗以穷,耽禅而病。清癯若不胜衣,一室萧然,凝尘满榻,裕如也。尝序《诗社宗派图》,谓诗有"活法",若灵均自得,忽然有入,然后惟意所出,万变不穷。杨诚斋又从而序之,亦以学者属文,当优游厌饫以悟"活法"。孙谷祥《野老遗闻》云:"作诗文若不得其道,则千诗一诗,千句一句。自少壮至老熟犹旦暮也。居仁之诗,每一见一变,至于今骎骎乎其未已。此岂偶然哉?"以是知诗有"活法",不知研求,徒讲究夺胎换骨者,末矣！著有《宋论》四十篇、《官箴》三十二则、《紫薇集》二十卷、《春秋解》、《童蒙训》、《轩渠录》等书行世。

三、北宋散文(作品选读)(辉按:以下录北宋散文,仅存其目,文略)

疏奏:刘挚《论人才》、郑侠《论新法进流民图》、司马光《进五规状》、陈瓘《论国是》
碑文:苏轼《伏波将军庙碑》
记:苏舜钦《沧浪亭记》、刘敞《先秦古器记》、苏洵《木山记》、晁补之《新城游北山

记》、欧阳修《相州昼锦堂记》

序:欧阳修《梅氏诗集序》、王安石《唐百家诗选序》、苏轼《六一居士集序》

论:欧阳修《本论》、欧阳修《朋党论》、石介《辨惑》、王安石《材论》、苏辙《北狄论》

说:苏轼《刚说》、陈瓘《刍说》、江休复《行舟戒》

书:欧阳修《与石推官书》、苏轼《与章子厚书》、黄庭坚《与王观复书》

杂著:孙何《碑解》、陈尧佐《戮鳄鱼文》、王安石《闵习》、曾巩《杂识二首》、王令《道旁父老言》、黄庭坚《跛奚移文》

题跋:欧阳修《跋放生池碑》、欧阳修《跋平泉草木记》、王回《书襄城公主事》、苏轼《书东皋子传》

祭文:苏轼《祭欧阳忠公文》、苏轼《祭魏国韩令公文》、苏辙《再祭亡兄端明文》

墓志:徐铉《吴王李煜墓志铭》、欧阳修《苏子美墓志铭》、欧阳修《梅圣俞墓志铭》、欧阳修《石守道墓志铭》、欧阳修《苏明允墓志铭》

墓表:欧阳修《石曼卿墓表》、欧阳修《泷冈阡表》

神道碑铭:王安石《梅侍读神道碑铭》

传:欧阳修《六一居士传》、欧阳修《桑怿传》、石介《赵延嗣传》、邵雍《无名君传》

四、两宋诗(作品选读)(辉按:以下录两宋诗歌,仅存其目,诗略)

乐府

李至《桃花犬歌呈修史钱侍郎》、寇准《江南春》、钱易《西游曲》、王琪《吴中晓寒曲》、欧阳修《鹎鹁词》、欧阳修《明妃曲》、王安石《桃源行》、王安石《杜甫画像》、沈括《江南曲》、文同《五原行》、苏轼《法惠寺横翠阁》、苏轼《书王定国所藏烟江叠嶂图》、苏轼《荔枝叹》、黄庭坚《以团茶洮州绿石研赠无咎文潜》、黄庭坚《赠送张叔和》、杨蟠《平南谣》、陈师道《妾薄命》、张耒《劳歌》、张耒《于湖曲》、晁补之《豆叶黄》、李廌《骊山歌》、贺铸《丛台歌》

五古

杜衍《幽居即事》、欧阳修《水谷夜行寄子美圣俞》、梅尧臣《秋思》、梅尧臣《范饶州坐中客语食河豚鱼》、石介《赠张绩禹功》、刘敞《示张直温》、司马光《今古路》、王安石《日出堂上饮》、王安石《我欲往沧海》、王安石《田漏》、王安石《杂咏》、王安石《同昌叔赋雁奴》、王安石《独卧有怀》、曾巩《过介甫归偶成》、韩维《谒孔先生》、王安国《堂上有遗羶》、张先《巢鸟》、苏轼《怀贤阁》、苏轼《和子由记园中草木》(录一首)、苏轼《甘露寺》、苏轼《僧清顺新作垂云亭》、苏轼《与王郎昆仲及儿迈绕城觅佳句观荷花二首》、苏轼《栖三贤峡桥》、谢景初《村居》、文与可《新晴山月》、黄庭坚《过家》、黄庭坚《和张文潜赠晁无咎二首》、陈师道《别三子》、陈师道《次韵答晁无斁》、张耒《贺雨拜表》、贺铸《烛蛾》

七古

杨亿《禁直》、欧阳修《沧浪亭》、欧阳修《希真堂东手种菊花十月始开》、孙复《谕学》、王安石《虎图》、苏轼《和钱安道寄惠建茶》、苏轼《定惠院寓居月夜偶出》、苏轼《虢国夫人夜游图》、苏轼《任氏阅世堂大桧》、黄庭坚《杜子美浣花醉归图》、黄庭坚《送范德孺知庆州》、黄庭坚《书摩崖碑后》、张耒《谒客》、张耒《北邻卖饼儿》、张耒《奉先寺》

五律

王禹偁《中秋月》、王禹偁《送曹纬刘鼎二秀才》、寇准《春日登楼怀归》、寇准《楚江夜怀》、杨亿《狱多重囚》、潘阆《夏日宿西禅》、范仲淹《赴桐庐郡至淮上遇风》、范仲淹《瀑布》、宋庠《春夕》、梅尧臣《和谢仲弓廷评栽竹》、王安石《即事》、王安石《自白上村入北寺》、邵雍《冬至》、苏轼《倦夜》、苏轼《次韵江晦叔》、黄庭坚《岁寒知松柏》、黄庭坚《和答钱穆父咏猩猩毛笔》、黄庭坚《赠杨明叔》、丰稷《荷花》、陈师道《和王子安至日》、张耒《近清明》

七律

徐铉《和御制夏日垂钓作》、曹翰《内宴应制》、赵湘《春夕偶作》、郑文宝《温泉》、林逋《小园梅花》、魏野《晨兴》、杨亿《牛民多疫死》、杨亿《汉武》、石延年《金乡张氏园亭》、韩琦《喜雨》、宋庠《重展西湖》、欧阳修《上致政太保杜相公》、欧阳修《内直对月》、苏舜钦《望太湖》、王安石《读史》、王安石《示长君》、王安石《和金陵怀古》、王安石《葛溪驿》、王珪《恭和御制上元观灯》、邵雍《闲居吟》、邵雍《观西晋》、邵雍《观十六国》、邵雍《观五代》、邵雍《自和打乖吟》、张先《题华下无相院西溪》、苏轼《出颍口初见淮山》、苏轼《和王斿》、苏轼《卧病月余请郡不许复直玉堂十一月一日锁院是日苦寒诏赐官烛法酒书呈同院》、苏轼《次韵穆父尚书侍御郊丘》、苏轼《六月二十日夜渡海》、苏轼《夜坐达晓寄子由》、苏辙《感秋扇》、黄庭坚《壶中九华》、杨蟠《陪润州裴如晦学士游金山回作》、陈师道《东山谒外大父墓》、潘大临《回答王立之惠书》

五绝

范仲淹《江上渔舟》、范仲淹《淮上遇风》、欧阳修《远眺》、王安石《梅花》、邵雍《岁寒》、苏轼《蜗牛》、黄庭坚《谪黔南五首》、张俞《蚕妇》

六言

王安石《题太西一宫》、王安石《题舒州山谷寺石牛洞》、黄庭坚《蚁蝶图》

七绝

寇准《新蝉》、林逋《自作寿堂作一绝志之》、郭震《老卒》、郭震《云》、张在《题龙兴寺老柏院》、欧阳修《樵者》、苏舜钦《暑中闲咏》、苏舜钦《夏意》、王安石《悟真院》、王安石《台城寺侧独行》、王安石《省中》、王安石《北山》、陶弼《对花有感》、苏轼《中秋月》、苏轼《梅花二首》、苏轼《南堂》、苏轼《题澄迈驿通潮阁》、沈括《归计》、沈括《姑熟》、黄庭坚《题阳关图》、黄庭坚《和谢公定河朔漫成》、黄庭坚《竹枝歌》、晁端友《宿济州西门外旅馆》、陈师道《绝句》、张耒《题宣州后堂壁》、张耒《绝句》、张公庠《途中》、崔鶠《春日村居》、米芾《题泗滨南山石壁曰第一山》、贺铸《茅塘马上》(以上北宋)

乐府

汪藻《古镜行》、李纲《西风行》、李纲《桃源行》、邓肃《靖康迎驾行》、周紫芝《输粟行》、周紫芝《寒食曲》、周紫芝《秣陵行》、朱子《远游篇》、范成大《腊月村田乐府十首》(其中包括《冬春行》、《灯市行》、《祭灶词》、《日数粥行》、《爆竹行》、《烧火盆行》、《照田蚕行》、《分岁词》、《卖痴呆词》、《打灰堆词》十首)、杨万里《入峡歌》、陆游《石首县雨中系船戏作短歌》、陆游《风雨中望峡口诸山奇甚戏作短歌》、陆游《大雪行》、姜夔《箜篌引》、严羽《古懊恼歌》、岳珂《太行道》、文天祥《正气歌》、谢翱《乌栖曲拟张司业》、谢翱《琼花引》、谢翱《花卿冢行》、谢翱《鸿门宴》、汪元量《燕歌行》、唐钰《冬青行二首》、林景熙《冬青花》

五古

叶梦得《怀西山》、李纲《次韵和陶渊明形影神三首》、陈与义《十七夜咏月》、陈与义《咏清溪石壁》、沈与求《绩溪寨口》、洪皓《白马渡》、朱松《馈岁》、张嵲《防江》、张嵲《舟中独夜》、程俱《豁然阁》、孙觌《西山超然亭》、孙觌《曾公岩》、孙觌《龙隐岩》、吕本中《城中纪事》、刘子翚《秋怀》、李易《竹西怀古》、张九成《和施彦执怀姚进道叶先觉韵》、汪应辰《暮春》、唐文若《登金山》、朱子《卜居》、朱子《奉同尤延之提举庐山杂咏·落星寺》、尤袤《游张公洞》、周必大《己丑二月七日雨中读汉元帝纪效乐天体》、范成大《盘龙驿》、范成大《新岭》、杨万里《明发陈公径过摩舍那滩石峰下》(录二首)、薛季萱《石门渔舍》、陆游《秋郊有怀二首》、陆游《秋夜感旧十二韵》、陆游《石偃村》、陆游《旧感》、陆游《剧暑》、陆游《书逆旅壁》、陈傅良《寄题陈同甫抱膝亭》、陈傅良《闻叶正则阅藏经次其送客韵以问之》、叶适《宿石门》、徐玑《访梅》、姜夔《春日书怀四首》、严羽《登豫章城感旧》、严羽《山居即事》、刘克庄《谒南岳》、文天祥《赠蒲阳卓大著顺宁精舍三十韵》、谢翱《观水》、汪元量《宋宫人分嫁北匠》、林景熙《杂咏酬汪镇卿》(录四首)、林景熙《酬谢皋父见寄》

七古

李纲《灵隐宫》、陈与义《游南嶂同孙信道》、王庭珪《题宣和御画》、王庭珪《送宣向往衡山兼寄胡康侯侍讲》、王庭珪《观徐明叔画湘西摩崖图》、邓肃《黄杨岩》、吕本中《墨梅》、刘子翚《赠周宗黄》、曾几《吴傅朋出游丝书求诗》、周紫芝《次韵伯尹食糟民示赵鹏翔》、朱熹《次张彦辅赏梅韵》、范成大《胡宗伟罢官改秩举将不及格往谒金陵丹阳诸使者遂朝行在颇有倦游之叹作诗送之》、范成大《浮邱亭》、杨万里《题南海东庙》、杨万里《游蒲涧呈周帅蔡漕张舶》、王十朋《会稽秦颂德碑》、陆游《龙眠画马》、陆游《五月十一日夜且半梦从大驾亲征尽复汉唐故地见城邑人物繁华云西凉府也喜甚马上作长句未终篇而觉乃足成之》、陆游《赠刘改之秀才》、陆游《冬夜闻雁有感》、楼钥《送伯舅汪运干》、楼钥《大龙湫》、姜夔《送王孟玉归山阴》、姜夔《送项平甫倅池阳》、刘克庄《明皇按乐图》、黄大受《江行万里图》、周密《乙丑良月游大涤洞天书于蓬山堂》、文天祥《至日和谢爱山长句》、谢枋得《送厉元吉出尉乌程》、谢翱《赠写照子良》、林景熙《谒子陵庙》、邓牧《汉阳郎官湖》、陈森《南海南》

五律

刘子翚《出郊》、范成大《初入巫峡》、范成大《春晚即事留游子明王仲明》、陆游《寄张真父舍人》、陆游《小出塞曲》、陆游《小舟游西泾度西冈而归》、杨万里《和周仲觉》、杨万里《和仲良春晚即事》、杨万里《明发新途晴快风顺约泊樟镇》、杨万里《虞丞相挽词》、杨万里《宿兰溪水驿前》、杨万里《过张王庙》、朱子《登定王台》、朱子《奉陪判院文充父平父兄宿回向用知郡丈壁间旧题之约》、王十朋《宿大冶县》、翁卷《送薛子舒赴华亭船官》、张道洽《咏梅》、林景熙《宿台州城外》

七律

朱松《西湖泛舟》、尤袤《入春半月未有梅花》、尤袤《德翁有诗再用前韵》、范成大《暮春上塘道中》、范成大《鄂州南楼》、范成大《再题瓶中梅花》、陆游《新夏感事》、陆游《游山西村》、陆游《上虞逆旅见旧题岁月感怀》、陆游《柳林酒家楼》、陆游《宴西楼》、陆游《书愤》、陆游《年四十六入峡忽复二十三年怀感赋长句》、杨万里《和昌英叔久雨》、杨万里《怀古堂前小梅渐开》、杨万里《春晴怀故园海棠》、杨万里《辛亥元日送张德茂自建康移帅江陵》、朱子《陪彦集充父同游瑞岩谨次莆田使君留题之韵》、朱子《伏读二刘公瑞岩留题感事兴怀至于陨涕追次元韵偶成》(录一首)、朱子《前村梅》、王十朋《题湖边庄》、楼钥《顷游龙井得一联王伯齐同儿辈游因足成之》

五绝

刘子翚《早行》、陆游《梅花绝句》、陆游《柳桥晚眺》、严粲《闰九》

七绝

范成大《横塘》、陆游《花时游诸家园》四首、陆游《秋思》、朱子《水口舟行》二首、谢枋得《武夷山中》

选郑所南《心史》(《题多景楼》、《越州飞翼楼》、《睡觉有怀寄王梅坞垓》、《怀归》、《春日登城》、《仙兴》、《吴江垂虹雨后观荷》、《寄萧梅初皆吾》一首、《古诗》一首、《秋歌》、《春歌》、《秋雨》、《写愤三首》、《偶成》)

五、两宋诗余家人名表

入文学代表者仅系一名。宋诗余过多,录之挂一漏万,故置之,仅著作者姓氏。

【北宋】

晏殊

欧阳修

晏几道 字叔原,殊幼子。监颍昌许田镇。有《小山词》一卷。

张先 字子野,吴兴人。为都官郎中。有《安陆集词》一卷。

柳永 初名三变,字耆卿,乐安人。景祐元年进士,官至屯田员外郎。有《乐章集》九卷。

苏轼

黄庭坚

秦观

晁补之

张耒

李之仪 字端叔,无棣人。历枢密院编修,官通判原州。徽宗初,提举河东常平,坐为范纯仁遗表作行状,编管太平,遂居姑熟,久之,徙唐州,终朝请大夫。有《姑溪词》二卷。

贺铸 字方回,卫州人。孝惠皇后族孙。元祐中通判泗州,又倅太平州,退居吴下。自号庆湖遗老。有《东山寓声乐府》三卷。

毛滂 字泽民,江山人。为杭州法曹,以乐府受知苏轼得名。尝知武康县,又知秀州。有《东堂词》二卷。

王观 字通叟。官翰林学士,赋应制词,宣仁太后以其近亵,谪之。自号逐客。一云官大理寺丞,知江都县事。有《冠柳集》一卷。

谢逸

周邦彦 字美成,钱唐人。历官秘书监,进徽阁待制,提举大晟府,出知顺昌府,徙处州。卒,赠宣奉大夫。有《清真集》二卷、《后集》一卷。

万俟言 自号词隐,撰有《大声集》五卷。

陈克 字子高,临海人。侨寓金陵。元丰间,以吕安老荐入幕府,得官。有《赤城词》一卷。

吕渭老 一作滨老,字圣求,秀州人。宣和末朝士,有词一卷。

【南宋】

向子諲 字伯恭,临江人。敏中玄孙,以钦圣宪肃皇后从侄恩补假承奉郎。建炎初,迁直龙图阁、江淮发运副使。为黄潜善所斥,寻起,知潭州,累迁户部侍郎。自号芗林居士。有《酒边集》四卷。

蔡伸　字伸道，莆田人。襄之孙。宣和中，官彭城倅，历左中大夫。有《友古词》一卷。

叶梦得

陈与义　字去非，季常孙。本蜀人，后徙居河南叶县。政和中，登上舍甲科。绍兴中，拜翰林学士、知制诰、参知政事。有《简斋集》、《无住词》一卷。

刘一止　字行简，归安人。宣和三年进士。绍兴中，官监察御史，累迁给事中，以直学士致仕。有《苕溪词》一卷。

赵长卿　自号仙源居士，南丰宗室。有《惜香乐府》十卷。

张元干　字仲宗，长乐人。绍兴中，坐送胡铨及寄李纲词除名。有《归来集》、《芦川词》一卷。

朱敦儒　字希真，一作希直，洛阳人。以荐起赐进士出身，为秘书省正字兼兵部郎官，迁两浙东路提点刑狱。上疏乞归，居嘉禾。晚除鸿胪少卿。有《樵歌》三卷。

康与之　字伯可。渡江初以词受知高宗，官郎中。有《顺庵乐府》五卷。

左誉　字与言，天台人。历仕，后去为浮屠。所著有《筠翁长短句》。

辛弃疾

范成大

张孝祥

程垓　字正伯，眉山人。有《书舟雅词》一卷。

刘克庄

张镃　字功甫，号约斋，西秦人。官奉议郎。有《玉照堂词钞》一卷。

姜夔

陆游

陈亮

刘过　字改之，襄阳人。一云太和人。有《龙洲词》一卷。

张辑　字宗瑞，鄱阳人。有《东泽绮语债》二卷。

黄机　字几仲，一云字几叔，东阳人。有《竹斋诗余》一卷。

卢祖皋　字申之，永嘉人，一云邛州人。庆元中登第。嘉定中为军器少监。有《蒲江集词》一卷。

高观国　字宾王，山阴人。有《竹屋痴词》一卷。

史达祖　字邦卿，汴人。有《梅溪词》二卷。

汪莘　字叔耕，休宁人。嘉定间下诏求言扣阍，三上书不报，为杨慈湖、朱晦庵、真西山诸公所叹服。后筑室柳溪，自号方壶居士。有《方壶存稿词》二卷。

赵以夫　字川父，长乐人。端平中，知漳州。有《虚斋乐府》二卷。

洪瑹　字叔玙，自号空同词客。有词一卷。

吴文英　字君特，四明人。从吴毅夫游。有《梦窗》甲、乙、丙丁稿四卷。

蒋捷　字胜欲，义兴人。有《竹山词》一卷。

陈允平　字君衡，号西麓，明州人。有《日湖渔唱》二卷。

周密

王沂孙　字圣与，号碧山，又号中仙，会稽人。有《碧山乐府》二卷，一名《花外集》。

石孝友　字次仲。有《金谷遗音》一卷。

魏夫人　丞相曾子宣之室。

李清照　字易安，格非之女，嫁赵明诚。有《漱玉集》一卷。

朱淑真　钱塘人。有《断肠集》词一卷。

六、南宋文学家代表

宗泽　字汝霖，义乌人。哲宗元祐六年廷对，陈时弊，置末甲，调馆陶尉。钦宗时，官至义兵都总管副元帅。高宗即位，知开封府。屡败金兵，中原豪俊皆响应。疏请高宗还汴，凡二十八上不报，忧愤发疽于背而卒。赠观文殿学士，谥忠简。遗文散失，宁宗时，楼昉缀辑成编，名《宗忠简集》。

葛胜仲　字鲁卿，丹阳人。哲宗绍圣四年进士，又试学官及词科皆第一，官至华文阁待制。徽宗时，知邓州，朱勔求白雀不与，罢归。高宗建炎中，知湖州。绍兴元年，乞祠归。卒，谥文康。胜仲气节甚伟，且多干略，知湖州，有全城功，是经济文章并著。有《丹阳集》。

叶梦得　字少蕴，号石林，吴县人。哲宗绍圣四年进士，由婺州教授召为编修。徽宗时，历官翰林学士，知汝、蔡等州，帅颍昌府。高宗绍兴初，为江东安抚大使。仕至崇信军节度使，提举洞霄宫。卒，赠少保。梦得虽为蔡京门客、章惇姻家，而长于理财，颇著干略。有《春秋传》、《春秋考》、《春秋谳》、《石林燕语》、《避暑录话》、《岩下放言》等书，复著总集百卷，已佚，仅存《建康集》八卷。

吕颐浩　字元直，其先乐陵人，徙齐州。哲宗绍圣中，中进士。徽宗时，官至河北都转运使。高宗即位，除知扬州。两入政府，同中书门下平章事，以少傅、醴泉观察使致仕。卒，赠太师、秦国公，谥忠穆。颐浩为相颛恣，力排李纲、李光，不为公论所与。然与张浚倡议平苗刘之逆，有再造功。且才具文武，其《筹边》、《战守》诸策，料敌如神。有《忠穆集》。

汪藻　字彦章，饶州德兴人。徽宗崇宁二年进士。钦宗授起居舍人。高宗擢中书舍人，官至显谟阁学士。为人论劾，谪居永州，卒。藻与胡伸，称"江左二宝"。问学博赡，为南渡词臣之首。有《浮溪集》。

赵鼎　字元镇，解州闻喜人，自号得全居士。徽宗永宁五年进士，累官开封市曹。金人议立张邦昌，鼎与张浚逃太学，不书议状。高宗擢右司谏，官至尚书左仆射同中书门下平章事。为秦桧所忌，出为奉国军节度使，徙知泉州。桧讽王次翁论之，安置潮州，詹大方希桧意，诬其受贿，移吉阳军。桧意犹未已，鼎遂不食，卒，时绍兴十七年也。孝宗追谥忠简，封丰国公。鼎自对策，即斥章惇，后为桧谗死。中兴名臣，与宗泽、李纲可称鼎足。初，纂修实录成，高宗亲书"忠正德文"四字赐之，因名其所著为《忠正德文集》。

王安中　字履道，中山曲阳人。登进士第，累官大名尹。钦宗靖康时，安中象州。高宗绍兴初，复左中大夫，卒。安中谄事梁师成、蔡攸以进，又附和童贯、王黼，实为小人之尤，而工于著作，骈体尤佳。有《初寮集》。

李纲　字伯纪，邵武人。徽宗政和二年进士，历官至太常少卿。钦宗时，授兵部侍郎、尚书右丞。南渡，拜尚书右仆射兼中书侍郎，为御史所劾，罢为观文殿大学士，知潭州、荆湖南路安抚。卒，年五十八，谥忠定。纲忠义动夷夏，每宋使至燕山，必问李纲、赵鼎安否。著有《梁溪集》。

陈与义　字去非，号简斋，洛阳人。登徽宗政和三年上舍甲科，历太学博士。高宗绍兴时，由兵部员外郎官至参知政事。与义为南渡诗人之冠，尝以《墨梅诗》受知徽宗，而高宗又赏其"客子光阴"一联，遂至执政，为诗人中最显达者。有《简斋集》、《无住词》。

洪皓　字光弼，鄱阳人。徽宗政和五年进士。高宗建炎三年，以徽猷阁待制假礼部尚书，为大金通问使，金人迫使事刘豫，不从，流递冷山，复徙燕京，凡留金十五年而归。以忤秦桧贬官，安置英州，卒。久之，复徽猷阁学士，谥忠宣。皓节侔苏武，文章开适、迈、遵之先。惜全集不传，仅存《鄱阳集》四卷。

朱翌　字新仲，自号灊山居士，舒州人。徽宗政和中登进士第。南渡后官中书舍人。翌父从苏、黄游，具有家学，周必大以杜牧拟之。今文佚诗存，有《猗觉寮记》、《灊山集》。

岳飞　字鹏举，汤阴人。徽宗宣和四年，应募擒相州剧贼补官，迁秉议郎。高宗建炎初，隶宗泽为统制。绍兴时，由鄂岳制置使，累官至枢密副使，封少保。以梗和议，冤死狱中，年三十九。孝宗立，复其官，号忠烈，谥武穆，封鄂王。有《武穆遗文》。

张元干　字仲宗，福建永福人，自号真隐山人。徽宗时太学上舍，历官大监。元干及识苏轼，又从陈瓘游，所交游酢杨时、朱松、李纲，皆一时名贤。南渡后以词送胡铨得罪，除名。其品学皆有所承。著《芦川归来集》。

孙觌　字仲益，晋陵人。徽宗末年，蔡攸荐为侍御史。钦宗时官吏、户二部侍郎，翰林学士。高宗建炎初，贬峡州。黄潜善、汪伯彦荐之，使掌诰命，以赃罪斥。提举鸿庆宫，归隐太湖。年九十余卒。觌进由蔡氏，攸败即劾之，诋李纲，附汪、黄，为李珰、莫开作墓碑，其志万俟卨，表其杀飞为功，颠倒是非，不齿人类。而工于诗文，四六尤佳，与汪藻、綦崇礼相颉颃。有《鸿庆居士集》。

刘子翚　字彦冲，崇安人。刘韐季子，以父任承务郎。韐死靖康之难，子翚通判兴化军，后移疾归隐武夷山。与胡宪、刘勉之讲学，学者称屏山先生，朱子之师也。子翚具经纬才而未展，诗文皆无语录习气。著《屏山集》。

陈东　字少阳，镇江丹阳人。钦宗时，贡入太学，尝伏阙上书，请去蔡京、梁师成、李邦彦、朱勔、王黼、童贯，而用李纲。高宗即位，召至行在，又劾黄潜善、汪伯彦。为二人所构，论死。后追赠朝奉郎秘阁修撰。东以忠义之气发为文章。有《靖炎两朝闻见录》、《少阳集》。

欧阳澈　字德明，崇仁人。高宗建炎初，徒步走行在，上书请诛黄潜善、汪伯彦，与陈东俱论死。汪、黄败后，追赠秘阁修撰。有《欧阳修撰集》。

王铚　字性之，汝阴人，自称汝阴老农。高宗绍兴初，以荐为枢密院编修官。忤秦桧，被斥。居庐山，后避地剡溪山中，以觞咏自娱。诗近温、李。著有《补侍儿小名录》、《默记》、《国老谈苑》、《雪溪诗集》。

康与之 字伯可。渡江初以词受知高宗,官至郎中。与之尝上高宗《中兴十策》,声名甚著。后傅会秦桧,且以歌词贡谀,两宫人遂比之柳耆卿辈。桧死,亦贬五羊。著《顺庵乐府》。

张九成 字子韶,自号无垢居士。其先开封人,徙居钱塘。高宗绍兴二年,进士第一人,授镇东军佥判,历仕至刑部侍郎。忤秦桧,谪居南安军。桧死,起知温州,丐祠。卒,赠太师、崇国公,谥文忠。九成少年,师杨时,后乃杂以禅学,然忤权奸,斥阉官,危行谠言,大节足称。有《孟子传》、《横浦集》。

黄公度 字师宪,莆田人。高宗绍兴八年,进士第一,任签书平海军节度判官,历官考功员外郎。公度与赵鼎善,为桧所忌,谪守南恩。立品甚端。著有《知稼翁集》。

葛立方 字常之,丹阳人。胜仲之子。高宗绍兴八年进士,历官吏部侍郎,忤秦桧罢归。自号归愚居士。有《归愚集》。

周紫芝 字少隐,宣城人。绍兴中登第,历仕枢密院编修官,出知兴国军,自号竹坡居士。紫芝贡谀秦桧及熹,品不足称,而诗甚多。有《太仓稊米集》。

洪适 初名造,后更今名,字景伯,江西饶州鄱阳人。皓长子。高宗绍兴十二年,中博学宏词科。皓谪英州,适亦罢职,桧死,起适提举江东常平。官至尚书右仆射。卒,谥文惠。适与弟遵及迈,皆工制科,世称"三洪"。散体及诗,亦有元祐之遗。著《隶释》、《隶续》、《盘州集》。

史浩 字直翁,鄞县人。高宗绍兴十四年进士,官国子博士。孝宗为建王,浩以司封郎中兼直讲,即位后,迁翰林学士知制诰,累官右丞相致仕,卒,谥文惠。宁宗追封越王,改谥忠定。浩宅心宽厚,谋国老成,故与赵鼎配享高庙。著有《尚书讲义》、《鄮峰真隐漫录》。

洪迈 字景庐,江西饶州鄱阳人。皓季子。高宗绍兴十五年,中博学宏词科,官至端明殿学士。卒,谥文敏。迈博极载籍,与适、遵先后试宏词科,拜中书舍人,时论荣之。著有《史记法语》、《南史精语》、《容斋五笔》、《夷坚支志》、《文敏文集》、《野处类稿》。

陈克 字子高,临海人。高宗绍兴中,为敕令所删定官。自号赤城居士,侨居金陵。诗多情致,词尤工。著《天台集》。

郑樵 字渔仲,莆田人。高宗绍兴十九年,上其所作《通志》,授礼、兵部架阁,学者皆称之夹漈先生。樵锐于著述,自命太狂,所著存于今者,有《尔雅注》、《通志》、《夹漈遗稿》。

朱熹 字元晦,一字仲晦,婺源人。中绍兴十八年进士,主同安簿。孝宗时,官至兵部郎中。光宗时,官秘阁修撰。宁宗时,焕章阁待制,除宫观,沈继祖诬熹十罪,罢祠,卒。韩侂胄死,赐谥曰文。理宗宝庆三年,追封信国公,改徽国。淳祐元年,诏周、张、二程及熹从祀孔子庙。朱子品望理学,今古推崇,即文章亦能奄有韩、曾所长,为南宋大宗。著《周易本义》、《诗集传》、《仪礼经传通解》、《大学、中庸章句》、《论语、孟子集注》、《四书或问》、《论孟精义》、《通鉴纲目》、《伊洛渊源录》、《名臣言行录》、《绍熙州县释奠仪图》、《延平问答》、《近思录》、《杂学辨》、《小学集注》、《楚辞集注》、《韩文考异》、《晦庵集》。

辛弃疾　字幼安，齐之历城人。为耿京掌记室。高宗绍兴三十二年，劝京奉表归宋，授承务郎。孝宗立，改判建康。宁宗时，召为枢密都承旨。卒后，谢枋得请于朝，谥忠敏。弃疾具文武经济才，尚气节，所交多海内名士。人方之温峤、陶侃，惜未竟其用。尝言人生以力田为先，故以稼名其轩。善长短句，著有《稼轩集》。

晁公遡　字子西，巨野人。著《读书志》公武之弟也。初官县尉，仕至提刑，文章亦有景迂《鸡肋》余风。著《嵩山居士集》。

周必大　字子充，一字宏道，庐陵人。高宗绍兴二十一年进士，中宏词科，擢中书舍人。孝宗朝，历左丞相。光宗朝拜少傅，进益国公。宁宗朝，以少傅致仕。卒，赠太师，谥文忠。宁宗篆其墓曰："忠文耆德之碑"。必大历仕四朝，为南渡臣，著述甚富。其子论都为二百卷，曰《文忠集》。

张孝祥　字安国，历阳乌江人。高宗绍兴二十四年进士第一，官至荆南湖北路安抚使，以显谟阁直学士致仕。孝祥廷试，高宗拔置第一，而抑秦埙为第三，遂遭秦桧之怒，诬陷系狱。迨孝宗时，依违于张浚、汤思退之间，人皆讥其持两端。作诗文，以苏轼自许。今文佚诗存，名《于湖集》。

范成大　字致能，号石湖居士，吴郡人。高宗绍兴二十四年进士，授户曹。孝宗时，累官权吏部尚书，参知政事，进资政殿学士，提举洞霄宫。卒，谥文穆。成大立朝有气节，使金尤著风骨。其诗在南宋，与尤袤、杨万里、陆游，称四大家。《石湖文集》已不传，所传者有《骖鸾录》、《吴船录》、《吴郡志》、《桂海虞衡志》、《梅谱》、《菊谱》、《石湖诗赋集》。

杨万里　字廷秀，号诚斋，吉水人。高宗绍兴二十四年进士，调零陵丞，官至宝谟阁学士，致仕。卒，谥文节。万里立朝刚直，韩侂胄招之不往，后知其北伐启衅，忧愤，不食而卒。其忠悫，千载下如见。

王十朋　字龟龄，乐清人。高宗绍兴二十七年进士第一，官至龙图阁学士，谥文忠。十朋立朝刚直，守郡皆有惠政，为一代伟人。文有元祐遗风。著《会稽三赋》、《梅溪集》。

吴儆　字益恭，初名偁，避秀邸讳改名，休宁人。高宗绍兴二十七年进士，历朝散郎、广南西路安抚使，主管台州崇道观。卒，谥文肃。儆与朱子、张栻、吕祖谦善。居官有吏才，文得元祐矩范。有《竹洲集》。

陆游　字务观，号放翁，山阴人。佃之孙，宰之子，以荫补登仕郎。孝宗隆兴初，赐进士出身，官至宝谟阁待制。游立朝颇著风采，后以为侂胄作《南园阅古泉记》，见讥清议，然忠爱出于天性。其诗为宋大家称首，文章法度谨严，亦为南渡有数作家。著有《入蜀记》、《南唐书》、《老学庵笔记》、《剑南诗集》、《渭南文集》。

吕祖谦　字伯恭，好问之孙，金华人。孝宗隆兴元年进士，复中博学宏词科，官至直秘阁著作、国史院编修。卒，谥曰成，郡人祀之。祖谦以关洛为主，而无门户之见，浸淫经史，言必有宗。朱子同时诸儒，品学足与相匹者，惟祖谦与张栻耳。著作宏富，有《古周易书说》、《吕氏家塾读诗记》、《春秋左氏传说、续说》、《左氏博议》、《十七史详节》、《东汉精华》、《少仪外传》、《历代制度详说》、《东莱集》。

楼钥　字大防，鄞县人。自号攻媿主人。孝宗隆兴元年进士，官至参知政事，除资政殿大学士，提举万寿观。卒，谥宣献。钥立朝严正，尝以奏留朱子、彭龟年，为侂胄所恶，夺职。文辞精博，其试南宫时，即为考官胡铨所称。著有《范文正年谱》、《攻媿集》。

罗愿　字瑞良，号存斋，歙县人。以荫补承务郎。孝宗乾道二年，登进士第，通判赣州，官至知鄂州，卒。愿父汝楫，犯天下之公怒，愿则居官循谨，文学赅博，其文章高雅深厚，有西汉风，南宋人中允称绝作。著有《尔雅翼》、《新安文献志》、《鄂州小集》。

陈傅良　字君举，号止斋，温州瑞安人。孝宗乾道八年进士，官至中书舍人、宝谟阁侍讲，谥文节。傅良师郑伯熊、薛季宣，而友吕祖谦、张栻，讲求经制之学，不事空谈，文章能自成一家。有《春秋后传》、《永嘉八面锋》、《止斋论祖》、《止斋文集》。

叶适　字正则，自号水心居士，永嘉人。孝宗淳祐五年进士，为节度判官，以荐迁博士，官至沿江制置、宝谟阁学士。卒，谥忠定。适官博士时，荐陈傅良等四十余人，号得士。与朱子友善，尝以赵汝愚党罢官。立品自正，其文章原本经籍，雄赡深厚，为南渡大宗。有《习学记言》、《水心集》、《水心别集》。

刘过　字改之，自号龙洲，庐陵人。光宗绍熙时，以诗游江湖，韩侂胄尝欲官之，使金国，以轻率漏言而罢。过以叩阍上书，请光宗过宫，得伉直声。才气纵横。有《龙洲集》。

陈亮　字同甫，婺州永康人。光宗绍熙四年进士第一，官建康军节度判官。端平初，追谥文毅。亮与朱子善，有志事功。其文章才辨纵横，直足开拓万古之心胸，推倒一世之智勇也。有《三国纪年》、《龙川文集》。

姜夔　字尧章，鄱阳人。宁宗庆元三年，进乐书，乞正雅乐，诏令太常与议，嫉之，不果行。居苕溪，邻白石洞天，号白石道人，与黄景说齐名，景说亦号白石，时称“双白石”。夔诗风格高秀，拔出江湖派之外，诚斋、石湖皆重之。著有《绛帖平续书谱》、《白石诗集》、《诗说》。

魏了翁　字华文，号鹤山，临邛人。宁宗庆元五年进士，官至资政殿大学士、参知政事、佥书枢密院事。卒，谥文靖。了翁初以神童称，年十五，作《韩愈论》，已有作者风。从辅广、李燔游，传伊洛之学。始忤韩侂胄，补外。后以史弥远当国，隐居。品学俱优，经术尤为南宋之冠。著《周易要义》、《尚书要义》、《仪礼要义》、《春秋左传要义》、《经外杂抄》、《古今考》、《正朔考》、《读书杂钞》、《鹤山全集》。

真德秀　字希元，浦城人。宁宗庆元五年进士，中词科。理宗绍定中，拜参知政事，进资政殿直学士，提举万寿观。卒，谥文忠。德秀生朱子之乡，绍朱子之学，转运江东，活人无算。立朝不满十年，奏疏十万言，中以史弥远见忌罢祠，实为宁、理名臣称首。南宋一朝文章，自朱子而外，经术莫深于鹤山，说理莫精于西山。著有《四书集编》、《大学衍义》、《读书记》、《心经》、《文章正宗》、《西山文集》。

洪咨夔　字舜俞，於潜人。宁宗嘉泰二年进士，历官端明殿学士。咨夔知龙州时，毁邓艾祠而祠诸葛亮。立朝敢言，初为史弥远所忌，后以史嵩之入相乞罢，不独文字工也。有《春秋说》、《平斋文集》。

严羽　字仪卿，一字丹邱，邵武人。自号沧浪逋客。与严仁、严参齐名，号“三严”。

工诗，有《沧浪集》、《沧浪诗话》。

刘克庄　字潜夫，号后村，莆田人。以荫入仕，为潮州倅官，至龙图阁直学士。卒，谥文定。克庄为真德秀弟子，晚乃失身于贾似道，议者病之。工于诗文，有《后村集》。

陈振孙　字伯玉，号直斋，安吉人。理宗端平中，由州郡洊至浙西提举，官终侍郎。藏书至五万一千一百八十余卷。著有《直斋书录解题》。

周密　字公谨，号草窗，先世济南人，南渡后家湖州之弁山，自号弁阳老人。理宗淳祐中，尝官义乌令。宋亡，不仕。著有《武林旧事》、《齐东野语》、《云烟过眼录》、《志雅堂杂钞》、《癸辛杂志》、《浩然斋雅谈》，其诗文名《蜡屐集》，已佚。

王应麟　字伯厚，庆元人。祖籍浚仪。理宗淳祐元年进士。宝祐四年，复中博学鸿词科，官至礼部尚书，兼给事中，归。应麟为考官，拔第七名文天祥置第一，有知人之鉴。初忤丁大全，坐绌，继忤贾似道，补外。立朝具著丰裁，问学赅博，文章典赡。著有《周易郑康成注》、《诗考》、《诗地理考》、《汉志考》、《汉艺文志考证》、《通鉴答问》、《六经天文编》、《困学纪闻》、《玉海》、《词学指南》、《小学绀珠》、《姓氏急就篇》等书。其《深宁叟集》一百卷已佚，仅存五卷，为《四明文献集》中之一种焉。

汪立信　字诚甫，号紫源，六安人。理宗淳祐六年进士，授乌江簿，官至端明殿学士。度宗咸淳十年，为江淮招讨使。时建康守兵皆溃，乃至高邮扼吭死。赠太傅。后伯颜闻其告似道二策，叹曰："宋有是人，使其言用，我安得至此？"

姚勉　字述之，一字诚一，高安人。理宗宝祐元年进士，廷对第一，除校书郎，终太子舍人。勉受诗法于乐雷发，奏劄亦侃侃不阿。有《雪坡文集》。

文天祥　初名云孙，字天祥，后改名天祥，字宋瑞，一字履善，吉水人。理宗宝祐四年进士第一，官至右丞相枢密使，加少保、信国公。勤王兵败，被执，不屈死。天祥大节，震耀古今，而诗文雄赡浑浩，亦足以殿南宋，真不世出之才也。有《文山集》。

谢枋得　字君直，号叠山，信州弋阳人。理宗宝祐四年进士。宋末为江东制置使。临安破后，即弋阳起义兵，兵溃，遁浦城。元福建行省魏天祐，迫胁送燕京，遂绝食，卒。枋得忠节步武天祥，文章亦一作手。尝编《文章轨范》，知其学有矩矱。著《易》、《诗》、《书》三传及《四书解》，皆佚，仅存诗文，名《叠山集》。

牟巘　字虓之，湖州人。礼部尚书子才之子，登理宗进士第，官至大理少卿。入元不仕。先世为蜀之井研人，世居陵山之阳，其诗文名《牟氏陵阳集》。

谢翱　字皋羽，一字皋父，自号晞发子，长溪人，后徙浦城。度宗咸淳中，试进士不第。文天祥开府延平署，咨议参军。天祥兵败，遁迹杭、睦间以终。翱节操可传，诗文皆有奇气。著《晞发集》、《天地间集》、《西台恸哭记》、《冬青引注》。

汪元量　字大有，号水云，钱塘人。度宗时以善琴供奉掖庭。宋亡，随三宫入燕，为黄冠以终。诗多故宫黍离之感。有《湖山类稿》、《水云集》。

家铉翁　号则堂，眉州人。以荫补官，后赐进士，官至端明殿学士、签书枢密院事。宋亡，元欲官之，不受，改管河间，教授弟子。成宗立，放归。铉翁节高品洁，其学问虽称述广汉，而源出金溪，论多出入佛氏。著有《春秋详说》、《则堂集》。

王炎午　初名应梅，字鼎翁，后改今名，安成人。宋末为太学生。度宗咸淳间入文天祥幕。母忧归。宋亡，隐居以终。炎午当天祥被执北上，作文生祭，为世所称。居汶源里，名其文曰《吾汶稿》，以示不仕异姓之义。

林景熙　一作景曦，字德旸，号霁山，温州平阳人。度宗咸淳七年太学释褐，授泉州教官，历礼部架阁，转从政郎。宋亡不仕，客会稽时，会杨琏真伽（今改作扎木扬喇勒）发宋诸陵，以遗骨建镇南塔。景熙与唐钰以计易真骨，葬兰亭，忠义感动千古。有《林霁山集》。

唐钰　字玉潜，号菊山，会稽人。与林景熙埋宋诸陵骨，义动吴越间。

七、南宋散文（作品选读）（辉按：以下录北宋散文，仅存其目，文略）

疏：彭龟年《乞寝版行时文疏》

书：谢枋得《遗留梦炎书》

记：朱熹《百丈山记》、谢翱《游石洞联句夜坐记》、林景熙《五云梅舍记》、邓牧《亦山斋记》

论：李纲《论天人之理》、李纲《论封建郡县》、李纲《论方镇》、曾丰《六经论》

传：陆游《姚平仲小传》、邓牧《谢皋父传》

辨：胡铨《忠辨》

八、两宋新文体

论赋

宋赋不俳不律，仍有韵散行文也，多论体。（辉按：以下录两宋论赋，文略，仅存其目如下）

刘筠《大酺赋》、叶清臣《松江秋泛赋》、欧阳修《秋声赋》、苏轼《昆阳城赋》、苏轼《赤壁赋》、苏轼《后赤壁赋》、李纲《梅花赋》、程俱《松江赋》、杨万里《浯溪赋》、杨万里《海鳝赋》

四六

唐骈文虽板重者多，而无死对句，亦参差历落，宋人则多以剪裁成语为工，且整齐一式。（辉按：以下录两宋四六，文略，仅存其目如下）

制：欧阳修《除皇弟允初依前检校尚书右仆射充感德军节度使加食邑食实封余如故制》、范镇《兖国公主降沂国公主制》、元绛《陈升之起复同中书门下平章事集贤殿大学士制》、张阁《蔡京降太子少保致仕制》

诰：刘敞《韩通赠中书令》、苏轼《吕惠卿责授建宁军节度副使本州安置不得签书公事》、苏辙《蔡确改知安州》

表：欧阳修《乞罢政事表》、陈瓘《通州自便谢表》、陈瓘《台州羁管谢表》

移文：宋白《三山移文》

上梁文:王安石《英德殿上梁文》

书判:余靖《丙越度官府垣篱官司罪之辞云随甲而往》、余靖《丁去官而受旧属馈与或告其违法诉云家口已离本任》

乐语:苏轼《集英殿秋宴教坊致语》、苏轼《勾合曲》、苏轼《勾小儿队》、苏轼《队名》、苏轼《问小儿队》、苏轼《小儿致语》、苏轼《勾杂剧》、苏轼《放小儿队》、苏轼《勾女童队》、苏轼《队名》、苏轼《文女童队》、苏轼《女童致语》、苏轼《勾杂剧》、苏轼《放队》

露布:《岭南道行营擒刘鋹露布》

诏诰:《隆祐后告天下诏》(汪藻行)、《孝宗岳飞追复原官改葬录用其后制》(隆兴周必大行)、《宁宗秦桧降爵易谥制》(开禧周南行)

檄:岳飞《奉诏移伪齐檄》

表:宗泽《乞回銮表》、宗泽《遗表》、胡铨《遗表》

送荐文:任尽言《献陵疏文》

祭文:王炎午《生祭文丞相文》、王炎午《望祭文丞相文》

语录(辉按:以下录两宋语录多则,文略,其中涉及《周濂溪语录》、《程明道语录》、《程伊川语录》、张横渠《西铭》、朱晦庵《观心说》、《陆象山语录》)

第七节　辽、西夏、高丽文学

一、辽诗(作品选读)(辉按:以下录辽代诗歌,仅存其目,诗略)

圣宗《传国玺》、懿德皇后《应制属和》、懿德皇后《怀古诗》、文妃《咏史》、东丹王《立木海岸刻诗》、刘三嘏《自陈》、王枢《三河道中》、虞仲文《雪花》、虞仲文《灵壁寺》、魏道明《游佛岩寺》、魏道明《退食绝句》、赵良嗣《延和楼侍酒》、赵良嗣《喜归》、马扩《次喜归韵》

二、西夏诗(作品选读)(辉按:以下录西夏诗歌,仅存其目,诗略)

张元《咏雪》、张元《咏白鹰》、张元《绝句》、张元《界上寺》

三、高丽诗(作品选读)(辉按:以下录高丽诗歌,仅存其目,诗略)

王徽《慕京师》、韩皦如《赠别》、李齐贤《五冠山》、李齐贤《咏处客》、李齐贤《咏沙里花》、李齐贤《咏济危宝》、李齐贤《咏郑瓜亭》、李齐贤《咏寒松亭》

四、辽诗余(作品选读)(辉按:以下录辽代词作,仅存其目,词略)

道宗《蝶恋花》("昨日得卿黄菊赋")、懿德皇后《回心院》("扫深殿")

五、高丽诗余(作品选读)(辉按:以下录高丽词作,仅存其目,词略)

无名氏《行香子慢》("瑞景光融")、无名氏《太平年》("皇州春满群芳丽")、无名氏《庆金枝令》("莫惜金缕衣")、无名氏《风中柳令》("爱鬓云长")、无名氏《雨中花慢》("宴阕倚栏郊外")、无名氏《百宝妆》("一抹弦器")、无名氏《惜花春起早慢》("向春来")、无名氏《水龙吟》("洞天景色常春")、无名氏《千秋岁引》("想风流态")

第八节　金代文学

一、金文学家代表

虞仲文　字质夫,武州宁远人。七岁知作诗,十岁能属文,日记千言,刻苦学问。第进士,累仕州县,以廉能称。举贤良方正,对策优等,擢起居郎、史馆修撰,官至翰林侍讲学士。年五十五卒,谥文正,赠濮国公。

吴激　字彦高,建州人。父栻,宋进士,终朝奉郎,知苏州。激,米芾之婿也。工诗能文,字画俊逸,得芾笔意,尤精乐府。将宋命至金,以知名留不遣,命为翰林待制。有《东山集》十卷行于世,东山,其自号也。

马定国　字子卿,茌平人。自少志趣不群。宣政末题诗酒家壁,坐讥讪得罪,亦因以知名。阜昌初,游历下,以诗撼齐王豫,豫大悦,授监察御史,官至翰林学士。有集传于世。

蔡松年　字伯坚。父靖,宣和末守燕山,松年以父来,管勾机宜文字。宗望军至白河,郭师败靖,以燕山府降元帅府,辟松年为令史。官至右丞相加仪同三司,封卫国公。正隆四年薨,年五十三。海陵悼惜之,奠于其第,命作祭文以见意,加封吴国公,谥文简。文词清丽,尤其工乐府,与吴激齐名,时号"吴蔡体"。有集行于世。

萧永祺　字景纯,本名蒲烈。少好学,通契丹大小字,广宁尹耶律固奉诏译书,辟置门下,因画传其业。固卒,永祺率门弟子服齐衰丧。固作《辽史》未成,永祺继之,作纪三十卷,志五卷,传四十卷,上之。天德初,擢左谏议大夫,迁翰林侍讲学士,同修国史,再迁翰林学士,官至承旨尚书左丞。海陵尝选廷臣十人,备咨访,独永祺议论宽厚,时称长者,卒,年五十七。

党怀英　字世杰,故宋太尉进十一代孙,冯翊人。应举不得志,放浪山水间。大定十年中进士第。能属文,工篆籀,当时称为第一,学者宗之。大定二十九年,充《辽史》刊修官,应奉翰林文字,移刺益。章宗初即位,好尚文辞,旁求文学之士,以备侍从,谓宰臣曰:"翰林阙人如之何?"张汝霖奏曰:"郝俣能属文,宦业亦佳。"上曰:"近日制诏,惟党怀英最善。"明昌元年,迁国子祭酒;二年迁侍讲学士;明年,迁翰林学士;六年,有事于南郊,摄中书侍郎,读祝册。大安三年卒,年七十八,谥文献。

郝俣　太原人。正隆二年进士,官至河东北路转运使。子居简、居中,俱工诗与文,并以文称。

王庭筠　字子端，河东人。生未期，视书识十七字。七岁学诗，十一岁能赋全题。稍长，涿郡王修一见，期以国士。登大定十六年进士第，官至翰林修撰，扈从秋山，应制赋诗三十余首，上甚嘉之。明年卒，年四十有七。为文能道所欲言，暮年诗律深严，七言长篇，尤工险韵。有《丛辨》十卷、文集四十卷。书法学米元章，与赵沨、赵秉文俱以名家。庭筠尤善山水墨竹云。

赵沨　字文孺，东平人。大定二十二年进士，官至礼部郎中。性冲淡，学道有所得，尤工书。自号黄山。赵秉文云："沨之正书体兼颜、苏，行草备诸家，其超放又似杨凝式，当处苏、黄伯仲间。"党怀英小篆，李阳冰以来，鲜有及者，时人以沨配之，号曰"党赵"。有《黄山集》。

刘震亨　字起潜，蔚州人。生甫期，展书识八卦字，谓其父曰："我父乾，母曰我母坤，故即以震名之。"十岁能诵五经，十二能赋诗。二十三登明昌三年王泽榜进士。性冲淡，于世物一无所嗜好，独喜谈文辞。有诗文五百篇，名《风露集》。

赵秉文　字周臣，磁州滏阳人也。幼颖悟，读书若夙习。登大定二十五年进士第。明昌六年，入为应奉翰林文字同知制诰。兴定元年，转侍读学士，拜礼部尚书，兼侍读学士，同修国史，知集贤院事。正大九年卒，年七十四。官至资善大夫、上护军天水郡侯。正大间，同杨云翼作《龟鉴万年录》，上之。又与云翼共集自古治术，好《君臣政要》，为一编以进。秉文自幼至老，未尝一日废书，著《易丛说》十卷、《中庸说》一卷、《扬子发微》一卷、《太元笺赞》六卷、《文中文类说》一卷、《南华略释》一卷、《列子补注》一卷、删集《论语、孟子解》各一十卷、《资暇录》一十五卷，所著文章，号《滏水集》者三十卷。一号闲闲居士。

王郁　字飞伯，大兴人。仪状魁伟，目光如鹘。居钓台，闭门读书。久之，为文法柳宗元，闳肆奇古，辄数千言。歌诗俊逸效李白。尝做《王子小传》以自叙。天兴初，汴京被围，上书言事不报，四月，围稍解，挺身突出，为兵士所得，其将遇之甚厚，郁径行无机防，为其下所忌，见杀。临终，怀中出书曰："是吾平生著述，可传付中州士大夫！曰：'王郁死矣！'"年三十余。同时以诗鸣者，雷琯、侯册、王元粹云。

李献能　字钦叔，河中人。献能昆弟，皆以文学名。从兄献卿、献诚，从弟献甫，相继擢第，故李氏有四桂堂。献能苦学博览，于文尤长于四六。贞祐三年，特赐词赋进士，廷试第一人，宏词优等，授应奉翰林文字。在翰苑凡十年，出为鄜州观察判官，用荐者复为应奉，俄迁修撰。正大末，以镇南军节度副使充河中帅府经历官。元兵破河中，奔陕州行省，以权左右司郎中，值赵三三军变，遇害，年四十三。献能眇小墨色，颇有髯，善谈论，诗有志风雅，文刻意乐章。

王若虚　字从之，豪城人。幼颖悟，若夙昔在文字间者。擢承安二年经义进士。正大初，入为直学士。金亡，微服北归镇阳，与浑源刘郁东游泰山，至黄岘峰，憩萃美亭，顾谓同游曰："汨没尘土中一生，不意晚年乃造仙府，诚得终老此山，志愿毕矣。"乃令子忠光归，遣子恕同行视夷险，因垂足坐大石上，良久，瞑目而逝，年七十。所著文章，号《慵夫集》、《滹南遗老集》若干卷。

麻九畴　字知几，易州人。三岁识字，七岁能草书，作大字，有及数尺者，一时目为神童。兴定末，试开封府词赋第二，经义第一，再试南省，复然。声誉大振，虽妇人小儿，皆知其名。及廷试，以误出，士论惜之。已而隐居，不为科举计。天兴元年，元兵入河南，挈家走确山，为兵士所得，驱至广平，病死，年五十九。畴初因经义学《易》，后喜邵尧夫《皇极书》，因学算数。又喜卜筮射覆之术，晚更喜医，与名医张子和游，尽传其学，且为润色其所著书。为文精密奇健，诗尤工致。

李汾 字长源，晋人。为人跌宕不羁，性褊躁，触之辄怒，以是多为人所恶。善读史，工诗，雄健有法。避乱入关，复客唐邓间恒山公武仙署，行尚书省讲议官。既而仙与参知政事完颜思烈相异同，惧汾言论，欲除之，汾觉，遁泌阳。仙令总师王德追获之，锁养马厩，绝食而死，年未四十。汾平生诗甚多，不自收集，世所传者十二三而已。

元德明 系出拓拔魏，太原秀容人。自幼嗜读书，口不言俗事，布衣蔬食，处之自若，家人不敢以生理累之，累举不第，放浪山水间，饮酒赋诗以自适。年四十八卒，有《东岩集》三卷。子好问，最知名。

元好问 字裕之。七岁能诗，年十有四，从陵川郝晋卿学，不事举业，淹贯经传、百家，六年而业成。下太行，渡大河，为《箕山》、《琴台》等诗，礼部赵秉文见之，以为近代无此作也，于是名震京师。中兴定五年及第，历内乡令。正大中，为南阳令。天兴初，擢尚书省掾，顷之，除左司都事转行尚书省、左司员外郎。金亡不仕。为文有绳尺，备众体。其诗奇崛而绝雕刿，巧缛而谢绮丽。五言高古沉郁；七言乐府，不用古题，特出新意；歌谣慷慨挟幽、并之气；其长短句揄扬新声，以写恩怨者又数百篇。兵后，故老皆尽，好问蔚为一代宗工，四方碑版铭志尽趋其门。其所著文章、诗若干卷，《杜诗学》一卷，《东坡诗雅》三卷，《锦机》一卷，《诗文自警》十卷。晚年尤以著作自任，以金源氏一天下，典章法度，几及汉唐，国亡史作，己所当任。时金国《实录》尚在顺天张万户家，乃言于张，愿为撰述。既而为乐夔所阻而止，好问曰："不可令一代之迹泯而不传。"乃构亭于家，著述其上，因名曰《野史》。凡金源君臣遗言往行，采摭所闻，有所得，辄以寸纸细字为纪，录至百余万言。今所传者有《中州集》及《壬辰杂编》若干卷。年六十八卒。纂修《金史》，多本其所著云。

段成己 稷山人。天性孝友，四岁知力学。正大七年，与兄克己同登进士。时赵秉文典试，诵其赋，器之，大书"双飞"二字名其里。克己终身不仕，人称遁庵先生，早卒。成己授宜阳簿。入元，世祖降玺书，即其家起为平阳儒举提举，不赴，天下高其雅德。祭酒周文懿称其文在班、马之间。所著有《二妙集》、《菊轩集》。

二、金文(元好问作品选读)(辉按：仅录元好问一家作品，仅存其目，原作略)

《秦王擒窦建德降王世充露布》、《希颜墓铭》、《叶县中岳庙记》、《扁鹊庙记》、《写真自赞》、《中州集》之《溪南诗老辛愿小传》及《李讲议汾小传》

三、金诗(作品选读)(辉按：以下录金代诗歌，仅存其目，诗略)

吴激：《早春》

张斛：《夜雨南山》

蔡松年:《庚申闰月从师还自颍上对新月独酌》(录二首)

马定国:《村居一首》

祝简:《舟次丹阳》

朱之才《南越行》

朱自牧:《晚泊济阳》

刘汲:《南园步月》

郝俣:《三月望日次边德举揽秀轩》

边元鼎:《村舍》

刘仲尹:《晚阴》

刘迎:《车辆辘》、《淮安行》、《修城行》、《楼前曲》、《和人七夕韵》

党怀英:《夜发蔡口》、《题春云出谷图》、《吊石曼卿》、《龙池春兴》

王庭筠:《书西斋壁》

赵秉文:《杂拟三首》、《仿王右丞独坐幽篁里》、《游华山寄元裕之》、《寄裕之》、《雨晴》(录一首)

周昂:《雪》

赵沨:《秋日感怀》、《中秋》、《晚宿山寺》

刘昂:《都门观别》

师拓:《冬夜二首》、《秋夜吟》

史肃:《偶诗》

庞铸:《洛阳怀古》

高廷玉:《道出平州寒食忆家》

赵元:《村居夏日》

麻九畴:《赋玉透光镜》、《竹瘿冠为李道人赋》、《梁山宫图》

雷渊:《洛阳同裕之钦叔赋》

李献能:《郏城秋夜怀李仁卿》、《昆阳元夜南寺小集》

冀禹锡:《赠雷御史兼及松庵冯丈》

杨庭秀:《成皋道中》

秦略:《麝香》

张琚:《移河中》

刘昂霄:《赵村晚望》

田紫芝:《冥鸿亭下第后作》

王元粹:《叶县赠李长源》

杜佺:《马嵬道中》

李之翰:《中京遇因长老》

李献可:《清水寒食感怀》

宗端:《修漫书》

王扩:《题神霄宫清心轩》

刘昂:《零口早发》

刘豫:《杂诗六首》

王予可:《九日感怀》

辛愿:《过崧山》、《山寒》、《山园》

李汾:《汴梁杂诗四首》

元德明:《雨后》、《岁暮》

段克己:《和家弟诚之社燕之作》

陈赓:《寒食祀坟回临西原废寺二首》、《清明后书怀》

杜仁杰:《雪后书事》

元好问:《光武台》、《瀫亭》、《元鲁县琴台》、《古意》、《龙潭》、《乙酉六月十一雨》、《五松平》、《放言》、《黄公庙》、《别李周卿三首》、《野史亭雨夜感兴》、《天门引》、《湘夫人咏》、《幽兰》、《孤剑咏》、《望云谣》、《去岁远游送仲梁出山》、《害虎》、《送李参军北上》、《泛舟大明湖》、《南冠行》、《寄答溪南诗老辛愿敬之》、《蟾池》、《月观和邓州相公席上韵》、《太室同希颜赋》、《送曹吉甫兼及通甫》、《少室南原》、《洛阳古城曦阳门早出》、《十二月六日二首》、《短日》、《送母受益自潞府归崧山》、《感事》、《帝城》、《春日》、《横波亭》、《野菊座主闲闲公命作》、《颍亭》、《山中寒食》、《寄钦用》、《岐阳三首》、《壬辰十二月车驾东狩后即事五首》、《癸巳四月二十九日出京》、《淮右》、《秋夜》、《三仙祠》、《眼中》、《卫州感事二首》、《羊肠坂》、《外家南寺》、《示崔雷诗社诸人》、《出都二首》、《过三乡望女几村追怀溪南诗老辛敬之二首》、《赠答同年敬鼎年》、《东园晚眺》、《送同年李德之归洛西二首》、《人日有怀愚斋张兄纬文》、《洛阳高少府瀍阳后庵》、《论诗三十首》、《论诗三首》、《自题中州集后五首》、《文湖州草虫为刘使君赋》、《长寿山居元夕》、《俳体雪香亭杂咏十五首》、《江亭会饮》

四、金诗余(作品选读)(辉按:以下录金代词作,仅存其目,词略)

完颜琦《青玉案》(“冻云封却驼冈路”)、吴激《风流子·感旧》(“书剑忆游梁”)、王庭筠《诉衷情》(“夜凉清露滴梧桐”)、王庭筠《蝶恋花》(“衰柳疏疏苔满地”)、王特起《喜迁莺》三首(“东楼欢尽”、“登山临水”、“江洲蘋满”)、韩玉《贺新郎》(“柳外莺声碎”)、赵秉文《青杏儿》(“风雨替花愁”)、高宪《贫也乐》(“城下路”)、王渥《水龙吟·从商帅国器猎同裕之赋》(“短衣匹马清秋”)、景覃《凤栖梧》(“倦客情悰纷似缕”)、李献能《春草宫》(“紫箫吹破黄昏月”)李晏《虞美人》(“佳人酒晕潮生颊”)、李晏《大江东去·送杨国瑞南归》(“西风溢浦”)、元好问《石州慢》(“击筑行歌”)、元好问《江神子·观别》(“旗亭谁唱渭城诗”)、元好问《鹧鸪天》(“华表归来老令威”)、元好问《迈陂塘》(“问世间情是何物”)、元好问《点绛唇》(“醉里春归”)

第九节　元代文学

一、元文学家代表人物

马祖常　字伯庸，世为雍古部，居靖州。祖常高祖，金季为凤翔兵马判官，以节死，因子孙其官，以马为氏。祖常七岁知学，得钱即以市书。十岁时，见烛欹烧屋，解衣沃水以灭火，咸嗟异之。既长，益笃于学。蜀张𡌴讲道仪真，往受业其门，𡌴甚器之。延祐初，科举法行，乡贡、会试皆中第一，廷试为第二人，授应奉翰林文字，拜监察御史，除枢密副使。至元四年卒，年六十。祖常工于文章，宏赡而精核，务去陈言，专以先秦两汉为法，而自成一家言。尤致力于诗，圆密清丽，大篇短章，无不可传者。有文集行于世。

郝经　字伯常，泽州陵川人。祖天挺，元裕尝从之学。金末，父思温辟地河南之鲁山，河南乱，居民匿窖中，乱兵以火熏灼之，民多死，经母许亦死。经以蜜和寒菹汁决母齿饮之，即苏。时经九岁，人皆异之。金亡，徙顺天，为守帅张柔、贾辅所知，延为上客。二家藏书皆万卷，经博览无不通，往来燕赵。宪宗二年，世祖以皇弟开邸金莲川，召经谘以经国安民之道，条上数十事，大悦，遂留王府。明年世祖即位，以经为翰林侍读学士，佩金虎符，充国信使使宋，告即位，且定和议。时贾似道方以却敌为功，恐经至谋泄，竟馆经真州。居七年，从者怒斗，死者数人，经独与六人处别馆。又九年，丞相伯颜奉诏南伐，帝遣经归，道病，明年夏，至阙，赐宴大庭。秋七月，卒，年五十三，谥文忠。被留时，思托言垂世，撰《续后汉书》、《易、春秋外传》、《太极演》、《原古录》、《通鉴书法》、《玉衡贞观》等书，及文集数百卷。其诗多奇崛。拘宋十六年，从者皆通于学。

王鹗　字百一，曹州东明人。幼聪悟，日诵千余言，长工词赋。金亡，元访求遗逸之士，遣使聘鹗，及至，使者数辈迎劳，召对，进讲《孝经》、《书》、《易》及齐家治国之道，每夜分乃罢。金主自缢，其奉御绛山，焚葬汝水旁，礼为旧君有服，愿往葬祭，世祖义而许之。建元中统，首授翰林学士承旨。至元元年，加资善大夫。十年，卒，年八十四，谥文康。著《论语集义》一卷，《汝南遗事》二卷，诗文四十卷，曰《应物集》。

李治　字仁卿，真定栾城人。登金进士第，调高陵簿，未上辟，知钧州事。岁壬辰，城溃，治微服北渡，流落忻、崞间。世祖在潜邸闻其贤，遣使召之。晚家元氏，买田封龙山下，学徒益众。及世祖即位，复聘之，欲处以清要，治以老病恳请还山。至元二年，再以学士召，就职期月，复以老病辞去。卒于家，年八十八。所著有《敬斋文集》四十卷，《壁书丛削》十二卷、《泛说》四十卷、《古今难》四十卷、《测圆镜海》十二卷、《益古衍疑》三十卷。

杨果　字正卿，祁州蒲阴人。幼失怙恃，居许昌，以章句授徒为业。金亡，杨奂起果为经历。世祖中统元年，设十道宣抚使，命果为北京宣抚使。明年，拜参知政事，及例罢，犹诏与左丞姚枢等日赴省议事。至元六年，出为孟路总管。尝为中书执政官，移文申部，特不署名。以老致仕，卒于家，年七十五，谥文献。工文章，尤长于乐府。有《西庵集》行于世。

刘因 字梦吉，保定容城人。世为儒家，天资绝人，三岁识书，日记千百言，过目成诵。六岁能诗，七岁能属文。弱冠，才器超迈，日阅方册，思得如古人者友之，作《希圣解》，书上，朝廷不强致。三十年夏四月十有六日卒，年四十五，无子。因所著有《四书精要》三十卷，诗五卷，号《丁亥集》。因所自选又有文集十余卷，及《小学、四书语录》，皆门生故友所录，惟《易系辞说》，乃因病中亲笔云。

邓剡 字光荐，庐陵人。宋丞相信国公客也。宋亡，以义行著，其所赋《鹧鸪词》，有曰："行不得也哥哥！瘦妻弱子羸牸驮，天长地阔多网罗，南音渐少北音多，欲飞不起可奈何？行不得也哥哥！"其意可见，其所赞文丞相像有曰："目煌煌兮疏星晓寒，气英英兮晴雷殷，山头碎柱兮璧完，血化碧兮心丹。呜呼！孰谓斯人不在世间？"

聂碧窗 江西人。尝为龙翔宫书记。元初诏赦至，感而有诗曰："乾坤杀气正沉沉，又听燕台降德音。万口尽传新诏好，累朝谁念旧恩深。分茅列土将军志，问舍求田父老心。丽正立班犹昨日，小臣无语泪沾襟。"又《哀被虏妇》云："当年结发在深闺，岂料人生有别离。到底不知因色误，马前犹自买胭脂。"又《咏胡妇》云："双柳垂鬟别样梳，醉来马上倩人扶。江南有眼何曾见，争卷珠帘看固姑。"

王和卿、关汉卿 和卿，滑稽佻达，传播四方。中统初，燕市有一蝴蝶，其大异常，王赋《醉中天》小令云："挣破庄周梦，两翅驾东风。三百处名园，一采一个空。难道风流种，唬杀寻芳蜜蜂。轻轻的飞动，卖花人搧过桥东。"由是其名益著。时有关汉卿者，亦高才风流人也，王常以讥谑加之，关虽极意还答，终不能胜。王忽然坐逝，而鼻垂双涕尺余，人皆叹骇，关来吊唁，询其由，或对曰："此释家所谓坐化也。"复问鼻悬何物，对曰："此玉筯也。"关云："我道你不识，不是玉筯，是嗓病发一笑。"或戏关云："你被王和卿轻侮半世，死后方才还得一筹。"凡六畜劳伤，则鼻中常流浓水，谓之嗓病；又：爱讦人之短者，亦谓之嗓，故云尔。

金济 字心渊，息斋子，德兴人。少承家学，耻同俗学，不应举。当元初，累辟不就。筑小室，日读书其中，偶赋云："白首黄尘送隙驹，那知静处迥然孤。幽人世念如秋叶，万树西风一点无。"与徐芳谷、王葵初相友善，每触景赓和，怡然自得。所著有《谷云遗稿》。

仇远 字仁近，钱塘人。元初为溧阳州儒学教授。工诗文，一时游其门者，若张雨、张翥、莫维贤，皆有名当时。所著有《山村集》、《批注唐百家诗选》。

白珽 字廷玉，钱塘人。少颖敏，客藏书家，耽读，穷昼夜一十七年，博通经史。至元二十八年，授太平路儒学正。兼长诗文，一主于理，刘辰翁称其诗逼陶、韦，书逼颜、柳。官至浙江儒学副提举。著有《湛渊集》、《经子类训集》、《翠裘静语》等书。

王恽 字仲谋，卫州汲县人。恽有材干，善属文，与东鲁王博文、渤海王旭齐名。史天泽将兵攻宋，过卫，一见接以宾礼。中统元年，左丞姚枢辟为详仪官。恽以选至京师，上书论时政，与渤海周正并擢为中书详定官。二年春，转翰林修撰同知制诰，兼国史院编修官，寻兼中书省左右司都事。至元五年，建御史台，首拜监察御史，知无不言。二十八年，召至京师。二十九年春，见帝于柳林行宫，遂上万言书，极陈时政，授翰林学士、嘉议大夫。成宗即位，献《守成事鉴》一十五篇，所论悉本诸经旨。元贞元年，加通议大夫、知制诰，同修国史,奉旨纂修《世祖实录》。大德元年,进中夫大夫。二年,乞致仕,不许。五年,再上章求退,遂授其子公孺为卫州推官,以便养。大德八年六月卒,赠翰林学士承旨、资善大夫,追赠太原郡公,谥文定。其著述有《相鉴》五十卷、《汲郡志》十五卷、《承华事略》、《中堂事记》、《台笔补》、《玉堂嘉话》并集著诗文,合为一百卷。

戴表元　字帅初,一字曾伯,庆元奉化州人。七岁学古诗文,多奇语。稍长,从里师习词赋,辄弃不为。咸淳中入太学,以"三舍法"升内舍生。既而试礼部第十人,登进士乙科,教授建宁府,后迁临安教授,行户部掌故,皆不就。大德八年,表元年已六十余,执政者荐于朝,起家拜信州教授,再调教授婺州,以疾辞。初,表元闵宋季文章气萎苶,而辞骫骳弊已甚,慨然以振起斯文为己任。时四明王应麟、天台舒岳祥,并以文学师表一代,表元皆从而受业焉,故其学博而肆,其文清深雅洁。至元、大德间,东南以文章大家名重一时者,惟表元而已。年六十七卒。有《剡源集》行于世。

姚燧　字端甫。生三岁而孤,育于伯父枢。枢隐居苏门,谓燧蒙暗,教督之甚急,燧不能堪,杨奂驰书止之曰:"燧,令器也,长自有成,尔何以急为?"且许醮以女。年十三,见许衡于苏门。十八,始受学于长安,时未尝为文,视流辈所作,惟见其不如古人,则心弗是也。二十四,始读韩退之文,试习为之,人谓有作者风,稍就正于衡。至元七年,衡以国子祭酒教贵胄,奏召旧弟子十二人,燧自太原驿至馆下。燧年三十八,始为秦王府文学,未几授奉议大夫,兼提举陕西、四川、中兴等路学校。至大元年,仿汉征四皓故事,起燧为太子宾客,未几除承旨学士,寻拜太子太傅。明年授荣禄大夫、翰林学士承旨、知制诰,兼修国史。四年,得告南归,中书以承旨召;明年复召,燧以病俱不赴。卒于家,年七十六,谥曰文。有《牧庵文集》五十卷。

阎复　字子靖,平阳和州人。生有奇光照室,性简重,美丰仪。七岁读书,颖悟绝人。弱冠入东平学,师事名儒康晔。时严实领东平行台,招诸生肄进士业,迎元好问校试其文,预选为首。岁己未始掌书记于行台,擢御史掾。至元八年,用王磬荐为翰林应奉,以才选充会同馆副使,兼接伴使扈驾。十二年,升翰林修撰。十四年,出佥河北河南道提刑按察司,事阶奉训大夫。十六年,入为翰林直学士,建议定铨选之法。十九年,升侍讲学士。明年,改集贤侍讲学士,同领会同馆事。二十三年,升翰林学士。先是撰《桑哥辅政碑》,桑哥既败,诏有司踣其碑,复亦坐是免官。三十一年,成宗即位,以旧臣召入朝,除集贤学士,阶正议大夫。大德元年,仍迁翰林学士。四年,拜翰林学士承旨,阶正奉大夫。十一年春,武宗践祚,复首陈三事,曰惜名器、明赏罚、择人材。未几,进阶荣禄大夫,遥授平章政事,余如故。后力辞不许,上疏乞骸骨。诏从其请,给半俸终养。皇庆元年三月卒,年七十七,谥文康。有《靖轩集》五十卷。

杨载　字仲弘,其先居建之浦城,后徙杭,因为杭人。少孤,博涉群籍,为文有跌宕气。年四十不仕,户部贾国英数荐于朝,以布衣为翰林国史院编修官,与修《武宗实录》。延祐初,仁宗以科目取士,载首应诏,遂登进士第,授承务郎、饶州路同知、浮梁州事,迁儒林郎、宁国路总管府推官以卒。其文章一以气为主,博而敏,直而不肆,自成一家言,而于诗尤有法。

陆文圭 字子方,江阴人。幼而颖悟,过目成诵,终身不忘,博通经史百家、天文地理、律历、医药、算数之学。宋咸淳初,文圭年十八,以《春秋》中乡选。宋亡,隐居城东,学者称之墙东先生。朝廷数遣使聘之,以老病不果行。卒,年八十五。文圭为人,刚明超迈,以奇气自负,于地理考核甚详。有《墙东类稿》二十卷。文圭既卒,浙以西称学术醇正为世师表者,惟梁益而已。益著有《三山稿》、《诗绪余》、《史传姓氏纂》,又有《诗传旁通》,发挥朱熹氏之学。年五十六卒。

赵孟頫 字子昂,宋秦王德芳之后,赐第湖州,故为湖州人。幼聪敏,读书过目成诵,为文操笔立就。年十四,用父荫补官,试中吏部铨法,调真州司户参军。宋亡,家居,益自力于学。至元二十三年,行台侍御史程巨夫奉诏搜访遗逸于江南,得孟頫,以之入见。孟頫才气英迈,世祖顾之喜,使坐。时方立尚书省,命孟頫草诏颁天下,帝览之喜。至大三年,召至京师,以翰林侍读学士与他学士议不合,谒告去。仁宗在东宫,素知其名,及即位,召除集贤侍讲学士、中奉大夫。延祐元年,改翰林侍讲学士,迁集贤侍讲学士、资德大夫。三年,拜翰林学士承旨、荣禄大夫。帝眷甚厚,字而不名。六年,得请南归。至治元年,英宗遣使即其家俾书《孝经》。二年六月卒,年六十九,追封魏国公,谥文敏。孟頫所著有《尚书注》,有《琴原》、《乐原》,得律吕不传之妙。诗文清邃奇逸,篆、籀、分、隶、真、行、草书,无不冠绝古今,遂以书名天下。

牟应龙 字伯成,其先蜀人,后徙吴兴。幼警敏过人,日记数千言,文章有浑厚之气,当以世赏补京官,尽让诸从弟,而擢咸淳进士第。沿海制置司辟为属,以疾辞,不仕而宋亡矣。故相留梦炎以书招之,应龙不答,已而起家教授溧阳州,晚以上元县主簿致仕。初,宋亡时,其父大理卿已退,不任事,一门父子,自为师友,诸经皆有成说,惟《五经音考》行世。为文长于叙事,时人求其文者,车辙交于门,人拟之为眉山苏氏父子,而学者因应龙所自号,称之曰隆山先生。泰定元年卒,年七十八。

小云石海涯 父楚国忠惠公,名贯只哥,以贯为氏,复以酸斋自号。年十二三,膂力绝人,使健儿驱三恶马疾驰,持槊立而待,马至,腾上之,越二而跨三,运槊生风,观者辟易。或挽强射生逐猛兽,上下峻阪如飞,诸将咸服其趫捷。稍长,折节读书,目五行下,吐辞为文,不蹈袭故常,其旨皆出人意表。初袭父官为两淮万户府达鲁花赤。镇永州,御军极严猛,行伍肃然。稍暇,辄投壶雅歌,意所畅适,不为形迹所拘。一日,呼弟忽都海涯,语之曰:“吾生宦情素薄,顾祖父之爵,不敢不袭,今已数年矣,愿以让弟。”语已,即解所绾黄金虎符佩之。比从姚燧学,燧见其古文峭厉有法,及歌行、古乐府慷慨激烈,大奇之。俄选为英宗潜邸说书秀才,宿卫禁中。仁宗践祚,上疏条六事,乃称疾辞还江南,卖药于钱塘市中,诡姓名,易服色,人无有识之者。晚年为文日邃,诗亦冲澹。草隶等书,稍取古人之所长变化,自成一家。士大夫得其片言尺牍,如获拱璧。其视生死昼夜,绝不入念虑,翛翛若遗世而独立云。泰定元年五月八日卒,年三十九,赠集贤学士、中奉大夫护军,追封京兆郡公,谥文靖。有文集若干卷,《直解孝经》一卷,行于世。

李之绍 字伯宗,东平平阴人。自幼颖悟,从东平李谦学,家贫,教授乡里,学者咸集。至元三十一年,纂修《世祖实录》,征名儒充史职,以马绍、李谦荐,授将仕佐郎、翰林国史院编修官。直学士姚燧欲试其才，凡翰林应酬之文，积十余事，并以付之，援笔立成，并以稿进。燧惊喜曰："可谓名下无虚士也。"延祐三年，升奉政大夫、国子祭酒。四年，升朝列大夫、同佥太常礼仪院事。六年，改翰林直学士，复以疾还。七年，召为翰林直学士。至治二年，升翰林院侍讲学士、知制诰、同修国史。三年，告老而归。泰定三年八月卒，年七十三。

袁桷　字伯长，庆元人。童子时，已著声，部使者举茂才异等，起为丽泽院山长。大德初，阎复、程文海、王构荐为翰林国史院检阅官。时初建南郊，桷进十议，升应奉翰林文字、同知制诰，兼国史院编修官，请购求辽、金、宋三史遗书。历两考，迁侍制，又再任拜集贤直学士，久之，移疾去官。复仍以直学士召入集贤。未几，改翰林直学士，知制诰，同修国史。至治元年，迁侍讲学士。泰定初，辞归，朝廷制册、勋臣碑铭，多出其手。所著有《易说》、《春秋说》、《清容居士集》。泰定四年卒，年六十一，追封陈留郡公，谥文清。

韩性　字明善，绍兴人。天资警敏，七岁读书，数行俱下，日记万言。九岁通《小戴礼》，作《大义》，操笔立就，文意苍古，老生宿学皆称异焉。及长，博综群籍，靡不极其津涯，究其根柢，而于儒先性理，尤深造阃域。其为文辞，博达俊伟，自成一家言。四方学者受业其门，户外之屦至无所容。延祐初，诏以科举取士，学者多以文法为请，经其口授指画，不为甚高论而义理自胜，不期文之工而不能不工，以应有司之求，亦未始不合其绳尺也。性出无舆马仆御，所过，负者息肩，行者避道，巷夫衢叟，至于童稚厮役，咸称之曰"韩先生，韩先生"云。天历中，赵世延以性名上闻。后十年，门人李齐为南台监察御史，力举其行义，而性已卒矣。年七十有六卒。著有《礼记说》四卷、《诗音释》一卷、《书辨疑》一卷、《郡志》八卷、文集十二卷。

李泂　字灌之，滕州人。生有异质，始学即颖悟请记，作文辞如宿习。姚燧负大名，一见其文，深异之，力荐于朝，授翰林国史院编修官。未几，以老就养江南。久之，辟中书掾，非其志也。天历初，复以待制召，时文宗方开奎章阁，延天下名士充学士员，泂数进见，奏对称旨，超迁翰林直学士，俄特授奎章阁承制学士。泂既为帝所知遇，乃著书曰《辅治篇》以进，旋谒告归。复除翰林直学士，遣使召之，竟以疾不能起。泂神情开朗，如神仙中人。其为文章奋笔挥洒，意之所至，臻极神妙，以李太白自拟，当世亦许之。泂尤善书，自篆隶草真皆精诣，为世所珍爱。卒，年五十九，有文集四十卷。

贡奎　字仲章。天性颖慧。十岁属文，长益博综经史，以古为师，仕齐山书院山长。朝廷方议行郊祀礼，诸大臣以奎识鉴清远，论议详明，遂推授太常奉礼郎、兼检讨，奎即讨定上之，迁应奉翰林文字，同知制诰，兼国史院编修官，纂修《成宗实录》。授江西儒学提举，敷明理学，诸生皆竦听不懈。累迁集贤直学士。天历二年，奉使还。有《云林小稿》、《听雪斋记》、《青山漫吟》、《倦游集》、《豫章稿》、《上元新录》、《南州纪行》，凡百二十卷。

虞集　字伯生。父汲，黄冈尉，宋亡，侨居临州崇仁，与吴澄为友；母杨氏，国子祭酒文仲女。三岁即知读书。岁乙亥，集挈家趋岭外，干戈中无书册可携，杨氏口授《论语》、《孟子》、《左氏传》、欧阳、苏文，闻辄成诵。比还长沙就外傅，始得刻本，则已尽读诸经，通其大义矣。文仲世以《春秋》名家，而族弟参知政事栋，明于理学，杨氏在室尽通其说，故集与弟槃皆受业家庭。出则从吴澄游，授受具有源委。大德初，以大臣荐为大都路儒学教授，除国子助教，即以师道自任。六年，除翰林待制，兼国史院编修官。英宗即位，拜为相，颇超用贤俊，时集以忧还江南，拜住不知也。乃言于上，遣使求之于蜀，不见，求之于江西，又不见。集方省墓吴中，使至，受命趋朝，则拜住不及见矣。泰定初，除国子司业，迁秘书少监，拜翰林学士，俄兼国子祭酒。有旨采辑典故，仿唐、宋《会要》修《经世大典》。又修辽、金、宋三史。集专领其事，阅岁，书乃成，凡八百帙，既上进，以目疾丐解职。不久，乃举治御史马祖常自代，不报，帝方响用文学，以集弘才博识，无施不宜，一时大典册，咸出其手，故重听其去。光人龚伯璲，以才俊为马祖常所喜，祖常为御史中丞，伯璲游其门，祖常亟称之，欲集为荐引，集不可，曰："是子非远器，恐不得令终。"祖常未以为然。初，文宗在上都，将立其子阿剌忒纳答剌为皇太子，乃以妥欢帖穆尔太子乳母夫言："明宗在日，素谓太子非其子。"黜之，召集使书诏，播告中外，御史亦不敢斥言其事，讽集速去。伯璲后以用事败，杀其身，世乃服集知人。元统二年，遣使召还禁林，疾作不能行，屡有敕，即家撰文，侍臣有以旧诏为言者，帝不怿曰："此我家事，岂由彼书生耶?"至正八年五月己未，以病卒，年七十有七，官自将仕郎十二转为通奉大夫，赠江西行中书省参知政事、护军，封仁寿郡公。集学虽博洽，平生为文万篇，稿存者十二三。早岁与弟槃同辟书舍为二室，左室书陶渊明诗于壁，题曰陶庵，右室书邵尧夫诗，题曰邵庵，故世称邵庵先生。

虞槃　字仲常。延祐五年第进士，授吉安永丰丞。丁父忧，除湘乡州判官，秩满，除嘉鱼县尹，槃已卒。槃幼时尝读柳子厚《非〈国语〉》，以为《国语》诚可非，而柳子之说亦非也，著《非〈非国语〉》。《诗》、《书》、《春秋》皆有论著，而《春秋》乃其家学，故尤善。读吴澄所解诸经义，辄得其旨趣所在，澄亟称之。兄集接方外士，必扣击其说，尝以为："圣之教不明，为学者无所底止，苟于吾道异端疑似之间不能深知，而欲穷究夫性命之原、生死之故，其不折而归之者寡矣。"

范梈　字亨父，一字德机，清江人。家贫早孤，母熊氏守志教之。梈天资颖异，所读诵辄记忆，虽癯然清寒，于流俗中克自树立，无苟贱意。居则固穷守节，竭力以养亲，出则假阴阳之技以给旅食。耽诗工文，用力精深，人罕知者。年三十六，始客京师，即有声诸公间，朝臣荐为翰林编修官，秩满御史台，擢海南海北道廉访司照磨，所至兴学教民，雪理冤滞甚众。迁江西湖东长史，选充翰林，供奉御史台，又改擢福建闽海道知事。闽俗素污，文绣局取良家子为绣工，无别尤甚。梈作诗述其弊，廉访使取以上闻，皆罢遣之，其弊遂革。未几，移疾归故里。天历二年，授湖南岭北道廉访司经历，以养亲辞。是岁母丧，明年十月，亦以疾卒，年五十九。所著诗文，多传于世。

揭傒斯　字曼硕，龙兴富州人。幼贫，读书尤刻苦，父子自为师友，由是贯通百氏，早有文名。大德间，稍出湘汉，程巨夫、卢挚先后为湖南宪长，咸器重之。巨夫因妻以从妹。延祐初，巨夫、挚列荐于朝，特授翰林国史院编修官，迁国子助教，复留为应奉。南归省母，旋复召还，凡三入翰林。天历初，开奎章阁，首擢为授经郎，以教勋戚大臣子孙。文宗时，幸阁中，有所咨访，奏对称旨，恒以字呼之而不名。至正三年，年七十，致其事而去。诏遣使追及于漷南，寻复奉上谕旨还。撰《明宗神御殿碑》，求去不许。四年，《辽史》成，有旨奖谕，仍督早成金、宋二史。傒斯留宿史馆，朝夕不敢休，因得寒疾，七日卒。六年，制赠护军，追封豫章郡公，谥曰文安。

黄溍　字晋卿，婺州义乌人。母孕子二十四月始生，生而俊异。比成童，授以《书》《诗》，不一月成诵。迨长，以文名于四方。中延祐二年进士第，入为应奉翰林文字、同知制诰、兼国史院编修官，转国子博士，俄以秘书少监致仕。未几除翰林直学士、知制诰、同修国史，寻兼经筵官，执经进讲者三十有二，帝嘉其忠，升侍讲学士，知制诰、同修国史、同知经筵事，阶自将仕郎，七转至中奉大夫。旋上章求归，不俟报而行。帝闻之，遣使者追还京师，复为前官。久之，始得谢南还，优游田里间，凡七年，卒于绣湖之私第，年八十一，追封江夏郡公，谥曰文献。著有《日损斋稿》二十三卷、《义乌志》七卷、《笔记》一卷。

柳贯　字道传，浦阳人。尝受性理之学于兰溪金履祥，必见诸躬行，自幼至老，好学不倦，凡六经百氏、兵刑律历、数术方技、异教外书，靡所不通。作文沉郁春容，涵肆横波。始用察举为江山县儒学教谕，仕至翰林待制。与溍及临川虞集、豫章揭傒斯齐名，人号为“儒林四杰”。著有文集四十卷、《字系》二卷、《近思录广辑》三卷、《金石竹帛遗文》十卷。年七十三卒。

吴莱　字立夫，浦阳人。天资绝人，七岁能属文，书经目成诵，众惊以为神童。延祐七年，以《春秋》举上礼部，不利，退居深袤山中，益穷诸书奥旨，著《尚书标说》六卷、《春秋世变图》二卷、《春秋传授谱》一卷、《古职方录》八卷、《孟子弟子列传》一卷、《楚汉正声》二卷、《乐府类编》一百卷、《唐律删要》三十卷，他如《诗传科条》、《春秋经说》、《胡氏传证误》，皆未脱稿。莱尤喜论文，尝云作文如用兵，兵法有正有奇，正是法度，奇是不为法度所缚，举眼之顷，千变万化，闻者服之。卒年仅四十有四，君子惜之，私谥曰渊颖先生。

欧阳玄　字原功，浏阳人。幼岐嶷，母李氏，亲授《孝经》、《论语》、小学诸书。八岁能成诵。始从乡先生张贯之学，日记数千言，即知属文。部使者行县，玄以诸生见，命赋《梅花诗》，立成十首，晚归增至百首，见者骇异之。年十四，益从宋故老习为词章，下笔辄成章，每试庠序，辄占高等。经史百家，靡不研究，伊洛诸儒源委，尤为淹贯。延祐元年，诏设科取士，以《尚书》与贡，明年赐进士出身，官至翰林学士、光禄大夫。重纪元年，足患风痹，乞南归，以便医药，帝不允。未几，恳辞去位，帝复不允，免其行朝贺礼。至正改元，南归，复起为翰林学士，以疾未行，诏修辽、金、宋三史，召为总裁官，复拜翰林学士承旨，玄屡力辞不获命。奉敕定国律，寻乞致仕，陈情恳切，乃特授湖广行中书省右丞致仕。将行，帝复降旨不允，仍前官进阶光禄大夫。十七年春，乞致仕，以中原道梗，欲由蜀还乡，帝复不允。是岁十二月戊戌，卒于崇教里之寓舍，年八十五，追封楚国公，谥曰文。有《圭斋文集》若干卷，传于世。

萨都剌　字天锡，雁门人。登泰定进士，官至河北廉访司经历。其文章与黄溍、虞集、揭傒斯，称“元四大家”。著有《雁门集》。

谢端　字敬俭，蜀遂宁人。端幼颖异，五六岁能吟诗，十岁能作赋，弱冠与尚书宋本同师，明性理，为古文。又同教授江陵城中，以文学齐名，时号“谢宋”。延祐五年，擢进士乙科，授承事郎、潭州路同知湘阴事。岁满，入为国子博士，迁太常博士，寻除翰林修撰，升待制，以选为国子司业，遂为翰林直学士，阶大中大夫，预修文宗、明宗、宁宗三朝实录及累朝功臣列传。至元六年卒，年六十二。元世蜀士以文名者，曰虞集，而端其次云。

苏天爵　字伯修，真定人。由国子学生公试，召在第一，授从仕郎、大都路蓟州判官。至正二年，拜湖广行省参知政事，迁陕西行台侍御史。四年，召为集贤侍讲学士兼国子祭酒；明年，出为山东道肃政廉访使，寻召还集贤，充京畿奉使宣抚。七年，拜江浙行省参知政事。九年，召为大都路都总管，以疾归，俄复起两浙都转运使。时盐法弊甚，以忧深病积，遂卒于军中，年五十九。天爵为学，博而知要，长于纪载，尝著《国朝名臣事略》十五卷、《文类》七十卷、诗稿七卷、文稿三十卷。

张翥　字仲举，晋宁人。翥少时负其才俊，豪放不羁。好蹴踘，喜音乐，不以家业屑其意，其父以为忧。翥一旦翻然改曰："大人勿忧，今请易业矣。"乃谢客，闭门读书，昼夜不暂辍，因受业于李存先生。存，字安仁，江东大儒也，其学博于陆九渊氏，翥从之游，道德性命之说，多所研究。未几留杭，又从仇远先生学。远于诗最高，翥学之，尽得其音律之奥。于是翥遂以诗文知名一时。至元末，同郡傅岩起居中书，荐翥隐逸。至正初，召为国子助教，官至河南行省平章政事、翰林学士承旨致仕，给全俸终其身。二十八年三月卒，年八十二。遗稿不传，其传者，有律诗、乐府仅三卷。

周伯琦　字伯温，饶州人。伯琦自幼入国学为上舍生，积分及高等。去，以荫授将仕郎、南海县主簿，三转为翰林修撰。至正元年，改奎章阁为宣文阁，伯琦为宣文阁授经郎，教戚里大臣子弟，每进讲辄称旨。八年，召入为翰林待制，预修后妃、功臣列传，累升直学士。十四年，起复为江夏肃政廉访使。长枪锁南班陷宁国，伯琦仓皇出，监察御史余观纠言伯琦失陷宁国，宜正罪。十七年，江浙行省丞相达识帖睦尔承制，假伯琦参知政事，招谕平江张士诚。士诚既降，南行台监察御史亦辩释伯琦罪，除同知太常礼仪院事，士诚留之，未行。拜资政大夫、江浙行省左丞，于是留平江者十余年。士诚既灭，伯琦乃得归鄱阳，寻卒。伯琦博学工文章，而尤以篆隶真草擅名当时。著《六书正伪说》、《文字原》二书，又有诗文稿若干卷。

杜本　字伯原，清江人。博学善属文，江浙行省丞相忽剌得其所上《救荒策》，大奇之，及入为御史大夫，力荐于武宗。尝被召至京师，未几归隐武夷山。文宗在江南时，闻其名，及即位，以币征之不起。至正三年，右丞相脱脱以隐士荐，召为翰林待制、奉议大夫兼国史院编修官，使者致君相意，趋之行至杭州，称疾固辞，遂不行。平居，书册未尝释手，天文地理、律历度数，靡不通究，尤工于篆隶。著有《四经表义》、《六书通编》、《十原》等书，学者称为清碧先生。至正十年卒，年七十有五。

张天雨　字伯雨，钱塘人。宋文忠九成之裔，早弃妻子，从开元宫王寿衍为徒。风裁凝峻，见者知其为方外高士。工书，善诗歌，文益奇古，与吴兴赵孟頫、浦城杨载、蜀郡虞集、豫章揭傒斯、清江范梈、金华黄溍交甚善。屏居修《茅山志》，因自号曰句曲外史。

饶介　字介之，临川人。自翰林应奉出佥江浙廉访司事。张氏入吴，杜门不出，士诚自往造诣，承制以为淮南行省参政，家采莲泾上，日以觞咏为事。吴亡，俘至京师伏诛。书似怀素，诗似李白，气焰光芒，煜煜逼人，然其志大才疏而无所成，自号华盖山樵，亦曰醉翁。

杨维桢　字廉夫,山阴人。少时日记书数千言。父宏,筑楼铁崖山中,绕屋植梅百株,聚书数万卷,去其梯,俾诵读楼上者五年,因自号铁崖。元泰定四年,成进士,会兵乱,避地富春山,徙钱塘。洪武二年,召诸儒纂礼乐书,以维桢前朝老文学,遣翰林詹同奉币造聘,维桢谢曰:"岂有老妇将就木而再嫁理者耶?"明年,复遣有司敦促,赋《老客妇谣》一章进御曰:"皇帝竭告吾之能,不强吾所不能则可,否则有蹈海死耳!"帝许之,赐安车诣阙廷,留百有一十日,所纂叙例略定,即乞骸骨,帝成其志,仍给安车还山。抵家疾亟,撰《归全堂记》,顷刻而就。所著书凡数百卷,行世。维桢诗名擅一时,学者宗之,号"铁崖体"。

倪瓒　字元镇,无锡人。家雄于赀,工诗善书画。所居有阁曰清閟,幽迥绝尘,藏书数千卷,皆手自勘定。古鼎、法书、名琴、奇画,陈列左右,四时卉木,萦绕其外,高木修篁,蔚然深秀,故自号云林居士。时与客觞咏其中。为人有洁癖,盥濯不离手。张士诚累欲钩致之,逃渔舟以免。及吴平,瓒年老矣,黄冠野服,混迹编氓。洪武七年卒,年七十四。

郭翼　字羲仲,昆山人。少从卫培学,邃于《易》,为文追古作者。杨廉夫谓其文可方轨西京,李孝先谓其诗佳处与人不同调。著有《林外野言》。

张宪　字思廉,山阴人。薄游四方,不娶不归。尝至京,昌言天下将乱,众以为狂。还富春山中,混于缁黄。吴亡,至越,寄食寺中,手一编不舍,死后视之,则其所作诗也。为杨维桢弟子,有《玉笥生集》,可出蓝也。

二、元文(作品选读)(辉按:以下录元代文,仅存其目,文略)

姚燧《序江汉先生事实》、姚燧《太平宫新庄记》、吴澄《收说》、吴澄《赠邵志可序》、吴澄《大瀛海道院记》、吴澄《故居士刘子清墓碣铭》、虞集《刘正奉塑记》、虞集《王伯益墓表》

三、元诗(作品选读)(辉按:以下录元代诗歌,仅存其目,诗略)

五古

赵孟頫《题耕织图二十四首奉懿旨撰》、揭徯斯《重饯李九时毅赋得南楼月》、萨都剌《秋日池上》、贡师泰《姑孰道中》、周权《湘中》、陈基《分署望凤凰山》、张宪《胡姬年十五拟刘越石》、杨维桢《送客洞庭西》、倪瓒《己卯正月十八日与申屠彦德游虎丘得客字》、倪瓒《寄李隐者》、何中《春风如少年效程汉翁》、何中《发新途金水亭》、傅若金《和赵德隆秋夕雨》、戴良《赠别李明用》、谢应芳《倪元镇过娄江寓舍因偕智愚隐游姜公墩得如字》、甘复《晓出西园由谷中归》

七古

马祖常《杨花宛转曲》、范梈《王氏能远楼》、揭徯斯《夏五月武昌舟中触目》、揭徯斯《高邮城》、萨都剌《燕姬曲》、萨都剌《相逢行赠别旧友云中将军》、宋元《战城南》、吴莱《风雨渡扬子江》、胡天游《杨花吟》、张宪《白苎舞词》、杨维桢《鸿门会》、张昱《过歌风台》、倪瓒《刘君元晖八月十四日邀余玩月快雪斋中命余诗因赋》、陈孚《居庸叠翠》、成廷珪《长江送别图送周平叔之通州丞》、周砥《新郭》

五律

黄庚《西州即事》、赵孟頫《鱼乐楼》、马祖常《送董仁甫之西台幕》、许有壬《荻港早行》、揭傒斯《黄尊师高轩观鹅因留宿》、黄溍《初至海宁二首》、萨都剌《闽中苦雨》、丁鹤年《武昌南湖度夏》、何中《南居寺》、吴景奎《过临平》、许恕《田舍写怀》

七律

戴表元《陪阮使君游玉几》、方夔《田家杂兴》、郝经《老马》、赵孟頫《岳鄂王墓》、虞集《舟次湖口》、杨载《宗阳宫望月分韵得声字》、黄溍《独立》、柳贯《次韵鲁参政观潮》、萨都剌《过广陵驿》、宋元《次友人别春》、张翥《郡城晚望览临武台故基》、贡师泰《赠天台李炼师》、谢宗可《睡燕》、袁士元《和嵊县梁公辅夏夜泛东湖》、张宪《留别赛景初》、杨维桢《寄卫叔刚》、张昱《西山亭留题》、张昱《送丁道士还丰陵》、倪瓒《寄熙本明》、倪瓒《二月一日自松陵过华亭》、王逢《钱塘春感》、仇远《次胡苇杭韵》、仇远《和韵胡希圣湖上》、陈孚《永州》、邓文原《三月晦游道场山宿清公房与成父同行》(录一首)、于石《半山亭》、于石《清明次韵赵登》、于石《西湖》、傅若金《送唐子华嘉兴照磨》、傅若金《上蔡》、王士熙《骊山宫图》、丁复《九月一日游昭亭》、麻革《晚步张巩田间》、李裕《送赵鹏举之西台掾》、方行《送贾彦临训导霍邱》、潘纯《题岳氏穆王坟二首》、周棐《西津夜泊》、陆仁《题金陵》

五排

李裕《次宋编修显夫南陌诗四十韵》

五绝

揭傒斯《和欧阳修南阳月夜思》、萨都剌《过高邮射阳湖》、龚啸《泊舟》

七绝

李俊民《过云台》、李俊民《雨后》、黄庚《江村》、刘秉忠《溪上》、元淮《春闺》、赵孟頫《绝句》、欧阳系《京城杂咏》、萨都剌《道过赞善庵》、周权《晚渡》、洪希文《幽居》、郑元祐《寄金山普衲》、顾瑛《发阊门》、陈孚《搏浪沙》、高克恭《过信州》、郭天锡《宿焦山上方》、王士熙《李宫人琵琶引》、王冕《梅花》、剡韶《次韵陆友仁吴中览古》、贡性之《暮春》、朱希晦《寄友》、陈秀民《寄绍兴李左丞》、高明《暮春即事》

四、元诗余(作品选读)(辉按:以下录元代词作,仅存其目,词略)

许衡《满江红》(“河上徘徊”)、刘秉忠《干荷叶》(“干荷叶”)、刘敏中《点绛唇·寄程雪楼》(“短梦惊回”)、杨果《摸鱼儿·同遗山赋雁丘》(“恨年年雁飞汾水”)、仇远《八仙玉交枝·

招宝山观月上》（“碧岛云连”）、仇远《齐天乐·赋蝉》（“夕阳门巷荒城曲”）、李冶《迈陂塘》二首（“雁双双正分汾水”、“为多情和天也老”）、赵孟頫《蝶恋花》（“侬是江南游冶子”）、刘因《木兰花》（“未开常探花开未”）、姚云文《摸云儿·艮岳》（“渺人间蓬瀛何许”）、姚云文《齐天乐》（“柳花引过横塘路”）、詹正《霓裳中序第一》（“一规古蟾魄”）、詹正《三姝媚》（“一篷儿别苦是谁家”）、彭元逊《玉女迎春慢·柳》（“才入新年”）、罗志仁《金人捧露盘·钱塘怀古》（“湿苔青”）、李琳《木兰花慢·汴京》（“蕊珠仙驭远”）、应法孙《蝶恋花·舟行怀旧》（“十幅归帆风力满”）、黄子行《花心动·落梅》（“谁倚青楼”）、曾允元《点绛唇》（“一夜东风”）、周孚先《蝶恋花》（“舟舣津亭何处树”）、彭泰翁《满江红·金陵怀古》（“六代豪华”）、彭泰翁《百字令·登石头城》（“石头城上望”）、张翥《摸鱼儿·春日西湖泛舟》二首（“涨西湖半篙新雨”、“问西湖旧家儿女”）、张翥《踏莎行·江上送客》（“芳草平沙”）、袁易《烛影摇红》（“日日春阴”）、张埜《水龙吟·游丝》（“落花天气初晴”）、陶宗仪《念奴娇·九日有感次韵》（“黄花白发”）、邵亨贞《后庭花》（“铜壶更漏长”）、萧东父《齐天乐》（“扇鸾收影惊秋晚”）、傅按察《鸭头绿·钱塘怀古》（“静中看”）、张雨《朝中措·早春书易玄九曲新居壁》（“草堂移住古城隈”）

五、金元人乐府目

金五百六十六本，元五百三十五本，无名氏一百七本，娼夫十一本，不胜录，故仅存目。

马致远：《误入桃园》、《汉宫秋》、《马丹阳》、《酒德颂》、《斋后钟》、《岳阳楼》、《青山泪》、《岁寒亭》、《荐福碑》、《戚夫人》、《陈抟高卧》、《踏雪寻梅》、《黄粱梦》、《第三折花郎》、《第四折红字李二》

费唐臣：《贬黄州》、《斩邓通》、《韦贤籯金》

王实甫：《西厢记》、《芙蓉亭》、《双题怨》、《丽春堂》、《破窑记》二本、《多月亭》、《贩茶船》二本、《明达卖子》、《陆绩怀橘》、《七步成章》、《丽春园》二本、《进梅谏》二本、《于公高门》二本

宫大用：《范张鸡黍》、《钓鱼台》、《托公书》、《汲黯开仓》、《越王尝胆》、《御赏凤凰楼》

关汉卿：《哭香囊》、《三负心》、《鬼团圆》、《进西施》、《哭魏征》、《春衫记》、《立宣帝》、《金线池》、《复落娼》、《刘夫人》、《拜月亭》、《单刀会》、《鹧鸪天》、《汴河冤》、《勘龙衣》、《双驾车》、《救风尘》、《宣华妃》、《三撇嵌》、《牵龙舟》、《瘸马记》、《救哑子》、《哭昭君》、《双赴梦》、《玉镜台》、《酹江月》、《切会旦》、《调风月》、《江怨梅》、《谢天香》、《认先皇》、《三赫赦》、《哭存孝》、《闹邢州》、《绯衣梦》、《狄梁公》、《柳丝亭》、《对玉钏》、《蝴蝶梦》、《万花堂》、《王皇后》、《玉簪记》、《窦娥冤》、《破窑记》二本、《救周勃》、《姻缘簿》、《铜瓦记》、《凿壁引光》、《绿珠坠楼》、《管宁割席》、《裴度还带》、《织锦回文》、《敬德降唐》、《孙康映雪》、《高凤漂麦》、《陈母教子》、《降生赵太祖》、《钱大尹鬼报》、《担水浇花旦》二本、《金钗交钞告状》

白仁甫：《梧桐雨》、《东墙记》、《幸月宫》、《流红叶》、《银筝怨》、《斩白蛇》、《钱塘梦》、《祝英台》、《绝缨会》、《高祖归庄》、《墙头马上》、《崔护谒浆》二本、《灯月凤凰船》、《萧翼赚兰亭》、《阎师道赶江》

乔梦符:《金钱记》、《黄金台》、《认玉钗》、《扬州梦》、《节妇牌》、《两世姻缘》、《荆公遗妾》、《勘风情》

尚仲贤:《秉烛旦》、《三夺搠》、《负桂英》、《柳毅传书》、《越娘背灯》、《归去来兮》、《诸葛论功》、《崔护谒浆》、《张生煮海》

庚吉甫:《荐马周》、《凌波梦》、《兰昌宫》、《青绫台》、《华清宫》、《霓赏怨》、《蕊珠宫》、《骂上元》、《丽春园》二本、《琵琶怨》、《买臣负薪》、《周处三害》、《江月锦帆舟》、《裴航遇英雄》、《鸡鸣度关》

高文秀:《谒鲁肃》、《译范雎》、《打瓦罐》、《斗鸡会》、《论杜康》、《问哑禅》、《并头莲》、《打吕胥》、《锁水母》、《双献头》、《牡丹园》、《穷风月》、《谎秀才》、《丽春园》二本、《潘安掷果》、《廉颇负荆》、《赵尧辞金》、《张敞画眉》、《班超投笔》二本、《霸王举鼎》、《门神诉冤》、《子胥走樊城》、《养子不及父》、《风月害夫人》二本、《赵元遇上皇》、《敷演刘耍和》、《黑旋风乔教学》、《穷秀才双弃瓢》、《刘先主襄阳会》、《豹子秀才不当差》、《豹子令史自请俸》、《黑旋风借尸还魂》

郑德辉:《细柳营》二本、《紫云娘》、《秦楼月》、《采莲舟》、《哭晏婴》、《哭孙子》、《伊尹扶汤》、《月夜闻筝》、《无盐破坏》、《翰林风月》、《梁园乐府》、《王粲登楼》、《倩女离魂》二本、《太后捽印》、《指鹿道马》、《周公摄政》、《三战吕布》二本、《玉树后庭花》

李文蔚:《芭蕉雨》、《圯桥进履》、《燕青摸鱼》、《燕青射雁》、《鱼雁传情》二本、《东山高卧》二本、《风月推车旦》、《金水题红怨》、《谢玄破苻坚》、《卢亭亭担水浇花旦》、《汉武帝死哭李夫人》、《蔡肃宗醉写石州慢》

侯正卿:《燕子楼》

史九敬先:《庄周梦》

孟汉卿:《魔合罗》

戴善甫:《紫云亭》、《风光好》、《玩江楼》、《红衣怪》、《伯俞泣杖》

张时起:《秋千怨》、《别虞姬》、《昭君出塞》

李宽甫:《问牛喘》

彭伯城:《京娘怨》

赵公辅:《倩女离魂》二本、《东山高卧》二本

李行道:《灰兰记》

赵君祥:《春夜梨花雨》

费君祥:《菊花会》

纪君祥:《韩退之》、《松梦阴》、《错勘赃》二本、《驴皮记》、《贩茶船》二本、《赵氏孤儿》

赵天锡:《金钗剪烛》、《何郎傅粉》

梁进之:《进梅谏》二本、《于公高门》

汪泽民:《糊突包待制》

杨显之:《射金钱》、《师婆旦》、《酷寒亭旦》二本、《小刘屠》、《刘泉进瓜》、《潇湘夜雨》、《黑旋风乔断案》、《蒲鲁忽刘屠大拜门》

陈定大:《雨无功》

李寿卿:《斩韩信》、《叹骷髅》、《临歧柳》、《鉴湖亭》、《祭浐水》、《远波亭》、《伍员吹箫》、《辜负吕无奴》、《复夺受禅台》、《船子和尚秋莲》

王伯成:《天宝遗事》、《贬夜郎》、《张骞浮槎》

孙仲章:《遗留文书》、《白头吟》

赵明远:《韩湘子》、《范蠡归湖》

刘唐卿:《麻地傍印》

李子中:《韩寿偷香》、《崔子弑齐君》

汉武臣:《老生儿》、《鲁义姑》、《玉堂春》、《错勘赃》二本、《提头鬼》、《天子班》、《关山怨》、《挂甲朝天》、《韩信筑坛》、《三战吕布》二本

王仲文:《五丈原》、《锦香亭》、《不认户》、《石守信》二本、《王孙贾》、《诸葛祭风》、《董宣强项》、《张良辞朝》、《韩信乞食》、《王祥卧冰》

陆显之:《宋上皇碎冬凌》

李取进:《栾巴噀酒》、《复夺受禅台》、《穷解子碎雨伞》

于伯渊:《饿刘友》、《斩吕布》、《小秦王》、《鬼风月》、《珍珠旗》、《武三思》

岳伯川:《铁拐李岳》、《梦断杨贵妃》

康进之:《黑旋风负荆》、《黑旋风老收心》

王廷秀:《细柳营》、《焚典坑儒》、《盐客双告状》、《石头和尚草庵歌》

石子章:《竹窗雨》、《竹坞听琴》

赵子祥:《石守信》二本、《窨夫人》二本、《崔和担生》

范子安:《竹叶舟》、《曲江池杜甫游春》

李好古:《镇凶宅》、《张生煮海》二本、《巨灵神劈华山》

曹瑞卿:《才子佳人误元宵》

狄君厚:《火烧介子推》

张寿卿:《红梨花》

孔文卿:《东窗事犯》二本

姚守中:《逢萌挂冠》、《郝廉留钱》、《杜诏立中宗》

李直夫:《虎头牌》、《错立身》二本、《夕阳楼》、《念奴娇乐》、《水淹教乐》、《水淹蓝桥》、《伯道弃子》、《火烧祆庙》、《坏尽风光》、《占断风光》、《孝谏郑庄宗》、《风月郎君怕媳妇》、《歹断娘子欢丈夫》

吴昌龄:《赏黄花》、《搜胡洞》、《眼睛记》、《东坡梦》、《辰钩月》、《抱石投江》、《货郎末泥》、《西天取经》、《狄青搏马》、《夜月走昭君》

吴仲卿:《子房货剑》、《手卷记》、《火烧正阳门》

顾仲清:《火烧纪信》、《陵母伏剑》

石君宝:《曲江池》、《哭周瑜》、《雪香亭》、《紫云亭》、《秋胡戏妻》、《岁寒三友》、《士女秋香怨》、《柳眉儿金钱记》、《吕太后醢彭越》、《穷解子红绡驿》

金志甫:《追韩信》、《西湖梦》、《韩太师》、《鼎镬谏》、《抱子设朝》、《蔡琰还汉》、《东窗事犯》二本

李存甫:《锦堂风月》、《误入长安》

睢景臣:《千里投人》、《屈原投江》、《牡丹记》

周仲彬:《苏武持节》、《杜韦娘》、《戏谏唐庄宗》、《孙武教女兵》二本

沈和甫:《朱蛇记》、《乐昌分镜》、《郭兴阿扬》、《潇湘八景》、《欢喜冤家》、《燕山逢故人》

鲍吉甫:《卫灵公》、《曹娥泣江》、《为富不仁》、《宋弘不谐》、《班超投笔》、《比干剖腹》、《杨震畏金》、《死哭秦少游》

赵文宝:《七德舞》、《执笏谏》、《孙武教女兵》、《姜肱共被》、《糜竹收资》

孙子羽:《夜月紫鸾箫》

秦简夫:《玉溪馆》、《破家子弟》、《赵礼让肥》、《剪发待宾》

张鸣善:《烟花鬼》、《夜月瑶瑟怨》

郑庭玉:《双教花》、《王公绰》、《打李换》、《送寒衣》、《金钗凤》、《凤凰儿》、《忍字记》、《栾城驿》、《哭韩信》、《贬扬州》、《复勘赃》、《驿马奔陈》、《渔父乱剑》、《疏者下船》、《孙恪遇猿》、《冤家债主》、《贫儿乍富》、《智勘后庭花》、《因祸致福》、《风月七真堂》、《刘斌料到底》

范冰壶:《鹔鹴裘》(共四人作,第二折施君美,第三折黄德润,第四折沈瑛之)

六、乐府格势(元一百八十七人)

马东篱之词如朝阳鸣凤	张小山之词如瑶天笙鹤	白仁甫之词如鹏搏九霄
李寿卿之词如洞天春晓	乔梦符之词如神鳌鼓浪	费唐臣之词如三峡波涛
宫大用之词如西风雕鹗	王实甫之词如花间美人	张鸣善之词如彩凤刷羽
关汉卿之词如琼筵醉客	郑德辉之词如九天珠玉	白无咎之词如太华孤峰
贯酸斋之词如天马脱羁	邓玉宾之词如幽谷芳兰	滕玉霄之词如碧汉间云
鲜于去矜之词如奎壁腾辉	商政叔之词如朝霞散彩	范子安之词如竹里鸣泉
徐甜斋之词如桂林秋月	杨澹斋之词如碧海珊瑚	李致远之词如玉匣昆吾
郑廷玉之词如佩玉鸣銮	刘庭信之词如摩空老鹘	吴西逸之词如空谷流泉
秦竹付之词如孤云野鹤	马九皋之词如松阴鸣鹤	石子章之词如蓬莱瑶草
盍西村之词如清风爽籁	朱廷玉之词如百卉争芳	庾吉甫之词如奇峰散绮
杨立斋之词如风烟花柳	杨西庵之词如花柳芳研	胡紫山之词如秋潭孤月
张云庄之词如玉树临风	元遗山之词如孤松绝壑	高文秀之词如金瓶牡丹
阿肋威之词如鹤唳高空	吕止庵之词如晴霞结绮	荆干臣之词如珠帘鹦鹉
萨天锡之词如天风环佩	薛昂夫之词如雪窗翠竹	顾均泽之词如雪中乔木
周德清之词如玉笛横秋	不忽麻之词如间云出岫	杜善夫之词如凤池春色
钟继先之词如腾空宝气	王仲文之词如剑气腾空	李文蔚之词如雪压苍松

杨显之之词如瑶台夜月　　顾仲清之词如鹏鹗冲霄　　赵文宝之词如蓝田美玉
赵明远之词如太华晴云　　李子中之词如清庙朱瑟　　李取进之词如壮士舞剑
吴昌龄之词如庭草交翠　　武汉臣之词如远山叠翠　　李直夫之词如梅边月影
马昂夫之词如秋兰独茂　　梁进之之词如花里啼莺　　纪君祥之词如雪里梅花
于伯渊之词如翠柳黄鹂　　王廷秀之词如月印寒潭　　姚守中之词如秋月扬辉
金志甫之词如西山爽气　　沈和甫之词如翠屏孔雀　　睢景臣之词如凤管秋声
周仲彬之词如平原孤隼　　吴仁卿之词如碧山明月　　秦简夫之词如峭壁孤松
石君宝之词如罗浮梅海　　赵公辅之词如空岩清啸　　孙仲章之词如秋风铁笛
岳百川之词如白雪林樵　　赵子祥之词如马嘶芳草　　李好古之词如孤松挂月
陈存甫之词如湘江雪竹　　鲍吉甫之词如老蛟泣珠　　戴善甫之词如荷花映水
张时起之词如雁阵惊寒　　赵天锡之词如秋水芙蓉　　尚仲贤之词如山花戏笑
王伯成之词如红鸳戏波

已下一百五人俱是杰作,尤有胜于前列者:

董解元(仕元始制元曲)　卢疏斋　鲜于伯机　马海棠　赵子昂　李溉之　曾褐夫　班彦功　童童学士　李罗御史　郝新斋　陈叔宝　刘时中　徐子方　马彦良　阚志学　孙子羽　曹以斋　王维学　康进之　张子益　陈子厚　孙叔顺　吕元礼　李茂之　元文苑　曹子真　左山　孟汉卿　徐容斋　严忠济　董君瑞　任则明　吕济氏　查德卿　武林隐　王元鼎　西里瑛　卫立中　李伯瞻　赵宏显　刘甫斋　泉元启　唐毅夫　孙周卿　高拭　李爱山　宋方壶　姚牧庵　景元启　曾瑞卿　李伯瑜　吴克齐　李德载　王和卿　杜遵礼　程景初　赵彦辉　王敬甫　邓学可　沙正卿　赵明道　王仲诚　梦简　李邦基　吕大用　睢玄明　王伸元　高安道　张子友　侯正卿　史九敬先　李宽甫　彭伯城　李行道　赵君祥　汪泽民　陆显之　孔文卿　狄君厚　张寿卿　费君祥　陈定甫　刘唐卿　阿里耀卿　王爱山　奥敦周卿　渚察善长　范冰壶　施均美　萧德润　沈珙之　刘聪　张九　廖弘道　陈彦实　吴中立　钱子云　高敬臣　曹明善　张子坚　王曰章　王举之　陈德和　丘士元

第四章　近世文学史

第一节　文学暧昧期

天水之亡,最动人哀思,而三百年右文敦学,以忠厚待士夫,卿贰不加以刑戮,侍从相亲如家人,试稽玉堂清秘故事,当日君臣相得之乐,令人神往。虽政党纷争,时有禁锢之祸,诘戎无术,不掩偏安之羞,而当元黄之会,山河虽破,人心不亡,忠义之气,种族之感,时露于行墨。胡元入主垂百年,而稍有人心者,皆不屑认虏为主,深山穷海,常发凄异之响,读《指南》、《西台》、《心史》及宋遗民诸作，《黍离》、《薇蕨》之歌，荆棘、河山之叹，无其沉痛，故以文学之至情血性言之，则宋元之交，为独绝矣！使毡裘运尽，而得魏武、唐宋文明之霸王继之，为之提倡培养，俾文学界与神州赤县，同庆更新，则周、秦、两汉之盛，不难后来居上也。乃天不慭吾中国之文学命运，忽简一不学无术，而予智自雄之椎埋屠伯使承其乏，而国民厌乱已久，渴者易饮，饥者易食，又忻其为吾同族，乃奉之以父母神圣，期之以二帝三王之再出。其初尚貌为长者，以收拾人望，一旦海宇已清，大柄在握，而乞食御人之劣性，遂发现于政治上：废宰相，置廷杖，历兴大狱以锄功狗，重税困民以泄私愤，缙绅之士，刑戮为常，此其彰者，固以罄竹难书。而其对待文学士，则尤惨酷无人理，其用文学也，亦不过以俳优狗马视之，而一字之毛求，辄备五刑而赤三族。当时之稍有文学资望者，不幸则骈首，幸则亦不免困辱。惟老妖客妇，东海鳗鱼，以狡狯自免，不然，如金华以师宾之尊贵，而几度欲膏其齿吻矣。盖因已出于寒贱也，故没贵族于教坊者数百家，籍富民之财产者千亿计，以抒流丐之气。因已之不通文史也（太祖集半为史臣粉饰），故视文人学士如仇，必文致其罪，诛夷之、屈辱之以为快。然欲尽杀一世之文人学士而铲其根株，则势固不及，亦不能利用而成政体，于是创八股文取士之法，变劣文学之种性，俾沉沦万劫而不可拔，则不杀而胜于杀，且非杀一时，而世世杀之矣。此其阴贼手段也。若夫显著者，则二百四十年之士大夫，剐者、大辟者、杖毙、妻女入教坊者，几无代无之。此日之文学界，以视两汉唐宋，真天道之与畜生饿鬼矣！封狼生貙，燕王之草芥靖难诸忠臣，尤不足论焉，而佞臣媚子，慑其余焰，载笔颂扬，若不容口，凡有劣迹，一概隐讳，尊脍肝以圣人，奉阿修罗为帝释，尤可悲诧。开国承家之为中华主者，其效果如此，其表率如此，何怪东困于倭，北辱于虏，而卒为四裔豪杰入而更代之也。夫以蒙古为之先，国朝为之后，故论世者多因同族亲亲，而宽假于明，是明帝之幸也。前后异族入主，而中间又罹此桀跖之材，荼毒吾胞，而毁弃三代以还之良法美意，即文学一部亦置之黑暗狱中，一瞑而不复视，则又吾国民之大不幸焉。然文学真际不能损焉，郁之者数百年，泄之一旦，至国运之末路，而文运又再兴矣！

一、明初文士受祸略记

宋濂为有明一代文人之冠，明开国一切高文典册，皆出其手，且性极诚谨，年七十余，以长孙慎获罪，帝必欲杀之，皇后、太子力救之，乃安置茂州而卒。（或云赐死）

与宋濂文抗行者，莫如刘基。基有帷幄大功，非徒黼黻鸿业者可比，然以表面视之，则鱼水交欢，云龙际遇，其实忧伤憔悴，日恐诛夷之随，后卒为胡维庸所鸩。帝虽貌为痛恚，然事事喜引绳批根，而独于此事以含胡了之，则安知非因诚意之谨饬谦退无可致罪，而特假维庸之手以去之也。（维庸阴刻与帝王君臣一德，故最契合。）钱谦益序《青田集》，其大意云："当元季乱离奔走，弃官自放，屡濒与死，而其诗雄奇奔放，气凌一世，及为开国勋臣，受圭爵，预密勿，可谓得志矣，而其诗嚘咿抑塞，颓然如山泽槁项所为，绝无生气。"由此观之，则青田当时所处之境地可知矣！

高启为明之诗家大宗，前之虞、范、揭、萨、杨，后之前、后七子，当时北郭诸人，无胜之者，人格亦高绝，乃帝因《宫词》触讳。（时有小侯乱宫之事，高诗有云："小犬隔花空吠影，夜深宫禁有谁来?"帝疑其知秘事,有心讽刺。)遂以魏观上梁文之狱,腰斩于市。

陶凯为帝制乐章,及封册歌颂碑碣,皆其属草。因自号耐久道人,借事论死。

夫明初文人,当以此四人为职志,即才略品性,亦文学家之祥麟威凤也。宋、刘且有佐命之功,而皆不得其死,夫以汉高之不喜儒生,而陆生、叔孙之徒,皆安富尊荣,太祖非号为重儒者乎?而其待儒生如此,天下尚有是非可言哉?

袁凯因东宫之对,下狱论死,旋宥之。帝命以锥锥之,忍死不动,乃放归。自以铁索拘挛,又以炒面沙糖实筒,伪为粪,使置篱下,蒲伏食之,帝始信为真癫,乃释然,尚曰:"东海走却大鳗鲡,何处寻得?"

徐贲下狱死。

王行坐蓝玉狱,父子同死。

孙蕡为蓝玉题画论死,临死咏诗云:"鼍鼓三声急,西山日又斜。黄泉无客店,今夜宿谁家?"悲哉!

王蒙因曾谒胡维庸,瘐死狱中。

詹徽坐蓝玉狱,与子绂并诛死。

魏观为苏州第一循吏,帝因其得民心,坐逆死。

苏伯衡,宋濂同乡,濂甚服其才。坐表笺之误,下吏死。二子恬、怡救父,并被刑。

戴良,所谓九灵山人者也,变姓名,隐四明山,帝物色得之,召对忤旨,遂自裁。

傅恕《陈治安十二策》,并修《元史》,后坐事死。

张孟兼,刘基言天下文章,宋濂第一,次臣,次即孟兼,帝用之。后坐辱帝嬖人吴印,帝命卫士捽发痛殴,垂死而付市曹。

王彝,即诋杨维桢为文妖者,坐魏观事,与高启同被杀。

黄哲孚,一教育名家,以事诖误伏法。

以上皆举共知者,若详稽明人纪载,则文字之祸,不在胡、蓝奸党狱下也。其以术漏网者,则惟杨维桢与顾瑛。杨献恶札颂扬,顾散家财,变服浪游,仅保其要领。

余若以"光被四表"、"光天之下"、"天地之大德曰生"而诛。帝微时为游僧,因"僧"、"生"同音,俗以髡首为光,故以为刺之。以"以身作则"及因"殊"字而诛,"则"与"贼"音相似,"殊"为"歹朱",疑讥其出身贼中,及毁其姓也。其可笑如此。盖与阿荦山之作诗,魏忠贤之辨联,其知识亦相去无几,而居心之残忍,则桀、纣所未有也。

不佞编次明代文学,分为二期。自洪武至隆、万为一期;天、崇为一期。盖二百年中所不敢下笔、不敢著想者,至宗社沦亡,如狱破典狱者去,而此沉沦狱底之囚,乃摆脱其缧绁,而欲一抒其胸中郁勃矣。故汉、唐、宋末之文多哀,而明季之文多愤,且消极思想多于积极思想。

前期又分为二派,寻常诗、古文、词为一派,而以传奇与八股为一派。不特前者为沿袭,而后者多为创设。即精神思力所倾向,亦多在后者。瓦砾矢溺,有至道存焉。若因其俚俗庸腐而损弃之,则不足见一代之特色。而作者之苦心孤诣委曲以出之者,亦将埋没輶轩风采。而西史于俗谣、世剧,亦入文学范围,敢窃比之。

明之旧文学当以诗为最，杂文次之，若骈偶之文，则虽喜摹六朝以上，而多涂泽而少气骨，且每施词藻于杂文中，至正则骈体，则非假虎贲之貌，即逞偃师之戏，高文典册，实不易觏。嘉隆以下，则殿阁习于青词，社会好胪小品，风气益靡。至诗余一道，亦多拾冯、柳下乘，有障抹之态度，无沉郁之音，即如升庵、凤洲，其辨析颇有见地，而所作于宋元尚隔一层。则倚声之学，殆盛于院本而衰于填词，小敌怯而大敌勇，亦一奇也。西涯咏史，别创一格，虽于汉唐旧律未必有合，而语简韵长，思精气锐，目犍运神，足以压倒老铁之幻师伎俩，以弭倚声之缺点，虽不中律令，而于乐府之源流，要无不合也。

明初文学，各标一帜，不相沿袭，亦不相菲薄，雍容揖让于坛坫之上，盖有冠裳玉帛之风焉。西涯虽为殿阁所宗，而绝不高自位置，欲笼罩一时。至朝局一变，士大夫各立党派，而影响于文学界。于是北地、信阳，首以呆论奔走天下之士；而弇州、沧溟继之，势力益张。至其末流，而操椠挟卷者，见高名之易居，习俗之易欺，遂人人有领袖风骚之想。公安之俳优而成一派，竟陵之幽躁而成一派，世变日亟，文运亦日衰。幸有云间、虞山起而振之，以收四、五朝纷纭之局。不然，则打油、铰钉之俦，皆欲出而执文坛牛耳矣！然其间若震川、临川、天池之伦，则砥柱洪流，抱琴太古，如鹏扬扶摇之上，而坐视篱鷃之争粒，则豪杰之才，诚不绝于世。而牢笼之术，亦如叔季政界，但能制驽骀下材，而兰筋天骨，非易入闲也。

二、明前期文学代表

宋濂　字景濂，金华人。师吴莱、柳贯、黄溍，皆自谓不如。太祖取婺州，与刘基、章溢、叶琛同征，常备顾问。官至翰林学士，兼知制诰，又充《元史》总裁。著有《濂溪集》。正德中，追谥文宪。

刘基　字伯温，青田人。登元进士，累仕，皆投劾去。入明，官至御史中丞，封诚意伯。所著有《覆瓿集》、《犁眉公集》、《郁离子》。

王祎　字子充，义乌人。与宋濂同学，相敬爱，修《元史》同为总裁，明祖谓："祎学不如濂，而濂才不及祎。"使云南，抗节死。

苏伯衡　字平仲，金华人。官编修，宋濂曾举以自代，后以忤旨诛。

高启　字季迪，别号青邱子，长洲人。博学工文，又长于诗。家北郭，与王行止仲比邻，其后徐贲、高逊志、唐肃、宋克、余尧臣、张羽、吕敏、陈则皆卜居相近，时称"北郭十才子"。洪武初，公修《元史》，授编修，累官至户部侍郎，辞官归，后得祸死。著有《凫藻》、《扣舷》、《凤台》、《缶鸣》诸集。国初称高、杨(基)、张(羽)、徐(贲)四家，然启之才力，实远过三人也。

陶凯　字中立，临海人。征修《元史》，授翰林，累官至礼部尚书。

贝琼　字廷琚，崇德人。官国子监教，学行素优，将校皆敬礼之。

林鸿　字子羽，福清人。官膳部员外。凡闽人言诗者皆宗鸿。

方孝孺　字希直，一字希古，宣海人。幼即敏慧，读书日盈寸。洪武中，除汉中教授。惠帝即位方入，历官至侍讲学士。靖难时，死事最烈。著有《逊志斋集》。

解缙　字大绅，吉水人。洪武进士。永乐时为侍读学士，监修《永乐大典》，才华烂熳，当时别作，多出其手。为汉王高煦所忌，得罪，埋积雪中死。著有《解文毅集》。

邱濬　字仲山。幼孤，母教之，过目成诵。以翰林历官至大学士。著有《邱文庄集》。

李东阳　字宾之，茶陵人。以翰林官至大学士，朝廷大著作，多出其手。成、弘、正三朝文学之职志。著有《怀麓堂集》百卷。

王鏊　字济之，吴县人。以进士第三人官至大学士。博学有识，而制举文尤为有明一代之冠。著有《震泽集》三十六卷。

程敏政　字克勤，休宁人。十岁以神童应诏，读书翰林院，后入翰林，官至礼部右侍郎，与李东阳齐名。高才自负，颇为人所嫉。有《篁墩集》九十三卷。

唐顺之　字应德，武进人。生有殊禀，淹贯群籍，又负经济才。以编修改郎中，备倭有功。著有《荆川集》，及缀辑古今载籍为《左》、《右》、《文》、《武》、《儒》、《稗》六编行世。

吴宽　字原博，又字匏庵，长洲人。以进士第一人官至礼部尚书。学有根底，为当时殿阁巨手。著有《家藏集》七十七卷。

罗玘　字景明，南城人。成化进士，官至南吏部侍郎，谥文肃。著有《圭峰集》。

杨慎　字用修，新都人。举进士第一，以议礼戍云南。明代记诵著作之宏富推第一，诗文外著书百余种。

李梦阳　字献吉，庆阳人。父正，官周王府教授，徙居开封，母梦日堕怀而生，故名梦阳。弘治六年，举陕西乡试第一，明年成进士，授户部主事，迁郎中。梦阳才思雄鸷，卓然以复古自命。弘治时，宰相李东阳主文柄，天下翕然宗之，梦阳独讥其萎弱，倡言“文必秦汉，诗必盛唐，非是者弗道”。与何景明、徐祯卿、边贡、朱应登、顾璘、陈沂、郑善夫、康海、王九思等号十才子，又与景明、祯卿、贡、海、九思、王廷相号七才子，皆卑视一世，而梦阳尤甚。吴人黄省曾、越人周祚千里致书，愿为弟子。迨嘉靖朝，李攀龙、王世贞出，复奉以为宗，天下推李、何、王、李为四大家，无不争效其体。华州王维祯以为七言律自杜甫以后，善用顿挫倒插之法，惟梦阳一人。而后有讥梦阳诗文者，则谓其模拟剽窃，得史迁、少陵之似而失其真云。有《空峒集》六十六卷。

何景明　字仲默，信阳人。八岁能诗、古文，弘治十一年举于乡，年方十五。十五年进士，授中书舍人。与李梦阳辈倡诗、古文，梦阳最雄骏，景明稍后出，相与颉颃。景明与梦阳并有国士风，两人为诗文，初相得甚欢，名成之后，互相诋諆。梦阳主模仿，景明则主创造，各树坚垒不相下，两人交游亦遂分左右袒。说者谓景明之才，本逊梦阳，而其诗秀逸稳称，视梦阳反为过之。然天下语诗文必并称“何李”。又与边贡、徐祯卿并称“四杰”。有《大复集》三十八卷。

徐祯卿　字昌谷，吴县人。资颖特，家不蓄一书，而无所不通。自为诸生，已工诗歌，与祝允明、唐寅、文徵明齐名，号“吴中四才子”。有《迪功集》。

杨循吉　字君谦，吴县人。成化进士，官礼部主事。有《松筹堂集》，他作甚多，几及千卷。

祝允明　字希哲，因有枝指，又号枝山。弘治举人，曾任通判。善书，文章有奇气。有诗文集六十卷，他作百余卷。

唐寅 字伯虎,吴县人,一字子畏,别号六如。弘治中举乡试第一,后以事被褫。文才轻艳,倾倒一世。有《六如居士集》。

桑悦 字民怿,常熟人。以才名而怪妄,自比孟子。所著有《思元集》及《庸言》。

边贡 字廷实,历城人。弘治进士,历官户部尚书。有《华泉集》六十六卷。

顾璘 字华玉,上元人。弘治进士,官至吏部右侍郎。有存稿诗文二十三卷。

文徵明 初名壁,字徵仲,别号衡山,长洲人。以岁贡授翰林待诏。诗文字画皆工,著作遍天下。有《甫田集》三十五卷。

沈周 字启南,别号石田,长洲人。隐居不仕,诗文字画,并为世重。所著有《石田丛稿》。

刘溥 字原博,长洲人。以世医得官,溥耻医自名,而好为诗文。有《刘御医集》。

康海 字德涵,别字对山。弘治中举进士第一。因救李梦阳,与刘瑾往还,坐此废斥。有《对山集》。

王九思 字敬夫,鄠人。弘治进士,官至郎中。与康对山齐名,诗文外皆工词曲。

史鉴 字明古,吴江人。学通群书,尤熟于史,为文章纪事有法,诗不屑为近体。有《西村集》八卷。

潘希曾 字仲鲁,金华人。弘治进士,官至兵部左侍郎。有气节,章奏皆可观。有《竹涧集》八卷、《奏议》四卷。

郑善夫 字继之,闽县人。弘治进士,官至刑部郎中。闽中自林鸿后,诗文久衰,而善夫振之。有《郑少谷集》二十五卷。

王廷陈 字稚钦,黄冈人。颖慧绝人。正德进士,官至给事中,以谏武宗南巡谪官,病居二十余年,酒色自放。著有《梦泽集》二十三卷。

“娄东三凤”(张泰、陆钎、陆容) 张泰,字亨父,太仓人。陆钎,字鼎仪,昆山人。陆容,字文量,太仓人。三人少齐名,号“娄东三凤”。泰,天顺中举进士,与李东阳齐名,世称“李怀麓、张沧洲”,以东阳有《怀麓堂集》,泰有《沧洲集》也。钎与泰同年进士,官至太常卿。容,成化中进士,官至职方郎中。三人唱和之作甚多。

三、明杂文(洪武至正德,作品选读)(辉按:以下录明代前期文,仅存其目,文略)

宋濂《鹿皮子墓志铭》、宋濂《文原》、宋濂《朱葵山文集序》、宋濂《送东阳马生序》、宋濂《王冕传》、宋濂《秦士录》、宋濂《钻燧说》、刘基《尚节亭记》、刘基《苦斋记》、王祎《文训》、王祎《宋景濂像赞》、高启《拟唐平蜀露布》、苏伯衡《空同子瞽说》、贝琼《铁崖先生传》、方孝孺《祭太史公三首》、杨士奇《彭百炼哀辞》、程敏政《宋遗民录序》、桑悦《儆庵稿序》、李梦阳《禹庙碑》、唐顺之《再与茅鹿门知县》、唐顺之《胡贸棺记》、唐顺之《叙广右战功》、唐顺之《瘗河壖枯骨志》

四、明韵语(洪武至正德,作品选读)(辉按:以下录明代前期韵文,仅存其目及黄人的评骘语,原作略)

宋濂:《清夜》、《游览杂赋三首》(录其一)、《艳阳词三首》、《天麦毒行》、《义侠歌》、《秋夜与子充论文退而赋诗一首因简子充并寄胡教授仲申》

刘基:《巫山高》(黄人评曰:"《巫山高》,刺奇后也。庚申君宠高丽奇妃,立以为后,专权植党,浊乱宫闱,故作《巫山高》以讽谏焉。")、《思美人》、《楚妃叹》、《王子乔》(黄人评曰:"《王子乔》刺爱猷识里达腊也,太子阻兵拒父,白琐住挟以出奔,不称主器,宗社将覆,故托《王子乔》以刺焉。")、《走马引》(黄人评曰:"明宗被弑于晃忽叉。庚申,帝即位七年,乃以尚书之言撤文宗主于太庙,而诏书即以私图传子为言,昧于《春秋》复仇之大义矣。公作此诗,盖深讥之也。")、《玉阶怨》、《隔谷歌》(黄人评曰:"此诗与《孤儿行》皆为文宗而作。")、《短歌行》、《莲塘曲》、《仙人词三首》、《江南曲五首》、《宫怨》、《秋怀八首》(其一、其三、其六)、《擢彼乔松》、《次韵和脱因宗道感兴二首》(其一)、《悲杭城》、《题释骖图》(黄人评曰:"方谷真遣人浮海纳贿中宫,遂定招安之议,故引襄夫人事以刺焉。")、《听蛙》、《二鬼》(黄人评曰:"此诗盖拟昌黎《二鸟》而作。所作《二鬼》,公盖自谓及金华太史公也。其推挹金华如此。程孟阳曰:'公乐府多似太白、少陵,间学张文昌、王仲初。'此又在卢仝、马异间,奇怪,真彷佛昌黎矣!")、《望孤山作》、《会稽》、《和李子庚》、《望行人》、《过苏州九首》(其一)、《有感七首》(其一)(黄人评曰:"此诗为已亥匿青田山中,太祖命孙炎遣使钧致而作。")、《题谢皋羽传后》

高启:《长门怨》、《将进酒》、《结伴少年场行》、《征妇怨》、《悲歌》、《猛虎行》、《筑城词》、《废宅行》、《过奉口战场》、《登西城门》、《忆昨行寄吴中诸故人》、《明皇秉烛夜游图》、《墨河秋雨引赋赵王孙家琵琶盖其名也》、《张节妇》、《晚次西陵馆》、《和周山人见寄寒夜客怀之作》、《送钱氏两甥度岭》、《送何记室游湖州》、《客舍岁暮》、《秋日江居写怀七首》(其一)、《效香奁二首》(其一)、《穆陵行》、《登金陵雨花台望大江》、《送沈左司从汪参政分省陕西汪由御史中丞出》、《送贾文学以郡荐赴礼部试毕归吴》、《归吴至枫桥》、《宫女图》(黄人评曰:"吴中野史载,季迪因此诗得祸。余初以为无稽,及观国初《昭示》诸录所载,李韩公子侄诸小侯爰书及高宗手诏豫章侯罪状,初无隐避之词,则知季迪此诗盖有为而作讽谕之诗。虽妙绝古今,而因此触高宗之怒,假手于魏守之狱,亦事理之所有也。论者详之。")、《雨中登天界西阁》、《吴城感旧》、《次韵西园公咏梅二首》、《岳王墓》、《梦余唐卿》、《姑苏台》、《锦帆泾》、《香水溪》、《阳山》、《玉波冷双莲》、《鹤媒歌》

袁凯:《杨白花》、《客中除夜》、《闻笛》、《舟次上海县》(黄人评曰:"孟阳曰:可谓气骨高妙。")、《白燕》、《淮安道中》、《京师得家书》、《李陵泣别图》

杨基:《闻蝉》、《茂苑思》、《送路季琏问聘河东时东驾出师太原》、《废宅行》

王祎:《杂诗二首》、《杂赋二首》、《感兴》、《郡斋偶赋》、《吴江客中冬至日》

苏伯衡:《郭熙关山雪霁图》、《拟唐宫词》

张以宁:《钱塘怀古》、《过辛稼轩神道吊以诗》、《渡江》、《扬州广城店》、《衢州咏烂柯山效宋体》、《有感》

贝琼:《穆陵行》、《己酉清明》、《余避地千金圩屡游及史两山酒酣兴发赋诗一首惜山中无赏音者空桑亦同于瓦器耳姑录以自娱云》、《送王克让员外赴陕西》、《雨中书怀》、《秋思三首》

王彝:《神弦曲四首》、《题李太白像》

陶凯:《长平戈头歌》

孙蕡:《湖州乐》、《秋闺思三首》、《访綦驸马不遇题壁》

方孝孺:《题李白对月图》、《李白观瀑图》、《徽宗花鸟图》

解缙:《戏笔卖鱼歌为陈检讨题》、《题文山上巳诗》、《送刘绣衣按交阯》

林鸿:《饮酒》、《拟唐太和公主和蕃》、《塞上逢故人》、《寄袁》

王璲:《题梅花卷为顾御史赋》

曾棨:《敦煌曲》、《龙支行》、《车驾渡江》

周忱:《渔阳老妇歌》

郭登:《哀征人》、《枭》、《春日游山偶成》、《蝇》、《梅子》、《恨他》

于谦:《春晓》、《春日登楼》

刘定之:《繁台》、《秋台》、《沙台》、《北台》、《铜台》

瞿佑:《春愁曲》、《高门叹》、《折花怨》、《天魔舞》、《红甲》、《清明》、《过苏州二首》、《春莺啭曲》

瞿士衡:《读瞿存斋〈剪灯新话〉作歌》

袁宗:《题美人春睡图》、《清明日偶成》、《春晓口占》

陈继:《题月下裁衣图》

刘昌:《无题》五首

祝颢:《和司马通伯夜坐有感韵》

刘溥:《赋得涿鹿送丘伯纯还姑苏》、《终南进士行为刘主事廷美赋》、《晚过扬州》、《大同克敌进封其镇守总戎都督郭清宁为定襄伯喜而赋此以贺之》、《题福山曹氏画》

汤胤勣:《守宫》

沈愚:《吴娃曲》、《房中曲》、《鸿门会》、《长安道》、《嬉春词》

邹亮:《水仙花效李长吉》、《又效温飞卿》

李东阳:《长江行》、《风雨叹》、《邯郸贾》、《易水行》、《鸿门高》、《新丰行》、《淮阴叹》、《文成死》、《美新叹》、《缚虎行》、《五丈原》、《东门啸》、《南风叹》、《闻鸡行》、《长江险》、《奸老革》、《太白行》、《亡赖贼》、《机上肉》、《城下盟》、《安石工》、《夹攻误》、《雨太师》、《金大将》、《花将军歌》

谢铎:《汤婆次韵》、《邸报》、《捩船》

张泰:《雨沙》、《长门月》、《长门春思》、《二陆来酌闻邻家弦索声二首》

陆釴:《四时词四首》

王越:《与李布政彦硕冯佥宪景阳对酌》、《春寒》、《夜坐》

丘濬:《得过且过》、《行不得也哥哥》、《不如归去》

吴宽:《送俞振宗南游》、《吴节妇》、《钟馗元夜出游图》、《题厓山大忠祠四首》、《题刘谏议祠二首》

王鏊:《辽城怀古二首》、《胡人归朝歌》、《十一绝句句》(黄人评曰:"似因武宗南巡幸其家而作。")

程敏政:《任月山五王醉归图》、《题戎马出猎图》

桑悦:《感怀诗四十》(选七)、《闻邸报有感》、《送春》

徐威:《更鼓》

沈周:《经尚湖望虞山》、《土偶祸》、《西山有虎行》、《己亥三月六日因雨宿西山白马涧早兴湿云如墨诸山滃然在吞吐间东坡所谓雨亦奇正此景也因以诗画记尝见耳》、《七星桧》

史鉴:《秦淮歌》、《狐绥绥》

唐寅:《和石田先生落花诗二首》、《漫兴》(选四首)

祝允明:《沉愤》、《秋宵不能寐》、《绝句》

徐祯卿:《效何逊咏倡家》、《偶见》、《猛虎行》、《杂谣四首》(黄人评曰:"纪正德五年八月之变。")、《在武昌作》

文徵明:《和答石田先生落花》、《春晓曲》、《姑苏台》、《覆舟山临望》、《灯夕汤子重席上》

王宠:《南都》、《辛巳书事四首》

李梦阳:《田园杂诗》、《士兵行》、《豆莝行》、《朝饮马送陈子出塞》、《胡马来再赠陈子》、《朱仙镇》、《朱仙镇庙》、《秋怀二首》、《出使云中作》、《黄州》、《汴中元夕二首》、《塞上》、《夏口夜泊别友人》、《石将军战场歌》

康海:《邀客》

王九思:《睹官军赴颍上歌》、《卖儿行》、《无题》

唐顺之:《峨眉道人拳歌》

边贡:《寇中丞北抚宣府奉同南渠韵》、《谒文山祠》

王廷相:《西京篇》、《明月篇》、《途中晦日》、《宫词四首》、《初见白发》

何景明:《车遥遥》、《秋江词》、《瑶瑟怨》、《竹枝词》、《平坝城南村三首》、《还至别业四首》、《拟古》、《盘江行》、《岁晏行》、《玄明宫行》、《崔生行》、《游猎篇》、《点兵行》、《九日同马君卿任宏器登高》、《武昌闻边报》、《岳阳》

薛蕙:《长安道》、《陇头吟》、《塞下曲三首》、《赠继之》

李濂:《战城南》、《甲辰元夕》

孙一元:《访樵者》、《咄咄行》

郑善夫:《古剑行赠仇将军北征》、《哭张士孚》、《长安》

张诗:《游嵩华值岳子还吴中赋赠》

顾璘:《塞下曲》、《古壮士歌》、《拟宫怨三首》、《正旦》、《侯城里二首》

朱应登:《北风行》

王韦:《柳枝词一首》、《问柳》

杨慎:《青海引》、《大堤曲》、《宿金沙江》、《送余学官归罗江》、《恶氛行》、《三岔驿》、《寒夕》、《咏梅九言》、《春兴六首》、《无题》、《滇海曲八首》

韩邦靖:《南山有虎北山有鸟行寄对山康先生》、《长安宫女行》、《关中二首》、《叶家楼武皇北巡曾此驻跸》

王廷陈:《白纻辞三首》、《拟矫志篇》、《放歌行》、《行路难》、《咏怀二首》、《楚岸吟寄牟子》、《豪士吟赠王氏》

五、明后期文学代表

王守仁　字伯安,余姚人。父华,字德辉,成化十五年进士第一,授修撰。弘治中,累官南京吏部尚书。华性孝,母岑年逾百岁卒,华已七十余,犹寝苫蔬食,士论多之。守仁娠十四月而生,祖母梦神人自云中送儿下,因名云。五岁不能言,异人拊之,更名守仁,乃言。年十五,访客居庸、山海关,时阑出塞,与诸属国夷角射,因综观山川形胜。弱冠举乡试,学大进,顾益好言兵,且善射。登弘治十二年进士,补兵部主事。正德元年冬,刘瑾逮南京给事中、御史戴铣等二十余人,守仁抗章救,瑾怒,矫旨廷杖四十,谪贵州龙场驿丞。至钱塘,瑾使人追之急,守仁赋诗置衣冠江岸侧,若自沉者,乃潜附商舟抵福建。故所识道士责之曰:"若有父在,倘瑾逮若父,若走异域,何以自明?"守仁悟,乃赴龙场地,万山丛薄,苗獠杂居,守仁因俗化导,夷人喜,相率伐木为屋,以栖守仁。瑾诛,量移庐陵知县,入觐,迁南京刑部主事,吏部尚书杨一清改为验封。屡迁考功郎中,擢南京太仆少卿,就迁鸿胪卿。兵部尚书王琼奇守仁才,十一年八月,擢右佥都御史,巡抚南赣。平桶冈、浰头诸积贼,又定宸濠之乱。屡遭谗嫉,而能以术处之。又平藤、峡诸贼。守仁屡立大功,而初扼于杨廷和,又扼于杨一清等,迄未大用。虽有门人黄绾、方献夫等言之于帝,亦报闻而已。已而病甚,疏乞骸骨,举郧阳巡抚林富自代,不俟命竟归,行至南安,卒,年五十七。丧过江西,军民无不缟素哭送者。守仁天姿异敏,年十七,谒上饶娄谅,与论朱子格物大旨,还家日端坐讲读五经,不苟言笑。游九华归,筑室阳明洞中,泛滥二氏学,数年无所得。谪龙场,穷荒无书,日绎旧闻,忽悟格物致知,当自求诸心,不当求诸事物,喟然曰:"道在是矣!"遂笃信不疑。其为说曰:"圣人只还良知本体,更无所加。良知之虚,即天之太虚;良知之无,即太虚之无形。凡日月风雷山川民物,有貌有象有形有色者,皆从太虚无形中发为流行,未尝能为天之障碍。圣人顺良知之发用,天地万物,俱在流行发用中,何有一物能为良知之障碍?"守仁即以此自信,故其为教,专提"致良知"三字为主,以"圣人之学,心学也;心即理也,吾心良知之天理于事事物物,则事事物物皆得其理,如以吾心之良知为未足,而必外求天下之广以裨补增益之",是析"心"与"理"为二矣。"夫学问、思辨、笃行之功,虽其困勉,至于人一己百,而扩充之极;至于尽性知天,亦不过致吾心之良知而已。良知之外,无复有加于毫末。"谓宋周、程二子后,象山陆氏简易直截,有以接孟氏之传,而朱子《集注》、《或问》之类,乃中年未定之说,因作《朱子晚年定论序》,以示学者。于是同时讲学之儒,如罗钦顺辈,皆以为非,钦顺数遗书与相诘难。其后守仁起征思田,王畿、钱德洪侍坐于天泉桥,有所质证,畿因著《天泉证道记》,举四语云:"无善无恶,心之体;有善有恶,意之动;知善知恶,是良知;为善去恶,是格物。”以为守仁所示宗旨。至万历间,顾宪成、高攀龙辈,虽未尝不推重守仁,而极辨四语之失,而论者又以为此特出于畿而非守仁本旨也。然自守仁与朱子标异趣,学者翕然从之,颇多流入于禅,以故宗洛、闽之教者多诋诃心学云。

皇甫涍　字子安,长洲人。父录,弘治九年进士,任重庆知府,生四子:冲、涍、汸、濂。冲、汸同登嘉靖七年乡荐,明年,汸第进士,又三年,涍第进士,又十三年,濂亦第进士,而冲尚为举子。兄弟并好学工诗,称“皇甫四杰”。冲,字子浚,善骑射,好谈兵,遇南北内讧,撰《几策》、《兵统》、《枕戈杂言》三书,凡数十万言。涍初授工部主事,改礼部,历仪制员外郎、主客郎中。在仪制时,夏言为尚书,连疏请建储,皆涍起草,故言深知涍才,比简宫僚,遂用为春坊司直,兼翰林检讨。言者论涍改官有私,谪广平通判,量移南京刑部主事,进员外郎,迁浙江佥事。大计京官,以南曹事论罢,邑邑发病卒。涍沉静寡与,自负高峻,稍不当意,终日相对无一言。居官砥廉隅,然颇操切,多忤物,故数被谗谤云。汸,字子循,七岁能诗,官工部主事,名动公卿,沾沾自喜,用是贬秩,为黄州推官,屡迁南京稽勋郎中,再贬开州同知,量移处州府同知,擢云南佥事,以计典论黜。汸和易,近声色,好侠游,不能通知户外事,于兄弟中年最老,寿八十乃卒。濂,字子约,初授工部主事,母丧,除起故官,典惜薪厂。贾人伪增数罔利,濂杖而按其罪,其女乃尚书文明妾,明召濂切责之,濂抗言曰:“公掌邦政,纵奸人干纪,又欲夺郎官守法耶?”明为敛容谢。大计谪河南布政司理问,终兴化同知。濂兄弟与黄鲁曾、省曾为中表兄弟,文藻亦相似,其后里人张凤翼、燕翼、献翼,并负才名。吴人语曰:“前有四皇,后有三张。”凤翼、燕翼,终举人;献翼为太学生,名日益高,年老矣,狂甚,为仇家所杀。

郎瑛　字仁宝,仁和人。幼孤,长为诸生,不屑治科举业,独好古学,会多病,遂无意仕进,督学宪司欲推挽之,卒谢不出。家故余财,自奉母外,悉以购书,置生产不问,赀日以落,瑛无所顾惜,乃敞大屋,列高几,危坐讽诵其中,抉剔幽眇,辨古今同异得失,而著为书,有识者咸服。一时监司大吏,若顾璘、王尚絅、万潮辈,咸与交,名籍甚。而瑛性侃直,不能阿贵人,亦时扼腕论天下事。奉母孝,两刲股愈其疾。幼时,两姊婿利其赀,谋危之百方,后死,皆棺敛之。所著诗文若干卷,订正《孝经》、《大学》、《格物传》各一卷,《萃忠录》二卷、《青史衮钺》六十卷、《七修类稿》五十五卷,并为学者所称。

丰坊　初字存礼。举进士高第,为礼部主事,以无行,黜归家。坐法窜吴中,改名道生,字人翁。年老病笃,死。坊高材博学,精书法。其于《十三经》,自为训诂,多所发明,稍诞而僻者,则托名古注疏,或创称外国本。于构诗文,下笔数千言立就,则多刻他名士大夫印章,伪撰字稍怪拙,则假曰:“此某碑某碑体也。”又为撰定法书,以真易赝,不可穷诘。又用蓄毒蛇药杀人,强淫子女,夺攘财产,事露,人畏而耻之。吾友沈嘉则云:“蓄毒蛇以下事无之,第狂僻纵口,若含沙之蛊,且类得心疾者。”因举其一端云:“尝要嘉则具盛馔,结忘年交。居一岁,而人或恶之曰:‘是尝笑公文者。’即大怒,设醮诅之上帝,凡三等云,在世者宜速捕之,死者下无间狱,勿令得人身,一等皆公卿大夫与有睚眦者也。二等文士或田野布衣,嘉则为首,三等鼠蝇蚤虱蚊也。”此极大可笑。

谢榛　字茂秦,临清人。眇一目。年十六,作乐府商调,少年争歌之。已折节读书,刻意为歌诗。西游彰德，为赵康王所宾礼。入京师，脱卢柟于狱，李攀龙、王世贞辈结诗社，榛为长，攀龙次之。及攀龙名大炽，榛与论生平，颇相镌责，攀龙遂贻书绝交。世贞辈右攀龙，力相排挤，削其名于七子之列。然榛游道日广，秦晋诸王争延致，大河南北皆称谢榛先生。赵康王卒，榛乃归。万历元年冬，复游彰德，王曾孙穆王亦宾礼之，酒阑，乐止，命所爱贾姬独奏琵琶，则榛所制《竹枝词》也。榛方倾听，王命姬出拜，光华射人，藉地而坐，竟十章。榛曰："此山人里言，安足污佳人玉齿？请更制以备房中之奏。"诘朝，上新词十四阕，姬悉按而谱之。明年元旦，便殿奏伎，酒止，送客，即盛礼而归姬于榛，榛载以游赵燕间。至大名，客请赋寿诗百章，成八十余首，投笔而逝。当七子结社之始，尚论有唐诸家，茫无所从。榛曰："取李杜十四家最胜者。熟读之以会神气，歌咏之以求声调，玩味之以裒精华，得此三要，则浩乎浑沦，不必塑谪仙而画少陵也。"诸人心师其言，厥后虽合力摈榛，其称诗指要，实自榛发也。

郑若庸　字中伯，昆山人。早岁以诗名吴下，赵康王闻其名，走币聘入邺，客王父子间。王父子亲逢迎接席，与交宾主之礼。于是海内游士，争担簦而之赵，以中伯与谢榛故也。中伯在邺，王为庀供张，予宫女及女乐数辈。中伯乃为著书，采掇古文奇字累千卷，名曰《类隽》。康王薨，去赵，居清源。年八十余始卒。诗名《蛣蜣集》。又善度曲，有《玉玦传奇》行世。或曰荥阳生，其自寓也。

卢柟　字小楩，濬县人。家素封，输赀为国学生，博闻强记，落笔数千言。为人跅弛，好使酒骂座。常为具召邑令，日晏不至，柟大怒，撤席，灭炬而卧，令至，柟已大醉，不具宾主礼。会柟役夫被榜，他日，墙压死，令即捕柟，论死，系狱，破其家，里中儿为狱卒，恨柟，笞之数百，谋以土囊压杀之，为他卒救解。柟居狱中益读所携书，作《幽鞫》、《放招》二赋，词旨沉郁。谢榛携入京师，见诸贵人泣诉其冤状，口："生有一卢柟不能救，乃从千古哀沅而吊湘乎！"平湖陆光祖，选得濬令，因榛言，平凡其狱。柟出走谒榛，榛方客赵康王，王立召见柟，礼为上宾。诸宗人以王故，争客柟，柟酒酣骂座如故。乃光祖为南京礼部郎，柟往访之，因遍游吴会，无所遇还，益落魄嗜酒，病三日卒。柟骚赋为王世贞所称，诗亦豪放，如其为人。

李攀龙　字于麟，历城人。九岁而孤，家贫，自奋于学，稍长为诸生，与友人许邦才、殷士儋学为诗歌，已益厌训诂学，日读古书，里人共目为狂生。举嘉靖二十三年进士，授刑部主事，历员外郎、郎中，稍迁顺德知府，有善政。上官交荐，擢陕州提学副使，乡人殷学为巡抚，檄令属文，攀龙怫然曰："文可檄致耶？"拒不应。会其地数震，攀龙心悸，念母思归，遂谢病。故事，外官谢病不再起。吏部重其才，用何景明例，特予告归。予告者，例得再起。攀龙既归，构白雪楼，东眺华不注，西挹鲍山，曰："他无所溷吾目也。"名日益高，宾客造门，率谢不见，大吏至亦然。以是得简傲声，独故交殷、许辈，过从靡间。时徐中行亦家居，坐客恒满，二人闻之，交相得也。归田将十年，隆庆改元，荐其浙江副使，改左参政，擢河南按察使。攀龙至是，摧亢为和，宾客亦稍稍进。无何，奔母丧归，哀毁得疾，疾少间，一日心痛，卒。攀龙之始官刑曹也，濮州李先芳、临清谢榛、孝丰吴维岳辈，方倡诗社，往与焉。王世贞初释褐，先芳引入社，遂与攀龙定交。明年，先芳出为外吏。又二年，宗臣、梁有誉入，是为五子。未几，徐中行、吴国伦亦入，乃改称七子。诸人多少年，才高气锐，互相标榜，视当世无人，七才子之名播天下。摈先芳、维岳不与，两人恨次骨。已而榛亦被摈，攀龙遂为之魁。其持论谓文自西京，诗自天宝而下，俱无足观，于本朝独推李梦阳，诸子翕然和之，非是则诋为宋学。攀龙才思劲鸷，名最高，独心重世贞，天下并称"王李"。又与李梦阳、何景明并称"何李王李"。其为诗，务以声调胜，然辞意不能无重复，所拟乐府，至更古数字为己作；文则聱牙戟口，读者至不能终篇，好之者推为一代宗匠，亦多受世抉摘云。自号沧溟。

梁有誉　字公实，顺德人。父世骠，御史。有誉秀颖，日诵千言。长益湛思百氏。嘉靖二十九年第进士，授刑部主事。李攀龙辈结社为声诗，有誉先成家。严世蕃欲亲有誉，有誉耻为亵狎，旅食三年，萧然一室，以念母告归，杜门读书，大吏至，辞不见。尝与黎民表约游罗浮，观沧海日出，海飓大作，宿田舍者三夕，意尽赋诗而归。中寒病作，遂不起，年三十六。有誉善相人，谓宗臣曰："子甚贵而无年。"己自叹曰："吾亦不久于世。"有誉死六年，臣果卒，亦三十有六。

宗臣　字子相，扬州兴化人。嘉靖二十九年进士，由刑部主事调考功，谢病归，筑室百花洲上，读书其中。起故官，移文选，进稽勋员外郎。严嵩恶之，出为福建参议。倭薄城，臣守西门，纳乡人避难者万人。或言贼且迫，曰："我在，不忧贼也。"与主者共击退之。寻迁提学副使。卒官，士民皆哭。臣才高气雄，为郎时，与济南李攀龙、太仓王世贞、长兴徐中行、南海梁有誉、武昌吴国伦、临清谢榛称中原七子，相为标异，人竞慕之，而亦有忌者。臣无子。有诗文集五十卷，行于世。

徐中行　字子长，长兴人。嘉靖二十九年进士。美姿容，善饮酒，由刑部主事厘员外郎郎中，稍迁汀州知府。广东贼萧五来犯，御之有功，策其且走，俾武平令徐甫宰邀击之，让功甫宰，甫宰得优擢。寻以父忧归，补汝宁，坐大计，贬长芦盐运判官，迁湖广佥事。掩捕湖盗柯彩凤，得其积贮，活饥民万余。累官江西左布政使。万历六年卒官，僚属相哭，士民亦巷哭。中行性好客，无贤愚贵贱，应之不倦，故其死也，人多哀之。诗有《青萝》、《天目》二集。

吴国伦　字明卿，兴国人。嘉靖二十九年进士，由中书舍人擢兵科给事中。杨继盛死，倡众赙送，忤严嵩，假他事谪江西按察司知事，量移南康推官，调归德。居二岁，弃去。嵩败，起建宁同知，累迁河南左参政。大计罢归。国伦才气横放，好客轻财。归田后，声名藉甚，求名之士，不东走太仓，则西走兴国。万历时世贞既没，国伦犹无恙，在七子中最为老寿。著有诗文，名《甔甀洞集》。

王世贞　字元美，晋王览之后，世为浙人。宋漕贡进士来家昆山之湖川，遂为太仓人。祖倬，父忬。倬，成化戊戌进士，癯然儒者，富于经济，起家知县，累迁右副都御史，整饬兵备，兼巡抚顺天等府，御虏马兰峪有功，进兵部右侍郎。忬，嘉靖二年进士，以行人授御史，虏犯古北口，忬按顺天，趋守通，虏大来，竟不能渡河西，为世宗所知，特旨擢佥都御史。三十一年，命巡抚山东，又命提督军务巡抚浙江，兼辖福建，擢兵部右侍郎，兼佥都御史，已转左，兼副都御史，移镇蓟、辽。忬治边屡有功，自以受世庙特知，不复媚事上左右，又不复修礼用事相严嵩父子，嵩父子恨忬，嗾御史论忬下狱，忬坐论死，是为嘉靖三十七年。世贞幼称圣童，六七龄，已能读父书至数十万言。十五为《宝剑诗》，有奇句。十八举于乡。明年，成进士，则嘉靖二十六年也。授刑部主事。闭户读书，与李攀龙诸子修词赋之业，过从无日夜，相弹对，复相称诩，动曰吾党，动曰我辈，动曰我二三兄弟，动曰海内，动曰中原，其声华意气，睥睨诸公，间至前无古人。世贞虽与攀龙辈修词赋之业，其当官视中贵人、锦衣帅、幸用事者蔑如，中贵人、锦衣帅或有不得请求政府为地，亦不为理。相嵩才而欲致之，意弗善也，时有讥诋，在酒杯口角间，语流闻嵩，嵩谓世贞恶少年矣。兵部郎杨继盛论劾嵩下狱，世贞纳橐饘，继盛妻讼夫冤，世贞为定草，继盛被刑，世贞往哭收殓之，嵩乃大恨。凡诸郎官有文誉者，出为提学使者为美选，吏部推世贞，嵩格之，得兵备青州。青多盗，世贞谓盗不在远，在左右，左右掾吏是颠倒秘迁，其行事不可端倪，购重赏收募闾里轻侠少年用之，青遂无盗。始，世贞至官，山东诸公见，谓是文少，歌赋弈饮为俊举而已。既见精严练事，发奸隐如神明，以为赵子都之流也，大加叹服，声闻京师，相嵩父子益忌。其父忬滦州少失事，遂酿罪构下狱矣。此时世贞弃官走长安市，与其弟仪制郎世懋叩阙请代，辇上贵人语世贞曰："此无益，适趣乃公毙耳。"世贞、世懋日囚服跪道傍，遮诸柄人车，搏颡请救，诸柄人侧目嵩，无所敢言，忬竟坐诛。世贞号跣归柩，倚庐哀痛。禫除，犹苴履葛巾，为心丧。居久之，庄皇帝即位，赴阙讼冤，言："杀臣父非先帝意，本相嵩父子，不然，何臣父效首功八百余级不论，论滦州虏小入至死？伏惟陛下哀怜！"诏复忬官，此时世贞稍通宾客，论文字，宴游山水间矣。世贞为园曰弇州，盛有水石花木之致，客来见世贞者，世贞皆款之。弇园中不惟世贞之文名也，而弇园亦名于天下。南北台省谓世贞父冤雪，可官也，吏部补世贞兵备大名，世贞思痛不出。应诏上八事，寓书当路："此八事也，世贞所以报主矣。若官世贞，世贞死不敢官。"当路解而强之，世贞出，而世贞之友尚有尼世贞者，世贞曰："夫如是则仇君，且也敢胜崇伯子？"迁浙江参政，治吴兴三郡。吴越新罹兵火，供亿繁兴，民不堪命。世贞请汰内府、内官、大小监冗食，及锦衣诸卫寄籍者，事虽不行，竟得改折漕粮十五万，三郡之人以为此缘王使君。迁山西按察使。闻母病，投牒归，中道得讣矣。服除，以荐补臬，旋辖广西一月，入为太仆卿，擢都察院右副都御史，督治郧阳。时相江陵张居正，世贞同年也。会楚地再震，荆州庐舍多坏，世贞引京房占有"臣道太盛"语；又尝遗京贵人书，言"江陵浸淫耳目，非社稷福"，其人泄之，居正积不平，数言于人。然客有请世贞文寿居正父母与寿居正，世贞复盛有所称引，至比居正父于众父，比居正母于稷姜嫄。居正于世贞，若忤若合，手书不时至，殊亦款款，世人又谓世贞居正之人也。稍迁南大理，以人言改应天府尹，归。此时居正遭父丧，夺情起服。吴中编修吴中行、简讨赵用贤上疏论居正，居正欲杖此二人者，学士王锡爵诣居正所，责之，忤居正，归。世贞故与锡爵同里相善也。亡何，锡爵有女，以守节蜕化，其未化时，感冥契，立恬淡教门。世贞悦之，尊之曰昙阳大师，拜为弟子，于是焚笔砚，谢宾客，与锡爵结庐合居，戒食梵诵甚苦。异时所嗜好古图籍，若三代彝鼎名黑酒铯，弃为他人有，悉不问。于是言官希居正意，论锡爵、世贞两人者，家居诪张为幻。而一日，用贤及门称弟子，而人又谓世贞非居正之人也。世贞于文字，其宿好。久之，终不能焚笔研、谢宾客，又复应人求请，复游于酒人词辈、缁流羽侣间。居正卒，起南刑部侍郎,改南兵部侍郎,以三品考与官荫一子,时已迁南刑部尚书矣。有言其尝被劾不当得考者。乞休归而寻卒,赠太子少保,予祭葬。当肃皇帝时,海内文学知名士,人人自标,世贞最后起,异才博学,横绝一时,其所搜猎子史百氏,皆以意镕炼,翕然为一家,古今著述之富,亡逾也。其诗使事构体,不嫌小出入,要归之元气块北、大海滮泓,中无饾饤蹇促、镵刻深险之态。其地望之高,游道之广,声力气象,能鼓舞翕张。海内之豪俊以死名于其一家之学,直千古不废也。客既亡论,酒人词辈、缁流羽侣,日踵世贞门,四方书问往往不绝,其所馈入,亦往往缘手散施咄嗟尽。有时削牍荐人,多者或致千金。后生初学得世贞一言品题、一面倾吐,则或希声传影,转相引重。盖嘉靖之初,王守仁以讲学开门,能鼓一世而从之,而当世贞之身,士人风尚大类其时。客或故于广众中坐中字世贞示亲昵,而黠者或阴持幕中嚬笑私语卖世贞,世贞恩及人而人不知,醉骂人而人反思之。世贞语其子曰:"吾自束发即负大恚。既举进士,有所见闻,即负大愤。庚戌以后,虏入都门,即负大虑。己未以后,家难作矣,即负大痛。隆庆戊辰以后,有所迫而不能守匹夫之节,即负大惭。庚辰以后,入于悟门,悟前之懵也,即负大悔。吾无他深嗜,嗜读书文及酒。酒损吾德,而幽滞之际,亦复赖以活。文章稍益吾身后,而实小之。且吾以酒得生,以生得讥,以文章得誉,以誉得谤,以讥谤得挫。挫之与讥谤也,盖天所以怜我,而我之所以自解于辟也。"弟世懋,字敬美。既晚出,游于其兄诸子间,其为文章,稜稜有气岸,诸子命之曰小美。仕至南太常少卿。小美之为仕也,好为条教,烦不至羧,曲畅物情,而能因事为功。世贞子士骐,亦举进士,仕吏部郎。

茅坤　字顺甫,归安人。嘉靖十七年进士,历知青阳、丹徒二县。母忧服阕,迁礼部主事,移吏部稽勋司。坐累谪广平通判,屡迁广西兵备佥事,辖府江道。坤雅好谈兵,猺贼据鬼子诸砦,杀阳朔令。朝议大征,总督应槚以问坤。坤曰:"大征非兵十万不可,饷称之,今猝不能集,而贼已据险为备。计莫若雕剿,倏入歼其魁,他部必詟,谋自全,此便计也。"槚善之,悉以兵事委坤,连破十七砦。晋秩二等,民立祠祀之。迁大名兵备副使,总督杨博叹为奇才,特荐于朝。为忌者所中,追论其先任贪污状,落职归。时倭事方急,胡宗宪延止幕中,与筹兵事,奏请为福建副使,吏部持之,乃已。家人横于里,为巡按庞尚鹏所劾,遂褫冠带。坤既废,用心计治生,家大起。年九十,卒于万历二十九年。坤喜古文,最心折唐顺之。顺之喜唐宋诸大家文,所著《文编》,唐宋人自韩、柳、欧、三苏、曾、王八家外,无所取,故坤选《八大家文钞》,其书盛海内,乡里小生无不知茅鹿门者。鹿门,坤别号也。少子维,字孝若,能诗,与同郡臧懋循、吴稼竳、吴梦阳并称四子。尝谒阙上书,希得召见,陈当世大事,不报。

茅元仪　字止生,归安人。鹿门先生坤之孙,缮部国缙之子。少为孤童,雄杰异常儿。年十岁,吴兴大祲,太守集议赈饥,群公嗫嚅莫敢应,止生垂髫,奋袖请尽倾囷廪以赈国人,太守叹异曰:"鲁子敬不是过也。"止生好谭兵,通知古今用兵方略,及九边扼塞要害,口陈手画,历历如指掌。东事急,慕古人毁家纾难,慨然欲以有为。高阳公督师,以书生辟幕僚,与策兵事,皆得要领。尝出塞相视红螺山,七日不火食,从者皆无人色,止生自如也。高阳谢事,止生亦罢归。烈皇帝进位,经进《武备志》,且上言东西边情、闽粤疆事,及兵食富强大计，帝命待翰林。寻又以人言罢。己巳之役，高阳再出视师，半夜，一纸催出东便门，仅随二十四骑，止生腰刀匹马以从。四城既复，牒授副总兵，治舟师，略东江。旋以兵哗下狱，遣戍漳浦。东事益急，再请募死士勤王，权臣恶之，勒还不许。蚤夜惯呼，纵酒而卒。止生自负权奇，恃气凌人，语多夸大，能知之者惟高阳而已。生目中无余子，世所推名流正人，深衷厚貌，修饰边幅，眼光如豆，宁足与论天下事哉？止生为诗文，才气蜂涌，摇笔数千言，倚待立就。而其大志之所存者，则在乎筹进取，论匡复，画地聚米，决策制胜，集中连篇累牍、洒江倾海，皆是物也。今既已化为飞烟，荡为冷风矣！顾欲刺取一二有韵之言，簸扬而藻饰之，是岂止生之所以自命，而亦岂世之所以知止生者。

徐渭　字文长，山阴人。十余岁，仿扬雄《解嘲》，作《释毁》。长师同里季本。为诸生，有盛名。总督胡宗宪招致幕府，与歙余寅、鄞人沈明臣，同管书记。宗宪得白鹿将献诸朝，令渭草表，并他客草，寄所善学士，择其尤者上之。学士以渭表进，世宗大悦，益宠异宗宪，宗宪以是益重渭。督府势严重，将吏莫敢仰视，渭角巾布衣，长揖纵谈。幕中有急需，夜深开戟门以待，渭或醉不至，宗宪顾善之，寅、明臣亦颇负崖岸，以侃直见礼。渭知兵，好奇计，宗宪擒徐海、诱王直，皆预其谋。藉宗宪势，颇横。及宗宪下狱，渭惧祸，遂发狂，引巨锥剚深数寸，又以椎碎肾囊，皆不死。已又击杀继室妻，论死，系狱，里人张元忭力救得免。乃游金陵，抵宣辽，纵观诸边扼塞。善李成梁诸子，入京师，主元忭，元忭导以礼法，渭不能从，久之，怒而去。后元忭卒，白衣往吊，抚棺恸哭，不告姓名去。诸子追及，哭而拜诸途。渭天才超轶，诗文绝出伦辈。善草书，工写花草竹石。尝自言："吾书第一，诗次之，文次之，画又次之。"当嘉靖时，王、李倡七子社，谢榛以布衣被摈，渭愤其以轩冕压韦布，誓不入二人党。后二十年，公安袁宏道游越中，得渭残帙，以示祭酒陶望龄，相与激赏，刻其集行世。寅，字仲房，亦有诗名。

沈明臣　字嘉则，鄞县人。少为博士弟子，数奇不偶。胡少保宗宪督师平倭，偕徐渭文长辟置幕府。少保豁达好士，微有酒失，善谩骂，嘉则岳岳不少阿唯。少保遥见为起立，尝宴将士兰柯山上，酒酣乐作，请为《铙歌》十章，援笔立就，酾酒高吟，至狭巷短兵相接处，杀人如草不闻声，少保起捋其须曰："何物沈生，雄快乃尔。"命刻石置山上。少保死，请室中，嘉则走哭墓下，持所为诔，遍告士大夫，颂扬其冤状。已而挟箧走湖海，往来吴楚闽粤间。年七十余，死于里中。先后歌诗七千余首，今之行于世者，为《丰对楼诗选》，凡四千余首。万历间，山人布衣豪于诗者，吴门王伯谷、松陵王承父及嘉则三人为最。王元美继二李之后，狎主词盟，引同调，抑异己，谢茂秦故社中老宿，有违言于历下，则合从以摈之，用以立惶示威，海内词人有不入其门墙、不奉其坛墠者，其能自立者亦鲜矣！伯谷才名，故与乌衣马粪相颉颃。承父早岁多贵游，则晚依宗宪。三人者，其声势皆足以自豪，元美与之雅故，在异同离合之间，夷三君于四十子，而登胡元瑞于末五子，虽未能一切抹杀，其用意轩轾，犹前志也。徐独深愤之，自引傲僻，穷老以死，终不入其牢笼，于论谢榛诗见志焉。去之八十余年，词场之隆替盛衰，作者之风气上下，历历可以指数，识者亦可以论世云。

沈炼　字纯甫，会稽人。嘉靖戊戌进士，知溧阳、茌平、清丰三县，入为锦衣卫经历。

庚戌岁，虏薄城下，廷议乞贡事，群臣畏严氏莫敢发言，纯甫越阶抗论，当从赵司业贞吉议，拒贡却虏。明日上疏，请得二万骑护陵寝，通饷道合。嵩父子请诛之以谢天下，杖四十，谪田保安州。当是时，虏数入塞，边臣拥兵坐视。杨顺督宣大，虏大破应州堡塞，俟其退，割战士及路人之馘以献功。纯甫心伤之，赋诗飞书，指切其事。边人士好从纯甫游，争相与唾骂相嵩，为偶人三象：林甫、桧及嵩，耦而射之。而纯甫在边，日夜从侠少年结死士，思用间破虏。虏入，又散金募土人为城守。顺捃拾其状告变，嵩父子捕白莲妖党，窜纯甫名籍中，坐以通虏，嵩从中下其事，戮纯甫于边。逮其子襄，将杀之，而嵩、顺相继败，得释。隆庆初，复原官，赠光禄士少卿。纯甫雄于文，下笔辄万言，作《筹边赋》、《吊死战诸将文》及纪事诸诗，尤愤懑用壮。顺既杀纯甫，榜示边塞，有藏沈氏遗文片纸，按捕抵罪。诸生武崇文敛纯甫遗稿，将火之，忽中恶仆地，恍忽见纯甫峨冠绯衣，手剑叱之，惧而瘗之后圃，事白后，穴地出之，以授其子，今所传《鸣剑集》、兵书、赤牍诸编也。纯甫与陈鸣埜、徐文长，为意气之交。

瞿景淳　字师道，常熟人。八岁能属文。久困诸生间，教授里中自给。嘉靖二十三年举会试第一，殿试第二，授编修。郑王厚烷以言事废，徙凤阳，景淳奉敕封其子载堉为世子，摄国事。世子内惧，赆重币，景淳却之。时恭顺侯吴继爵为正使，已受币，惭景淳，亦谢不纳。既而语景淳曰："上遣使密诇状，微公，吾几中法。"满九载，迁侍读，请急归。江南久苦倭，总督胡宗宪师未捷。景淳还京，谒大学士严嵩，嵩语之曰："倭旦夕平，胡总督才足办，南中人短之，何也?"景淳正色曰："相公遥度之耳。景淳自南来，目睹倭患，胡君坐拥十万师，南中人不得一安枕卧，相公不欲闻谁为言者?"嵩愕然，谢之。历侍读学士掌院事，改太常卿，领南京祭酒事，就迁吏部右侍郎。隆庆元年，召为礼部左侍郎，用总校《永乐大典》劳，兼翰林学士，支二品俸，侍经筵，修《嘉靖实录》。疾作，累疏乞骸骨归，逾年卒，赠礼部尚书，谥文懿。为编修时，典制诰，锦衣陆炳先后四妻，欲封最后者，景淳撰词，不可。介严嵩为请，亦不应，橐金以投，卒笑谢之。子汝稷、汝说。

归有光　字熙甫，昆山人。九岁能属文，弱冠尽通五经三史诸书，师事同邑魏校。嘉靖十九年，举乡试，八上春官不第，徙居嘉定安亭江上，读书谈道，学徒常数百人，称为震川先生。四十四年，始成进士，授长兴知县，用古教化为治，每听讼，引妇女儿童案前，刺刺作吴语，断讫遣去，不具狱。自以大儒即周召为牧伯，亦当优假，大吏令不便，辄寝阁不行，有所击断，直行己意，大吏多恶之，论调顺德通判，专辖马政。明世，进士为令无迁倅者，名为迁，实重抑之也。隆庆四年，大学士高拱、赵贞吉，雅知有光，引为南京太仆丞，留掌内阁制敕房，修《世宗实录》，卒于官。有光为古文，原本经术，好太史公书，得其神理。时王世贞主盟文坛，有光力相抵排，目为妄庸巨手。世贞大憾，后亦心折有光，为之赞曰："千载有公，继韩、欧阳，余岂异趋，久而自伤。"其推重如此。钱谦益遂即其言以诋世贞。然操觚家从此鲜实学而妄谈欧、曾，亦不能无弊云。著有《太仆集》。季子子慕，字季思，万历辛卯举于乡，一再试不第，不赴公车，屏居江村，其室如蜗谷壶子，圭筚不完，檐溜之外，因朴簌编篱为圃，布衣蔬食，泊如也。与梁溪高存之、嘉善吴子往讲性命之学，过从习静，端坐不语，终日凝然。三人者有所自得，忻然相语，有吟风咏月之思，他人莫之知也。先帝崇祯初，有诏搜访遗逸，广厉风节，御史祁彪佳，以故孝廉子慕应诏，诏追赠翰林院待诏。季思清真静好，五言诗澹雅，似其为人。兄子昌世，字文休，风神散朗，有林下风气，善画墨竹，能草书，与李长蘅交好，晚作和陶诗，为程孟阳所称。

归庄　字玄恭，有光之曾孙也。工诗文，善书画，嗜酒落拓，不事家人生产，贫甚，扉破至不可阖，则以纬萧缚之，自署其门曰"结绳而治"。又结庐于冢墓间，后至无屋可居，则寄妻于母族，自挈子适馆，子不耐饥寒遁去，死于外。自乙卯后，更名祚明。曾僧装亡命。与顾炎武善，皆不谐于俗，有"归奇顾怪"之目。曾著《万古愁曲》，古之圣贤将相，无不诋斥，而痛哭流涕于鼎革之际。兄名昭，字尔德，为史阁部幕宾，殉难。

汤显祖　字若士，临川人。少善属文，有时名，张居正欲其子及第，方罗海内名士以张之，闻显祖及沈懋学名，命诸子延致，显祖谢弗往，而懋学遂与居正子嗣修偕及第。显祖至十一年始成进士，张四维、申时行之子皆同年也，各承其父命，招诣门下，亦皆勿应。授南京太常博士。朝右慕其才，欲召致吏部，辞不就。稍迁南京礼部主事。十八年，帝以星变严责言官欺蔽，并停俸一年，显祖上言曰："陛下降谕切责言官，其盛心也。顾今日言官岂不肖，罔识君臣大义哉？盖陛下威福之柄，潜为辅臣所窃，故言官向背之情，亦为之默移。夫人自非天性忠直，大都慕富贵而已。使忠直者不失富贵，谁为奸邪？奸邪者不获富贵，谁非忠直？今则不然，御史丁此吕，首发科场欺蔽，时行恐其妨己，属吏部杨巍劾去之；御史万国钦，极论封疆欺蔽，时行恨其毁己，讽同官许国远谪之。其他偶一言相侵，无不出之于外。虽为陛下输忠，而陛下力不能庇之，使言官皆回心惕息，而时行安然无指摘之虞矣！于是无耻之徒，但知自结于执政，所得爵禄，直以为执政予之。纵他日不保身名，而今日已富贵矣。臣不暇远举，即如吏科给事中杨文举，奉诏经理荒政，所至征贿巨万，比抵杭州，娱宴西湖，乐而忘返，竟不知衔使何事，且鬻狱市荐，渔利无穷，东南之人痛疾深矣。辅臣岂不闻之？及其报命，居然擢首谏垣。彼既以货取，明年大计，天下吏臣，恐举家无地著金也。至若礼科都给事中胡汝宁，攻击饶伸，不过权门鹰犬耳，以其私人，猥见任用。夫陛下方责言官欺蔽，而辅臣之欺蔽自如，失今不治，臣谓陛下可惜者四：朝廷以爵禄为雨露，所以滋植善类，今乃直为私门蔓桃李，是爵禄之可惜也；群臣风靡，罔识廉耻，是人才可惜也；辅臣不越例予人富贵，不见为恩，是成宪可惜也；陛下御天下二十年，前十年之政，张居正刚而多欲，以群私人嚣然坏之，后十年之政，时行柔而多欲，以群私人靡然坏之，此圣政之可惜也。乞立斥文举、汝宁，诫谕辅臣省愆悔过，慎保晚节。"帝怒，谪徐闻典史，稍迁遂昌知县。二十六年，上计京师，投劾归，不复出。又明年大计，主者议黜之，李维桢为监司，力争不得，竟夺官家居。二十年，卒。显祖意气慷慨，少有志天下事，所交李化龙、李三才、梅国桢皆通显，有建竖。显祖一发不中，蹭蹬穷老，所居玉茗堂，文史狼藉，宾朋杂坐，俯仰啸歌，萧然意得。三才开府淮上，念其穷，遣书迎之，谢曰："身与公等比肩事主，老而为客，所不能也。"少以文章自命，其论古文，则谓本朝以宋濂为宗，李梦阳、王世贞辈虽气力强弱不同，等赝文耳。识者韪之。长子士蘧，五岁能背诵《二京》、《三都》，年二十三，客死白下。次大耆，才而佻，然有父风。次开远，以乡举官监军兵使，讨流贼，死行间。开远好讲学，取义仍续成《紫箫残本》及词曲未行者，悉焚弃之。大耆实云：幼子季云，亦有隽才。

王叔承　初名光引，以字行，更字承父，晚更字子幻，吴江人。少孤，受博士业，以好古谢去。食贫，赘妇家，为妇翁所逐，不予一钱，乃携妇归奉母，而贫益甚。所善商生为承父谋曰："吾闻赵王贤而好客，谢榛、郑若庸皆在幸舍，吾曹可以曳裾往乎？"乃治装偕之邺，邻已先为承父言于王，承父闻知王虽好客，客见必长蒲伏长跪称主臣，弗屑也。会商生病死，葬之铜雀台下，东之齐鲁，北入燕，客淮南少师所，使草应制祝厘之作，承父谢弗能。日从相君直所，得综观西苑南内之胜，作《汉宫》数十曲，流闻禁中。而以其间与吴兴范伯桢、海陵顾益卿、梁溪陈贞甫、胡原荆，定交于公车，承父皆弟畜之，相与悲歌纵酒，访问燕市酒人遗迹。相君有所撰述，使人物色之，往往醉卧酒垆中，欠伸弗肯应。久之，乃谢归。母好奉佛，承父亦奉佛，弗能戒酒，诡其母曰："佛所谓米汁也。"原荆以御史拜杖归，纵游吴越名山水，作前、后《吴越游》以赴。益卿于闽，作《荔子编》。还过贞甫于楚，作《楚游编》。益卿开府渔阳，又要之塞上，作《岳游编》而归，遂不复出。年六十五而卒。承父有酒德，饮可一石，客或戏谓君貌类胡僧，多笑而好饮，岂布袋和尚分身邪？少多狭邪之游，曲宴新声，杂拥柔曼，竟酒无所狎昵。原荆、贞甫、伯桢，先后物故，经纪其丧，卵翼其子姓，有古人之谊。王太仓元驭，亦布衣交也，再召，当事有三王并封之议，承父遗书数千言，谓："当引大义，以去就力争，不当依违两端，负主恩而辜物望。"太仓亦叹服焉。承父为诗，豪宕莽苍，天才烂发，最为王元美兄弟所推。敬美序其诗，以为太初让其精，俞谢逊其兼；七言歌行，顷刻数百千言，可喜可愕，种种变幻，真能以牛溲马勃为药饵，嘻笑怒骂为文章。其兄弟间之论如此。然元美作《五子诗》不及承父，仅居四十子之一而已。承父序卓澂甫诗曰："诗衰于宋元，北地起而复古，一代摹拟之格，此其创矣。历下一变，锻炼陶洗，脱凡腐而尚精丽，然才情声律，未极变化，故用豪句、构壮字自高，或晦而杂叠，复而致厌，始多宗之，后且避之也。弇州与历下同名而异用，又变而博大僻远，汪洋磅礴，无所不出入，安究其底？则死骨未寒，非之者过于慕之者矣！"承父之持论若此，何怪乎弇州实应且憎，阳浮慕之而实不与乎！虽然，承父之不为眇君子者几希矣！

屠隆　字长卿，鄞县人。生有异才。学诗于沈明臣，落笔数千言立就。族人大山、里人张时彻方为贵官，共相延誉，名大噪。举万历五年进士，除颍上知县，调繁青浦。时招名士饮酒赋诗，游九峰、三泖，以仙令自许，然于吏事不废，士民皆爱戴之。迁礼部主事，西宁侯宋世恩兄事隆，宴游甚欢。刑部主事俞显卿者，险人也，尝为隆所诋，心恨之，讦隆与世恩淫纵，词连礼部尚书陈经邦。隆等上属自理，并列显卿诬陷状，所司乃两黜之，而停世恩俸半岁。隆归，道青浦，父老为敛田千亩，请徙居，隆不许，欢饮三日，谢归。隆束发名高，睥睨一世，壮年被放，益纵诗酒，好宾客，然家故贫，又不善治生，益窘，乃卖文为活。诗文率不经意，一挥数纸。尝戏命两人对案，分拈二题，各赋百韵，咄嗟之间，二章并就。又与人对弈，口诵诗文，命人书之，书不逮诵也。子妇沈氏天孙，修撰懋学女也，与隆女瑶瑟并能诗，隆有所作，两人辄和之。天孙卒年二十一，瑶瑟年二十七，两家合刻其诗，曰《留香草》。

焦竑　字弱侯，江宁人。为诸生，有盛名，从督学御史耿定向学，复质疑于罗汝芳。举嘉靖四十三年乡试，下第还。定向遴十四郡名士读书崇正书院，以竑为之长。及定向里居,复往从之。万历十七年,始以殿试第一人官翰林修撰,益讨习国朝典章。二十二年,大学士陈于陛建议修国史,欲竑专领其事,竑逊谢,乃先撰《经籍志》,其他率无所撰,馆亦见罢。翰林教小内侍书者,众视为具文,竑独曰:"此曹他日在帝左右,安得忽之?"取古阉人善恶,时与论说。皇长子出阁,竑为讲官。故事,讲官进讲,罕有问者,竑讲毕徐曰:"博学审问,功用维均,敷陈或未尽,惟陛下赐明问。"皇长子称善,然无所质难也。一日,竑复进曰:"殿下言不易发,得毋讳其误耶?解则有误,问复何误?古人不耻下问,愿以为法。"皇长子复称善,亦竟无所问。竑与同列谋曰:"吾侪启其端,以便下问,若何?"众然之。适讲《舜典》,竑举"稽于众,舍己从人"为问,皇长子曰:"稽者,考也。考集众思,然后舍己之短,从人之长。"又一日,举"上帝降衷,若有恒性",皇长子曰:"此无他,即天命谓性也。"时方十三龄,答问无滞,中外咸知睿质之美,亦由竑善启迪也。尝讲次"群年飞鸣",皇长子仰视,竑辄肃立辍讲,皇长子敛容听,乃复讲如初。竑尝为《养止图说》,采古储君事,可为法戒者拟进之,同官郭正域辈恶其不相闻,目为贾誉,竑遂止。竑既负重名,性复疏直,时事有所不可,辄形之言论,政府亦恶之,张位尤甚。二十五年,主顺天乡试,举子曹蕃等九人,文多险诞语,竑被劾,谪福宁州同知。岁余,大计,复镌秩,竑遂不出。竑博极群书,自经史至稗官杂说,无所不淹贯。善为古文,典正驯雅,卓然名家。集名《澹园集》,竑所自号也。自未仕至家居,无日不讲学,以汝芳为宗,而善定向兄弟及李贽,时颇以禅学讥之。万历四十九年卒,年八十。熹宗时以先朝讲读恩复官,赠谕德,赐祭、荫子。福王时,追谥文端。

袁宏道 字中郎,公安人。与兄宗道、弟中道,并有才名,时称"三袁"。宗道,字伯修,万历十四年会试第一,授庶吉士,进编修,卒官右庶子。泰昌时追录光宗讲官,赠礼部右侍郎。宏道年十六,为诸生,即结社城南,为之长。间为诗歌、古文,有声里中。举万历二十年进士,归家,下帷读书。诗文主妙悟。选吴县知县,听断敏决,公庭鲜事。与士大夫谈说诗文,以风雅自命。意有所不乐,解官去,遍游吴越佳山水。起授顺天教授,历国子助教、礼部主事。谢病归,筑园城南,植柳万株,号曰柳浪,与中道及一二老衲居焉。久之,起故官,寻以清望擢吏部验封主事,改文选署司事。故事,选人掣签时,诸琐事悉曹郎躬亲之,吏无敢近者。一老吏排闼入,自陈受人金,欲与善地,后又擅留姻戚之罢官者,宏道愤,缚送刑部,置重辟,都人大快。寻移考功员外郎,立岁终考察群吏之法,言:"外官三岁一察,京官六岁,武官五岁,此曹安得独免?"疏上报,可,遂为定制。迁稽勋郎中。后谢病归,数月卒。中道,字小修。十余岁作《黄山》、《雪》二赋,五千余言。长益豪迈,从两兄宦游京师,多交四方名士,足迹半天下。万历三十一年始举于乡,又十四年乃成进士,由徽州教授,历国子博士、南京礼部主事。天启四年进南京吏部郎中,卒于官。先是,王、李之学盛行,袁氏兄弟独心非之,宗道在馆中,与同馆黄辉力排其说,于唐好白乐天,于宋好苏轼,名其斋曰"白苏"。至宏道益矫以清新轻俊,学者多舍王、李而从之,目为"公安体"。然戏谑嘲笑,间杂俚语,空疏者便之。其后王、李风渐熄,而钟、谭之说大炽。钟、谭者,钟惺、谭友夏也。中道忧之,将昌言掊击,然时方竞趋,不能止。有子曰祈年,出后宏道,少有俊才,举于乡,早卒。

钟惺　字伯敬，号退谷，竟陵人。万历庚戌进士，授行人。乙卯典贵州乡试，改工部主事，转南礼部，升郎中。以佥事提学福建，考校兴化、延平、福州三府。寻丁父忧去职。体貌清羸，不胜衣，性如冰霜，不喜交接世俗人，然待士以诚厚，荐人惟恐其知。因一见而知其人，卒以成名者甚。万历甲寅、乙卯间，取历代诗，与同邑谭元春商订其所弃取，标新领异，世传《诗归》是也。官南都时，僦秦淮一水阁，闭门读史，笔其所见，题曰《史怀》。复研精《楞严》，著《如说》十卷。尝使巴蜀，历三峡，登泰山观日出，入闽陟武夷，所至名山川必游，游必足以渊育其诗文，亦因以勇进勤徙也。当初入仕，思有用于世，与同官讲求时务，以为"吾若居谏垣，务求实用，不竞末节，爱恋身家，然其要在读书，而后实忠实孝出矣"。会有忌其才者，厄之使不得有所表见，仅以诗文为当时师法，岂非命欤？所著《隐秀轩全集》，评阅《左传》、《史记》、《东坡文选》诸书行世。

谭元春　字友夏，竟陵人。举天启丁卯乡试第一。父念湘，早逝，有弟五人，皆严督之，后各成名。事孀母魏孺人最孝，母年五十三，失明，卧床榻间，躬进茗粥，尝药饵，凡八年而母始卒。弱冠即与同邑钟退谷缔交，文章性命，管、鲍不过也。闽蔡敬夫、蜀朱无易官于楚，以行谊诗文相推重。戊午，督学葛屺瞻首拔入秋闱，不售，弃诸生。辛酉，周铉吉督楚学，强起之，复出应试，以恩选贡于京。丁卯，太史李太虚典楚试，暗中揣摩，必欲得为省元，闱中手其卷诧曰："此必友夏也。"已而果然，皆贺得人。好游，足迹遍东南。义笃师友，钟、蔡二公殁，思之终身不置。又喜扬人善，尝过武昌寒溪寺，读书令陈镜清壁间诗，叹其古奥，亟刻而传之。隔寒河有谭叟讷庵袖诗请见，即为选其佳者，亦序而传之。所著诗有《岳归堂稿》，文有《鹄湾集》、《遇庄》。所选有《诗归》、《东坡诗》，并行于世。崇祯丁丑会试，行至长店，去京三十里时，夜半犹读《左传》，平明起，摄衣，一晌而逝，年五十二。先是，钟退谷卒，亦年五十二。

王思任　字季重，山阴人。万历乙未进士，知兴平、当涂、青浦三县，袁州推官。所至皆被镌降，稍迁刑、工二部，出为九江佥事，罢归卒。季重有俊才，官居通脱自放，不事名检，性好谑浪。居恒与狎客纵酒谈笑大噱，遇达官大吏，疏放绝倒，不能自禁。好以诙谐为文，仿《大明律》制《弈律》，自以为必传，枚皋、郭舍人之流也。乱后浪迹避兵，犹负一棋局以往，遂死山中。

魏裳　字顺甫，幼从仲父游太学，则已读《周礼》、《左氏》、《国语》及唐李杜名家言矣。居恒谓"生当以三尺素毫于古人间，安能伊吾学官语耶？"十六，试诸生，高等。是时廖太史鸣吾家居，觞诸生，而太史雅自负博而辨，又贵倨也，所引说经史，连拄诸生口，独裳避席奏对不穷，又所请益，时时出其表。太史自失曰："何物少年，乃尔足三冬耶？"诸生亦大喜，谓阿游胡渠，使五鹿少府折角也。又十余年，而举乡试。又四年，而成进士。授刑部山西司主事，请急归，复守官如故。始与王元美、李于麟辈游，而好为古文词，裳自以才不称诸子，益自刻苦。昼从曹中治司空城旦，小闃即开卷，非夜分弗释也。会母李恭人疾，裳废寝食而侍者月余，搏颡吁天者无数，以是亦羸困，而李恭人竟不起。裳痛哭不欲生，一夕亦绝，旦而苏。时同年李师孟、吴明卿视之，裳张目谓之曰："得从先恭人地下无恨。"以后事累二子，二子曰："咄嗟不有翁在耶？"裳乃稍就粥饮，杖而起。服除，当补官，三月余不报，人或谓裳不当有所造请耶。裳笑曰:“我一款假马,不数步而僵且归矣,亦不知何门可造请。”久之,复补山西司。裳凡三为其司主事,同舍郎皆后进据其上,而其于推案文法无害,咸拱手矣。已稍迁员外郎中,最后为济南知府。时于麟已弃官里居,一切谢客。裳三及门而不见,以一苍头报谢,人或谓曰:“若部民胡倨也。”裳益往候之,于麟不自得,乃出饮,谈诗甚欢。裳性高简,亡所过从,所过从必于麟,以是竟其任。时或谓裳文章士,心易之。然其为刑部,甫莅事,而宽大同参议狱,争于其长,及执政,莫能难也。决大狱江左,察其情,稍有间者,即为谳语著于牍以授御史,故于守济南,益敏练有声。是时寇蜂起齐鲁间,裳画策,诱诛其渠率数人,而散其党使归耕,曰:“汝第为善,不汝让也。”所属邑独章丘腴,而其人最苦徭赋,则皆为豪所侵,裳奋身往,悉逮豪置之理,于是伏田尽出,而小户大要得足食无困徭矣。于是裳以最满,迁为山西按察司副使,分巡冀南道。裳为济南三岁,所得台史荐凡六,最后一不当其意,竟以指摘去副使归。久之,有外艰。而其毁驾于哭李恭人时,汪伯玉镇楚,念欲构《楚史》不就,亡能当之者,以聘裳。既服除,乃即家开局,集诸郡邑博士掌故,手裁定之,而先上其草伯玉,伯玉读叙传、杂论而喜曰:“班、荀俦也。”所为《楚史》凡七十六卷,数十万言。而是时楚人何某亦为《楚史》成,俱上之台,或言二史当合者,裳意不怿曰:“五色有可合者,而淄白不可合,毋已则宁箧吾史乎?”及裳疾,所繇心血耗,则以《楚史》。故既属纩,谓其次子彬如曰:“数尽矣夫。吾诗与文孰传哉?其属之元美。”遂瞑,得年五十八。裳为人温温长者,湛于濂洛之学,志在力行,而性特介。于取予,辨毫发不苟,所善如于麟、明卿及吴兴徐子与,裳皆兄事之,所最庄者于麟。裳所习,自经典、性理、子史、天官、卜筮、龟筴、地理家言,靡不精究。其诗最善近体,沉郁劲壮,有河朔风。文尤精峭,古法森森,不尚藻饰。所著有《云山堂集》。

宋登春　字应元,赵郡新河人。壮岁发白,自号海翁。晚累江陵天鹅池,更号鹅池生。家累高赀,少失父母,以无訾省,家益贫。性嗜酒慕侠,能挽强驰骑。时发愤读古人书,为小诗,画师吴伟,皆不肯竟学,里中呼为狂生。年三十一岁间,妻、子、女五人皆死,遂弃家室,囊书远游,留博陵故人所二年,去,之京师。布衣谢榛诗籍甚公卿间,生得而唾之曰:“此以声律佣丐者也,何诗之为?”去游齐鲁,还居长白山废寺,出所携汉魏及三唐诗,闭关揣摩,三年而大就。又去而浮淮渡江,涉吴会,复走徐、青,出居庸,循太行而西,穷关、陕、泽、潞诸边塞,敝衣苴履,瓶无储粟,所至逆旅人,厌贱之。间为小画、长句,倾动市贾,贾人以脱粟、鲜衣为赠,辄以予逆旅人,大笑而去。已由栈道入西川,游峨眉,溯巫巴,下荆鄂,迂云梦,而北走大梁、钧州。党中丞见所题酒肆诗,留之数月,复自宛涉襄,过京山,所跨驴蹶于唐氏之淖,唐氏见生曝囊中书,异之,留之卒岁,为刻其诗,传荆郢间。生数年前尝至江陵,故辽王奇其诗,召谒便殿,一夕遁去。至是复来,感昔贤流寓之迹,买田天鹅池家焉。岁获菽十斛,杂米而炊,昼夜哦诗不绝口。吴人徐学谟为荆州守,自往物色之,至再始见。明日戴紫簪冠、衣皂缯衫报谒,踞上坐,隶人皆窃骂之。守为授室城中,约移居,日往访,属有参谒,日旰往。生键扉卧不内守,守令人穴垣入,生方科跣,席一藁僵卧壁下,守强起之,索酒尽欢而罢。守罹景藩之难,赴江夏,生送至岳阳而返。后数年,守坐废家居,生为道士装,持一钵,裹败衲,行乞三千里,访守海上,居三月别归。后二年,辽王废为庶人,生久在庶人所，绝不与用事者比，庶人每召游别宫，声妓满前，端坐竟日夜，即大醉，目不流睨，以故庶人客无一脱者，独不及生。自庶人废，生悒悒不乐，去江陵浪游七泽间。石首豪张氏浮慕生，与结诗社，生面毁其诗，张氏伺生醉，伏奴狙击之，贿县令械而出诸境。他少年怜生者，破其械而佚之，乃自童发为头陀，徒跣乞食。守起家巡襄，上武当，遇之三天门，与一月粮别去，不知其所之。

李先芳　字伯承，濮州人。嘉靖丁未进士，除新喻知县，迁刑部郎中，改尚宝司丞，升少卿，降亳州同知，稍迁宁国府同知，复以台评罢。伯承年十六，美如冠玉，会选良家子尚主，名在籍中，寻罢归。伯承自负才名，多所傲睨。两御史出按部，故事，当从尚宝授印，两御史自尊，顾视从吏，伯承诧之曰："尚玺郎当受印绣衣，安所得黑衣耶？"两御史大惭。大计时，颇被螯，及为外吏，益奴视僚属，不具宾主，竟用是败。家故多赀，壮年罢官，精计然、白圭之策，家益起，大构园亭，广蓄声妓，擫竽揳瑟，二八迭侍，谙晓音律，尤妙琵琶。赏音者，谓江东查八十，无以过也。诗名藉甚齐鲁间，先于李于鳞。通籍后，结诗社于长安，元美隶事大理，招延入社，元美实扳附焉。又为介元美于于鳞。嘉靖七子之社，伯承其若敖蚡冒也。厥后李、王之名已成，羽翼渐广，而伯承左官落薄，五子、七子之目皆不及伯承。伯承晚年每为愤盈，酒后耳热，少年用片语挑之，往往怒目嚼齿，不欢而罢。邢子愿以台使按吴，访弇州而归，伯承与极论其始末，语已，目直上视，气勃勃颐颊间，拍案覆杯，酒汁沾湿，子愿逡巡不敢应，后为伯承志墓，亦略及之。今之论者，奉历下为晋楚，揶揄伯承，使之捧盘盂，而从小邾之后，徒耳食耳。

陈昂　字云仲，自号白云先生，福建莆田黄石街人。所居所止，人皆不知何许人。自隐于诗，性命以之。独与马公子用昭等善，诗中所谓"自天亡我友"者，即其人也。莆田中倭，城破，领妻子奔豫章，织草屦为食，不给，继之以卜。泛彭蠡，憩匡庐山，已入楚，由江陵入蜀，附僧舟佣爨以往，至亦辄佣于僧，遂遍历三峡、剑门之胜，登峨眉焉。所佣僧辄死，反自蜀，寓江陵、松滋、公安、巴陵诸处，至金陵，姚太守稍客之，给居食。久之，姚太守亦死，无所依，卖卜秦淮。或自榜片纸于扉，为人佣作诗文，巷中人有小小庆吊，持百钱斗米与之，随所求以应，无则又卖卜，或杂以织屦。而林古度与其兄楙者，闽人，寓居金陵。一日过其门，见所榜片纸于扉，突入其室，问知为莆田人，颇述其平生。一扉之内席床、缶灶、败纸、退笔，错处其中，检其诗诵之。是时古度虽年少，颇晓其大意，称之，每称其一诗，辄反面向壁，流涕呜咽，至于失声。其后，每过其门，辄袖饼饵食之，辄喜，复出其诗，泣如前。居数年，竟穷以死，其子仓皇出，觅棺衣，舁之中野。古度兄弟急走索其集，无所得，得手书五言今体一帙，其自序略云："昂壮夫时尤嗜五言，第家贫无多古书，得王右丞即诵读右丞，得杜工部即诵读工部。间取其所中规中矩者，时或一周旋之，又时或一折旋之，含笔腐毫，研精殚思。"今观其五言律七百首，则所学所得，尽此数言矣。其云末一卷为排律，亦不存。谢兆申云：有集十六卷，在江浦族人家。

杨惟休　字叔度，丰城人。赋才敏捷，落笔千余言，汪洋顿挫，有韩公子、龙门太史之风。为博士弟子数十年，声誉煜然寰宇，而卒不遇，晚乃以贡授保定府通判，管宣府、赤城事。惟休既遭逢坎坷，生平所学，不得见之施设，益专意于史，以成一代著作。而《泰昌日录》尤为时所传诵,所纪仅泰昌元年庚申八月事,然万历末暨天启初元诸大政隐括其中。其记男子张差持赤梃突入东宫,与鸿胪寺官李可灼进红丸,及李选侍用内臣李进忠谋踞乾清宫三事,颠末甚悉,大抵是王之寀,而褒刘相国一燝、周冢宰嘉谟、杨给事涟等之忠诚。逆珰忠贤见而大怫,其党霍维华逢迎具书,指斥一燝等朋比,因并劾惟休,以草莽一介而记注朝廷起居,且称述舛错,奉旨追毁《日录》,褫革衣巾。时惟休已之宣府官,阅维华疏,水浆不入口者三日,又讹传屡至,竟暴卒。既卒,而忠贤党刘志选谓褫革未足蔽辜,再劾之,而珰已知其暴卒,置而不问矣。未几,而三朝要典兴,所掊击必《日录》所是,所嘉典必《日录》所非者。幸惟休已卒,而获免于诏狱之惨死也。惟休著述甚富,遭兵毁,遂无全帙,《五经宗义》二十卷,仅存《易论》六篇、《辨礼》一篇。《历代长帙》七十四卷,仅存战国之齐楚至南北朝之十八家。《阃外春秋》数卷,《天文》四卷,仅存《日行》、《月行》、《日蚀》、《星纬》、《辰论》、《大衍》、《岁差》、《霾论》数篇、《晕论》数篇。《冲边要略》四卷,仅存《博塞》一篇、《宣云》二篇、《东事客对》一篇。他如《大治录》二十卷、《武略》十卷、《古诗评选》十二卷、《焚余》四卷、《芒书》十卷、《舒啸堂杂剧》十卷、《博古》一卷、《地舆》一卷、《佛宗》一卷、《乐府》一卷,荡然尽委云烟。尚有编而未竟之业,与遗而失其名目者,不备列。嗟乎!古今图史之厄,不患在人主之追毁,而患在兵火之摧残。惟休生平论次,海内罔不奉为三代法物。当逆珰追毁时,几于家传其书,乃竟不能保所有于笥箧也。惜哉!惟休《日录》中泰昌改元之议尤伟,略曰:"……"(辉按:下引《日录》中文字甚长,略)时陕西抚臣李起元以黄河清入告,惟休又献《河清赋》,宣示史馆,行于世。

唐时升 字叔达,嘉定人。少有异才。未三十,谢去举子业,读书汲古,通达世务,居恒笑,张空拳,开横口者,如木骝泥龙,不适于用。酒酣耳热,往往捋须大言曰:"当世有用我者,决胜千里之外。吾其为李文饶乎。"太原公执政,叔达偕其子辰玉读书邸中。天下渐多事,上言利病者纷如,叔达私议某得某失,兵农钱谷具言其始终沿革,若数一二,东西构兵万里外,羽书旁午,独逆断其情形虚实、将帅成败,已而果然。辰玉问自何以知之,叔达曰:"吾观古人事,固有类此者,窃意之耳。"崇祯即位,钱谦益以詹事召还,叔达为文赠之,备陈有生以来所见闻兵革之事,谓:"今日聚四方之武勇,转九州之税敛,与一县之众角,已十年而不得其要领。国初所以收群策群力定乱,略致太平。公之所详也,其可为明主尽言乎?或谓广厦细旃非论兵之地,则汉之贾谊,唐之李泌、陆贽、李绛独何人哉?"而叔达之穷老忧国,于此可见。其为人志大而论高,平居意思豁然,独好古人奇节伟行,与夫古今谋臣策士之略,讨论成败兴亡之故,神气扬扬,若身在其间。家贫,好施予,锄舍后两畦地,剪韭种菘。晚年时闭门止酒,味《庄》、《列》之微言,以养生尽年。语及国事,盱衡抵掌,所谓精悍之色,犹著见于眉间也。诗皆放笔而成,语不加点,用方寸纸杂写如涂鸦,旋即弃去。遇其得意,才情飙发,虽苦吟腐毫之士,无以加也。叔达之父钦训,为归熙甫之执友,而嘉定之老生宿儒,多出熙甫之门,故熙甫之流风遗论,叔达与程孟阳、娄子柔皆能传道之,以有闻于世。而叔达之文,纵横踔厉,尤为通人所称。少游琅琊、太原二王之间,元美极赏识之,引以讲析疑义,而叔达自仞其师承南丰,一瓣香实在太仆,元美心知之而不能强致也。叔达深恶艰深涂泽之文,自命其集曰《三易》。四明谢三宾为令,合孟阳、子孟、长蘅之诗文镂板行世，曰《嘉定四先生集》。

董其昌　字元宰，松江华亭人。父汉儒，有学行。其昌初就塾，比夜，父从枕上授经，悉能诵记。举万历十七年进士，改庶吉士。礼部侍郎田一俊以教习卒官，其昌请假，走数千里护其丧归葬。还授编修。皇长子出阁充讲官，因事启沃，皇长子每目属之。坐失执政意，出为湖广副使，移疾归。起故官，督湖广学政，不徇请嘱，为势家所怨，嗾生儒数百人鼓噪，毁其公署，其昌即拜疏求去。帝不许，而令所司按治，其昌卒谢事归。起山东副使、登莱兵备、河南参政，并不赴。光宗立，问旧讲官董先生安在，乃召还为太常少卿，掌国子司业事。天启二年，擢本寺卿兼侍读学士。时修《神宗实录》，命往南方采辑先朝章疏及遗事，其昌广搜博征，录成三百本，又采留中之疏，切于国本、藩封、人才、风俗、河渠、食货、吏治、边防者，别为四十卷，仿史赞之例，每篇系以笔断。书成进表，有诏褒美，宣付史馆。明年秋，擢礼部右侍郎，协理詹事府事，寻转左侍郎。五年正月，拜南京礼部尚书。时政在阉竖，党祸酷烈，其昌深自引远，逾年请告归。崇祯四年，起故官，掌詹事府事，居三年，屡疏乞休，诏加太子太保致仕。又二年卒，年八十有二，赠太子太傅，福王时谥文敏。其昌天才俊逸，少负重名，在讲席见知光宗，为佥人所忌，其后魏珰熏穄衣冠，阉人请书翰者一切谢绝，然不激不随，故得免于党人之祸。初，华亭自沈度、沈粲以后，南安知府张弼、詹事陆深、布政莫如忠及子是龙，皆以善书称，其昌后出，超越诸家，独探神妙。始以宋米芾为宗，后遂错综晋唐诸帖而变化之，自成一家，名闻外国。其画集宋元诸家之长，以己意，洒潇生动，非人力所及也。四方金石之刻，得其制作手书，以为二绝。造请无虚日，尺素短札，流布人间，争购宝之。精于品题，收藏家得片语只字以为重。性和易，通禅理，萧闲吐纳，终日无俗语，人拟之米芾、赵孟頫云。同时以善书名者，临邑邢侗、顺天米万钟、晋江张瑞图，时人谓邢张米董，又曰南董北米，然三人者，不逮其昌远甚。

张溥　字天如，太仓人。父辅之，南京工部尚书。溥幼嗜学，所读书必手钞，钞已朗诵一过，即焚之，又钞，如是者六七始已。右手握管处，指掌成茧，数日辄割去。冬月手皴，日沃汤数次。后名读书之斋曰七录，以此也。为诸生，招同里张采共学，益肆力经史，名籍甚，号"娄东二张"。崇祯元年，以选贡生入都，采方成进士，两人名彻都下。已而采官临川，溥归，集郡中名士相与复古学，名其文社曰"复社"。四年成进士，改庶吉士，以葬亲乞假归。读书若经生，无间寒暑，四方噉名者争走其门，尽名为"复社"。溥亦倾身结纳，交游日广，声气通朝右，所品题甲乙，颇能为荣辱，大吏多承其謦欬，诸奔走附丽者辄自矜曰："吾以嗣东林也。"执政大僚由此恶之。里人陆文声者，输赀为监生，求入社不许，采又尝以事挟之，文声诣阙，言风俗之弊皆原于士子，溥、采为主盟，倡复社乱天下。温体仁方枋国，下其事于提学御史倪元珙，元珙移兵备参议冯元飏。元飏下太仓知州周仲琏，迁延久之，言复社无可罪，三人皆贬，严旨穷究不已。闽人周之夔者，尝为苏州推官，坐事罢去，疑溥为之，恨甚，闻文声讦溥，遂伏阙言溥等把持计典，己罢职实其所为，因及复社恣横状。草下，巡抚张国维等言之夔去官无预溥事，亦被旨谯让。至十四年，溥已卒，而事犹未竟。刑部侍郎蔡奕琛坐党薛国观系狱，未知溥卒也，讦溥遥握朝柄，己罪由溥，因言采结党乱政，诏责溥、采回奏。采上言："复社非臣事，然臣与溥生平相淬砺，死避网罗，负义图全，谊不出此。念溥日夜解经论文，矢心报称，未尝一日服官，怀忠入地，即今严纶之下，并不得泣血自明，良足哀悼。”当是时，体仁已前罢，继者张至发、薛国观，皆不喜东林，故所司不敢复奏，及是，至发、国观亦相继罢。而周延儒当国，溥座主也，其获再相，溥有力焉，故采疏上，事即得解。明年，御史刘熙祚、给事中姜埰交章言溥砥行博闻，所纂述经史，有功圣学，宜取备乙夜观，因荐采学行。帝御讲筵问及二人，延儒对曰：“读书好秀才。”帝曰：“溥已卒，采小臣，言官何为荐之?”延儒曰：“二人好读书、能文章，言官为举子时读其文，又以其用未竟，故惜之耳。”帝曰：“亦未免偏。”延儒言：“诚如圣谕，溥与黄道周皆偏，因善读书，以故惜之者众。”帝颔之，遂有诏，征溥遗书，而道周亦复官，有司先后录上三千余卷，帝悉留览。溥诗文敏捷，四方征索者率不起草，对客挥毫，俄顷立就，以故名高一时。卒，时年止四十。

曹学佺 字能始，侯官人。万历乙未进士，除户部主事，量移南大理寺正，凡七年。两考转南户部郎，前后十二年，参议于蜀，参政按察使于浙，左迁右参议副使于广西。天启中，除名为民。崇祯初，复起广西，疏辞不赴，家居二十余年，殉节而死，年七十有四。能始美秀而文，安雅有志节。新建相为座师，以馆选能始，能始弗往。新建罢相，门人故吏莫敢往视，能始为部郎，追送舟次，为庀车马粮糗，言官恶之，故有南评之谪。光宗在东朝，有梃击之案，能始有所撰述，直书其颠末。逆阉用事，群小立三案钩党，指能始所撰为谤书，除名为民，诏毁其镂板。当是时，能始在粤西，大吏争希阉指，羁留以待命，知阉无意杀之而止。能始具胜情，爱名山水，卜筑匡山之下，将携家往居，不果。家有石仓园，水木佳胜，赏优歙集，声伎杂进，享诗酒谈宴之乐，近世所罕有也。著述颇富，如《海内名胜志》、《十二代诗选》，皆盛行于世。尝谓二氏有《藏》，吾儒无《藏》，欲修《儒藏》与之鼎立，采撷四库之书十有余年，而未能卒业也。著有《石仓集》。为诗以清丽为宗，程孟阳苦爱其《送梅子庾》“明月自佳色，秋钟多远声”之句。其后所至各有集，自谓以年而异，其佳境要不出于此。而入蜀以后，判年为一集者，才力渐放，应酬日烦，率易冗长，都无持择，并其少年面目，取次失之。少陵有言“晚节渐于诗律细”，有旨哉，其言之也!

王醇 字先民，扬州人。生而早慧，读书如夙识。弱冠，善词赋，陆无从、李本宁交相引重，意不屑也。从季父游长安，日醉市楼，挟妓走马，人求识面不可得。会麻大将军大阅将士，先民轻裘快马，驰突演武场，引弓破的，矢矢相属，掣双剑飞舞，霎如崩雪。大将军降阶执手，欲举以冠一军，先民笑谢：“家本书生，聊用游戏耳!”父母命之室，以羸病辞，为两弟纳室。遍游吴越佳山水，参二楞雨法师受优婆塞戒，归应陵之慈云庵，颜其焚修之室曰宝蕊楼。自知时至，结跏匡坐，诸僧环诵佛号而逝。先民殁后数年，始出其集，深情孤诣，秀句错出，知其人澄怀观道，超然有得，盖隐逸诗人之诗，而非循声问景、追嗜逐好者也。尝自叙其诗曰：“客或诘余子之诗五变矣。余曰：非也。不观少而壮，壮而老乎？红颜白皙，是骀背黄耇之萌也。五变真宰司之，非人也。夫变取诸形骸也，观夫性灵千万亿变，一而已矣。余初入吴也，访上人吴凝甫居士，媒以诗，居余以山，偕诵《莲经》，皈依无上士。是诗之益乎道也。日参内典，诗黜浮漫，渐究性灵，道之益夫诗也。道也，诗也，夫孰能二之？折旋俯仰，礼之标也；金石丝竹之音，乐之标也；文字声律，诗之标也。诗之本非面壁，其孰参之？读华阳叟之《白云》自娱，遂于诗作白云想，想则山河大地无一而非云也。兴居寤言无适非氛氲苍莽也。亦犹水观，童子焉。诗云矣，何关世？世人固欲订云哉！处兹浊世，毁犹食也，谁能免食自娱？心境一外无法斯际，孰云诗，孰云我？又安蕲乎人之善之、不善之者与？”观先民之自序，而论其世，当竟陵飙回雾塞之日，介然自信，不欲与之同流，尤可尚也。而知之者鲜矣！

陈继儒　字仲醇，松江华亭人。幼颖异，能文章，同群徐阶特器重之。长为诸生，与董其昌齐名。太仓王锡爵招与子衡，读书支硎山。王世贞亦雅重继儒。三吴名下士，争欲得为师友。继儒通明高迈，甫二十九，取儒衣冠焚弃之，隐居昆山之阳，为庙祀二陆，构草堂数椽，焚香晏坐，意豁如也。时锡山顾宪成讲学东林，招之，谢弗往。亲亡，葬神山麓，遂筑室东佘山，杜门著述，有终焉之志。工诗善文，短翰小词，皆极风致，兼能绘事，又博闻强识，经史诸子、术伎稗官与二氏家言，靡不较核。或刺取琐言僻事，诠次成书，远近竞购写。征请诗文者无虚日。性嘉奖掖士类，屦常满户外，片言酬应，莫不当意去。暇则与黄冠老衲，穷峰、泖之胜，吟啸忘返，足迹罕入城市。其昌为筑来仲楼招之，至黄道周疏称志尚高雅，博学多通，不如继儒。其推重如此。御史吴甡、给事中吴永顺、侍郎沈演等，先后论荐，谓继儒道高齿茂，宜如聘吴与弼故事。屡奉诏征用，皆以疾辞。卒，年八十二。自为遗令，纤悉毕具。

程嘉燧　字孟阳，休宁人。侨居嘉定。少学制科不成，去学击剑又不成，乃折节读书，刻意为歌诗，三十而诗大就。孟阳之学诗也，以谓：“古人之诗不当但学其诗，知古人之为人，而后其诗可得而学也。其志洁，其行芳，温柔而敦厚，色不淫而怨不乱，此古人之人，而古人之所以为诗也。知古人之所以为诗，然后取古人之清词丽句，涵咏吟讽，深思而自得之。久之，于意言音节之间，往往若与其人遇者，而后可以言诗。”盖孟阳之诗成，而其为人已邈然追古人于千载之上矣！其为诗主陶冶性情，耗磨块垒。每遇知己，口吟手挥，缅缅不少休。若应酬牵率、骫骳说众之作，则薄而不为。谙晓音律，分刌合度，老师歌叟，一曲动人，灯残月落，必传其点拍而后已。善画山水，兼工写生。酒阑歌罢，兴酣落笔，尺蹄便面，笔飞墨动；或贻书致币，郑重请乞，摩挲缩瑟，经岁不能就一纸。嗜古书画器物，一当意，辄解衣倾囊，或以赝售，有相欺者，则持之益坚。有子骄稚，不事生产，经营拮据，以供其求，左弦右壶，缘手散去。孟阳顾益喜，以为好事好客，称其家儿，坐是，益重困。然而介特益甚，语及饰竿、牍学、干谒，头面发赤，掉臂而去。太仓王冏伯，常谓孟阳“世无严武，谁识少陵？当今能客孟阳者，海阳顾益卿耳。”为治装遣行，渡江寓古寺，与一二酒人酣饮三日夜，赋咏古五章，不见益卿而返。在里中兄事唐叔达、娄子柔，肩随后行，不失跬步。与人交，婉娈曲折，临分执手，口语剌剌；至其责备行谊，引经据古，死生患难，慷慨敦笃，古节士无以过也。万历戊午，故人方方叔令长治，要之入潞，居三年，从方叔入燕，诸公争物色，孟阳皆避不与见。祥符王损仲，博雅名士，时时就孟阳，未尝一往也。崇祯十年辛巳春，孟阳归新安。又明年癸未十二月冬，孟阳卒于新安，年七十九，谥松圆诗老。

李贽　字宏甫，晋江人。领乡荐，不再上公车。授教官，历南京刑部主事，出为姚安太守，政令清简。公坐或与禅衲俱簿书之间，时与参论。又辄至伽蓝判了公事。逾年，入鸡足山，阅藏不出。御史刘维奇其人，疏令致仕。与黄安、耿子庸善。罢郡，遂客黄安。子庸死，遂至麻城龙潭湖上，闭门下键，日以读书为事。一日恶头痒，倦于梳栉，遂去其发，秃而加巾。卓吾所著书，于上下数千年之间，制出手眼。而其掊击道学，抉擿情伪，与耿天台往复书，累累万言，胥天下之为伪学者，莫不胆张心动恶害已。于是咸以为妖为幻，噪而逐之。马御史经纶迎之于通州，寻以妖人逮下诏狱。狱词上，议勒还原籍。卓吾曰："我年七十有六，死耳，何以归为？"遂夺薙发刀自刭，两日而死。御史收葬之通州北门外。秣陵焦竑题其石曰"李卓吾先生墓"，过者吊焉。

顾云鸿　字朗仲，常熟人。起家孤贫，读书修行，以忠孝名节为己任，笃于交友，责备行谊，慷慨急难，以古人相期许。中万历庚子乡试。退而卜居虞山之藤溪。尝云："天下多事，丈夫当出而死国。及此介居，留连烟云泉事石间，聊借以莹心神、养气骨耳。扫除一室，岂吾党之所有事乎？"丁未锁院对策，语及于朝政敝窳、天灾民隐，泪簌簌下，沾渍毕牍，不能收。下第归，病发卒。易箦之夕，雒诵《易象》，朗朗出席蓐间。朗仲博学深思，研精六籍，一句一义，少有牴牾，穿穴古今训故，疏通证明而后已。好为古文辞，笔力雄健，欲与古人驱驰于千载之上。而生当万历间，俗学师承，以李、王为质的，虽有强学好问、苦心镞砺，亦域于其中而不能出也。

毛晋　原名凤苞，字子晋，常熟人。父清，以孝弟力田起家，为乡三老。杨忠烈涟为令时，每有大役，倚以集事者也。晋奋起为儒，游钱谦益之门，强记博览，通明好古。构汲古阁，藏书数万卷，刻十三经、十七史、古今百家书，手自雠校，恒废寝食，世皆争购之。为人孝友恭谨，又好施予。推官雷某赠之诗曰："行野渔樵皆谢赈，入门童仆尽抄书。"为实录云。所著有《和古人诗》、《和今人诗》、《野外诗》、《虞乡杂记》、《隐湖小志》、《海虞古今文苑》、《毛诗名物考》、《宋词选》、《明诗纪事》、《明词英华》、《明僧弘秀集》、《隐秀集》、《国朝闺秀集》共若干卷。卒后，钱谦益志其墓。

程智　字子尚，号云庄，会里人。幼读书，以圣贤为分内事。弱冠深究《易》理，至忘寝食，闻善《易》者必就正焉。高大中丞攀龙亟称之。入径山，闭关三年。一日群疑皆破，曰："一四，天地之元，二三，天地之交。佛氏知天地之元，意主无生；道教知天地之交，意主长生。至参两倚数，用六、用九，大衍五十，则惟儒者能之。此生生之谓《易》也。"著有《一四》、《二三》、《参两》诸说，及《大易宗旨》、《中庸旨说》诸书。智为文章，浩瀚奔放，一泻千里，深得《南华》、《华严》真昧。其与金正希论孝书，尤为世所传诵云。

僧宗泐　字季潭，临海人，俗姓周。工词章，精隶古。洪武初，住持天界，太祖常临幸，或召对内庭，后以罪论死，赦之，使往西域取经自赎。归后，又以胡维庸逆案牵连，拟大辟，又免死，降散僧。僧徒坐胡党者六十四人，独得全。著有《金室外集》十卷。

僧来复　字见心，丰城人，俗姓黄。洪武初，与宗泐同名，住凤阳槎牙山院。年七十三，以应制诗用"殊"、"域"字赐死。著有《蒲庵集》。

姚广孝　释名道衍，长洲相城人。洪武中，入侍燕王府，成祖靖难，皆其赞成，授太子少师，复姓名，仍不蓄发，赠荣国公，谥恭靖。著有《逃灵子集》。

张宇初　字子璿。四十二代天师。洪武十年，袭真人职。著《岘集文集》。

僧止庵　字麟洲，钱塘人。洪武中，住持径山。著有《桐屿集》。

僧宗衍　字道原，中吴人。住持石湖楞伽寺。著有《碧山集》。洪武时人。

雪浪　金陵人。出家长干寺。天启时人。

雪山　吴人。出家云隐庵，为雪浪弟子。有集八卷，王伯谷极称之。

徐宏祖　字霞客，江阴人。宅心忠孝，守身廉介，不慕仕进，而好游，足迹纵横数万里，缒幽凿险，多前人所未至，奇人也。其所著《游记》，详于《水经》、《山脉》，多得于亲验，文亦清峭出俗，奇书也。

六、明杂文（嘉靖至崇祯，作品选读）（辉按：以下录明代后期文，仅存其目，文略）

明文自中叶下，非鱼龙曼衍，即米盐凌杂。能标特色，合大雅者甚鲜。独纪游之作，颇多奇诡。盖能于束湿政体婆楼文坫以外，求其自由者也，故选录独多。若夫岁寒之操，独醒之品，则入反动期。

王守仁：《提牢厅壁题名记》、《与王纯甫论变化气质书》、《与黄宗贤论出处书》、《书佛郎机遗事》、《徐昌国墓志》、《瘗旅文》、《告谕浰头巢贼》

归有光：《项思尧文集序》、《书张贞女死事》、《贞妇辨》、《答唐虔伯书》、《书斋铭》

张居正：《谢病别徐存斋相公》、《游南岳记》

何景明：《与空同先生论诗书》

桑悦：《仙岩记》

杨慎：《游点苍山记》

王鏊：《洞庭两山赋》

沈周：《张公洞记》

王世贞：《小昆山读书处记》、《张公洞记》、《游善权洞记》、《游泰山记》、《云门山记》、《游摄山栖霞寺记》、《游牛首诸山记》

徐渭：《论中》、《赠吴宣府序》、《赠妇翁潘公序》、《王山人赠言》、《海上生华氏序》、《周愍妇集序》、《赠光禄少卿沈公传》、《自为墓志铭》、《祭少保公文》

李攀龙：《太华山记》

袁宏道：《华山记》、《华山后记》、《华山别记》、《游苏门山百泉记》、《虎丘记》、《游庐山记》、《由河濮山至桃源县记》、《由渌萝山至桃花源记》、《由水溪至水心岩记》

袁中道：《游紫盖记》、《再游桃花源记》

汤显祖：《匡山馆赋》、《游罗浮山赋》、《临川县古永安寺复寺田记》、《宜黄县戏神清源师庙记》

钟惺：《岱记》、《游浮渡山记》、《修觉山记》、《游武夷山记》

海瑞：《赠总督洋山凌公平罗旁序》、《谏修无益疏》

宗臣：《西门记》、《七月西征记》、《游滴水岩记》

王衡：《游香山记》、《再游香山至平坡寺卢师山记》、《游盘山记》、《登泰山记》

王思任：《游北固山记》、《游金山记》、《游焦山记》、《天台山记》、《游五台山记》、《游

敬亭山记》

文翔凤:《嵩高游记》

乔羽:《游骊山记》

吴同春:《游崆峒记》、《西天目记略》

沈明臣:《四明山记》

屠隆:《补陀洛伽山记》、《纂修普陀山志序》

王叔承:《武林富春游记》

戴澳:《仙都游乘》

罗洪先:《游石钟山记》

徐学谟:《游龙虎山二十四岩记》

曹学佺:《五岭记》

邓云霄:《游九疑记》

江瓘:《游武夷山记》

陶望龄:《游台宕路程》

王士性:《游鸡足山记》

解一经:《游阿卢仙洞记》

吴维岳:《飞云岩记》

陈继儒:《致身录序》

焦竑:《忠节录序》

张凤翼:《王孝子世名传》

王稚登:《赠吴大夫序》

张溥:《赋役论》、《五人墓碑记》、《赠太仆寺卿周公耒玉墓志》、《哭苏太母文》

七、明次期诗录(附诗余,作品选读)(辉按:以下录明代前期诗歌,仅存其目,诗略)

皇甫冲:《闰三月十日将别王甥与之痛饮醉后作将进酒》、《维摩寺雨坐》

皇甫涍:《东斋枕上》、《桐岩晓发》、《雪山歌奉寄彭太保》

皇甫汸:《梅花落》、《冬日往虞山作》、《从军行寄赠杨用修》、《秋夜》、《虎丘经司直兄墓》、《邯郸道》

皇甫濂:《真州留别华阳兄》

徐缵:《归次曲阿作》

孙艾:《和皇甫子浚韵送周以言》、《关山月》

谢榛:《自拙叹》、《雨中宿榆林店》、《哀哉行二首》、《西园春暮》、《薄伐》、《春宫词》、《寒食旅怀》、《岁暮卢次楩过邺有感》、《南伐》、《暮秋夜柬宗上人》、《春柳》、《秋日怀弟》、《暮秋郊行偶述》、《送客游洞庭湖》、《初春夜同梁公实宗子相赋得声字》、《塞下二首》、《咏蝉》、《绣球花》、《塞上曲》、《塞下曲》、《漠北词三首》

卢柟:《重寄李子理》、《狱夜书愁敬呈吴少槐吏部》、《送崔秀才南还》、《赠别南田杨子还晋石》、《适金陵登魏武读书台奉别李觉斋文》、《寄谢逸人四溟二首》、《春晚将还旧业诸公送远独方水云以病不至作此留别》

李先芳:《玉阶怨》、《雨中投仙姑寺》、《云津送袁生之京》

李攀龙:《集开元寺》、《送皇甫别驾往开州》、《怀子相》、《张驾部宅梅花》、《夜度娘》、《挽王中丞》

宗臣:《闻雁》、《雨夜沈二丈至》、《除前钱惟重夜至》、《春兴》

梁有誉:《湖口夜泊闻雁》、《瓜步眺望》、《姑苏怀古》、《雁门吊古三首》、《暮春病中述怀二首》、《东林寺前作二首》

徐中行:《董体仁送余至固节旗亭饮别赋此贻之》、《阁鸦行》、《暮秋感怀三首》、《阳江道中》、《高州杂咏》、《庚戌秋纪事二首》、《硇州吊古二首》、《过层台驿》

王世贞:《杂诗》、《题仙岩文丞相祠》、《领郧阳命出朝口号》、《怀柔道中》、《闺恨》、《西宫怨》、《从军行》、《姚匡叔以道术为用晦诸王上客携书来访惓惓七子之盛有感而赠》、《书怀》、《和王百谷怀出妾》、《投劾南归抵家作》、《有所闻作》

王世懋:《丙子除夕九江公署作》、《建阳道中夜行口号》、《宫词》

屠隆:《沛县登歌风台吊汉高祖》、《刘御史歌》、《韩蕲王花园老卒歌和吴渊颖》、《彭城渡黄河》、《红线诗五首》、《恭送昙阳大师六首》

高叔嗣:《少年行》、《谷司仆田黄门诸公见过》、《再次真定城别陈秉中时自京西还》、《题东门壁》

唐顺之:《寄周中丞备御关口》、《赵州怀古》、《杨教师枪歌》、《峨嵋道人拳歌》、《日本刀歌》、《古北口城此城雄据山顶盖徐武宁之经也》、《月下小书怀》

罗洪先:《昭君祠六首》、《京贵书数至》、《永市七月朔》

李开先:《村游晚归感怀》、《赠致政司谏刘后峰二首》

刘绘:《元夕同杂宾里中观放烟火》

尹耕:《上谷歌八首上楚中丞》、《易州道中怀古》

陆粲:《边军谣》、《担夫谣》

王问:《洞虚钱道士楼居》、《秋千行顾园作》、《筑城谣常熟县作》、《官军来》、《团兵行》、《彼倭行》、《与客夜登开利寺观鹅亭》、《山中晚归》、《赠吴之山》

茅坤:《夜泊钱塘》

张时彻:《昭君怨》、《侠客行》、《陈都阃宅看烟火》

丰坊:《感遇》、《杂诗》、《送人》、《病马行赠少年宰何燕泉》、《鸣凤行赠杨给事惟仁》、《桃荸歌》、《余羁秣陵乞休累疏而格于新令郁郁之怀伏枕增剧遂效杜子美同谷体为秣陵七歌时丙戌九月既望也》、《除夕》

何良俊:《与张玄湖夜饮醉归用韵》

黄姬水:《送皇甫百泉兵宪滇南》、《金子坤姚元白陈子野盛仲交余伯祥招饮永宁寺与云间何元朗山阴陈九皋新安王亮卿姑苏吴子充同集得楼字》、《赋得长干柳》、《金陵古意》

（选一首）、《送汪太学游江都》（选一首）

张献翼：《有所思和黄吉甫》、《纪游二首》、《刘会卿病中典衣买歌者因持絮酒就其丧所赋之》、《再过刘会卿丧所卜胡姬为尸仍设双俑为侍命伶人奏琵琶而乐之》

金大车：《漂母祠》、《送汪汝玉守思南》、《塘中亭子初成》

陆师道：《张烈妇》、《张公洞》

彭年：《庚戌秋书事八首》

王稚登：《海夷八首》、《无题五首》

张凤翼：《北苑怀春》

梁辰鱼：《采石矶吊李太白》

王叔承：《铁笛歌》、《侠香亭是要离专诸梁鸿葬处为周公瑕赋》、《月夜晋陵酒家》、《东海游仙歌简王学士元驭王中丞元美》、《胡马来》

沈明臣：《宫词二首》、《少年行》、《夏新曲》、《凯歌》、《湘水巫云曲》、《游张公洞》、《大树村刘氏少妇打虎行》、《虎丘看月行》、《偶泊胥江同君房怀古作》、《搔首》、《过昆山》、《夜坐怀顾益卿按察》、《寄题长干美人赵昭阳之作》、《冬日感怀》

沈炼：《寄冯敬叔》、《送张司丞有功北上》、《秋风感怀》、《答陈鸣埜社友》、《感怀》

陈鹤：《桃花美人行》、《夜坐见白发寄别朱仲开张瓯江》、《送朱东武北上》、《戚龙渊过山中》、《送施虎泉北上》、《卧病双溪山馆见月寄张有功》、《古意》、《宿润州半月再入金陵留别姚麓居道纪》

王寅：《送李文仲游燕》

吴孺子：《寄王元美》

宋登春：《送勾吴豪士重游大梁三首》、《秋日上党道中怀故乡知旧》、《饮酒》、《饮酒二首》

陈昂：《闻戚将军将至领老妻从万山中往镡州赋》、《风色》、《日暮遣闷》、《宿双溪铺》、《夕阳道上》、《江南旅情》

王逢年：《夜行郎二首拟古乐府寄所思》、《海上岁朝》

张元凯：《江上遇蔡都尉》、《赠建平潘子会》

张如兰：《淮阴祠二首》、《过管夷吾三归台》

何璧：《西湖寻曹始能》、《逢陈当时》、《金陵寄沈千秋》、《郑翰卿自新安移金陵诗以讯之》、《广陵送王太古还白下》、《早春寄柬谢寓中》

严嵩：《仰山》、《全州岁夜》

徐阶：《瓜州风雨不克渡江》、《夏日游通惠河》

赵贞吉：《春日游华山》、《王乔洞》、《和严介溪赠西还诗》、《邵窝》、《春望》

张居正：《恭题文皇四骏图四首》（寻二首）

戚继光：《盘山绝顶》、《三屯新城工成志喜》、《客馆》、《出塞二首》、《登石门驿新城眺望》、《督兵过潮州渡》、《宿石门驿闻马嘶》、《辛未除夕》

俞大猷：《短歌行赠武河汤将军擢镇狼山》、《咏怀十首》、《夹沟道》、《官路旁》、《驿异

夫》、《江汉行》、《述史叹》、《后出塞》、《见杨花》

万表:《闵黎吟三首》、《山中酬唐太史见访》

申时行:《落花》(选四首)

杨巍:《过文山祠》、《读谢叠山传》、《北楼口留别许参戎》、《秋雨宿黑石岭》

于慎行:《子夜歌四首》、《子夜春歌二首》、《子夜夏歌二首》、《子夜秋歌二首》、《子夜冬歌二首》、《长安道》、《大堤曲》、《武定侯墓歌》、《双林寺歌》、《雪后登楼看山歌》、《雨中舟行》、《长干》、《秦淮》、《白沟河》、《题忠顺夫人画像四首》

冯琦:《送张伯任都谏阅视固原》、《送钟淑濂给谏阅视上谷》、《壬辰书事赠别钟淑濂张伯任》、《世用索五十诗感时念别言咏斯章并寄直卿伯桢》、《观灯篇》、《古意》、《结交行怀于谷山年伯兼讯侯将军》、《燕然行》、《送见素业师南还二首》、《送懋忠使秦》、《送周尚宝以宁夏事谪潮阳尉》、《送杨楚亭太史王柱山侍御外转闽蜀藩臬》、《除夕》、《闻宁夏边报二首》、《婉儿怨戏柬敬承五首》、《题三娘子画像三首》、《七夕四首》、《送公孝与下第东归三首》

沈一贯:《四明山歌》、《老鹞行》、《杨柳歌》、《日出入金门行》、《观选淑女》、《怨歌行》、《访朱邦肃不值》、《若耶溪独往》、《沔南》、《吴苑》、《观宫人殡》、《蹴踘》、《代青楼观内家葬》

叶向高:《题方正学先生祠堂》、《歌风台》

李三才:《送诸博士寿贤最量移过里兼怀顾叔时兄弟方他洮岷之警》

孙承宗:《二月闻雁三首》、《春怀六首》

赵南星:《市虎行》、《述怀》、《六月来常阴不雨》

徐彦:《塞上曲》、《江上闻笛》、《落叶》

归有光:《鲤鱼山》、《郓州行寄友人》、《甲寅十月纪事二首》、《淮阴舟中晚坐写怀二十四韵》

徐渭:《泛舟九曲》、《丙辰八月十七日与肖甫侍师季长沙公阅龛山战地遂登冈偕观潮》、《沈参军》、《入燕三首》、《治家二首》、《侠客》、《阴风吹火篇呈钱刑部》、《杨妃春睡图》、《述梦》、《观猎篇》、《画鹰》、《正宾以日本刀见赠歌以答之》、《锦衣篇答赠钱君德夫》、《石门篇赠邵大佩》、《天坛》、《写竹赠李长公歌》、《淮阴侯祠》、《刘总戎国挽章应乃于索》、《渔乐图》、《沈叔子解番刀为赠二首》、《铜雀妓》、《琉球刀》、《春日过宋诸陵二首》、《金客》、《严先生祠》、《怀陈将军同甫》、《保安州寄青霞沈君》、《与客登招宝山观海遂有击楫岑港一窥贼垒之兴谨和开府胡公之韵奉呈》、《恭谒孝陵正韵》、《李长公邀集莲花峰》、《邦宪死》、《送郑职方》、《赠辽东李长君都司》、《燕子楼》、《闻都督再迁山西武宁》、《自坋道走居庸》、《读文信公仙岩祠集焚吊》、《清凉寺》、《兰亭次韵》、《伍公祠》、《岳公祠》、《龛山凯歌六首》、《内子亡十年其家以甥在稍还母所服潞州红衫颈汗尚泚余为泣数行下时夜天大雨雪》、《凯歌赠参将戚公》、《上谷歌四首》、《边词十三首》、《琉璃河》、《送林某》、《漫曲》、《王元章倒枝梅画》

汤显祖:《答丁右武稍迁南仆丞怀仙作》、《过太常博士宅》、《京察后小述》、《三十七》、《顾膳部宴归三十韵》、《雨花台所见》、《黄冈西望寄王子声》、《读张敞传》、《相如》、《部中鹤》、《胡克逊》、《宿浴日亭因出小浪望海》、《丽水风雨下船棘口有怀》、《答姜仲文》、《遥和诸郎夜过桃叶渡》、《送前宜春理徐茂吴》、《听说迎春歌》、《送俞采并示姑熟子弟》、《送臧晋叔谪归湖上时唐仁卿以谈道贬同日出关》、《吹笙歌送梅禹金》、《署客曹浪喜》、《榆林老将歌》、《边市歌》、《江东歌》、《夏州乱》、《黎女歌》、《送安卿》、《送郑见素游江东》、《寄嘉兴马乐二丈兼怀陆五台太宰》、《河林有酌》、《初入秣陵不见帅生有怀太学时作》、《答君东天津夜泊》、《送刘子极归饷兰州》、《寄右武滁阳》、《平昌得右武家绝决词示长卿各哽泣不能读起罢去便寄张师相感怀成韵》、《卧邸寄帅思南》、《遣梦》、《广陵偶题二首》、《有友人怜予乏劝为黄山白岳之游》、《信陵君饮酒近妇人》、《司马德操谓庞德公妻子作黍元直欲来》、《黄金台》、《七夕醉答君东》、《胡姬抄骑过通渭》、《鹦鹉赋》、《辛丑大计闻之哑然》、《送张伯昇世兄入燕》、《少小》、《口占奉期建安三月三》、《与李太虚》、《送别刘大甫》、《柳丝楼感事二首》

李至清:《虞山别受之短歌》、《同惟长舅读唐诗有感》

袁宏道:《拟宫词七首》、《虎丘》、《淮阴侯祠》、《经下邳》、《饮马长城窟》、《妾薄命》、《虾鉏行》、《悲哉行》、《升天行》、《青县赠潘茂硕》、《和江进之杂咏四首》、《宿朱仙镇四首》、《瀑布》、《登华》

袁中道:《绣林阻云远望》、《麻城道中二首》、《赠别梅子马督木上》、《感怀诗五首》、《汉阳感旧》、《襄中怀先兄中郎》、《太和山中杂咏》、《渡黄河》

钟惺:《九湾》、《雨发九湾至归州》、《瞿唐》、《西陵峡》、《沈雨若自常熟过访时喜得受之书》、《坠蝉》、《宿浦口周生池馆》、《花山礼铜殿》、《秋晓》、《秋夜集俞伯彭园池》

谭元春:《瓶梅》

王思任:《宿天界寺》

程嘉燧:《青楼曲》、《水上倡楼》、《富阳桐庐道中早春即日柬吴中朋旧》、《雨中过伎家饮书赠陈翠》、《孙履正履和北上予同舟送之入郡舣舟白莲桥信宿临别题赠长句》、《岁暮怀孙履和李茂修》、《寄孙三庐江》、《阊门访旧作》、《清明舟中》、《雪后立春酬茂初见访》、《感道傍枯柳》、《扬州方季康馆同张伯笑诸人惜别》、《过易水怀古》、《十月十日汪九飒哉宅中闻歌作》、《缅云诗八首次韵》

唐时升:《园中十首》(选三首)、《和归田园居六首》(选一首)、《和饮酒二十首》(选二首)、《和杂诗十一首》(选二首)、《再过东园二首》、《过陶真人故居》、《和沈石田先生咏落花二首》

娄坚:《还自庐州呈孟祥用卿》、《寄沈公路》

李流芳:《南归诗》(选三首)

归子慕:《城北初夏》、《期顾德甫兄弟看花不至》、《辛丑夏日闲居》、《对客》

归昌世:《和陶杂诗二首》

顾云鸿:《昭君怨》

郑胤骥:《别莆田陈君彦质追送不及怅然有作》(选二首)、《己酉赴试白下病归得集咏》

王志坚:《观冯生所藏倭王锦袍歌》、《河间道中杂兴二首》、《读宋史张浚传二首》

韩上桂:《子夜歌》、《采莲曲》、《风定示苏汝载》、《苍鹰赠蔡子毓》

宋珏:《汤宣城诗有长桥细月眉相约之句有所怀极赏之惜其全篇不称春日坐浪楼戏为足之》

茅元仪:《赴狱旅中示客》、《江村荷恩放回呈伯顺奉常启泰征君》

王鉴之:《辛巳仲春京口望茅止生輀舟不至感述三首》

顾大武:《登广武冈汉高数项羽处》、《漫歌》、《乙丑孟秋下旬四月杨中丞绝命诏狱是夜初昏时有气如白练起尾箕间扫紫微掩天枢五星时在燕邸目睹感赋二首》

何允泓:《和受之浒墅夜泊感事次韵四首》、《读岳忠武传四首》、《读金元诸公遗集各赋一章凡五首》

徐于:《柳绿别意六首》

魏冲:《从邓尉灵岩天池诸山归治平》

钱谦贞:《清明后晚出北城至顶山寺登白龙庙作》

石沆:《宿城中旧房》、《拟寒山我见世中人二首》、《新兴杂兴》

盛鸣世:《送王山人》、《题岳阳酒家》、《塞上赠友》、《江上别柳陈父》

吴兆:《秦淮斗草篇》、《无题》、《送刘休渊归中都》、《宫人斜》、《渡岭作》、《姑苏曲》

吴梦旸:《暑夜孝若携伎饮长桥上同诸从踏月歌》、《中秋日赵文度过小饮》、《得曹能始白门书却寄》、《秋草》

曹学佺:《陇头水》、《题胡可复水阁》、《金陵怀古四首和汪仲嘉》、《枫亭》、《八月朔日王元直招集南楼送陈汝翔之东粤王玉生之清漳沈从先还姑苏徐兴公之建溪陈惟秦之聊城蒋之才之广陵余返白下》

范汭:《晓发》、《秣陵送李茂才》

吴鼎芳:《虞美人》、《青溪小姑曲》、《废墓叹》、《西湖夜泛》、《古意贻董六遐周》、《哭吴健父》、《寄情》

葛一龙:《西湖》、《野桥怀郭圣仆》、《三月三十日》

王醇:《饷饥》、《决绝辞》、《日珥》、《题马姬湘兰所画兰竹卷》、《桃花阡》、《促织》

曹臣:《郝公琰墓下作》、《哭闵子善》

王镨:《贫贱别》、《七夕》、《笋生十二韵》

李蓑:《岐阳旅舍作》、《昭君怨》、《妓锄田行》、《再至采石醉歌》、《明妃词》、《都城杂咏》

刘黄裳:《轻举篇》、《赠邺下王大刀挥使维藩歌》、《樗蒲歌》、《邯郸行随张使君肖甫出猎》

蔡文范:《重阳》

邢侗:《古意》

虞淳熙:《景泰洼》、《仿杜工部同谷七歌》

冯梦祯:《五十篇》、《湖中曲二首》、《忆姬人》

朱长春:《木介行》

黄辉:《滴水岩二首》、《睡起偶作简无修兄弟》、《送刘学式给谏赴漳州》、《西陵别袁小修用韵》

陶望龄:《青口》、《第五泄》、《白龙井》、《第一泄》、《紫阆》、《玉京洞》、《春雪》、《雪消》、《放生诗十首》、《与季豹游云门》

焦竑:《石鼓歌》

王一鸣:《可叹》、《十载》

王衡:《支硎山口占》、《花朝》、《计偕别长孺仲醇》、《大内莲花》

吴稼竳:《舟行归思》、《夜阻江上》、《金陵酒肆赠茅平仲》

梅鼎祚:《杂感》(选三首)、《酒醒》、《顿姬坐追谈正德南巡事》

瞿汝稷:《发齐安偶成》、《潮生》

杨承鲲:《蓟门赠张伯诲将军》、《长歌行寄吕中甫山人》、《湖干曝日》、《忆事二首》

丰越人:《吹笛》

沈泰鸿:《春思三首》

何白:《哀江头》、《村翁行》

俞安期:《龙君扬赴永安赋别二首》

米云卿:《有感》

程可中:《过白沟河感怀》

钱希言:《晚发向金陵留别所知》、《客思》、《扬州怀旧》、《武昌柳二首》、《四明寄百谷先生苕上》

徐渤:《寒食》

陈价夫:《听镜词》

陈荐夫:《海口城晚望》、《立春日感怀》、《塞下曲》

茅维:《夜坐读书有感效坡老作短诗寄允兆翁晋季豹三子》

董其昌:《仿李营丘寒山图》、《题浯溪读碑图》

陈继儒:《月下登金山》、《山中》

李日华:《画扇》

王惟俭:《正月三十日作三首》

张民表:《松江》

秦镐:《冬夜见新月》

阮汉闻:《甲戌冬怀二首》

尹伸:《病后田园杂咏二首》、《小觉》

阮自华:《大雷贼刘虞平饮至诗》、《经钱塘江先公战场》、《郊居杂兴二首》、《旅怀》、《雷塘》

邹迪光:《中秋虎丘纪胜》

谢肇淛:《送练中丞遣裔归家》、《送徐兴公还家》、《题吴兴海天阁》、《送人之咸阳》

陈鸣鹤:《古战场》

文翔凤:《江上吟》、《鸟道行》、《伏生墓》

王象春:《书项王庙壁》、《古意》、《昭君》

马之骏:《刘将军歌送勋甫帅师援辽》、《快游歌寄汪一甫》

刘荣嗣:《寄怀张圣标金吾》

沈德符:《永平》、《朱天倩新居二首》

董斯张:《绝命词四首》、《病足甚剧寄沈千秋二首》

王彦泓:《对花杂恸》、《宾于席上徐霞话旧》、《代书三首》

张于垒:《庐山看云一绝句》

徐颖:《塞下曲》、《巫山高》、《方正学先生墓》

林宗大:《送人尉蜀》

林光宇:《鸿门宴拟谢皋羽》

华淑:《草臣心甫听云晚过断园次心甫韵》、《春日杂忆》

[明人诗余](辉按:以下录明人词,仅存其目,词略)

明仁宗:《蝶恋花·九月海棠》("烟抹霜林秋欲褪")、《鹧鸪天·赋绣鞋》("花簇香钩浅浣尘")

刘基:《如梦》("一抹斜阳沙嘴")、《浣溪沙》("细草垂杨村巷幽")、《眼儿媚》("烟草萋萋小楼西")、《小重山》("月满江城秋夜长")、《临江仙》("街鼓无声春漏咽")、《千秋岁》("淡烟平楚")、《瑞龙吟》("秋光好")

张以宁:《明月生南浦》("海角亭前秋草路")

贝琼:《水龙吟·春思》("楚天归雁千行")

高启:《行香子·芙蓉》("如此红妆")、《沁园春·雁》("木落时来")

杨基:《浣溪沙·花朝》("鸾股先寻斗草钗")、《多丽》("问莺花晚来何事萧索")、《烛影摇红·帘》("花影重重")

刘昺:《浪淘沙·寒食》("石径土墙斜")

瞿佑:《摸鱼儿·苏堤春晓》("望西湖")

谢应芳:《满江红》("旧约寻梅")

铁铉:《浣溪沙》("晚出闲庭看海棠")

莫璠:《蝶恋花》("十里楼台花雾绕")

王直:《浪淘沙》("风暖翠烟飘")

徐有贞:《千秋岁引》("风揽柳丝")

聂大年:《卜算子》二首("杨柳小蛮腰"、"粉泪湿鲛绡")

史鉴:《解连环·送别》("销魂时候")

李梦阳:《入梦令》("昨夜洞房春暖")

顾潜:《醉春风》("紫燕归来")

边贡:《蝶恋花·留别吴白楼》("亭外潮生人欲去")

唐寅:《一剪梅》("雨打梨花深闭门")

陈霆:《踏莎行·晚景》("流水孤村")

杨慎:《转应曲》二首("双燕双燕"、"促织促织")、《昭君怨》("楼外东风到")、《少年游》("红稠绿暗偏天涯")、《浪淘沙》("春梦似杨花")、《满江红·梨花》("露重风香")

夏言:《鹤冲天·初夏》("临水阁")、《阮郎归》("小楼临巷对青山")

文徵明:《风入松·行春桥望月》("夜凉斜倚赤阑桥")、《满江红》("漠漠轻轻")

王世贞:《虞美人》二首("摩诃池上金丝柳"、"浮萍只待杨花去")、《渔家傲》("细雨轻烟装小暝")

王好问:《点绛唇·春愁》("九十春光")

高濂:《西江月·题情》("有恨不随流水")

徐渭:《浣溪沙·鉴湖》("浅碧平铺万顷罗")

赵南星:《水龙吟·杨花用章质甫韵》("春闺忒恁愁人")

汤显祖:《好事近》("帘外雨丝丝")、《阮郎归》("不经人事意相关")

李日华:《玉楼春·题柳洲待别图送刘跃如》("轻暖轻寒无意绪")

费元禄:《贺新郎》("瑞脑烧金鼎")

俞彦:《鹧鸪天·瓶梅》("浅渚明沙聚碧流")

王衡:《点绛唇·送陈仲醇》("湿梦沉沉")

吴鼎芳:《虞美人》("海棠不碍窗纱影")

马洪:《东风第一枝·梅花》("饵玉餐香")

施绍莘:《浣溪沙》("半是花声半雨声")、《菩萨蛮》("春深加倍心情恶")、《浣溪沙》二首("如镜窥妆逗小楼"、"愁卧寒冰六尺藤")、《谒金门》("春欲去")

董斯张:《鹊桥仙·感悟》("轻暖轻寒")

叶绍袁:《水龙吟·写怀》("寂寥萍渚蘅皋")

冯鼎位:《减字木兰花》("长亭凄绝")、《盐角儿·春半》("春分过也")、《子夜歌》("上西楼曲屏暮霭")

汤传楹:《阮郎归》("玉台晓镜试轻凉")、《鹧鸪天》("一片伤心花影重")

钱继章:《浣溪沙》("春尽园林褪闹红")

陈子龙:《望江南·感旧》("思往事")、《如梦令》("红烛逢迎何处")、《浣溪沙》("半枕轻寒泪暗流")、《丑奴儿令·春水》("赤栏桥下烟波急")、《江城子》("一帘病枕五更钟")、《虞美人》("枝头残雪余寒透")、《青玉案》("海棠枝上流莺啭")、《蝶恋花》二首("雨外黄昏花外晓"、"袅袅花阴罗袜软")、《天仙子》二首("十二画屏围楚岫"、"古道棠梨寒恻恻")、《千秋岁》("章台西弄")、《清平乐》("绣帘花散")、《桃源忆故人》("小楼极望连平楚")、《醉红妆·咏萤》("空庭星露暗香消")

夏允彝:《千秋岁引·丽谯》("泽国微茫")

单恂:《采桑子》("昼帘微雨春风暮")

黄周星:《满庭芳·送友人还会稽》("新绿方浓")

王彦泓:《满江红》("眼角眉端")

方以智:《忆秦娥》("花如雪")

宋存标:《醉花阴》("香散飞花衣袖窄")

吴易:《满江红》("斗大江山")

夏完淳:《卜算子》("秋色到空闺")、《一剪梅·咏柳》("无限伤心夕照中")、《千秋岁引·忆旧》("几番薄幸")、《鱼游春水·春暮》("离愁心上住")、《烛影摇红》("辜负天工")

沈谦:《清平乐·罗带》("香罗曾寄")、《苏幕遮》二首("树莺藏"、"燕声娇")、《鹊桥仙·早梅》("粉痕微坼")、《月笼沙·九日题南楼壁间》二首("帘外潺潺暮雨"、"半暖阑边玉手")、《东风无力·南楼春望》("翠密红疏")、《满江红·咏柳》("一翦莺梭")、《一萼红·春情》("漫窥帘")

程秤:《玉楼春》("子规啼过杨花路")

顾德基:《祝英台近》("饮将阑")

王化龙:《蝶恋花》("小院幽窗风弄晓")

邵梅芳:《点绛唇·上元》("车马三更")、《望江南》("春光好")、《西江月·咏雪》("柳絮空中吹早")、《忆汉月·咏萤》("芳草谁知前度")、《少年游·晓别》("五更天晓渐鸡鸣")、《风中柳·落花》("一夜东风")、《醉花阴》("病起闲愁消永昼")、《秋蕊香·落叶》("门外秋声不绝")、《南柯子》("杏雨新沾砌")

贺裳:《蝶恋花·暮春》("薄暮银塘风色静")、《渔家傲·晓别》("啼罢荒鸡衰雁接")

沈自徵:《凤凰台上忆吹箫·阅古今名媛诗集》("雾锁春风")

杜濬:《浣溪沙·红桥即事》("曲曲红桥涨碧流")

纪映钟:《风中柳·春晓》("春尽荒城")

周篔:《踏莎行》("芦月凝霜")、《蝶恋花》("芳草生烟横野渡")、《东风第一枝》二首("南浦挐舟"、"六寺烟深")、《蓦山溪》("云蓝小袖")

黄尊素:《西江月》("疏星一一如洗")

顾众:《浪淘沙·闺思》("生小弄冰弦")

张仲立:《浣溪沙》("浅束深妆最可怜")

沈钟鹤:《虞美人·春雨》("春光九十谁分取")

张卿玉:《青门引》("水曲红波冷")

金堡:《小重山·得程民部诗却寄》("落落寒云晓不流")、《八声甘州·留别阿字无兄》("叹离情")

屈大均:《满庭芳·蒲城惜别》("金粟堆边")、《浪淘沙·春草》("嫩绿似罗裙")、《离亭燕》("渐到鹧鸪多处")、《摸鱼儿·与友人别》("放兰舟")

以下闺秀

杨慎室黄氏:《巫山一段云》("巫山朝朝艳")

顾文婉:《浣溪沙》("晓日凝妆上翠楼")

沈宜修:《浣溪沙》(“淡薄轻阴拾翠天”)、《虞美人·立春》(“东风已上堤边柳”)、《望江南·暮秋》(“河畔草”)

叶纨纨:《蝶恋花》(“尽日重帘垂不卷”)、《浣溪沙》(“几日轻寒懒上楼”)

叶小鸾:《南歌子》(“门掩瑶琴静”)、《虞美人·灯》(“深深一点红光小”)、《点绛唇》(“新柳垂条”)、《浣溪沙》二首(“几日东风倚画楼”、“曲榭莺啼翠影重”)

王彦泓女王朗:《浪淘沙·闺情》(“疏雨滴青奁”、“几日病淹煎”)

翁孺安:《浣溪沙》(“雁阵才过字一行”)

以下妓

马守贞:《蝶恋花·天香馆寄陈湖山》(“阵阵东风花作雨”)

薛素素:《临江仙》(“唤起提壶池上饮”)

王微:《如梦令·怀谭友夏》(“月到闲庭如画”)、《捣练子》(“心缕缕”)、《忆秦娥》(“多情月”)

郑妥:《浪淘沙》(“日午倦梳头”)

建文君:《满江红》(“三过吴江”)

八、明之新文学

曲本

一代之文,每与一代之乐相表里。其制度虽定于瞽宗,而风尚实成于社会。顾天然之文,反胜于乐官之造作。故尼山正乐,《雅》、《颂》始得其所,而《国风》则不烦厘定。即后世飨祀符瑞、歌功颂德之作,亦每视为官样文章,不如闾巷琐碎、而女尔汝之争相传述。由此以例,列代乐府之真际,于周代则属风、骚,于汉则属古诗曲,于晋、唐则属《房中》、《竹枝》、《子夜》、《边调》等,于两宋则属诗余,于金、元则属杂剧。其作者皆多不知谁何之人,而流传特盛。若其摹《赓扬》而仿《咸英》者,徒为一时粉饰,供儒生之考订而已。盖与社会之风尚性情绝不相入,不合于天然之乐,即不能为乐府之代表也。有明承金、元之余波,而寻常文字尤易触忌讳,故有心之士寓志于制曲。中郎《琵琶》曾见赏于太祖,亦是为风气之先导。虽南北异宜,时有凿枘,而久则能同化,遂能以欧、晏、秦、柳之俊雅,与关、马、乔、郑之雄奇相调剂。扩而充之,遂成一代特别之乐章,即为一代特别之文学。其作者虽多以实甫、则诚二家为宗,而制腔尚留本色,不尽藻饰词华,立意能关身世,不独铺张故事。比较北部之音,似有积薪之势。《琵琶》以下,通俗所盛行者,曰“荆、刘、拜、杀”。然《荆钗》之于《琵琶》,已如东家之颦,而刘成美《杀狗》,尤恶劣鄙俗,唯《拜月》颇能佼佼自异。作者首数康、王、沈、陈。以审律名,有梁伯龙、魏良辅等。若就文学一方面言,则自以《临川四梦》为职志,盖诗中之昌谷,词中之梦窗也。而世每以不协律少之,或且讥其为谜语,则买椟、刻舟之见也。此外健者,则《粲花五种》,天池《四声》,而《浣纱》、《鸣凤》、《明珠》、《玉玦》、《玉簪》、《红梨》,亦各有独到处。即《燕子》、《春灯》,亦不能以人废言也。至鼎革时,则有船山之《龙舟会》,元弓之《击筑余音》,凫西之鼓词,虽体制诡异,而豪情慷慨,直欲扫空一切,不可谓非奇作也。兹列明人所著可考者,存目于下,而采撷精英,略加

评论,俾文学家一尝异味。若引商刻羽,自属乐律问题,姑不置论。(辉按:后列《明人传奇目》、《明人杂剧目》,略)

[明曲代表](传奇)

《琵琶记》:高明则诚作。汉蔡中郎入赘牛相府事,风洲诸人,极力申辩,未免多事。中郎自有史传,不相混也。放翁诗云:"身后是非谁管得,满街争唱蔡中郎。"俳优野语,固无为典实之价值,又不必辩也。或谓《琵琶》寓四王,蒙古以不花为牛,蔡邕者卖菜佣,隐刺四王出微贱,而弃妻别赘不花丞相家也。然全书仍不失劝孝宗旨,亦不能指为诋斥。明祖称其鼓吹六经,可谓具眼。此书与王氏《西厢》齐名,而世多好《西厢记》者,凡词章性质多崇美而略善,孝弟之言,固不敌儿女喁喁之动人。实甫词藻,组织欧柳,五光十色,眩人心目。则诚出以拙朴,自相形见绌。且"欢娱难工,愁苦易好"之说,独不可例传奇,故五伦传奇,人皆目为笨伯。而红雪楼子节义事,必藻饰以出之,可谓得机宜矣。世传《琵琶·吃糠》一折,双烛交光,谓是天地至文所感,殊为谰语,盖声浪本有感触光点之力,无系于文情之工拙也。附论之,以破迷信。(辉按:下节选《琵琶记》中之《称庆》、《赏荷》、《描容》、《吃糠》、《赏秋》、《拜月》诸折,戏文略)

《幽闺记》:施君美著(或谓即著《水浒》之施耐庵),本名《拜月亭》,盖以《拜新月》一折传称。或谓《拜月》系集剧,君美衍为传奇,犹徐初阳之衍元旧曲《红梨花》为《红梨记》也。无确证,姑备一说。《幽闺》情节颇能脱套,而于情势亦不背戾。浑厚不及《琵琶》,而清俊过之。南曲中,能作本色语者,当首屈一指。(辉按:下节选《幽闺记》中《拜月》全折,戏文略)

《浣纱记》:梁伯龙辰鱼作。以少伯、夷光为主人公。鸱夷一事,本属传疑,今书谓二人先订婚约,后因国难,牺牲聘妻为女戎,功成仍偕遁。则少伯醉食糙亦醉者乎?殊可笑。且以所浣纱为记念,尤落恶窠臼。惟词尚圆润,音律亦谐,在明人传奇中,终为上乘。此书当时人多崇拜,至名播海外,论曲者谓其胜《四梦》十倍。徐初阳语:"则轻和璧而珍燕石,未为知言,亦当以屠纬真之涔水、灌水。"(辉按:下节选《浣纱记》中《前访》、《赐剑》、《泛湖》诸折,戏文略)

《玉簪记》:潘陈事非尽子虚,其节目脱胎于《望江亭》,而又融唐人侧艳与游仙、入道诸体中,幽凄孤俊,销魂荡魄,此天风吹下步虚声也。(辉按:下节选《玉簪记》中《琴挑》一折,戏文略)

《玉玦记》、《绣襦记》:郑若庸十年一觉,自叙其阅历,均能穷曲中变态,现荡子真形,措词亦华实并茂,可继元人《救风尘》、《刘行首》诸作。二种情节似相反,其命意实一。(辉按:下节选《玉玦记》中《商嫖》以及《绣襦记》中《莲花》全折,并誉后者为"绝世奇文",戏文略)

《荆钗记》:或以蔑梅溪而硁硁致辩,殊无谓。盖就本书宗旨,校《琵琶》似未负心,至为玉莲为梅溪女,则作者自倒黑白,于实事何损?此书颇流传,而词意太平实,姑摘一脔。(辉按:下节选《荆钗记》中《回书》一折,戏文略)

《明珠记》:(辉按:下节选《明珠记》中《煎茶》一折,戏文略)

《鸣凤记》:(辉按:下节选《鸣凤记》中《写本》全折,戏文略)

《昙花阁》:(辉按:下节选《昙花阁》中《点迷》全折,戏文略)

《狮吼记》:(辉按:下节选《狮吼记》中《梦怕》全折,戏文略)

《清忠谱》:(辉按:下节选《清忠谱》中《骂祠》全折,戏文略)

《千忠戮》:揭成祖凶恶,绝不瞻徇,与《鸣凤记》、《清忠谱》皆凛凛有生气,森森起芒角,足助南史,董狐张目,不可仅以俳优目之。(辉按:下节选《千忠戮》中《惨睹》全折,戏文略)

《醉菩提》、《西游记》:有绝大神通、绝幻理想,而头头是道,异于《昙花阁》、《盘陀山》之打口头禅。(辉按:下节选《伏虎》、《醒妓》、《换酒》、《佛圆》、《女国》诸折,黄人《伏虎》一折曰:"此折与鹅毛雪皆成妙文,不可无一,不能有二。"

《临川四梦》:明之中叶,士大夫好谈性理之而多矫饰,科第利禄之见,则深入骨髓。若士一切鄙夷,故假曼倩诙谐、东坡骂笑,为色庄中热者下一针砭。其自言曰:"它人言性,吾言情。"又曰:"理之所必无,安知情之所必有?"又曰:"人间何处说相思?吾辈钟情如此!"盖唯至情可以超生死,通真幻,忘物我,而永无消灭。否则形骸尚虚,何论勋业;仙佛尚妄,况在富贵。世之持买椟之见者,徒赏其节目之奇,词藻之丽;而鼠目寸光者,则诃为绮语,诅以泥犁,尤为可笑。夫寻常著传奇,必尊生脚,而《离魂》柳生,则秋风一棍,黑夜发丘,而俨然状元也。《邯郸》卢生,则奁具夤缘,徼功纵敌,而俨然功臣也。若夫十郎慕势负心,牛马襟裾,废弁贪酒纵色,虫蚁匹偶,一何其深恶痛绝之至于此也?善乎,蒋心余氏为之诠曰:"人而无情,虽盗贼禽兽之不若。"可为知言矣!即以思想论,亦足与《庄》、《骚》、《太玄》、《参同》、《首楞严》方驾。又运古如戏,化腐为新,为填曲者别开一新天地。至关目、科白,皆七襄云锦之妙,观止矣!《四梦》词料如天宫龙藏,拾其铢缕,即可敌陶猗;又如君房仙药,蛇鼠食其余,亦得飞升。

《牡丹亭》:或谓讥太仓昙阳子而作。昙阳本事,具见明人著述,无可牵涉。惟梨花枪或影射顺义王耳。书之本旨,谓一梦而亡,则较但问名而殉一从者,其情尤挚。天下至愚,即天下之至情也,男女之情必至此,方臻极点。柳生人格虽劣,而《拾画》、《叫画》,其痴情尚足相偶。故一入《幽媾》、《冥誓》折,而死者可生矣。传奇小说,往往有奇而极无理者。曾见一书,以卦爻解《石头记》人物,已可谓怪事,而又有以男女秘戏及生殖器,句比字附释《离魂》者,居然皆言之成理,持之有故,真非非想哉!然亦可见二书之神奇也。(以素女术寓小说,《西游》、《演义》已开端。)(辉按:下节选《牡丹亭》中《标目》之《蝶恋花》一曲、《惊梦》、《寻梦》、《写真》、《虏谍》、《诘病》、《诊祟》、《牝贼》、《闹殇》、《冥判》、《拾画》、《忆女》、《玩真》、《魂游》、《幽媾》、《欢挠》、《冥誓》、《秘议》、《调药》、《回生》、《婚走》、《折寇》、《遇母》、《圆驾》诸折,黄人评《标目》之《蝶恋花》一曲曰:"《牡丹亭》全书宗旨及《三梦》宗旨皆揭此一词,读者可自悟。"黄人评《冥判》一折曰:"判官,若士自况也。试以若士历史比例之。"戏文略)

《紫钗记》:以唐人小说《霍小玉传》为蓝本,初名《紫箫》,因有触讳,改定为《紫钗》。若士四种中,最妖艳之作。(辉按:下节选《紫钗记》中《插钗》、《述娇》、《坠钗》、《议婚》、《闺谑》、《望捷》、《絮别》、《折柳》、《倩访》、《歎檄》、《七夕》、《裁诗》、《遇侠》、《钗圆》诸折,黄人评《七夕》一折曰:"此则压倒则诚《赏秋》矣。"戏文略)

《邯郸梦》:此书似欲唤醒江陵。(辉按:下节选《邯郸梦》中《度世》、《虏动》、《大捷》、《勒功》、《死窜》、《织恨》、《召还》、《合仙》诸折,戏文略)

《南柯记》：玉茗四梦，鬼（《离魂记》）、侠（《紫钗记》）、仙（《邯郸记》）、释（《南柯记》），分配富贵功名，渲染儿女闲情，而提挈以梦，人生目的尽于是矣。《离魂》最脍炙人口，然事由虚构，遣词命意，皆可自由。其余《三梦》，则皆据唐人小说为蓝本。其中层累曲折，不能以意为之，剪裁点缀，煞费苦心。《紫钗》之梦怨，离合悲欢，尚属传奇本色。《邯郸》之梦逸，而科名封拜，本与儿女团圞相附属，亦易逞曲子，师长技。独《南柯》之梦，则入于幻，从蝼蚁社会杀青，虽同一儿女悲欢，宦途升降，而必言皆有物，语不离宗，庶与寻常有间。使钝根人为之，虽绞尽脑汁，终不能得一字也。而此君乃因难见巧，随手拈来，头头是道。奇情壮采，反欲突出《三梦》上，天才洵不可及也。是盖能纳须弥于芥子，现金身于茎草者。徒以棘端刻七十猕猴，方其巧致，犹买椟之见也。就表面观之，则《四梦》中之主人，为杜女也、霍郡主也、卢生也、淳于酒徒也。而作者之意，则当以冥判、黄衫客、吕翁、契元禅师为主人。盖前四人为场中之傀儡，而后四人则提掇线索者也。前四人为梦中之人，而后四人则梦外之人也。既以鬼、侠、仙、释为宗旨，则主观的主人，即属于冥判等，而杜女诸人，仅为客观的主人而已。玉茗之天才，所以超出于寻常传奇家百倍者，正以寻常传奇家但知有客观的主人，而不知有主观的主人，非徒以词藻胜之也。唐人《南柯》本传非尽子虚乌有也。盖蚁为有社会之动物，其组织政府，经营畜牧，常则觅产寻地，战则献馘执俘（皆见动物学书中，不详述），人类半开化之国，所不及也。则槐安、檀罗，固情所或有，而亦非理所必无也。佛眼平等，菩萨现身三恶道，南柯一事，即谓之悟境，而非梦境可也。又首《楞严经》云："纯情则堕，纯想则飞。"入梦，情也，出梦，想也，此五万户蝼蚁所以生天，而淳于棼所以立地成佛。（辉按：下节选《南柯记》中《侠概》、《树国》、《就征》、《尚主》、《玩月》、《围释》、《生恣》、《寻寤》、《转情》、《情尽》诸折，戏文略）

《红梨记》：常熟徐初阳作。（辉按：作者应作"徐阳初"，阳初，徐复祚之号。）初阳生于世胄，学极赡博，著述甚多，而尤以制曲自负。《红梨》为其杰作，然较《四梦》，则有仙凡之判，而睥睨临川，自为过之，未免蹈杜审言之妄。（辉按：下节选《红梨记》中《羁迹》、《赴约》、《投雍》、《诉衷》、《寄托》、《亭会》、《诛奸》、《花婆》、《三错》诸折，戏文略）

附：《珍珠衫》：（辉按：节选《珍珠衫》中《歆动》折，黄人评曰："此折即《占花魁·劝妆》所本，摹毒鸨口吻，一一入微，不可谓非奇作。虽涉猥亵，姑存录之，以示文心之变幻。连上《花婆》，为卜儿曲之鼎足。"戏文略）

《粲花五种》：吴石渠炳著。宜兴人，元声、贞毓相公之族叔。永历时，官至东阁大学士。武冈陷，为孔有德所执，不食死。虽立朝无物望，而又不失为殉国。王船山使永历时，与五虎交好，所著《永历实录》，痛诋贞毓，并石渠之死事，而亦矫诬之，谓强飡牛肉下利死。明人党同伐异之风，贤如船山且不免，故略辨于此。（乾隆中赠谥忠节）石渠少时，填曲与阮怀宁齐名，然人格则薰莸矣。所著五种，《西园》已不传，（辉按：《西园记》今尚传，盖因黄人当时未能得见，故有此说。）余三种，虽无《四梦》奇诡，而可与村老（徐初阳）、石巢（阮大铖）骖靳。

《绿牡丹》：代乌程温育仁作。当张天如兴复社，湖州孙孟朴为司邮，介绍两浙贵介子弟。育仁，乌程相国弟也。欲入社不得，遂请石渠作此以诮之，社中人诉于学臣黎元宽，究作者主名，下育仁仆于狱，出示厉禁，因之娄江、乌程大开衅隙，亦一小小文字祸也。书中柳五柳、车尚公、范思诃，或谓指王元趾、陈章侯一流，而吴兴沈重，则指黎媿庵，倪三兰则影张天如、杨子常、周介生等。（辉按：下节选《绿牡丹》中《访俊》、《艰遇》、《戏草》、《辨赝》、《捷姻》诸折，戏文略）

《画中人》：即以唐小说真二事为蓝本，今俗剧《斗牛宫》，即从此演出，欲与《还魂》争胜，而不免多刻鸷处。（辉按：下节选《画中人》中《图娇》、《花泪》、《离魂》、《画现》、《摄魂》、《魂游》、《生还》诸折，戏文略）

《疗妒羹》：粲花心醉《离魂》，一生得力亦在此。此折借小青心事传出，却大胜《画中人》。（辉按：下节选《疗妒羹》中《题曲》全折，戏文略）

《燕子笺》：割卷中元，系实事，惟隐姓名耳。（辉按：下节选《燕子笺》中《家门》、《写像》、《写笺》、《拾笺》、《笺合》、《诰圆》折，戏文略）

［明人杂剧］

《双红记》：梁伯龙负盛名，略采一二，音节自谐，词多平实。（辉按：下节选《双红记》中《青门》折，戏文略）

《四声猿》：明人杂剧，以《四声猿》为冠，纯乎金元家数，盖北曲不难于典雅，而难于本色。天池生庶几矣。（辉按：下节选《狂鼓史渔阳三弄》中《舌报》折，《玉禅师翠乡一梦》中《饵戒》、《遇筏》折，《雌木兰替父从征》中《女戎》、《剿贼》折，戏文略）

《坦庵浮西施》：徐石麒又陵作。（辉按：下节选《坦庵浮西施》中第一折，戏文略）

《坦庵大转轮》：（辉按：下节选《坦庵大转轮》中第二、第三、第四折，戏文略）

《船山龙舟会》：（辉按：下节选《船山龙舟会》中第二折全折、第四折，戏文略）

［明人散曲］（辉按：以下录明人散曲，仅存其目，散曲略）

康对山：《秋兴次韵》、《归田述喜》

陈大声：《闲述》、《秦淮渔隐》

王渼陂：《次韵赠邵晋夫归隐》、《归兴》

冯海浮：《访沈青门乞画》

陈荩卿：《赠罗江城》

汪伯玉：《归隐》

施绍莘：《春游述怀》（黄人评曰："明人散曲，此君首屈一指，而名不逮唐王陈梁，故多录。"）、《泖上新居》、《赋月》、《吟雪》、《歌风》、《惜花》、《除夕》、《金陵怀古》、《钱塘怀古》、《送张冲如游靖州》

明人制艺

［制艺之创始］

经义取士，自宋神宗始行之。神宗用王安石及中书门下之言，定科举法，使士各专治

《易》、《诗》、《书》、《周礼》、《礼记》一经，兼《论语》、《孟子》，初试本经，次兼经大义，而经义遂为定制。其后元有《四书疑》，明有《四书义》，实则宋制已试《论》、《孟》、《礼记》，《礼记》以统《中庸》、《大学》矣。今之《四书》文，学者或并称经义。《四书》出于圣贤，圣贤吐辞为经，以经尊之，名实未尝不称。为经义者诚思圣贤之义，宜自我而明，不可自我而晦，则为之自不容苟矣。

考论制义，本应断自前明，然自俞桐川(长城)有百二十名家之选，托始于北宋诸公，则不得竟置大辂椎轮于不问。俞桐川谓制义创自王安石，方望溪则谓制义昉于吴才叔，皆北宋人也。今考吴才叔，自靖人自献于王先生一篇，见吕东莱所编《宋文鉴》，而俞桐川所录王荆公文数篇，则不知所据何本。盖荆公创立制义，原与论体相仿，不过以经言命题，令天下之为体出于正，且为法较严耳。然当时对仗不必整，证喻不必废，侵下文不必忌。自后人踵事增华，文愈工而体愈降，法愈密而理愈疏。而俞氏又以禁侵下文为是，工对仗、废证喻为非，强生分别，则未见其确也。夫运上犯下，不过科举格式，不能不遵。试问圣贤立言之初，何尝有此界限乎？至文之有对仗，则本阴阳奇偶之理，不能偏废，无论汉晋以来，文人无不讲此。即《四书》、《五经》中，对偶之句，层见叠出，时代愈近，则其词愈妍，其势使然，岂得专绳之制义？且如王荆公《浴乎沂》题文中，有“牛山陨泪，朝邑回车”语，杨诚斋《至于治国家》题文中有“日转棠阴，风清榆塞”语。当时初体，又何尝不工于对仗乎？若文之用证喻，则亦周秦以前即有之。但既严格律，自不能稍择雅驯，必如王荆公作《知者动仁者静》题文云“譬有二贾，一则既富，一则知富之术而未富”等语，则岂得谓之与题义相比附哉？

《四勿斋随笔》云：“俞桐川所录百二十名家，于有宋存七家：一为王半山安石，一为苏颍滨辙，皆在嘉祐朝；一为杨诚斋万里，在绍兴朝；一为陆象山九渊，在乾道朝；一为陈君举傅良，在淳熙朝；一为汪六安立信，一为文文山天祥，皆在淳祐朝。大约就所见而甄录之，即如朱良矩所录张才叔、姚孝宁、吴师孟、张孝四家文，凡十余篇，俞录皆未之及。而俞录所存七家之文，又不言所出何书，古纪文达昀颇疑之，于编纂《四库全书总目》中，微露其意。然学者自为论文起见，但取其初体具在，足资考论，固不必别事深求也。”

[制义开科之始]

明洪武三年，庚戌始开科，就试者乡举士百二十三人，中式者七十二人。主试则御史中丞刘基、治书侍御史秦裕伯，同考则翰林侍读学士詹同、宏文馆学士睢稼、起居注乐韶凤、尚宝丞吴潜、国史编修宋濂，而序录出于濂。中试士未及会试，悉授官。四年，京畿乡试，兵部尚书吴琳、司业宋濂，濂仍为序。寻合诸省之士会试，凡二百人，中式者百二十人。知贡举，右丞相汪广洋、左丞相胡惟庸；主文，礼部尚书陶凯、学士潘庭坚；考试，学士詹同、司业宋濂、吏部员外郎原本、贡士鲍恂、吏部侍郎顾贞；监试，御史孔希鲁、宋圭；提调并印卷，礼部尚书杨训文；同印卷，中书左司郎中孙煜祖；提调，礼部侍郎秦文绎、礼部主事姜渐；受卷，吏部主事林光弼；弥封，兵部主事许方；誊录，苏州教授贡颖之；对读，翰林应奉文字唐肃、礼部主事张孟兼；此外，又有监门、搜检、巡绰、镇抚、供给及掌行科举文字、省掾、令史、奏差等官。廷试总调，则汪广洋、胡惟庸；读卷，祭酒魏观、博士孙吾与、给事李颜、修撰王僎；监试，御史马贯、徐汝舟；掌卷，工部员外郎牛谅；受卷，工部主事周寅；弥封，秘书监丞陶谊；对读，尚宝丞魏潜、编修蔡元；提调，前陶凯、杨训文。（按：官品，尚书、祭酒，正三品；侍郎、侍读学士，正四品；给事中，从四品；左司郎中、司业，正五品；员外，正六品；主事、应奉、修撰，正七品；编修、秘书，正八品。）是岁取中俞友仁等。廷试，赐吴伯宗、郭翀、吴公达俱及第。状元授员外郎，余及出身俱授主事，同出身授县丞。会元亦授县丞。高丽生入试者三人，唯金涛登三甲第五名，授东昌府安丘县丞，余皆不第。三人俱不通华言，请还本朝，诏厚给道里费，遣舟送之。涛寻为其国相。（辉按：下录洪武元年《初设科举条格记》及黄子澄制义元墨，文略。黄人评黄子澄制义曰："录前明制义者，自以洪武乙丑科，分宜黄子澄元墨为第一篇文字。解大绅学士批云：'庄重典雅，台阁文字。'徐存庵曰：'时未立闱牍科条，行文尚涉颂体，而收纵之气，浩荡之机，已辟易群英。况此为文章之始。自应首录，以存制义之河源也。'按：首题为《天下有道则礼乐征伐自天子出》，文云：'……'（文略）"黄人在文后又有一则评论曰："按：各选本多以刘文成公基《敬事而信》题文，为有明一代制义之祖，然是初体之尤者，其提一'机'字以为'敬'之原，衬一'势'字以为'信'之影，究未竟的，故舍彼录此。黄试牍迎合明祖，宜首举也。"）

［明应举生之现象］

（辉按：此部分，黄人引援艾南英《自叙》，以此全文存有明一代应举者之真实状态，姑存其目，艾子《自叙》原文略）

［明制艺家代表］

刘基　字伯温，青田人。元进士，入明官御史中丞，封诚意伯，谥文成。《明史》有传。

黄子澄　初名湜，以字行，更字伯渊，分宜人。洪武乙丑会元。官太常寺卿兼翰林学士。《明史》有传。

刘三吾　初名湜，字坦甫，茶陵人。元末提举靖江学。洪武中用荐官左赞善，擢学士。《明史》有传。（以上洪武朝）

杨溥　字宏济，石首人。建文庚辰进士，武英殿大学士，谥文定。《明史》有传。

杨荣　字免仁，建安人。建文庚辰进士，谨身殿大学士，诗文敏。《明史》有传。（以上建文朝）

姚广孝　初为僧，名道衍，字斯道，长洲人。永乐初，复姓，赐今名，封荣国公，谥恭靖。《明史》有传。

于谦　字廷益，钱塘人。永乐辛丑进士，官兵部尚书，加少保，谥忠肃。《明史》有传。（以上永乐朝）

邱濬　字仲深，琼山人。景泰甲戌进士，武英殿大学士，谥文庄。（以上景泰朝）

商辂　字宏载，淳安人。正统乙卯解元，乙丑会状，谨身殿大学士，谥文毅。《明史》有传。（以上正统朝）

林瀚　字亨大，闽县人。成化丙戌进士，南京吏部尚书，谥文安。《明史》有传。

吴宽　字原博，又字匏庵，长洲人。成化壬辰会状，官礼部尚书，谥文定。《明史》

有传。

王鏊　字济之，又字守溪，吴县人。成化甲午解元，乙未会元、探花，武英殿大学士，谥文恪。《明史》有传，有《王守溪文稿》。

蔡清　字介夫，晋江人。成化丁酉解元，甲辰进士，南京国子监祭酒，赠礼部侍郎，谥文庄，从祀文庙。《明史》入《儒林传》。

邵宝　字国贤，又字二泉，无锡人。成化甲辰进士，南京礼部尚书，谥文庄。《明史》入《儒林传》。（以上成化朝）

钱福　字子谦，又字鹤滩，华亭人。弘治庚戌会状，翰林修撰。有《钱鹤滩稿》。

顾清　字士廉，华亭人。弘治壬子解元，癸丑进士，南京礼部尚书。《明史》有传。

唐寅　字伯虎，又字子畏，吴县人。弘治戊午解元。

伦文叙　字伯畴，南海人。弘治己未会状。

林庭棉　字利瞻，闽县人，瀚子。弘治己未进士，工部尚书，谥康懿。《明史》附《林瀚传》。

王守仁　字伯安，又字阳明，余姚人。弘治己未进士，兵部尚书，封新建伯，谥文成。《明史》有传。（以上弘治朝）

邵锐　字士仰，仁和人。正德戊辰会元，太仆寺卿，谥康僖。

唐皋　字心庵，又字守之，歙县人。正德癸酉举人，甲戌进士状元，侍讲学士。

江应轸　字子宿，又字青湖，山阴人。正德丁丑进士，江西提学佥事。《明史》有传。

季本　字明德，又字彭山，山阴人。正德丁丑进士，长沙知府。

张经　寄姓蔡，字廷彝，侯官人。正德丁丑进士，以兵部尚书兼都御史，总制南直隶、湖广、江西、闽、浙、山东、两广七省。为赵文华所诬，论死，谥襄愍。《明史》有传。（以上正德朝）

海瑞　字汝贤，又字刚峰，琼山人。嘉靖举人，南京右都御史，谥忠介。《明史》有传。

王慎中　字道思，又字遵岩，晋江人。嘉靖丙戌进士，河南参政。《明史》入《文苑传》。

罗洪先　字达夫，又字念庵，吉水人。嘉靖己丑进士状元，春坊左赞善，谥文庄。《明史》入《儒林传》。

唐顺之　字应德，又字义修，又称荆川，武进人。嘉靖己丑会元，佥都御史巡淮扬，谥襄文。《明史》有传。

梁怀仁　字宅之，晋江人。嘉靖己丑进士。

郑晋　字□□，南安人，嘉靖辛卯举人，壬辰进士。

林春　字子仁，□□人。寄籍泰州，嘉靖壬辰进士状元。

吕本　字汝立，又字南渠，余姚人。嘉靖壬辰进士。

王樵　字明逸，金坛人。嘉靖丁未进士，南京右都御史。

许谷　字仲贻，上元人。嘉靖乙未进士，江西提学佥事、南尚宝卿。

薛应旂　字仲常，又字方山，武进人。嘉靖甲午举人，乙未会元，陕西提学副使。

诸燮　字理斋，□□人。嘉靖甲午举人，乙未进士。

嵇世臣　字□□，□□人。嘉靖乙未进士。

茅坤　字顺甫，又字鹿门，归安人。嘉靖戊戌进士，大名兵备副使。《明史》列《文苑传》。有《茅鹿门稿》。

叶经　字东园。

归有光　字熙甫，又字震川，昆山人。徙居嘉定。嘉靖庚子举人，乙丑进士，太仆寺丞。《明史》列入《文苑传》。有《归震川稿》。

高拱　字肃卿，新郑人。嘉靖辛丑进士，大学士，谥文襄。《明史》有传。

瞿景淳　字师道，又字昆湖，常熟人。嘉靖癸卯举人，甲辰会元，南京吏部侍郎，谥文懿。《明史》有传。

王世贞　字元美，又字弇州，太仓人。嘉靖丁未进士，刑部尚书。《明史》列《文苑传》。

张居正　字太岳，江陵人。嘉靖丁未进士，太师、吏部尚书、中极殿大学士，谥文忠。《明史》有传。

胡正蒙　字目门，又字正甫，余姚人。嘉靖丁未会元探花，国子祭酒。

林燫　字贞恒，又字对山，闽县人。嘉靖丁未进士，南京礼部尚书，谥文恪。《明史》附见《林瀚传》。

王任用　字汝钦，太仓人。嘉靖丁未进士。

杨继盛　字仲芳，又字椒山，容城人。嘉靖丁未进士，兵部员外郎，谥忠愍。《明史》有传。

胡友信　字思泉，德清人。嘉靖己酉举人，隆庆戊辰进士。有《胡思泉稿》。

邵圭洁　字伯如，一字茂斋，又称北虔，常熟人。嘉靖己酉举人。

傅夏器　字廷璜，又字锦泉，南安人。嘉靖庚戌会元。

孙溥　字□□，丰城人。嘉靖壬子解元。

王锡爵　字元驭，又字荆石，太仓人。嘉靖壬戌会元榜眼，大学士，谥文肃。《明史》有传。

许孚远　字孟中，又字敬庵，德清人。嘉靖壬戌进士，南京兵部侍郎，谥恭简。《明史》入《儒林传》。

章礼　字约之，会稽人。嘉靖甲子解元，戊辰进士，通政司参议。

陈栋　字隆之，南昌人。嘉靖乙丑会元探花。

胡定　字二溪，□□。（以上嘉靖朝）

黄洪宪　字懋中，又字葵阳，秀水人。隆庆丁卯举人，辛未进士，少詹事。

田一俊　字德万，大田人。隆庆戊辰进士，礼部侍郎。《明史》有传。

杨起元　字贞复，归善人。隆庆丁卯举人，万历丁丑进士，吏部侍郎兼翰林院侍讲学士，谥文毅。

李廷机　字尔张，又字九我，晋江人。隆庆庚午北直解元，万历癸未会元榜眼，东阁大学士，谥文节。有《李九我稿》。

邓以赞　字汝德，又字定宇，新建人。隆庆辛未会元探花，吏部侍郎赠礼部尚书，谥文洁。《明史》入《儒林传》。

方大美（以上隆庆朝）

苏濬　字君禹，又字紫溪，晋江人。万历癸酉解元，丁丑进士，广西参政。

孙鑛　字文融，又字月峰，余姚人。万历甲戌进士，南京兵部尚书。

赵南星　字梦白，又字侪鹤，高邑人。万历甲戌进士，吏部尚书，谥忠毅。《明史》有传。

顾宪成　字叔时，又字泾阳，无锡人。万历丙子解元，庚辰进士，吏部文选郎中，赠吏部右侍郎，谥端文。《明史》有传，有《顾泾阳稿》。

刘廷兰　字国征，又自纫华，漳浦人。万历丙子解元，庚辰进士。

万国钦　字二愚，江西人。隆庆庚午举人，万历癸未进士，南京刑部郎中。有《万二愚稿》，《明史》有传。

魏允中　字懋权，南乐人。万历庚辰进士，吏部主事。

钱槚　字□□，□□人。万历庚辰进士。

邹德溥　字汝光，又字泗山，安福人。司经局洗马。《明史》附《儒林传》，有《邹泗山制义》。

汤显祖　字若士，又字义仍，临川人。万历癸未进士，礼部主事，谪徐闻典史，稍迁遂昌知县。《明史》有传，有《玉茗堂稿》。

叶修　字永溪，南昌人。万历癸未进士。

吴道明　字□□，□□人。万历丙戌进士。

陶望龄　字周望，又字石篑，会稽人。万历乙酉举人，乙丑会元探花，国子祭酒，谥文简。

王衡　太仓人，锡爵子，字辰玉，又字缑山。万历戊子解元，辛丑进士榜眼，翰林编修。《明史》附《王锡爵传》。

董其昌　字元宰，又字思白，华亭人。万历己丑进士，南京礼部尚书，谥文敏。《明史》入《文苑传》。

吴化　字敬之，黄安人。万历戊子解元，乙未进士。

郝敬　字楚望，又字仲舆，京山人。万历己丑进士，礼科给事中。《明史》附《文苑·李维桢传》。

吴默　字因之，又字无障，吴县人。万历壬辰会元。有《吴会元真稿》。

黄汝亨　字贞父，仁和人。万历辛卯举人，戊戌进士，江西参议。

魏光国　字是为，□□人。万历庚戌进士。有《魏合虚先生稿》。

汤宾尹　字嘉宾，宣城人。万历甲午举人，乙未会元榜眼，南京国子祭酒。

孙慎行　字闻斯，又字淇澳，武进人。万历乙未进士探花，南京礼部尚书，谥文介。《明史》有传。

曹学佺 字能始，又字石仓，侯官人。万历乙未进士，四川按察使，唐王时授太常卿，迁礼部侍郎，加尚书。《明史》入《文苑传》。赐谥文节。

王畿 字翼邑，又字慕蓼，晋江人。万历戊戌进士，浙江布政使。

骆日升 字台晋，晋江人。万历辛卯举人，乙未进士，四川参政，赠光禄卿。

许獬 字子逊，又字钟斗，同安人。万历辛丑会元，翰林编修。有《许钟斗稿》。

张以诚 字君一，青浦人。万历辛丑会元，春坊谕德。

刘宗周 字起东，又字念台，山阴人。万历辛丑进士，左都御史，赐谥忠介。《明史》有传。

王纳谏 字圣俞，江都人。万历癸卯解元，丁未进士。

李光元 字□□，□□人。万历庚子应天举人，丁未进士。

韩敬 字求仲，归安人。万历庚戌会状，翰林修撰。有《韩求仲稿》、《程墨文室》。

钟惺 字伯敬，天门人。万历庚戌进士，福建提学佥事。《明史》附《文苑·袁宏道传》。

张寿朋 字冲和，南城人。万历癸未进士，庐州通判。

钱士鳌 字季梁。

王士骕 字房仲。

方应祥 字孟旋，归安人。万历丙午举人，丙辰会元。

袁黄 字了凡，嘉善人。万历丙辰进士，兵部主事。

黄道周 字幼元，一字螭若，又字石斋，漳浦人。万历戊午举人，天启壬戌进士，少詹事，后为唐王礼部尚书、武英殿大学士。《明史》有传。赐谥忠端，从祀文庙，有骈枝体。

姜日广 字居之，又字燕及，新建人。万历乙卯举人，己未进士，吏部左侍郎，左迁南京太常卿，福王时为礼部尚书、东阁大学士。《明史》有传。

顾锡畴 字九畴，又字瑞屏，昆山人。万历己未进士，南京礼部左侍郎，宏光中进尚书。《明史》有传。

李若愚 字愚公，汉阳人。万历己未进士。（以上万历朝）

文震孟 字文起，又字湛持，长洲人。天启壬戌进士状元，东阁大学士，谥文肃。《明史》有传。

章世纯 字大力，临川人。天启辛酉举人，柳州知府。《明史》附《文苑·艾南英传》，有《章大力稿》。

金声 字正希，嘉鱼人，休宁籍。天启甲子顺天举人，崇祯戊辰进士，山东佥事，唐王时以右都御史总督诸道军，谥文毅。《明史》有传，有《金正希稿》。

何楷 字元子，漳州镇海卫人。天启甲子举人，乙丑进士，吏科给事中，唐王时为礼部尚书。《明史》有传。

左懋第 字萝石。

项煜 初字仲昭，后字水心，吴县人。天启甲子举人，乙丑进士，有《东野堂稿》。

叶绍袁 字仲韶，吴江人。天启乙丑进士，工部主事。

华琪芳　字未斋，无锡人。天启乙丑会元榜眼。

凌义渠　字峻甫，又字茗柯，乌程人。天启甲子举人，乙丑进士，大理寺卿赠刑部尚书，谥忠清，本朝赐谥忠介。《明史》有传，有《凌茗柯稿》。

艾南英　字千子，东乡人。天启甲子举人，唐王时授兵部主事，改御史。《明史》入《文苑传》，有《艾子著书》、《文定》、《文侍》。

黄文焕　字维章，永福人。天启甲子举人，乙丑进士，翰林，由知县擢编修。

熊开元　字鱼山，嘉鱼人。天启乙丑进士，吏科给事中，甲申后为僧。

罗万藻　字文止，临川人。天启丁卯举人，崇祯戊辰进士。有《罗文止稿》。

谭元春　字友夏，天门人。天启丁卯举人。

章淳

沈几　字去疑，长洲人。天启丁卯解元，崇祯辛未进士。

夏日瑚　字涂山，山阳人。天启丁卯举人，崇祯辛未进士探花。

黎元宽　字□□，□□人。天启丁卯举人，崇祯戊辰进士。（以上天启朝）

曹勋　字允大，又字峨雪，嘉善人。崇祯戊辰会元，有《曹允大集》。

杨廷枢　字维斗，长洲人。崇祯庚午解元，福王时兵科给事中，有《杨维斗自订稿》，与钱吉士合选《同文录》。

刘侗　字同人，麻城人。崇祯甲戌进士，吴江知县。

陈际泰　字大士，临川人。崇祯庚午举人，甲戌进士，行人司行人。《明史》入《文苑传》，有《太乙山房稿》、《已告集》。

陈孝威　际泰子，有《痴山集》。

陈孝逸　际泰子，有《壶山集》。

陈子龙　字大樽，又字卧子，华亭人。崇祯庚午举人，丁丑进士，兵科给事中。《明史》有传，有《陈卧子稿》、《程墨隆运集》。

吴伟业　字骏公，又字梅村，太仓人。崇祯辛未会元榜眼，国子祭酒。有《式靡集》。

杨以任　字维节，瑞金人。崇祯辛未进士，国子监博士。有《杨维节稿》。

马世奇　字君常，无锡人。天启甲子举人，崇祯辛未进士，翰林侍读，本朝赐谥文肃。《明史》有传，有《马君常稿》。

陈名夏　字百史，溧阳人。崇祯癸酉举人，癸未会元探花，本朝为秘书院大学士，缘事伏法。有《自订制义》、《明文六十家选》。

章日炌

林垐　字子野，福清人。崇祯癸酉举人，癸未进士，海宁知县。

李青　字太青，又字竹君，金坛人。崇祯甲戌会元。有《李太青稿》。

孙淡一　字自一，□□人。崇祯庚辰进士。

黄廷才　字辛阳。

黄淳耀　初名金耀，字松厓，又字蕴生，以读书陶庵中，又号陶庵，嘉定人。崇祯癸未进士，未受职，归，殉节死，本朝赐谥忠节。《明史》入《儒林传》，有《黄陶庵稿》。

王毓蓍 字元趾,会稽人。其门人私谥正义先生。《明史》附《刘宗周传》。

徐方广 字思旷,太仓人。崇祯间诸生。有《徐思旷稿》。

钱禧 字吉士,□□人。有《钱吉士稿》。

包尔庚 字长明,□□人。崇祯丙子举人,丁丑进士。有《包长明稿》、《直木居稿》。

彭宾 字燕乂,又字穆知,华亭人。崇祯庚午举人。

王自超 字茂远,又字柳潭,□□人。崇祯壬午举人,癸未进士。有《王柳潭稿》。

史可法 字宪之,又字道邻,祥符人。崇祯戊辰进士,南京兵部尚书,宏光时为督师、武英殿大学士。

李腾芳 字湘州。

方以智 字密之,桐城人。崇祯庚辰进士,翰林院检讨,甲申后为僧。

徐麟高

周钟 字介生,金沙人。崇祯癸未进士,翰林院编修。有《手定全稿》、《未刻全稿》。

邱义 字明大,宁化人。崇祯末诸生。(以上崇祯朝)

[制艺集论]

(辉按:此部分为明清人对明代制义评说的汇集,著者黄人所援引者计有俞桐川、钱信、朱梅崖、徐存庵、王夫之等人的评骘语,原书所引文字略)

明人章回小说

有明一代之史,多官样文章,葫芦依样,繁重而疏陋,正与《宋史》同病。私家记载,间有遗佚可补,而又出于个人恩怨,及道路传闻。若夫社会风俗之变迁,人情之浇漓,舆论之向背,反多见于通俗小说。且言禁方严,独小说之寓言,十九手挥目送,而自由抒写。而内容宏富,动辄百万言,庄谐互行,细大不捐,非特可以刍荛补简册,又可为普通教育科本之资料。虽或托神怪,或堕猥亵,而以意逆志,可为人事之犀鉴。盖胜朝有种种积习,为治乱存亡之原动力者,史多讳而不言,可于小说中仿佛得之。略举如下:

(一) 不平等专制之毒,未有剧于明者也。君主威福过于上帝,诸臣虽身登三事,列清要,而以奴隶蓄之,盗贼待之,夷戮髡钳,惟意所施,故明之士夫,未有不受刑辱者,而受刑辱者,君子尤多于小人,非臆说也。试观有明卿相之受诛,不数倍阉寺嬖幸乎?而士夫则乙科以上,对于编氓,皆得而鱼肉之;大僚之对于下吏,亦皆得操其生死荣辱。重重压力,成此弱肉强食世界。故小说人物,每假一巨阀,遘谗罹祸,骈首夷族,其裔流为奴厮,或潜草泽,至一日得志,乃尽杀其仇家以报,且以啸聚暗杀为忠义,淫奔贿迁为佳话,盖怨毒之甚而出此也。

(二) 科举毒明人,视登高第若遐举,故有一种遗传科第热。修德立行,为科第也;读书考古,为科第也;倾轧标榜,钻营苞苴,为科第也。即名人宏制,出其余沈,而必高谈时艺,重科第也。不得则如在九幽,一得即直腾霄汉,泥金报捷,则贫者富,弱者强,死者亦几可复生。尤重进士第一人,谓是入阁捷径,盖世奇荣"状元宰相"四字,奔走倾倒一世之人。其实，明之状元，不论才品，多以门荫，募金得之，朝廷亦以俳优待之，阁臣亦绝无古宰辅价直，不过天子之外记室，为阉人司礼秉笔之副而已。然举世瞢然不惜也，其现象可于小说中验之。一、迷信。学仙奉佛，及崇奉因果报应，已思想最高矣，以星命、堪舆为方计，以鬼狐眚祥为故实，故神怪小说，最为社会欢迎。一、奢淫。明时无藩镇之分敛，及金缯之岁输，故物力稍纾于唐宋，而侈风起焉。宫廷倡之，上行下效，一命以上，中人之家，必有园林声伎之奉，缙绅无论矣。一土豪、一游士，以至胥吏、仆御，亦器用饰金银，家人曳纨绮。消耗既巨，立致穷困，则设法取足，于是上婪贿，下中饱，弱者用诈，强者肆力。而宵人之猎食，常遍于江湖；姎徙之御人，不绝于都市。以间谍为业，而酿成倭虏之巨创；以啸聚营生，而卒召闯献之革命。彼小说中以采兰赠芍为佳话，以揭竿斩木为英雄，非丧心焉，实有慨乎其言之也。故当时有心之士，多著小说，又喜评小说，而文学家中通俗小说，与八股、传奇鼎峙。兹举最普通流行而容积亦较富者，略著于下：

（一）历史小说：罗贯中有《十七史演义》，今惟《三国》、《隋唐》两书最著，若三代、南北朝、五代、两宋皆为市伧点窜。郭勋使人作《英烈传》，叙祖英功觊晋爵。

（二）家庭小说：以《醒世因缘》及《金瓶梅》为最著。

（三）军事小说：《北征录》及《平倭记》稍雅驯。

（四）神怪小说：《封神榜》、《西游记》（丘处机之徒著，寓素女术，袭其师之书名）、《绿野仙踪》最宏富，理想亦最奇特。

（五）宫廷小说：《白龙鱼服记》（武宗逸事）、《骊泣志异》（郑贵妃事）颇妖冶，今少传本，《祁禹传》、《彩女传》亦亡佚。

（六）社会小说：每回一事，如《今古奇观》、《拍案惊奇》、《石点头》等明时钞写精本，备宫中讲览，今故家尚有存原本者。

（七）时事小说：如《穷奇镜》（刺刘吉）、《卖辽东传》（刺杨鹤）。

计明人小说（止就章回体言），见于张宗子《嫏嬛山馆集》记者，有四百余种。

附：黄人手拟《中国文学史》清代部分的章目

（辉按：黄人的《中国文学史》一书至明代部分即止，清代部分，即总论中所谓的“第二暧昧期”并未刊行。黄人曾孙黄钧达先生藏有一批黄人手稿，其中有为《中国文学史》清代部分所拟定的章目，且章目与第二编《略论》部分所述的思路一致。据此则可知黄人生前曾欲在刊行本之基础上继续完成清代部分，乃至到其所处的时代，包括章绛（即章太炎）也列入其中，使《中国文学史》成为贯穿古今的、完整的文学通史。现据手稿抄录、整理合并如下。）

三朝文字狱：私史　方孝标　戴名世　金堡　吕留良　汪景祺　王锡侯　钱谦益　陆生柟　徐冠卿

古文家：易堂诸子　顾景星　姜、汪（辉按：姜宸英、汪琬）　侯朝宗　潘耒　桐城文派　阳湖文派　蓝鼎元　全祖望　罗有高　汪大绅　袁枚　纪昀　章学诚　戴震

骈文家：陈其年　毛大可　胡天游　汪中　胡浚　袁枚　彭兆荪　王昙　李慈铭

王闿运　常州派　阮元

诗家:吴伟业　沙张白　王士禛　岭南三家　施闰章　朱彝尊　沈德潜　袁枚　蒋士铨　黄景仁　陈文述　舒位　王昶　郑燮　王闿运

词家:顾贞观　纳兰性德　陈其年　厉鹗　郭麐　王汉舒　张惠言　庄棫　蒋春霖

道光朝(辉按:此指道光以后朝,相当于现在学界所划定的近代文学阶段):龚自珍　蒋子潇　魏源　徐鼒　汤鹏　包世臣　曾国藩　冯桂芬　黄公度　谭嗣同　严复　康、梁　章绛